民国武侠小说经典 插图版

龙虎斗三湘

郑证因◎著

中国友谊出版公司

图书在版编目（CIP）数据

龙虎斗三湘：含续集《南荒侠剑》/ 郑证因著.
— 北京：中国友谊出版公司，2012.9
ISBN 978-7-5057-3088-5

Ⅰ.①龙… Ⅱ.①郑… Ⅲ.①侠义小说—小说集—中国—现代 Ⅳ.①I246.5

中国版本图书馆CIP数据核字(2012)第213771号

书名：龙虎斗三湘
作者：郑证因
出版：中国友谊出版公司
发行：中国友谊出版公司
印刷：北京楠萍印刷有限公司
开本：880×1230毫米　1/32
印张：13
字数：336千字
版次：2012年10月第1版
印次：2012年10月第1次印刷
书号：ISBN 978-7-5057-3088-5
定价：35.00元
地址：北京市朝阳区西坝河南里17号
邮编：100028
电话：64678009
传真：54662649

序：民国旧派武侠小说简论

孔庆东

我的老乡于学松，为人为学，低调质朴。穷数千日之功，潜心衰辑民国时期的武侠小说，点校正义，终成硕果。今有煌煌《民国武侠小说经典》系列出版，嘱我作序，实感惶惶。我于武侠小说研究界彳亍多年，浪得虚名，其实很多秘籍珍版，未尝读过，此番也正是补课之大好良机。至于说三道四，颇感资格不够，遂将旧稿，改头换面充数，名为序言，实乃虚言耳。

提及民国旧派武侠，虽然从民国建立那年便有，但若以"现代"武侠论，则一般都以"南向北赵"为开山。南向者，即平江不肖生向恺然，一生撰写武侠小说十余种，而以《江湖奇侠传》、《近代侠义英雄传》最为著名。本经典丛书所收之《江湖小侠传》，则属罕见之佳构。

向恺然（1890－1957），名逵，笔名不肖生，湖南平江人，故署平江不肖生。青年时代两度赴日留学，并撰有长篇黑幕小说《留东外史》。向恺然知拳术，说起武林掌故如数家珍，寓居上海时为世界书局老板沈知方探得底细，根据自己对文化市场的预测，登门求稿，"极力地挖取向恺然给世界书局写小说，稿资特别丰厚。"不肖生遂有《江湖奇侠传》之作，1923年1月《红杂志》22期开始连载。连载时版式即为出单行本而预作设计，连载到一定段落，即推出单行本。1923年6月，不肖生同时在《侦探世界》上连载《近代侠义英雄传》。由此可见，《江湖奇侠传》的出现，是一个现代商业策划的成功案例，民国武侠小说第一个创作浪潮的到来，实赖文化

1

市场推动之功也。

《江湖奇侠传》流传愈广，平江不肖生名声益震。1928年春，上海明星电影公司将《江湖奇侠传》改编为《火烧红莲寺》第一集。"五月，正式上映，哄动一时，大收旺台之效；同年拍摄二、三集……十八年（1929），拍摄四至九集。十九年（1930），拍成十至十六集。二十年，续拍十七、十八集；《火烧红莲寺》艺术价值不高，开中国电影史武侠神怪片之先河……"《中国电影发展史》中说："据不十分精确的统计，1928—1931年间，上海大大小小的约有五十家电影公司，共拍摄近四百部影片，其中武侠神怪片竟有二百五十部左右，约占全部出品的60%强，由此可见当时武侠神怪片泛滥的程度。武侠神怪片的第一把火是明星影片公司放的，……于是红莲寺一把火，"放出了无量数的剑影刀光'，'敲开了侠影戏的大门墙'……"

从《江湖奇侠传》和《近代侠义英雄传》的连载开始，到《火烧红莲寺》的盛极一时，是平江不肖生的黄金时代。

这种奇观是怎样形成的呢？民国之后，中国人的侠义精神大规模恢复生机。再经五四新文化运动，人民重新觉得自由是一件很重要的事情：皇帝已经没有了，虽说有些人可能还要复辟，但是已经不成气候。社会主流是要共和、要民主，人民要个性解放。就当此时，"现代"武侠小说开始登场。1923年产生了几部重要的武侠小说，除了平江不肖生的作品外，还有一个北方的作家叫赵焕亭，他写了《奇侠精忠传》，时人遂呼为"南向北赵"。"南向北赵"的崛起是中国武侠小说恢复生机的重要标志。《江湖奇侠传》被改编成电影《火烧红莲寺》，因为当时没有电视连续剧，便拍了十八集电影，其火爆程度，是今天无法想象的，根据茅盾先生的记载，影院内外挤满了人，电影院充满了喝彩、叫好的声音。当时人们看这个电影，还由于女主角是由著名的影后蝴蝶来扮演的，那是当时最流行的大众文化。

"南向北赵"之外还有一个叫姚民哀的作家，著有《山东响马传》，题材是当时发生的一件真实的新闻。民国的时候国家比较混乱，山东有一支响马——就是现代的土匪，首领叫孙美瑶。孙美瑶所部在山东的津浦列车沿线，劫持了一辆列车，列车上有很多外国游客，被孙美瑶扣为人质。晚清政府也好、民国政府也好，最怕的就是外国人。当时有一种说法：洋人怕百姓，百姓怕官府，官府怕洋人，这是一个循环。劫持的外国人中，有很多重要的人物，包括美国总统罗斯福的侄女，还有些外国的大款都绑在里面，所以轰动一时。最后政府无能，只好答应了土匪的要求：交钱赎人。政府后来把孙美瑶部队给招安了，变成了正规军；招安之后又把孙美瑶给暗杀了。这个故事是非常曲折精彩的，姚民哀就在这个故事发生后不久写出了《山东响马传》。姚民哀是非常了解当时中国社会的一个奇才，他是说书人出身、走南闯北，所以"南向北赵"加上姚民哀，构成了旧派武侠小说早期的"三足鼎立"，他们奠定了现代武侠小说早期的艺术风貌。

平江不肖生本人，是真懂得武术的。现在的武侠小说家，大多数不会武术，包括金庸古龙梁羽生。而在旧派武侠小说作家中，确实有几个是懂得武术的。平江不肖生不仅懂武术，还出版过武术方面的著作。现在武侠小说中的一些重要概念、思想都是从他那里开始的或者光大的。比如说，他把武功分为"内家"和"外家"——我们现在讲的"内功"和"外功"。这在古代的武侠小说中是没有的，《水浒传》就没有这一套理论，李逵、林冲都没有讲怎么练"内功"、打坐、呼吸吐纳……都没有，上来就打。也就是说武功理论从平江不肖生开始细化了。另外，他的小说中把"家国之忧"、把近代以来的民族忧患意识加进去。比如《近代侠义英雄传》，其中的主要人物是大刀王五和霍元甲，从此就产生了一系列的关于霍元甲的作品，霍元甲成为以后武侠作品中一个重要的人物。在这里，他把"侠义"和"民族尊严"结合起来。他写了霍元甲打擂，打败了外国大力士；但是他没有把这个故事简单解说成弘扬民族精神。他通过霍元甲的口说：我打败几个外国人有什么了不起！我一个人强不能说明这个国家就强大。今天有一些文学和影视作品，喜欢写中国的武术家打败外国的武术家，以此来证明中国比外国强，这有时是一种阿Q精神。而霍元甲本身是清醒地认识到这一点的。在"内功"和"外功"这个问题上，平江不肖生也通过霍元甲的武功，进行了精彩的论述。霍元甲虽然武功很高超，但是壮年就去世了；为什么很早就去世了，平江不肖生认为是"内功"练得不好；他说霍元甲的功夫都是很凶猛的"外功"，他在武侠小说中塑造了很多"内功"高手——不轻易出来打架的。他评论"内功"和"外功"的区别是什么呢？他有两个比喻：一个比喻是，一个铁箱子，里面装的都是玻璃，外面看上去坚固无比，怎么打这个铁箱子都不会坏的，但是里面的玻璃已经碎了。还有一个比喻是，一艘商船，上面放着大炮——这一炮放出去，固然能够把敌人的船打沉，但是自己的船也给震坏了。他说霍元甲的武功就是这样的，威猛无比，但是自己的五脏六腑没有练好——你这一拳打出去，固然把敌人伤得很厉害，但是自己的内脏也受了伤；天长日久，这些伤就积累下来，积劳成疾，成了不治之症。这些理论，后来在新派武侠小说中得到了系统的继承。我们可以看到金庸小说中有很多类似的论述，比如说谢逊的"七伤拳"就是这样，要想伤人先伤自己；每打一次敌人，自己就受一次伤。还有《倚天屠龙记》里神医胡青牛的理论，都和这个是有关系的。这是在平江不肖生那里开创的，所以平江不肖生的武学理论是非常重要的。

赵焕亭是河北人，他在武学理论上也和平江不肖生一样，强调"内力"、强调"罡气"，总之是强调人内在的修养能够作为"外功"的基础。赵焕亭还有一个功绩，就是他为所有的这些搏击腾挪修炼的技术取了一个统称，叫做"武功"。我们今天说"武功"这个词的意思，不是古已有之的。古代也有"武功"这个词，是指一个人、一个统治者在军事方面的成就，说他的"文治武功"。比如说乾隆有十大"武功"，不是说他有十项打人的技术，是说他"平新疆"、"平西藏"、"平尼泊尔"……说他有十次功劳而已。到了赵焕亭这里，他把技击、打坐、轻功、暗器等所有这些加起来，叫作"武功"，今天成了我们谈论武侠的核心术语。现在世界上统称为"功夫"，还成了一个英语词，成为一个世界通行的词。

"南向北赵"加上姚民哀，他们的武侠小说合起来，恢复了侠的自由精神。在晚清的时候，"侠"不自由，变成了朝廷鹰犬，所以受到了鲁迅先生的批判。是他们把"侠"解放出来，所以武侠小说就变成了"现代"的了。他们发明了一批武学术语，采用了许多新式的技巧，从而促进了武侠小说的类型化，使武侠小说渐渐成为通俗小说的主力之一。新文化运动之后，新文学界不断地批判通俗小说，在理论上通俗小说是辩论不过新文学的，只有靠自己的创作实绩、靠自己的市场，来证明自己的价值。就是在这种背景下，武侠小说为通俗小说撑起了半个天下。新文学尽管进步、先锋，但大半个市场是被通俗小说占领着的。所以我们要清楚，四万万中国人，有一万万去读鲁迅的小说，中国早就不是今天这个样子了。正因为鲁迅的小说印出来，只能卖两三千本，对中国来说这不是个数。四万万人民有几千人读鲁迅，没有太大的作用，读者都是知识分子，我写了你看，你写了我看。而通俗小说一印就是几万、几十万，这才是威力巨大的。

武侠小说发展到30年代的时候，姚民哀形成了自己的一个庞大的系列，叫做"会党武侠小说"——就是专门写帮会、党派。今天的武侠小说，已经离不开这种题材了，一写就是什么帮、什么派，这是从姚民哀那里奠基的。这样写也是有历史根据的，因为从明清两朝，特别是从民国以来，中国民间的社会团体特别发达。中国的历次农民起义和革命都和这些帮会有关系，同盟会、国民党、共产党，都和这些民间团体有千丝万缕的联系。他们共同参与了中国走向近代、走向现代化的过程。而姚民哀就把这些武侠传奇和帮派历史结合起来，既增加了神秘性，又增加了纪实性。本来这些帮派里的规矩、语言都是内部的黑幕，社会上的人是不知道的；慢慢通过武侠小说流传开来，进入日常的语言，所以我们这些日常的人也学会了很多黑社会的切口，比如说把眼睛叫"招子"，把撤退叫"扯呼"，这都是从武侠小说来的，本来这都是黑社会内部的秘密。姚民哀还开创了一个新的写法，就是在不同的作品中让人物和情节互相照应。在这部作品中出现的人物到了另一篇作品中还有，在这里是第一号人物，在那里可能变成第五号人物了，互相提示。这样所有的小说合起来变成一个大的作品，互相连环起来，叫作"连环格"。这也对后来的武侠创作产生了深远的影响。比如金庸的小说中就有很多"连环格"：在这部小说里提到那部小说的人物，这样就使整个的创作形成一个有机的整体。

到了30年代，又出现了与向、赵、姚齐名的一个人，叫做顾明道，他20年代末创作了一部小说，叫《荒江女侠》。这部小说在武侠小说史上的意义是什么呢？它把武侠和情爱融为一体。书中写了男女双侠，主人公方玉琴和岳剑秋，他们不仅是一对除暴安良的好搭档，而且在出生入死中经历了很多缠绵误会，最后琴剑和谐，结成美眷。中国传统的武侠小说，是排斥女性的，《水浒传》一百单八将里面只有三个女的，其中两个形象都不太好，只有一丈青扈三娘形象比较好，而作者还把她嫁给矮脚虎王英了。一百单八将之外的女性，则多是反面形象，什么潘金莲、潘巧云、阎婆惜都是被杀的对象，都是用封建观念把她们写成淫娃荡妇。后来到了清朝，好不容易出现了一些女侠，可这些女侠也是作为男侠的一些陪衬。所以，《荒江女侠》有一个划时代的意义，它首次写男女双侠共闯江湖，这分明体现出它的现代性来。正因为这个原因，其轰动程度直追《江湖奇侠传》，也被改编为13集电影和其他的许多艺术形式。顾明道是把爱国、武侠、言情结合在一起，形成一个新的模式，从此之后作家们发现，把武侠和爱情结合在一起，是一条很好的路子，所以我们看现在的武侠一般都离不开言情了。本经典系列就选了顾明道的《草莽奇人传》，从中可以领略作者的风格。而金庸先生少时，便是读过顾明道的作品的。

还有一位武侠作家叫文公直，他是把武侠和历史结合起来，写了"碧血丹心"系列。这个系列的主人公是明朝的忠臣于谦，写于谦保家卫国的忠烈精神，实际上是借古喻今，弘扬中华民族抵抗外侮的精神，因为到了30年代，中国日益面临着日本侵略的危险。至此，我们可以看到武侠经过了多方面的融合，与帮会、与爱情、与侦探、与历史都结合起来了。所以说，向恺然、赵焕亭、顾明道、姚民哀、文公直这五个人就代表了旧派武侠小说前期的成就。我把他们命名为"旧派武侠前五家"。

旧派武侠小说到了后期，特别是40年代，出现了影响更大的五个人，学术界称为"北派五大家"，我把他们命名为"旧派武侠后五家"。其中最早成名的是还珠楼主，今天还有很多老"还珠迷"，提起来仍然津津乐道。还珠楼主原名叫做李寿民，四川人，自幼博览群书，佛教道教兼通，会气功和武术。他命运坎坷，经历传奇，是一个武侠小说方面的全才。从1932年开始，他在天津连载著名的武侠小说《蜀山剑侠传》。

《蜀山剑侠传》可以说是20世纪最著名的武侠小说，按单部作品的影响来看，《蜀山剑侠传》超过金庸的任何一部小说，今天有些网络游戏都是从《蜀山剑侠传》那里获取灵感的。该作品一边连载，一边一册一册的出版，一直到1949年新中国建立，还没写完。写了多少字，很难统计。按照旧式排版，不分行不分段的，一个字一个字的数下来，是五百多万字。如果按照现在的排版方式，分了行分了段排起来，大概就得有七八百万字了。假如说按照古龙的写法，一句话一行，一句话一段，那就不知道多少字了。这是古今中外规模最大的一部小说，而且还没有写完。此书把神话、志怪、剑仙、武侠结合为一体，写出一个宏伟的艺术世界来。书中的剑仙是无所不能的，几乎超出了《西游记》的境界，他们可以操纵人的生死——他们拿的武器都是类似现代高科技的法宝：什么东西一发光，可能大海就煮沸了；一掌打过去，可能喜马拉雅山的雪也会融化——所以批评者说，完全是荒诞不经。但他写的是一个神话世界，这个世界是合乎自己的逻辑的。

小说创作的背景，是针对着"九一八"事变后中国被侵略、国土沦丧的事实。还珠楼主是一个非常有民族正义感的人。华北沦陷后，由于他很有名气（周作人当时作了汉奸），有人劝他出来为日本人做事；他拒绝不做，后来就被抓到监狱里面，拷打折磨了七十多天，据说武功都给打废了，所以他出来之后就更加痛恨侵略者。在写《蜀山剑侠传》的时候，充满了对邪魔歪道的憎恨。他最喜欢写正邪两道的斗法，突出邪不压正的观念。书中的风光描写、知识描写的精彩，也是文学史上罕见的。后来的梁羽生、古龙等人，都从还珠楼主身上得到了很大的教益。包括金庸笔下的若干武功，也是直接从还珠楼主那里拿来的，例如"蛤蟆功"和黄药师、黄蓉的一些武功，就是还珠楼主写过的。

　　本经典系列所收《蜀山剑侠新传》，亦为还珠楼主的著名佳作。还珠的作品形成了一个庞大的"连环格"系列，可以看做是一个浩大无比的"蜀山"文化工程。虽然作为主干的《蜀山剑侠传》没有写完，但是其他这些前传后传外传旁传，五花八门地读起来，也别有风味，引人入胜。

　　还珠楼主之外还有几人很著名，一个是白羽（宫白羽），他的成名作是《十二金钱镖》，当时达到家喻户晓的程度，号称"家家谈钱镖"。白羽的代表作是《偷拳》，写的是太极拳的杨派创始人杨露蝉的故事。杨露蝉痴心学武，不是碰壁就是受骗，后来他装成哑巴乞丐，在陈氏掌门家中做仆人，偷偷学艺，终于感动了师父，得到真传，后来成为一代宗师。白羽的武侠小说具有明显的"反武侠"意味，他和还珠楼主正好相反，他写的人物不但不神奇，都是普通人，而且很懦弱很世故；他们除了会一点武术外，经常胸无大志、丢乖出丑。这反映出白羽的一个思想：武侠不能救国。白羽年青时代追随过鲁迅，是鲁迅的学生，受新文学观念影响很大。他的小说，是对社会道义沦丧、侠义不张的批判。比如小说中有这样的情节，两个侠客比武，其中一个已经失败了，胜利的这人拱手说："承让！"这是武侠小说中常见的情节。按照江湖惯例，高手已经说承让了，低手就应该承认自己的失败，然后两人重归于好。可是白羽写的是，恰恰在这个时候，趁高手不注意，低手突然出招，把高手打死了。也就是说，不讲道义的人获得胜利。白羽所写的正是我们社会的现实，前面讲的那种君子风度，恰恰是理想。所以，他的小说是具有社会反讽性的。另外，据说"武林"这个词是白羽发明的，以前有"江湖"、"绿林"，但是没有"武林"这个词。"武林"包括了好人、坏人，黑道、白道，这是白羽的发明。

还珠、白羽之外，第三位重要作家是郑证因，白羽的好朋友，天津人。以往学界重视不够，本经典系列收其作品《七剑下辽东》。郑证因的武侠小说以刚猛见长，基本没有男女情爱，也不写复杂的历史。他最著名的小说是《鹰爪王》，以此为核心形成一个"鹰爪"系列。郑证因的小说里，发明了很多奇怪的武功，还有很多江湖术语，他本人也会武术。郑证因的小说，以阳刚粗豪之气自成一家，但也吸收了赵焕亭、姚民哀、宫白羽的一些因素。喜欢纯粹武打风格的读者，会从他的作品中得到更多的享受。

再一位重要的作家，是多年湮没无闻，现在重新著名的王度庐，就是《卧虎藏龙》的作者。我1994年读他的小说，就感觉此人了不得，他的小说成就相当高。我后来在韩国首先看到了李安拍的《卧虎藏龙》，那个时候大陆还没有公映。我看后说，这个影片有可能获奥斯卡奖，果然后来获奥奖了。我还写了第一篇影评发表在韩国的《文化日报》上。王度庐的小说为什么具有高度的思想内涵和艺术深度呢？关键在于它也是受新文学的影响，王度庐早年也是到北大去旁听，到北京图书馆自学。他既写新文艺小说，也写通俗小说，早期还写过侦探小说。抗战爆发后，为了养家糊口，才写武侠，所以一出手水平就很高。他的代表作是五部书连起来，叫做"鹤铁五部作"：《鹤惊昆仑》、《宝剑金钗》、《剑气珠光》、《卧虎藏龙》、《铁骑银瓶》，五部作品合起来是一个系列。《卧虎藏龙》这部电影，是把其中两部作品的故事融汇到一起。王度庐对武侠小说最杰出的贡献，公认是"悲剧侠情"。他的小说，武功没什么神奇，重心在于人物之间的爱情纠葛，而爱情往往是以悲剧结尾。在王度庐的笔下，对于爱情的探讨，达到了非常深刻的程度。很多言情小说写两个人相爱，往往受到什么阻碍、阻挠，因为有阻挠不能结合，或者战胜了阻挠就结合了。而王度庐的小说，直接把爱情放在你的面前，当没有人阻碍你的时候，你能够获得爱情的自由吗？不要找借口说谁阻碍你，没有阻碍，你们愿意相爱就相爱吧，这个时候你能驾驭人生的这只小船吗？在王度庐的笔下，爱情在仇恨、在侠义、在名利的面前往往是十分脆弱无力的；这个时候爱情露出它的真面目，恰恰在可以自由选择的时候，人才发现自由是不存在的。这个时候可以发现，很多情人们对情其实是怀着深深的恐惧感的。人们追求爱情，可以很深情、很挚情，可是一旦爱情之梦即将实现的时候，主人公不是死了，就是走了，退缩了、拒绝了。侠客们舍弃了现实世界的所谓幸福，保持了生命的孤独状态。什么是"侠"？它的本质意义就是孤独和牺牲。"侠"一生是孤独的，渴望着知音，可是一旦有了知音，这个"侠"的意义就没有了。所以，王度庐的思想内涵是非常深的。在他的小说中，江小鹤最后是归隐，李慕白和俞秀莲终身压抑着真情，玉娇龙和罗小虎一夕温存即绝尘而去，这不能说是封建观念，而恰恰是现代意义上对爱情的追问：什么是"侠"，什么是"情"。

"北派五大家"最后一位叫朱贞木。他的小说已经和新派武侠小说接轨了，其创作不拘传统格式，经常使用新名词，讲究推理，又喜写多角恋爱。其代表作是《七杀碑》。本经典系列收入的《飞天神龙》（含《炼魂谷》、《艳魔岛》），可见一斑。朱贞木把对人物的理想化描写与写实风格的武功细节相结合，可以说开了新派武侠小说创作的先声。学界有人将他的位置放在新派武侠的开端，但我以为还是应该视为民国旧派武侠的殿军，更为确当。

上述诸家外，还有其他一批武侠小说家，写了若干系列。比如我们今天熟悉的"黄飞鸿系列"，就是在四十年代开始的，后来成了港台影视的一个重要题材。还有"方世玉系列"、"南少林系列"，也都很有影响。这些武侠小说直接开启了五、六十年代港台的新派武侠。所以说旧派新派，本是一脉，江山代有才人出也。

　　今天中华民族面临着文化复兴的神圣天职，武侠精神的提倡，刻不容缓，希望我们不仅有旧派武侠、新派武侠的经典，更有新世纪的一代少侠破茧而出，光照未来。

编 选 说 明

　　现代武侠小说肇始于民国时期。自1923年初不肖生的《江湖奇侠传》开始在杂志上连载起，民国武侠小说创作即进入了持续近十年的空前繁荣阶段。这期间，不但"南向北赵"双雄对峙，分执南北武坛之牛耳，姚民哀、顾明道、文公直等亦有风格独特的重要作品问世。1932年后，以还珠楼主为领军人物的"北派五大家"，更是把民国武侠小说，从故事内容到表现形式，逐步推向了一个全面成熟的阶段，并对后来兴起的新武侠文学，产生了巨大影响。

　　应该指出，民国武侠小说的重要意义，不仅在于其承前启后的历史地位，更在于其本身所蕴含的深厚而独特的思想、文化价值。在民国重要武侠作家的小说中，不但中国传统文化中特立独行、扶危济困、惩恶扬善的侠义观念得到了充分体现，而且在新的时代背景下，突出了刚健之气、人格尊严和情感价值；其中一些作家的作品，更是把爱国观念、民族气节和社会正义，纳入到武侠小说的视野、主题之中。就审美属性而论，民国武侠小说中的上乘之作，亦有较高的文学价值，在语言运用、意境构造和故事叙述等方面，展现出了风格上的独特性和多样性，以及表达上的自如与纯熟。

　　考虑到尚有相当多的民国武侠小说佳作，建国后未曾再版，从中遴选出一部分堪称经典的作品，以简体字重排、发行，既便于广大读者欣赏到更多民国时期的武侠精品，也有利于民国武侠的文化传承，更是对呕心沥血创作这些作品的民国作家们的肯定和尊重，于是，我们编选了这套《民国武侠小说经典》丛书。

　　本套丛书遴选了民国时期武侠小说经典之作若干部，将在近期陆续出版。编选原则是：一、以民国武侠较有代表性的作家为主，同时适当兼顾虽较少为世人提及，但其武侠小说创作达到较高水准的作家；二、风格多样，兼容并蓄。力图呈现出民国武侠小说争奇斗艳、异彩纷呈、璀璨夺目的繁荣景象；三、内容健康，可读性强，属于作者的代表作或主要作品，有较高的文化艺术价值；四、优先选择建国后内地从未再版的作品，为读者带来新的阅读体验和感受；五、对于其全部或主要的武侠小说均已发行过简体字版的代表性作家，则从其脱销已久的主要作品中选择；六、注重入选本套丛书作品的完整性和独立性。凡是作家未完成的小说，一般不选。作家的多篇小说情节、内容前后衔接，联系紧密的，或全部入选，结集为一部出版，或一概不选；七、尽量控制每部作品的篇幅，过长或过短的较少收录；八、凡是小说的真伪存疑或有争议的，一律不选。

本丛书的编选、校读，均援用民国时期的原刊本。小说发行单行本前，曾在期刊上连载的，一般亦将期刊连载的文本作为校勘依据；作者本人对正文的注解，均以句内括号或句外括号形式，紧排在该处正文之后；原刊本中如有脱文或故事情节上的明显矛盾，需作提示的，则在该处正文后加方括号，以楷体字标明；有关小说原刊本版本的情况，以及其他需要说明的重要问题，则以脚注的形式注明；原刊本中一般的排印错讹或作者笔误，经多方引证、仔细核对后，予以更正；标点符号和段落，均按现代规范用法重标重排；为增加读者的阅读体验和阅读趣味，每部入选作品均配以插图。其中，原刊本即为绘图版的，原版插图均予以保留。

选入本套丛书的武侠小说，不但体现了作家的语言风格和艺术成就，而且反映了民国时期白话文的基本特点。校读、重排中，我们坚持尊重原作，力求保持作家个人的习惯用语和民国白话文遣词造句的风格、韵味，以便读者能对现代白话文动态的发展历程有一个生动、直观的感受。对于原作中那些当时习用、现已不常见的句式或字、词用法，如"工夫"通"功夫"，"气工"通"气功"，"发见"通"发现";将指示代词"那"、"那里"等亦作为疑问代词使用;在时间副词"一会"之后,往往不加表示儿化韵的"儿"字;有时以人称代词的单数形式指代复数;故事叙述中,往往整段、整页省略主语等,只要不至于引起歧义,均不作改动。其他诸如"这们"、"借镜"、"计画"、"宝爱"一类的词汇,今日虽少再用,但并不为错,也尽量不改。

由于民国作家所处的社会环境不同,本丛书的个别作品,可能在具体情节的叙述、描写中,表现出作家与今世不同的思想倾向。相信读者阅读时会注意分析、鉴别。

于学松

2012年2月12日

目　录

1

龙虎斗三湘

第一回

奉师命潇湘访旧友

湖南省湘江流域是最富饶之区。湘江是合潇湘、漓湘、蒸湘而得名，称为"三湘"。潇湘在衡阳道境内，这一带最擅山水之胜，更是鱼米之乡，土壤肥沃，农产最丰。在承平时代，这三湘七泽间终日帆樯如林，沿江一带全度着那太平岁月。

在潇湘北岸，背山面水，有一处小小的村落。这个村因为正临江口，是风景最佳之处，地名绿云村。全村不过百十户人家，因为地势旷，林木多，散散落落，竟自然划出好几条道路。有的通着江边，有的直达小道，有的通到水田，有的直达茂林深处。这地方气候温暖，景物清幽。住在这里的人，虽没有富商巨贾，只是些农家渔户，也显得那么秀丽标致，绝没有粗暴野戾之气。看起来是个山水秀丽之地，颇能变化人的气质。

这绿云村里的百十户居民，半是农家，半是渔户。围着村子一片片桑林，长得格外茂密。村中的妇女们大半是养蚕织绢，有那手头稍笨的，也要下田里去操作。这小村中男耕女织，捕鱼采桑，没有空闲的人，全是很安心地劳作着。安安乐乐，按时完粮纳税，与人无侮，与世无争。这绿云村犹如世外桃源，人间乐土。

后来这村中来了一户人家，不耕不织，单在村前起建了几间房

1

屋。一座小小的竹楼，盖得更为精巧，别具匠心。几间茅草的房子，院中栽种着山花野草，布置得那么雅静整齐。这小小的宅子中住着一家人，他们家与村中人素无来往。而这宅中的主人不断在江边闲眺。这人年约四十许，长得像貌清瘦，气度文雅，衣服整洁，态度安详。村中人有时从楼窗或楼门也不断看到他在竹楼上推窗远眺，赏鉴这潇湘远景；有时看到他把卷吟诵，认定他是读书士子。由那种不轻言笑的情形，更认定他是一个食古不化的文人。可是有时候他也许到小村中散步，看着那村中的小姑娘们饲蚕织绢；走到田边，和那两脚站在稻田里的农人搭讪几句，说话的情形，倒也和蔼近人。可是他不想说话时，无论走到什么地方，都是一语不发。就是和他说过话的，招呼他一声，他也仅有点头而已。这小村中人看惯了他这种情形，谁也不再去理他。

他家中尚有四个人，也十分奇怪。一个中年的妇人，眉目十分秀弱，衣服是那么朴素干净，那种神情颇像大家的妇女，不像久在这小村中的人家。还有一个女孩子，年纪只有十二三岁。她生得眉目清秀，脸的轮廓和那妇人相似，这是竹楼中常见的人。还有一位老婆婆，两鬓如霜，看那情形足有七旬以外的光景，可是她举动上却不像这么大年岁的人。两眼开阔有光，行动矫健，不带一丝龙钟老态。她住在竹楼后面三间草屋中。除去这四人，尚有一个有年岁的仆人，足有六十上下，生得像貌十分丑陋，满脸疤痕，左耳已经剩了一半，腿还有些瘸。说话非常的直爽，可是性情十分暴躁，稍有不合，就要和人动武。

这村中人虽是见他们在这里住了好几年，仅仅知道这家主人姓商。究竟他们从前是住在那里，由什么地方迁移来，就全说不清了。在大家眼中看着，仅知道他们是上流人，所以物以类聚。历来是那一路人和那一路人说得来，这绿云村中人对于这一家人，有些冰火不同，气味不投，话说不到一处，渐渐地愈发生疏，谁也不再理会谁。

这日正是一个月白风清之夜，万里无云，皓月当空。潇湘的水

2

面上，这份夜景美妙无边。皓皓的清波往东流去，水面被这月色照着，水浪的波动反射的月光，如万道银蛇。沿着岸边，散散落落地停着渔舟三五，因为月色十分皎洁，所以渔舟上全不愿意再点灯火。等到夜已深了，绿云村中全因为操作一天，虽然月明如昼，他们绝不留恋，全早早地睡下，全村中没有一点声息。

村前这座竹楼上，反倒门窗大开。竹楼上的主人，他和中年妇人同坐楼窗前，一边读着古诗，一边望着潇湘夜色。在这绿云村，只认为这竹楼中的主人是个读书种子，那女的也够得上是个大家主妇。那又知道这竹楼中主人和那中年妇人，在十几年前全是武林中成名的人物，风尘中行侠作义的奇人。现在住在这竹楼中，锋芒顿敛，这村中人那会看出他们的行迹！

那男的姓商名和，在十几年前，天南[1]一带提起天龙剑商和来，没有不知道他是一位惊天动地的人物的。他身边那妇人名叫柳玉蟾，也是一个了不得的人物。在两广一带，夫妇二人驾着一只小船，水面上的绿林不知给除了多少。尤其后面住着的那老婆婆，也正是这竹楼主人商和之母。在三十年前，两川[2]一带，提起罗刹女叶青鸾来，绿林侧目，妇孺知名。到这时年岁已然老了，但是时间依然敛不住她那侠女的锋芒。那个小女孩子名叫金莺，正是这主人天龙剑商和的爱女。那个守门户的丑陋仆人，名叫苗成，是随着这家人一道来到此地。不止于他对外人那么粗暴无礼，就是对于他自己的主人，他有时也十分傲慢。这其中定有原由，绝非无故，不过不是外人可以知道的了。

这时竹楼中红烛高烧，外面月明如昼，潇湘的水流如一条银

---

[1] 天南：指岭南，即今广东、广西一带。亦可泛指我国南方。本书中，常特指川滇地区。

[2] 两川：指东川和西川。东川包括今四川东部和重庆，西川为四川西部。唐代始设剑南东川节度使和剑南西川节度使，民国时曾置东川道、西川道。

带，铺在大地上，衬着两岸上绿茸茸，高矮不等的田畴，美景如入绘画。这主人正坐在竹楼内的窗前，他的夫人柳玉蟾正在一旁侍候着他。窗明几净，月色已透进半窗，那天龙剑商和却看着一本书，正在入神。他的夫人柳玉蟾给他烹了一盏香茶，放在他旁边。柳玉蟾更把一只古铜的檀香盒子拿过来，放了一盒子万字檀香末，用纸捻子就着红烛上燃着了。收拾好，把这青铜的香盒子也摆在烛台旁，立刻从那古铜的香盒里冒出一阵阵的轻烟，袅袅上升。这股子檀香的气味，散布在竹楼内，给这竹楼中平添了一番诗意。

那天龙剑商和一边看着书，一边把那盏盖碗端起，呷了一口香茶。抬头向他夫人看了一看，忽的微然一笑，向他夫人柳玉蟾道："我们今夜楼中的情景，颇有些诗意呢。此情此景，倒像那红袖添香夜读书了！"夫人柳玉蟾也微然一笑道："你不要糟蹋那么好的诗句了！你看看我这几年，因为在江湖奔波，遭遇到那些痛心的事，我已老得像什么样子！我要再往田间操作去，简直就成了村婆一样了。还说什么红袖添香，不如说黄脸婆子侍读，倒还名符其实。"天龙剑商和又复一笑道："你虽然自觉老了，我看你风韵不减当年呢！"柳玉蟾两道剑眉一蹙，微含愠色，向天龙剑商和道："你今夜是怎么了？这么好的兴致，竟拿我打趣起来。这要是叫母亲和金莺看见，你我这么大年岁，情何以堪！你何不到外面赏玩赏玩月色，好景不长，月圆则缺，你怎么这点道理全昧住了吗？"天龙剑商和被他夫人说的才把容色一整，向夫人柳玉蟾说道："我今夜颇思小饮，只是怕老母知道，又要责备我呢。"柳玉蟾一旁答道："你不要胡闹了，莫因为这些小事，惹得老人家又生起气来。再说叫苗成看见，他又该像疯狗似的，向你狂吠一阵，我们何必惹他呢！"

天龙剑商和原本是很高兴地和夫人柳玉蟾言语无忌，此时忽然心情上似有所感，双眉一皱，他清瘦的面目上立刻笼罩上一层愁云。他长叹了一声，把手中的书本子往书案上用力一按，却朗声吟道："恨未消兮志未酬，无情岁月付东流。"这两句吟完，满面凄凉，激起一腔怨愤。夫人柳玉蟾对于他这种喜怒无常的情形似已看

惯，知道他把新仇旧恨又涌上心头，遂在一旁说道："你看窗外的月色太亮了，碧蓝的天空，高挂起这轮明月。在万籁俱寂之下，这种景色可是实在难得。咱们快到外面看潇湘江的月夜美景，管保你胸襟立时舒畅。"柳玉蟾也不管他愿意不愿意，挽着他的手儿一同走了出来，并立在楼栏杆前，赏玩这无边的美景。虽然天龙剑商和竟把那愁怀遣去，柳玉蟾是成心把他的忧郁心情，想给他消散消散，遂指着远近一处处清辉笼罩着的景物，说说讲讲。

天龙剑商和正在不时地答应着妇人所说的话，忽然咦了一声，向柳玉蟾说道："你看那是什么？"柳玉蟾听到他这种惊诧的口吻，知道他另有所见，顺着手指处看去。他所指的地方，正是潇湘江心一带，骤然间柳玉蟾还看不见什么。那江心中清流奔放，没有一点别的异样，可是知道商和决不是粗率的人，随便说话。她竭尽目力仔细观察，这才看出在江心中白浪翻腾之下，有一件黑色的东西。它随波逐流而行，走得很快。渐走渐近，已辨出来是一只轻舟顺流而下。柳玉蟾遂点点头说道："这倒好叫人疑心，月夜江流中，竟会有人泛棹，这真是怪事。这条船倒是十分扎眼，它走的时候太不对了。这么深夜里真是拿性命当儿戏，与情理上太不合了。你看出这只船是怎样来头么？"商和微把头摇了摇，仍然目注着江心，不稍瞬。对于夫人柳玉蟾的话随口答了声，也没说出所以然来。船走得快，在他们夫妇注视之间，这只船已然过去好远，渐渐地又成了小黑点，拖在波心上，慢慢地消逝了它的迹象。天龙剑商和目注良久，这才扭过头来，向他的夫人柳玉蟾道："午夜行舟，情实可疑，但是江湖上离奇怪诞的事何止万千？我们不过是适逢其会，看到眼中。这不过为潇湘月色多添一点景物罢了。"

这时月色愈明，微风阵阵。院中种着的几片竹子，不断被风吹得竹叶发出沙沙的响声。这绿云村在这种时候，他这一对贤伉俪仍有这种雅人的兴致，在这种深夜中竟不肯走回楼内，依然在这栏杆内浏览着江村美景。不过这时夜已渐深，露已渐重，江风吹过来，颇有些夜凉似水之意。柳玉蟾说道："今夜实因为太晚了，你若高兴，我们明晚何不踏着清凉的月色，到潇湘岸上找一只小渔船，也到江心去游玩一番，岂不更是畅快？"天龙剑商和点点头道："很好！美景不常，花无常好，月不常圆，人生应及时行乐。古人尚要秉烛夜游，我们借着长空的月色，何妨一学古人！玉蟾，夜太深了，你还不去歇息么？"

柳玉蟾点点头，才待回身，无意中又往江心那边望了一眼。柳玉蟾很惊诧地一推天龙剑商和的左臂，低声说道："今宵怪事多，这真奇怪了，怎么方才过去那条小船，说是适逢其会，现在从上流又下来一只。你看，冲波逐浪，疾走如飞。我不信有这种巧事，这里边定有蹊跷！"天龙剑商和被他夫人柳玉蟾这一猛然招呼，他往江心注目时，果如她所言，从上流见一只小船，这小船冲波逐浪，船行如箭，把那江心的水花，冲起一条白浪来。它走得非常快，虽然离着不是很近，但是在这皎洁的明月之下，还逃不出商和他们夫妇之目。

这时商和也连连称怪，向夫人柳玉蟾道："我们往后退。"随着这夫妇二人往里退了两步，撤到竹楼的栏杆里，背倚着楼窗，仍然仔细张望。那条小船眨眼间，已来到正对着绿云村这一带的江心里。那条小船竟在这时有些放慢了。船走得这一慢，天龙剑商和也想趁势看看驾船操舟的全是什么样人，但是竭尽目力，也看不清什么。这个船走得各别，是不是方才过去的那只船，还是另有其人呢？这件事是不敢断定。只看到这条小船，船身并不大，船的形状和装设虽是看不十分清楚，可是大致也看出来，这只船不是本地的。小小的船舱和船身前后那种轻巧的情形，只在长江上游有这种轻快的小船。它吃水又轻，走得又快，船上的装置十分轻巧干净。凡是在长江上游一带，稍微讲究的客人，全愿意坐这种船。既舒适，又省力，能走顺风，能走逆流。船头和船尾全翘起来，在多险的水程中，全可安然来往，轻易出不了事。可是这时商和夫妇见这条怪船的船头和船舱一带，黑暗暗，空洞洞，看不见船家，看不见水手。只在船尾舵那里，似乎坐定一人，因为他身躯矮下去，更看

民国武侠小说经典

不真切了。

　　船慢慢地从这一带过去，天龙剑商和便注定了这只船的去向，目不稍瞬。靠江岸这边有一座古塔，离着江边虽不很近，但是远远望去，这古塔耸立着，如同在波心一样。这只小船经过这个地方，刹那间已失了这小船的所在。天龙剑商和越发的疑心，用手一拍柳玉蟾的肩头说道："我们到楼中去讲。"柳玉蟾也觉着有些可疑的地方，遂随着丈夫天龙剑商和走进楼中。

　　天龙剑商和把那窗门掩闭，向柳玉蟾道："你看今夜的事怎样？我看这来船不大妥当，莫非这里头真个与我们有关？或是为我们而来？"柳玉蟾眉峰深皱，向天龙剑商和道："所见这两船的情形，是一是二，尚不得而知，反正不是甚么好现象，我敢断定的。你在楼中少待片刻，我想到江边查看查看。"天龙剑商和摇了摇头道："月夜荒江，有这种怪异情形，我们倒要查他个水落石出也倒安心，不过还是我去为是。你一个女流，还是暂不出头为妙，我去去就来。"柳玉蟾也不敢过于拦阻，遂向商和道："来船没有判明他来意之前，千万不可莽撞。你要一切谨慎，我仍然在这里瞭望着。"

　　天龙剑商和仍然是长衫便履，走出楼门。从暗影中飞纵下楼去，轻如落叶，着地无声。他从黑暗的地方飞纵出院落，直扑江岸。他可是一路上，捡那可以潜身的地方纵越如飞。柳玉蟾若不是亲眼见丈夫出去，凭着商和的一身轻巧的功夫，这种轻快的身手，绝不会被人发现的。这商和好一身轻巧的功夫，眨眼间已到了江岸边。柳玉蟾再想细看，可就看不出一点来。

　　这天龙剑商和到了江边，往西北转去，也正是那座古塔的所在。这座古塔当年起建时颇费匠心，七层直耸着，有数丈高，可是历经风雨剥蚀，那古塔已经快要坍塌。天龙剑商和从塔后绕过去，反倒把脚步放慢，查看江边的情形。这一带没有船只，也看不见方才那只小船的去向。天龙剑商和好生诧异，知道这条船绝未走开，可是现在的踪迹，一些也找不到，这真是怪事。

靠这一带的江边，非常寂静，并没有船只在这古塔前停泊。有几艘小渔船，还离着这古塔有十几丈远，全是静静地停在那里，船上的渔家大半已入睡乡。这条怪船，纵然他操舟术精熟，但是除了这座古塔能隐蔽它，只要把这座古塔过去，它就是和小渔船停在一处，在楼上也能早早地发觉，何况来到近前。天龙剑商和在万分惊异之下，自己就不信会有这种怪事。好好的一只船，眨眼间会失了踪迹，这不是过分的离奇吗！自己站在古塔前，自背着手儿仔细地想着这怪船失踪的情形，颇觉得今夜的事太出乎意外，难道这世界真有什么精灵鬼怪么？

天龙剑商和正在十分疑惧之下，猛然听得身后似乎离着自己不远，发出一声冷笑，似乎听得有人说："回去吧！"这种语声令天龙剑商和猛地一惊，急忙回身查看身后，绝没有一点异状。天龙剑商和并非是一个平常读书人。他是一个挟一身绝技之人，当年纵横武林，以掌中一口天龙剑也曾雄视过江湖。他对于江湖上一切勾当，知道的比别人更不少。他转过身来，先看眼前一带，更注意看这古塔中，是否有人匿迹潜踪。这座古塔虽然是行将倾颓，可是在天龙剑商和眼中，知道这上面尚可潜形。不过古塔因为快倒塌了，过于危险，所以沿江附近住的人，恐怕有那莽撞的人还要上去，倘生危险，岂不徒伤性命？所以把下面的门完全封闭，但上面的窗子依然挡不住武林中的能手。

商和细看上面，虽是没有形迹，可是不肯甘心。不过自己出来，身边器械、暗器全没带，便一伏身从地上拾起一块石子，一抬手向古塔第三层的窗口打去。因为只有这个窗口，可以凭武家轻功出入。石子落在里边，却丝毫没有一些反应。商和真是胆大包身，双掌在胸前一错，左掌在前，右掌在后。一掌护身，一掌应敌，随着双掌一错之势，身躯往前一纵，已经飞纵上古塔的第三层窗口。他这么冒险而进，定要看看里面是否有人潜伏。可是自己也加了一番慎重，凭着一身轻巧的功夫，往窗口上一落。用右掌攀住窗口的右面，右脚原本就没跟上去，全身反往回下一带，右脚贴着窗口外，往那风雨剥蚀、凹凸不平的砖墙上，脚尖一着墙，全身贴在窗口外的右边。防备暗中有人潜伏，自己就可以借着轻功提纵术的精纯，飘身而下。

天龙剑商和才把身躯撤过来，方待探首向塔中查看，突然在这时从左耳旁，暗器风声忽到。他这是万想不到的，会有人从塔下袭击。不过按自己的功夫造诣，量还不会被它所伤。往外一甩头，如是把身躯翻转来，用脊背贴墙。可是这种危险的停身所在，若不是内家功夫有了火候，可不敢这么施展。商和一甩头，左手已撤过来，预备拨打暗器。可是暗器已然到了，两点寒星已穿窗打进去，并不是向他发的。这虽是在刹那之间，天龙剑商和倒辨得清楚。随着暗器打进来，下面已有人发话："你也太以冒险了！"

商和一听话声，竟是夫人柳玉蟾，她随着发话的声音，如一缕轻烟冲上古塔的窗口。可是柳玉蟾却是挟着利剑而来，先把剑身探进窗口，毫不迟疑地涌身落在塔内。天龙剑商和又是恨又是爱，恨她只责自己冒失，却不管别人停身的地方多么危险。自己也跟着翻进塔内，似讥似笑地说道："有劳夫人保驾，可是你怎么竟跟踪赶到这里？"柳玉蟾答道："我越思索这种情形越觉可疑，可是你竟这么疏忽，一点防身之物都没有。现在我们虽是脱开是非场，可是眼前既有这般怪异事，就不得不慎防一切。骄敌者必败，你素日很能告诫人，怎么临到自身，反倒这么不慎起来了？"天龙剑商和冷笑道："索敌未成，反招得夫人兴问罪之师，我们不怕暗中有人笑话吗？"柳玉蟾道："敌在那里？我们今夜真称得起庸人自扰了！这古塔只有这一层尚可着脚，大约这里不至于被奸人利用，匿迹潜形，我们不必管他了。"

商和略一沉吟。外边的月色皎洁，这夫妇二人全是有很好的武功，目力又十分足。这座塔中土闭尘封，蛛丝遍结，足可以看到这里是没有人来过。天龙剑商和道："我们原定是明夜饱览潇湘月夜的美景，可是事情变幻无常，叫人难以捉摸，想不到我们此时反是到了这里。所以说，一饮一啄，莫非前定，我们可以踏月而归了。"说到这里，柳玉蟾仍是头一个越上窗口，飞纵下了古塔。天龙剑商和自然也是跟踪而下。

在他身躯刚刚脱离窗口，离着地上尚有丈余，耳中听得身后有人用轻微的声音说："有劳贤伉俪！"天龙剑商和耳中虽然听得语声，但是身躯没法施展，也无法回头查看。身躯已落到地上，一拧身，回头再向塔上望时，依然是清凉的月色中，庄严的古塔静荡荡临风矗立，慢说人迹看不到，连一些别的影子也看不到。天龙剑商和惊诧地"咦"了一声，厉声向塔上喝问："是那位道中人驾临潇湘，垂青于我商和？我已来此多时，何妨示以真面目，我这里候教了！"只是任凭商和怎么开口向暗中发话的人招呼，但是决没有人答话。

柳玉蟾是先下来的，在商和从古塔窗口纵下来时，柳玉蟾正目注在那里，也没看出一点形踪来。这真是怪事！夫妇二人决不信有人能隐匿在古塔里，难道说世界上真有鬼魂吗？依着天龙剑商和，要把剑拿过来重上古塔，再行从头查看一番。柳玉蟾一旁拦阻着，不叫他那么办，因为准知道里面没人，去也无益。遂向天龙剑商和说道："此人若是为我们而来，我们倒无需此时非见他不可，他自会前来找我们。"天龙剑商和听到夫人这么说着，也只好罢手。但是今夜怪事重重，自己几乎不能忍耐下去。更对于那怪船失踪，尤其是不能释怀，向柳玉蟾说道："塔中作祟的情形，我们只好听其自然。我们何不到江边走走，倒是看看那只怪船的来踪去迹，究竟它隐匿到那里。"

在说话的时候，他尚是脸对着古塔。才一转身，耳中突听得哗啦哗啦的水声，响自江边。夫妇二人越发惊异，赶到注目看时，靠江边不远，一片芦草丛之下，窜出一条小船，如飞地向下游而去。天龙剑商和喝声："你还往那里走！"一纵身追赶下去，柳玉蟾也紧紧跟随，扑到江边。这条船已经把风帆扬起，航行如箭，向下游逃去。江面又宽，这船早已走到江心。天龙剑商和任凭它走得多快，只不肯舍却它，沿着江边追赶下来。可是徒劳他夫妇追赶了一程，那只船蓦然间转进一条岔子，刹时间船身隐去，皓皓的清波，再没有一点别的迹象。

天龙剑商和十分懊丧，夫人柳玉蟾知道他又动了真怒，赶忙地一旁劝解着，叫他回转绿云村。这夫妇二人踏着白茫茫的月色，缓步向绿云村走回来。这时月明星稀，只有远远的犬吠之声，看天上星斗的情形，大约三更已过。这夫妇二人刚到家门，柳玉蟾却落后了。那个跛腿的苗成，却不知他怎么晓得，竟自在门前等候。一眼看到主人回来，紧迎上前来，向商和招呼了声："主人，你怎么这么高兴？三更已过，还要到江边去游玩，你的兴趣真不小呢！"天龙剑此时心里正烦恼着所遇，不愿意和苗成多叙话，只向他说了句："你怎不早早去歇息？坐在这里做什么？"苗成一听主人答自己的话，所答非所问，心说：我问你深更半夜往江边跑什么？你反倒问起我来！苗成对于他这个主人有特殊的情形，历来是不受他主人的颐指气使，像奴仆那么驯顺。何况后面住着的那位老太太，还是处处替他说话，天龙剑商和也奈何他不得。

此时苗成碰了他主人一个钉子，心不甘服。柳玉蟾夫人已到了家门口，因为注意到一处林茂木密的地方，所以落后几步。这苗成还没看见他的女主人也随在后面，却把那丑脸一扬，带着不满的口吻说道："主人，你不要以为我老苗是吃饱了就睡觉。我那一夜也得出来几趟，竹楼中，我是时时留心着一切的。从前的事我岂能忘？我这满脸的伤痕，半只左耳，却还时时在疼着呢！"

天龙剑商和今夜所遇的情形，已叫他十分愤慨。自己在十年前，仗天龙剑游遍江湖，也曾闯出个名姓来。自从遭到挫折，一切的事措置失当，铸成大错，后悔已迟。来到绿云村，藏锋敛迹，自己决不肯甘心就这么忍耐下去。可是在这一节，自己决不敢多走一步，行事上稍有疏忽。便闭门思过，练剑读书。今夜无端的江心上有这怪船出现，还算小事，可是暗中竟有人以戏谑之语相加，这是叫自己最难堪的事。怪船再现，又被他脱逃。幸而自己是在闭门思过的时候，这要是在江湖道中，真教我商和置身无地！自己是满怀愤怒，一腹牢骚。到了家门，这苗成讨厌的东西，竟和自己这么任性起来。

天龙剑商和在这种情况下也有些忍不住怒气，并且听苗成这种话，竟拿当年的旧事来挟制自己，也恨声说道："你的伤痕痛，我的余痛未已，忍辱含羞，存身在这里，决不愿这么苟且偷生。我自己的耻辱我不能不雪，你为我家几乎断送了性命，我也没敢忘。我商和恩怨分明，有生之日，我决不会作负恩人。苗成，你记着我的话吧！"

这时，柳玉蟾已来到近前，商和最后的两句话，她已听见。在月光下，更看到苗成的脸色不对，知道这两人又说僵了。忙向前说道："老苗，你知道我们出来了吗？"苗成一看主母也在后面，把他那股子怒火，只好往下强压了去。可是心里不快的情形，那能一时全下去？遂向柳玉蟾说道："主母，我苗成在主人家中，没有一时不把主人的安危放在心上，所以我时时在主人面前叙叨，惹他的不快。这种情形我也知道，一个作奴才的按理不合。只是江山易改，秉性难移，我也没法子管我自己了。"这时，天龙剑商和已经匆匆地走进门去。柳玉蟾是多么聪明的人，不用细问，从这一言半语中，已知主仆又在口角，索性也不问他因为什么，只得含笑说道："老苗，你心中不要难过。主人的心情太乱，这几年把他锁在这绿云村中，外边看着他驯若绵羊，你是知道的，他可是这样人吗？强自收敛着性情，忍着一腹的怨恨，实没有发泄的机会。他没有人敢惹，只好拿你和我出气呢！我对着天说话，我决不拿你当使用人看待。我把你也看做骨肉家人，你一切就不必和他认真了。"这苗成被夫人柳玉蟾说得把头低下。

柳玉蟾一抬头，竹楼中人影晃动，正是商和已到了楼上。自己也长嘘了一口气，才待往里走时，这苗成又把头抬起来，柳玉蟾见他两只眼角中挂着两行泪。苗成向柳玉蟾说道："主母，任凭你们待我怎么样，我没敢忘了。我是什么身份，我也记得清清楚楚。不过我这人是死心人、直性子，有话不能放在心里，我是非说不可。

我因为他今夜又到江边去，叫人太以担心。我问他话时，他又不好好回答我，我才说出不顺耳的话来。其实我还是一番好意。我告诉他，我的伤痕还痛，我那半只耳朵也整天忘不下，我正是为着警戒主人，告诉他我们祸根未净，还要处处留神。不想他竟错会了意，说什么一生恩怨分明，颇有对我苗成必要报恩的意思。主母，这不屈死我的心吗？我明天可以跟老太太说说，让我走吧，别在这里给主人生气！"

柳玉蟾听苗成说出这种话来，叹息了一声，惨然说道："苗成，你可不许这样。主人对你的心，也决没有改变。他方才正在烦恼中，所以说出那样话来。共生死患难的人，难道还介意那些小事吗？"遂把江边所遇说与苗成。可是对他说完了这话，又再三地嘱咐他：要事事留神，时时谨慎，可不能疏忽。我们在绿云村是避祸，可不能再招出祸来。苗成听了柳玉蟾这一说，立刻睁眼说道："怎么，竟有这种事吗？我倒要看看，他究竟是怎么一个来意！我们这一家人，被人害得江湖上再不能抬头，他们也就足可以算称心如意了，难道还要赶尽杀绝，找寻到这里吗？主母不要怕，我们当年还是稍有顾忌，现在还管他些什么。任凭他什么人来，我们只可放下手来动他。人不容我，我们难道真就任凭人把我们斩尽杀绝，全消灭尽了吗？"

柳玉蟾此时好生着急，自己知道这些情形不必和他说，只因他主仆之间已生误会，不把这种情形和他说明了，他这种怪脾气，怕再闹出些什么来，更叫自己束手无策。只好把所经所见，说与他听。果然他这种怪脾气，立刻就要发作。只好竭力地解释着，告诉他："事出偶然，江湖上竟有些异样的事，那会真个与我们有关？你还是听我的话，万不可做出冒昧事来。你要把我一家的安危放在心上，就是在绿云村，我们也不许出一些事。"苗成被主母这么说着，只得答应着。柳玉蟾嘱咐他关好门户，自己也回到竹楼上。见天龙剑商和正在倒背着手，来回地走着，凝眸似有所思。柳玉蟾更看出他余怒未息，自己轻轻走到里面，把天龙剑还在鞘中，挂在墙上。

　　这里，天龙剑商和抬起头来，向他夫人柳玉蟾看了看，恨声说道："苗成这个东西太以可恶了！我们一再地容让他，他近来越放肆了。我们决不是忘恩负义之人，我们全家，上自老太太，下至金莺，对于他，谁全让他一步。他可是越闹越不像话了。你是没有听见他今夜说的话，叫我无法忍耐。我们对他未曾负心，待他如家人骨肉，只是他的身份不同。来到绿云村，我未尝不想着把从前主仆名分去掉，我以弟兄看待他，叫他和我一样地过活下去。但是来到这里，我稍露话锋，几乎把他急哭了。他说我们那样对待他，他只好离开我家，重入江湖，任他去干。若是拿主人一样看待他，等于把他放在荆棘上，他倒一丝没有舒服的日子了，他真的自觉过不了那样生活。

　　"我看他急得那样，知道他是放肆惯了的，实受不了管束，所以任凭他在家中替我照管一切。他素日的情形，我就不便理他。何况我偶然地谈到他无理的情形，我们这位老太太尤其是袒护他，口锋中也是怕我忘了旧事，所以我倒一字不敢提了。近来的情形尤其是可恶，无论大小事，只要是他想这么做的，就不准你拦阻一句。只要你说出一个不字，好似逆了龙鳞。这种情形，不上不下，不主不仆，我倒也不好和他争执。不过今夜的话，他说的未免叫我商和太以的刺心。慢说他的情形我不敢忘，我本身这种隐痛，又何尝一日去怀？我的旧恨未消，奇耻未雪，大恩未报，壮志未伸，我死不瞑目！他对于我家，虽然没有救我全家性命之力，可是遇到事的时候，他能够杀身成仁，舍生取义。这在读书明理的人，全是难做到的。

　　"老苗他不过一个江湖道上粗豪汉子，能够身受好多处的伤，生死须臾，他能够把一颗鲜红的血心来护主，叫我商和怎能不把他这种情形不放在心上？我商和是一生不作负恩事的，他方才简直说得我要把当年的事忘掉了。他满脸伤痕，半个耳朵还痛，这个话太可怕了，叫我好生的伤心！分明是讥讽我，把他给我家卖命的情形

15

忘掉了。你是明白人，我能忍受这种话吗？我现在最痛心的是，我无法报他的恩。我现在怎样报他的恩？只他这一件事，叫我盘旋在心中。我从今夜今时起，任什么全不能够管了！"商和说到这儿，愤怒十分，那情形是不能忍耐下去，背着手，低着头，在屋中来回走着。

柳玉蟾暗暗着急，心说这可糟心，这两个人的情形可把我难死了。自己知道苗成是绝没有那种情形，粗豪成性，语言上不会检点，话更不会婉转着说。他胸无城府，有一些不快，立刻冲口而出。今夜他算赶对了时刻，商和正怀着满怀愤怒回来，两下里竟自相左。这还深怨自己在绿云村外落后了几步，才闹出这件事来。自己要和商和一起进门，决不会容他两个人起这种误会。想到这里，自己反十分抱恨。不过解铃还得系铃人，无论如何，丈夫在这种威怒之时，必须把他的愤怒平了。免得在这种忍辱偷生中，家中再起了意外的波澜，后患更不堪设想了。

她遂走到天龙剑商和的身边，把他的手拉着，强把他拉到椅子旁，叫他坐下。自己也搬过椅子来，紧靠他身旁坐下，柔声说道："你先把气往下捺一捺，你和老苗完全是误会了。一个仗剑走江湖，成名的侠义道，竟这样极不能容起事来，岂不叫人笑话？你听我把这种情形说明，是与不是任凭你自己思索，我柳玉蟾决不愿做那平常人做的事。'息事宁人'四字，那不过是一种平常劝解人的方法，不愿意两下里起风波。不管事情的对与不对，只能把风波压下去，至于将来也就不管了。我柳玉蟾虽也是女流，历来最不愿意那样去做，也不愿意做那种好人。凡事有个理表，事情的好坏祸福，那不是一再忍耐就能彻底解决的。老苗他的为人，我们是尽知的，在江湖道中不能不说他是一个有血性的汉子，有良心的男儿。不过江山易改，秉性难移，任凭谁也不容易把性情改变。他在我商家不是一年半载，这些年纪的人了，他是丝毫没有改变，就是那种怪脾气，我们有什么法子呢？

"他不会说话，一句话出来，能够像利刃一样把你的心穿了。

可是他的良心绝对没有丝毫恶意，他更没有为他自己。这种情形，我们怎好不担待他？我们饱经忧患，久历江湖，不敢说高人一等，可也算明白些事理吧！我们不许刚愎自用，人非圣贤，孰能无过。有做错了的时节，也得反躬自问，自己检点一下，那么才不愧义侠二字。江边搜寻那怪舟，古塔中又遇见那种怪异事，我们今夜实在算是又遭人戏弄。但是任谁遇见这种情形，也是无可如何。正在你心情不快，遇上他这么个行为怪诞的人，你们两下里怎么会不闹出意见来？

"方才我已问过他，他已经把他的心意说明，对我家誓死不生二心。慢说现在在绿云村还是安居乐业，任凭走到什么地步，他那一身所有，完全付与我商家，粉身碎骨亦是甘心。他对你讲那些话，不叫你忘当年的事，正是因为你在这深夜中又到江边去，他认为十分不当。他是时时担心我们仇家尚在，隐患尚伏，愿意你时时谨慎，不可疏忽大意。他认为你今夜出去，完全是任情任性，太不检点。一时着急，说出不叫你忘却当年的旧事，心是好心，话可叫人太难受了。这种人可叫我们有什么法子呢？我想你千万不要多想，他没有恃恩要挟，用这种刺心语故意地和你为难。我敢断定他绝没有那种意思，你何必那么多想呢？"

天龙剑商和被夫人这么劝着，怒气略消，长叹了一声道："我现在任什么话不讲了。一个人万分不得意下，不要受人的恩惠。就说是施恩不望报，可是受恩的人，一个力量不足，不能酬恩报德，能叫你终身遗恨。现在我对于苗成的身上，正是此情。夫人，你叫我说什么呢？"天龙剑商和说到这里，满面凄凉，生出无限的感慨。夫人柳玉蟾也为之黯然，相对无语，默然了半晌。

村中鸡鸣阵阵，将近五更，柳玉蟾说道："夜已深了，难道我们还坐待终宵吗？江边的事，我看并非对我们十分恶意。江湖中尽有奇人，风尘中更多异事，或许有知道我们行动的，路经此处，故意相戏，也未可知。我们现在只好把这件事抛开，听其自然，真要是事情临到头上，到了这般地步，还有什么怕的吗？"天龙剑商和怅然站起，向柳玉蟾道："江边的事，我不认为偶然，我看定是有意而来。我倒要以全力应付，细查此人的究竟。"

方说到这里，窗外竹楼上的栏杆上，微微一响。这座竹楼是建筑得十分精巧，也十分的坚固。这是江南竹工匠人的一种特别手艺，换一个地方，决不会盖这种竹楼。不过任凭怎样好，只要风稍大，脚步一重，楼上所发的声音是没法去掉的。天龙剑商和素日间和夫人柳玉蟾，暗中在这上面下了许多功夫，锻炼这轻功提纵术。要叫他在这楼上行动时，楼身不发出声音来。这种功夫隔不住日子长，这夫妇两人数年间，除了平常，走这楼上时，脚步逐渐轻巧。有时赶到夜静更深，这夫妇两人更在这竹楼上下，锻炼蹿纵术。工夫一长，任凭从下面翻到栏杆上，或是猱升楼顶，全使它没有多大声息。

此时忽然一听到楼窗外有些声息，天龙剑商和掌风轻轻往外一挥，把案上的蜡烛扇灭。柳玉蟾也认为外边有了人，手底下一按桌案，已纵到楼门口。天龙剑商和猛然间，把自己关闭的楼窗打开，探身往外张望。柳玉蟾这时也把楼门推开。这时往下面看，全看得清清楚楚，院中决没有什么形迹。不过天龙剑商和在楼窗一开之间，眼角中见了一条黑影，从这竹楼栏杆的东头，往旁边厢房的屋顶上落去。不过如一缕青烟相似，究竟是什么形迹，天龙剑商和是一点也没看清。

天龙剑商和这次可加了一番慎重，回身一纵，到了后墙下。伸手把天龙剑摘下来，一反身，脚下一点，挟着利剑穿窗而出，落在楼栏杆上。腾身越起，也往东厢房纵去。夫人柳玉蟾跟踪而出。可是翻到了房上，再找那人踪迹，已经渺然不见。天龙剑那肯就这么甘心，仗剑跟赶下去，把自己的宅中转了一周，见毫没有迹兆。在屋顶上往外查看，白茫茫的野外，也没有夜行人的踪迹。回头看夫人柳玉蟾也追了出来，且不愿意惊动了别人。见柳玉蟾没有带着兵刃，向她一点手，夫人柳玉蟾飞到他的近前。天龙剑商和用手向绿云村西边一指，自己复往东边一比划，低声说："搜索全村。"身随话声中已经纵起，飞纵出院去。

柳玉蟾也恐怕这夜行人或者在绿云村中匿迹潜形，所以也不敢迟缓，施展开轻功提纵术，纵越如飞，往绿云村中搜下来。一个从西一带圈着，往北搜索；一个是沿着绿云村的东边，由村中的屋顶上搜索下来。这夫妇两人环村转了一周，穿着绿云村的中间，由一处处民房翻过来，仍然回到村口。只是那夜行人的踪迹毫无。天龙剑商和同夫人柳玉蟾全是十分愤怒，怎么今夜竟自连番遇到了江湖的能手，遭到人家这样的戏弄！夫妇两人那肯甘心，从村中翻出来，又搜索到村前树林一带。直望到江边去，毫无迹兆。这夫妇两人，现在全是一样的心情。此时可认定了，暗中是有人故意为难。只是任凭怎么搜寻，那人隐迹后，就再找不着他一点形迹。这夫妇两人既觉羞愧，又不甘心，可是这种情形下，任凭你有天大的能为，也叫你无法施展。

柳玉蟾忽然想起情形可疑，遂向天龙剑商和一点手，叫到近前，低声说道："我们莫非舍近求远吗？莫非他仍然隐匿我家中，我们那可有些失着了。"天龙剑商和乍一听夫人说出这样话，也是一惊。可是略一思索，微摇了摇头道："依我看来，还不致这样。我家中不是容易被任何人涉足的地方，后面老太太那里是不容人窥视的，前面的老苗亦非弱者。只有我们出来，这竹楼中才任他出入。可是我商和除一身之外，没有可以任他染指之物。他把我们人诱出来，又有何图？"柳玉蟾听了他的话虽觉有理，终不放心，向商和道："绿云村搜索已毕，村前野外，又没有迹兆可寻，我们何妨回去看一看呢。"

这夫妇一前一后返回自己的宅子。这时还是防备着暗中来的敌人，全是轻身纵越，隐蔽着身体。天龙剑商和头一个跃进宅中，正经过苗成的屋门口。见他屋门开着，一盏油灯尚未熄灭，从门口露出一点昏黄微光。商和落到他屋门前，稍一停身，往屋子查看他是否还在睡着。可是探身查看之下，屋中并没有他的踪迹。回身看，街门尚还开着，便疑心他在夜间出去走动。柳玉蟾也跟踪进来，落到商和的身旁。见他停步不前，又看苗成的屋门还开着，就知道有异。轻轻一拍商和的肩头，用手往屋中一指，低声问："他怎么样了？"

天龙剑商和不答夫人的所问，压剑回身，向院中用沉重的声音招呼道："苗成，苗成！"只是连呼了两声，并没有人答应。柳玉蟾这时走进苗成所住的屋门，往里面看时，这种地方用不着仔细察看。柳玉蟾不止于知道他不是在院中去方便，更知道他定有意外的举动。

第二章

试义仆竹林困苗成

苗成原有一柄厚背鬼头刀，是他最得手的家伙，平日就在他的身旁边墙上挂着。自从来至绿云村，天龙剑商和谆谆地嘱咐他："我们住在这类地方，行为上应当十分谨慎。我们这家人，自己不觉得怎样，在绿云村居民的眼中看着，就显得十分扎眼。何况你又生得这样武勇凶暴的像貌，再若是尽自舞弄这种重兵刃，岂不教村中人更要多想我们的来路可疑？"柳玉蟾也是这样和他说过。

那苗成不肯不听主人的吩咐。但是偶尔遇到夜间的月色好，天龙剑商和夫妇睡了之后，他把鬼头刀提出来，自左至右要在院中砍他一趟。莫看这苗成地位虽低，可是他一身的本领可不差。他所会的功夫完全还是武林正宗、名门名派。他不肯把功夫搁下，自己不断偷偷地练习它。所以这把刀随着主人隐居绿云村中，这几年中不用它了，依然擦得雪亮，磨得锋利。这刀在他那只皮刀鞘中，藏锋敛锐，待时而动。

此时柳玉蟾一眼望到，他的人没在屋中不要紧，刀也没有了，就知道非出事不可了。慌忙间轻身来向天龙剑商和说道："这可真糟！天到这般时候，他提刀出去了，难道他因为我方才提到江边古塔所遇的异人，也不肯甘心，背着我们前去搜索么？果然如此，我们还得赶紧追赶他去，他那种性情，遇见敌手是难免吃亏。"天龙剑商和听了夫人的话，微摇了摇头道："只怕不是，方才那人暗中一路行迹，倏已失踪。此时想起来，我们在绿云村中搜索之时，只怕就是苗成遇事的时候。玉蟾，你随我来。"天龙剑商和认定苗成这一走，恐怕有极大的事非，所以丝毫不敢放松了。脚下一点，已经腾身纵起，飞登屋面上。更不往后面的绿云村一带查看，只往江边一带尽目力所及，仔细地辨别江边的情形。但是在月夜中想找一个人的踪迹，那太不容易了。略一瞻望，身形跟着纵起，直往潇湘江岸这一带搜寻过来。

绿云村附近一带，桑濮野树，竹塘土埠多的是，到处都有隐蔽行迹的地方，这就很难了。天龙剑商和夫人柳玉蟾一前一后，把左右林木全仔细搜寻着，可是毫无迹兆，竟不见那苗成的踪迹。天龙剑商和暗暗着急。正在离开附近一带的树林，经过一片竹塘时，耳中听得一点各别的声息。这就是素日他们江湖上行道时所得的经验，声音虽然不大，也能辨别出来，绝不是风摆竹竿所发的声息。天龙剑商和压剑停步不前，向竹林一带查看时，跟着听得有喝骂之声。在这月夜江村前，这种声音慢说是身临切近，就是在隔开半里地，也容易听出来。只听竹林中竹竿子一阵劈啪乱响，从竹林里往外撞出一人。他一边往外闯，口中却一边骂着："你这老鬼，这种行为算得什么江湖道上的好朋友？我苗成虽不是你的敌手，不过我绝不服你。你有本事能把老苗的这条命要了去，我苗成死而无怨。如今你这么隐隐藏藏，说什么你有好生之德，不肯要我老苗这条命，我绝不承情！你要是好朋友，再出来和老苗走上几招，不然的话，我从今夜起，定要骂你到腊月三十。我骂不死你，也叫你心惊肉跳！"

他这么胡言乱语，已经闯出竹林。乍一从竹林出来，大约他的眼光还没有看得眼前的事物，猛然看见了天龙剑商和正在林边，一个饿虎扑食，连人带刀一块扑过来，向天龙剑商和就剁。他这一手可是真够愣的，天龙剑商和一撒步，往后一仰头，鬼头刀从商和面前劈下去。这一来把柳玉蟾倒吓着了，脚下一点，腾身纵过来，已扑到苗成的身边，轻叱声："苗成，你要疯么？"苗成这一刀下去，他已然看得眼前正是主人和主母，惊呼了声，脚步蹒跚地倒退出去，立时显出十分狼狈的情形来。商和在月光下见苗成此时的情形，可太难看了，身上热气蒸腾，衣裳全被浸透，并且浑身上沾了许多泥土。天龙剑商和惊问道："苗成，你怎么样了？莫非身上受伤了么？"

柳玉蟾也看到他这种情形，一定是遭人暗算，也向前问他："你为何来到这里？你和什么人动了手，快讲！"这苗成脸映着月光，一脸的疤痕再被汗迹一洗，两眼更如血球相似。原本是赤红色的脸，现在全成了青色，真是形如鬼魅，这份丑恶真不敢教人正眼看他。他气喘吁吁，主人主母这么追问着，他少缓了一口气，这才答道："主人、主母，我苗成出生入死，什么凶狠险恶的事情全闯过来。想不到今夜我在这绿云村活不下去了，我现在实在没有面目再见人了！"天龙剑商和忙喝叱道："苗成你疯了么，胡讲些什么！我们来在绿云村中，一家五口只是一条命。你活不成，难道我们还能活下去吗？只要我天龙剑尚在掌中，我还能应付一切。你倒是为了什么？可是身上受了伤么？"天龙剑商和这么疾声厉色地问，那苗成叹息了声，向商和道："我没有受伤，可是现在已经要把我累死，要把我气死。今夜这个耻辱不能报复了，我实不愿意再活下去。"

此时，柳玉蟾看到苗成这种情形，听他口中所说的不能再活下去，他的刀尚在手中，丈夫商和又是这么急怒交加地追问，回头向自己家中看了一眼，这才带着十分安慰的口吻，向苗成说道："苗成，你不要尽自往死路上想，咱们家中没有人照顾，老太太不知信息，那好尽自在外面耽搁！你还走得动么？咱们慢慢走着，把你所经所见的情形说与我们，多少也可以给你拿个主意。"苗成听到主母的话，叹息了一声，点点头道："我还走得了，今夜我所遇的事，到现在依然把我糊涂死。我不知道这老鬼尽情逼迫我是何居心！"

这苗成一边走着，一边把自己所经过的情形说了出来。天龙剑商和跟柳玉蟾一听见他所遇的情形，也是惊慌万状，诧异十分。但是对于苗成这么至死不生异心，忠诚护主的情形，也把这夫妇感激得几乎落下泪来。

原来苗成和主人天龙剑商和言语冲突之后，经过主母柳玉蟾好言安慰，他也知道方才和主人所说的话，虽然是自己问心无愧，绝无恶意，可是话也说得太不检点，自己也是颇生悔意。回到屋中，躺在自己那座床上，思前想后，一时倒睡不着了。心中烦闷之下，把自己那柄厚背鬼头刀摘下来，撤出刀鞘，想到外面练他两趟刀法，把精神疲倦之后，回来也就可以睡着了。

他提刀往外走，赶到一推门，抬头往竹楼中看了一眼，见灯光未熄，自己又退回来。主人主母未曾睡，自己在院中若是一操练刀法，稍有声响，定把主人惊动出来。自己要少待片刻，把鬼头刀放到床旁，又躺在那儿歇息。工夫不多，耳中听得院中有些声息。苗成也是久在江湖上闯的，听出外面的声音不对，伸手摆刀，轻着脚步到了窗前，把窗纸抓破一些往外看时，月明如昼之下，见主人提着天龙剑，正从楼上飞坠下来，主母也跟着出来。

苗成心里也在悬系着江边古塔中的事，可是主人主母已经翻出宅院，苗成就知发现了外人来到宅中窥探。自己赶到屋门口，才一伸手推门，门已自己开了。当门而立，站着一个一身短衣，赤着双足，穿着草鞋的老者。手中可是任什么没有，右手拈着额下的白髯，微微含着笑，向苗成低声说道："姓苗的，你要是江湖上的朋友，随我来，有话外边和你讲，怕死你就别出来！"苗成是个多么暴的性子，那肯听任外面来人这么轻狂，厉声喝叱："你这老儿有什么惊人的艺业，来到了你老子面前这么卖狂，你先接家伙吧！"他手底下现成的刀，猛然的向这老人的胸前戳去。那老人噗哧一笑，身形依然在原地没动，只把上半身微往左一搧，伸左手骈二指，往苗成的鬼头刀上一点，已把鬼头刀给荡开。这老者好快的身形，低喝声："你有胆量随我来。"苗成那肯含糊了，竟自摆刀追赶下来。

那老者竟自扑奔前面门首，他好似轻车熟路，连那门头上房都不往上落，腾身一跃，已到了门外。这苗成虽是性急、粗暴，但是他在江湖上也有了很多的经验、很丰富的阅历。他一见这老儿这轻纵法，就知此人是江湖上一个能手。只这轻功胆量，自己和他比较起来，就是差得太多。不过此时既已和他较量上，就是不行也不能含糊了。自己这柄厚背鬼头刀也不是好对付的，我倒要看看，你这老兄是怎么个路道！

苗成此时一步不肯放松，竟自追赶下来。那老人已直扑绿云村外，斜奔那片竹塘。苗成任凭把夜行术尽力施展出来，只是始终距离着那人两丈多远。把苗成急的，只恨自己身边没带着暗器。要是身边带着暗器，怎么也先给他一下子。好在这一段路程并不远，那老人直扑那片竹林。苗成一看不好，要被他逃进了竹林，自己就算白白地被他戏弄了。再不肯忍耐下去，厉声喝叱道："你这老匹夫！还要把你老子引到了那里去？这里就是很好的所在，不站住我可要骂你了。"那老者却略一停身，回身喝叱道："丑鬼，你要死也不要这么等不得，这就到了你葬身之地了！"那老人竟涌身一纵，跃进了竹林中一条小道。苗成本知道江湖上的习惯：遇林莫追。此时自己被他啰嗦得火起万丈，再不肯守什么江湖禁忌，竟自跟踪追赶下来。

这座竹林中竟有一片空地，直通着江岸靠东北一带的一片苇塘。外面月色甚明，只是这竹林中却是阴影甚暗。那老人已经站住，苗成怒骂道："你这老匹夫！找了这么个葬身之地，苗老子别教你白费了事！"往前一纵，鬼头刀照那老人的头上就劈。老人却往旁一纵，闪身避开，向苗成厉声喝叱道："你先不要忙，这还不是已到了你最后之日！你等我把话说明，你再死不迟。"苗成撇刀说道："老匹夫，我苗成就没把这死生两字放在心上！讲个明白也好，我和你这老匹夫素昧平生，你找了我来，是什么意思？大约江边古塔中也是你这老匹夫作祟。你就敢到绿云村，这么找我来，定是受那恶魔彭天寿差派。你既来了，也休想离开这里了。老匹夫，你叫什么名字？"

老者微微一笑，向苗成道："你不用张牙舞爪的这么张狂，我既然来了，我的事不办了结了，我绝不会回去的。丑鬼，你不用自己捣鬼，瞎猜测我的来意。江边古塔中是另有其人，不关你的事。老夫的姓名现在还不愿意告诉你，也用不着你问。即或我提出来，你也未必知道。你们主仆全曾是成名的人物，像我们这种无名之辈，那还放在你们眼中？

"丑鬼，咱们好好地讲一件买卖，拿你的这条命换一件东西。你自己可要思索一下，你不要以为你从来不惜命，不怕死。不过这次老夫既已找到这里，你的命就不许你管了。不是老夫对你说句狂言，你的死生两字，完全握在老夫的掌中。不过我这人做事来明去白，你还要放得明白些，一个人只有一条命。你这丑鬼任你不怕死，我却不大相信，蝼蚁尚且贪生，人没有不惜命的。你从天南把这条命逃出来，今夜才有你这个人在。不过一个人一生去了自幼无知和衰老病废，中间不过数十年任你施为。可是在这短短的数十年中，一个人要是不能成名立业，困顿在江湖上，低首下心地仰人鼻息，这样苟活一生，老夫看来，这种人活个什么意思？

"丑鬼，你常常自命是英雄，素日以任侠尚义自居，不过据老夫看来，你满错了。大丈夫做事，不能留芳千古，就得遗臭万年，那才对呢。你这丑鬼空学了一身本领，依附人的鼻息下，这么把你一生断送了，你这个人这一世就算白来了。老夫也不知道你是那位师傅教下来的。你依靠姓商的门下，你肯替他卖命，到现在你又该如何！老夫我和你也没见过，不过很有些人告诉我，你很是一条汉子。我们不愿意教你这种有作为的人，白白地断送了一生。我这才不顾一切地找到绿云村，把你引到这里，以良言相劝。教你醒悟了过去的错误，指你一条明路，教你往后能够扬眉吐气，在江湖道上多少也得教你占些地位。其实这种事你要是稍明白的，不用老夫多费话。你只要听从老夫的话，离开绿云村，随我到天南一带，能给你找一个极好的安身之地，作一个江湖道的领袖，也把你这身本领施展施展。

"不过你可听明白了，我们不是非借重你的力量。我们所去的地方，并不是非有你这样的人物才能长起字号来，人家那里有本事的人多着呢。我提一个人，量你也有个耳闻。南海渔人詹四先生，连他那种成名的人物也归附那个地方，其他的人也就可想而知了。老夫是怀着惺惺惜惜惺惺，好汉爱好汉之意，一番好意想把你引到成名露脸的道路上。不过你也得有进身的功劳才能收录你，连老夫此来也要了断一件事。你的心意如何？赶紧和我说痛快话，我没有工夫和你耽搁。"

那苗成那听得下去他这番话，分明来人是一个匪徒，想用威胁利诱，教自己离开主人的门下。已是强按着怒气，要听明白了他的来意。可是听了半天，他的话还是含糊其辞，没说出个结果来，遂怒叱一声："你这老匹夫是一派胡言！我苗成生来的命苦，我没有开山立业的本事，也没有领率江湖弟兄，做那没本钱生涯的福分。就是依靠人的门下，低三下四的惯了，我命中造定了是这样，我早认了命。何况我这人天生来的一条道跑到黑，绝不回头。姓商的自幼把我恩养起来，我认定我这一身皮肉骨血全是姓商的。任你摆上功名富贵，你老子绝不会动心的，你是枉费唇舌！你现在麻烦了一晌，据我看，你是白费了心机。我教你晚死片刻，我是想知道你真实的来意。看你年岁很老，你竟是一肚子狼心狗肺，可惜你这大年岁怎么活来的。老子没有工夫和你纠缠，你这样人我留你不留你没用，还是早早地打发了你吧！"苗成早把力量蓄足了，脚下一点地，揉身而进。身躯往这老者面前一落，掌中的厚背鬼头刀劈胸便扎。

这老者冷笑一声："丑鬼，你想动手不行，我的话还没说完呢。"在他答话的中间，苗成的刀已经递了两式。这老者只用闪，展，腾，挪，封，拦，格，据，身形巧快。苗成这把厚背鬼头刀，刀法十分厉害，连着拆了他六七招，这把刀却是递不进去。那老者突然身躯往起一纵，退出两丈去，厉声说道："丑鬼，你先等一等，想不要命，不至于这么忙。反正你放心好了，今夜你休想再回绿云村，我老头子已经伸手的事，任凭他天王老爷出来，也得依着自己的主张。我有两句要紧的话，在你临死前要说与你，现在你的生死也就在这一个时辰内。我再容你想一想，那天龙剑商和跟他那女人柳玉蟾，在江湖上虽然小有微名，不过我们没把他放在心上。老夫此来，还要借一点东西。你这丑鬼能把这件事办了，也可免你一死。就是天龙剑商和他的母亲罗刹女叶青鸾，这个老虔婆尚活在人间。她身边有一件东西，必须借我们一用，就是那'五云捧日摄魂钉'。这件东西，丑鬼你不会不知道，你能把这件东西得到手中，不仅能买你的命，还能换你后半生的无穷快乐。也不用你再在江湖上寄人篱下，依人生活，你也能吐气扬眉了。不过这件事老夫既已说出，你若不能做到，你就得随着老夫走，这件东西我们自会派别人来取。这两件事你敢全不答应，丑鬼，老夫要教你逃出掌下，我就枉叫铁……"

底下这个字没说出来，在北面的竹林中，似有人轻轻咳嗽了一声。这老者把底下的话完全顿住，不再讲下去。那苗成哈哈的一阵狂笑，随口骂道："你这万恶的老匹夫，我早就看出你是姓彭的一党，用这种甜言蜜语引诱我上你们圈套。鬼使神差，教你把来意说出。你们是惧怕商家的老太太五云捧日摄魂钉的厉害，不敢遽然前来动我们。想出这种下流的主意来，想引诱我苗成卖主求荣，你这老匹夫眼瞎了，心也瞎了。你既是江湖道中人，你耳中也该有个耳闻。姓苗的虽然是商家的奴仆，但是论起品格来，比你们这帮狼崽子高着三辈。我已经告诉你这老匹夫，你这番话哄骗别人，或许被你们所诱。纵然你有天大的本领，你能取姓苗的这条命，姓苗的这颗心你拿不走吧！"

在苗成这番话一落声时，竹林的南面被风吹得刷啦啦一响。在这竹竿互碰的声响中，似乎有人说了个"骂得好"三字。不过这三字的声音被风摆竹林，扰乱得听不真切，何况苗成此时已预备和这老者一死相拼，那还顾得到别处。竟在这时涌身一纵，扑了过来。掌中的厚背鬼头刀，用劈闪单刀的刀法，如暴雨狂风向这老者下手。

苗成这把刀曾受过名师传授，颇见功夫。这来人已露出口风，是势不两立的彭天寿的党羽，怀着恶意而来。可是此人虽然赤手空拳，但是两下一递手之间，苗成已知此人比自己本领高得多。自己把这把厚背鬼头刀上的本领，已完全施展出来。他这趟劈闪单刀，也真下过工夫，崩，扎，窝，挑，扇，砍，劈，剁，这趟刀法上有惊人的造诣，招数劲疾，砍出来的刀路子颇具十足的威力。但是这怪老儿竟自赤手空拳地来对付苗成，他依然是进退起落，翩若惊鸿，身形巧快得各别，飘忽若风，行前忽后，行左忽右。苗成容得他动手多时，才辨识出这老儿施展的竟是截手法。苗成一认出这老者施展的功夫，自己身上立刻见了汗，因为这种截手法是江湖武林中一种绝技。以这种功夫来对付拳术，尚还可说，若是用这种轻功夫来进兵刃，拳功没有上乘本领的，谁也不敢这么施展，只怕自己今夜不易再逃出他这趟拳术了。这怪老人这趟拳术，施展开挑，砍，拦，切，封，闭，擒，拿，矫若游龙，猛如狮虎，来如急风骤雨，去若飞燕惊鸿。这种身手，任凭苗成这柄刀怎样施为，也照样一点边沾不着人家，反倒尽递了些空招，渐渐的刀法散乱，身上已见了热汗。

这怪老儿一边动着手，还是不住地夹着戏谑讥诮的言辞，使苗成听到耳中，实不能经受。动手应敌，这一把气浮躁起来，已经算失着。何况苗成身上这一见了汗，渐渐的身形步眼全失去灵活，越发处处露了空。自己这一刀法散乱，身上连番被老者袭击。苗成越到了形势已然分出强弱，完全不是怪老儿敌手时，更把死生置之度外，口中连连喝骂。这怪老儿却也丝毫不肯放松，一边动着手，一边喝叱着："你这丑鬼，你是自己找死。老夫本有成全你之心，你反倒这么不识好歹，太可恶了！你只要现在抛刀认罪，老夫还念你素日尚无大恶，把你带走。你只要敢这么信口丑詈，老夫要先把你活活累到快断了气，再摆治你这丑鬼。我要教你尝尝这样新鲜的死法！"

这老者这时手底下，可实在是不肯留情。苗成被他连番袭击，左挨一掌，右挨一指，虽没有重伤，只是些不碍命的地方——肩，背，臀，胯，肉厚之处。可是这一连番被打，身似火烧，虽还禁得住，可是苗成一看这种情形，自己就是勉力挣扎下去，也无非是早晚毁在此人手内。看这情形，他是安心逼迫自己投降在他手内，做那背主求荣的勾当。自己焉能惜这一命，遂怒吼一声："老匹夫，你苗老子作鬼也饶不了你！"猛然向那怪老儿狠砍一刀，一翻身倒纵出来，自己一咬牙，横刀自刎。那知刀才往上抬，右臂上被人一击，一条胳臂完全麻木，再也抬不上去。当啷一声，厚背鬼头刀竟自落在地上。

这苗成怒骂了声："老匹夫，苗老子已是自裁报主，你敢阻拦我！"用左手抬刀，转身来察看时，那还有那怪老儿的踪迹！静悄悄的一片竹林，只有那丛杂的竹梢被风摆动着。蝼蚁尚且贪生，谁不惜命？苗成被人家武功逼迫之下，愤而自杀，在当时是一个被迫侮辱，不这么办也绝逃不开那怪老人的手下。现在看那老人家踪迹已失，空林寂静，苗成绝不会再寻死路。江湖上的事，历来是惜名胜于惜命，和平常人一样，尤其把这个名字看得特别的重。苗成竹林受辱，可是绝无第二人看见，这是他能惜命的原由。当时虽用左手把刀拾起来，他再不肯往颈子上抹了。不过像苗成这种人，实有至死不屈的特性。这也就是他忠心护主的特长，不是一般人所能比的。不过这种人可十分难惹，他认定了这件事是对的，任凭你说个天花乱坠，他就能百折不回，意志轻易不被你摇动。

苗成现在不想死了，他口里不肯闭着，对着空林大骂了一阵，到了这种时候，依然没有怕死贪生之意。骂了半晌，没有人答应。这时右胳臂已经缓过来，照样的能动作了。苗成被侮辱个淋漓尽致，精神颓败，狼狈十分，对空骂了这么一阵。那老儿定是走了，可把自己气死、糊涂死了。跟着主人在江湖上也闯荡了十几年，什么恩怨仇杀也全见过，只是今夜这个事太以离奇！就不明白这个怪老人，他究竟是怎么个来意？在先威胁利诱，想教自己做那丧尽天良，出卖恩主的事。那情形是做不到绝不肯罢手，似有把自己置之死地的情形。忽然间他这么飘然隐去，这种事情太怪了，自己就是捉摸不出个道理来。又羞又恨，走出竹林，这才和主人天龙剑商和、主母柳玉蟾相遇。此时，自己被怪老儿侮辱得筋疲力尽，两眼全有些模糊了。一出竹林，竟给了主人商和一刀。

苗成为今夜所遇的事几乎气死，被主人、主母安慰着，一同往绿云村走回来，遂把所经所遇说与了主人、主母。天龙剑商和跟夫人柳玉蟾也全惊诧十分，彼此也想不出来人究竟是何路道，他这么凌辱苗成，究竟是何居心。天龙剑商和遇到这种情形，也是又急又怒。夫人柳玉蟾看到苗成这种情形，一边走着，一边竭力地安慰着他。家门到了，柳玉蟾头一个蹿过门去，把门开了。这就是夫人心细的地方。因为一路走着，苗成颇有些步履蹒跚，愁眉苦脸的。他身上定有许多伤痕，这时再教他蹿高纵矮，当着主人面前，他绝不肯示弱，可是何必再教他受无谓的痛苦？所以柳玉蟾赶紧把门开了。

天龙剑商和跟苗成一同走进大门来。一进门先打量院中的情形，没有什么异样。吩咐苗成回自己屋中歇息，教他赶紧把治伤的药服下去。柳玉蟾头一个先奔里面，她不上竹楼，却到竹楼穿过后面的小门前，听了听后院里并没有什么动静，自己放了心。这时天龙剑商和心中在思索着事，未免精神不属，竟走上楼梯。柳玉蟾也从后面赶过来，见丈夫不肯再用轻功纵上竹楼，现在他心情正在烦闷之下，自己也不肯任意在他面前施展本领，也随着他的身后从楼梯上来。赶到了楼上，转过扶梯，天龙剑商和已到楼门口。

江湖上不论是武林中的人，或是江湖道中人，凡是在夜间出入，全不肯疏忽，恐发生意外。就是自己常走的地方，门窗灯火全要十分留意，何况商和他们夫妇今夜是已有所遇，绝不会那么大意的。商和见楼门和窗上的灯光全和走时一样，放心地往里走。一脚跨进楼门口，猛见在他那书案前、灯光下，坐定一个像貌奇怪的老者。一身短衣裳，半秃的头顶，一绺山羊胡子，手里正拿着自己看的那本书，静坐在那里。自己这一进屋，这老人把书本子往书案上一放，神色自然地向自己微笑欠身。

天龙剑商和在愕然惊惧之下，往后一撤身，剑已握到右手，左手一指，喝问道："你是什么人？"柳玉蟾是紧跟着商和的身后，这种动作太急，柳玉蟾也没想到会再有意外发生，险些和天龙剑商和撞在一处，自己也惊得往后却步。这时，那老人呵呵一笑道："商大侠，我冒昧登门，可称是不速之客。我恐怕尝了主人的闭门羹，故此这么无理地擅闯竹楼。商大侠，我应得何罪，尽管处罚。我只盼望贤伉俪不要把老婆婆惊动出来，我就是感激不尽了。"

天龙剑商和跟夫人柳玉蟾乍一见竹楼中有人潜伏，非常惊惧。这时察颜观色，已经看出来人没有十分恶意，不过可没有十分把握，因为一些看不出这人的来历，更不认识他。夫人柳玉蟾身后也自戒备着，把暗器已扣在掌中，预备来人稍有动作，先下手为强，赏他一暗器。柳玉蟾更想到苗成所说竹林中那人的情形，颇像此人，遂也厉声喝问："既然承你不弃，来到绿云村中相访，我们夫妇定要竭诚地招待你才是。不过方才竹林中莫非就是尊驾？既肯现身相见，请示姓名？"那人这才慢吞吞站起来，向柳玉蟾说："你所说的倒是不差，竹林中和那丑鬼相戏，正是我们办的。你们贤伉俪要问我的姓名，我就是说出来，你们也未必知道江湖上还有这么个人。我现在提个人，你们若是知道的话，我们一切事就好讲了。南海渔人詹四先生，你们贤伉俪可认识他么？"

此人话一出口，天龙剑商和赶紧把掌中剑交到左手，向来人一拱手道："尊驾既提起这位詹老侠客，我想你和他定有渊源，尊驾莫非是从詹四先生那里来吗？恕我夫妻无礼，我还是得向尊驾请示姓名，也好称呼。"柳玉蟾这时听来人说到詹四先生，不致再有恶意，更恐怕被来人发觉自己要用暗器，赶紧收起来。这来人听到商和的话，这才说道："贤伉俪既然肯承认我所说的人，量不致再疑心我了。何妨先请到里面来，咱们坐下谈谈好吗？"天龙剑商和此时已细查来人身上绝没有兵刃，遂向来人点点头道："我正要和尊驾细谈。"跟着一扭头，向夫人柳玉蟾看了一眼，毫不迟疑地走向里面。先把掌中所提的天龙剑往剑鞘上一插，返身向来人拱手施礼让坐。夫人柳玉蟾却紧随着商和的身旁，不肯离开。

这人容商和落坐之后，说道："商大侠，在下因为是无名之辈，历来无论走到什么地方，轻易不肯报'万儿'。这不是我的轻狂，正是我藏拙的地方，纵然丢人现眼，也可给师门稍微保全一些颜面。不过今夜来在绿云村，我不把我的来历说清，咱们底下的话就不好讲了。我姓雍名非，江湖上有个浑号，全称我作铁鹞子。在詹四先生门下，在弟子中忝居第一，我的话绝不假吧？无名小卒，未必入过商大侠的贵耳吧！"

天龙剑商和"咦"了一声，慌忙站起道："我商和真是有眼无珠！雍二侠光临寒舍，我几乎当面错过。今夜潇湘水面，江边古塔，村外竹林，寒舍侠影，全是雍二侠一人了。盛名之下无虚士，詹四先生的门下，果然不同凡俗，另具一番身手。我商和虽然也在江湖中胡混了些年，可是望尘莫及，教我商和拜服不尽。不过不知是雍二侠来此一现身手，我商和语言多有冒昧之处，还求原谅。"那柳玉蟾也忙向前万福施礼着道："雍二侠，铁鹞子三字，我柳玉蟾在我娘家就已闻名，连我父亲也久仰二侠的掌法绝妙。一身的本领，武林中谁不敬仰！这些年无时不存着拜访之心，只是机缘不洽，空怀向往之心而已。真是意想不到，二侠竟自来到绿云村。我们先不问二侠的来意，只凭今夜这一聚，这可得引用那句俗语，我们夫妇三生有幸了。"

铁鹞子雍非哈哈一笑道："只凭贤伉俪这种文雅风流，谁又知道是十年前名震武林的侠客呢。"柳玉蟾道："侠客两字我们可实不敢当，雍二侠快快请坐，我去烧壶茶来。"铁鹞子雍非忙说道："你不要费事，我这疏狂成性的人，实在是不用客气，请你不必费事。我已饱饮清流，还不甚渴呢。今夜我过分的辛苦，颇感疲劳。我这么闯进竹楼，也正是避着两人，就是尊府上的那丑鬼苗成和后面的老太太。这两人我实不敢过分的招惹，可是我对于这两位，倒是想着瞻仰瞻仰他们。只是他们这两位，性情与常人不同，我一个打算不好，还许白在他们面前讨了无趣呢。"

天龙剑商和听到他的话，不由地噗哧一笑，向这位铁鹞子雍非说道："雍二侠，你这话我可认为言不由衷。那苗成已在雍二侠客的手下铩羽而归。他已饱尝二侠的手法，只怕他羞愤难消。少时和雍二侠见面，难免有得罪之处。我得先向雍二侠面前告罪，我虽是他的主人，教你见笑，他颇有些不服从我们的命令呢。"铁鹞子雍非哈哈一笑，向天龙剑商和道："我倒是十分喜爱他，只为他性情各别。在天南一带武林中全盛传着，天龙剑的门下有这么一个怪人，他是忠诚勇敢，百折不回，临危不惧，宁死不屈，这种性情很是难得。只是江湖上空自这么传说，我雍非还真没见识过，这才故意的把他诱出绿云村，百般逼迫，尽情凌辱。果然这丑鬼天性厚道，志向坚定，任凭怎样威胁利诱，他是绝不肯背叛你的。商大侠，只凭你门下有这么个人，也足以自豪了。"天龙剑商和道："这是老英雄的过奖，不过他的性情也真教人难于亲近呢！"雍非答道："任凭怎样，只看着他这种忠心护主，也该让他三分。"

刚说到这，听得门外嘎吱嘎吱的一阵响。柳玉蟾已听出是那苗成脚步之声，知道他若是一进门，看到这个仇人，焉肯甘心？自己才站起来，要往外迎着他，跟他说明一切。那知那苗成正是为这件事来的，突的见他涌身而入，一声怒吼："你这老匹夫，把你苗老子已经凌辱够了，还跑到我们门上来装模作样！"他提着刀来的，身形纵起，往铁鹞子雍非身上剁来。那铁鹞子雍非早看见这个冤家对头闯进屋来，和自己拼命，却不慌不忙，神色自如。眼看着苗成连刀带人一块落下来，他两手一按椅子的扶手，那身躯轻轻飘飘飞起来，已落在书案上。离着那盏蜡台不过尺许，起落之间，那烛焰只摆了摆，竟没被扑灭。这种轻巧灵快的身形，称得起是武林中的绝技。

这时，天龙剑商和也早已动手，没容他刀往下落，轻舒猿臂，把苗成的腕子格住，用沉着的声音喝叱道："苗成，不许你胡闹，你有几条命，敢和雍二侠动手！"柳玉蟾也赶过来，挡在他面前，伸手轻轻地把后背鬼头刀接过去，说道："苗成，你受了什么委屈，既看来人能坐在这里和主人讲话，这定是一家人。你吃了什么亏，也应该问个明白。这么暴躁，岂不教人笑话，有话好好讲。"天龙剑商和这时已把苗成的腕子撒开，回身向铁鹞子雍非道："雍二侠，我的话说在头里没有？他这种性情太难讲话了。老侠快快请坐，一切事看我夫妇薄面，担待一二。"

雍非哈哈一笑，已落在地上，向苗成说道："你不要尽自放不过我去，好在我这人还讲理，打完了人，我自己送上门来。杀剐存留，任凭尊便，我没跑掉，总也对得住你了。"柳玉蟾赶忙拦着雍非的话道："老侠客，不要和他取笑了。"忙向苗成道，"苗成，你今日栽在这人的手内，认为是奇耻大辱，愤恨难消。可是我若告诉你，和你动手的人是何许人，大概你的气就会平了。你总该知道得很清楚，这位是南海渔人詹大侠的门下老英雄，名叫铁鹞子雍非，你不会不知道吧？"

那苗成听到主母说出此人的姓名，"哦"了一声，往后倒退了一步道："怎么？这是詹四先生的门下雍老英雄？啊呀！我苗成这种无名之辈，竟会承这位名震天南的铁鹞子照顾到我的身上，我真有些莫明其妙呢！我不知道怎么得罪过雍大侠，今夜这么不肯相容。可是我苗成已是你雍老英雄的手下败将，论我这点本领，再有两个苗成也不是你雍老英雄的对手。不过你得教我死个明白，我什么地方得罪了你这领率天南的侠义道，你要讲个明白！"苗成说到这，他虽是明知道来人是非常人物，但是他依然没有一些惧怕。那种倔强的性情，丝毫不减。

铁鹞子雍非已经落了坐，柳玉蟾也把苗成那柄厚背鬼头刀立在墙边，铁鹞子雍非向苗成道："你这老哥，先把怒气往下消一消，杀人不过头点地。我这人赶到这里负荆请罪，不能算不讲理了。咱们的事好说，这也用不着再搁他十年八载，没了没休。管保今夜就给一个了断，你看如何？咱们坐下讲。"天龙剑商和夫妇见这铁鹞子雍非肃散自如，语言豪爽。不过苗成看不透他这意思，并且他这种性情，你惹恼了他，任凭你是怎样惊天动地的人物，他也和你没有完。商和便也跟着向苗成道："苗成，你不许心中再存芥蒂。雍老英雄是江湖成名的人物，此番光临我绿云村，深夜间赶到我们这里，这实在是难得的事。适才竹林相戏，绝非无故，另有原由。我们还要向雍二侠请教一切，我们也是江湖道中人，那好这们一点不能容事。你要好好听我们的嘱咐，你要这么一些礼貌没有，雍二侠就要见怪了。"

那苗成一张丑脸还是满含着怒气，向天龙剑商和道："主人！不是我苗成不识好歹，主人你不知道方才竹林中，人家颇有把我置之死地之心呢。"柳玉蟾一旁笑道："苗成，你不要胡说了！雍二侠若是真没有留你之意，还容你活到现在吗？不要胡闹，好好在这里听着讲话。"那铁鹞子雍非一旁说道："商大侠，你们贤夫妇请坐。苗老兄，你也坐下，听我把我的心意说明，任凭你发落如何？"那苗成依然是愤愤不平地说道："你老英雄不用和我客气，这里没有我的座位。"铁鹞子雍非道："没有那么些讲究，像苗老兄你这份肝胆，任凭他怎样成名人物，也应该另眼相看。"说到这里，向天龙剑商和道，"商大侠，你以后对此人不得再存主仆之分。这种忠诚，这种肝胆，江湖中能有几人？此后你们正该甘苦与共，祸福相担，共存亡，共生死，成为患难弟兄，才不辜负他这样的人呢！"商和拱手向铁鹞子雍非道："二侠说的极是，我商和敬谨受教。"回头向苗成道，"苗成，你听见了，雍二侠这样吩咐，你就坐下，我们也好讲话。"

那苗成听到主人这样话，一张丑脸涨得通红的，头上的筋全暴起，向商和道："主人，你别管我，我坐立由我自己。你若这么拘束我，我只好先到前面去了。"雍非看着苗成这样情形，微微一笑，向商和道："商大侠，你门下这位苗成老兄，果然名不虚传。他这种情形，只好由他。我雍非往后要是得了机会，能和他一处聚会时，我们倒可以多亲近些。我就是喜爱这种性情的人，坦白爽直，胸无成竹。我雍非很愿意得这么一个好帮手，只是教我那里去找第二个苗成？"

　　方说到这句，外面走廊内轻轻的一响。铁鹞子雍非愕然起立，向商和问："贵宅中这时候还有什么人出入？外面有人。"天龙剑商和、柳玉蟾也似乎听出有人落在窗外的走廊上。商和方要答话，铁鹞子雍非也要发动，楼门口突有一人涌身而入，口中说道："是那位成名的侠义道，深夜入我绿云村，把我们苗成尽情凌辱，也过于渺视我商家无人了。我这老而不死的叶青鸾，倒要领教你是何居心！"

第三章

惊噩耗罗刹女备战

铁鹞子雍非一抬头，见当门而立，是一位白发萧萧的老婆婆。这种面貌要是在深夜中看到，实有些令人惊恐：瘦削削的脸，满脸皱纹；两眼深陷在眼眶内，两只眸子发出一种异光，令人不敢逼看；两腮塌陷着；手中拄着一条拐杖，铮光利亮，看不出是木是铁。穿着米色衣裳，和她这种像貌，跟她这震慑人的神色，铁鹞子雍非也不禁悚然起立。向天龙剑商和看了一眼，跟着却哈哈一笑道："我雍非真是有缘，今夜把我想见到的人，全见到了。我斗胆地问一句，这位敢是二十年前，名震两川的女侠罗刹女？老前辈往里请，我来到绿云村，正是要向老前辈面前求教。只为赶到这里时候太晚，不敢再惊动。老前辈里请！"

这时，天龙剑商和跟夫人柳玉蟾全迎了过来，向这位老婆婆道："母亲，怎么知道前面有客人到来？这位雍老英雄也是我们同道中人，母亲不要误会。他是奉詹四先生之命到这里来的，我们正在说着经过呢。"这位商老太太看了看铁鹞子雍非，点了点头道："既是詹四先生那里来的，我老婆子倒不好说什么了。"一边说着，一边往里走，向雍非点点头道，"这位贵客，既是詹四先生那里来的，你尊姓是雍，詹老侠客的门下，有一位叫铁鹞子的和尊驾同姓，我老婆子久仰此人。"

雍非忙答道："那正是在下。"老婆婆含笑道："这就是了，莫怪有这般好身手，把我们苗成戏弄个淋漓尽致。若是江湖上无名之辈，他也不敢到我老婆子面前张狂呢！老英雄请坐。我遭逢祸乱，

39

匿寄潇湘，度着这种孤寒岁月。那些成名露脸的人物，谁还肯来一顾我们母子？老英雄肯这么赏脸到寒舍，定有缘由，请明白指示，我也好作打算。"

铁鹞子雍非听到这位老婆婆的话，暗暗佩服她：果然这罗刹女叶青鸾实在不好惹。当年在两川一带，不论是武林中，以及江湖道，提起她的名字来，全有些头痛。事隔这么些年，她依然还健在，这种锋芒依然没有收敛，话出来得真够厉害。我这还是顶着南海渔人詹老侠客的威名来的，她依然一步不肯让。另换一个人来，只这老婆子面前，就不容易讲下话去。不过恶人自有恶人魔，强中自有强中手，任凭你罗刹女叶青鸾多大的盛名，天龙剑商和是怎样成名的人物，柳玉蟾在江湖上也扬过名儿，丑鬼苗成更是难惹的家伙，可是你们的对头人丝毫不怕你们这班人的厉害，要以狠心辣手，暗地图谋，只怕这步杀身大祸，足够你们一挡的呢。

铁鹞子雍非请大家落座之后，说道："老前辈，我雍非月夜泛舟，绿云村午夜间作不速之客，正是有事而来。如老前辈所料，我此来是奉了尊师之命，到这里看看。不过我话说在头里，詹四先生为的当年和老前辈全是道义之交，现在这件事他不能不多管。我的话说出来，请老前辈不要震怒。那彭天寿对于商家的事不肯甘心，他要再施展毒辣的手段，做赶尽杀绝之举。这件事提起来，就是我们局外人，也有些气愤难平呢。"

这位老婆婆罗刹女叶青鸾点点头道："这很好！我老婆子不愿意在今生中留下债来。就着我老婆子还有这口气在，我们两下清算一下子，倒是很好的事。我们没去找他，他反要来找我们，这真是反常的事。那彭天寿他的末日到了！我们匿迹潇湘绿云村，来度着这清苦的岁月，正为我老婆子有难言之处。难道我真个怕他吗？不过这几年来，我们和江湖上就算隔绝，这一班江湖上的朋友们，全已经疏远多时了。五虎断门刀彭天寿，他这些年来的形踪，我老婆子就历来没探问过。在我们重返两广，再整家业的时候，必要和他把过去的事办理个干干净净。我倒不愿意给我这一家人留无穷的后

患，如今他倒不能等待，这倒很好！只是他现在落在那里，怎又知道我们在这绿云村隐迹？

"雍二侠不辞风尘之苦，千里迢迢，给我们送信，我老婆子感激不尽！不过不怕雍二侠你见怪，我老婆子虽到了这风烛余年，依然把我少年时的性情去不掉。好强好名，这是我的短处。当年一败涂地，何尝不是这种原由？我老婆子颇有自知之明。可是我这一家人全是同一样的性情，连我们这儿媳妇外姓人，何尝不是跟我们一样？所谓江山易改，秉性难移，这种不好的毛病，我任凭受到多大的挫折，也不易改掉。雍二侠，你千里送信，固然是詹四先生不忘当年旧义，还惦记照顾我们母子，你为我们这事受这么大的奔波，我老婆子也承你十二分的人情。只是你对我儿子儿媳和我这忠诚护主的苗成尽情地戏弄，这件事和雍二侠你送信来，不能并在一处讲了。我对于雍二侠这种举动，实在不敢承认，要请雍二侠你把这种真意，明白赐教才好。"

铁鹞子雍非不禁倒抽了一口凉气，暗暗吃惊：好个难惹的罗刹女叶青鸾！难怪我临来时，老恩师一再嘱咐，叫我谨慎一些，对这家人千万不可存轻视之意。虽然他们事败逃匿，但是当年的事是另有一种缘由，她这一家人决非易于触犯的人物。我还不深信。好在我虽有些放肆的举动，还把脚步站住了；不然，这老婆子就不好搪呢。忙向罗刹女叶青鸾说道："老前辈不要误会。我雍非虽没有瞻仰过老前辈，但是我恩师常常提起，我岂能存轻视之心、戏弄之意？江边古塔是我自己不谨慎，早露了形踪，被商大侠所见。我竭力地避匿，正为的是要见识见识尊府上这位特出的人物苗老兄。因为我在恩师门下，就听得提起他当年以死命报主的情形。我们江湖道中最难得的就是这样人物，也是最敬仰的人物。所以我此次前来，无论如何，我要看看他这种特殊的性格。所以用尽了威胁利诱的手段，可是他宁死不屈，令人可敬。老前辈门下有这种人物，定能化乖戾为祥和，转祸为福，这是必然之理。我们只看这苗成老兄这种忠实，这种肝胆，我们也要为老前辈的事略尽些绵薄之力。老前辈，我就是这种意思，难道不能恕我雍非的狂妄吗？"

罗刹女叶青鸾听到铁鹞子雍非这番话，脸上才露出一丝笑容，点点头道："所以历来忠臣孝子、义夫节妇，为人所敬，正因为天地中有这正义在。所以我们商氏遭遇虽惨，但是我这一家，说句放肆的话，人人全有一颗良心在。秉天理，顺人情，主持正义，不畏强权。虽然我们弄了个一败涂地，有我老婆子这口气在，任凭他怎么折腾，我们绝不灰心。仇家怎么图谋我，我也绝无所惧。"那苗成站在一旁听了铁鹞子雍非的话，丑脸上怒意全消，向雍二侠说道："你虽无恶意，但是竹林中那么照顾我，我苗成实有些力尽智穷，往后请你雍二侠别那么看得起我了。真那么照顾我，我真想横刀自刎，以免多受他人的凌辱。"

雍非哈哈一笑道："苗老哥！你不要心中再存芥蒂，往后尽在好处照顾你。并且也不容你死，把你这颗血心、这副肝胆全得好好地留着，你主人这里正要用呢！"那苗成听了雍非这话，心里才把一切的愤怒全消，不禁向雍非笑了笑，遂说道："现在说明白了，你是客人，我得照顾照顾你了，我给客人烧茶去。"苗成到后墙下，把自己那口鬼头刀提着，匆匆走下楼去。铁鹞子雍非望着苗成的背影，点头叹息道："我雍非也在天南一带随着恩师行道多年，可是依苗成这种忠诚不二、百折不回的人，还没遇上一个呢！此次来到潇湘，是我最痛快的一件事。"

老婆婆罗刹女叶青鸾也慨然说道："雍二侠，这苗成本是我商氏门下一个佣人，只是他从十几岁就依附到我门下。他这种性情，若是换在旁人的手底下，或者也许埋没他一生，也许早早地在江湖上送掉了性命。他的性情非常令人难以接近，可是我们把他从那时收养在门下，就看定了他这人是心口如一，性情直爽，所以反倒另眼看待他了。他的武功本领，多半是在商和练功夫时随着教他的。直到后来，他的年岁渐渐长大，我这一家人，能和他说得来的，大约也只有我老婆子一人。赶到我们遭逢那场大祸，这才显出来他的天性忠诚，全非江湖道中人所能有的。

　　"当日我那种情形，我都不忍再谈。我小孙女金莺那时才周岁，他竟会为保全这孩子，身受十几处伤，完全一个人拿血洗过来。他以死挣扎，带着那么重的伤，一夜间在乱山野谷奔跑了四十里。任凭什么人，只怕也没有这种壮烈的情形了。后来我们找到了他，人已经奄奄一息，躺在一个猎户的人家里，完全没有一点希望。可是我的小孙女丝毫没有受伤。我老婆子从江湖行道，以至嫁到商家，我就是没落过一点泪。就是那次，为了这舍身救主的苗成，我算大哭了一场，叫我痛断肝肠，为我一生破例的事。只是他伤得过重，流血过多，已经不易救治了。

　　"但是我老婆子看到了他那种情形，我对天发誓，要尽我老婆子最后一分力，留他的命在。所以我和强敌拼斗时，自觉得还没用到十二分的力量，可是为了救他，我在一天的工夫，往返二百余里。我给他找我方外的至友，云开山铁佛寺大虚上人，取得续命灵丹，把我这义仆的命从鬼门关上夺回来，带着他一同来到这里。我的心意，本想着把他收为义子。只是这厮的性情太以的各别。他不但不听我这种安排，反倒叫我们不再提及当年的旧事。他自己说他把过去的事全已忘掉，若是我们有感激他的情形，另眼地看待，那简直是不容他在我们身旁了。他自己说，衣食教养，全是商家把他成全起来的。他的身体发肤，不是他苗成自己的，他愿意还给商家。这里就是不能站了，他决不再投别的门路，不是横刀自刎，就是投江自杀。

　　"雍二侠，你说这厮怪不怪呢？又好杯中物，喝了酒简直没人敢理他。我也只好任凭他去胡闹吧。所以玉蟾、商和夫妇两人，对他全是退让三分，不肯和他事事认真，事事计较。不过像我们这种武林中人，最重的是这种人。他虽不叫我们再提旧事，我老婆子对他待我家之情，我那一时不摆在心上？所以我对于我骨肉间，实没有比对他关心。雍二侠，你要知道，这正是良心所使，叫人怎能不这样摆在心上呢！"

　　罗刹女叶青鸾提到这些事，颇有些感慨悲愤。铁鹞子雍非也十分赞叹，对于这丑鬼苗成更加上了几分敬爱之心。所以苗成二次脱难，何尝不是罗刹女今夜这一席话所赐呢？这时苗成重新给烧了茶来，挨次的全都满上，跟着退出楼去。

铁鹞子雍非这才把恩师所传来的话，向罗刹女叶青鸾说道："老前辈，恩师以内家的修为得享高龄。近几年来，他也是不愿再惹牵缠，多造杀孽，所以近十年来轻易不肯再下山林。他虽然是一个俗家，但是近年来，他的武功颇近于道家。闭门静养，倒也过着安闲的岁月。一个纵横江湖四十余年的技击名家，临到寿享这么大的年岁，也就算很难得了。所以敝恩师常常地告诫我们，我们这班门弟子，虽然各本着门规在江湖上行道，总要把脚步站住了，按照天理人情去做。惟恐我们失足，更把自己做榜样，谆谆地告诫我们，能够像他老人家，在江湖上闯荡了一生，到这般年岁，能保得住项上这颗人头，就算很知足了。

"我们这弟兄几人，虽然不常在他的面前，可是谁也不敢稍背老恩师的教训。老恩师在江湖上没洗手时，那种豪放的性情，老前辈们当还记得。可是这几年来，谁再看见他，任凭谁也不信他就是当年名震川滇的南海渔人詹四先生。须发如银，道貌岸然，如闲云野鹤。慢说是不肯再入江湖，连江湖的事轻易也不愿提起。我们这班弟子中如逢有重大不可解的事，轻易也不敢向他面前去叙说。他这种情形，如同和这红尘隔绝，再不肯闻问江湖上一切事了。

"那知我这老恩师，何尝不关心着他所愿意关心的人？在上半年有一个武林旧友，提起此人，大约老前辈也许记得，不过老前辈在两川行道时，此人年岁还小，就是那铁剑先生展翼霄。大约老前辈在江湖上时，他不过才出艺师门。此人经过多年的造诣，更得着异人的传授，剑术已到了火候纯青。在滇南一带，不止于名震江湖，更能够威服苗族。在苗族中，也有这铁剑先生一席地位。"

罗刹女叶青鸾点点头道："此人还健在么？他的年岁也不小了，我在两川一带，记得曾会过他两次。不过这人的性格十分古怪，初见他的人，全认为他是一个冷酷无情的武林名手。后来经过几次看到他所办的事，天性比任何人全厚，肝胆照人，热肠侠骨。我倒很是爱惜他。只是我们的时机不巧，总未能聚到一处。我老婆子想起此事，深为遗憾呢。此人竟和詹四先生有交情吗？"

铁鹞子雍非点头道："敝恩师和他是忘年之交。这次他到老恩师那里，倒是关心着我恩师年岁已高，到那里盘桓些日。无意中听他谈起来，那五虎断门刀彭天寿，自从那次和商家结仇之后，虽然用那毒辣的手段，把商家害了个七零八落，离开川中，远走内地，埋名隐姓，再很少有人提起罗刹女和天龙剑商和两人。只是这彭天寿，他知道虽然给了你母子一个痛创，但是将来的事情总算未了，更担心着老前辈缓开手，找他报复。

"我雍非心直口快，历来不会奉承人。以彭天寿那种身手，当年在川中，要凭他单人独骑，想动老前辈们，只怕他绝不是敌手。只为那次，一者是明枪易躲，暗箭难防；二来是他所约请的人十分厉害。可是他到了事后，并不是不担心自己。对于商大侠掌中的天龙剑，他还真没有放在心上。只是对于老前辈那只五云捧日摄魂钉，是他彭天寿最畏惧之物。我听恩师说过，当年对于老前辈下手时，以六样暗器同时动手，他就为的是把老前辈的双手打伤，不能运用这种暗器，这也正是叫他们还能逞一时威风的原由。可是后来没能把你们母子灭掉，后患无穷，他怎会不明白？所以在事发之后，他也赶紧匿迹潜踪，再也找不到五虎断门刀的踪迹。

"这些年来，一方面暗中派他的羽党，探查老前辈一家人的踪迹；一方面他设法投入苗疆，匿迹在苗墟里。他竟练起一种毒恶的暗器，结识了几个最厉害的凶苗，练了七口苗刀。他下了这么些年的工夫，这七口苗刀上，已经有了非常的成就。近来，他竟得着了一点信息，大约是听说老前辈这一家落在湖南境内。但是住在什么地方，他还知道得不清楚。可是他已经知道老前辈还依然健在人间，这尤其是叫他不敢释怀的事，所以他依然不敢往内地来。可是他已经计划着，图谋着老前辈。只是他虽然有七口毒药苗刀，但是对于老前辈的独门暗器五云捧日摄魂钉，还存着不是对手的打算，所以要另想下手之法。他勾结两个横行滇黔、两广一带的飞贼，竭力地联络他们、收买他们，结为生死之交。想利用他们采探着老前辈的踪迹，暗地图谋，无论用多少时候，也要把老前辈的五云捧日摄魂钉盗去。只要这件暗器一离开老前辈的手中，也就是彭天寿二次下手做他斩草除根、永绝后患之计的时候。

"那铁剑先生展翼霄，在苗疆中也很得苗人的信仰，并且轻易不到内地来。这五虎断门刀彭天寿，虽是出身绿林，但是他逃入苗疆之后，并没有为非作恶的行为。铁剑先生展翼霄虽和他是水火不同炉，但是各不相干，也不肯无故地收拾他、驱除他。这彭天寿，他对于铁剑先生也没有过分的猜忌。他这种图谋，在苗疆并没有什么顾忌隐蔽着。他认为在苗民口中吐露出去，也不过是在苗疆中能够传布他的图谋，内地中总不会透露出来。可是老前辈们这些年形踪隐匿起来，铁剑先生尤其是轻易不到内地来。总然让着这种恶念，也不至于一时叫他如愿。所以这次铁剑先生到老恩师那里，提起这事，更向我恩师打听老前辈这家人的下落，是否真落在湖南境内。

"铁剑先生的意思，虽是知道我恩师封剑闭门，不再过问江湖上的事，可是知道我们师兄弟尚本着师门的门规，全在江湖上行道，耳目必然很灵，总可以得着一些信息。我恩师听见铁剑先生展翼霄说出彭天寿的下落，和他这些年的情形来，十分关心这事。因为他老人家虽说是不愿再管这江湖上一切恩怨，但是和贤母子是道义之交，更和老前辈是患难的同道。听到这种噩耗，那会再放心得下？只是对于老前辈落到湖南省，也是仅凭传言，是否准在这里，不敢断定。彼时只看我在老恩师的身旁，这件事只好放在我雍非的身上。

"老恩师这一来，给我雍非算是加上了极重的罪名。他很严厉地告诉我，叫我要尽全力打听出老前辈这一家人的下落，把这个信息无论如何要送到了，也好让老前辈一家早做提防。因为彭天寿所打发的这两个人，全是夜走千家盗百户的能手，有偷天换日、神出鬼没之能。我恩师明知道你们这一家人，虽然是埋名隐姓，也不会把彭天寿的事忘掉，定然存着和他一清旧账的打算。你们的武功剑术一定是各有成就，不过所来的人，任凭你多大能为，也有些防不胜防。"

罗刹女叶青鸾一听这话，冷笑一声道："雍二侠，承你师徒这样关心，我老婆子感激不尽！要论起朋友关怀的情形，我们可不须有放肆的话。不过彭天寿他能不死，留在人间，这倒是我十分快意的事。我们全是置身江湖的人，恩怨未了，死不瞑目。他能等待我叶青鸾，我也能再会他这五虎断门刀，这倒是很难得的事。我老婆子为这件事，应该满斗焚香，谢苍天的护佑。我老婆子在离却红尘之前，能够把我一生最痛心的事，做个最后的了断，这倒是一件很好的事。我先不感激你们这班人，念着道义之交，数千里关怀我母子。我只感谢你们的是，能叫我十年来一日不曾去怀的事，许我亲手去了断他。至于此番生死祸福，我老婆子全不放在心上了。即或我们脱不开彭天寿的手，全家老幼落个同归于尽，倒也没甚么，我只看作前世的冤家，今世的孽报。不过我们旧怨新仇，一笔了结，先落他个干干净净，岂不痛快？至于他请出江湖上能手，想盗去我五云捧日摄魂钉，我老婆子可不是当着雍二侠面前说一句狂语，任凭他是怎样出类拔萃，我叶青鸾还没把他放在心上。只是雍二侠，可知道彭天寿所约出这两个江湖能手，竟是何人？"

铁鹞子雍非答道："据铁剑先生说过，这两个人全是飞贼巨盗。他们是那一门出身，还没摸清。一个叫偷天换日乔元茂，一个叫鬼影子方化龙。这两个颇具身手，在两广一带积案如山，很有些人惦记着把他两个收拾了。可是终被他逍遥法外，横行江湖。这次也因为他们在福建一带做下几桩巨案，官家调集许多公门中能手，悬下重赏，定要把这两个收拾起来。他们才不能立足，想要离开东南各省，远走内地，暂避风声。竟在这种时候，被五虎断门刀勾结了去，尽力地沽恩市惠，竭力地揽络他们。这乔元茂，方化龙，那会不给彭天寿卖命？彭天寿这次把这件事交给他两人，也正合他两人的心意，他们也正想往内地来。所以，敝恩师才赶紧地叫我来访寻老前辈的下落。至于他们是如何一门的人物，我们全没会过。我看老前辈慎防一切才是。诚如老前辈的话，和彭天寿趁着这次，把以往的事做个了断，倒也很好。我们这次已经略有打算。我恩师已是封剑闭门的人，他虽然是关心老前辈的一切，但是他大致是不能来了，可是我们同道中大有人在。敝恩师的意思，虽未向我明言，但是从口风中已经流露出来，无论如何，这次不再叫彭天寿逃出手去。更想用老前辈把他诱出苗疆，约请一班同道，助老前辈除此恶獠。不只为商氏复仇，也为江湖上除一隐患。他在苗疆养足了羽毛，倘若重入江湖，实是一个很可担心的大害！老前辈何必就做同归于尽的打算？据我们看，还不至于落到那样的结果。"

罗刹女叶青鸾慨然说道："詹四先生对于我母子这种道义的关心，我倒不好说感激的话了。我们现在说句不近人情的话，我们隐迹潇湘绿云村，一方面为的是和五虎断门刀彭天寿怨仇未了，更因为我们一家人惨遭失败，羞见故人；一些过去江湖上同道，我老婆子实在不愿意见他们了。我老婆子自己的事，愿意自己去了断，决不愿再带累他人。至于同道们关心，慷慨仗义，我们母子、婆媳没有不感激的。慢说是肯出头管这种寻仇报复的事，明知道赶上就有杀身之祸，可是绝不顾及，这正是我武林中的道义、侠义道的行为。事情倒不必这么伸手，只要同道们肯对我母子家人说出这种话来，'良言一句三冬暖'，我们已经承情不尽，快慰十分。我不到最后关头，可以请同道们不必伸手。这种情形，请雍二侠给我转达到了，向同道们道谢。我恐怕我这般年岁的人，尘世上没有多少时光停留。受恩太重，我怕报不过来呢！"

铁鹞子雍非听到罗刹女叶青鸾这篇话，暗暗惊异：这个老婆子倔强的性情真是与众不同。她无论到了什么地步，没有输口的地方，绝不肯服人的。任凭多大难关，她也要以一身去闯。这罗刹女三字，真不可轻视。随即含笑向叶青鸾说道："老前辈这番话，讲得我雍非实在佩服不尽！本来一个人过于受人恩惠，是一件极不好的事。凡是在江湖上行道的人，全本着恩怨分明，身受他人恩惠，不能图报，终身遗憾。不过，受的人虽是这样想，那慷慨仗义，拔刀相助，济人之急，扶人之危，却是行侠作义的天职。我们全是此道中人，我们所作所为不过是求我心之所安。在当时或是事后，我敢断定说，谁也不曾存心教受恩受惠的人，要感恩图报吧！老前辈不必把这种事放在心中，能为你商家尽一分江湖道义，必是江湖中讲道义的人。这一路的人，老前辈应该知道，你自己求到他面前，他未必肯答应；可是他自己愿意这么办，也不是他人所能阻拦得了的。老前辈，你想教我把你的话转告武林同道，这些事我雍非实不敢领命，老前辈也不要把这件事再摆在心头。"

天龙剑商和一旁说道："雍二侠，家母并非是拒人于千里之外，对于江湖上一般同道，肯为我商家帮忙，我们感激不尽。家母的心情，还请雍二侠原谅。她老人家正是在武林同道中深为抱愧。我一家人忝列侠义门中，也曾仗剑走江湖，办些除暴安良、济困扶危，做侠义门中应做的事。可是临到自身，反倒无以自保，这是太以惭愧的事。所以来到绿云村，明知道这一带也颇有当年的同道，她老人家绝不令我们稍通声气，正是为羞见故人。老人家这些年，也太以的可怜了。对于过去的事，一日不能去怀，时刻想到要亲手解决这事。对于老侠客南海渔人和铁剑先生，替我们多多致谢。对于他们这么关心我母子，我母子感激不尽了！"

铁鹞子雍非忙答道："商大侠也过于客气了，我但愿得这场事能够把它结完了，你这一家人能够早日重返天南，我们多聚会些时，那才是快意的事呢！"

他们这么相谈着，已经是很大的时候了。突听远远的一阵喔喔的鸡声，天色已经是行将拂晓。雍非急忙地站起，向罗刹女叶青鸾道："我只顾尽自谈话，几乎误了一桩大事，我还得紧赶一程。我若是耽搁几时，如若能在这里多留连几日，定要重来拜访。我暂时告辞了。"

铁鹞子雍非说着话，已然站起，罗刹女叶青鸾道："雍二侠，你这么远的为我母子奔波数千里，这才来了一些时，匆匆就要走去，难道不叫我们少尽主人之礼么？你何妨在这里多谈谈，你莫要听我老婆子口中那么说着，不愿意再和江湖同道见面。其实我老婆子对于武林道义之交，又何尝一日忘下？日月不居，流光似水，十年来，回首前尘，都如梦幻。我对于一般志同道合的同道中人，也是十分想念。尤其是对于令师徒这一派，更是非比他人。我老婆子鬓发如霜，落日余晖，没有多少留恋了。和我愿意见的人多聚一时，也可以稍减愁怀，在这尘世中多留一面缘，不也是多一分快意吗？"言下凄凉伤感，感慨无穷。

铁鹞子雍非被罗刹女叶青鸾这几句话说得十分心动。因为她自己也曾说过，一生没有流泪的时候，也正是她那种豪气凌云，雄视江湖，到了多危难的地步，也不肯自馁的特性。可是今夜和自己临别，居然有这种凄凉伤感的话，这倒是难得的情形。铁鹞子雍非遂用极诚恳的话劝慰道："老前辈这么重视我雍非，倒教我不敢当！老前辈的武功造诣，又有这十几年的锻炼，已到炉火纯青；寿享遐龄，也是必然的事。只要把眼前的事应付周详，不难渡此难关，将来重返天南，定能和一般同道重行聚首。再聚天南，绝不是做不到的事，老前辈何必伤感？我雍非既已来到潇湘，这绿云村我或者不仅今夜来叨扰了，改日我还要在老前辈面前多聆教益。现在实不能耽搁，我雍非二次登门，要叨扰老前辈一顿美酒呢！"说着话，更向天龙剑商和、柳玉蟾夫人拱手作别。

罗刹女叶青鸾向雍非点头说道："既是雍二侠有事，我老婆子怎好强留？我这门中自从逃亡隐迹以来，除了我们这个苗成，我老婆子无法管他，对于酒，我这一家人立为禁忌。如今我倒要为雍二

侠一破禁例。雍二侠几时惠临，我老婆子要敬酒三斗，以酬劳二侠
在南海渔人詹四先生门下劳苦功高。"雍非哈哈一笑，往外走来，
连罗刹女叶青鸾亦亲身往外相送。到竹楼门口，铁鹞子雍非回身，
拉着不叫再往外送。天龙剑商和跟夫人柳玉蟾全跟出楼门，雍非
说道："请老前辈，商大侠，商夫人不要再和我客气。我这人是放
肆惯了的，我要省些事，不走扶梯了。"说着，向这母子三人一拱
手，他竟一纵身跃下楼去。

他才往院中一落，那苗成是因为听见竹楼的走廊下说话声音，
所以赶出来看，见铁鹞子雍非已落到院中，忙招呼道："雍二侠，
你走么？我苗成还要酬劳酬劳呢。"雍非忙笑道："你这份好意我今
夜先不领，等我重来之日，我们畅饮一番。苗老哥，你我更是酒友
呢，相见不远，我们再见吧。"说罢一耸身形，竟用"燕子穿云"
的功夫，飞纵厢房。身躯再展动，已如一缕轻烟，踪迹顿渺。苗成
望着房上，见雍非这种身手，又想起竹林相战的情形，不禁暗叹：
果然南海渔人的门下名不虚传！

铁鹞子雍非去后，罗刹女叶青鸾看着苗成把门关好，站在楼栏
杆旁向他招手道："苗成，你也要早早歇息吧，没有事了。这雍二
侠行为上虽然有些张狂，但是老婆子还没饶他。你也听见了，咱们
娘儿们任凭他是天大人物，也不容他在我们面前这样，他总算在我
们面前说好听的话了。苗成，你不是最讲究人活一口气么？虽然叫
你吃了些亏，但是气已足喘得过来了，总得见好儿就收。原本他就
是好人，跟他打出交情来，这不算咱软弱呀。往后他来了，可不许
你再对人家不起了！"

苗成仰着一张丑脸，带有笑容，向罗刹女叶青鸾道："老太太，
不用嘱咐了，我那能那么不识相呢！这雍二侠倒是很有趣的，莫看
我被他毁了一个够，我现在倒不恨他了。他还很好杯中物，我们还
要做酒友呢。"罗刹女听到苗成这话，扭头看了看身旁站的儿子天
龙剑商和、儿媳柳玉蟾，微微一笑，向苗成说道："好吧，你歇息
去吧。"立刻带着儿子儿媳回转竹楼中。

　　罗刹女叶青鸾一进竹楼，吩咐柳玉蟾把楼门掩好。自己走向里边，在书案前落坐，招呼着儿子儿媳一同坐下。柳玉蟾给婆母倒了一杯茶，也在身旁落坐。罗刹女叶青鸾叹息一声，向天龙剑商和道："你已经是江湖成名的人物，不用我再过分地嘱咐你。你应该把现在的事仔细思索一下，莫看作等闲。我当着铁鹞子雍非，话不得不那样讲，我老婆子至死也不肯输口的。我不能在雍非面前老露出一些示弱的口吻，可是现在我母子婆媳就不能再那样讲了，咱们得说真的。

　　"五虎断门刀彭天寿实是个劲敌，未可轻视。何况彭天寿也不是当年的彭天寿了，并且这次他又买通两个江湖大盗、绿林名手。这两个人，我虽然知道的不清楚，但是耳中也颇有他们的大致情形。这两个飞贼与普通的大不相同，更和我们道路不同。明枪易躲，暗箭难防，这八个字我们还得算怕。他在暗处，我们在明处，你不能断定他那时来，那时下手，这就是最难防的地方。何况这次仅仅是铁剑先生得来的这点消息，可是信息绝不假，我老婆子倒深信不疑。

　　"这位铁剑先生展翼霄，他成名时候，你们夫妇还没闯出'万儿'来，他很办出些惊天动地的事情来。他曾仗掌中剑，助少林寺四僧下金陵，大闯总督府，剑伤三卫士；助少林僧接引福王的叔父朱德畴入佛门。可是这场功德事，也正是为少林寺闯下无边大祸。朱德畴被接引入福建莆田县少林寺，剃度之后，也就是名震佛门，武林宗仰的痛禅上人。可是番僧下蒲田，火焚少林寺，虽是各有因果，但是一大半也算铁剑先生展翼霄所赐的。幸得那时这位铁剑先生仗义助少林寺僧，那种胆大包身、侠肝义胆，平常的江湖道在那番僧手底下，多数不敢抗拒。铁剑先生竟敢尽全力和他周旋，绝不顾及自己的危险，在侠义道中也很难得了。

　　"至于他个人，远走苗疆，更在滇南一带久住。虽是他自说是一种图谋，但是他那时是避那番僧的恶毒手段。所以那时铁剑先生年岁虽然不大，但是所行所为，凡是侠义道中人，没有不敬服他的。这种人，我老婆子也十分喜爱。他这种操行肝胆，却比较平常的行道江湖的人高着一筹。我老婆子对于铁剑先生往年在江湖路上，不过只是一面之识，没有深交。可是隐了这么些年，他依然还能照顾我们，这是足见他重道义，念友情，有肝胆，为他人所不及的地方。所以他这种话绝不会假。

"不过，他所说的彭天寿所收买的偷天换日乔元茂、鬼影儿方化龙，我老婆子想，恐怕还不止于只打发这两个人来，难免另有其人。我们倒不好不仔细地打算一下，不可轻敌，须严防一切，提防着他们。或者就在眼前，要发动起来，也未可知。你们夫妇两人要十分谨慎，十分提防着。我们这次倒比当年应该以全力对待他们。我但盼连那彭天寿早早前来，我们倒可把两家的事早早了断了。这次，我商氏门中最大的生死关头到了，跟当年的情形又自不同。这恶魔彭天寿既然要重清旧债，下手必毒，手段必辣，安着斩草除根之心。他焉肯稍留一丝厚道之意？这次我们也许同归于尽，也就许把我们大仇报了，宿怨消了。

"我老婆子在未尽之年，还许重回到两广，再整我商氏的门户。往好处打算，我可只有三分的指望，那七分就不敢保了。不过我的五云捧日摄魂钉，他们休想妄动一指。我老婆子只要有三分气在，他们就别想称心如愿。只是他要用别的手段，非我等所能预料，所以必须以全力来应付他们。我们倒看看他究竟有多大的力量，来图谋我们。"

天龙剑商和答道："恶魔彭天寿，他敢用这狡恶的手段，这样对我们，这未免轻视人过甚。他真敢前来，我们这次依然不愿意假手于他人，要用我们全力，来把他留在潇湘。无论如何，也不叫他逃出手去。这正是人无害虎心，虎有伤人意。我们再稍存忠厚，那世界上真要没有我们立足之地了。不过据我想，恶魔彭天寿虽是这些年不知他武功锻炼又究竟到了什么地步，若仅是他当年的那点本领，我们在尽力防范之下，还不至于叫他妄逞凶焰，得意而去。我们现在的情形，和过去大有不同呢！"

柳玉蟾一旁说道："你这话可不尽然，还没见到他，难道就有个轻敌之意吗？我们先不必管他又锻炼了什么功夫，有什么惊人的造诣。我们只问我们自身，现在比十年前情形如何？知己知彼，百战百胜。骄敌者必败，你这种轻视之心，不可稍有。"罗刹女叶青鸾点点头，说道："玉蟾的话实有道理。勿骄勿狂，为我们武林中人必守的戒条。我们从现在起，各自戒备，不得稍有疏忽。我老婆子之事不用你们管。明早玉蟾你和苗成去说，就提我嘱咐他，任凭有什么人前来，不准他多事。严厉地告诉他，现在这场事，我们力足应付。他实不是来人的敌手，他随我们逃到这里，活到这时，实不是一件容易的事。将来还有重大的事得用他，现在不必让他先跟着伸手。我们自身应付的事，那能再照顾他的身上。他若不听我的话，告诉他，我从此就不理他了！商和，你可不用对他说，他的一些事，你最好不管。你同他讲不了三句话，又该多寻气恼了。"商和连连答应着。

柳玉蟾说道："母亲也应该歇息去了，金莺她这时睡着了吗？"罗刹女叶青鸾道："她睡得好好的。错非是今夜，从此后，在她身上倒得十分留意了。这个孩子别看她年岁小，胆是非常大呢。"罗刹女叶青鸾一边说着，一边站起。柳玉蟾也跟随着，往外送婆母。天龙剑商和走到竹楼的走廊下，这位老婆婆回头道："商和，你也该歇息了。"遂带着儿媳柳玉蟾下了竹楼。柳玉蟾送婆母到了角门前，见门敞开着，知道婆母是从角门过来的。叶青鸾说了声道："你也回楼下歇息去吧！"话声一落，这位老婆婆，别看这般年岁，竟自肩头微动，已经用燕子凌云式飞纵角门，连门头上全没落，竟往里院中把身形隐去。

柳玉蟾见婆婆已入后院，自己正转身回前面，奔楼下自己卧房去歇息，耳中突听到婆婆"咳"一声，竟招呼"玉蟾你来！"柳玉蟾听到婆母的声音差异，她本是刚转过身的，竟自从左往后一转身，轻灵的身躯已然纵起。用"飞鸟投林"的绝技，斜穿着角门上往里院飞纵进来。

后面仅有三间正房，一间平房。正房东间是老婆婆的卧室，西边两间是老婆婆起坐的地方。罗刹女叶青鸾已经扑到门口，看那情形，正在仰着头查看明间上面的窗户。这时柳玉蟾已赶到身后，不敢声张，却在低声问："母亲怎么样，敢是有人吗？"罗刹女叶青鸾不答柳玉蟾的话，身形往上一纵，已经腾身而起，却抓住上面的横楣子下横过木的边沿，右手已经把上面的横窗打起，口中却招呼道："金莺，金莺！你睡着了吗？"这时，东间里头却答了声道："祖母！我没睡呢，方才有人进来，被我打跑了。"这位叶青鸾纵身腾起，那二尺高的横窗，她只一纵身，穿越而入，口中却说了一声："哎呀！可吓死我老婆子了！"轻轻已经落在了西外间的屋内，跟着把里面的格扇门开了。

柳玉蟾在外面已然惊得一身冷汗，知道此次连老婆婆那么足智多谋，竟也失了着。她离开后院之时，倘若真个彭天寿的羽党来到，女儿金莺的性命岂不断送了！此时，罗刹女叶青鸾已然把屋门开了，柳玉蟾跟着进来。明间里没有灯，女儿金莺也已口中招呼着祖母，拿着油灯从里间出来。这婆媳两人见这女孩子已然无恙，全放了心。但是柳玉蟾借着女儿的灯光，看到婆婆脸上的颜色已经全都变色，尚没恢复了常态。自己赶紧把金莺手中的灯接过来。罗刹女叶青鸾暂不看里面的情形，向儿媳柳玉蟾说道："有话先到里间说。"遂一同走进屋中。

柳玉蟾把灯放在窗前的桌案上。罗刹女叶青鸾先向屋中看了看，见没有什么变动的地方，仅仅是床上金莺睡眠的地方凌乱了一些。这位老婆婆才放了心，拉着金莺的手问道："什么人闯进我屋中？你怎么不发声喊叫？"金莺说道："祖母出去时，我已经睡醒。见祖母走的情形分明是有事，孙女没敢招呼你。我一直醒着，你走了很大的工夫，忽然我听得外面的窗户很小的声音，有些响动。我疑心是祖母已经回来，我坐起来才要招呼，门帘一起，竟闯进一个老头子来。我正待喊叫，他竟摆手向我说：'小姑娘不必害怕，我是你父亲的朋友，特来看望他。不想走错了屋子，我到前面去找他。只是我告诉你，你祖母回来说与他，往后不要这么疏忽。只你这一个小孩子，没人照管，太以危险了，叫他们要好好留神吧！'他虽是没说什么恶话，我因为他没有招呼屋门，擅自闯进屋来，认为他不是好人。我向他喝问：'我这家中不许人胡闯，你这老头子竟敢随意出入！你先别走，我招呼我祖母，什么事，你和她说完了再走。'这老头子竟含着笑，向我说了声：'小孩子家懂得什么，我没有工夫。'他说话间，把帘栊一甩，那帘栊竟自飞起来，他转身已经退出屋去。我在情急之下，手底下没有东西。把祖母拿出叫苗成买菜的那锭银子，向他身上打去。大约是被他接了去，可是人已经奔上窗口，银子也没落在地上。上面的横楣子一响，他说了声什么'银子暂借，做那沽酒锭，改日奉还'。我再赶到外间屋，他已经走了。祖母，想我当时虽是不甚怕他，因为他也没有拿着兵刃，也没说什么恶话。更不知祖母出去是为了什么事，所以不敢声张，只在屋中等候。祖母再不来，我要去找你呢！"

罗刹女叶青鸾听到孙女所说的这种情形，脸上由苍白中反倒红了，向儿媳柳玉蟾看了一眼，叹息说道："惯骑马惯摔跤，我想不到今夜竟自连番失利。这大约又是铁鹞子雍非那老儿弄的把戏。虽然他这种举动有些让我叶青鸾脸上难堪，但是颇给我们个警戒。这种情形，我们不得不承认，是自己疏忽。说不定狂妄的老儿尚还没走呢。"叶青鸾说了这话，转身向外就走，柳玉蟾忙拦着道："母亲不必再去搜寻，铁鹞子雍非今夜来到绿云村的举动，实有些令人不满。可是他那一件事也没有恶意，完全是关照我们。更看在南海渔人詹四先生的面上，也不便过分地和他为难呢！"

罗刹女叶青鸾被儿媳这么拦阻着，喟然叹息了声说道："我老婆子历来的性情，不论他对我是多么好的心意，这种举动，我实不愿意容忍。好，对雍非这种情形，我放着他吧。遇到了机会，我总要给他点颜色看，他别认为我罗刹女叶青鸾到了这般年岁、这般地步，就这么容易讲话了。"说罢这话，颇有些气愤不平。柳玉蟾竭力劝慰着，把婆母的卧具全整理了一下，叫女儿金莺依旧睡下。这才告辞出来，回到前院楼下歇息。

　　到了次日，这一家人好似把昨夜的事完全忘掉。天龙剑商和依然和往日一样，在饭后时到村头散了会儿步，更到江边游玩了一番，暗地里可是留神着一切。只到暮色苍茫，才从潇湘江畔回转绿云村的归途。这时，太阳已经落下去，远远望着绿云村，怪树迷离。从树林的转角处，隐约地尚可看见自己所住的竹楼一角。田地里的农人，也在这时三三两两，荷锄归去。这江村风景，在这种时光，真是如入画境。

　　天龙剑商和缓步往回走着。离着自己家门还有不到一箭地，见从自己家门的左边走过一人。这种衣着的情形，一看就知道不是绿云村的人，是一位过路客。走到自己家门前，脚步虽然没停，可是慢了一些，扭着头向竹楼上不住地张望。天龙剑商和此时和平日不同，心中已在提防着时时有敌人发动，到绿云村来探自己的踪迹。索性身形一闪，用道旁的树木隐蔽着自己的形迹。倒要看看这人究竟有何举动，更要看看他的心意。只是这人并没怎么留连，已从自己家门口走过去，更没往这边来，竟往绿云村内走去。

　　天龙剑商和始终没有看见他的面貌，只看到他的背影。这人身材瘦削，身量也不高，穿着件长衫，脚底下倒是薄底快靴，担着一个不大的包裹。他虽然没紧走，脚底下很轻快。这时本来已经够晚的了，天龙剑商和遂往前紧赶了几步，但是这人已经隐入绿云村内，踪迹已失。天龙剑商和虽有怀疑，但是也没看出什么差异的情形，也不能就断定此人就是来路不正。也只好把这件事放下，回转家中。

　　他到后面看看，母亲已和女儿金莺在后面用饭。天龙剑商和也不敢在母亲面前提起这种捕风捉影的事。回到前面竹楼中，夫人柳玉蟾也早已安置好，正在等待他用饭。天龙剑商和把门外所见的那人，倒对柳玉蟾说了。柳玉蟾沉吟了半响，向天龙剑商和道："我们现在敌人暗地图谋之下，不得不多加一番小心。从今夜起，我们要十分注意才行。"商和点了点头。

　　饭罢之后，苗成把碗盏收拾去，泡上茶来，问了声："还用什么不用？"柳玉蟾说道："苗成，我白天所告诉你的话，你可要牢牢谨记。老太太的话，你可不许不听。从今夜起，无论有什么事，不准你多管。这并不是不叫你管家中的事，倘或真应了铁鹞子雍非的话，五虎断门刀彭天寿的党羽若是真个前来，这次我们不想再叫他们回去一个，老太太要以全力应付。她认定了这是她老人家一生最后的事。你想，我们若是不听从她的办法，她老人家肯答应吗？"苗成道："主母嘱咐的话，我全记住了，尤其是老太太的话，我更不敢不听。不过……"说到这儿一迟钝。柳玉蟾说道："不过甚么？"苗成道："来人要是把刀拦在我脖子上，也不要我管吗？"天龙剑商和一旁从鼻孔中"哼"了一声，口角微动动，才要发话，那柳玉蟾却向他微摇了摇头，不叫商和再开口，免得再和他生些闲气。柳玉蟾却也一笑说道："苗成，刀倘若拦在你脖子上，再不许你挣扎，我们家中没有那种王法。你不要胡闹了，这话要是老太太听见，岂不招她生气？"那苗成也觉得自己说的话太以无礼，一张丑脸带着满面笑容，转身走去。

　　天龙剑商和望着他的背影，不住摇头。夫人柳玉蟾长嘘了一口气，含笑说道："这种人跟他有什么法子呢！最好是你少理他，不要和他一般见识。无论他行为怎样悖谬，只是他赤裸裸一颗心，完全交与我们，怎好不担待他一切。"天龙剑商和道："无论心怎么好，只是他这种情形，实在有些叫人难以忍耐呢！我看全是母亲一个人把他宠坏了。甚么事全是各别地庇护他，才养成他这种狂妄任性的习气，我现在真有些怕他了。"夫人柳玉蟾却正色说道："你不要尽自这样想！他无论怎样不好，你在江湖道中，这种不学无术、知识简单的人中，找这么一个有肝胆、有良心的，恐怕不易吧？"天龙剑商和被夫人说的，倒也点头默认。柳玉蟾给商和安置了一切，自己也回到楼下歇息。

　　罗刹女叶青鸾对铁鹞子雍非此次前来所送来的信息，自己倒认为这件事不得不好好地预备一下。这老婆子刚强性傲，不肯输口。可是她心中何尝不明白，现在又是厄难临头，稍一失当，就是灭门之祸。不过她着急是放在心里，不肯露在面上。更对于铁鹞子雍非这次来到绿云村所有的情形，自己也十分不满。今天到了晚饭之后，默默无言，不时地坐在那里出神。

小孙女金莺每天晚上跟黎明的时候，自己必要亲自给她下些基本的功夫。因为天龙剑商和夫妇只生了这么个女儿后，遭逢到一场巨变，全是十分灰心。来到绿云村，卜居在这里，在明面上看，他们是度着清闲的岁月，其实他们正是茹苦含辛，为将来的事时时在打算。所以这夫妇两人，就算是隔离开，各自锻炼着自己的功夫。这十几年的工夫，就没有生养儿女。罗刹女叶青鸾对于这独有的孙女，那会不十分重视起来？所以竭力地教授她武林正宗的功夫，满从正规上下手。这老婆子的心胸非常的大，要把自己一身绝技，完全留给她这孙女儿。所以从去岁上，就在这孩子身上用工夫。

那么小的女孩子，叫她练武功，三年两载是任什么也看不出来。这全是教授武功的人本身的事，站桩，站架子，上操，调气血，强筋骨，练眼力，传授轻功和初步的练法。这些功夫完全和平常武林中传授不同，三四年之后，这金莺还是一点什么不会，连一趟整拳也不会打。这可不是她学不会，是这位罗刹女叶青鸾绝不教给她。练这种基本功夫，非常的慢。可是自己知道，能够在手底下这样把孩子教出来，她这身本领，将来的成就能在自己之上，所以决不用天龙剑商和来管。有时倒许叫儿媳柳玉蟾替自己指点指点，可也是按照老太太的意思去教，绝不敢稍违背她的意思。

今夜晚饭之后，这位老婆婆却有些不高兴。金莺是个很聪明的女孩子，祖母对她的疼爱，她十分明白；她对于祖母，也是十分的能得欢心，在眼前倒给罗刹女叶青鸾解了不少的愁烦。现在看到祖母不高兴的情形，金莺话也不敢多说，只把晚间祖母所该用的东西，全给预备好了，更把屋中收拾得齐齐整整，干干净净。陪着一张笑脸，在祖母的身边，也不多言，也不多语，只是遇到了机会，说上两句给祖母开心的话。

叶青鸾默坐了一会，向金莺说道："今夜你不用练功夫了，早早的歇息，只要我教给你的，任凭一句什么不重要的话，你把它牢牢地记着，不许忘，那就不枉费我一番心机了。"金莺满脸陪着笑，向罗刹女叶青鸾说道："祖母今夜身体不合适吗？明天早晨再练功夫也是一样。你所说的话，我没有一句忘掉的。不信祖母你问，隔多少日子所说的，我全都记得清清楚楚。我给你背一遍，那句忘了，明天不给我饭吃。"

叶青鸾虽然是满怀心事，但是对于这心爱的孙女，也不愿意过于扫她的高兴，只得也一笑说道："傻孩子，这又不是在学房里念书，我说的话，还用你背一遍么？不要胡闹了，你好好地记着就是了。"说完了这话，叶青鸾忽然触起一件心事似的，把金莺的手拉过来，抚摸着。金莺是梳着两个抓髻，扎的红丝绒绳儿有些松了。叶青鸾把她搂在怀中，把绒绳儿给她扎好。因为虽是到了临睡觉的时候，这老婆子莫看那么疼爱孙女，可是规矩极严。睡觉后，就不许她把头发滚散了。因为早晨是天黎明时就得起来练功夫，叶青鸾最怕把头发散乱了。每日全得功夫练完了，才许她到前面竹楼下他娘的屋中漱洗。

这时把红绳子扎紧，罗刹女叶青鸾右手摸着金莺的肩头，左手却把金莺的脸儿抬得仰起了一些，自己仔细看。这金莺儿见祖母此时面色缓和了些，也有些高兴。金莺颊上的两个酒窝儿，衬得越显得十分欣快；两只如同一汪水的大眼睛，衬着很长的睫毛，也正在注视着祖母。罗刹女看到孙女这种可爱的面貌，不知怎么，忽的脸上泛起一种悲惨的神情，老眼中几乎滴下泪来。却把手放下，指着床边，叫金莺孙女坐在身边。

这一来，把个聪明活泼的女孩子可闹糊涂了。这位老太太忽喜忽怒，金莺竟不知这祖母是怎么个原故，今夜这么怪。自己也把笑容尽敛，依着祖母的吩咐，紧依在身旁。坐在床边，却把祖母的手抓着。见祖母只是看着自己，不言不语。遂摇着祖母的手说道："好端端的，你老为什么又有些难过了，谁叫你生气了？祖母，你快告诉我，我不愿你伤心呢！"

第四章

天南盗寻仇绿云村

罗刹女叶青鸾"唉"地叹了一声，却用衣袖把眼角没流出的泪水拭了拭，向金鸾说道："傻孩子，你懂得什么？现在的事，我不能不着急。我看着你这可爱的孙女，更不会不难过。你虽然年岁小，今年已十二岁了，也应该略懂些事了。咱们家中人，那个敢给我气生？现在我家遇到重大的关头，有绿林能手，对我们不肯甘心。我到了这般年岁，没有什么留恋的，任凭敌人搬了什么样惊天动地的人物来，你这祖母毫无所惧。也并非是我有多大本领，全能应付得了，打发得了。到了这时，我绝不惜命。

"我不能放心的，只有我这一家骨肉和那义仆苗成。你年岁尚小，更是一个女孩子，可是在你父母眼中和我的心上，把你看作比掌上明珠还重。你年岁虽小，和你祖母一样，全是劫后余生。现在你才学到初步的功夫，正要走上成就的地步，这时竟有这种情形，教我那能放心得下？只是天有不测风云，人有旦夕祸福。厄运当头，有时也无法避免，只好听天由命。我们长话短说，万一我老婆子要真脱不过这场大难，真要到了那个时候，别人全不要紧，无论如何，你要为我商氏门中存留一脉，为祖宗留半分的血食。那时候你要听凭带着你走的人，好好跟他走，任凭我们遭到怎样惨酷的情形，不准你留恋，不准你多管！

"好孩子，你不用害怕，大约还不至于到了那种地步。难道我一家全会断送在他们手内么？你这祖母不是好惹的，也是不容易搪塞的。真要是我全无力周旋，落到引头就戮的时候，那来人的厉害，也就可想而知。可是我们必要尽力教你脱离魔手，逃得性命。你只要是能够懂些事，你要把这场事记在心中。你武功练成之后，随着教你的人，为父母祖母报仇雪恨，那也就不枉我这祖母疼你一场。

"苗成九死一生的，从天南把你救出来。这番事我们要是逃不过去，那苗成也绝无法逃生，他也一定同归于尽。他对你可以说得起是再造之恩，你不论到了什么时候，也不要忘了这丑鬼。你不要忘了你的命，是他拿血给你灌活了的。没有苗成，也就没有你今日了。他倘然这次同我们也同遭遇劫难，只要把这次的事稍过些时，你要收殓他的尸骨，葬埋个好地方。你对待他，要如同对待骨肉亲丁一样，把他作义父看待。逢年过节，要给他焚化些纸箔钱，也算你答报他救命之恩。"罗刹女叶青鸾说到这种话时，金莺已经泣不成声。

这位老婆婆也是怆然泪下，不住地哄着孙女道："好孩子，你不要哭，你要真是那种一派糊涂的孩子，祖母也就不和你说这些话了。我不是和你说过么，事情不会到这样。我不得不这样早早地安排，万一意想不到的，你这祖母真遭了意外，把我的心腹话不说与你，我死难瞑目。你是我最疼爱的孙女，我纵然是身入九泉，又怎能把你放下？好孩子，我这些话，你要好好记住，但盼全用不着。狂徒们真个前来，我们早早把他打发回去。我愿意趁着我这老眼在，自己看着把你调理出来。连我们恩怨未了的事，我倒不十分介意了。"

这时，金莺忍着悲痛，拉着祖母的手道："祖母，什么人这样厉害？我那阿爹阿娘全有一身本领，苗成也有那么好的刀法，祖母的一只铁拐杖，难道来人就不惧怕三分么？"罗刹女叶青鸾哼了一声道："正为他惧我三分，下手才更毒辣。他在暗中，我们在明处。我们任凭有天大本领，狮虎虽然厉害，它还有睡觉的时候。明枪易躲，暗箭难防，这点俗的道理，你不会不懂吧？"金莺又说道："祖母不是还有种独门暗器，是祖母家中一种绝技，难道还不能对付来人么？"罗刹女叶青鸾又哼了一声道："他们惧我三分，并怕这暗器十分，唯其惧着我这个五云捧日摄魂钉，所以才买出能人，来暗算我们。"金鸾道："他们既敢这样，祖母也就不必再留情。只要他敢来，祖母就赏他一下，好歹也先让他尝尝厉害。"罗刹女叶青鸾叹息着说道："好孩子，不用管了，你一个女孩子家，年岁还小，这些事你还有好多地方不明白呢，只把今夜的话牢牢谨记。你快快地歇息吧。事情的发动不一定在什么时候，我会安置一切。好孩子，快快睡吧。"

金鸾不敢违拗祖母的话，自己上了床榻，躺下去等待着祖母。虽说是教她早早地睡，金鸾此时那里睡得着？两双晶莹的大眼，躺在那儿仍在看着她祖母。罗刹女叶青鸾，此时把身上的衣服整理一番，却从贴身的一只皮口袋里摸出一件东西来。托在掌中，借着灯光仔细看了看，一边向屋中又端详了一下，忽的向金鸾说道："金鸾，你只听你娘说过，我有这种暗器五云捧日摄魂钉，只是没有看见过。祖母叫你开开眼，你可不要害怕。因为已经有多年没有用它，不知里面的卡簧是否还应手。你看，我向这隔断墙上打它一下。"

这金鸾听到祖母竟要在屋中试她的这种独门暗器五云捧日摄魂钉，喜欢得竟又爬了起来，不肯再躺着。口中还忙答道："祖母，我愿意看着，我不害怕，只是这屋中的地势太小，全向那里打呢？"罗刹女叶青鸾道："你不睡也好，索性下来，也教你长长见识。"金鸾从床上跳了下来，欣然答道："祖母叫我做些什么事呢？我任什么不怕！"

叶青鸾看到孙女这种情形，更觉心惊：自己得到娘家这种暗器，名符其实地成了绝技。因为娘家已然无人，要不然这种暗器绝不容我带到商家来。这是不传外姓的功夫，所以名震江湖。谁提起这种五云捧日摄魂钉来，没有不惧它几分的。现在连这么点的小孩子，她全对于这种暗器这么注意，更教自己加了一番警惧。自己家中人全这样，江湖同道人就可想而知了。敌人暗中图谋，买出能手来对付我老婆子，他们必然是以十二分的力量来下手，自己那能不想到这层？不由得对暗中图谋的人，怀着警惕之意。

当时罗刹女叶青鸾向金鸾说道："你把软帘打起来，把迎着门明间西厅那面镜子挪开，你把明间的灯也撤了去。"金鸾高高兴兴照着祖母的吩咐，全移挪完了，依然回到祖母的身旁。罗刹女叶青鸾把掌中扣着的这种惊人暗器，往掌中一托，向金鸾说道："你看，只是这点东西，已经毁了多少绿林成名的人物。看着没有什么奇特的地方吧？"金鸾看祖母掌中托着的，仅有三寸多长，核桃粗细，是用紫铜打造的，看不出什么来。

罗刹女叶青鸾跟着扣到掌中，向金鸾说道："这一筒暗器，我向咱这门上打。这东西打出去，在一丈五尺内，上下左右全不容人逃得开。任凭身形多快，这一筒摄魂钉，是同时打出，同时打到，你绝没它快。不过这种暗器过于毒恶，并且也不易打造，平常制造兵刃暗器的不会做。这种暗器不入谱，这完全是你外祖父自己研究出来。打这种暗器，是不得已。这摄魂钉必要如数找回来，因为我只存了两槽，只要用完了，这只暗器就形同残物。这种摄魂钉，非到了云南大理县兵器杨家，他那里能打造，别处多有名的造兵器匠人，也不会配制它。"

说到这，叶青鸾把身躯紧退到里间的东墙下，这也就是迎着门的地方。罗刹女叶青鸾更向金鸾招呼："你把桌上的灯光用你的身躯挡一下。"这金鸾赶紧答应着，她是一心瞧着祖母倒是怎样打法，却把灯台端起来，往椅子下面桌围子能遮蔽的地方一放，向罗刹女叶青鸾问了声："这样好吗？"叶青鸾道："很好。这五云捧日摄魂钉一共六只。当中这只，我要教它打在外间的西墙上那张画儿的正中，不能教它稍偏。这一摄魂钉，要打在这轴画的那只展翅的小燕上。这四周的五只摄魂钉，上面的三只，当中那只教它打在上门坎上，两边那两只，要教它打在帘钩下五寸的地方。仅下边这两只摄魂钉，一定全落在下门坎两旁。因为这屋中限于地势，无法施

展，只好这么试一试。"

金莺答了声："祖母，你可快打呀！"金莺的话声未落，罗刹女叶青鸾把扣在掌中的暗器，用拇指一拨机钮，"铮"的一声，在这灯光已隐的屋中，一片银星似的从掌中发出。"叭啦"的一声爆响，震得这木板子颤动作声，一片轻尘如烟雾飞落在屋中。外面的西山墙也是一声爆响，打得墙上的灰石四溅。果然这暗器实有一种惊人的威力。

罗刹女叶青鸾向金莺招呼道："把灯拿起来，你看看，可跟我说的一样么？"金莺赶紧从桌围后的地上，把那盏灯端起来，往木板墙子上看时，果然祖母所言丝毫不差。再看打在屋门四周的五只摄魂钉，全牢牢地钉在木板墙子上，入木寸许。这种力量实不是平常暗器所能有的。金莺虽然年纪小，她也看得懂，向祖母惊讶道："这种暗器若是打在人身上，那会活的了！这要是离远了呢？"罗刹女叶青鸾微微一笑，用手向明间指着道："你去看。"金莺忙的来到明间，把灯拨亮，往那面墙上看时，只见打在外间这只摄魂钉，正打在那幅画的一朵花心上，也是打进一寸多深去，牢牢地钉在墙上。这时罗刹女叶青鸾也跟了出来，只用食中二指夹住摄魂钉的钉尾，轻轻地把这钉起下来，回到了里间。

金莺是天性聪明，若是在平常的孩子们看到往下起墙上的暗器，绝不会再留意到这里边与平常有不同的地方。她可就留了心，因为这种摄魂钉打得这么大力量，可是祖母往下取它时，丝毫不费力气。金莺看着，就觉得祖母这种手上的力量不同，自己紧跟着来到里间。打木板墙绝不是容易往下取的，要看看祖母是怎样往下拿。那知这位老婆婆依然和在外间一样，丝毫没有费力。仍然是用双指一夹钉尾，如同往下取一点浮放的东西，随手放在手掌内；跟着第二枚，第三枚，没费一点力，全从木板墙上拔下来。

金莺向祖母问道："祖母，平常木墙上一枚小钉子，往下起着，全很费力，祖母手指上怎样有得这么大力量？"罗刹女叶青鸾道:"只这墙上拔钉,我已经搁上了一二十年的功夫,再没有一点成就,我也太没用了。"金莺说道:"依祖母这种手指的力量,倘若是打中了人,那还不随手丧命!你有这样的本领,还怕什么恶人来打扰我们么?"

罗刹女一边收拾着这只暗器,把打出来的六只摄魂钉完全又装入卡簧按好,把它藏入怀中,向金莺说道:"这种微末的功夫算不得一件事,江湖上尽有能人,武林中更多绝技,我们要以这点功夫看轻了一切,那更得吃亏了。"说着话,已经把门关好,教金莺上床休息。罗刹女叶青鸾自己也收拾完了之后,却是合衣而卧。屋中的灯仅仅拨得只剩一点微光。

罗刹女叶青鸾躺在床上,反复地思量眼前的事和将来的事,那里睡得着?躺到了三更左右,自己才有些困倦,可是仍然是没有睡实在了。在朦胧之间,耳中只听得一点声息。这有年岁的人,睡觉本来就很轻,有一点声响动作,立刻就可以惊醒。何况罗刹女叶青鸾现在是已经在实实提防着,或有敌人前来搅扰、窥探。窗上这微微一响,罗刹女叶青鸾已经睁开眼,欠身起来往窗上看了看。这时因为三更已过,月色已经上来,院中是很亮。看窗上没有什么形迹,仔细听了听,也没有什么声响。自己认为这是疑心生暗鬼,定是风过处,纸窗上发了些声息,仍然又睡下。

这一来,是更睡不着了。沉了一刻,仔细注意着,忽然又听得明间的隔扇门微微动了一下。罗刹女叶青鸾十分诧异,心说:这可是怪事,怎的竟连连听到外面的声息,难道我的耳音就不中用了吗?这次,罗刹女叶青鸾却不肯再躺着,轻轻地下了床,蹑足轻步地到了窗前,屏息凝神,侧耳倾听。只是这一注意外面的情形,立刻声息寂然,任什么也听不到。

罗刹女叶青鸾心说:这可是怪事,分明是门外有了声息,怎么只要一注意,立刻任什么全没有了?自己就不信自己完全听错,遂把纸窗点破了一些,往外眺一目查看。院中这时青草满地,花影在夜风中晃动着,院中没有潜影匿踪的地方,绝不会有人在这里窥探。她认为自己还是多疑，可是又轻轻来到明间房内，往隔扇门前看了看，也没有一点异样，门窗全没动。罗刹女叶青鸾不觉暗笑自己：真成了庸人自扰，自起矛盾！又从明间的纸窗点破了一点，复往外看了看，依然是静悄悄的。

罗刹女返身回到里间，自己就有些怀疑：难道现在还没有和敌人较量上，我这镇定的力量就没有了吗？这是怎么讲？自己心中这么思索着，可是在屋中的动作十分轻，十分仔细。虽是认定了或是自己多疑，但是这位久经大敌的罗刹女叶青鸾，究与别人不同。明是不用留神的地方，倒也加了一番小心，从窗前面重又回到床上躺下，绝没带出一点声音来。孙女金鸾仍是睡得香甜甜的，叶青鸾又躺到孙女身旁，闭目想着。想到自己本身还有疏忽的地方，觉得应付着这种来去难防、隐现不测的敌人，也只能这样。难道我要用别的手段么？自己行走江湖时，也很见过些成名露脸的人物、手段恶辣的江湖道和飞贼巨盗，也和他们比较过手段，就没有让自己这么担心过。自从铁鹧子雍非一来，他一番善意，不辞风尘劳苦，把南海渔人千里关怀的意思传到。只是我这暂保安谧的破碎家庭，给我掀起了风火。我这一家人从此算是不能再安生了。

叶青鸾对于方才的声息，虽然自己认为是多疑，可是总不能释怀。这时已经到了四更左右，他们这绿云村也近潇湘，临到夜深的时候，江风送到这里，常常有一片声音送入耳内。江流游荡，树木动摇，在静夜中这全村都可以听到。罗刹女叶青鸾在这里是住久了的人，这些嘈杂的声音，虽然能掩蔽其他，可是这位老婆婆却能辨别得清清楚楚。只要有其他的声息，依然能辨别得出来。

就在这时，又听得院中"飕"地响了一下，似乎有人用脚轻轻在地面上扫了一下。这次却不是上一次的声音，分明是有人已经轻轻地落到窗前。罗刹女叶青鸾十分愤恨，跟着飞身而起，很快地已到了窗下。往外再查看时，竟有一条黑影，正在窗前想往明间的门外走去。罗刹女叶青鸾心说：你好大胆！这人才一举步，罗刹女叶青鸾又想：我要是轻举妄动，用五云捧日摄魂钉伤你，那算我罗刹女叶青鸾没见过大阵势。我先教你尝尝这个。随手从囊中摸了两枚青铜钱夹到指间，向外轻叱一声："朋友既然前来，就别再走了。我这主人有一点小意思，你接着。"

说着，可正俯着身，从纸窗孔往外看着，手中方待用青铜钱往外一打。那知这隔窗喝问，外面竟答了话道："母亲，别动手，是我！"罗刹女也是一惊，把往外打的青铜钱力量往左微带了带，哧的一声，青铜钱已经穿窗而出，叮咚的掉在地上。罗刹女叶青鸾忙喝问："商和，你这时进来做什么？"外面正是天龙剑商和，经罗刹女叶青鸾这一喝问，忙地答道："竹楼上已现敌人的踪迹，儿子从前面追赶下来。这人竟自失踪，再也找不着一点迹象。恐怕母亲要受他人的暗算，紧赶到这里。只是那夜行人已失踪，更恐怕到母亲这里搅扰，所以搜寻了一遍。不知这夜行人隐藏到那里去了。母亲怎么还没睡着，敢是已有人到这里么？"

罗刹女叶青鸾赶紧把屋门开了，让商和进来。细问他前面的情形，商和草草说了。原来商和已经在竹楼上安歇睡觉。也是不敢稍微大意，竭力地提防着，把天龙剑放在枕边，一身短小的衣服，坐在一所竹楼上，安息养神，还没敢就躺下去。坐到三更才交过时，夫人柳玉蟾也在楼下已经睡下，忽的翻上竹楼，用手指轻敲楼上的窗户，招呼商和。夫人柳玉蟾正是因为楼下有了声息，对于楼上不放心，恐怕丈夫这里出了意外。那知这里依然安安静静的，没有一点事情。柳玉蟾听得丈夫好端端的答话，竟没叫商和开门，仍然回到楼下。

就在这时，忽然窗上用指甲轻轻敲了两下，商和还疑心是夫人又翻了回来。自己匆匆来给开门，赶到把门儿开了，往外面看时，楼上下那有什么踪迹可寻？这指甲敲窗的声音自己没听错，门开的也很快，怎么楼上下，连院中竟没有一点别的行迹，这真是怪事！自己也莫名其妙，想不明白，赶紧提剑出来。纵身到楼下各处查看了一番，只是一点什么也搜寻不出来。更到了苗成所住的屋门前，侧耳听了听，那苗成睡得正酣，自己也没有惊动他。来到夫人卧室的窗下，故意地咳嗽了一声，叫夫人柳玉蟾知道是自己在院中寻查。商和在前后转了一周，心想：这可真怪！难道世上真有鬼神两字吗？自己就根本不信有这些事。回到竹楼上，把灯火拨亮了，一赌气也不再睡，坐在灯下，拿起本书来看着，耳中可是留神着外面一切的声息。这次没有一盏茶时，纸窗突然唰的响了一声，商和已跟踪出去。只是仅仅看到一点踪影，已经逃出宅去。就这样，商和也不敢深信有江湖人具这般身手，他也太快了！

商和道："我把前面排搜一遍，再没有一点形迹。玉蟾也是一样听见了院中有动静。只是果有人前来，以我们这般防备了，竟没搜寻一点踪迹，这也太有些奇怪了！"罗刹女叶青鸾冷笑一声，向天龙剑商和道："我们这叫自起矛盾，其实绝不会有人前来向我们窥视。你来了也正好，进来，今夜我十分烦躁，金莺这孩子夜间睡觉又不安宁，把她抱到前面去。"金莺被说话的声音惊醒，正不知为了什么事，看着她爹和祖母，只是怀疑着不敢问。这位老婆婆拍了拍她肩头，向她摇了摇头，不叫她说话。金莺这孩子倒十分聪明，从祖母和她说的一番话，她已知道大概的情形，更不敢多问。罗刹女叶青鸾叫她把衣服穿上，更向商和示意，不叫他再说什么，赶紧把金莺弄走。

天龙剑商和已知母亲预备和来人一较身手，就把金莺带了出来，送到楼下。附耳低声向柳玉蟾示意，教她只管照顾金莺，外面的事不要再管。自己也若无其事的，仍然回到竹楼上，把里面的灯完全熄灭，暗暗地静听外面的动静。可是，前后院这时一点什么声息也没有。自己十分怀疑，所听到的，所看到的，已分明是有人暗中到这里窥探，想在这里下手。来意已不问可知，正如铁鹞子雍非所说，定是五虎断门刀彭天寿所派来的党羽无疑。怎会稍一追踪他，他立刻踪迹隐去，再不肯露面？来人的身手颇为厉害，他不肯就这么罢手。可是因为母亲那种情形，不教自己和夫人多管。此时索性连出去全不敢了，只好静听消息。天龙剑商和遂在竹楼中静听动静。

那罗刹女叶青鸾，把孙女金莺打发了离开眼前，自己把屋中灯熄灭之后，稍微静坐了一刻。蓦然地一盘算这来人的举动，认定了他们绝不肯稍一窥查，即行隐去，定然有什么图谋。自己想过之后，拿定了主意，索性不等待他再来窥探，先去搜寻他的踪迹。她倒要查看查看他的来踪去迹。主意拿定，她悄悄地从屋中出来。这时连明间的格扇门全紧紧地闭着，叶青鸾更不敢疏忽大意，不开屋门，跃身上窗口，抓住上面的横过木，把上亮子[1]拉开，轻轻地翻到外面。一飘身已落到窗下。先听了听院中各地没有一点动静，飞身跃上房头。就这样，自己形迹绝不肯明显露出，处处找隐蔽身形的地方。

这所宅子的房后，并不跟绿云村连着，和村子中的房屋相隔着有一箭地远。这宅后是一片古槐树，全是多年的古木。罗刹女叶青鸾毫不迟疑地飞奔到树林下，找了一颗最高的槐树，抬头看了看上面，飞身一纵，已跃上一根树丫杈。这里居高临下，自己所住的房子全在眼底，除了三间竹楼较高，看不到竹楼前的一切，自己住的后院中以及两边，全看得清清楚楚。而有浓荫蔽着，这地方十分黑暗，是一个绝好的隐身所在。

这时已到了后半夜，江风阵阵，吹着树林一阵阵唰啦啦地响着。身后绿云村一带，野犬的吠声不时地送入耳中。从左右看去，一片片的树木和土岗，是静荡荡的，看不出一点异状来。罗刹女叶青鸾默然思索：我虽是女流，江湖道上，我已然闯荡了一生。今夜所来的人，我认定了，他必定有一番动作。难道我所料的就全错了吗？我却不信！罗刹女叶青鸾此时倒沉心静气，坐在树杈子上，静静地等待变动。

又过了一刻，罗刹女叶青鸾颇有些失望，难道今夜就有失招的

---

[1] 上亮子：指门上方或窗户上部的横窗，可单独打开。

地方吗？自己方待动身往绿云村查看一番，猛然身后树帽子上唰啦一响。罗刹女叶青鸾已经腾身而起。可是这是站在树权子上，把身躯已转过来查看后面。只在她一转身时，猛然脚下所站的树权子往下一沉，咙喳喳一响，眼看着这树权子就要倒下去。罗刹女叶青鸾已知被人暗算，这时可不能再管身后来人是何种动作。往这已向下折去的树权子上，索性用力一蹬，用"燕子倒穿云"的式子，把身躯仰着，飞纵起来，反比这棵槐树纵高了丈许。一个"云里翻身"，飞到地面上。见正有一人，他是把自己所站的那枝树权子，靠梢儿上搂着了，猛用千金坠往下折断。自己这一飞纵起来，此人竟自从树隙中飞身纵跃，逃了出去。这一枝树权子已经断在地上，枝叶落了一地。

罗刹女叶青鸾被人这么暗算，岂肯甘心？愤怒之下，那肯再容他走开，脚下一点，双掌一分，柔身而进。他往这树隙中穿来，叶青鸾跟得紧，赶得快。可是暗算的这人身形也太快了，等到罗刹女叶青鸾追过来，他又出去了五六丈远，快如脱弓之箭，纵跃如飞。这种轻功的快法，教这久经大敌的罗刹女叶青鸾十分惊心。近二十年来，像他这样身手的，还没见过几个。罗刹女叶青鸾也把一身的轻功施展开，倏起倏落，紧紧地追赶他的踪迹。但是绿云村相隔不远，这条黑影竟扑奔村中。

罗刹女叶青鸾知道要糟，又要被他逃出手去，厉声喝叱："来人是那道的朋友？你再若这么躲躲藏藏，可休怪我老婆子手下无情。既敢到绿云村来，岂是鼠窃狗偷之辈，你还不站住！"只是前面这个夜行人，可也真怪，任凭罗刹女这么喝骂，他反倒紧紧地飞纵。已入绿云村口，见他微一回身，说道："今夜是略献一点见面礼，老怪物回去吧！"罗刹女叶青鸾怒喝声："你敢戏弄我老婆子，打！"这个打字出口，叶青鸾已经速发出三只金钱镖，向这人打去。只见这人似乎早已提防，斜着一拧身，已经腾身跃起，飞纵上绿云村左边的民房屋顶。叶青鸾速发三只金钱镖，此人竟轻轻闪过。这位老婆婆脚下可没停，已经飞扑过来。可是那人两次腾身，疾疾逃走。

赶到罗刹女叶青鸾追上绿云村民房的屋顶，那人又翻到街心。只这两次的起落一闪避，竟被他从一条小巷中把身形隐去，再也找不着他的踪迹。

这一来，几乎把叶青鸾活活地气死。罗刹女叶青鸾在江湖中，就没被人这样戏弄过。在愤怒之下，把这绿云村又搜了一遍，依旧没有那人的踪迹，只得仍然翻回。再经过方才被暗算的树林前，罗刹女看到那断枝落叶，真如芒刺在背。自己在江湖上也闯荡了半生，虽然也遭到过失败，但是还没有受到这么大的侮辱。今晚的事，实在是自己一生最可耻的事。罗刹女叶青鸾此时愤怒十分，恨恨地回转了家宅。

仍然是越墙而入。这里离着自己住房最近，腾身跃起，落到后坡上。往院中看了看，静悄悄没有一些异状。罗刹女重新又往前面转了一周，竹楼这边知道不用自己管，商和夫妇自能戒备着。连苗成也感觉今夜宅中是有人进来，但是他经过夫人柳玉蟾的嘱咐，老太太交待得严厉，不敢不听，他就没敢出来。罗刹女叶青鸾看了看前面，也没有什么动静，仍然翻回来。回到后院中，看了看门窗户壁，也没有异状，仍然从上面横窗翻进屋中。明间里头灯火是早熄了，里间只把油灯留着一点光焰，并且还避开窗口。自己回到屋中，伸手去摸那油灯时，突然把手缩回。自己暗暗摇头，觉得有差异的地方。

这屋中情形，看上去丝毫没有变动。可是罗刹女叶青鸾是机警过人，尤其是她自己住的屋子，所有屋中不怕一件细微的东西，若是经过外人挪动，无形中她全能觉察出来。她把手缩回，反往后回一步。这时屋中可是十分黑沉沉的。罗刹女退到屋子当中，借着院中的月光，仔细辨查屋中的情形。不禁恨声说道："大胆的狂徒，你真是欺我叶青鸾太甚了！"伸手把油灯端起，用手把灯焰挑亮，用油灯照着，见靠窗的桌上一只盖碗，两张菜单子，全挪动了地方。那只盖碗是自己亲手放置。一个人所用的东西，有一种习惯，也绝非故意。她历来这件东西往什么地方放的，是决不会错。尤其是这位老婆婆，既精明，又好干净，这屋中任凭一件什么不重要的东西，全有一定的地方放置，决不会差了的。就是孙女金莺跟着自己一处睡眠，这女孩子虽然整天的在祖母身旁，但是她也被祖母熏陶得喜欢干净，放置东西有秩序。凡是祖母所放的东西，她决不敢随意挪动。叶青鸾她所写好的两张菜单子，也是预备第二天苗成收拾完院子，交给他，去往市镇上买菜。可是这两张菜单子已经挪到桌角。叶青鸾仔细一看，桌上果然有两点轻微的脚印。但是这人的手脚颇为轻盈，只是用脚尖微点着桌案，不过微留下一点迹象。

叶青鸾把油灯放在桌上，回身来，往床上和床旁边堆放箱笼的地方略看了看，知道全没动。抬头往窗上看，因为桌案上已有痕迹，此人决不是从外间进来的。他和自己出入的情形是一样的。叶青鸾起身跃上桌案，已经看出，上面那个横窗虽然仍旧关闭着，但是合缝处的纸全被划开。叶青鸾轻轻一纵，身躯腾起，抓着横窗上凸出的横过木，伸手把这横窗不费事地掀开，随手仍关好，飘身又落在地上。心中十分怀疑：此人暗入我屋中，他究竟是安着什么心意？看这人有这般身手，决不会那么糊涂。我已然离开屋中，难道我这五云捧日摄魂钉还会放在这里吗？你这种举动，只怕与我无伤，与你无益！你这么藐视我叶青鸾，我倒要以全力对付了。自己想到这种情形，又有些情理不合。看这怪形，颇像铁鹞子雍非所说久走边荒的绿林能手，偷天换日乔元茂和鬼影儿方化龙两人到了。叶青鸾越想今夜的事，越觉懊丧，自己退到床边，坐在那儿怔柯柯出神。

无意中一扭头，在床旁边两只建漆[1]的箱子上所放的铁拐杖也被人移动。叶青鸾倒不禁一笑，自己自言自语道："你真要是想来取我老婆婆仅有一点养生送死的资财，那倒好了。我这棺材本儿有

---

[1] 建漆：福建出产的一种漆，由生漆和树脂清漆加工制成。也指由这种漆制造的漆器。

了着落。"站起来，因为有床的帐子挡着这两只箱子的前脸，遂把床帐的左边撩起。借着桌上的灯光看时，不禁又意兴索然。把帐子一放，仍然坐在那里。只为那两只箱子依然是好好地锁着，依然没动。这种情形，越发教罗刹女叶青鸾放心不下，真想不出此人是何来意。

自己坐在那，怔柯柯出神地想，无意中一抬头，"啊"的惊叫了一声，霍然站起。见上面的横柁上粘着一张纸帖。这种乡居的房子，尤其是天龙剑商和所住的这里，是他们来到绿云村鸠工起盖。那三间竹楼倒还是旧有的建筑，这后面的房屋，完全是后盖的。这样的房子未免因陋就简，所以屋顶没有天花板，明着现出横柁来。罗刹女叶青鸾一看这张字帖所放的地方，此人的轻功提纵术，实不是江湖道中所常见的身手。轻功提纵术没有十分火候，不能施展这种身法。

罗刹女叶青鸾自己看了看，往屋门口退了一步，身形往下一矮，复往起一耸身，旱地拔葱，往屋顶上纵去。单臂将横柁攀住，轻轻把这纸帖揭了下来；往下一飘身，落在地上。把衣袖上的尘土抖了抖，匆匆来到灯前，仔细看时，只见这纸帖上写着：

字呈罗刹女叶青鸾：

久慕大名，特来拜访。五云捧日，为武林三绝之一。凡属道友[1]，谁不欲一瞻此杀人利器？迢迢千里，专诚奉诣。谨先奉柬陈明，请勿作小家气，秘术自珍，致令我等徒劳潇湘一行也。

江湖末流　乔元茂　万化龙拜

叶青鸾把这纸帖看完，愤怒十分，不禁恨声说道：果然是这两

---

[1] 道友：对走江湖的人的客气称呼。

个小辈前来！他真就敢和我叶青鸾明示来意，这是教我提防，不取走我这五云捧日摄魂钉，绝不肯罢手。只是你们也太过狂妄，我叶青鸾只要这条性命在，大约还不能教你们那么容易得手！只是这两人来得这么快，真教自己意想不到。更兼今夜的情形，尤其是可恨。他把我诱出去，竟敢进入屋中，示名留柬。并且虽不知这进来的是他两人中那一个，但是此人狡诈的地方，也实在令人不敢轻视。明间窗口分明留着出人的地方，他却不去用它。你还是恐怕我叶青鸾所出人的地方暗伏下什么，恐怕受了我的暗算。宁可多费手脚，从里面窗上出入。此人的手脚倒是我叶青鸾一个劲敌呢！知道商和夫妻尚在前面防备，担心这后面的情形。叶青鸾索性把窗门开了，把明间的灯火也点起。

她来到院中，看了看满天星斗，月影西沉，已然将近五更。知道这两个巨盗今天绝不能再来了，遂到角门前，往前面看了看，招呼了声："商和，你们全到后院来，我有话对你们讲。"柳玉蟾在楼下，闻声已推门出来，问道："娘招呼我们吗？金莺还睡觉呢，我能去吗？"天龙剑商和也闻声出来，从竹楼上飞身蹿到院中。罗刹女叶青鸾向儿媳柳玉蟾说道："五更已过，不妨事了。招呼苗成，叫他照管金莺，你们赶紧来。"天龙剑商和已经赶到母亲近前，问道："娘怎么样？这半夜敌人踪迹不见，他们来意不明。娘不是已经知道他们的来路了么？"罗刹女叶青鸾点头道："随我来，给你一点东西看。"这时，柳玉蟾已然跟过来，夫妇两人跟随罗刹女叶青鸾来到屋中。叶青鸾叫他们跟进明间，自己往床上一坐。天龙剑商和跟夫人柳玉蟾一看母亲脸上这种情形，怒容满面，知道这是定与敌人会过，大约是不易对付的敌手。这夫妇两人不敢多言多语，只看着这位老太太发怔。

罗刹女叶青鸾"唉"的一声，向商和说道："我在两川一带二十余年，什么成名人物，什么样强敌，我也曾会过。不过今夜所受的侮辱，为我老婆子自入江湖以来所未有。商和，我们娘儿们这次恐怕要杀到底了。你没看十年前一场惨败，我们虽然在两川一带不能立足，但是我老婆子没放在心上。我认为我母子婆媳，只要能在江湖上活着，我们就有恢复以往威名的日子，决不灰心。这次五虎断门刀彭天寿，恐怕我们要对付不了，或许要栽到人家手内。从此在武林中，我们母子婆媳大约全不易再恢复当年的旧业了。"天龙剑商和愤然说道："娘，何必这么灰心！纵然来人厉害，我们全力对付，难道真就不是人家对手吗？"罗刹女叶青鸾道："这件事现在真不敢说，你去看桌上那纸字帖。"

天龙剑商和也是一惊，心头腾腾跳个不住。因为自己这位老母一生是不服人的。虽然藏锋敛锐，隐迹绿云村，平常的口风中，时时地流露出来，决不承认自己这一家人从此就藏匿潇湘下去。要等待机缘一到，仍要到两川一带恢复以往的威名，重立当年的威望，他老人家似有十分把握。今夜竟说出这种话来，来人一定是不易对付的劲敌，可想而知。

商和转过身来，见桌上放着一张字帖，拿起来走到灯旁。那柳玉蟾也凑到他的身边，来看这张字帖。这两人看定了这字帖，也不禁眉峰紧蹙，暗暗着急。事情来得这么急，这是意料之外。虽然铁鹞子雍非所说的情形绝不会假，可是认为他们真找到绿云村，还得等待一个时期，万万没想到竟自这么快地来到这里。并且还是偷天换日乔元茂，鬼影儿方化龙，全亲自赶来对我们下手。就今夜所见的情形，虽是没会过这两人，但一定身手不凡，不易对付。并且竟敢侵入母亲的屋中，寄柬留名，分明是要和母亲挑战。明告诉你，不把五云捧日摄魂钉取走，决不甘心。这种情形，那会教母亲不着急！商和遂把字柬放下，向母亲说道："我看娘倒不必过分地担心。这两个巨盗纵然身手不凡，可是他这种妄想，也教他难以称心如愿。"

罗刹女叶青鸾微把头摇了摇道："唯独这件事，不是我老婆子气馁，来人这种身手，在绿林中可以说是少见的人物。五虎断门刀彭天寿，此番约请这种绿林的飞贼巨盗前来，果然毒恶万分。凡是行侠作义的，在江湖道中还是最怕这种飞贼巨盗，这就是教你防不胜防。任凭他是多大本领，登门找你，另是种说法。武功不及，本领不佳，纵然毁在人家手内，倒还落个爽快。越是这种暗中下手，教你空有本领，有时竟无法应付。所以我想到彭天寿这种手段，真是万恶。我们这次也许要吃了这种亏。敌暗我明，我们不赶紧设法对付他，恐怕要有意外的情形。我们自己可要瞧明白了，不要着了人家的道儿，反倒贻笑于人。我们若是只往这一点重要的东西上着眼，我怕要吃他们的大亏。"

"商和，不是我老婆子多虑。我的好儿媳妇，你也是在江湖道上闯过'义'字的儿女英雄。你们全要仔细想想，他们只为这五云捧日摄魂钉而来吗？不得这只独门暗器，他不肯罢手，这种情形是现在明摆着的事。南海渔人詹四先生令铁鹞子雍非千里送信，铁剑先生他关心二十年来的道义之交，也是这么讲的。这两个贼子一起留柬，也是不得这只暗器不肯甘心。这全是千真万确的事，这里是没有虚假，没有犹豫。那么我们凭一家全力，要保全这五云捧日摄魂钉小小的一件暗器，总还不致没有那种力量吧？那么他们此番到绿云村来，倘若终不能得手，他们又该如何？这偷天换日乔元茂，鬼影儿方化龙全是绿林难得的能手。这两人倘若在我们面前讨不了好去，又该如何？以情理论，简而易明的，必然是另约能手。固然是按着平常说，人外有人，天外有天，可是今夜我老婆子已和他们较量过。我就不信绿林中还有比他们两人本领再高的。即使有，也不见得五虎断门刀彭天寿也能收买了去，为他效力，和我老婆子作死对头。不过我们可全蒙住了，彭天寿这厮不惜用这种卑下手段，想把我这只五云捧日摄魂钉得去。但是到了他们手中，你们说该怎么样？"

商和答道："只为有这种利器，他不敢动我们。我们没有这种利器了，他好放心下手。"罗刹女叶青鸾说道："他放胆下手，他想要把我们怎么样？"天龙剑商和道："娘，那还用说吗？这次他安心是要斩草除根，不留后患，想把我们一网打尽。他的居心已经显然可见。"罗刹女叶青鸾道："对呀！他没想再留我们。可是现在彭天寿买出这两个巨盗来替他动手，只怕这五云捧日摄魂钉不过是作我们的催命符，现在与我们丝毫无益。"

柳玉蟾一旁说道："哎呀！不是娘想到这层，我们似乎中了人家的暗算。不错，虚张声势，他们只扬言非得五云捧日摄魂钉不可，把这种独门暗器得去，是怕不如连人除掉，反倒省事得多。他们恐怕要暗中下毒手，五云捧日摄魂钉，他绝不能从我们手中盗去。可是他若以毒辣手段，暗中图谋我们婆媳母子间，只怕我们非要遭他毒手不可了。"

罗刹女叶青鸾道："玉蟾，你可明白了，匪徒定是这种阴谋诡计。他才故弄玄虚，故意地早早在外面放出这种风声，教我们注意到这件暗器上，反把切身之害忽略过去，岂不要铸成大错！所以彭天寿这老儿，阴毒狡恶，也就在这种地方。我老婆子被他们暗算而死，他定要亲自前来，把这场事作个了断。是这种阴谋下手，还落个不是他亲手所为，在江湖中他还有的可说。你们想这种情形，既觉可怕，又觉可恨。现在我想到了这层，真觉不寒而栗，那么怎能再忽视这两个匪徒？不速谋应付之法，难道我们就这样全落在他的手中吗？只是我想着他用这种狡恶的手段，我老婆子偏要教他上我的钩。我们再不能容他们逃出手去，应好好地安排一番，早作了断。他虽然是用这种危言引诱我们，教我们只注意到这种暗器。我们索性用它来张网捕鱼，我就不信他不上我的钩！"天龙剑商和想到前后的情形，也觉十分可怕，果然母亲身上十分危险了。

这时东方才破晓，纸窗上已经透着青濛濛的晓色。天龙剑商和问道："这张网要怎样下去呢？"罗刹女叶青鸾遂把天龙剑商和叫到近前，附耳低声说了一番。天龙剑商和点头答道："我们定然遵着母亲的办法，绝不误事。"罗刹女叶青鸾向儿媳柳玉蟾道："回头教他告诉你吧，你也不许误了我的事。"柳玉蟾虽然不知婆母是用什么计策对付来人，可是恭恭敬敬地答应着。叶青鸾道："天亮了，你们歇息去吧。"

天龙剑商和和夫人柳玉蟾回转了前面。苗成尚在楼下廊子底下那儿来回走着，照顾屋中睡觉的金莺。见主人主母走出来，迎着问道："夜间的情形怎样？可与来人会着了吗？"柳玉蟾道："狂徒纵然胆大，这件事老太太既然一力担当，还不至于把他们放在心上。这回的事，老太太连我们都不教多管呢。老太太这两天心情不快，苗成你小心一些，收拾院子，赶紧上街去买菜，在老太太面前不要多问才好。"苗成答应着，自去打扫院落，收拾一切。

天龙剑商和回到楼上。夫人柳玉蟾在下面看了看女儿金莺，见她正好已经醒了，遂指点她梳洗。金莺更把昨夜祖母所说的话，跟阿娘说了一番。柳玉蟾听了十分难过，嘱咐金莺：在祖母面前，这两天加小心，不要顽皮。金莺答应着。柳玉蟾给金莺收拾完了，教她去找祖母。自己到竹楼上，向丈夫天龙剑商和细问婆母应付来人的计划。天龙剑商和又把母亲所说的办法，也对夫人说了一番。柳玉蟾点头答应着。

这白天，天龙剑商和仍然是假做闲游，在这附近一带详细探查，找寻匪盗藏匿的所在。只是这潇湘附近地势非常的辽阔，藏匿、潜形的地方到处皆有，一时那里找寻得到？自己所住的这绿云村，并没有店房、茶场、酒肆，除了绿云村街那片桑林中一座小小的白衣庵，再没有可以容纳闲人的地方。因为全村居民全是本地土著，这倒不用多虑。自己又在这绿云村转了一周，更把村外所有林木较多的地方，也全注意了一番，从那白衣庵转过来。这座尼姑庵在绿阴阴的桑林中，庵门紧闭，更不是是非之地。因为这座尼姑庵十分清静，只有师徒两人，在这里伴着古佛清灯，静参经典。再有的，也就是一个烧火的老婆子。这庵中没有香家，没有佛事，轻易是没有人来的。

天龙剑商和只在这庵门前，略微地留连一会，便回转家中。到了母亲屋中看了看，罗刹女叶青鸾已在白天把精神养足，一切如平时一样，丝毫看不出来是要应付一件生死关头的大事。天龙剑商和也不再提这些事，仍回到前面。

在晚饭后，苗成全收拾完了之后，夫人柳玉蟾把苗成叫到近前，悄悄地告诉他道："老太太这两夜预备和来人较量一下，夜间把金莺打发到前面，只好教她在我屋中睡。可是我们夫妇两人奉老太太之命，夜间大约也得出去。金莺她年岁还是太小，离开我和老太太的身旁，总是教人不放心。我那时一离开楼下，你也不必出来。好在由你那屋中往这楼下的门口看，倒也不费事。你要注意些，只要没有人侵入楼下，你只在暗中监视着就行了。"苗成点头应道："这点事都交给我，决不会误事。"吩咐完了之后，苗成回转自己屋中。

柳玉蟾到后面婆母屋中看了看，老太太已经收拾完了。柳玉蟾把金莺领到前面来，打点她睡觉。可是教她合衣而卧，嘱咐金莺："夜间无论有什么事，小孩子家不准多管，不准多问。在这屋中，苗成不能来，他只能在暗中保护你。你不要害怕，没有什么了不得的事。"金莺答应着，已然在床上睡下。柳玉蟾结束停妥，到楼上转了一周。天龙剑商和向夫人说："我们各干各的事，谁也不用招呼谁了。"柳玉蟾回到自己屋中，把灯仅留一点光焰，也躺在金莺旁歇息着，静待外面的动静。

天龙剑商和自己在竹楼上早早地把里面衣服收拾齐整，暗器是早已配带好了。将到二更，却故意地像平时一样，泡了一壶香茶。这竹楼上，前后面的窗户全敞开着，十分凉爽。商和坐在灯下，看着书，不时地还吟哦出声，神情十分的闲逸。直在这窗前坐到二更过后，这才站了起来，伸伸懒腰，打了个呵欠。带着有些疲倦的情形，把长衫脱去，里面是一身蓝绸子短衣。先把支着的后窗落下来，又把前面的窗户关上，案上的灯烛熄灭，倒在床上睡下。

其实天龙剑商和那会睡着？轻轻坐起，一点声息没有，竟奔后窗。那里早已做好了手脚，后窗的窗纸上在白天就弄好了裂缝。天龙剑商和从这竹楼的后窗往外看去，可以直望到宅后的那片树林。因为早和夫人柳玉蟾定规：竹楼前院中，有柳玉蟾负责往外查看，只要有贼人的踪迹，绝逃不开他们夫妇的眼下。天龙剑商和俯身在后窗内，平心静气注视着外面，悄悄地等待着。

　　过了很大时候，夫人柳玉蟾那里也没有动静。商和只是耐心等候，丝毫不起浮躁。约莫到了三更将尽，忽然看见房后那片树林中，似乎有黑影晃动了一下，可是跟着又没有动静。又沉了一刻，那树林中又起了一点响声，似乎有什么东西落在树林前。跟着如同飞鸟般，从树上飞坠下一人。

第五章

护金莺避祸洞庭湖

天龙剑商和见下来这人身形真快，往下一落，似乎很注意附近这一带。往这边张望一回，见他回身作势，似乎又发了一个暗号。天龙剑商和相隔既远，又在楼上，听不见什么声息。跟着却从林中飞纵出一人，这人起落之间轻快异常。天龙剑商和暗暗惊异：这人竟是这般身手，果然是江湖道中不常见的人物！

这时，他两人聚在一起，似乎互相商议了一下，竟自分开，不往住宅这边来，反往绿云村中分头扑去。天龙剑商和看这种举动，十分诧异，倒不明白他们这是怎么个行径。工夫不大，这两人竟自由绿云村翻回来，这次却直扑自己这宅子而来。天龙剑商和这才看出，这两人狡诈十分。他是未曾往自己这里来，先提防着暗中有人跟着他们，先把自己的来路排搜了一下，把一个绿云村全趟了一遭。这种处处谨慎小心，是时时提防着被人暗算。

这两个夜行人已经翻墙而入。两人也不奔竹楼，也不奔老太太所住的后院的屋顶，反沿着这所宅子的四周绕了一遭。这时，天龙剑商和已听得楼下夫人柳玉蟾给自己递了暗号，知道夫人已看见了贼人的踪迹。天龙剑商和仍然俯身在后窗下不动，见这两个贼人在宅后聚到一处，彼此低声商量了一下，互相一打手势，一个是奔前面的竹楼，一个奔后面罗刹女叶青鸾那里。

天龙剑商和赶紧踮足轻步，回到床上。先咳嗽了一声，装作由睡梦中惊醒，蓦然间想起一件事，自言自语道："我真糊涂！怎么没告诉母亲一声，竟自这么放心大胆地睡起觉来。商和，你枉在江湖道上跑了，真真误事！"一边自己说着，一边下了床。摸着火镰火石，把火打着，把案上的蜡烛点起。慌慌张张地把墙上挂着的剑抓过来，撤出剑鞘，把剑鞘扔在地上，不去管它，提着剑开了楼门，往外走去。脚下的声音还挺重，腾腾的顺着楼梯下了竹楼，竟奔跨院。后面的小门虚掩着，天龙剑商和还咳嗽了一声，推门而入，一边招呼着："娘可睡了么？"这时，罗刹女叶青鸾屋中灯光未熄，罗刹女叶青鸾隔着屋子答道："商和，半夜三更，你有什么事？"天龙剑商和道："娘，你没睡很好，我有要紧的事，忘了和娘说了。"自己说罢话，在门前等候。屋中跟着把堂屋的门开了，商和走进屋中，问道："娘，怎么这时你还没睡呢？"罗刹女叶青鸾说道："我自从得着这点信息，把我老婆子闹得寝食不安，心里总像放着一件事搁不下。我从昨夜就是半夜未眠，今晚尤其是心绪不宁。我不明白，大风大浪都过了，这两个小辈还能把我老婆子怎样。"

母子一同走到明间。罗刹女叶青鸾坐在床边，向天龙剑商和道："你坐下讲，什么事值得半夜三更的，这么大惊小怪起来？"商和坐在母亲的对面，说道："我已经睡下了，忽然想起这件事来，再也不能睡下去。我昨天看见一个形迹可疑的人，那神色绝不是本地人，并且明露出是江湖道中人。他在我们这家门口十分注意地查看了半晌，竟往村头走去。儿未曾跟踪他，现在想起十分后悔，莫不这就是寄柬留名，从天南下来的那两个小辈中之一？娘，我现在想起来，我们手段还太弱了。无论是否是他，我当时也不该教他走开。他既敢明着露了相来了，颇有藐视我们之意了。现在又明着和我们挑战，我们何妨和他一决雌雄。说不定今夜又许前来，母亲倒不能轻视他们，须要好好提防才是。"叶青鸾道："我还没把他们放在心上。五云捧日摄魂钉，他们虽然心生算计，但是我要教他们尝尝这种暗器的滋味，然后再送给他们。他们这种举动，我倒是十分高兴。我原打算来到绿云村，这一潜踪隐迹，脱离江湖，从此再不用它。可是他们竟给我提醒儿，我们十年没动的东西。小辈们也太以的聪明过度，他们要是冒然下手，给我个猝不及防，我这个暗器要是再不应手，他们就许不费手脚地把我们了结了，岂不省事！这一来，这两个小辈们只怕未必能够那么容易称心如愿吧。"

说到这里，罗刹女叶青鸾站起来，到床旁边把那上面一只建漆的箱子打开，很费事地从箱子底下找出一个小包来，放到床上。仍把箱子锁好，向天龙剑商和道："这可是我们母子赌命运的时候了。这件利器如若还能用，他们虽然是暗中图谋我，但是我老婆子还能对付他们。我就不信他们能够从我手中把这东西夺去。但是只要不能应用，我们母子倒危险万分了。慢说是五虎断门刀彭天寿亲自前来，就是这两个小辈也不好对付呢。"一边说着，已把那小包打开。里面是一件紫铜箭筒子，比较一般箭筒稍短，可是比平常双筒袖箭还粗。还有一个药瓶子，跟这件暗器包在一处。罗刹女叶青鸾把药瓶子放到一旁，向商和道："我们母子原想着在这里度着这种清苦的岁月，与人无侮、与世无争。可是现在竟由不得我们，他们依然找上门来，教我们再入是非场。这瓶子药是当年你外祖母赐给我的，名叫'子午还魂丹'。不论多重的伤痕，以及内家的掌力所伤，最厉害的铁沙掌重手伤，或是打伤了内部，平常医药所不能治，这药力全能起死回生。虽然存着这种妙药灵丹，我原认为留着它算没有用了。以现在的事情看起来，就还许能用上它。"天龙剑商和知道母亲所说的话，完全是故意做作，决没有那种事。外祖母若是留下这种神药，当时苗成几乎死在敌人手内，母亲何至于舍生忘死，给他奔驰千里，求得灵丹偿命？这完全没有那么回事，母亲故意这样，大约也是给外边这两小辈听，给他们多加一分贪心。天龙剑只有随口答应着。

这时，叶青鸾也把那只五云捧日摄魂钉的卡簧打开，把里面六只三棱纯铜钉退出来，把里面的崩簧试了试，向商和道："我们母子的运气还好。我现在想起来，十分恨自己疏狂的性情，到什么时候也改不掉。这只暗器打造得十分精工，这种东西只要一有毛病，现在没法收拾。你说当年收存它时，竟没把这六只钉撒出来，这不是糊涂吗？差不多十年的工夫，它居然力量还没减，真是难得的事。"随手把这六只钉装好，把口门卡住。叶青鸾很高兴地把这药瓶子和这暗器，随手全放在自己床头的席下，向商和道："好罢，你回去歇息吧。你不要以为娘年纪老了，就没有用。这班后生晚辈，虽全是江湖能手，但是我还没把他们放在心上。"天龙剑商和随即站起，答了声道："我倒不是认为我们母子准比他们手段弱，不过是明枪易躲，暗箭难防。真正是以江湖上的本来面目，来找到绿云村，和我们母子相见，我们以武功分强弱，本领上见高低，谁行谁不行，教人落个死而无怨。这种宵小的行为，卑劣的手段，我倒十分怕他们呢。"天龙剑商和一边说，一边往外走。叶青鸾跟着也到了明间，口中还说着："我们娘儿俩现在虽然和埋名隐性一样，可是也不能教他们太以地看轻了。事情临到头上，我们给他个兵来将挡，水来土屯。你在江湖中大小也算有个'万儿'了，遇上事要沉着应付，有什么举动，不要慌张。我们这一家人，也不至于就惧怕这两个鼠窃狗偷之辈。你看三更已过，快些早早睡去吧。"随着走向门口，容天龙剑商和出去，罗刹女的情形是把屋门关闭，自己也回屋歇息。

就在天龙剑商和才走到院中，罗刹女把格扇门也是刚刚关好，天龙剑商和忽的失声惊呼道："娘！前面大约有人了，玉蟾怎么不喊叫我们一声呢？"天龙剑商和这话说得非常紧促，非常着急。罗刹女猛然把两扇格扇门往两下一分，手底下的力量用得很大。砰的一声，把前檐的门窗全震得山响。她一脚把外边的风门踢开，纵身蹿出来。这位老婆婆看着那般年岁，手底下那份力猛势急，已到了天龙剑商和的身旁，十分愤怒地喝了声："好大胆的狂徒，他们真敢这么欺人，我老婆子不信这个！"话声没落，脚下一点，已轻腾身纵起。罗刹女叶青鸾竟施展"燕子飞云纵"的身法，已经蹿上跨院的墙头。起落之间，已然扑向前面。这种身形矫捷，十分惊人！天龙剑商和也紧跟着赶过去，口中却招呼道："玉蟾，什么事？"可是他招呼着，并没看见柳玉蟾的踪迹。

这时，罗刹女叶青鸾却已飞纵到竹楼上的顶子，也在招呼：

"玉蟾，你在那里？"在这老婆子声中，在西墙外柳玉蟾答了话："娘，我在这里呢！"跟着由墙外踊身而入。柳玉蟾仗着剑，已经落到厢房上。天龙剑商和却从苗成所住的屋顶上翻回来。罗刹女叶青鸾也一翻身，从竹楼顶子上翻下来，和儿媳柳玉蟾聚在一处。天龙剑商和也提剑赶过来。叶青鸾已在问："玉蟾，可是已发现敌人的踪迹吗？他现在逃到那里？我们不能教他走掉。"柳玉蟾忙答道："我听得屋面上有些响动，从房中翻出来，竟见有贼人要侵入竹楼。见儿媳赏了他一龙眼球，他竟自跃西墙逃了出去。我恐怕他来的不止一人，所以才发声惊动，为的是教商和他也好好地提防。"可是说到这，柳玉蟾微微一顿，向叶青鸾道，"我们全出来，后院娘的屋中，不怕他们再弄什么手脚吗？"罗刹女叶青鸾"哎呀"了一声，恨声说道："糟了，我又要被这小辈们所暗算！"说到这，猛然翻身，矫捷的身形直向后面扑去。天龙剑商和跟夫人柳玉蟾不用打招呼，一个从东，一个往西，抄着两面也往后面围来。

罗刹女叶青鸾头一个扑进后院，口中却在嚷："鼠辈们！竟敢在我这宅中来搅扰，你们是自觅死路。我倒要会会，你们全是什么惊天动地的人物。"身形往后院的院当中一落。突然，在自己那屋中飞纵出一人，身形轻快，长得是短小精悍。叶青鸾怒叱声："小辈，你欺我太甚！我叶青鸾所住的地方岂能任你出入，你还想走吗？"往前一纵身，猛扑过去，现掌就打。这人却也是空着手，背后背刀，往旁一纵身，略微闪避，喝声："你这类人也过分无礼，乔元茂特来拜访，你怎么这样对待远来之客！"罗刹女叶青鸾身形微停，喝叱道："我与你素昧平生，寄柬留名，分明是要和我老婆子作对手，那我倒不恼你们。今夜为何又暗入我屋中，赶是用下流的手段，窃取我五云捧日摄魂钉。"这来人竟自毫不迟疑地率然承认道："我们正是要取这件东西一用。我弟兄的举动不敢承认下流两字，来踪去向，早已在你面前说明，定要暂借这'五云捧日'一用，你怎么这么小家气？"方说到这句，天龙剑商和已从前面跟踪赶到，身形往院中一落，喝声："小辈们太以张狂，你往那里走！"掌中剑往胸前一捧，独身而进，白蛇吐信式，往这偷天换日乔元茂的胸前点来。这乔元茂往旁一撒身，伸手把背上插的七星尖子撒下来，冷笑一声，向商和喝叱道："我们弟兄来到潇湘，是先礼后兵，你们竟敢这么渺视好朋友，恕我无礼了！"他这时把手中这口七星尖子也施展开，和天龙剑商和动上手。

这位罗刹女叶青鸾却飞身蹿上房头，柳玉蟾也在这时赶到。她是从西边翻过来的，才到后院的墙头，已见丈夫天龙剑商和跟一个贼人在院中动上手，婆母也就在这时猛然翻上房头。柳玉蟾才要往下纵身，猛然喝了声："贼子，你还不下来！"一扬手打出一粒龙眼球，奔上房偏西的后坡打去。她这暗器发出，听得上房的后坡一人哈哈一笑，却说了声："主人也太客气了！"突从房后坡现出一个匪徒，身形比房上乔元茂略高，背插判官双笔，一身青色短衣，发辫盘在脖顶上，那情形很没把柳玉蟾等放在心上。柳玉蟾已经一纵身扑了过来，青钢剑剑走轻灵，脚点房坡，"仙人指路"，向这贼人的胸腹上便扎。这贼人身型骤轻，一个旋身，判官双笔已然撒到掌中。罗刹女叶青鸾却向柳玉蟾招呼了声："不要叫这贼子逃出手去，我要看看我那件东西，被他们得了没有。"叶青鸾一翻身纵下房来，蹿进屋去。很快的从里面怒骂着闯出来，手中已提着一只铁拐杖，往院中一落，大叫："贼子还想把我五云捧日摄魂钉盗去，我老婆子和你们拼了！"

柳玉蟾一柄青钢剑，丝毫不肯容让，仍和这贼子拼命地搏击。只是房上现身这贼人，这时判官双笔非常厉害，招数变化得十分灵活迅捷，双笔上更夹着打穴的招数。罗刹女叶青鸾恐怕儿媳非他的敌手，喝声："玉蟾后退，待我老婆子收拾这贼子。"柳玉蟾虚点一剑，往旁一纵身。罗刹女叶青鸾喝叱道："我老婆子这只铁拐杖下，没跟那无名小辈动过手，你报上名来。"这使判官双笔的答道："我弟兄早已具名，何必明知故问？明人不做暗事，我们不仅是来取你的五云捧日摄魂钉，还要你母子婆媳的性命呢。"罗刹女叶青鸾喝叱道："这一说，你就是鬼影儿方化龙了，你有多大本领，敢出这种狂言？你可知罗刹女叶青鸾铁拐杖下，就没容你们这绿林盗猖狂过！"说到这往前一纵身，喝声"打"，这只铁拐杖前把往下一沉，向鬼影儿方化龙的面门便点。方化龙身躯往左一偏，判官双笔翻起，斜着往上就崩。罗刹女叶青鸾铁拐杖的前把往后一带，后把往外一推，斜打鬼影儿方化龙的右肋。方化龙双笔崩空，身躯向左一沉，判官双笔圈回来，往外一封，跟一个大鹏展翅式，左手的笔往罗刹女叶青鸾胸前打来。罗刹女叶青鸾右脚往左一撤，双手握铁拐杖斜着往外一磕。可是身形更往后一闪，右手抡铁拐杖，倒翻过来，向鬼影儿方化龙就拦腰扫去。那方化龙一纵身，身躯蹿起丈余来，再往下落时，已退出四五步去。叶青鸾往前一赶步，身躯往下一矮，手中的铁拐杖二次翻出去，又是一个盘旋赶打。这双拐杖塌着地面，向鬼影儿方化龙双足扫去。

这只铁拐杖施展开，另具一种威力。莫视罗刹女叶青鸾这般年岁的老婆子，赶到动上手，真如生龙活虎一般。铁拐杖舞动得上下翻飞，崩、砸、劈、扫、压、点、打、撬、转、滑，招数是把几路的棍法全融合一处，另有种绝妙的手法。更兼这只拐杖全是熟铁打造的，分量非常重，运用开，每一撤招，全带着一股子劲风。无论什么兵刃，只要和它硬碰软接，力量稍差，抵不住它的，非被它震出了手不可。这只铁拐杖霍霍生风，也就是这鬼影儿方化龙的判官双笔，既有真传，更有一身小巧的功夫，蹿高纵矮，起伏进退，灵活巧快，才算是和罗刹女叶青鸾走了二十余招。不过凭真实的功夫，他还真不是对手，叶青鸾这只铁拐杖下丝毫不肯留情。

天龙剑商和所对付的偷天换日乔元茂，这贼人也是以轻巧提纵法，小巧的功夫见长。他掌中这把七星尖子，尤其是既贼且滑，和天龙剑商和竟战了个平手。那鬼影儿方化龙知道：工夫一大，非要栽在这里不成。我们完全是怀着一番恶意而来，现在不走，还待何时？竟自向偷天换日乔元茂打了个招呼，两人是虚递了一招，纵身逃走，一个翻到迎面房上的前坡，一个扑奔西面的墙头。罗刹女叶青鸾喝声："你们逃到天边，今夜也要把你们追回来。绿云村许你

91

们来，就不许你们走了！"这两个贼人的身法真快。天龙剑商和也是不肯舍却，他飞身蹿上房头，罗刹女叶青鸾却扑奔了西墙。柳玉蟾却不敢跟着追了，因为敌人虽说现身的只是两人，但是他们是否还有余党，不得而知。这宅中还得提防一切，遂也飞身蹿上角门的墙头，一面查看着前面，一面留神着后院中。

这时，罗刹女叶青鸾、天龙剑商和已然追出宅去。这两个贼人逃出这宅子之后，竟自扑奔了那片树林。天龙剑商和知道要容他们飞进了树林子，又算被他们脱了身。一面追赶着，已经把天龙剑交在左手，掌中连扣了两只钢梭。脚下加紧，相离那偷天换日乔元茂有两丈左右。一抖手，两只钢梭打出去，一只奔他脑后，一只奔他后心。这乔元茂似已觉察暗器的风声，脚下微一停，从右往后一拧身，把上面这只钢梭闪开，下面那只钢梭，却穿着他右乳下衣服内穿过去，胸前似已滑伤。他却口中仍喊了个"好"字，疾往前一纵身，口中却说："商和，你敢用暗器伤我，这可是你自己找死！"他说完这话，竟自纵身。他偏偏不往树林中逃，反往树林东边绕过去。天龙剑商和明明看见下面这一钢梭，已然伤着了他，居然这么强，仍然逃了下去，可是绝不奔树林，竟奔那树林的右侧。心说：你这真是找死，我看你还能逃到那里去！一面往前紧追，探囊又扣了一只钢梭，预备乘机再赏他一下。

这时，偷天换日乔元茂已转到林角。天龙剑商和脚下加紧，生怕他在一转过树林子时把身形隐去。脚底下毫没停留，已追到树林子转角。可是偷天换日乔元茂脚下一用力，已经飞纵到树林前，那情形就是借着树林转角处，把身形隐着。天龙剑商和那肯容他走开，口中喝声："你往那里走？"脚下用力一点，人到剑到，往乔元茂的背后刺去。可是这贼子似乎早有提防，他连头也没回，往左横着一纵。天龙剑商和剑已刺空，可是猛听他口中喝了一声"打！"一件暗器在他身形一落，已然打过来。天龙剑商和辨不清是什么暗器，不敢接，往右一拧身，一垂左肩头，这只暗器从耳旁打过去。可是他的暗器躲过去，同时在树林转角树帽子上，猛然唰啦一响，两只袖箭苗刀同时打到。任凭天龙剑商和身形怎样快，也无法闪避两下的暗器。用剑往外一封，只把下面这只打落地上，可是上面的那只苗刀已然打中了商和左肩头。相离又近，商和受伤甚重，虽自支持，几乎栽倒。可是在这时，树上窜下一人，喝声："姓商的还想走吗？"那偷天换日乔元茂也翻身窜回来。树上这人提一口青钢锯齿刀，也飞纵到面前，跟那偷天换日乔元茂是两面夹攻。

天龙剑商和被伤的虽不是致命处，但是半边身子已经动转不灵，掌中的天龙剑倒是没撒手。树上下来的这人，树荫黑暗异常，只看着他身形魁梧，辨不清像貌。他到的快，掌中的那口青钢锯齿刀竟下毒手，向天龙剑商和斜肩带臂劈下来，刀锋劲疾。天龙剑商和此时只有拼命地和他挣扎，往左一斜身，是剪他的腕子。可是这时偷天换日乔元茂也从侧面袭过来，一伸腕子，七星尖子往商和的右肋后便扎。天龙剑商和左脚往后一撤步，天龙剑剑光往下一沉，倒转阴阳，反撩他右臂。可是树上下来的那人，青钢锯齿刀已然一换式，斜着往外一展，向天龙剑商和拦腰斩来。天龙剑商和努力的右脚往后一滑，身形往后一带，用猛虎盘桩式，从右往后一个转身，甩天龙剑，反斩这人的后胯。不过天龙剑商和剑术虽绝不软弱，无奈左肩头受伤，动转不能再灵活，撤身稍慢，刀尖子扫在了衣衫上，险些当时丧命在那锯齿刀之下。这时，乔元茂更是步步紧逼，这把七星尖子原本既贼且滑，天龙剑商和先前在宅中仗着个人的武功实有功夫，剑术也到了火候，尚足应付。此时可有些不行了。这两个劲敌是安心要了结天龙剑商和，两人是猛力进攻。天龙剑自知难逃他两人的刀下，招架躲避，右胯又被偷天换日乔元茂七星尖子伤了一下，实在无法支持。

就在这种危急之时，那树林子里竟有人喝声："万恶强徒，你们以多为胜，太不要脸了，打！"这个打字出口，从树林里连番发出四只暗器，向这持锯齿刀匪徒和乔元茂打来。这两人纵身闪避，可是暗器是一件跟一件，连续着打来。只发暗器，不见人的踪迹，更听不见发话。那持锯齿刀的猛喝了声："那个小辈，敢暗算五太爷!"竟向树林猛冲过来。可是里面的暗器绝不少停,迎头又给了他一铁弹丸、一飞蝗石,可是绝不见这对付他的人。此时,乔元茂竟没法子再追杀天龙剑商和,铁弹丸和飞蝗石尽拣他要害处下手。那提锯齿刀的也已扑到林边。

天龙剑商和在力尽劲疲之下,稍一缓式,可是那种拼命的精气神已然松懈,几乎不能支持。蓦然间,在那离开身旁七八尺远,依稀见一人影,用沉重的声音喝道:"姓商的,你不走等什么?"天龙剑和商被这一声警示提醒:这人是特来救我,我不赶紧离开这地,休想逃得活命。一转身,拼命地往大道上逃下来。那乔元茂在这暗器连番袭击之下,依然不肯舍商和,纵身赶时,迎面猛然两块飞蝗石打到,用掌中七星尖子拨打时,右肩上又被飞蝗石扫了一下。他这身形一停,天龙剑商和已经转出林角,向自己所住的宅子狂奔过来。只是这左肩头的伤,若只是疼痛,倒还能忍耐;可是只这刹那之间,这半边身体,竟有些动转不灵,反倒麻木异常。右胯的伤,觉得稍一震动,疼澈心肺。自已强奔到住宅的后墙前,已经实在支持不了,更被脚下的石块一绊,已经仆倒尘埃。乔元茂的七星尖子已到了他的背后,天龙剑商和只有瞑目待死。

就在这千钧一发的危急中,就由打树林的西边,兔起鹘落,一条黑影飞扑过来。相隔还有两丈,猛喝了声:"你敢下毒手!"铮的一声,一片寒星向偷天换日乔元茂打到。这乔元茂的七星尖子一往下落,被这一惊,眼中更看出这种暗器。吓得他丧胆亡魂,用尽了全身力量,双足一蹬,猛往后倒纵出去。就这样,他依然没逃开这片暗器。他的左腿上,迎面骨旁,竟被穿了一钉。仗着是没打正了,若是稍偏一寸,他这腿骨一碎,这条腿就算废了。他身躯往地上一倒,跟着从树林转角处飞纵过一人。乔元茂仍然一挺身翻起来,步履蹒跚,和来人迎到一处,正是使锯齿刀的匪徒。那情形他是不想管乔元茂,却仍想追杀天龙剑商和。这乔元茂横着一迎,把他抓住,低声说:"老怪物摄魂钉还在,快走!"这提青钢锯齿刀的匪徒也是一惊,竟抓住乔元茂的一只胳臂,一同向树林转角逃去。

这时，天龙剑商和已在必死之下被救。这所来的还是罗刹女叶青鸾，仗着这十年没用的五云捧日摄魂钉，保住商和的性命，把商和拦腰抱起，挟在臂下，纵跃如飞，回转宅内。柳玉蟾尚在房上提剑梭巡，这时看见婆母挟着商和，从屋后翻进来，惊惶失色，迎上前来问："他怎么样了？"罗刹女叶青鸾不答她的所问，却喝叱了声："好好监视着房后一带，匪党再若翻回，赶紧招呼我。"她匆匆说了这两句话，挟着商和，纵下房坡，落到院中。慌忙地走进自己屋中，把铁拐杖扔到墙角，把商和放到床上。把灯光拨亮拿过来，检查商和身上的伤痕，见左肩头和右膀有两处重伤。罗刹女叶青鸾把天龙剑商和左肩头衣服扯开，仔细一看伤口，这位老婆婆颜色立变，恨声说道："彭天寿来得好快，竟敢向我儿身上下毒手，很好，我们倒要痛快分了生死存亡吧！"把灯放在桌上，自己匆匆地又走出屋来，向四下里看了看。这时东方已现鱼肚白色，天是快亮了，遂向房上招呼道："玉蟾，你要留神着匪党。"

柳玉蟾这时在房上心慌意乱，不知丈夫的生死如何，保得住命保不住命？只是在这种情势危急之下，那敢多话，那敢多问，答了声："娘请放心，上面交给我了。"罗刹女叶青鸾答了声"好！"反身回到屋中，看了看商和胸口起伏地喘着，双目紧闭。自己站到里间的地当中，双臂往上一抖，往起一纵身，腾身蹿起来，单臂搂横柁，把身形悬住。伸右手，往承尘上抓下一个四方的布包来，一飘身仍落在地上。取下这个小布包时，抬头从纸窗上望了望，窗上已现曙色。罗刹女叶青鸾放了心，已到了这般时候，自己的举动既不至于被贼党窥探，更不用提防他们再来袭击。把这布包儿放在桌案上，打开来，里面是一个小硬木匣儿。揭开这木匣，里面是两个药瓶子和十只摄魂钉。罗刹女叶青鸾赶紧把囊中的五云捧日摄魂钉取出来，把口门打开，卡簧退下去，把六只摄魂钉轧在里面，连那多着的一槽摄魂钉全放入囊中。把药瓶子拿起来，拔开瓶塞，用鼻孔嗅了嗅瓶中的药气。知道虽是收藏多年，仗着这种药瓶子不透气，药力依然存在。遂把药瓶子放在桌上。看了看天龙剑商和，气息虽然比较方才缓和了些，但是这时的脸上越发难看，脸色发青，尤其是左半边脸青中透暗。

这时天刚发晓，窗纸上一片青灰颜色，案上的灯光越发暗淡，更显得商和这种神色难看了。罗刹女叶青鸾"咳"的叹息了一声，走出里间，来到堂屋门口，向房上招呼道："玉蟾，天已亮了，不妨事，你赶紧下来。"柳玉蟾心里正在像热锅上爬蚂蚁，在房上惦着下面，不知商和是究竟怎样。只是没有婆母的话，自己那敢下来？这时听到婆母的呼唤，立刻飘身下来，赶紧来到屋中，问："娘，有什么事？"罗刹女叶青鸾道："你要赶快去到厨房中找些热水来。"柳玉蟾本想先到屋中看看丈夫，只是婆母既教自己去取水，那敢违命，遂匆匆赶奔厨房。这乡居一切全不是方便的，她用沙壶烧了半下开水，提着往后面来。

苗成先前本是遵着主母的嘱咐，不敢多管闲事。自己只在屋中提着刀，俯身破窗孔那儿，监视着楼下。因为金莺在主母屋中睡觉，主母跟他说明，要他暗中保护。这时天已经亮了，苗成才敢出来，可是尚不知究竟事情如何。听了听，金莺尚在睡着，也不敢惊动她。自己在走廊下来回闲踱着，忽见主母从厨房中烧水出来，仍向后面去。他看到主母面色上情形，就知道事情不妙，赶过来问道："主母，怎么了？"柳玉蟾微摇了摇头，向他说道："你主人好似负了伤，我还不知怎么样呢，反正是受伤不轻，现在老太太房中。你在前面好好照管着，等我问明了，再来告诉你。"

柳玉蟾匆匆地走向后面，提着水壶来到屋中。罗刹女叶青鸾带着很不耐烦的神色说道："怎么弄一点热水这么麻烦！"柳玉蟾知道婆母此时心中焦躁，自己也不敢辩驳，遂把这壶水放到桌上。回身来，向床上看了看商和这种情形，面色青暗，唇白如纸，喘息得胸头一起一伏，肩头上血迹渗出。自己心中一惨，不觉滴下泪来。罗刹女叶青鸾向柳玉蟾摆了摆手，吩咐了声："把水斟一碗，把羹匙找一个来。"柳玉蟾到堂屋中，把金莺吃饭用的羹匙拿进来。水已经斟上，罗刹女叶青鸾拿起一个药瓶子。这瓶子上面红纸箍写着

"九转还魂砂"。用纸倒出有五分来,向柳玉蟾道:"你试着用羹匙给他些水喝,把喉咙先给他润润开,看他能咽得下去么?回头好给他服这九转还魂砂。若是不能下咽,便要把这药糟蹋了。"柳玉蟾忙答应着,用羹匙试着往他口中送。

商和此时虽是昏昏沉沉,所好者口齿尚能活动,羹匙送到他唇边,他把水咽下去。罗刹女叶青鸾向柳玉蟾点点头,把九转还魂砂倒在羹匙内,合上水,慢慢地给商和送入口中。罗刹女叶青鸾一旁说道:"玉蟾,你不要忙,慢慢地给他留些水喝,好把药行下去。"柳玉蟾如命办理,把半碗白开水全给商和喝下去。罗刹女叶青鸾这才长吁了一口气,向柳玉蟾道:"你把碗放下,来把那瓶子药拿着。"柳玉蟾又把桌案上另一个药瓶子拿起,红箍上写着"七珍化毒散"。柳玉蟾知道这是婆母收藏的两种秘药,遂拿着这药瓶子,随在婆母身旁听候吩咐。罗刹女叶青鸾把棉花布全找到手底下,用剪刀把天龙剑商和肩头的衣服剪下一个圆洞,把伤口完全露出。柳玉蟾很懂得一切暗器的打伤情形,一看商和这种伤痕,一个三寸长的伤口,血流得是不少。但是此时血倒不甚流了,这一片的肉色全青紫着,并且伤口不往外翻,反往里卷。柳玉蟾不禁银牙紧咬,不住地愤恨叹息,很显然地认出这是一种毒药暗器所伤,并且非常重。婆母所收藏的九转还魂砂、七珍化毒散,虽然没拿出来用过,但是可听她老人家说过,这两种药的效力,对于内家掌力击伤,骨断筋折,全能救治。只是没听她老人家说过有解毒药暗器之力,看这情形蹊跷十分,自己也不敢向婆母问。

罗刹女叶青鸾用新棉花把伤口的淤血拭了拭,教柳玉蟾把七珍化毒散敷在伤口上,用棉花覆上,用布包裹好了。这才一同到堂屋,婆媳脸盆中同把手洗干净,仍到卧房中。罗刹女叶青鸾向柳玉蟾道:"我们现在先不用管他,看看药力如何。不过我可知道,只凭这两类药,想把他治好,实没有希望。只能说暂保一时,不致出了危险,这是我有把握的。"说到这,抬头看着柳玉蟾,不禁一阵伤心,这位老婆婆竟落下泪来,向柳玉蟾道,"昨夜的事真出我意料之外，我怎么也没想到，他竟会来的这么疾。若不是我这一只五云捧日摄魂钉，怕商和这时早已丧命了。现在我们只能赌命运，真若是天罚我等，那也就没法了。"柳玉蟾忙问道："这是什么人，用什么暗器，他竟会受了这样的伤，我怎看不出来是那一种暗器呢？"罗刹女叶青鸾道："那是毒药剪所伤，别的暗器没有这么重。只是五虎断门刀彭天寿竟会来得这么快，真出我意料之外了。我虽然没有正式和他见面，但是这种毒药剪，除非是苗疆的人，没有会用的，不是他还有何人！"

　　柳玉蟾听到婆母的话，也不禁大惊失色，向婆母道："怎么此人此时竟会来到这里？"罗刹女叶青鸾道："这次我虽知全是劲敌，但是我还没有预防他们竟有这般毒辣的手段，并且下手的情形阴毒狠恶，颇有些令人防不胜防。我们看起来，实在是毁在看轻了他们，才有这次的失着。贼子们从一露面起，全是早有计划。他们这种下手的情形，是安定了对我们作斩草除根之计。偷天换日乔元茂，鬼影儿方化龙，他们逃走时，竟是故意诱我母子入他的圈套。在后面那片树林中，已经早布置下了埋伏。商和被乔元茂贼子诱向树林的左首，我被那方化龙诱向树林的右边。他把我母子分开，正是减少我们的力量。这次贼子们颇有党羽，我在树林那边，堪堪追上。方化龙和他的同党连番暗中袭击，我已然知道贼子们预伏阴谋。我就知道怕要中了他们暗算，真没料到商和落在他们手中。我倒深为你和金鸾担心，恐怕受了他们的暗算，急忙的往回下救应。贼子们竟不容我往下退，使我尽力和他们周旋。伤了他们两名党羽，这才脱身退下来，遇到商和受伤逃下来。那乔元茂竟自安心下毒手，我这才赏了他五云捧日摄魂钉。贼子带伤逃去，我才把商和救回来，这就是我经过的情形。只是他这种伤势危险实多，九转还魂砂只可保住他现时不死，若想救他，还得另想法子。我想去找一个人求些药来，尚可救他命在。只是能解这种毒药剪的药，必须赶到长沙府，找那位万胜镖主计老镖头。此人就是不在，他的后人必也收藏着这种灵药。除此以外，别无他法。只是我们母子婆媳应付这种强敌，已觉力有未足。商和已经生死不保，我婆媳两人若再走一个，岂不是更给了敌人图谋我们的机会？我总有托天的本领，也觉孤掌难鸣。这件事颇费思量了，我们要仔细盘算一下才好。"

柳玉蟾叹声答道："娘所说的极是！五虎断门刀彭天寿既已到来，那么现在以全力应付，尚恐怕有些闪失。但是这恶徒来得这么快，真叫出人意料。这情形我们可不是自馁，应付这群强梁，现在的力量实有些不够。我看我们必须找几个可以帮忙的人，助我们消灭这群恶魔才好。"罗刹女叶青鸾微摇了摇头道："我们来到潇湘，销声匿迹。这些年武林中能提到道义之交的，虽有几人，但全远在川滇一带。我们在这里那有知己的朋友？"

方说到这，那苗成已领着金莺从前面进来。苗成在外招呼了声，金莺却已跑进来。柳玉蟾怕她看见她父亲的情形，失惊呼喊，忙的迎到门口，把金莺拉着，低声说："不要闹！你爹爹受伤，在祖母床上躺着。"金莺一听，立刻吓得满面惊慌，随着就走进屋中。看见祖母坐在床旁，爹爹面如白纸，仰面躺在床上，肩头上扎裹着。金莺因为母亲嘱咐不要闹，可是已经吓得哭了。罗刹女叶青鸾向她招招手，把金莺招呼过去，抱在怀中，温语地安慰她："好孩子，不要哭，不要紧，你爹爹受伤，三两日就能好的。"金莺哭着说道："爹爹脸上怎么那么难看，他怎么不说话呢？"罗刹女叶青鸾被孙女这话也勾起一阵难过，老泪涟涟，拭了拭泪痕，惨然说道："待一刻他就许会说话了。"柳玉蟾怕金莺竟自惹婆母伤心，遂把她领开。可是金莺把柳玉蟾甩开，奔到床前，把商和的手拉着，连招呼了两声道："阿爹！你醒醒，我叫你呢。"

可也事有凑巧，天龙剑商和此时药力已然行开，心中略微明白了些。耳中听到爱女的呼声，两眼微睁，叹息了声，偏着头看了看，正是金莺站在自己面前。罗刹女叶青鸾和柳玉蟾见他已然醒转，全赶到面前。老太太低头招呼道："商和，你现在心中明白些么？"商和翻着眼皮看了看老母。柳玉蟾也问了声："你现在觉得伤处怎么样？"商和又看了看夫人，长叹了一口气，向母亲罗刹女叶青鸾道:"我已经落在强徒手内,自知必死无疑,谁把我救回来的?"罗刹女叶青鸾道:"我们全中了贼子的鬼计,我一步来迟,你竟毁在他们手内。幸仗着五云捧日摄魂钉一击之功,把贼子惊走。大约他已受伤。你没死在他的刀下,也算十分侥幸了。不过你知道你是被什么所伤?"天龙剑商和眉头一皱道:"动手伤我的人,在黑暗中我没辨清他的面貌。只是见了他这种暗器毒药剪,如见其人,恐怕是那彭天寿贼子已到,儿终未能脱开他们毒手。大约我不易再好了,儿实在是有不孝之罪,不能侍奉母亲的天年,虽是受的暗算,但也自恨无能。"罗刹女叶青鸾慨然说道:"不错!来人正是五虎断门刀彭天寿。在内地里使用这种毒药剪的,找不出第二个人来,定然是他无疑了。可是现在你先不要那么想,我们还没到了最后一步。现在你觉得这半边身怎么样?只要麻木略减,尚有挽救。有药力托着,这种毒不至于归到心里,还能支持几日。"

天龙剑商和喘息了半晌,向柳玉蟾说了声:"给我拿些水来。"柳玉蟾忙用碗倒了半碗水,用羹匙慢慢给他喝下去。金莺仍然站在床边,却用了绢帕给爹爹擦着口角流下来的水。天龙剑把喉咙润了润,觉得心里好些,遂向母亲说道:"这时倒觉得这半边身子有些疼痛了。"罗刹女叶青鸾点点头道:"好!这还有几分希望。这种伤痕无论轻重,就怕不觉疼痛,只觉麻木。心中再时时地昏迷,那就不易挽救了。现在已经给你服下了九转还魂砂,伤口也敷上七珍化毒散。这两种药虽没有解毒药之力,却可抵这种毒药的力量,不至教它散到全身。我打算赶奔长沙,找万胜镖主计老英雄。他那里有这种解毒秘药,专治毒药暗器,你的性命定能保全。商和,你要放开了怀抱,不必着急,不必伤神。我老婆子要用全力和贼子们周旋,我偏不教白发人送了黑发人。我们最后的存亡,尚不能决定,我们婆媳正商议谁奔长沙呢。"

这时苗成送金莺过来,随着招呼了声,老太太和主母全没答声。自己木立了半晌,听到屋内的情形不对,急得苗成咬牙切齿。他已听出是主人商和受伤,实无法再忍下去,遂招呼道:"主母,我在这里等候了半晌，主人倒是怎么样？怎么竟不教我苗成知道？"叶青鸾忙答道："苗成你进来吧！可是你不要大声喊。"苗成随着走进屋中。一眼望到主人躺在床上，吓得他惊惶万分，失声说道："主人被谁所伤，怎么我们一家人，竟不是人家的敌手吗？"罗刹女叶青鸾道："你不要吵，你主人伤势很重。苗成，我们的对头人已经到了。"苗成道："敢是那五虎断门刀彭天寿么？"柳玉蟾道："不是他还有何人！你主人是被他毒药剪所伤。现在已是我这一家人最后关头，眼前也就是分生死的时候了。"苗成怒容满面地说道："既然是这样，我唯有和老太太你当面要求。昨晚你教主母告诉我，不教我多管闲事，我不敢违背你的命令。现在主人的生死不保，无论如何，也得叫我苗成算个数儿。我和彭天寿这个贼子也有一笔旧账，也该清算了。"叶青鸾道："苗成，你先不要发你那暴躁脾气。现在的事，你倒也不用想脱身幸免。到了紧要的时候，我们也只好同归于尽呢。"苗成道："那倒是小事，我没放在心上。我只问主人能救不能救，伤在那里？"柳玉蟾遂答道："伤的地方虽非致命处，只是这毒药剪十分厉害，我们身边没有解毒的药。我正和老太太商量着，到长沙找万胜镖主，去求那解毒的妙药。"苗成说道："现在强敌已在近前，主人已经受伤不能行动，假若你们娘儿两个再走一人，应付强敌，更觉力弱。我愿意替你们去一趟，只怕他不认识我苗成，不肯给我。"

这时天龙剑商和，伸手把金莺往旁推了推，向苗成点了点手。苗成赶紧伏身到床前，低着一张丑脸，满面凄惶地问道："主人，你现在怎么样？"天龙剑商和道："苗成，暂时我还不要紧，不过再活下去的希望太以渺茫了。我看往长沙府找计老镖头，这件事你去倒十分相宜。教老太太写一封信，你带着，我们以江湖道义求他帮忙，谅还不至于不肯把药给你。彭天寿等既然已经发动了力量，来图谋我们，下手已毒，这是空前危急时候，他们娘儿俩那能离开这里？好在我们情同骨肉，没有别的说的，你就赶紧起身，我盼你早早回来。"苗成道："主人，你只管放心，我昼夜兼程而进，决不会误事的。只要你能延迟三日三夜，我定可赶回。"商和道："只怕你没有那么快的脚程。"苗成道："不用你管，我自有办法。"

苗成说到这，方要向老太太叶青鸾发话。叶青鸾向他一摆手道："你不要闹，我想起一件事。"说到这，遂向柳玉蟾道，"事情已到这种地步，我们不能再往好处想了。我们尽全力和贼子周旋，只是来人全过分扎手，结局如何，我现在全不敢确定了。不过这次事，我叶青鸾已拼着和彭天寿贼子弄个同归于尽，我们谁也别再活下去！我想把金莺送走，教她离开绿云村。她小小的年纪，又是一个女孩子，何必连她也断送贼党的手内？她虽是一个女孩子，总也算我商氏门中的后代。这件事我打算就交给苗成去办，把金莺送到洞庭湖石城山乐天村村主金沙手黄承义那里，教他替我们保全天龙剑商和这一点骨血。我和他虽是已经多年没有来往，不过我知道他定能保全金莺的将来。我们倘能够把这般恶魔消灭了，一家团聚，不也是很容易吗？你可愿意这么办？"

柳玉蟾泪流满面地点点头道："娘是处处为自己骨肉打算，我有什么不愿意！我也正愁着金莺在身边是一件麻烦事。本来这孩子在我家中，是我商氏门中惟一的后代。我们毁在敌人手内，既然是寄身江湖道中人，遇到这种情形，只有认命，那算天绝我等，天意该当，命该如此！这孩子，儿媳也愿意保全她，把她留在身旁实在没法保护她了。不过，这石城山乐天村主与娘是怎样的关系？虽则这么个小孩子，但是托付到谁手里，那就是把一生将来交付与人家，必须交情十分靠得着，人家才肯接受我们所托。"罗刹女叶青鸾答道："这件事你倒不必担心，没有十分把握的事，我决不肯去做。乐天村村主金沙手黄承义，他和我娘家是三代祖交，我与村主黄承义从幼小时就在一处练过功夫。直到我十七岁以后，他们游侠大河以北，天南地北，是隔绝多年。直到我们事败之前，我才得到他的信息，他已经隐居在洞庭湖，在石城山乐天村享受人间的清福，比我们好得多呢！那称得起是武林世家，人家祖孙父子三代人行道江湖，可以说享了一生的盛名。临到老来，能够得到了这么个

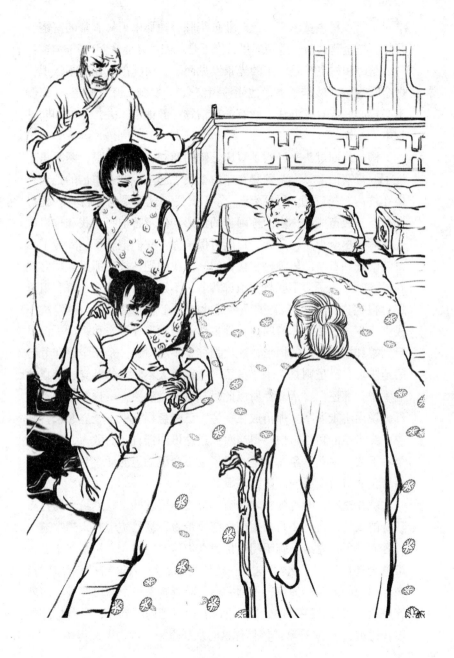

结果。听说村主黄承义，此时儿孙绕膝，他那乐天村非常的富饶。我想，把金莺这孩子送到那里，岂不是最安善之地么？"柳玉蟾道："只是娘和村主又是十年的光景没见面了，何况苗成他又不认识，把金莺这么冒然送了去，他能够相信么？"罗刹女叶青莺道："那倒不必担心，我自有办法。我有一点信物，教他带了去，自能如同见我本人一样。"

柳玉蟾回过头来，看了看床上躺的商和。他闭着眼，两眼角上挂了两行清泪。爱女金莺爬在床边上哭了起来。柳玉蟾忙的把金莺搂在怀内，招呼道："好孩子，你不要哭，这还是为你打算。我打点打点，教苗成送你去。你阿爹的情形，你不害怕吗？我和你祖母现在需要尽全力对付敌人，那能再保护你？我们把贼子们除掉了，自然就赶到石城山乐天村，接你回来。我们把你放在那里，那会放心得下？好孩子，不要教你祖母着急，不是事情挤到这，娘和祖母那舍得把你打发离开身边！"金莺此时躺在柳玉蟾怀中，越发泣不成声。不过这孩子非常明白，她虽然不愿意离开母亲和祖母，但是听到娘和祖母所说的情形，这伙强徒实不易对付，全家全陷在危险的地步。自己虽则是一个小孩子，这种杀人不眨眼的贼党，落在他们手中，那还保得活命？所以此时只有难过痛哭，不肯缠磨娘和祖母，说出不走两字。那苗成在一旁，已经急得发根子全立起来，好像一头饥饿的猛兽，恨不得当时抓过这班图谋自己的敌人，把他们全吞下去。他又是急，又是难过，也不会说劝慰的话。只有吁吁地喘着，从口角发出咬牙切齿之声。

就在这时，叶青莺方才吩咐柳玉蟾不要耽搁，赶紧给金莺打点随身的衣物，自己要写两封信教苗成带着，猛然院中有人招呼道："客人来了，竟给一碗闭门羹！怎么你这贵宅的人，一个找不着，难道全迁居远走了么？"这人一边说着话，脚步的声音直奔屋门走来。屋中的人听得话声，不禁一惊。叶青莺头一个闯出屋去，向外答声道："那位贵客赐教？"一边说着话，把门已推开，带着惊诧的声音说道，"原来是雍二侠！你这时从那里来？我们失迎得很了。"

第六章

中苗刀大侠献医术

铁鹞子雍非笑哈哈道："我来到贵宅，决不敢再那么无理。只是我叫门半晌，没有人给我开门。我那老朋友苗成大约还恼着我，不肯理我。我这才越墙入院，老前辈这次能原谅我么？"罗刹女叶青鸾微微一笑道："雍二侠，我老婆子现在已经到危险的时候，请你不要打趣我们才好。"铁鹞子雍非忙答道："那可不敢！"苗成也走了出来，向铁鹞子雍非道："雍二侠，请你小些声吧，我主人业已受伤，所以我们全来到后院。"铁鹞子雍非点点头道："我知道了，好朋友你不要担心，我正为此事而来。"

叶青鸾一边陪着他往里去，一边说道："昨夜的事，雍二侠已经知道了么？"铁鹞子雍非道："事情变化得这么快，贼子们这种举动，狠恶万分，大约连铁剑先生也要着了他的道儿。五虎断门刀彭天寿这个老匹夫，真是万恶了。他在苗疆上散布了流言，大约是故意要教我们这班人全入了他的圈套。他这种出其不意，来到潇湘，突然下手，实在是阴险万分。昨晚幸亏我得着一人的指示，来到这里接应。我尚不信彭天寿这个老匹夫已然亲自来到。这匹夫果然是一片阴谋诡计，他的行踪十分严密，直到在树林中发现了他，可是商大侠业已毁在他的毒药剪之下。不过我不能和他早早地露面。这老匹夫此次前来，他们安心是要斩草除根，永绝后患。我们也得要想法子把这老匹夫留在这，不能教他再回天南。所以我的踪迹不便早早地落在他的眼内。他只要看到我雍非已到这里，他所怕者可不是惧怕我雍非，我没有制服他的本领。不过他可深怕我恩师南海渔人詹四先生也驾临潇湘，那一来非把他惊走不可。所以我只在暗中略助商大侠脱身。只是我还没想到，他这剪的毒药力量发作得这么快，商大侠几乎仍毁在他们手内。现在情形如何？我趁着白天赶到这里，因为白天他们决不敢前来窥探。"说着话，已经来到里间屋中，他已经竟奔床头。叶青鸾随在他身后说道："他已服了九转还魂砂，伤口已敷上七珍化毒散，可以暂保一时。"柳玉蟾也向这雍二侠打招呼。

天龙剑商和并没睡觉，他正在伤心难过。爱女金鸾在自己眼前就要生离死别，自己十分痛心。这时听到铁鹞子雍非来到，把眼睁开。铁鹞子雍非已然拉着天龙剑商和的手说道："你现在怎么样？"天龙剑商和点点头，用微弱的声答道："我觉得暂时还不妨事，也不过暂保一时而已。昨晚林中的暗器阻挡匪徒，原来是雍二侠仗义相助！我商和心感盛德，先不说感谢的话了。"铁鹞子雍非摇了摇头道："你我无须客气，你安心静养。有令堂家传的秘药，足可以支持一两日。现在你放心吧，不用到长沙计老镖主那里去讨药，救你的人已现眼前，今晚大约就可以到了。"天龙剑商和听到铁鹞子雍非的话，反倒在枕上微把头摇了摇，叹息说道："多谢二侠的好意，我一切看得开，生死二字没有放在心上。不过现在我有些不甘心而已。有谁来救我，我的寿命已经算顶到这，我不过觉得万分对不起我母亲了。"

铁鹞子雍非忙说道："你不要误会我的意思，我雍非历来不愿说那些无用的言词。我告诉你，有人救你，不出今晚自有人前来。这人是我们道义之交，你们的事，还要请他帮个大忙呢。"柳玉蟾在旁忙答道："竟有什么人能来解救我们这步危难，可否请二侠明示？"铁鹞子雍非微微一笑道："请你现在不必问，到时候他自能来救商大侠的性命。我计算着他今晚也必能赶到，你们只办其他的事就行了。"罗刹女叶青鸾一旁忙说道："雍二侠既然不肯明白见告，我们倒可不必问了。只是雍二侠请坐，我还有话和你商量。"铁鹞子雍非离开床边，在椅子上落坐，一眼看到金鸾在柳玉蟾的怀中，尚在哭泣着。铁鹞子雍非招呼道:"小姑娘,你哭个什么?前晚间我几乎被你这小姑娘打伤呢。你要认清我是你家客人了,下次不要欺负我了。"金莺抬头细看了看,点点头道:"先前我不知你是我家的客人,你不要怪罪我了。"罗刹女叶青鸾用手一指金莺,向铁鹞子雍非道:"我们正为这孩子为难呢!"铁鹞子雍非问道:"这小姑娘十分可爱,他们小孩子有什么难可为?"

罗刹女叶青鸾叹声说道:"雍二侠,我老婆子从两川行道,直到如今,我可没输过口。我叶青鸾虽属女人,但是大江大浪我经过、见过了,多么扎手人物,我叶青鸾没放在心上。我可不是藐视江湖道中人,我是生死二字从来没有放在心上。天南争败之后,我们来到三湘,养锋蓄锐,还指望着恢复我们当年事业。可是现在旧日仇家五虎断门刀彭天寿,报复前仇,非要把我商氏全家置于死地。他下手太毒,更有阴谋诡计,暗地图谋,商和已经坏在他毒药剪之下。我们婆媳二人现在亦不便邀援求救,只有自己以全力对付他,吉凶成败,我老婆子毫不介意。不怕你雍二侠见笑,这次大约是我们最后了断之时。只是我们现在这一家人,除了商和,就是我婆媳跟苗成。有这个小孙女在身旁,更多牵累,我们只好把这孩子先打发走。我们婆媳既可放开手脚,也免得连金莺也同归于尽。我想着把这孩子送到洞庭湖石城山乐天村村主金沙掌黄承义那里,叫她暂避一时。雍二侠,你既然对于商和的危险一力担承,我们也就把商和的这条命交付与雍二侠。现在打算叫苗成立刻把金莺送走,我老婆子这种办法,雍二侠以为如何?"

铁鹞子雍非点点头道:"这件事我倒不敢拦阻,正该这样办。不过我这好朋友苗成,预备和他痛饮一番。这一来,我们只好等待你这里事情完了,我们再同谋一醉了。"雍二侠说了,抬头看了看苗成,含笑说道,"好朋友,这不算我雍非失信,是你家主人不叫我们欢聚一次呢。"那苗成一张丑脸带着十分愤怒悲痛,听了铁鹞子雍非的话,苦笑了一声道:"雍二侠,谢谢你的好意吧。现在你就是把龙肝凤髓、玉液琼浆摆上,我也咽不下去了。我只盼着把敌人除掉，把我主人治好。那你一次把我苗成用毒药酒灌死，我也含着笑感谢你呢。"雍非道："咱们是好朋友，不是冤家。我预备着毒药酒，给那彭天寿老贼喝了。"

雍非说到这，扭头说："你们要打点金莺赶紧上路，这件事情不能迟缓了。乐天村主那里倒是个极好的去处。"说到这，更把金莺拉到面前，手抚着她的头发说道，"小姑娘，你不要哭，现在叫你跟你祖母、父母分别，你一定舍不得。你是个很聪明的孩子，你要知道，只有暂时分离，才有将来的团聚。好好地跟随苗成去，不用惦着你的家中。这一般贼子，有你祖母那样本领亦能对付，还有我们这般人以全力帮助你家除此恶人，谅还不至于坏在他们手内。好好地随你母亲收拾去吧。"

金莺这孩子可也作怪，听了铁鹞子雍非的话，立刻止住悲声，向雍非点点头道："这位老伯伯，我信你的话。你可千万不要走，要帮着我祖母赶去贼人，早早接我回来吧。"说了这话，很安详地向铁鹞子雍非一拜。铁鹞子雍非想不到这小姑娘说出这样的话来，更看着她可爱，不假思索、脱口而出地说道："乐天村主，我可也会过此人。小姑娘，你只好好地听说，跟随苗成往石城山去。我要亲自接你回来，你信我的话么？"金莺点点头答道："我愿意跟着老伯伯回来呢，你的话我怎能不信？我祖母常说，凡是作长辈的，不会骗小孩子的。"雍非微笑着点点头。罗刹女叶青莺向雍非说道："雍二侠，你不怕自找麻烦吗？"雍非道："这是我的天性，我对于可爱的人，向来是赴汤蹈火，万死不辞。我愿意做的事，我绝不会嫌麻烦，我不肯失信于小孩子。"

这时，柳玉蟾遂领着金莺，到前面竹楼下去收拾一切。这位铁鹞子雍非，对于金莺所说的话毫无成见，他倒是绝不愿失信于这个小女孩子。想着在这场事件出结果后，他要到洞庭湖，一访乐天村主。他那又知道，今日这淡淡的一句话，不啻引火烧身。为了金莺这孩子，自己九死一生，才算是践了今日诺言。这种事那里会想得到，这是后话不提。

当时铁鹞子雍非向罗刹女叶青鸾嘱咐了一番：对于天龙剑商和不必担心，今夜定有人来相救。只令罗刹女叶青鸾注意着匪党们举动，暂时他自己得告辞，夜间他或者还许重返绿云村。罗刹女叶青鸾慨然说道；"雍二侠，你对我老婆子一家人这么关心，道义之交，我不和你客气了。商和所受毒药剪之伤，我老婆子束手无策，只有请同道们来相救他这步危难。至于对付五虎断门刀彭天寿，我老婆子确不愿意叫武林同道们伸手帮忙，连二侠也不必跟我趟这种浑水。"铁鹞子雍非冷笑一声道："老前辈，这话可不依你，这场事我们是非管不可。五虎断门刀彭天寿和他所约来的党羽，任凭他怎样扎手，我们非斗他不可，倒要看看彭天寿的最后手段。他简直把我们想要玩弄于股掌之上，老匹夫亦太以可恶了！老前辈，你不必领我们的情，这总可以了。"说罢，哈哈大笑了一阵，更向苗成点点头道，"好朋友，你多辛苦吧，咱们再见。"说罢，立刻走出屋来。

罗刹女叶青鸾送到屋门口道："雍二侠，我老婆子不远送了。"苗成却跟着出来，到前面去关门。柳玉蟾正在竹楼下给金鸾打点包裹，看雍二侠从后院出来，忙赶着招呼道："雍二侠，这时就走么？我们的事，还得求二侠你尽力帮忙才好。"铁鹞子雍非点点头道："疾风知劲草，患难见真情。道义之交，还用得着托付么？不过后面老前辈真有些难讲呢！"苗成隐在身后，却答道："江山易改，秉性难移，二侠你要多担待。"柳玉蟾听他俩人的话，不问可知，老婆婆又犯了那种能折不弯的毛病，语言间又得罪了雍非，遂也叹息着说道："君子相交，贵相知心。我这位老婆婆一世刚强，今日在雍二侠面前已经算输过口，雍二侠一定不会稍有介意。"铁鹞子雍非点点头道："我那能怪罪于她？我若有那种心情，岂不愧对我恩师。夫人请回，咱们晚间再见了。"

苗成把前面的门已经开了。铁鹞子雍非走出门去，回头向苗成说道："你此去石城山，护送你家小姑娘，你不要认为是无关重要的事。金鸾这孩子是你主人家中仅有的一点骨血，千金重担，放在你肩上。你要好好保护她，路上不要大意。"苗成答道："雍二侠不用嘱咐，金莺的命就是我苗成的命，有她就有我。宁可没有我苗成，也要保她。我有这条命活到今日，已经赚得了。我正愿意把我一腔子热血，交与恩主，雍二侠你相信吗？"铁鹞子雍非道："这才是我的好朋友！我盼望你早早回来，和我们同饮恶人血，那才是快心的事。好朋友，再见吧。"铁鹞子雍非说罢，转身扑奔前面树林中而去。

这里苗成把门关好，仍然回转屋中。自己收拾了随身的包裹，连兵刃全放到一处。跟着到了后面，等候罗刹女叶青鸾把书信写好。这时柳玉蟾也提着一个包裹，领着金莺进来。那金莺却向祖母叩头行礼，罗刹女叶青鸾不由得老泪涟涟，把金莺拉起来，抱在怀中，悲声说道："苦命的孩子！你祖母无能，不能保护你，把你打发到石城山。祖母万分难过，对不起了。你要好好地听说，祖母只要还能活在世上，我们自有见面之时。万一若是死在贼党手中，咱们缘分就算完了。我前夜说给你的话，你要牢牢记住，就是我好孙女了。我现在不愿意再多说了，你跟苗成去吧。"

金莺对于这个朝夕相伴，慈祥和善的老祖母，那里舍得抛开，也不禁痛哭起来。柳玉蟾忙的拉着她，悲声说道："金莺，我不是嘱咐好了你么？不要叫祖母伤心，不要叫你阿爹难过。好孩子，还要听娘的话呀！"金莺忙用衣袖把眼泪拭了拭，抬起头来，看着娘，颤声说道："阿娘，我不哭，我听你的话，我走也得跟阿爹说一声呀！"好个聪明的孩子，她虽然不出声哭了，眼泪刚拭干，又流下来，跑到床边，拉着天龙剑商和的手，把脸儿凑到枕旁，招呼道，"阿爹，你睡着了么？你醒醒，祖母叫我走了。"说到这，金莺再也忍不住，竟自放声哭起来。

罗刹女叶青鸾跟柳玉蟾全赶紧转过身去，不敢看她。苗成三脚两步跑出屋去，站在门外，自己捧着头低声哭泣，还生怕被主人听见。悲痛到极处，把自己头发几乎要抓下来。那屋中天龙剑商和何曾睡着，他也是痛心已极，恐怕伤老母的心，强抑悲哀。此时被金莺哭得睁开了眼，扭头招呼道："金莺，不许这么哭！祖母是疼你，叫你暂时离开。雍二侠他全答应你回来，你还不放心么？不要叫我难过了，我伤痕还疼，你不怕我着急么？"金莺止住哭声，抽抽噎噎地说道："我知道，阿爹看我哭难过，只是我舍不得离开阿爹。"天龙剑商和一阵痛心，把眼闭上。可是他的眼泪已不住地流在枕上。柳玉蟾恐怕天龙剑商和过分伤心，与他的伤痕有碍，赶紧把金莺拉开。金莺把她阿爹的手一松开，天龙剑商和复又睁开了眼，看了看金莺，自己叹息了一声。抬头又看了看柳玉蟾，叹息说道："遭逢不幸，自恨无能，教我这爱女这一点的年岁，先饱尝生离死别之苦，我商和于心有愧。夫人，我太痛心了！"柳玉蟾见商和的脸色十分难看，搂着金莺，凑到床前，拉着商和的手说道："为我们全家安危计，不得不打发她暂离膝下。你是一个极旷达的人，难道这点事都看不开吗？铁鹞子雍非已经答应请到能人，毒药剪的伤痕不足为虑。事尚可为，你不用过于伤心，免得教娘过分难过吧！"

这时，罗刹女叶青鸾正在衣箱中找寻一点东西，一个黄绸子的小口袋，轻飘飘的，不知里面装的是什么。罗刹女叶青鸾把苗成招呼进来，苗成把脸上的泪拭干，问老太太有什么事吩咐。叶青鸾把一封书信和这个小口袋儿放到一处，搁在一张油纸上，指点着向苗成说道："你们到了洞庭湖石城山乐天村，见着乐天村主金沙手黄承义，把这封书信交与他。家中的情形，你大致和他说一番。苗成，虽然说我们好几十年不见了，我是不常写字的，书信是我的亲笔，不是我的亲笔，村主也认不出。就凭我罗刹女叶青鸾六字，他不会不收留。纵有怀疑，又不是连你也投到那里，一个小女孩子能够兴出多大的风浪？他决不会推出门来。我所不放心的，就是他对于金莺到了他那里，必须要让他担当一切，能够保全金莺将来的事。我恐怕他稍有怀疑，这种话他不肯出口。这封信看过之后，村主若是不肯和你说，对金莺愿负将来的全责，不计祸患地要替我老婆子保全商氏这条命的话，你再把这个小袋儿交与他。这里面我告诉你，没有什么神秘，也不是无价之宝，只是半枚青铜钱。这点东西只要教他看到，他能想起四十多年的旧事，也就是我叶青鸾亲自到了他面前。他看了之后，知道我老婆子未死，尚在人间，我的事就是滔天大祸，他也不能不管了。只是苗成你可不准多言多问，不只于你不准多言多问，连你主人也不知这东西的原委。你把它好好地收藏，无论如何，你可不要给我失掉了。"

苗成点头答应着，把这封信跟这黄绸子的小袋儿，用油纸包好，藏在贴身之处。叶青鸾又拿出两锭银子来，教苗成放在他自己的包裹内。嘱咐苗成道："你不许图省钱，要单包一条快船，教船家昼夜紧赶。一路上不要大意，千万十分小心。你性情太粗爽，这次为我老婆子的事，你要忍耐吃苦，路上不要和船家口角争吵。到了石城山乐天村，我虽没去过，听人说过，你必须拿出些礼貌来。对他们乐天村的人语言谦和，千万不要傲慢无礼。村主那里，他可轻易不准外人到他乐天村去。对于外来的人，常常是存着十分的猜忌。这可不怨他对于任何人这么怀疑、不信任，只为村主没人石城山之前，在江湖上结怨太深。他的仇家很多，有许多旧日江湖道中人，不肯甘心他，不过奈何不得他而已。有这种情形，你叫他怎不多疑？我嘱咐你的话，你要牢牢谨记才好。"

苗成此时倒显得十分听话，不像他早日那种事事倔强，时时无礼，很是驯顺。叶青鸾把话嘱咐完了，他一切已经收拾好。叶青鸾把金莺招呼到外面来，在明屋里头，又竭力地安慰了她一番。全许着她，只要这里把贼人除了之后，决不肯教她尽自在乐天村住下，早早把她接回来。叶青鸾把金莺说得不哭了，赶紧吩咐苗成："不必耽搁，多在这逗留一刻，多一份痛心。"苗成遂领着金莺往外走。柳玉蟾送了出来，跟随着来到外面。苗成把自己的鬼头刀也背在身上，连包裹银两全将在身上。苗成遂与屋中各人全打了招呼，说声"我要去了"。柳玉蟾把他们又送到门口，反倒强忍着悲哀，教他们出了大门。柳玉蟾恐怕再得金莺犯了小孩的脾气，哭闹着不肯走，那一来岂不更多了麻烦。狠着心肠，把街门关了。原为得把这小女孩送走，暂避危险，把她送到安乐之乡，这才好放手对付敌人。谁又知道，这孩子一离开家门，不啻羊入虎口。再想祖孙父女见面，已经把这个三湘闹了个地覆天翻。这孩子九死一生，这种情形又非叶青鸾始料所及。

暂且按下他主仆两人登程上路不提。柳玉蟾回到后面，自己倒得强打起精神来。明是把这爱女打发走，形同割去心头肉，可是恐怕婆母怪罪自己，只知母女情深，轻视了夫妻之义，别忘了商和此时还在危险之中。

他们这一日，倒是平安度过。天色渐晚，商和的情形，从日没时，比较白天可差得多了，精神也显着萎靡，神志也常有不清楚的时候。这种伤最怕是头晕，那是极危险的情形。毒气侵入脏腑，只要一个晕迷不醒，虽可暂时和缓复生，也无能为力了。罗刹女叶青鸾和儿媳柳玉蟾十分担心，生怕发生意外，那一来可就毁了。罗刹女叶青鸾主张又给他服了一次九转还魂砂。在晚饭后，情形稍好一些，不过他的精神还是不十分清醒，甚至于辨别不出眼前的人来。叶青鸾不禁叹息，向柳玉蟾道："这里的事不用你管，我来照顾他。苗成已走，前面也得常常地照看着。你赶紧预备好了，把兵刃暗器全带上。虽然天还不甚晚，但是也得提防着贼子前来。"说到这，"唉"了一声道："我倒盼着彭天寿老匹夫早早前来，我们好歹得作个了断，倒觉着痛快。否则人明我暗，长此下去，我老婆子倒实在不能忍受了。"

说着话，自己却也结束停当，把五云捧日摄魂钉装好，纳入囊中，向柳玉蟾道："这一槽摄魂钉打出，也就是我和彭天寿老匹夫决生死的时候。我打出那一槽，白天我稍稍到后面墙外，只捡回五枚来，那一根大约教乔元茂那小辈带走了。我们这附近县城中，还不好配这种暗器，必须到长沙府才可以打造。所以我认为这两槽摄魂钉，也就是叶青鸾判生死的时候了。"这时已到了掌灯以后，柳玉蟾见婆母此时愤怒十分，不敢多答话，赶紧到前面竹楼下自己屋中收拾一切。

才收拾完了，刚要进屋，突然听得上面走廊咯吱地轻轻一响。柳玉蟾一口把灯吹灭，这次是毫不迟疑，握着剑，纵身蹿到院中喝问："什么人胆大擅闯竹楼？"上面竟自答道："不速之客，特来拜访故人。"竹楼上因为没有人，楼门是虚掩，屋中也没点灯，走廊上也十分黑暗。柳玉蟾听答话的情形，不像是敌人之声，问道："既是来访故人，请你下面答话。"

上面这人飘身落在院中，身形是轻灵巧快。柳玉蟾仍然往后退了两步，提防着或有意外的情形。在暗影中一打量来人，细条的身材，花白胡须，穿着长衣，背着一口长剑。那种形神潇洒，柳玉蟾心中一动，大致已猜出来人是何人，赶紧向来人躬身施礼道："尊驾敢是铁剑先生老前辈么？"这人忙答道："岂敢！我正是展翼霄。本应当请雍二侠替我先禀，只是他现在为我买办一点药物，所以我冒昧登门，请商夫人还要担待一二。"柳玉蟾此时万分欣幸，忙答道："老前辈太客气了！外子和我婆母全在后面，请老前辈到后面坐。"铁剑先生展翼霄点头道："好！"随着柳玉蟾往后走来。

才转进后院的小门，柳玉蟾一个箭步，已蹿到后面的屋门口，向屋中招呼道："娘，有故人来访了。铁剑先生驾到，娘快来迎接吧！"罗刹女叶青鸾一听见儿媳这么招呼，也是惊喜十分，从屋中匆匆走出来道："老侠客不忘故交，竟来到潇湘，看顾我母子，教我叶青鸾要怎样感激呢！"说着话，已从屋中来到外面。铁剑先生展翼霄也到阶前，罗刹女叶青鸾深深万福。铁剑先生也是拱手答礼道："二十年道义之交，还能在这里一会，这不能不说是一生的幸事吧。"

施礼已毕，彼此抬起头来，借着门中闪出的灯光，彼此全向脸上看了看。叶青鸾说道："我一家遭遇不幸。我在江湖路上隐迹潇湘，已经多年不和当初的朋友来往了。不想到老侠客数千里途程，竟赶到这里，不忘故旧之交，教我叶青鸾还能说些什么！"这位纵横江湖的老婆婆，竟自惨然地落下泪来，铁剑先生展翼霄也是凄然无语。柳玉蟾一旁说道："请老前辈屋中坐吧，也好细谈。"这才一

同走进屋来。

罗刹女叶青鸾请铁剑先生在堂屋里上坐。这位展大侠向罗刹女叶青鸾道："我商老弟伤势怎么样？我先来看看他。"叶青鸾道："展师兄，你别这么称呼。你我虽是当年在天南没有什么来往，可是我们道义之交，更不能比较旁人。他是你的侄儿，你还和他客气么？"展翼霄微微一笑，把剑解下来放在一旁。叶青鸾遂又说道："他伤势很重，日没后情形很不好，是我又叫他服了一点九转还魂砂，防备他毒气归心，这时已经睡着了。展师兄先请坐吧，你这时从那里来？这些日的情形真是离奇，我的仇家来得那么快，出于我意料之外。可是展师兄，你也来得这么急，更是我意想不到的事。穷乡遇旧知，使我这老婆子倍感辛酸。"

铁剑先生展翼霄道："我可不是向你们母子送人情，这次事，为你们受了许多奔波。我连夜紧赶，先到了黎母岭，找到南海渔人詹四先生那里。他已经把铁鹞子雍非打发上路，我就知道事情一错到底，我们要上了彭天寿老匹夫的当。这个老匹夫狡诈万分，他深知我们全有牵连，故意地布散流言，说是寻仇报复，先要把你那独门暗器五云捧日摄魂钉得到手中。这正是他狡诈万恶的手段，教我们只在这件暗器上注意，他是乘机对你们下毒手。他已安心一个不留，使我不得不赶到潇湘。因为我关怀旧友，我若是帮不了你们忙，反倒害了你，叫我于心何安？所以昼夜兼程，赶到这里，那知已经晚了一步，商和竟遭了他的毒手，教我怨恨十分。不过我来了倒还很好，我在黎母岭多耽搁一日，商和这条命怕不易保了。我自从助少林僧，把明室遗族福王的堂叔朱德畴接引进沙门之后，这些年来始终没离开苗疆，对于苗族的一切知道得很清楚。彭天寿所用的这毒药剪，是苗疆特产的一种毒药。我听雍非报告受伤的地方，幸亏不是致命处，他还能多延迟几时。可是虽有你的九转还魂砂，也不能支持得过了今晚。所以我今日一天的工夫，仗着铁鹞子雍非替我帮忙，才赶到这里。商和的性命尚可保全，不过这彭天寿老匹夫，他对你全家已经安定了心肠，连续地下毒手。我救治他的伤痕，须用一段时间不得受别事扰乱。我单等待雍非到来，只有请他帮忙，你们俩合力应付他们，我才好放手救治商和。只是他到这时还不回来，他若耽误了我的事，我岂肯与他甘休！"

罗刹女叶青鸾听到铁剑先生展翼霄这番话，向他深深万福道："我一家人遭逢不幸，从天南失败之后，来到潇湘避祸潜迹。还没容我母子重返天南，彭天寿反倒找上门来。一动手就遭失败，真教我叶青鸾羞见故人了！我险些自误，还只想着我这九转丹砂虽救不了商和的命，尽可以支持几日。本想教苗成赶奔长沙，找那万胜镖主计老达官，向他求取治毒疗伤的秘药。这样看起来，若不是展师兄前来，我们恐怕没有指望了。"柳玉蟾一旁听到这种情形，竟向铁剑先生面前跪倒叩头道："拙夫一命，全仗老前辈搭救了！"铁剑先生慌忙起立，答复道："我们武林道义之交，不能说这个。"这时，屋中的商和竟有些呻吟转动的声音。柳玉蟾慌忙走进去察看他，只见他虽则呻吟转动，却是两眼紧闭，并没有醒转。柳玉蟾把灯端过来照看他，见他脸上的情形越发不好。招呼了两声，不见他答应，柳玉蟾不由得流下泪来。

这时铁剑先生也站起来，随着罗刹女叶青鸾走进屋来。柳玉蟾见婆母进来，悲声说道："娘，你看着他，怎么情形不大好呢？"罗刹女叶青鸾慌忙来到窗前，就着灯光下看到商和的情形，也不禁摇头叹息。铁剑先生从柳玉蟾手中把灯接过来，仔细把商和的脸看了看，又用左手手指把他眼皮拨开，看了看眼珠的颜色。跟着把灯交给柳玉蟾，又给商和诊了诊两手的脉。把肩头盖的单子掀开，也不禁摇了摇头，向罗刹女叶青鸾道："你看他这毒药剪的力量多大，毒水已经把这么些层布全浸透了。"罗刹女叶青鸾见商和的肩头，果然又渗出来许多黑紫的血迹。叶青鸾就要给他解开肩头的这布，铁剑先生急忙拦住道："先别动！这种毒水流出来，还要当心，沾在手上很容易中毒腐烂。"罗刹女叶青鸾道："我给他收拾伤痕后，倒也用清水净过手，很知道这种东西讨厌呢。"铁剑先生展翼霄道："他现在的情形，已到了最危险的时候。这种毒药苗刀所伤，初受

117

伤时，微觉痛楚。一个时辰后，反不觉得疼痛了，伤处麻木作痒，渐渐地往外开展。到现在的情形，再返到初受伤时痛楚的情形，这就是最后的关头。我教铁鹞子雍非采办几样应用的东西，物虽细微，少一样都不能动手，只好还得等他前来。可是这种毒，一归脏腑，纵有仙丹，也无能为力了。我现在先给他在穴道截上一下子，暂等他一时，教它毒力不至于散得那么快。"遂向柳玉蟾道，"请夫人给我打一盆温水来，我得净手。"

第七章

劫幼女义仆惨浴血

柳玉蟾赶紧用面盆打了半盆温水来，放在床的旁边。铁剑先生展翼霄从囊中取出一个布包，打开了，里面有许多纸包儿。捡出一个小包，把纸封打开，里面是一包散粉。铁剑先生展翼霄用指甲挑着药粉，弹在脸盆内，屋中立刻散布一股子香气，神思全不禁清朗起来。

展翼霄亲自动手，教柳玉蟾把一个痰盂放在脚下，把商和扎裹伤痕的布慢慢地解下来，全扔到痰盂内。又取来许多新棉花，用这棉花蘸着脸盆中的药水，慢慢拭他伤口旁的黑紫血水。只这肩头上一片毒水，直擦了六七次才算拭净，伤口已现出来。这一片全成了青色，伤口也是黑紫，往里卷着。铁剑先生自言自语道："好厉害的毒药苗刀！"铁剑先生跟着骈左手的食中二指，向商和的左耳下藏血穴点了一点，又向他的左乳旁天地穴点了一指，截他的毒气，不教它往脏腑走；又在胸口的正中，华盖穴点了一指。这三处穴道点完，招呼柳玉蟾轻轻把他扶住，欠起身来。铁剑先生转到床的旁边，探着右臂向商和的灵台穴点了一下。商和哎哟了一声，竟自缓醒过来。铁剑先生展翼霄道："轻着点，把他放下吧。"柳玉蟾把商和放在枕上。铁剑先生把他的伤痕用新棉花按上，并不给他上药，只用布单被盖上。

商和竟自把眼睁开了，看了看床前。罗刹女叶青鸾向他招呼道："商和，你现在明白些么？"商和微把头点了点。叶青鸾道："铁剑先生展大侠从天南赶到这里，救你的性命，这是我家门之幸！"

铁剑先生这时在脸盆中净过手，凑到床前，向商和面前说道："老贤侄，你还认识我么？咱们将近二十年没见面了。"商和此时神志还不十分清楚，看了又看，想了又想，才把头微点了点。喉咙沙哑，用微弱的声音说道："你是展老前辈吗？数千里风霜劳碌，竟来到这里搭救我商和，我全家感恩不尽了！"铁剑先生慨然说道："道义之交，不必这么客气。你只放心好了，伤痕虽重，谅还没有妨碍。此时再不要劳动心神，等那雍非到来，我定能救你脱险。你先安心静养一刻，我们到外间屋坐一坐。你也是深通武功的人，应该知道，中元之气必须保住了，才可没有危险。"商和点头答应着。

铁剑先生展翼霄随着罗刹女叶青鸾往堂屋中走来。才到了堂屋中，还没有坐下，突然间外面的房头唰的一响，叶青鸾喝问道："什么人？"作势就要往外纵身，外边已答了话："能供奔走的老伙计到了。"罗刹女叶青鸾听出是铁鹞子雍非，也纵身到了门旁。门开处，铁鹞子雍非已然从外面闯进来，还是穿着那件长衫，只是面色红红的，鼻洼鬓角全有些汗涔涔的。罗刹女叶青鸾此时对于他倒也十分客气，不像前夜的情形，恼他那种狂妄了。这也因为母子连心，知道他是奉铁剑先生之命去买办药物，为儿子商和治疗伤痕，那能不起感谢之意？迎着雍非道："雍二侠，你太辛苦了！"铁鹞子雍非道："老前辈不要客气，奔走效劳，这是我雍非的长处。"罗刹女叶青鸾道："雍二侠取笑了！我们这里望眼欲穿，商和的情形十分不好呢。"

雍非听到罗刹女叶青鸾这话，才把那种嬉笑的情形敛去，向铁剑先生一拱手道："这个地方真讨厌，稍微贵重一点的药和不常用的一点纸张，罚我雍非多跑了一百里路，真有些冤枉呢。"铁剑先生含笑答道："论功行赏，你应该是头一名。等我见了南海渔人，定教他给你上了功劳簿。"铁鹞子雍非忙说道："谢谢展老前辈的好意，你老人家不要这么照顾我。我在我老师面前，不求有功，只求无过，得不了奖赏，倒许被他骂我一顿呢。"这时，柳玉蟾从屋中走出来，向铁鹞子雍非万福施礼道："雍二侠为我们的事，这么辛苦，教我们一家人太不安了。"铁鹞子雍非慌忙地答礼道："夫人不要客气，我们稍效微劳，不足挂齿。"

铁鹞子雍非把所买的东西，交与了铁剑先生。这位展大侠向罗刹女叶青鸾道："现在也就是二更将过，时刻不早，我正好动手给商和治疗。只是雍非你虽然奔驰了一日，还不算完，你还得为他们尽些力。"铁鹞子雍非道："老侠客，你别这么尽自照管我，再教我跑一百里路，我雍非有些吃不消了，你比我那位老恩师还难伺候呢！"铁剑先生展翼霄道："你现在只好听从我的命令，我有代师训徒的权柄，谁要你讨这趟美差！好好地帮我这个忙，这差事完，我定要带你到岳阳楼痛饮一天，教你尝尝那里瓮头春那种风味。"柳玉蟾一旁看到他们说话的情形，就着外貌看来，铁鹞子雍非和展大侠，年龄好像差没有多少。可是这位展大侠大致已有九十岁的年纪，颇有返老还童之相。这人的内功练到这般的火候，真算得着养生保命的真谛了。

铁鹞子雍非只有喏喏连声，答应道："老前辈还有什么事吩咐，尽管差派。我为了你这顿酒，我也得敬谨受命。"说到这，铁剑先生道："你先坐下歇一歇，听我告诉你。我给商和治疗伤势，必须经过一个时辰，才可以完事。那么彭天寿一干匪党，以他们那种万恶的心肠，定要做出来赶尽杀绝的举动，他们就许乘机前来下手。我在动手治疗时，更须全神贯注，不能受别的扰乱。并且我身旁还得用一个人替我帮忙，施用手术。只凭叶老前辈应付彭天寿老匹夫，倒是足可以保全。不过匪党尚不知有多少，总显着人单势孤。现在我们既然伸手，顾不得许多，只好破例与他结仇。我们索性把他除掉，既为叶老前辈除去后患，也为我们天南江湖道上去一恶獠。你只有放手对付他们，无须再顾忌了。"

铁鹞子雍非冷笑一声道："老前辈，你不要忘了，我雍老二并不是省油灯！我师傅既派我前来，这种美差，费力不讨好，弄个无功无过，就算很便宜。不过我既然来了，好歹也要见识见识这个五虎断门刀彭天寿老儿，究竟是怎样一个扎手人物。先前我不肯和他照面，我是另有原由，绝不是不敢趟这种混水。我来到潇湘，尚有另一件事还没办了。如今老前辈已经赶到这里，我那还能退后？我要和他比画一下子。老前辈尽管安心救治商大侠，对付这群贼党，你就不用管了。"铁剑先生展翼霄含笑说道："雍非，你不要把对手看轻了，连我也算在一块，这次也许回不了天南！"雍非道："那倒在意料之中，我没把这事放在心上。何处黄土不埋人，找到这么个好地方，结束一生，我觉着是很好的所在。"

铁剑先生展翼霄微微点了点头，带着冷笑看着雍非，向罗刹女叶青鸾道："现在到了时刻，咱们是各执其事，谁也再不用管谁。"说到这，向柳玉蟾道，"请你把蜡烛多点上两支。"这位铁剑先生在里间把他囊中所带的药物，以及雍非所买来的应用之物，全放在书案上。吩咐柳玉蟾把商和床头收拾干净，把肩头所搭的布单子给他掀下去。令柳玉蟾取来四个生鸡蛋，又要了一铜盘子，令柳玉蟾把蛋白全磕在盘内。铁剑先生把一包药粉打开了，更把雍非所买来的一个纸包打开。柳玉蟾见这包内是火纸、荆川纸、乌金纸、红布。铁剑先生看了看，向柳玉蟾道："这里还短几样东西，新棉花，剪刀，大蒜，这些东西全现成么？"柳玉蟾道："居家使用，全有现成。"铁剑先生道："赶紧取来。"柳玉蟾出去，到厨房和自己屋中取这三样东西。

这时，外间的罗刹女叶青鸾跟铁鹞子雍非全各自收拾好了。铁剑先生手挑着软帘，向外面说道："我这治病的郎中可有许多讨厌的毛病，你们二位最好不必在这守着，我这里没有用你们之处。我看天时不早，最好你们把全宅搜寻一番，把前后把守住了。彭天寿一般党羽真个前来时，最好是不要叫他冲进宅中。这老匹夫狡诈多谋，更兼他所约请出来的人，也全是绿林中非常的人物，全够毒恶的。我来到潇湘，他们尚不知情。他们此时还认定了商和是准死无疑。倘若他知道我展翼霄已到潇湘，彭天寿那老匹夫，他定然明白商和有救，他必要安心破坏。商和这时已然在最危险的时期，我所施用的法子名叫'雷火针'，也正是毒药剪的克星。彭天寿老匹夫他可早闻名，因为我们同是从苗疆上来，我的这点手段，他那会不明白？倘若我这次救治一遭破坏，商和性命休矣！治伤需要一个时间，不过了四更，不能收完全效力。慢说还不至于教老匹夫等闯进来，可是只要叫商和听到一切动心的声音，惊惧气恼，全为施用雷火针最重禁忌。你想匪党们既然深知这种情形，那会不乘机用这种手段？所以我想要好好提防，不要大意才好。"

铁鹞子雍非听着，不住地摇头，却自言自语道："展大侠，我算真服你了。你这考试官不到最要紧的时候，你这题目是不肯告诉我的。我雍非狂言大话说在头里，我万没想到还有这些禁忌。完了，我算认了命了，倘然保护不利，我雍非有何颜面再出绿云村？"铁剑先生展翼霄道："雍老二，好吃的宴席匀不到你我。这商家和你们是二十年道义之交，你不卖命对得起谁！"铁鹞子雍非道："好，咱们就这么办了，四更天后再见。"说话间，他是一纵身，猛一推门，蹿出屋外。柳玉蟾这时正从前面拿来铁剑先生应用东西，不是闪避得快，险些被铁鹞子雍非撞上。这雍非往院中一落，身形如一缕青烟，飞纵上房去。

柳玉蟾走进屋中，铁剑先生已然手攀着门帘，却向罗刹女叶青鸾点点头，微笑道："我这激将法使得不错吧？这家伙很不好对付呢。"罗刹女叶青鸾却正色说道："老身却不敢这样想，为我家的事，教雍二侠这样不顾生死，应付仇敌，我一家人于心何安！"铁剑先生道："那倒不必不安，患难之时，不叫同道们卖命，那还有用得他的时候？"罗刹女叶青鸾道："展老师，多辛苦吧。"说到这，自己抄起铁拐杖，也飞身纵出去。

柳玉蟾随着铁剑先生身后，到了里屋，把用的东西全放在那里。铁剑先生把所买来的火纸、荆川纸、乌金纸、红布，全按着尺寸剪好，放在一旁。艾绒子也放在铜盘子中。把火纸铺好，把药粉倒在火纸上，约有二分重。把火纸卷起来，卷成小指粗，再用荆川纸从外面又卷了一层。最后用乌金纸涂上蛋清，又把这药卷裹了一层，由这蛋清把纸口封严了。除了两头，四周绝不会透气。一共照样卷了四个，全放在铜盆子内。

铁剑先生一边收拾着，一边向柳玉蟾道："这种雷火针，所用的药一共是二十一味。我在苗疆上，施用它非常重视。它并非十分珍贵，不过其中几种药如不是上等的货色，力量一减，最容易误事。最要紧的是藏檀香和麝香。这藏檀香必须要真正西藏所产，麝香必须用当门子[1]。里面再有梅片，也须用极真极好的。还有一件，就是鸽子粪，这种东西极不值价，有的地方不喜欢养这种东西，你就找不到，药房中没有预备的。所以铁鹞子雍非为了这不重要的一点东西，叫他跑了一二百里路。但我们选择的全是很能应用。"说到这，他已经把药卷收拾好，遂向柳玉蟾道，"你把这铜盘子端到床上，你到床里边去。从用这雷火针时起，到收功时止，必须到四更天才可竣事，你却不能再动转了。"柳玉蟾点点头道："弟子知道，老前辈这样不辞辛苦，我不是分所当然吗？应该怎样帮着老前辈，尽管吩咐，不要客气。"铁剑先生点点头。

柳玉蟾按照铁剑先生的吩咐，转到床里边，盘膝坐在天龙剑商和肩头旁。铁剑先生看了看，商和这时正好醒转。因为铁剑先生点了他的穴道，把苗刀的毒力截住了，不往心里攻，此时反倒十分清醒。铁剑先生向商和说道："在我用雷火针时，任凭伤口或疼或痒，怎样难过时，你要十分忍耐，不要动转挣扎，免得误事才好。"商和点头答应。

铁剑先生把铜盘中所预备好的二寸见方的红布，拿起四块来，按在肩井穴上。跟着又用一片大蒜，放在红布上，正当穴眼。跟着取了一支雷火针，底口坐在大蒜上，上口用艾绒子在烛台上点着了，把它按在雷火针的上口。铁剑先生全给安放好之后，叫柳玉蟾"一手按着他的肩头，一手用拇指、食指轻轻捏住雷火针的当中，

---

[1] 当门子：又名香子，系麝香囊中呈颗粒状的优质麝香仁。

不要叫它歪了。下口还是最忌移动，要它紧紧地跟大蒜粘连。这种药力燃烧起来，它这种药气自行往下去，顺着穴道能够直攻聚毒的所在。任凭他伤口有怎样变化，不要你管，你只注意着不叫他肩头摇动"。柳玉蟾点点头，赶紧按着铁剑先生所嘱咐的话，把雷火针捏住了，一手扶住了他的肩头。

这时铁剑先生把所预备的新棉花，全分成拳头大小的团子，一个个的全摆在商和的旁边，直分了二十多个。跟着把雷火针拿起一支，用四层红布，又在太渊穴上垫好。仍然把大蒜放在上面，把这支雷火针又用艾绒子点着。自己坐在床边，用左手捏着雷火针，静静看着，这种药气随着燃烧。柳玉蟾心想：这一纸筒的药，从上面点着，总是往外散的多，能够透入穴道，那有多大力量？那知这种雷火针的力量，真叫不可思议。雷火针烧到三分，天龙剑商和的伤口已起了变化，他那伤口处浮起一层细水珠。可是，商和这时肩头有些震动了。铁剑先生道："夫人，你可按住了，别动！"说话间，伤口的水珠渐渐地见大，由黄变黑，已经要顺着伤口滚出来。铁剑先生一手捏着雷火针，一手拿起棉花团，赶紧拭流出来的毒水。这毒水越来越多，满是黑紫色。铁剑先生很小心地用棉花拭着，不敢沾到手内。

柳玉蟾见这种治疗的方法，真有些神奇！只凭着两个药卷，能够把伤口中的毒水提着往外流出来。这真是见所未见，闻所未闻。这两支雷火针，渐渐地已经烧到仅剩一二分。天龙剑商和反倒没有方才神志清楚。柳玉蟾虽是看着担心，可不敢过问。铁剑先生又拿起一支雷火针来，这一支却不往肩头上用，叫玉蟾放在他左边的膺窗穴，在左乳上一寸五的地方。却向柳玉蟾说道："这一针用上之后，他伤口还要起变化。若是痛楚挣扎时，你可不要教他动转，这已到了紧要关头。"柳玉蟾点头答应。铁剑先生展翼宵把这支雷火针如法按放在穴眼上，又把它用艾绒子点着。这支雷火针着到二三分下，尚没见过什么行动。铁剑先生却教柳玉蟾把这支雷火针扶住了，自己在这里赶紧把面前的东西往旁推了推，却把他的右手拉过来。摸了摸他的脉息，自己点点头，认为这种情况还好。这时，这支雷火针又烧下去二三分，铁剑先生又把棉花拿起，在那伤口上又拭那毒水、黑血。

就在这刹那之间，只见商和的这块伤口两旁的青色肉一劲地颤动。那伤口的地方原来是往里凹着，渐渐地竟自往外翻转。柳玉蟾若非亲眼目睹，几乎有些不信。这简直是行同幻术，这点药力竟会有这么大的力量。那毒水和黑血渐渐的少了，可是商和的肩头不住地晃动。眼虽然还是闭着，可是眉毛不住地连皱，分明显出他感觉到十分痛苦。铁剑先生展翼霄道："你把他按住了，他左臂是不能动转，只把他肩头扶住了。"铁剑先生自己说着，随手把他的右臂按住，不容他挣扎。

这时，商和忽的把眼睁开，哑着喉咙，"哎哟"了出来。柳玉蟾看到这种情形，知道雷火针已经收到很大的效验。可是商和的气力和他所发出的声息越发微弱了。铁剑先生此时是全神贯注，只看他的伤口处，用棉花不住地拭着伤口处渗出来的血。可是给柳玉蟾一看到，伤口两旁的肉色，渐渐地由青转红，黑血也没有什么了。赶到这支雷火针烧到快完了的时候，伤口竟流出鲜血来。铁剑先生用棉花拭下了这血渍，仔细看了看棉花上的血色，才把它扔去。长吁了一口气，向柳玉蟾道："你看这种毒药剪多么厉害！以这种雷火针之力，平常的毒药、暗器所伤，不过有两支足可以奏效。现在连用了三支，里面的毒算是提出来了。脏腑虽还有这毒药的力量，容我最后一支雷火针，也足可把这种毒药力量完全解净。只有伤口这里，你看两旁的肉色全变过来，可是靠破口的地方，药力已经达不到了。这只有仍然用一番手术，让他多受些痛苦，给他割下来，免留后患。"

这一支雷火针已然烧到底。铁剑先生把底下所垫的红布揭下来，扔到痰盂内。随着教柳玉蟾把他的胸口先用被子掩上。从药包中取出一个很小的药瓶子，把瓶口打开，从里面倒出一些药粉来，散在伤口上。随着把那把锋利的剪刀拿过来，却在那面盆中药水内洗了洗。这药粉散上之后，天龙剑商和越发的呻吟急促，痛楚十分。铁剑先生持着这柄剪刀，目注着伤口，直看到所散上的药末子，完全在伤口上融化了，很快地把这伤口的四周，全用左手来依次地按到，向柳玉蟾很急促地说了声："你不要教他动！"柳玉蟾把商和按住。这位铁剑先生是真敢下手，他这把锋利剪刀，顺着这长形的伤口，用左手手指把这破口的肉绷起，这剪刀咔嚓咔嚓地一阵剪，把两旁的腐肉完全给剪掉。天龙剑商和竭力地挣扎，但是被夫人按住了。

柳玉蟾也是闯荡过江湖的女英雄，狠斗凶杀的场合也很见过，掌中剑也曾饮过多少恶人的血，可是今夜铁剑先生用剪刀剪着商和的腐肉，她竟自手颤心惊，一身冷汗。这就因为她所看到的，是自己恩深义重的丈夫，关心太切，恩爱太深，所以才有这种不忍看下去的情形。铁剑先生用剪刀的最后一刹那，天龙剑商和哎哟了一声，已经晕了过去。吓得柳玉蟾玉容失色！可是抬头看了看，这位老侠客铁剑先生，庄重的面容，沉静地动手，精神贯注，绝没有一点惊慌。柳玉蟾竟被他这种气魄镇住，虽见商和已然死过去，可也不敢开口过问了，只有眼含着泪，低着头。

铁剑先生已经把他腐肉除尽，用棉花拭了拭。又取出一包药，散到伤口上。跟着把一个棉花团舒展平了，按到了伤口上。这位老侠客用手巾把手擦净，向柳玉蟾一摆手，说声："你不用管了，暂时歇息一刻，我要为他用最后一针。"柳玉蟾提心吊胆，惊吓得里面的衣衫已经被汗浸透。看商和时，这时的情形显着十分危险，气若游丝，反倒不如没给他治伤前的气力足了。可是铁剑先生绝没有一点惊慌的情形，自己深信他有这种把握了。铁剑先生向柳玉蟾道："最后一针还须稍过一刻，他这也就缓醒过来了。夫人，你厨中可有做成的稀粥吗？"柳玉蟾道："现成的，早给他预备下，只是他吃不下去呢。现在还在厨中放着。"铁剑先生点了点头道："好！现在到了什么时候？"柳玉蟾道："三更已过。"铁剑先生点点头，遂吩咐了声："你去把那米粥赶紧拿来。只有米汁就成，不用立刻去烧熟它，拿到这里，用热水把它温上就好了。"柳玉蟾答应着出去，赶紧到厨房，把米粥用茶碗盛了半碗。走出厨房，抬头看了看，婆母和铁鹞子雍非全不知隐身那里。空荡荡院落中，死沉沉的，没有一点声息。

刚出了厨房，转过这个小夹道，突然瞥见从苗成所住的那间房上，飞纵下一人，身形轻快，落地无声。柳玉蟾已经看出不是自己人。此人身形瘦小，肩头上探着的兵刃，行如判官双笔。柳玉蟾就知是敌人无疑了，手中端着这只茶碗，喝声："什么人这么大胆！"才要把这碗米粥放在地上，扑上去，竹楼的顶子上突然有人猛喝了声："猴儿崽子，老子等你多时，你怎么才来？"疾如飞隼，从五六丈高飞坠下来，竟扑了那人去。柳玉蟾把手缩着，见下来这人正是铁鹞子雍非。柳玉蟾招呼了声："二侠，交给你了，我还有事，不能管。"那铁鹞子雍非却答了声："谁抢我头功，我和他拼命。去你的！"说话间，两人在院中竟已动上手。柳玉蟾不敢管他，竟自翻身，赶紧翻到后面。见后院中竟没有贼人下来，稍微地安了心，匆匆地来到屋中。

铁剑先生正站在床前，见柳玉蟾进来，扭转头来看时，向柳玉蟾问："前面敢是有什么事么？"柳玉蟾深服这位老侠客好厉害的眼力，自己神色上定是差了样，被他看了出来。点点头，把那碗米粥放在书案上，一边用热水温上，一边向铁剑先生道："匪党已至，雍二侠已然动手应付。"铁剑先生点了点头道："我认定他们定要前来，这时到的很好，我们不去管他。"跟着教夫人柳玉蟾转到床上。铁剑先生平心静气，依然是不慌不忙，把那最后一支雷火针拿起。令柳玉蟾把商和身上盖的被掀开，把胸口露出来，在灵台穴把四层红布铺好。又把一片大蒜放好了，对准了穴眼，把这支雷火针按在上面，用艾绒子点着了。仍然教柳玉蟾把雷火针捏住了，不要移动，不要教下面的药气透出来。

柳玉蟾见这时商和气息微弱的情形，遂向铁剑先生问道："这一针可还有什么反应么？"铁剑先生微笑着说道："夫人不必担心了，这一针是归纳他中元之气，从丹田把他正气扶起，精神自能振作起来。只是为山九仞，功亏一篑，就糟了！请夫人要十分当心，无论如何也要把这一针用完。任凭贼子怎样猖狂，你只作不见不闻；既或是贼党到了你面前，只要你气还在着，你不要把这雷火针撒手才好。把心自管放稳了，任凭他怎么，我展翼霄还能挡他一阵，夫人你放心大胆。"柳玉蟾点点头，自己平心静气，看着这雷火针。袅袅的香烟散布开，满室氤氲之气。

这时外面的房上，突听到罗刹女叶青鸾用沉着的声音，厉声喝叱着："赶尽杀绝的贼党，我老婆子候你多时！"这声喊出来，跟着声息寂然。铁剑先生展翼霄侧耳听了听，脸上的神色依然是自然的。可是略一沉吟，却走向堂屋去，把自己那柄长剑拿了进来，一压卡簧，"铮"地把这柄长剑撤出鞘来。柳玉蟾看着铁剑先生这柄宝剑出鞘，剑身上一缕青光，如同一泓秋水。剑身和剑鞘这一摩擦，带出一阵龙吟之声。柳玉蟾暗暗惊异，敢是他这柄铁剑竟是这么一口宝刃！铁剑先生却把宝剑和宝剑鞘全放在书案上，回身来仍然站在床边，静静地看着。这支雷火针一丝丝地往下燃烧，烧到剩了一小半时，天龙剑商和的脸上竟透露出红润之色。柳玉蟾知道雷火针最后的力量已经用到。铁剑先生展翼霄不时地给商和摸着脉息，腮边也透出一丝的笑容。

只是外面的情形可就有些形势险恶了，一片叱咤之声不时地从房上翻到房下，听出是罗刹女叶青鸾正和这班盗党拼命地狠斗。铁剑先生虽是注意着商和的情形，可是目光不住地往窗上瞧着，是在关心外边动手的情形。天龙剑商和此时已然清醒着，他已听到外面有动手的情形，眉头紧皱，向夫人柳玉蟾看了看，又向站在床前的铁剑先生看了看。铁剑先生展翼霄道："商和，你可不要自误，不到你说话的时候，是不准你开口的。"柳玉蟾也说道："你要听从老前辈的话，你的伤已经治好，只在最后这一针断定你的命运。你要忍耐着一切，容这一支雷火针用完，你的一切安全便可保住。这时要是不听从老前辈的话，可没法子再挽救了。外面的情形，娘和雍二侠足可应付，不用你再担心。"天龙剑商和点头答应。

夫人柳玉蟾扶着这只雷火针，见它一丝丝地往下燃烧，自己默默祷告："求神灵护佑，教我们闯过最后的关头，我柳玉蟾满斗焚香，答谢神灵。"但是越到了这种时候，瞪着眼看着雷火针，更显着燃得慢。其实雷火针着得并不慢，是外面盗党已经发动，情势太险恶。在这种救治丈夫的最后刹那，倘若匪党们来势过盛，他们只要有一个人攻进来，虽则有铁剑先生在面前保护，可是这位老侠客已然说过，五虎断门刀彭天寿，他既能使用这毒药剪，他就十分明白解救之法。他们只要闯进一人，虽然不能得手，但是商和只要受了最大的惊吓，便前功尽弃。商和就是死不了，也要成了废人，柳玉蟾那会不着急？铁剑先生这时也带出不安的情形来，可是雷火针已经剩下三四分长，柳玉蟾已经把手指撤开，只在一旁按着，不教它倒下来。自己暗暗地侥幸，再烧下三分去，已经足行了。

那知就在这时变化越快，外边动手的声音竟全到了下面。铁剑先生看了看商和，却向他说道："你的命运，只有一盏茶时。商和，你要教我老头子露这次脸。就是匪党闯进屋来，你要相信我展翼霄还能了结他。这最后的一刹那，最重要的是：开口，惊心，动怒，犯了一样，我们就算白费事了！你就是死不了，三二年中休想在江湖上再和人见面了，听明白了吗？"商和微把头点了点。

铁剑先生这时忽然间神色一变。柳玉蟾看到这样情形，就知不好，自己可不敢动。只见铁剑先生展翼霄往门口一凑，轻轻地把软帘一挑，身形疾如电闪，纵出了里间。听得堂屋中一阵凌乱脚步的声音，只听见铁剑先生以沉着的声音喝了个"去"字，跟着门外嘭的一声，很重的东西落在地上。铁剑先生已经翩然走了进来。可是院中听得罗刹女叶青鸾却厉声喝叱道："鼠辈，你还不逃命？我老婆子不要你的血污我清静家门，教彭天寿老儿亲自前来。"喊声已过，院中声息寂然。

铁剑先生见雷火针已烧到底，这位老侠客长吁了一口气，额首自庆道："天竟叫我完成这番功德，这也是你商氏门中之幸！"随手把红布掀起，用新棉花在穴眼上按了又按，然后教柳玉蟾把他的胸前盖好。铁剑先生向商和道："好了，现在你能开口说话了。此时觉得怎样？"商和声音还是很软弱地答道："只觉得心内空空，伤痕处还有些疼痛。不过从用最后这一雷火针，弟子觉得从丹田涌起一股热气，把这慌乱的心里稳住了许多。"铁剑先生点点头道："很好！能收到这样的效力，也很难得了。你现在可以略进一点稀粥。"柳玉蟾已经转下床来，把用热水温着的那半碗稀粥拿过来，用羹匙给商和慢慢喝下一小半去。商和摇了摇头，柳玉蟾把碗拿开，放在书案上。

她转身来，眼含着泪，竟向铁剑先生肃然一拜道："老前辈救我全家之恩，恐怕我们不易报了。弟子仅以一瓣心香，祝老前辈寿享高龄罢！"铁剑先生赶紧往后退着，拱手答礼道："快快请起，不要这样，我们道义之交，不许存这种心念。"说到这，铁剑先生却向窗外招呼道，"女侠客，你可以进来了，我还你一个好儿子！"叶青鸾尚在窗外，提着铁拐杖提防着盗党，忙答了声："很好，克奏全功，是我叶青鸾之福，这里不用我了。雍老二还没交待下来，我去看看他吧。"铁剑先生也不答她，自己提着长剑到堂屋中，让柳玉蟾收拾好屋中一切。

铁剑先生方才坐定，这时可是四更过了好久，忽然罗刹女叶青鸾跟铁鹞子雍非全从外面进来。铁剑先生一见他二人的神情，惊得站起来问："这是怎么？"因为叶青鸾满脸泪痕，铁鹞子雍非也是眼全红了。罗刹女叶青鸾把那铁拐杖往门旁一放，用衣袖拭了拭泪。铁鹞子雍非刚要开口时，铁剑先生一看这种情形不好，向他们一摆手道："匪党既然已经逃去，咱们到竹楼上，我有事和你们商量。"罗刹女叶青鸾猛然醒悟，这样说不得话，被商和听见如何了得！这就足可以看出，无论你多么精明干练，若是一遇非常的刺激，也容易行为荒谬，举动失常。

铁鹞子雍非一语不发，转身就走。铁剑先生也跟着站起，自己的剑不离身，把宝剑插入剑鞘，提着它等候叶青鸾一同往外走。叶青鸾低声向铁剑先生道："老侠客，你先走一步，我得到屋中把治伤的药拿出去。"铁剑先生也低声问："受伤的是谁？"罗刹女叶青鸾也低声道："苗成！"铁剑先生点点头，向叶青鸾一摆手道："你不用管了，药是现成，你头里走。"罗刹女叶青鸾转身出门。柳玉蟾正把痰盂倒了回来，见婆母这种情形，也惊得站住问："娘，是什么事？"叶青鸾道："不要问，匪党们发下狂言，我得跟展大侠商量一番，也好对付他们。"柳玉蟾不敢再问。

铁剑先生到屋中，把自己药包拿出来，提着剑跟随罗刹女叶青鸾，一同竟奔前面竹楼。刚转到前院，只见铁鹞子雍非在院中倒背着手，来回走着。抬头见罗刹女出来，他却脱口而出地说道："你也太麻烦了！再迟延，咽了气，我看你怎么办！"罗刹女叶青鸾却不答言，不奔竹楼，却往前走。铁剑先生也知道这苗成定在前面下房中。铁鹞子雍非头一个跑过去，走进苗成所住的屋子。铁剑先生也跟了进来，罗刹女叶青鸾把风门带好。

这时虽然已到了五更左右，天还没亮，屋里点着一根蜡烛。铁剑先生看到，靠里面墙角那架板铺上，躺着一个血淋淋的人。自己抢步到了近前，仔细一看，不住地摇头道："怎么受了这么多处伤，这是在那里动的手？哎呀，听你说，他不是送小女孩子金莺至石城山乐天村去么，金莺呢？"罗刹女叶青鸾摇了摇头道："大约金莺的命算没有了，只是详情必须把他救活了才能知道。今夜所来的匪党一共有五名，可没有彭天寿那老匹夫。不过所来的全是绿林能手，我老婆子险些误了你的大事，竟被他闯进去一个。还是展大侠把他打出屋来，才能解救了这步危难。我赶到前面接应，雍二侠和三个匪徒动手，被他打伤一名，已然逃去。只是最后的这两名匪徒，他们只是不肯走。我赶到时尚在动着手，我才要以铁拐杖对付他们，就在这时，苗成从门上蹿进来。可是一句话没说出来，已经把他的鬼头刀甩出多远，他摔在地上死了过去。可是匪党们竟自在苗成惊呼之中，相继逃去。这种情形，来得这么突兀，一句话也不能问他。不问可知，定是已落到贼党的手内。我那惟一的孙女金莺，定已遭了毒手！我们在情急之下，到后院去取药，也为是请你出来。"说到这，罗刹女叶青莺悲痛十分，铁鹞子雍非急得直搓手。铁剑先生点点头道："不要紧，现在我想法子教他缓醒过来。"

铁剑先生把苗成的手拉过来，给他诊了诊脉，向罗刹女叶青莺和雍非道："谅还不至于救不醒他。不过他现在内气伤得过厉害，脉若游丝，我先得把他的中气扶起来。雍老二去找一点热水来。"罗刹女叶青莺道："我去吧，他这里全生疏，到那里去找！"叶青莺慌忙地走出屋去。铁剑先生展翼霄向铁鹞子雍非叹息了一声道："我自从苗疆这些年来，内地里我是轻易不到，没有是非沾染。想不得这次惹火烧身，现在我想撒手是不成了。"雍非道："彭天寿老匹夫敢这么对付我们，我们不和他拼一个最后生死，也教他太把我们看轻了！"铁剑先生道："雍老二，这时不用牢骚，再想放手，也由不得我们了，只怕还另有绿林能手吧。"

说话时，罗刹女叶青莺已经把热水取来。铁剑先生教她斟了半盏，放在一旁。把苗成的牙关拔开，取了三粒丹药，不过如黄豆大，给他放入口中，用水送下去。铁剑先生教雍非帮着，把雷火针未用完的药，如法地卷了一只。可是所用的零星物件，都放在后面。铁剑先生向叶青莺道："请你到后面把应用的东西取了来。你们少夫人是个明白人，也不必再瞒哄她，草草地把出事情形说与她。只提我说的，要她十分检点，忍耐着一切，千万不得教商和知道了。虽是没有重大的妨碍，但是对于他身体上也有极大的影响。"叶青莺只好答应着走去。

这时，铁剑先生更使用推穴过宫的法子，给他舒散气血。苗成呻吟出来，只是不能醒转。等得罗刹女叶青莺用一个盘子，把应用的东西取了来，铁鹞子雍非已把雷火针卷好，如法的在丹田穴给他用了一针。教铁鹞子雍非代劳，扶着这支雷火针。趁着这工夫，铁剑先生教叶青莺用灯光照着，自己查看他身上的伤痕。头上有刀伤一处，是伤着左额角，身上被刀扎伤三处。衣服全划破，他背后还不知有伤没有。铁剑先生检视着伤痕，不住地摇头，向罗刹女叶青鸾道："他这伤受得好险！这算他命不该绝，每处的刀伤，全离着致命处不到半寸。敌手若是再加上二成力，大约他也回不来了。"

这时雷火针已生效力，苗成呻吟的声音渐渐的大了。铁剑先生跟罗刹女叶青鸾说道："看这情形，苗成还有救。"叶青鸾道："但愿如此。"雷火针烧到剩了半寸，苗成哎哟了一声，把眼睁开，喊了声："好贼子，你还我的金莺！"跟着还要往起挣扎，罗刹女叶青鸾赶紧把他肩头按着，招呼道："苗成，苗成，你回到家了！"这苗成被招呼得有些明白了，翻着眼，仔细看了看，涕泪直流地哭着说道："我这可对不住你们了！"他一痛之下，又晕厥过去。吓得罗刹女叶青鸾变颜变色，哭着说道："这可怎么好？"铁剑先生向她摆摆手，教她闪开，低声说道："不要紧，他这种郁气，不教他散开，也是后患。"遂向铁鹞子雍非道，"雷火针完时，不要管它，让它烧到底。你把手指撒开，扶着一旁。"雍非答应着。

铁剑先生遂骈食、中二指，照着苗成的灵台穴和气瑜穴连点了三指，苗成又哎哟一声，哭了出来。这时雷火针已然烧尽，铁剑先生把红布全揭下来，把穴眼按了按。苗成不住地哭着，铁剑先生用拿来的热水倒在盆中，用棉花沾着，轻轻地给他拭伤口，并且招呼他："苗成，你要忍着疼痛，我把药给你敷上。"苗成睁开眼，看到眼前治伤的人并不认识。铁剑先生却向他说："你先不用怀疑，把伤口先收拾完了。连你的事先稍缓一缓再说，你的气已经伤得过厉害了。"

铁剑先生一边说着，一边动手，把他头上和身上四处伤痕，完全用自己带来的金疮铁扇散，全给敷上。跟着问："你背上还有伤吗？"苗成答道："我背后左肩上有一处伤痕。"铁剑先生又教雍非把他扶起来。把后面的伤口一现出来，这三人看着全不寒而栗：好重的刀伤！完全在左肩下，被刀划了六寸长，衣服完全是血，已经凝结了。铁剑先生双眉紧皱，向叶青鸾道："你看见么？"叶青鸾那么刚强的人，此时只有哭泣。铁剑先生道："你不必难过，我很替你家庆幸。"说得铁鹞子雍非惨然地看着铁剑先生，不知他这话是什么意思。铁剑先生道，"以苗成这种伤痕，搁在你我的身上，你想还能支持么？他居然能拼命地逃回来，这真是最难得的事，教展翼霄折服不尽。倘若他遭了匪党的毒手，我们只疑心他已安抵乐天村，那就不堪设想了。"铁鹞子雍非点点头。

说话间，把苗成背后的伤痕也给扎裹好了，仍然把他放在枕上。铁剑先生净了手。这时天光已亮，苗成经过这雷火针用完，觉得身上减少了许多痛苦，气已感觉和缓了许多。罗刹女叶青鸾实不能再等待下去，凑到了苗成面前，悲声问道："苗成，事情究竟怎样了？你被谁害成这样？金莺还有没有？"苗成眼中落下泪来，这才把他经过的情形说了一番。

他从黎明时，被主母柳玉蟾送出门去。苗成虽然是性情粗暴，常常地酗酒生事，可是他随着叶青鸾，在江湖上也多年了。这次教他护送金莺到石城山，他满明白，这个千斤重担子放在身上，关系是非常重，自己一些也不敢放心大胆。离开家门之后，往江边走着，他却跟金莺说了声："小姑娘，咱这么慢慢走可不成。我们的形迹不能落在别人眼中，要提防着有人跟踪我们。"金莺点点头，随着他紧走。苗成虽是走这短短一段道，时时投那有树木的地方，把身形隐蔽着，紧奔江边。这绿云村前没有码头，没有船只，得顺着江边往北走出半里地，才可雇得着船。离开绿云村已远，苗成略微地把心放下，因为这时江边一带十分清静，没有什么人来往。只有田地里小道上有一个背着竹筐的渔夫，低着头往他们四五丈外过去，可是跟他走的是一个方向。这人顺着江边走去，苗成毫未介意。

到了江边码头上，苗成找了一个比较干净的小船，把这只船算包了，讲好了到石城山去，立时开船，沿路上也不准再揽别的客人。带着金莺上船之时，见船舱里收拾得十分干净，就催着船家开船。船家连忙起锚撤跳板。金莺趴在船窗边往岸上看，向苗成招呼道："苗成，你看那个背竹筐的，他怎么站在这不走？"苗成听了，心里一动，立刻要仔细看看他的面貌。船舱矮，苗成探身到舱门外。容到仔细看他时，那个渔人转过身去，向原路走去，头也不回。苗成回过身来，向金莺道："管他去呢！好在咱们这就开船了！"

船家收拾好了，立刻开船。风势还是很顺，张起帆来，走得又稳又快。苗成因为金莺在家中那种难割难舍的情形，自己竭力地用话引逗她。把船窗支起，指点着两旁江边的景色。金莺是不常出门的，暂时把离不开父母、祖母的情形倒忘掉了。

走到正午之后，船已出来四十余里，到了一个码头上，略停了停。船家上岸买着些食物，还是绝不耽搁，跟着起行。走到未时才过，苗成见金莺有些疲倦的情形，教她躺在铺上歇息，自己走出舱来。这时本是风平浪静，船面上很稳。苗成虽然不是文雅人，但是乘风破浪，看这江岸上一带，一处处村庄林木，牧童农夫，行旅商贩，倒也觉着胸襟为之一畅。

苗成无意中一回头，见后面一只小船把风帆放满，冲风破浪，疾如箭驶。在大江中来往的船只很多，本无足介意，不过这只船走得特快，未免要多看它一眼。这只小船因为比自己的船快，眨眼间已经相离不过五六丈。苗成这么看，那船上有一个水手，十分像刚才上船时那个背竹筐的渔夫。这一来，苗成暗中可留了意，越是这样，越不带出神色来。背着身子，不时地假做看这边江岸上的景致。见后边这条小船，竟自相隔着两三丈，船放慢了许多。

这时也是合当有事。忽然江面上起了风，这种船可不走了。大江里行船，大半是仗着风帆。若是凭人力，除非走顺水。突然这一起风，风向不准，风帆不落下来，危险重大，那非翻了船不可。这时江中一阵大乱，上下流的船全往江岸旁贴。这种风势还是真厉害，把江水翻起一二尺来，那船在江中如同一个水瓢似的，随着波浪起伏。船家拼命嚷着，叫苗成快进舱，其实离着江岸不过十几丈远。连管船的带水手一齐拼命，就这样才抢到离着江岸两三丈，又被一个浪头打了回来。挣扎了半晌，才到了岸边。这可不能管是什么地方了，把铁锚抛下去，水手更跳下去，用一根长绳拴在护江岸

的木桩上，这只船才算保住。

金莺早吓得变颜变色，因为舱里也是一样站不住。她虽惊醒了，依然不敢坐起来。苗成怕她害怕，坐在木床边上不住安慰她。这时船已停好，金莺才爬起来道："可吓死我了！"苗成道："小姑娘不要害怕，没有危险了。"推起窗来，往两旁看了看，向金莺道："风浪虽大，还算好，倒是没出危险，这就很不容易了。"金莺也随着从船舱窗口往外看这一带情形。还好，所有来往的船只，三三两两全停在了附近。可是苗成往两边一查，看见自己后面那条小船，竟在两三丈外，停泊在那里。苗成遂向金莺问："小姑娘，你看咱附近这只船，船上那个水手，你看着他像谁？"金莺仔细看时，扭头说道："我看他很像江岸上所见的那个渔夫。"苗成把金莺拉开，低声说道："小姑娘，你看着也像他吧？事情没有这么凑巧的。我们看见他时，分明已向他的来路走去。这时他竟坐着快船，跟我们走在一路，真叫人有些疑心了！金莺道："难道他是追赶我们来的吗？"苗成道："那还说不定，我们谨慎些就是了。盼着风住了，再赶一程。"

那知道风浪是没完没休，整整刮了半日，直到傍晚时，风势稍煞。可是天到这种时候，船是不能再走了。停船的地方，更是叫人着急，没赶上码头，并且附近连村庄全看不见。还好，停在两岸的船只，在风势略小后，有四五只迎着风浪照旧开船走了，分明是有不能等待的急事。苗成想跟船家商量挪挪地方，换一个有码头的地方，也好去买些饮食菜蔬。管船的既不愿意，水手们也因为拼了半天命，说什么也不肯再走。苗成也没法子，本来在这时移动，更是说不下理去。好在附近还有别的船，只好在这里过夜。

在船上吃过晚饭之后，苗成打点金莺，叫她早早歇息。金莺也觉着坐着无聊，自己早早躺下。苗成是心里惦着事，那里睡得着？他处处拘礼，自己坐在船舱内船板上歇息着。直到二更左右，金莺业已睡熟，苗成把船舱里两面窗户全关好。风浪也止住了，自己出舱来看看，这一带一片漆黑，只有星星点点的灯火散在江岸一带。

苗成仔细看那可疑的小船，船舱灯很亮，丝毫听不出什么声息。自己想着，也许是自己对于他有些多疑。看不出什么动静来，只好转身进舱。

苗成也就是刚进来，耳中听得一片行船的声音。苗成十分疑惑，把已走进舱的腿又撤回来，站在船舱的门口，往后面查看。这时，江心竟在这危险水面上，如飞地来了一只船，船上不住的有灯笼晃动着。苗成越发不敢出声，因为这灯笼晃动，看着各别，分明是用它做一种信号。果然不出苗成所料，旁边那只小船上，也有一名水手提着一个灯笼，走到船尾上，也把灯笼连连晃动着。这一来，苗成可明白了：那来船是找他自己的船只，恐怕两下里错开，所以用他们规定好的暗号，用灯笼向自己人打招呼，这里小船好用灯笼接应来船。这种举动，绝不是商船旅客，定然是江湖道中无疑了。那来船竟自往江岸这里贴了来，和那只小船并在一处。两船上灯火全都撤去。

苗成依然在船头舱门口隐着身躯查看，他们船面全是黑暗着，新来的这只船稍大着一点，那小船上跟着有一人走进大船的舱门。苗成是干着急，想绕上岸去，到近前查看，可也是危险十分，何况自己水里头又不大明白，尤其不敢冒险行事。空看了一回，一点别的举动看不出来，不过越发地担心了：难道真个是匪党追赶下来了么？索性把船中灯灭了。金莺这时睡得很沉，苗成伏身在船舱口，静静地看着。

等了很大的时候，见由大船中走出一人，很快地窜上岸去。他竟顺着江岸往这边走来，已经到这只船的附近。他是没停留，依然往前走去。前边离着六七丈远，尚停着两只船，那人在那里略为停了一停，覆返回来，竟来到苗成停船所在。他站在岸上，向这小船不住端详了半晌，隐隐地听得他从鼻孔中哼了一声，竟自向他那自己船上走去。

苗成看着此人十分疑心，身躯高大，体格矫健。赶到他到了自己那只大船前，身躯只略微一动，已到了船头，落在船头上。那只船丝毫没有晃动，在他一到了船上，那船舱的门一开，里面似有人接他。灯光闪出来，照在他脸上。自己哎呀了声，暗叫："苗成，苗成！难道你真个遇见他？这你可不易活了。这可怎么好，人单势孤，带着这么个女孩子，叫我苗成怎么应付这个强敌！"

第八章

侦盗迹铁鹞子探庵

义仆苗成所看到的这人，像貌很像五虎断门刀彭天寿。自己当年只见过他一面，已多年没有看见他。他又深入苗疆，这些年形容像貌全变了。只是这身量和浓髯绕颊，十分像他了。

苗成越想这事越觉不好办：我们身边并没有带什么，绝不是绿林'老合'想在我们身上下手做买卖。他方才在岸上那么注意到我们这船上，绝不是没有来意。我倘若一身还可以应付他，即或不是他敌手，一死了之也就完了。老太太把千斤重担放在我身上，金莺倘有闪失，我就是死了，也难见姓商的了。宁可错了，我也要早做打算。他越想这事越可怕，现在惟有弃船逃去，就是事情弄错了，也于我无伤。

苗成打完了主意，把刀和包裹摸到手中，把包袱斜挎在肩头，轻轻地招呼金莺，慢慢地把她推醒。船舱中很黑，金莺醒来，不知什么事，问了声："谁招呼我？"苗成附耳低声说："小姑娘，不要怕！不要嚷，起来。"好在金莺是合衣而卧。苗成告诉她："旁边那只船恐怕对我们不利，我们别叫船家听见。咱们上岸去，离开此地吧，把鞋子穿上。"苗成把金莺的鞋摸在手中，叫她穿好。自己更摸了一块银子，放在床铺上作为船钱。把金莺背起来，提着刀轻轻跳上岸去，顺着江边往北走下来。回头看了看，那两只船船头上已有人影在晃动。

苗成背着金莺，如飞地逃避。虽是逃走，还得防备着惊动了本船的水手和管船的，好在船已搭着很长的跳板。到了岸上，把身形还得矮下去。因为那匪船上已经有人出来，相隔不甚远，可是既看到人家，就得提防着被他们发觉太早，自己不能脱身。不敢顺着江岸走，从江岸横穿过去，斜奔西北。

这时苗成可以说是慌不择路，深一脚浅一脚，又没有月色，只仗着星斗一点微光。可是所经过的正是一片稻田，苗成这个罪孽可就大了，脚下连泥带水，颇不得力。时时提防着，一个脚下踩不准，摔在里面，虽则淹不死，可是金莺她如何受得住？这时听得后面连响了几声呼哨，苗成是越发惊心！自己恨不得肋生双翅，逃出贼党手内。那知后面的匪党，已经有人跟随下来。苗成回头张望，虽然相隔尚远，但是自己脚下放不开步，只要被匪党瞄着一点踪迹，休想脱身。好容易穿过这段稻田，前面是一条极狭的道路，直通着一片小村庄。苗成这就错了，苗成要想躲避匪党，应该落荒逃走。那知这一奔小村，竟给自己招出祸来。好容易奔到这小村口，引来一阵犬吠声。这种东西最讨厌，只要有一只出声一叫，就把附近的犬全都惊动到了，没完没休，狂叫起来。苗成那还敢贴近这小村庄，绕着这小村的西边，想着先把这小村子绕过去，或者也可以避开匪党的追赶。才绕到小村庄一半，呼哨声相隔也就是一箭地了，突然听得身后有人高声喝喊："你还往那里走？"苗成背着金莺拼命地狂奔。前面正有一片小林子绕过，苗成遂穿入这树林中。

自己回身查看时，所追来的共有三个匪党。苗成一看这种情形，恐怕要脱不过匪徒手去。幸而这时所追来的匪徒们，尽力在小村的屋顶搜寻。村中的犬吠声越叫越厉害。苗成仔细查看了眼前这路，只见从树林这往正西下去，形如白练的一股子小道，可以顺着这条小道穿越一片片的水田。自己不敢尽自耽搁，顺着这条小道往下逃来。后面那犬吠声依然可闻，可是走出半里多路，苗成哎哟一声：可糟了！原来前面已然是绝地，一道小河阻路，自己又不明水性，这如何能闯了过去？沿着这条小河河边，往西北找寻道路，绕出有半里多路，依然没有一点可以脱身的地方。苗成此时急得几乎要疯狂了，可是背后匪党大约也看见苗成的踪迹，已经有两个匪徒纵跃如飞，扑了过来。苗成咬牙切齿道："命该如此，这里就是我葬身之地了！"遂把金莺放在地上，把那口鬼头刀一摆，喝声："贼子们赶尽杀绝，你苗老子就是不信这个！"

两个匪徒往前一纵，一个是单刀，一个是七节鞭，口中喝骂着。他们是刀鞭齐上，向苗成猛扑，还是个个下毒手。苗成此时身临绝地，自知今夜恐怕不易逃生。他这口鬼头刀上下翻飞，崩，扎，窝，挑，扇，砍，劈，剁，拼死命来对付两个匪徒。那金莺吓得躲身河边，浑身战抖。动手到十几回合，那个使单刀的人竟被苗成把他的刀磕飞了。苗成一脚端中他的后胯，那人滚入了小河内。这个使七节鞭的手底下非常紧滑，苗成拼命对付，可是身上已经被七节鞭扫伤了两处。苗成稍一失神，厚背鬼头刀被他的七节鞭给捋住。苗成此时只有猛然把鬼头刀一松手，这匪徒七节鞭用力过猛，刀给夺过去。可是苗成一个斜身侧步，偏脚猛端，竟兜在这匪徒的迎面骨上。把这匪徒端出三四步去，倒在地上。

苗成赶紧纵身，把自己的刀抓到手中，翻身一纵，想把金莺抱起，赶紧逃生。那知黑影中飞纵过一个匪徒，人到刀到，向苗成背上劈来。苗成就听得背后风声，翻身招架是来不及了。可是倘若急于撤身，这一刀定然要把金莺劈死。只有稍一斜身，倒甩鬼头刀，翻挑来人的小腹。就这样，那匪徒刀尖已早剁在苗成的背上，幸而苗成的鬼头刀翻出得快，来人急于拆他这一招，刀往回下带，往下劈，算是把砍苗成这一刀的力卸了。要不然，苗成非得当时丧命不可。就这样，苗成已经伤得很重。转身跟这匪徒动手，自己负伤之下，手底下颇欠灵活，勉强应付。可是来人这口刀十分厉害，苗成就是不受伤，已够对付的，此时可实有些对敌不住了。竟在这时，猛然又赶到一个匪徒，如鹰拿燕雀一般，把金莺抓到手中，挟到肋下，却喝了声："不知死的匹夫，我看你挣扎几时！"

这苗成一见金莺被劫，急怒之间，身上又连受了两处刀伤。只是金莺被劫，自道"还活个什么劲！"猛往起一纵身，扑了过去，甩刀向掳劫金莺的匪徒的背后戳去，势疾力猛。那匪徒因为有同党绊住了他，绝不提防人到刀到，再想闪避，已经有些晚了。苗成的刀斜着从匪徒的脊背偏右划过去，这匪徒左臂下挟着金莺，背后一受伤，一旋身，用刀向苗成扫砍了来。苗成往左一拧身，一提刀，刀光向下往外一封，呛啷一声，火星四溅。苗成才待反腕子往外托时，那知背后一股子劲风扑到。苗成撤刀一翻身，接架来人，却稍慢了一点，一把锋利的尖刀已戳向苗成的左乳上。

这一下要是扎正了，苗成那还会活得了！仗着已经把身躯转过来，掌中的鬼头刀往上一撩，竟自把这匪徒的尖刀给磕飞出去。可是苗成这次的刀伤，可够重的了，竟把左乳上用刀尖给豁了一道血槽。苗成这种义烈生成的铁胆忠心，只要气不断，是不肯丢手。"嘿"的一声，左脚一顿，"噗"的一脚，把这个使尖刀的匪徒踹得一溜翻滚。可是双拳难敌四手，好汉架不住人多，任凭苗成怎样能够忍痛拼斗，也架不住匪党过多。只这一刹那间，脑后刀风又到，苗成一个"鹞子倒翻飞"，竟自闪身献刀封闭。可是这来的匪徒手法太快了，这把刀已到了脖项上。苗成这时，只有落个身首异处。

眼看此刀就要砍上，迎面疾如飞草地落下一人。左脚才一点着地，右脚已飞出，"噗"的一只右脚整按在苗成的胸膛上。这来人好厉害的功夫，他竟能在这刹那之间，脚上腿上的力量收启自如。苗成空有一身武勇，手中还有刀，竟不能救护自己。砍苗成的刀到，迎面敌人的脚也踹上，这是间不容发的一刹那，不差毫厘。苗成被这人脚往下一沉，往外一登，可是那砍苗成的刀已早砍到。不过被迎面敌人这一脚，才把苗成的命留下了，这把锋利的刀刃从苗成的左额角削上。苗成仰面倒去，血把脸全洗了，耳中竟还听得有人喝声："丑鬼！你居然还活到今日，我再见着你这丑鬼。你寄语罗刹女，教她早作主张。我们的事不能留待来世，这就是清算之时……"这时苗成额上砍伤流血过多，已有些支持不住。此人还说些什么，自己已经听不清了，竟自晕了过去。

过了一个时辰，才缓醒过来。苗成看了看天空，自己竟还活在世上，挣扎着坐起。只是伤痕作痛，紧咬着牙关，往四下里看了看。黑沉沉的，匪党们早全走得无影无踪。自己那把刀还在一旁扔着，闪着青光。苗成想到：自己反不如一刀被匪党们了结了，倒觉干净。自己临出来时，老太太和少主母是怎样的托付，为是商氏门中存一线血脉。自己空具忠诚报主之心，反倒亲手把她断送了。我有何面目再见他们？自己越想这事，越觉愧悔无地。金莺这个小姑娘掳劫到匪徒手内，不容易再活下去了。主人待我恩深义重，我从天南拼着这个血肉之躯跟随着他们，日夜地盼望着主人养足了锐气，重返天南，恢复当年的事业。我想报他们的恩，现在可好了，我这才算'报恩'了。苗成此时几乎要疯狂了，只有想到不能再活下去。把自己的厚背鬼头刀拾起来，看了看这把刀，跟随自己二十年来，虽是随着主人隐迹绿云村，用不着它了，可是依然舍不得放弃它。天天在磨拭它，舞动它，想不到今夜自己要和这老伙伴同归于尽了。苗成叫了一声："主母，你还想着我苗成已安抵乐天村，你又那知道我……我……我……"

苗成当啷的把厚背鬼头刀扔在地上，恨声自言自语道："苗成，苗成，你竟要一误再误！你死有什么用，好糊涂啊！贼子们既把你这条命留下，你还不拼死赶回绿云村，设法搭救金莺，等什么！你以一命相殉，又值得什么？何况还有铁鹞子雍非相助。他们才把金莺掳劫到手，定然还隐迹潇湘一带，不要错了主意了。"苗成又把刀拾起来。自己想着仍回到江岸那里，和船家说明出事的情形，求他帮着赶回原地。

苗成带着这么重的伤，此时简直是忘了痛苦，辨着方向，找到江岸。这一来把苗成恨死，不仅那只匪船是没有了，自己那只船也不知去向。并且可怪的是，连相隔不远的邻船，也不知什么原故，竟自会挪了地方，不知去向。苗成知道这全是匪党弄的手脚，自己痛恨之余，反而哈哈狂笑了一阵，只是震得伤痕如同利刀划着那么痛楚。自己恨声说道："好个狠心辣手的匪党，你们真能使手段！只是你也错了，何必费这个事，把我苗成一刀结果了，那岂不任凭你们为所欲为？你留了我老苗这条命，你就等着吧。我只要有三寸气在，没有船当了什么，我没死还能走呢！"苗成痛恨之下，再也不作别的打算。好在只有四十多里路，自己还拼得了。

苗成此时心中，只有一个主人，一个金莺小姑娘，把自己一身全忘了，他竟沿着江岸奔驰下来。毕竟他不是铁打的，跑出十几里来，脚下一个踩不准，摔在地上。更碰着了身上的伤，苗成晕了过去。但是他心不死，有未了的事，很快地醒转来。拼命挣起，看了看滔滔的江水，仰天嚷了两声，自己恨声说道："我不回到绿云村，我死得了么？天啊，给我苗成多活一刻吧！"此时苗成全身的血沸腾起来，顺着江岸尽力地狂奔。这是深夜荒江，再不会碰见行人，真若是有人看见他，也得活活吓死。他这时一身泥土，血迹模糊，那把刀无论如何他是不肯撒手。他这时的知觉简直可以说是没有了，幸而是顺着江岸走，方向不会差了。有的地方，虽也有客船在停泊着，听见他不时怪叫的声音，谁还敢出来看他！苗成以死报主，这种壮气，足以惊鬼神而泣天地。也可以说是冥冥中颇像有鬼神佑护他，几次他已经摔倒在江边上，但是总没把他掉下水去。他竟赶到绿云村，拼着命地从大门那里逃进院来。但是这里正在和匪徒拼斗着，苗成这一到了家，看见了自己的人，再也支持不住，摔在地上，死了过去。这是他经过的大致情形，苗成喘喘吁吁，把自己所记得所知道的说了这一番。罗刹女叶青莺已经泣不成声，一边是痛恨五虎断门刀彭天寿手段太以毒辣，一方面是疼这苗成舍身报主，落到这种情形，叫人看着太惨了！

铁剑先生展翼霄也不住连连叹息。铁鹞子雍非也被苗成这种杀身成仁，舍生取义，感动得眼角渗出泪水来。铁剑先生凄然说道："苗成，你这种行为，天地若有正义在，绝不会叫你落到不可救的地步。这不是我故意地安慰你，这是理所必然。你把心放宽了，我展翼霄保你的命在。你当时若毁在匪党手中，落个杀身报主，你虽是个江湖客，你的死后英名也能流芳千古。可是你留得这条命在，这可比你当时死了值得多了，你能回来，这是最难得的事。不过这种情形，你居然能赶回绿云村，这是一般成名的英雄、露脸的好汉做不到的事，你竟会做到了！我展翼霄从苗疆上数千里赶到潇湘，我算是不虚此行。事尚可为，不至于说一败涂地。苗成，这件事我要身受到底。我不是为你这老主人，也不是为天龙剑商和，我情愿把我四十年铁剑先生威名葬送在潇湘，我只为你苗成一人！我老头子卖命拼死，任凭怎样结果我全甘心，你还不放心么？"

那苗成听见铁剑先生这番慷慨激昂的话，感激得痛泪交流，用低微的声音说道："老侠客，你这么说，更叫我愧死了！我不能保全金莺小姑娘，我生死都对不过我主人了。"罗刹女叶青鸾悲声说道："苗成，你再说这些话，叫我难过死了，不许你再这样说！"铁鹞子雍非拉着苗成的手说道："好朋友，你安心养伤。金莺这孩子好在年岁尚小，彭天寿这匹夫把这孩子劫了去，谅他不至于就下毒手。他敢伤损这么个小女孩子，不要说我们不能容他，江湖道中绝没有再肯容他的了。我铁鹞子雍非也要凭我所学所能，和老匹夫一决雌雄。我也当面许下过金莺小姑娘，我已经答应她，要亲自到石城山乐天村接她回来。现在事情虽出了变化，但是我雍老二要实践把她接回来的前言，我要从彭天寿老匹夫手中把金莺要回来。事或不成，我雍非不再想回天南了。"

铁剑先生展翼霄微然一笑，向铁鹞子雍非道："雍老二，原来你许下愿，这你可还愿吧。这回我看你这铁鹞子弄不好，就许被人家用火化了，连你这把骨头全别想回来了。"铁鹞子雍非苦笑了一声道："老前辈，你不要笑我，连你也是一样，我看我们全要扔在这里了。"展翼霄忽然大声狂笑了一阵道："四十年来流落江湖，四海为家，还没找着块净土！把我这把老骨头和我这把铁剑埋骨潇湘，这种清流静地，我拿它当我的家乡了，我还想回天南做甚么？雍老二，士为知己者死，现在到了你我卖命之时，我们还不卖命等什么？"

铁鹞子雍非道："雍老二言而有信，绝没有含糊，不过……"说到这"不过"二字，顿了顿。铁剑先生道："这里不用卖文章，不过什么？现在没有商量余地，我展翼霄打定了主意，我要和彭天寿老儿同归于尽。"铁鹞子雍非道："我想彭天寿此次来得这么快，下手这么厉害，我恐怕他还约了能人来。这种举动不是他们一两人能做的。"铁剑先生点了点头，嗯了一声道："我也这么想了。据我看，这群万恶狂徒只怕离我们不远。只在这绿云村附近一带，定有他们潜踪隐迹之地，我们倒要仔细搜寻他一下。"铁鹞子雍非道："老前辈所想的大致不差，只怕是在我们四周已经密布着党羽。我们一举一动，全要落在他们眼中。"罗刹女叶青鸾一旁说道："苗成的踪迹被他们侦得，这种情形十分可疑。不过附近一带除了那江边古塔，岸上的竹林，这绿云村中没有他潜踪匿迹之地，他隐藏在那里呢？"铁剑先生道："我们不必猜测，天明后我们仔细排搜一下，真相自明。我看他还逃不出我们眼下去，我们少时再说吧。"铁剑先生展翼霄又给苗成敷了一次药。

这时天已快亮了，晨鸡报晓，从后面绿云村那一带传了过来。罗刹女叶青鸾道："天已快亮了，老侠客，雍二侠，你全劳累通宵，请到竹楼上歇息片刻吧。"铁剑先生道："好吧，我们到竹楼上去计议。"罗刹女叶青鸾安慰着苗成道："不必再悲伤，难道有展老侠客替我们主持，你还有什么不放心？"苗成点点头。罗刹女叶青鸾遂陪着铁剑先生和雍非一同来到竹楼下。

叶青鸾飞身蹿上竹楼，先把里面灯点着了。铁剑先生和雍非也先后翻上楼栏杆内，一同走进屋中。铁剑先生跟铁鹞子雍非落坐之后，罗刹女叶青鸾向铁剑先生道："这件事情不能尽自瞒着，我看还是早早告诉玉蟾，叫她也好放心。"说到这里，哎了一声道，"说什么放心！这件事告诉了她，定要把我那苦命儿媳难过死了。"铁剑先生慨然答道："事已至此，无可如何。她是个很明白的人，不会不往大处着眼。最要紧的，千万不要叫商和知道了，他这病后的身躯，可禁不住再听见这种事。"罗刹女叶青鸾点点头，跟着说道："这件事我们似乎要赶紧下手，迟则生变，只是这种大海捞针，应该怎样下手？我方寸已乱，展师兄有什么主张，再不要和我客气了。"

铁剑先生答道："这件事从长计议，匹夫们下手太毒，并且羽党众多，我们既要伸手，就得跟寻到他们的踪迹。我们要把这孩子救回来，就得以全力对付他。现在应该怎样下手，我还不敢确定。请你去到后面，把少夫人唤过来，叫她照应苗成。你对于苗成身上自管放心，他再不会有危险了，将养几日即可脱离危险。我和雍老二少时出去，要勘察一番，我不信彭天寿他会离开绿云村。这里就说是没有他的巢穴，我们附近也有他的羽党潜伏着，我不信搜不出他的踪迹来。"罗刹女叶青鸾遂也接着说道："一切事请师兄替我主张吧，现在别无其他的打算。几时和五虎断门刀彭天寿再会上，只凭我一只铁拐杖，一槽五云捧日摄魂钉，和他拼个死活吧。"铁剑先生展翼霄微微笑道："你不要忙！不要说是你这主人翁，就连我和雍老二，这次大约也得跟这一般匪党见个水落石出。请你到后面去吧，你我是武林道义之交，用不着客气的。"罗刹女叶青鸾遂告辞，下竹楼奔后面。

罗刹女出去之后，铁鹞子雍非向铁剑先生道："这件事非常扎手，这次以一个曾经名震西川的罗刹女，全有些认败服输了。老前辈，我雍非是直爽人说直爽话，金莺这孩子落在彭天寿手中，我们可不能含糊。咱们大话说在头里，要不能把这孩子救回来，我们可对不起自己了。"铁剑先生一声狂笑，遂看了看雍非，说道："雍老二，你敢这么藐视我吗？你知道我掌中铁剑，游侠四十年，用过它几次？这回我已经打定主意，要把这柄铁剑留在这儿，看看彭天寿他的血，是不是能够一饱我的铁剑？言尽于此，你还敢疑心我么？"铁鹞子雍非冷笑道："但愿如此，我愿意跟老前辈一同埋骨潇湘，咱们落个同归于尽，这总对得起自己了吧？"铁剑先生展翼霄哈哈大笑道："雍老二，你这种打算颇合我意，咱们就这么办了。"

这时，柳玉蟾已经满面泪痕从竹楼下走上来，进得屋中，向铁剑先生跟铁鹞子雍非万福一拜道："我们家门不幸，逆事重重，一波未平，一波又起，金莺这女孩子落在了彭天寿手中。她若是男孩子，纵是商氏落个宗祧斩断，那也没什么。不论她年岁多大，终归

149

是个女孩子，不能把她救回来，我一家人有何面目活在人间！苗成忠心护主，以死报主，在天南已经九死一生。如今又遭了这场大祸，倘若他有个三长两短，我们一家人至死也对不起他了。雍二侠和老前辈既然是顾念江湖道义，慷慨帮忙，已救了商和性命。听我婆母说，苗成能够暂保不死，也是出于展老前辈之赐，恩同再造，叫我们没法子答报了。不过我现在有不近人情的请求，还望老前辈担待。无论如何，要望老前辈伸手，把金莺这孩子给我救回来。不止是我们活着的至死不忘，就是我商氏死在九泉的祖先，也感恩不尽了！"柳玉蟾说到这，眼泪像断线珍珠一样，止不住流了下来。

铁剑先生竟自站起，长叹了一声，向柳玉蟾说道："夫人，你这话说得可过远了。我与你婆母是武林道义之交，更兼南海渔人十分关切。我们既赶到潇湘，是为什么来的？现在我和雍老二到了绿云村，彭天寿老匹夫还敢下这样毒手，我们要不和他见个生死胜负，四十年游侠江湖，我们还有面目再见武林同道么？方才和雍老二已经打算好，我们已经不想再回去了。这场事不是你姓商的事，是我展翼霄自己的事。从此时起，连你婆母也算上，不能再和我说客气话。我们情愿和彭天寿老匹夫弄个两败俱伤、同归于尽，倒显着干净。你只安心地照顾着苗成，他的情形可比商和厉害。他已经几乎把气血耗尽，虽然死不了，可是他一时半时恢复不了原状。既知道感他以死相报之恩，你要好好照应他。商和面前千万留些意，不要叫他知道。"柳玉蟾点点头，跟着下楼去，先到厨房中安排饮食，照顾着苗成、铁剑先生以及雍二侠。

铁剑先生和雍非在辰时过后，一同出了家门，走向江边，在江岸上很消闲地赏玩着江景。这两人此时那还有这种心情，其实是在暗中侦查匪党的来踪去迹。只是在江边转了一周，看不出一点形迹来。铁鹞子雍非向展大侠说道："我们还是向绿云村中走走吧。"两人遂从江边转回来，从竹林前过来，直奔绿云村口。

前文已经说过，天龙剑商和被暗算的地方，是在绿云村前，离着村口还有数箭地。铁剑先生跟雍非缓步地走过来，离着村口还有半箭地。这时正在早晨，村中的男女出入不断。可是雍非瞥见一人，从绿云村左边对面一片桑林中出来，也就是商和所住的房后一带。他穿着一身短衣，两支裤官卷得很高，光着脚穿一双草鞋，肩头背着二尺多高竹篓，头上戴着一个竹笠。低着头，从桑林中出来，匆匆的像是种地农人。只是雍非对于他脚下所穿的草鞋有些疑心。虽然离着远，看不十分真切，但是雍非的目光锐利，在一瞥之间，分明看出他所穿草鞋，不是湖南省所有的，样式和绑扎的法子全不一样。不过对于这种疑心的事，绝不能立时追赶了去。因为村中出入的人很多，那一来太露形踪了。一边往前走着，他把这情形却说与了铁剑先生。铁剑先生也认为这人情形竟有可疑之处，遂和雍非脚下略快着一点，追进了村口。

只是那人也不知走向了那里。对于这人疑心，却不好向别人探问。铁剑先生和雍非这种形状，反而让村中男女十分注意起来。因为这绿云村轻易见不着这么衣冠楚楚的人，何况铁剑先生这种像貌惊人，雍二侠的形容同样古怪。雍非一看这种情形，遂向站在村口里一个农人模样的人问道："借光，跟你打听一点事。才进村口那个背竹篓的，他往那里去了？我们稍慢了几步，竟找不着他了。"那农人听了雍非的话，微摇了摇头道："不知道他往那里去了，大约是路过这里吧。我们村中没有这么个人，我倒是看见他面生得很。"雍非一听这种情形，认定了疑心的绝不会差，大约这人有毛病。他向这农人客气了一声，向铁剑先生道："给我们领路，倒把我们扔下不管了。我看他一定是从村子的南口出去了，咱们索性紧赶他。"雍非说这话，是故意的给那农人听，免得他起疑心。铁剑先生信口答应着，全是脚下加紧，往南村口追了来。

这一路上，见绿云村所住的男男女女，全是十分和善。不时地从这住家中，发出来木机织布之声，绝不像有为非作恶的人所能隐迹的地方。渐渐已到了南村口，依然没有那个渔夫踪迹。铁鹞子雍非见左右无人，恨声说道："我们来到潇湘，怎么事情处处这么扎手？莫非我们遇到的对手，手段全比我们高么？我雍老二就是不信！"铁剑先生此时一语不发，站在南村口，倒背着手，往村口外一带仔细地察看。只见出了南村口，远远的二三里外，有一片小山。林木不多，并且也不是正式的山岭，只是隆起的山脉；往左右看去，远远的也有小村落，可是农田多，林木少。从北村口进来，虽是雍非向农夫探问那人行踪，也只是几句话的工夫，并没有多大耽搁。那人要是走向村外，他不会有这么快脚程，立刻就能出去一二里地。

铁剑先生对于雍非的话也不回答，转身向村口东边转过来。雍非也跟在身旁，他这时是十分忿怒。铁剑先生头里走着，这是绕着村外往东。转过不远来，前面有一片桑树围绕着一段红墙。铁剑先生站住了，远远地仔细打量。这座庙并不大，大约只有两进房，非常的幽静。虽然没离开绿云村，可和村中隔断开，孤零零被桑树林环绕着。铁剑先生向雍非道："你看，好个清修之地！"雍非心里正想着事，并没答铁剑先生的话。铁剑先生一边说着，一边往前走去。

雍非低声招呼道："展老师，你先别走，怎么我从树隙中看到庙门那里，明明是有一个人已经要走出来，突然退了回去。他定是看见我们，有躲避之意。"铁剑先生微微一笑道："不要大惊小怪，一个佛门善地，还能有什么为非作恶之人么？何况这座庙又是建筑在绿云村，这村中所看到的全是安善良民，我们不必多疑。庵观寺院是十方施主布施的地方，任人可以去得。你既疑心，我们何妨进去瞻仰瞻仰，这座庙是僧是道。"铁鹞子雍非正是这种心意，遂和铁剑先生一同走到庙前。

赶到进了这片桑林，看见庙门，铁剑先生就怔住了。扭头向雍非道："原来是个尼庵，这我们可不能进去了。"雍非也看见，门头上是"白衣庵"三字，两扇朱红门紧紧地闭着。雍非更加诧异，低声向铁剑先生道："展老师，这情形可不对。虽然围着树林，我看得真真切切。方才要出来的那人，分明是个很年轻的男子。女尼清修之地，岂能再有男人在这里？他若是烧香的香客，也倒可以说得下去。进庵拜师是一种正大光明的事，他藏藏躲躲，为的是甚么？"铁剑先生微把头摇了摇，向雍非道："这就难说了，有那不

守清规的女尼，她们一样的污辱佛门，藏垢纳污，这不是什么轻易见不到的事。这种地方更不是我们涉足之地，还是打算咱的主意吧。"铁鹞子雍非道："我倒不那么想，恐怕这里万一和我们有什么牵连，岂能轻轻放过他去？我不进去看看，我的心不死。展老师，你别忘了，这是在绿云村，我们那能不仔细一下。"铁剑先生打量了这座白衣庵一眼，点点头道："也好，你去叫门。好在我们这般年岁，没有多大嫌疑。"

雍非遂走到庙门前叩门，招呼了半天，里面才有人答应，果然是个男子的声音。他并不开门，隔着门说道："那位施主叫门？我们庵主应佛事去了，庙中没有人，请你们改日再来。"雍非忙答道："你们当家的不在庙中，也没有什么妨碍。我们是有愿心，逢山朝山，遇庙拜庙。我们既来到白衣庵，那有见佛不拜之理！快开门吧。"雍非说这话时，声势上非常严厉，明告诉他，不叫我们进去不行。里边略沉了一沉，把门开了，见开门的竟是一个俗家中年的汉子，眉目长得非常凶恶。这时，他可是满脸陪笑，向雍非和铁剑先生看了看道："二位既有愿心，我们那好阻拦？庵观寺院是十方善士布施之地，那好禁止人不叫进来？我在这庵中当了一名伙计，帮着收拾打扫，给香客照料。现在我们当家的没在庙里，一切事我可不敢做主，这可得求施主多担待一二。"铁鹞子雍非含笑点点头道："我们还能那么不尽人情么？我们烧完香就走。"庵中这人仍然把山门关上，引领着铁剑先生和雍非往里走来，直奔迎面的大殿。

第九章

具肝胆双侠访盗薮

那名自称是伙工道的走在头里，把正殿的隔扇门推开。铁剑先生和雍非走进正中，见这里迎面供着释迦佛，殿里边收拾得干干净净。雍非那里为的是烧香，这种事他历来是不肯办的。此时可就无法了，供案桌上有现成的香，雍非只好在神前烧了一束香。站了起来，向这伙工道说道："这座庙地方占地不小呢。"那伙工道说道："没有多大地方，好在这庙中也没有多少尼僧，只有老当家的师徒二人。有施主们布施的田产，倒足可以够她师徒吃的了。"铁鹞子雍非向他说道："一事不烦二主，索性请你带领我们到后面看看。"

那伙工道颇有些不痛快的神色，只是口中没说出来，只得领着这两人往后走。转过大殿，二层殿是观音殿，供着南海观音大士，这座佛像非常的庄严。雍非可再不肯烧香叩头，在殿中站了站，来到月台上。见东西各有一道小门，向这伙工道问道："这东边院内，还有什么神位？"一边说着就往下走。那伙工道忙拉着道："施主，你这么办可不行！我已经跟你说在头里，我们当家没在，那好随便的领人进去，我们可实在担不起！"雍非看了看他，笑了笑，说道："你也太心眼子小了！当家的不在庙中，我们那能够随便地往人家屋中闯。"雍非嘴里说着，可是仍奔那道角门走来。

铁剑先生一语不发，只有跟在一旁，暗察庙中的情形。那名伙工道神色有些慌张。雍非走到那小门前，略一停步，竟往后走去。二层殿的后面并没有什么了，只有一片空地，也种着不少的桑树，有两座砖盖成的七八尺高浮屠。雍非看了看，立刻转身回来，向这

155

伙工道问道："你们当家的几时回来？我们很愿意拜望拜望她。"那名伙工道说道："不敢当！我们老当家的差不多在这一带全熟了，常常被施主们留住，给施主们讲些因果报应之理。她回来是没有一定的时候。"铁鹞子雍非摸了摸囊中，用手取出一小块银子，交给伙工道，向他说道："我们这种香客，就是这一点意思，给佛前添些灯油吧。"那伙工道接过去，谢了谢。

铁鹞子雍非向铁剑先生看了一眼，转身往外走，对于庙中丝毫没有留恋之意。那伙工道紧紧跟随，直送到山门，他只略微的一客气，赶紧把山门关闭。雍非一句话不说，紧着往前走，离开这片桑林，向铁剑先生道："怎么样，雍老二有点鬼门道吧？展老师，你看出可疑之处么？"铁剑先生点头道："不错，可疑之处正多。她这一个女尼的尼庵，竟用一个年轻的伙工道，这是于理不合的事。那东跨院门里，靠那禅堂的门口以及台阶上、地上，抛弃着许多果实的皮核，并且还有些鸡骨、鱼骨之类。一个清修老尼若是这样不安分，绝非善类，不问可知。不过这情形不对。他既说他们当家的应佛事去了，地上所抛弃的分明是才扔在地上不多时。出入必走的地方，竟会没被践踏了，很显然禅房中有人。地方的风俗不同，情理则一样。这种农村的地方，若是有这种不守清规的女尼，谁也不愿意再容留她，早就把她赶跑了。这种情形，我看必有别的原因。雍老二，依你怎样办？"铁鹞子雍非道："这种情形，我看着恐怕跟彭天寿老匹夫实有牵连，我们回去问问就知道了。罗刹女在这里住了多年，白衣庵的情形，她不会不知。可是这样说起来，难道贼子们就敢那么无法无天，任意作恶么？我们倒要见个水落石出。据我看，今晚无论如何，也要详细地侦察它一番。"铁剑先生点点头，答道："我也认为必须这么办。"一边往前走着，已把这绿云村转了半周。

他们才从商和所住的宅中的东边转过来，铁剑先生见离开有十几丈外，一片树林中似有人影一晃。铁剑先生故意装做没看见，依然和雍非闲谈着。走到商和门前，雍非伸手叫门，柳玉蟾出来开门，迎接进去。铁剑先生向苗成屋中转了一周，见他情况很好，谅不至再生意外，遂回到竹楼上。罗刹女叶青鸾也从后面出来，见展大侠跟雍非已然回来，遂来到竹楼上，向两人道了辛苦，问他们两人出去是否有所见。

铁剑先生道："绿云村边那座白衣庵里面有多少尼僧？"罗刹女叶青鸾道："那是一个老尼姑带着一个女徒弟，在那里苦渡清修。庵主名叫净修，她那徒弟名叫玄贞。尚有一个又绝又寡的老婆子，帮着她师徒烧饭，收拾佛堂。这师徒性情全十分古怪，落落难合，任凭谁也和她们师徒说不进话去。这座白衣庵虽是这绿云村修盖的，单有十几亩地，也不是什么好土地，只种着些竹子，每年没有多大进益。她这庵中，更不靠着香火来供养。师徒二人只是自食其力，织些土绢，换些钱做她庙中食用。所以那白衣庵轻易不开庙门，只有每年菩萨诞辰和新年正月开两次庙门，教村中人进去烧香还愿。平日间和村中就没有来往。展师兄，怎么想起问它来？"铁剑先生道："这一说起来，只怕是我们多事，这里面定有文章了！"遂把适才所见的情形说与了罗刹女叶青鸾。叶青鸾听到这种情形，痛恨十分，向铁剑先生道："贼党们要是真个对于这种清修苦渡的佛门弟子，有了那恶意的举动，他们也太造孽了！"铁鹞子雍非道："贼子们现在还管什么作孽报应？既是这样，今夜我倒要看看，他们究竟是用的什么手段！"罗刹女叶青鸾道："既有这种可疑的情形，再不能轻轻放过。我们必须赶紧下手，只是这白衣庵若真个被他们占据，可怜那净修老尼就危险了。"铁鹞子雍非道："据我看，彭天寿的一般党羽要拿这白衣庵做他们临时巢穴。好在今夜我就能看看，他们是否真有这个胆量。"

这一天安然无事。到了晚间，铁鹞子雍非早早地收拾利落。铁剑先生还要跟他一同去，可是他却向铁剑先生道："展老师，你不必和我争功，这件事我一人尚可以办出个眉目来。"铁剑先生道："雍非，你去尽管去，只是你可不能起轻敌之心，对手的人可全是江湖中扎手人物。"雍非含笑说道："尽请放心，雍老二不办那种傻事，静听我的一报吧。"他立刻走出竹楼门，翻下房去，一耸身蹿上了东房，纵越如飞，扑奔那白衣庵。

虽然天色不甚晚，这种农村中依然处处守着古风，日出而作，日入而息，他们这时早入了睡乡。绿云村一片黑沉，毫无人迹。雍非好在轻车熟路，绕着绿云村东边，一直扑奔白衣庵。来到桑树林前，从这里一望白衣庵，拥起一片灯火之光。铁鹞子雍非竭力留神着，恐怕在附近一带埋伏着人。绕到西边庙墙下，微一耸身，已到了墙头。仔细一看，山门内大殿前一带黑沉沉，这里没有人。铁鹞子雍非施展开轻功绝技，不往墙下落，脚下用力一点墙头，腾身飞纵过去，落在了大殿的后坡。赶紧伏下身去，只见这二层殿院中，似有许多灯火，不过没看见一个人。心中纳闷，细打量下面。在迎面月台上，隔扇门上插着四盏灯笼，隔扇门虚掩着，里面可也有灯光。

雍非心里一盘算：白天看到最可疑的地方，就是那东边禅房。我得到那里看看，就可以知道究竟了。遂从大殿后坡，翻到二层殿的东配房。才绕过往东去的那段箭道，刚要往下飘身，突然间从那东禅房院内走出两人。他们不往前边来，竟向后面转去，可是从后看去，一片黑暗。这两人也没拿灯笼，一个提着一只小竹篮，一个提着一只铁罐，一边走着一边叨念着。铁鹞子雍非遂跟踪过来，要看看他两人是奔什么地方去。自己从房上紧随在后面，听那提竹篮子的说道："这才是无故自找麻烦。真是入了佛门，立刻要行善事了，留着这种东西有什么用？我看弄不好就落个慈悲生后患。"那个提铁罐子道："谁说不是呢，万一被她们逃出一个去，离着这么近，这里还想再立足么？他们的事没法子说，咱们一个当小卒的，管得了人家么？这种主儿，不论什么事，全是得碰着钉子才算数儿。据我看，跟姓商的这场事，还不定怎么样呢。"

两人这么说着话，往西一拐。雍非也紧跟过来，见这后面离开不远，就是这白衣庵的后墙了。靠西墙下有两间很小的房子，那情形破旧不堪。有一间从门窗上透出一点灯光来，那门口有一个人来回走着。这两人到了近前，招呼了声："老韩，我们又送牢食来了，反正这回事是有哭有乐。韩爷你算是满痛快了，我们好几千里跑出来，到这里当小跑来了。"站在小屋门口那人却答道："陆师父，你可别拿我韩老四垫牙，谁愿意在这里管这闲账才怪呢，还不把人气死！你说收拾她们吧，他们全是女流，凭咱们好哥们办的是人物事，那有那种工夫跟她们呕气。可是那个老贼秃万不是东西，好像她要成佛作祖。你问她什么，她没有痛痛快快答应你的，这不是怪了么？依着我，把这两间牢房子放火一烧，火化了她就完了。那个小姑子尤其可恶！没听说过姑子庙里要盖贞节牌坊，你往她眼前一凑，其实和她们说好话，她非躲出五尺去不成。还有那老不死的，跑到姑子庙混充数，整天嘴里不是救苦救难，就是活菩萨。真是那么有灵验，就该立刻把她们全渡走，也给好朋友省点事。我一听她嘴里胡念道，恨不得给她一刀解恨，你这拿我开口呢。"这两个送饭的匪徒哈哈笑了起来，两人一边笑着，一边走进屋中。

铁鹞子雍非一看时机已到，不下手等待何时？立刻腾身飞纵，从黑影中到了这两间屋的南墙角。随手在地上摸了一块土块，抖手向北边的后墙投去。把守门口的这个姓韩的，紧往北走，查看响声的工夫，铁鹞子雍非飞身而进，轻灵巧快的身躯扑到他背后。这匪徒才觉出身后有人，他猛然一翻身，铁鹞子雍非骈右手食中二指，向这匪徒的华盖穴猛点了一下。这人连嚷全没嚷出来，只哼了一声，已经晕厥过去，身躯往后倒去。铁鹞子雍非伸手把他抓住，轻轻提起，把他放在了北墙下黑影中。

自己翻身转回来，到了小屋门口，听得里面说话声音十分可恶。铁鹞子雍非从窗上原有破纸洞往里看。这屋中想是久没有人住，只有一张破八仙桌，已经要跛了，架在墙边。桌子右边放着一条木凳，那木凳上坐着一个老尼姑，她身旁尚有一个老迈龙钟的妇人。那老尼姑眼皮也不抬，手里拿着一挂念珠，正在手中拈着。见她唇角不住地动着，想是正在念着经卷。可是再看西边两个送饭的人，把他所提来的东西放在地上。有一个年轻的尼姑，看那情形不过二十岁，虽则是剃光了秃头，但是眉目十分俊秀。那个送饭的匪徒，却已把她挤到墙角，那里再也无法躲闪。

那匪徒却嬉笑着说道："小师父，你别糊涂着，我们是可怜你年轻轻地落在这里，这一辈子就算白来。修仙成佛，那叫骗人，一个姑娘家把一个青春白断送在这里，岂不冤枉你？顺情理地问你什么答什么，没有你的不好，只有你的便宜。小师父，你今年十几岁了？"这时，那年轻尼姑突然一抬头，厉声喝斥道："你少跟我胡言乱语！你敢信口胡说，你那可叫逼迫我。我自己知道罪孽重，落在这步上，我认了命。我不修今生还修来世呢！我这种苦命的人，请你们多积德，别再逼迫我了。"那个提铁罐的匪徒年岁很轻，却冷笑着说道："我们好心好意地想保全你，你却这么对待我们。你可知道你师徒的性命，全在我们手心里呢。知机识趣，自己放明白些。你若这么一点不懂面子，你可知道二太爷们历来是没跟人家动过好言好语，杀了你们毫不费事。你别忘了，这已是我们恩典你。你若是不顺情顺理的，难道我们就不能摆制你么？好好地听我的话，不只于保全你师徒的命，还叫你得到好处，总比你苦修苦熬强得多了。"说话间，这个狂徒就往前凑。

这个玄真女弟子往后躲，但是后面墙挡着，已经撞到墙上，还有什么地方能躲闪！这个姓陆的匪徒，往前紧着一步，手已经拍到玄真的肩头上，他就要往怀中拉她。这玄真此时可实豁出死去，右手一扬，照定这姓陆的匪徒脸上就是一掌。陆匪根本就没防备她有这一手，一个懦弱无能的小尼姑，她还能闹得出手去？这一掌打得他"哎哟"一声，满脸冒火。那玄真柳眉倒竖，杏眼圆睁，厉声喝斥道："佛门静地，你们竟敢侮辱三宝[1]！你敢动我一指，我有这条命在，早早了结了，反倒痛快！"那个庵主和那道婆，吓得全跪在地上，不住地叩头道："好汉爷们，看在菩萨的面上，饶了

---

[1] 三宝：佛教语，指佛、法、僧。

她吧。"这姓陆的匪徒，被打之后，那肯甘心？向他同伴招呼了声："胡阿五，你可得帮点忙，损阴丧德全算陆二爷的，首领那儿有什么说的，有我陆老二一人担承。我要不把这小姑子抢夺了，我不姓陆！"

他说话间，已经一心想作那万恶滔天的事。紧往前一赶步，伸手把玄真抓住，往怀中一带，向那姓胡的喝了声："把她捆上！"可是这个白衣庵的女弟子，是一个品格极高的苦命女孩子。舍身在白衣庵，随着师父净修庵主，在这里苦渡清修，一心一意地要终老庵中，所以早早地就求师父给她剃度了。古佛清灯，梵鱼贝叶，心如古井，不起微波。什么叫尘凡之念，人世之情，一切不懂。那知道魔难重重，竟遇到这种狂暴事！玄真已具必死之心，绝无惜命之意。此时被这匪徒陆老二这一抓过来，她奋全力，用头向陆老二撞去。但是，一个懦弱的女尼有什么力量？这般匪党全是穷凶极恶之徒，她才一挣扎，已经被那胡阿五把她双手抓住。按理说外面铁鹞子雍非已到，凭他那种性情，难道还肯袖手旁观，坐视不救么？铁鹞子雍非另有一种心意，他已经按定了除恶务尽之心。自己倒要看看匪徒们敢怎么伤天害理，并且还要看看这个玄真女尼，到了不能抵抗的时候，要怎样交待自己。

这时，那胡阿五把玄真的双手抓住，搅到背后。那姓陆的抓着玄真的胸膛，仍然不肯撒手，说了声："小师父，我带你到个好地方。"他拖着她就要往外走。这时玄真在挣扎中，已经知道脱不出恶魔之手了，她忽然往后挣扎着说道："你们既然不愿伤天害理，你容我有两句话说完，我顺情顺理地答应了你。你姓什么？"那陆老二道："二太爷早告诉你了，我姓陆。"玄真说道："姓陆的，你要通人性，你可得作人事。你不知道我是个自幼许身尼庵的，你要想要我，得把我师父早早放出庵去。她那么大年纪了，你们留她在这里有什么用？不过我答应以后，我已然失身，就不能再在这白衣庵停留。你必须把我带走。你答应我两件事，我顺情顺理，不然的话，我至死不从。"

那陆老二哈哈一笑道："你早这么痛痛快快的商量，何至于惹陆二太爷着急！"那胡阿五把手一松，立刻说道："你们两下里全商量好了，没有我的事了。"他把玄真的双臂一松。那知玄真猛然往右紧跑两步，往北山墙撞去！那陆老二猛喊了个"好"字，随着她往墙上撞的势子，扑了过去。但是他虽是把玄真的僧袍抓住，玄真的头已经撞上，鲜血四溅，倒在墙下。那陆老二狂笑了一声道："好东西！你敢跟二太爷用这种手段，我等着你。只要你有半口气，我照样摆治你。"

这时，铁鹞子雍非却在外边用手轻轻把窗敲了两下，那个胡阿五却隔窗问道："韩老四，你作什么？也想算一份么？"他一边说着，一边往外走，推门探身向外问，"韩老四，倒是什么事？你可说呀。"可是他问了这句，看到窗下并没有韩老四的踪迹，他跟着走出屋来。才往台阶下一迈步，铁鹞子雍非隐身门后，双掌齐出，用了十成力，以"排山掌"的力量，在这胡阿五的背上打了个正着。这两掌打上了，他"吭"的一声，身躯腾出五六步，摔在地上。那个万恶滔天的陆老二，还在伏身察看玄真死活。玄真虽然撞得很重，只是被他抓了这一把，把力量减去了四成，竟自死而复苏，呻吟转动。这个万恶淫徒一声狂笑，自言自语道："该着陆二太爷有这个体福，你死不了就行。"

他伸手才要去往起抱这玄真，这时胡阿五被打，摔出去，他蓦然一惊，咦了一声，听出外面声音不对。这个贼子是机警万分，他一回身，先把屋中的灯火全弄灭。那个净修庵主和那道婆已经吓得全堆在地上，掩着脸也不敢看了，只是哭泣着。陆老二已经纵身到门口，猛然地把风门往外一蹿，双掌一分，飞纵身躯，往地上一落，双掌护着身，转身察看。

铁鹞子雍非掌震胡阿五之下，竟自见屋中的灯光一灭，知道这淫徒是个江湖上的能手。见他飞纵出来，铁鹞子雍非应该办的事，还有许多未了的，所以一声不响，一个"龙形穿手掌"，身随掌进，扑到了陆老二的身旁，右掌往他的左太阳穴一点。陆老二也是很好的一身功夫，往旁一斜身。可是铁鹞子雍非右掌猛然往后一撤，左掌穿出，奔陆老二的右乳上便打。陆老二趁着拧身之式，双掌猛往铁鹞子雍非的左臂上一切。铁鹞子雍非不肯和他恋战，并且这匪徒手底下很利落，若容他一缓开式，或是他发声喊嚷，惊动他们匪党前来，自己纵无所惧，可也不是自己的来意。因为尚有未了的事，必须探察个水落石出。铁鹞子雍非不肯容他还招，左臂往外一沉，身形往左一甩，肩头往左一沉。右掌从胸前往右一分，"大鹏展翅"，往陆老二华盖穴打去。好厉害的掌法！陆老二双掌切空，雍非的来势太急，他往左脚下一滑，往下一矮身，想着用"翻身扫堂腿"。但雍非出的是诓诱招，右掌猛然往回一撤，左掌骈食中二指，身掌一块儿进。那陆老二再想躲闪，已经来不及了，正点在了这陆老二的玉枕穴上。这一点上，陆老二连嚷全没有嚷出来，撞出两步去，摔在地上，绝气而亡。

雍非除治了这两个匪徒，赶紧闯到屋中，伸手从囊中把千里火拿出来，把纸折子从竹管里抽出来，随手一晃，烟火腾腾，把那蜡灯点着。那净修庵主和那道婆已吓得浑身战抖，瘫在地上。这时一见亮火折子，吓得两人惊惧地招呼着："好汉爷们饶命吧。"雍非道："好汉爷倒是不假，不过我只能救命，不会要命。"遂先不管她两人，走向墙边，见玄真躺在血泊中，十分可怜。雍非点点头："这才是佛门子弟，火炼出来金身。我倒不必管它什么叫男女授受不亲，我要不把她救治了，我真罪过了。"自己伸手，从囊中掏出一包金疮铁扇散。打开了，放在身边，伸手把她的头搬起来，看她伤痕在左脑旁，伤势不轻，她尚在辗转呻吟。这时，雍非把药抓起一撮来，给她按在伤口上。不过这时想叫她行动可不大容易，遂向那净修庵主招呼道："庵主，想逃活命，可不要尽自的那么怕死贪生。你们两个人不鼓起勇气来，叫我一个人救你们出去，我可没有那么大本领。并且玄真她是一个年轻的尼僧，我虽然是有年岁的人，岂能伸手来救她？你们把她赶紧扶起，我带你们出白衣庵，不要迟疑自误。你们若是那么叫我费事，我可就顾不得你们了。"

净修庵主和那道婆听得此人是来救自己的，绝处逢生，那有不愿意之理！战兢兢站起，向这边走来。但是看到徒儿一脸血迹，颤巍巍说道："这位活佛，她还能活么？"雍非说道："她就是死了，也得把她弄出去，拿这种干净女儿身，岂能叫她落在这般强徒之手？"这位净修庵主遂和道婆把玄真女弟子从血泊中扶起来，但是那里还能走，只好半拖半架。这两个有年岁的懦弱尼僧，连惊带吓，再被他们囚禁多时，那还有气力支持？不过人惜命之心总有，遂咬着牙把玄真架出屋来。

雍非已经急得不住地催促。好在早看好了，有一个小门通着庵后，遂赶奔前来。见上面挂着一挂锁，雍非抓住这个铁锁，猛然用力一扭，已把铁锁的横柱拧折，把后门开开。净修老尼和道婆架着玄真挣扎到门外。但是玄真已经是不能行动的人，她们强鼓着勇气，把她架出来，已累得筋疲力尽，吁吁直喘。雍非一看这种情形，这可真叫误事。里边的情形还没探明，这三个人自己不得不护着，还是十分危险。自己焦急万分。后面倒是隐身的地方很多，因为这片桑林十分浓密，遂低声嘱咐她们："在桑树林中躲避一时，我到里边寻找一人，这就回来，你们可不要出声。"这时，好在那玄真略有知觉，血已经因为有药力，算是止住了。那净修庵主不住地凑到她耳边，低声招呼着，叫她不要呻吟。雍非看她们隐身藏好，又牢牢地嘱咐了一番：千万不要挪移了地方。

自己反身扑奔后园门，仍从小门中进来，把门掩好，扑奔前面。打量这里的情形，除了一层大殿之外，后面是一道小小的三合房院子，这也正是庵主的禅房。铁鹞子雍非纵身蹿上后房坡，向前面一打量，院中灯火很亮，因为各屋中全有灯光，并且有人在高声讲着话。雍非才往前坡一探身，赶紧把身形缩回来。从前面大殿的屋子上，飞纵过来一条黑影，往院中一落，竟自发话道："秦二弟，现在有我们首领命令。"里面答了声："贾师父么？里请。"这人已经脚下一点地，腾身向里纵去。雍非是正在后房坡，看不见他的行动了。自己要听听他们所说的情形，因为此人明明说出首领的命令，分明他们为首的人并没在这里。自己那好疏忽，把这机会错过？翻到前坡，往下略一张望，见东西房下全没有人。略一探身，往正面的禅房下看了看，也没有人在这里把守，遂飘身落在下面。才往下一着脚，猛然间那禅房的屋门一开。铁鹞子雍非知道自己的行迹要显露，仗身手轻灵，双臂往上一抖，旱地拔葱，手捏住椽子头，全身全凭双手四指之力。身躯复往起一翻，这可是脸朝外，脊背已经贴到房檐下，脚尖挂在横过木上，把身躯绷住，动作敏捷，决没带一点声息。

但是屋中人出来的也是真快，门一开时，人已到了院当中。铁鹞子雍非见正是才进去的那人，因为他身形易于辨认，这人干瘦异常，和自己差不多。他往院当中一落，立刻一回身，向禅房上面蹿上来，口中却在招呼道："朋友，既然来到这里，还不赶紧请下来，我们等待多时！"雍非这里依然不作理会。这个姓贾的，在房上招呼了两声，没有人答言。他冷笑了一声，翻了下来。屋中的同党跟着出来两人，内中一个说道："贾师父，你是活见鬼？姑子庙若非是我们大驾光临，人家不肯到这里来的。"那姓贾的匪徒冷笑着说道："我就不信，我眼睛会看走了？好吧，跑得了和尚还跑得了庙吗？咱们这就去掏他。"铁鹞子雍非隐身在上面，心说：对，你小子算说着了，跑得了和尚还会跑得了庙吗？猴儿崽子，我看你这还逃得出铁鹞子雍非的手去么！这时，下面已经在院中发话道："我们这就出发，咱们看看他还有什么预备，也叫我贾和长长见识。"他还是说办就办，立刻领率一般党羽，竟自相继翻上房去。眨眼间，全已翻出庵外。

铁鹞子雍非才要往地上飘身，忽然听得屋内一声冷笑，似乎听得有人说了声："没用的东西！"雍非不禁大惊，分明屋中人已走净，自己难道也是活见鬼么？惊疑之下，飘身而下，轻轻到了门口，从门缝中往里查看。侧耳细听，没有一点声息。雍非把风门一拉，往里看时，空洞洞的屋中只有一股子酒肉气。他赶紧闯进屋中，把门带上。可是这时见桌上的灯焰摇摆不定，后窗户也没有关严，好像才落下去的情形，那窗扇还微微的有些晃动。雍非想到窗前的桌上查看他们有什么遗留的痕迹，忽然看见墨迹未干的一张字帖，分明是才写的。雍非伸手拿起，只见上面写的是：

　　　　堪叹侠名赠尔身，冥顽不识个中人。
　　　　金莺入网情堪悯，苦水屯中速访寻。

　　铁鹞子雍非看罢，惊诧十分：这纸帖虽不具名，颇像自己恩师的语气和字句，这真是怪事！他不能来，也绝不会来，更有何人有这般身手？时间上非常的短，这人竟能从容地在屋中留下字笺，示意我金莺这孩子并不在白衣庵，叫我速赴苦水屯，若迟则生变。若容他把这孩子掳劫走，我们这般人有何面目再活在人间！

　　雍非把纸贴上墨迹吹干，放入囊中，心想：既明示我金莺不在这里，这佛门善地被一群恶匪霸掳着，就是再还了本来面目，也留了玷污痕迹。我何不给它点起一把无情火，叫它早化劫灰？雍非想到这里，他是说办就办，把千里火取出来。随手抖开，向窗户上连点了三四处，把后窗也点着。飞纵出屋来，翻到房上，扑奔前面大殿。这里静悄悄无人，殿门掩着。铁鹞子雍非把格扇门推开，千里火晃着了。神案上堆着许多锡箔黄表等易于引火之物，铁鹞子雍非把这些东西燃着，叫它从里面神龛着起。自己却祷告着说："我是作孽，我是造福，惟有神明鉴察，雍老二不管了。"翻身出了大殿，扑奔庙后。

　　找到桑林下，一师一徒一道婆，竟自踪迹不见。这一来，把铁鹞子雍非可急得够瞧了。自己从师门学艺起，就以精明干练出名。虽然在南海渔人詹四先生身旁行侠作义，也办过不少大事，就没有今日这般失招。自己认为这庙后桑林中，这么偏僻的地方，绝不会再生差错，那知道稍一大意，竟会把这软弱无能的三个女人断送了，我还称得起什么叫侠义道！

　　铁鹞子雍非这份着急，非常难堪。认为自己这件事办得太以失当。可是她们这三个人，若说是逃进绿云村，自己想着绝不会的。事太离奇，现在白衣庵火起，自己不便在这里再为停留，遂从桑林中奔出来。这时这白衣庵已经烈焰腾空，火势凶猛。自己飞赶向天龙剑商和住宅。离着房后还有十几丈远，从后墙头飞纵下两条黑影。铁鹞子雍非仔细辨认之下，已经看出来人正是罗刹女叶青鸾跟儿媳柳玉蟾。

这婆媳二人迎了上来，招呼道："雍二侠，你怎尽自耽搁，起火处可是白衣庵吧？"雍非来到近前，答道："不错，正是白衣庵，我叫它污秽地化做干净土，不好么？"罗刹女叶青鸾说道："雍二侠这一手办得固然很好，但是你叫她们师徒三人，向那里再找寄身之处？铁鹞子雍非道："难道你们见着了她们师徒三人么？"柳玉蟾一旁忙答道："有人把她们送来。"铁鹞子雍非惊问道："这真是怪事！送她们来的，又是何人？"柳玉蟾道："这个我们倒不知道了，她们只说是一个年岁很大的人，但是在黑夜中辨不清面貌。二侠，我们回去细谈一切吧！"雍非道："我也正有事要和展大侠商量。"遂一同翻回宅内。罗刹女叶青鸾道："铁剑先生疑心是雍二侠把那师徒送回来，还有未了之事，我们婆媳这才赶来照应。"说话间一同翻进宅中。

铁剑先生已经在竹楼顶子上瞭望着全宅，照应着下面。罗刹女叶青鸾叫柳玉蟾到后面看护商和，自己和铁鹞子雍非翻到前面。铁剑先生已然看见他们回来，从竹楼顶子上翻了下来，一同进入楼中。铁剑先生没容落坐，就问道："雍老二，可是已遇见劲敌？"铁鹞子雍非答道："劲敌倒不曾遇上，有一件怪事，真是意想不到。"这时彼此落坐，铁鹞子雍非把所经过的情形，略略地说了一遍。更把怀中所带的字笺取了出来，递给铁剑先生展翼霄，遂问道："老前辈你看，这字笺奇怪得厉害！分明是恩师笔迹，这语气尤其是他老人家颇有责备我之意。"铁剑先生把这字笺看了一遍，也很惊异地说道："不错，是我老师兄笔迹，他是绝不肯再离天南的，怎的竟会来到这里？并且他已经到了，确实无疑。因为金鸾被劫是最近发现的事，他不到这里，焉能知晓？可是他不到这儿来和我们见面，又是什么意思？这真是莫明其妙了。可是他已知匪徒的踪迹，明明告诉我们匪党们匿迹在苦水屯，要我们赶紧下手，这苦水屯又是什么地方？"说到这，向罗刹女叶青鸾看着。叶青鸾摇头道："没听说过这个地方。我们虽然住在这个地方好多年了，可是依然人生地疏。既有这个名目，定有这个地方。向本地土著仔细打听，不会得不着一点确实信息。那么明天先在附近探问一下。"铁剑先生摇摇头，自己心里明白：潇湘沿岸地方很大，此次又不容缓手，倘若是稍一耽搁，五虎断门刀彭天寿挟着金莺一走，只怕再想追迹也就不易了。不过这种话不便出口。

铁鹞子雍非道："探看时节，听匪党们领他们首领五虎断门刀彭天寿之命，到这里来搅扰，可曾见着他们了？"铁剑先生道："这群小辈们想在我手下讨得好去，我们也太以的叫人笑话了！不容他们侵入住宅，我已经把他们打发走了。"雍非道："白衣庵师徒三人安置在那里？"罗刹女叶青鸾道："把她们全安置在玉蟾的屋中。"铁鹞子雍非向铁剑先生道："庵中那女弟子贞烈可风，受伤很重。我草率给她敷了些药，展大侠还得尽力搭救她才是。这种薄命可怜人，真值得我们敬爱。"铁剑先生点点头道："我已听那老庵主讲过了，这女弟子实在是佛门中有根基、有宿慧的女孩子。伤痕不妨事，我已给她治了。"铁鹞子雍非点头道好。

铁剑先生道："雍老二，我说的话绝不差吧？我们很有一场恶斗摆在面前。我们倒不能把这种好机会轻轻放过去，天亮后没有别的，我们要尽一天之力，访查这苦水屯究竟是什么地方。"雍非道："我恩师既然到了，看这情形，他也为这场事来的。我们对于这件事要不能辨出起落来，我真无面目见我那恩师。"铁剑先生道："现在彭天寿老儿这种行动，他已经用全力对付我们，我们好和他一决最后雌雄。我们话已经在头里，反正势不两立，还有什么说的！"彼此商量一阵，罗刹女叶青鸾道："现在我一切事也不能再客气了。天时尚早，请你们暂时歇息一下。养足了精神，还有一些辛苦呢！"

罗刹女叶青鸾说完，让他们二位在竹楼上歇息，自己看了看苗成，遂到后面，把儿媳柳玉蟾唤到堂屋中，低声把雍二侠探庙得字笺的情形说与了她，为是好叫她安心。柳玉蟾听了，虽然十分欣幸，但是对于留字笺这人，不敢认定准是南海渔人。遂辞别了婆母，到前面照顾一切。

天明之后，铁剑先生展翼霄跟雍非收拾好了，起身去访寻这苦水屯。在临走时，罗刹女叶青鸾对着雍非说道："苦水屯这个地方，附近往北去在一二十里内，大致可没听说有这个地名。不过这要是一个很小的地方，也就很难说了。我看虽则是大海捞针，还是往南搜寻一下。"铁鹞子雍非略一沉吟，说道："这话倒也很有理，我在白衣庵，匪党们传达首领们命令，他定是从这苦水屯来。那么离着这里，定然不是多远的道路，可想而知。我们先搜寻一下吧。"

雍非遂和铁剑先生离开绿云村，顺着潇湘沿岸，往南走下来。这样找寻这么个很小的地方，只有遇上人便问了。可是出来十几里，连过了两个很大镇店，问了好多人，并没有知道这个地名的。铁剑先生跟雍非反倒把心情稳定着，丝毫不急躁，慢慢寻访下来。可是走到日没，计算着出来有五六十里，向谁问谁不知道，越探问越叫人失望。当地住的人，就没有知道有这么个地名的。只好在徐家甸找店房住下。跟店家探听，店家更是说不出，并且连一点指望没有了。这个店家他是本地人，据他说，附近几十里地内，多少年来，就没听说过有这么个苦水屯。并且客人这么探听地名，恐怕是白费事，至少也得知道这苦水屯属那一县管，并且附近有什么大村镇。这种大海捞针似的，恐怕白受辛苦，也不易找着。铁剑先生容店家出去，向雍非说道："这件事可有些费手了。店家既说附近没有这么个地名，我们这一天工夫算是白白放过。我看不要听那老婆子话，我们明天一早仍然走回去，往绿云村以北再搜寻一下。字笺上既有这个名字，绝不会找不着。"雍非是不住摇头。

这一天的工夫，路虽走得不多，可是觉着十分劳累，早早歇息一下。约莫到了三更左右，听见这徐家甸北一带，犬吠的声音分外可怪。雍非已然醒来，仔细听时，由北往东南，分明是一群野犬在追逐着什么。雍非已经坐起，可是铁剑先生也醒了，向雍非招呼了声："雍老二，咱们打个赌，你听这片犬吠之声，我认定了是有夜行人经过，并且还不仅是一人，你以为怎么样？"雍非道："不用打赌，一点不差。我们现在是有病乱投医，这徐家甸由东往西横着没有多大地方，咱们何不看看？"铁剑先生道："我正是此意。"

这两位风尘异人，立刻轻轻地出了屋门，把门关好，各自飞身蹿上房去。辨别着野犬狂吠的声音，从一处处民房上横穿徐家甸，往东南角上赶过来。这两人脚程特别快，纵跃如飞，已经来到这镇店的东南角。停身之处已经到了这镇店的边上，全伏身在房上，向野地里查看。大约有四五只恶犬正在狂叫着，追逐着，隐隐听得有人斥骂之声。这骂犬声所扑奔的方向，是在这镇店口往东去，前面黑压压一片树林。这时犬吠之声，更厉害了，更听到这野犬受伤惨嚎。就在这不大工夫，只剩了一只野犬，大约已经到了那树林附近。一声狂叫，再没有声息，只有街里面不时有犬吠之声。铁剑先生向雍非一打招呼，低声说道："大约这几条恶犬被人全杀害了，我们倒要看看动手的究竟是什么人。"雍非答应了声，立刻全落到了镇店外。

这时只有星斗之光，野地里十分黑暗，二人时时隐藏着身躯，向那树林前搜寻过来。已经发现了有三只野犬，全死在地上。雍非连看了两只被打死的野犬，全是头骨被暗器所伤。渐渐地离着树林中已近，更把身形隐蔽着，丝毫不敢大意。来到树林切近，耳中已听得林中人语，遂蹑足轻步往里面探查。敢情这树林中是一个大家的坟墓，有很矮的花墙子圈着这片坟地，正好把身形可以挡住了。来到花墙子切近，里边说话声音越发听得清楚了，只听得前面有人在忿怒报怨着："这是那里说起！咱们在这徐家甸竟几乎被这恶狗毁了，真要是被它所伤，我们这个苦向谁说去？咱们瓢把子的事真是难说，找了这么个地方临时安窑，这还不把人折腾死！"另一个人说道："这回要依我看，结果还不定怎样呢。白衣庵先被人家用火烧掉，我们这么多的人，竟容人家从容动手，太栽跟头了。"那先前说话的人答道："齐二弟，你先别这么自己泄气，这次也许我们在江南道上，打出一片天下来，也未可知。我贾和认为对手没有什么惊天动地人物，咱们这边力量不薄，齐二弟多受点辛苦，没什么！我们卖什么吆喝什么，想在江湖上闯万儿，不把这条命破出去，那容易闯出名来？不过这几只狗真透着邪性，累得我通身是汗，咱们歇息歇息再走吧。"

铁剑先生跟雍非惊喜十分。这说话的情形，分明是五虎断门刀彭天寿手下的党羽。那么他们去的地方，定是那苦水屯无疑了，这真是"踏破铁鞋无觅处，得来全不费工夫"。白跑了一天路，毫无所得，已经全绝了望，被这一片犬吠之声，竟得着匪徒下落。看起来商氏家门有德，金莺这孩子命不该绝。铁剑先生跟雍非从花墙子瓦孔中仔细往里看，不过两人全坐在坟堂的石头祭台上，相隔稍远，看不清面貌。雍非大致地辨别出那个瘦小的人，正是昨夜白衣庵所见过的。雍非跟铁剑先生在外面等候了半晌，这两人说着话站起来，直奔这坟山的西墙。容他们越出墙去，铁剑先生跟雍非因为这一带道路生疏，恐怕被他们走脱了，跟着也蹿进坟堂内。

这时那花墙子外的树上，正有一头枭鸟叫了一声，从树顶子飞起。这时铁剑先生已经出了西花墙，雍非是正在脚登墙顶，听到鸟的叫声，心里一惊，心中说：好丧气！若不是恐怕令匪党察觉，我定把你这恶鸟除掉了。雍非可是赶紧落到墙下，把身形隐住。见铁剑先生已经出去数丈远，自己紧追下来。前面那两个匪徒，脚下并不算快，不过追赶这种江湖巨盗，得加着十二分小心。雍非跟铁剑先生相隔数尺远，时时地找那能够避身形的地方，不敢过于切近了。离开这座坟山出来有一里多地，再往前跟缀两个匪徒，越发的有些个费事了。因为这一带非常荒凉，也没有多少树木竹林，更得稍远一些。这样紧瞄着这两条黑影，往前尽力追赶着，可是这一程道路，叫人有些疑心。他们忽左忽右，有时候扑奔了孤零零一个小村庄，有时候穿着一片树林子。可是这种道走得并没有一定的方向，按行程上足有二三里。他们两人奔了东南一条很窄的田径，隐隐的见半箭地外，黑压压似有一片小村落。可是两人脚下加紧，比较先前快得多了，在这黑地里几乎看不到他们的形迹。

铁剑先生跟雍非全是鹭伏鹤行，把身躯矮下去，紧追过来。忽听得前边响了一声胡哨，可是再没听见第二声。那两人已经扑奔到小村落边上，立刻身形隐去。铁剑先生向雍非一打招呼，向前查看时，见这个小村庄没有多大地方，大致不过百十户人家，并且全是茅草的房子，是一个很小很偏僻的农村。离着村边不远，种着一片片的桑树柳树，也是不成行列。离着小村还有五六丈远，看出这里入村口的地方，里面黑沉沉没有一点灯光。

他们才绕着一片桑树扑奔村口，突然间，"叭"地一响，一排弩箭横打过来，出其不意。铁剑先生跟雍非全险些被箭所伤。这时铁剑先生十分忿怒，退出五六丈来，聚在一处。铁剑先生向雍非道："看这情形，我们形迹已落在匪徒的眼内，可是不论如何，我们也要闯进去，查他个水落石出。咱们索性分开，聚在一处反于我们两人十分不利。"雍非低声答应着。两人一南一北，仍然扑奔这小村。这次可不扑村口，铁剑先生奔南边，远远的绕着村口过去，为是避开防守的人；铁鹞子雍非由北面往东绕过来，没有多大的工夫，已来到村边。

铁鹞子雍非把身手施展开，一起一落，已到了这小村之中。才要往房上纵身时，迎面唰唰两件暗器，一只镖、一块飞蝗石打来。雍非早已提防，避开这两件暗器，仍然不顾一切往里冲来。这次更厉害了！两排弩箭，一上一下，向自己打到。铁鹞子雍非仗着身手轻灵，一个"鹞子倒翻云"，身躯腾起，往后倒纵出来。就这样，奔自己上身的弩箭，竟有一支擦着鞋底打过去。自己往起纵时，倘若稍慢一点，非被弩箭所伤不可。铁鹞子雍非对于这种防守紧严也觉惊心，凭自己身形这样快法，匪党们把守的人竟自这么厉害！

他明知道自己的形迹已露，这时也不能不拼一下子看了。二次腾身越起，斜往西偏了偏，仍然把自己轻功提纵术尽力地施展出来，用"燕子飞云纵"的功夫，身形如飞，这次已扑上这小村屋顶。只是这次尤其是险，弩箭、袖箭从三面打来。铁鹞子雍非提足丹田之气，双臂往上抖，飞纵起来，已经斜着出去三四丈，落在一座很矮的草房上。

铁鹞子雍非暗打主意：这么往里趟，身形过于显露，处处被人暗算，无论如何也得把身形掩起来才好。他往里面仔细勘查，这排箭躲过去，凭着目力一打量，却把主意打好。把身形纵起，往一处较高的屋顶上一落，又是两块飞蝗石打到。这次铁鹞子雍非把飞蝗石闪开，竟自奔了西北角，反往小村的边上斜穿过来。叫暗中把守的匪党看着自己，好似把方向辨错。果然这里暗中伏守的卡子比较松懈，铁鹞子雍非是故意找他们容易隐藏的地方，把身形扑过去。果然暗中已经有匪党们用袖箭逼迫自己，不叫往里进。铁鹞子雍非仍然退出小村，身形紧纵，隐入村后的树林。这是用以退为进，故意地叫匪党们看出，自己已因为把守的人太多，不敢往里冲了。他把身形隐蔽，悄悄绕出树林，从黑影中绕向村后。

这一带十分荒凉，铁鹞子雍非从地上拾了两块碎石，隐身在一丛矮树下。抖手把石块抛出去，落在村后的偏西。这种静悄悄的地方，石块落地，显着声音非常大。在一排小房的转角，黑影一晃，连发出三只暗器，齐向石块落处打去。铁鹞子雍非看明匪党伏身的所在，自己飞纵过去，绕过他们身后。有两丈余远，猛然脚下一点地，用"燕子飞云纵"的轻功，腾身而起，翻上房去，身形丝毫没有停留。这时他是把全神贯注，眼中已经查看到一处较高大的房屋，不往它房上落，反往这墙后落下去。

他身躯还没站稳，从墙根下扑过一条黑影，手中一口明晃晃的钢刀，向自己斜肩带背劈来。铁鹞子雍非心说：天助我雍老二！刀已到了头顶，铁鹞子雍非上半身微往左一晃，右手贴着他的腕子，往上一穿，已经把这匪徒右腕吊住。自己左掌从他的胳膊下穿出去，猛然骈双指，向他气眼上一点。这匪徒吭了一声，没嚷出来。铁鹞子雍非已经把他的刀夺过来，顺手一刀，把这匪徒了结了。连刀带人，全隐在墙根下。

雍非把这个暗卡子除了，往左右看了看，五丈内决不会有人。雍非可不敢往房上蹿，从房角转过来，是一条较宽的小巷，每次往前趄，先要投石问路。这样往里连越过四排房屋，并没有见着潜伏的匪党。铁鹞子雍非对于所经过的地方十分留意，自己对于匪党占据这种地方，真有些出乎意料。小小这么一个村落，并没有什么出奇的建筑，完全是乡农所住的房子。砖瓦盖得寥寥无几，一片茅茨土屋，并且人家也不多，房子疏疏落落。这种地方，就是在深夜之间，他们尚且这么横行不法；倘若是白昼间，难道也公然这么对于往这屯中来的人邀劫阻击么？对于这种情形，真有讲不下去的地方。

铁鹞子雍非翻过这几排房屋，不只于没见着匪党，并且一处处大小院落中，全没有灯火。雍非隐蔽着身形，打量着形势，扑奔这苦水屯的中心。又绕过一道小巷，眼前有一座比较整齐的院落。院子也大，房子也多，可全是土房。连围着房子的大墙全是土坯垒起，围着墙内种着很浓密的树。墙头并不甚高，不过是丈余，树却探出墙外。铁鹞子雍非来到这宅子的北墙下，抬头看了看，墙头被树帽子遮蔽着，上面越发的黑暗。铁鹞子雍非因为劲敌当前，不敢轻视，在地上拾了个土块，先往墙头上打去，跟着往起一纵身。这种地方可不敢冒然的往墙头上落，先用左臂一跨墙头，把身躯挂住。这上面的土疏疏地直落。往里看了看，墙下也是黑沉沉的一片。这所房子占地颇广，墙里是两丈宽的一条夹道。对面有一排房子，可是也不成院落，因为所看到的是后墙后房，不知道里面有人没人。铁鹞子雍非仍然是投石问路之法，向前试探着往里进身。地上没有什么动静，一飘身落在地下。飞身纵起，已到了这后房坡上。把身形隐住，探身往前查看。只见前面是一个很长的箭道，这排房子足有十几间长，看形势好像乡下大地主囤积米粮的仓房。用土块问了问下面地上，并没有丝毫动静。铁鹞子雍非仍往前面查看，自己是横穿这所宅子进来的，再往前翻，这所房子方圆数十丈，可是所有的房屋丝毫不成格局，并且没有一处有灯火的。铁鹞子雍非暗暗着急：这可是奇怪，匪徒们既然已把苦水屯的四周完全封锁，他里边决不会没有布置。自己闯入里面，连查看了这么些住房，匪党的踪迹丝毫没有，这可真是怪事了。

他辨别了里面的形势，扑奔这宅子的后面。连翻过两段院落，隐隐才看见在东南角有三间小房，窗上现出灯光来。铁鹞子雍非扑奔过来。这有灯光的所在，是一道长形的院落。五间正房，门窗上黑沉沉的。两边各有五间厢房，只有这东南角的两间现着灯光。铁鹞子雍非已经落在院中，蹑足轻步，扑奔了窗下。刚贴近窗前，听得有人在房中讲话。一个口操四川乡音的说道："我就不信鱼儿上不了钩，早晚会自投罗网，送到咱们口中来。你等着，总会有一场热闹可看，按理这时也就来了，人家没把咱们这张破网看在眼内。"

铁鹞子雍非才要点破窗纸往里查看，屋中的灯光倏然熄灭。铁鹞子雍非知道情形不好。他的话中暗含着，已经有讥笑自己之意。灯光突灭，自己的形迹或已落在他们眼中。果然里面一声冷笑，说了声："相好的，你才来！"接着"哧"的一声，一支钢镖穿窗而出，奔铁鹞子雍非面门打来。铁鹞子雍非往左一甩头，左掌往外一穿，身随掌走，飞纵上了东房。屋中的人已经跟踪赶出，铁鹞子雍非不往房后坡纵身躲避，反往南房山的角上飞纵过去。这里有很大的烟囱，铁鹞子雍非把身躯往下一矮，双臂抱拢，却用缩骨法，把身躯折成了一个圆，倚在烟囱旁。下面跟着纵上两个人来，一到了房上，他们往四下一打量，却带着惊异的口吻道："相好的，真快呀！可是我看你有多大本领再出苦水屯。"这两人围着附近转了一周。铁鹞子雍非看着他们翻回来，落在院中，仍然走进屋去。

铁鹞子雍非稍微又停留一刻，挺身站起，跃到房坡前。仔细看了看，下面绝没有隐藏潜伏的人，自己仍然翻奔正南。越过这道院落，再往后看，现出一个很大的院子，是五间正房。靠两边并没有厢房，有一道短墙围绕着这所房子，这五间房子灯火通明。铁鹞子雍非施展小巧的功夫，轻登巧纵，扑奔过来。这次加了十二分小心，把进退的地方早已打量好。见靠西边的纸窗上有个人影不住地晃动着，铁鹞子雍非遂奔了这西间的窗下。离着窗前数尺，先把脚步停住，侧耳听了听，里面没有说话的声音。轻轻来到窗根下，离着近了，听到屋中却是有人在来回走着。铁鹞子雍非先把窗纸点破，往屋中看时，心中又是惊又是疑，心说：这可怪了，始终见不到五虎断门刀彭天寿，所有看到的全是很陌生的江湖匪党。

屋中这人竟年已七十余岁，生得骨格像貌和自己差不多。这真是怪事。见他赤红色一张脸面，两眼神光十足，这在练武的是已经有极深造诣。铁鹞子雍非也暗暗惊心，知道五虎断门刀彭天寿这次绿云村寻仇报复，他的力量实在不弱，竟自约请了一般绿林能手。此人分明又是一个劲敌。这时，见老人来回在屋中走着，自言自语道："难道我们全被人家骗了么？怎么这般时候还不到来，叫我们等到几时？"他说着话，忽然在屋中把臂一圈，双掌平伸，按在胸前；可是掌心向下，掌背向上，双掌的指尖斜对着，距离有五寸远。他往前走一步，双臂晃一下，双掌下虽是虚空着，可是形容着按着一种东西，一步步倒着走。铁鹞子雍非是南海渔人的得意弟子，那会不认识这种功夫？这是内家的挤按力，能运用到劈空掌。这是内功中最难练的一种，这绿林中真有这么好手。

铁鹞子雍非这一凝神看他，竟险些个上了大当。他由此往南边换了三步，铁鹞子雍非认为他是操练功夫，毫没提防。他猛然左脚往西一转，背向里面，把身形转过来，正对着前窗。突然见他蹲着骑马式，双掌不往下按，猛然对着前窗往外一推，并且口中"嘿"了一声。铁鹞子雍非仗着身形巧快，贴着窗户趁势手底下用力，往窗台上一推，身躯倒纵出来。就这样快法，尚觉出上半身被一种很重的力量一震，整扇的前窗全震得一响。屋中灯光已熄，铁鹞子雍非认定此人实是劲敌。此时也就把全身所学施展出来，倒要看看谁高谁底。灯这一灭，他必跟踪而出。铁鹞子雍非此时不退反进，往起一纵身，用飞鸟投林身法，反蹿下房檐。下手抓住椽头木檐子，身躯往起一拔，脚蹬窗户上面横楣子，竟自绷在了房檐子底下。这两下真是棋逢对手，果然屋中那老者已经纵身出来，身形轻快，落地无声。脚底下才一沾地，身形一拧，已经腾身而起，飞纵上房去，说了声："怪哉，难道我又看错了么?"他在房上这略一停留，又复翻下房来，那情形是要仔细观察院中的动静。

就在这时，南房上随现一条人影，似乎没想往院中落。可是这人才一现身，就见他身躯往左一斜，从他肩头上打过一只钢镖，落在院中。在他身后跟着一条黑影扑到，就见先前这人手底下略一展动，把背后那人打下房去，动手非常快，不过刹那之间。这人已翻身要走，院中老者已然发话道："朋友别走了! 我代主人留客，这里已经恭候多时呢!"他发话声中，肩头一晃，已经腾身而起，飞纵上南房。巧快的身形，捷如飞鸟。可是房上那人，却在老者一扑上去时，反倒飞身纵下房来，落到院中。

雍非看出，正是铁剑先生展翼霄。这时房上那老者一扑空了，一个鹞子翻身，又飞纵下来，口中说道："朋友们既到苦水屯，这是看得起我这般江湖朋友，请示大名?"铁剑先生哈哈一笑道："我乃无名之辈，称名道姓岂不贻笑于人? 朋友，我是特来拜访彭五爷的，难道不赏我个脸面么?"此人一声冷笑道："不肯示我姓名，这正是看不起我这种小卒。朋友你既然不肯报出'万'来，我这替主人接待客人的可要无礼了，你接招吧!"他双掌一分，往前一上步，出掌便打。铁剑先生往旁一闪身，把正锋避开，也跟着亮开门户。铁剑先生用秘宗拳和此人较量上拳功。可是这两下一动手，各见出功夫来，进退闪避，攻守转侧，起落纵越。两人好像凑到一处，一打上手，谁也别想再退开。

雍非对于这位展大侠，只知道他剑术绝伦，还不知道他拳功造诣已经是登峰造极。老者竟用的是罗汉拳，功夫还是真纯，手底下还是真狠，一招一式，他是丝毫不肯留余地。铁剑先生今夜把自己拳功所得，尽量地施展开。可是此人的式功也实有独到处，两下里功夫不差上下。等战到二十余招，两下里忽然是一个正对面，更用的是一样的招数，全是排山撞掌式，双掌全往外一推，打对方的上盘。可是式子既是一样，两下里的力量全贯足了。见他们双掌才往一处一撞，各自腾身倒纵出来，相隔丈余，各自把身形稳住，互说了声"领教"。那老者一伸手，竟从腰间摘下一条软兵刃。这一抖开，竟是一条金丝紫藤鞭，只听他说道："老朋友拳术上已然领教过，果然高明。可是朋友你肩头铁剑，在下要领教两招。"

铁剑先生和这老者一动手，已觉出此人实是劲敌，身上有少林派真传。此时他又亮出这条兵器，铁剑先生不禁一惊，心目中已经想起一人，是不是还不敢断定。他既然把兵器亮出，自己不动手不行了，说了声："好！情愿奉陪。"伸手把剑拔出鞘来。这柄剑一出鞘，这个老者"呀"的一声惊呼，往后反退了一步说道："老朋友，你敢是名镇天南的铁剑先生展大侠么？我已久仰大名！"铁剑先生微微一笑道："不错，我正是展翼霄。"那老者却说道："这真是难得的事！在下名叫鲁夷民，此番受朋友所托，来到潇湘，一会当年名震天南的女侠罗刹女叶青鸾。想不到我们闻名已久，未能亲自领教的展大侠也来到这里，这真是三生有幸！既然是有这武林前辈参与这件事，这种机会难得，我们焉肯空空再放过去！我不揣冒昧，愿意把彭五爷和叶青鸾这段事做个了断，也不枉我们数千里奔波，在这里相会。展大侠意下如何？"

铁剑先生对于此人早已知名，不过没和他会过面。这鲁夷民，江湖人称峨嵋圣手，他这是南派少林绝传。一身绝顶功夫，在天南各省仗着他掌中一条金丝紫藤鞭、内家劈空掌和小巧轻功提纵术，做着侠道生涯，横行了多少年。绿林道中没有不惧他三分、敬他三分的。此人行踪隐秘，出没无常。多少年来，就没有知道他准落在什么地方的。此人狡诈多谋，十分难惹，眼珠一转，立刻就有极刁钻古怪的主意。想不到彭天寿竟把此人请出来，这倒是真正扎手的对头。现在他所说的话，实不信他是一番好意。他是定有阴谋，还是得谨慎提防着他这狡计，遂把宝剑纳入剑鞘。这峨嵋圣手鲁夷民把他的金丝紫藤鞭又围在了腰间。

铁剑先生答道："鲁师父息事宁人，最好不过，我展翼霄求之不得。不过我现在既到了苦水屯，没有别的，任凭他两家的事怎样结局，朋友你把五虎断门刀彭天寿请出来，我有一件事得先向他请求。他和罗刹女叶青鸾的事，无论怎样解决，那是各凭各力。不过姓彭的有一件事，在江湖道中有些说不出去了。他最不应该把叶青鸾的孙女掳劫了去，现在只有请他立时把这孩子交出，他们两家的事方好解决。姓商的这场事，我展翼霄愿替他担当一切，绝不会中途罢手。我们做事有始有终，既已伸手，就要把这事办完全了。金鸾这个小姑娘稍有毫发之伤，我们和姓彭的就有算不清的账，请你赶紧去找他。"

峨嵋圣手鲁夷民哈哈一笑道："展大侠不愧是武林中前辈！你这种要求，我们理应照办。不过展大侠今夜来的不凑巧，姓彭的没在这里，我们不能替他擅做主张。那么展大侠你先请回，我们候着彭五爷回来，三天之内，叫他亲自下帖相请，你看如何？"展翼霄道："我本应当今夜就见出起落来，不过看在你鲁老师面上，我暂时放过他一时。三天之内，我们敬候办法，他有什么阴谋奸计，尽请施展。我们既敢出头，就敢接到底。咱们一言为定，就这么办了。"峨嵋圣手鲁夷民忙说道："展大侠，这是你十分看得起我鲁夷民。现在什么话也不用讲了，三天之内定然到绿云村奉请。"铁剑先生一拱手道："我们再会了。"

铁剑先生方要纵身退走，忽然从正房檐子下飞纵下一人，落地无声，往起一长身，招呼道："展大侠，别把我留下，这里主人不招待我呢。"那峨嵋圣手鲁夷民愣然惊顾，仔细一看铁鹞子雍非，忙拱手道："适才窗外偷窥，可就是尊驾么？"铁鹞子雍非答道："不错，正是我这无名小卒，朋友你好厉害的掌力！"峨嵋圣手鲁夷民道："恕我眼拙，尊驾何人？"铁鹞子雍非道："我么，说出来你也未必知道。朋友你是江湖成名人物，那会把我雍老二放在眼内。"那鲁夷民不等雍非再说下去，忙答道："尊驾莫非是南海渔人的门下，铁鹞子雍二侠么?"铁鹞子雍非哈哈一笑道:"朋友,你真给我雍老二脸上贴金!不错,我正是詹四先生门下最没出息的弟子雍非。"峨嵋圣手鲁夷民答道:"我久仰大名,我们这次更算没白来。适才不知是尊驾,容我们三天之内,亲自在台前谢罪。"铁剑先生忙说道:"既已定约,我们有话再谈,暂且告辞。"雍非道:"绿云村我们敬候赐教。"说罢一跃,飞身纵起。这峨嵋圣手鲁夷民却立时在后面说道:"贵客远来,那好失礼,鲁夷民仅代这里主人送客。"

这时,别的院中呼哨连响,四下里一递一声,满接了声。铁剑先生和雍非此时是不顾一切,各用双掌护在胸前,轻登巧纵,翻出这所宅子。这可是往村前走,这时的情形已经和他们先进来时不同。才出这座庄院,身躯往外一落,从草房后猛然有两个纸灯笼一晃,飞纵过两人来,这两人说了声:"贵客道路生疏,我们奉命引领。"这两人全是乡农打扮,一身粗蓝布裤褂,光着脚穿草鞋,发辫全在脖项上盘着,匆促间看不出怎样的人物来。可是这两人发话之后,立刻举着灯笼头前引路。他们是绝不往房上翻,只在平地走。脚底下轻快异常,所提着灯笼,绝不晃动。可是所走的地方,并不是直行道路,全是绕着一处处竹屋茅舍。忽左忽右,两人脚底下一样快法,谁也不让谁多赶过半步去。铁剑先生和雍非虽则不放在心上,但是也觉惊异,万想不到五虎断门刀彭天寿竟会网罗来这么多江湖能手。铁剑先生跟雍非暗中也把身形施展开,和执灯前引的人相隔三步,也不往前赶,也不肯退后。后面送客的峨嵋圣手鲁夷民,也是跟铁剑先生相隔三步,穿着一处处农家的房屋,忽东忽西,行左就右。只这小村,他们这样走法,足绕了有一里路才到小村口。才往村口一现身,那两盏灯笼往两旁一退,把当中让出。

铁剑先生和雍非往前闯了几步,一转身,后面峨嵋圣手鲁夷民已经拱手相送道:"大侠们有劳赐教,恕我不远送了。"铁剑先生跟雍非也一抱拳,向鲁夷民说道:"我们敬候佳音。"同时一翻身,双掌一穿,身躯纵起,蹿出两丈五六来。才往地上一落,村外桑树林中有人喝声:"不报字,擅自闯出,回去吧!"嘎叭一响,四张弩弓的箭同时打出来，力量非常大。铁剑先生和雍非在猝不及防之下，险些被这弩箭所伤。全仗着有一身绝技，脚尖一用力，脚后跟一登，双臂一抖，同样地施展一鹤冲天，燕子翻云，蹿起两丈多高，成倒八字形，往后分开落了下来。

在铁剑先生跟雍非身形纵起时，那峨嵋圣手鲁夷民已经怒吼一声，腾身而起，飞扑向桑林前，口中却高声喝斥："不得向来人擅自放箭，轻慢贵客！你们有几个脑袋，还不退去！"那树林中的埋伏人并没现身，只听得答应了声，立刻声息寂然。峨嵋圣手鲁夷民回身向这边拱手招呼道："展大侠，雍二侠，请！"铁剑先生和雍非险些当场吃了大亏，可是这种情形，叫你恼不得怒不得。二人同时飞纵过来，那鲁夷民抱拳拱手道："弟兄们无知，十分失礼，还请担待。"铁剑先生微微一笑，铁鹞子雍非道："朋友你太客气了，这才是敬客之礼呢！朋友请回吧，再见。"

说罢，铁鹞子雍非毫无所惧地飞身纵起，穿林而出。铁剑先生跟踪赶了来。过了这片桑林，再没什么阻拦，辨着方向，仍然顺着来路先奔那片坟堂。再辨着徐家甸的方向，翻回徐家甸。来到店中，不过四更左右，他们这么出入，店家不曾觉察。铁剑先生和雍非轻轻到了屋中，把灯点起来。灯焰才亮，只见桌上放着张红纸柬帖，上面写着是"彭天寿谢步"。铁剑先生向雍非道："雍老二，你看见了，我们这回就算遇上了真正对手。彭天寿老匹夫，他竟敢弄这种玄虚，我展翼霄这次大约不易再回天南了吧？"铁鹞子雍非微微一笑道："或者就许是这样，那倒真说不定呢。"铁剑先生把这字帖纳入囊中，向雍非道："我们再歇息片时，天亮后赶回绿云村，早做打算。"这两人仍然和衣而卧，耗到天亮，赶紧起来。梳洗完，算清店账，立时起身赶回绿云村。

来到绿云村，已经是傍晚时候，开门的是那白衣庵的老道婆。柳玉蟾也从里面迎出来，忙向展大侠和雍非道了辛苦，请到竹楼上歇息。铁鹞子雍非向柳玉蟾夫人问："这里可没有什么变动？"柳玉蟾道："安然无事。"铁鹞子雍非点点头，来到楼上。落坐之后，柳玉蟾道："教师傅你们这么辛苦！两日的工夫，匪党可有些迹兆？"铁剑先生点点头，说道："尚还不虚此行，这苦水屯已然找着。不过匪党势众，我们想和他做最后的决断。"柳玉蟾此时欲言又止。她是心中惦记着爱女金莺，不敢遽然过问。铁剑先生已然明白她的意思，略说苦水屯大概的情形，并且安慰着柳玉蟾道："听他的口风，金莺定在那里。那峨嵋圣手鲁夷民既已定约，此人是天南一带成名的绿林，他决不肯失信我等。请你到后面把你婆母请来，我们从长计议一下。苦水屯也就是我们和他决生死输赢的地方了。"

柳玉蟾赶紧到后面把婆母请出来。叶青鸾进得竹楼，向铁剑先生和雍二侠深深万福道："我们家门无德，遭这种逆心事，叫一般友好跟着受这种奔波，叫我婆媳母子有愧于心了！"铁剑先生不禁笑了一阵道："叶女侠，你怎么越来越世故了？再要说这种话时，我们可要立时避席而去。此行幸不辱命。"叶青鸾点点头道："我已听玉蟾说与我了，想不到他竟会勾结了天南一带成名绿林。我们商氏全家大约这次是应劫遭难，难以避免了。事情已到这种地步，我倒想和彭天寿早作了断，何必再等三日之约？既然知道他的下落，万一再生变化，我们又那里去再搜寻他？既然在苦水屯立了垛子窑，我想他不过是荒村野甸，不见得就像铁壁铜墙。我很想不等待他的请帖到来，立时下手，给他个猝不及防。此次我叶青鸾已决意和彭天寿一决生死，至于他约来的能人，那也就各凭本领了。"铁剑先生摇摇头道："不是那么打算。我总想着，现在只我们三人，力量太薄。我很想再找两位武林同道，我们就可以展开手脚。"铁鹞子雍非道："这潇湘附近，更有何人能为我助？"铁剑先生略一沉吟，向雍非道："我心目中倒有两人可找，只不知他们现在是否尚还活在人间。一个是衡阳一指神功韩钰，一位是疑山劈空掌何剑南，这可全是二十年前的成名人物。再有道路太远的，那是没办法了。"雍非听了不以为然。

彼此才说到这儿，猛然楼门外栏杆上轻微一响，屋中的人全听出声音不对。铁鹞子雍非已然蹿向楼门口，可是跟着栏杆外又有较大的声音。雍非向外闯时，从门外被风吹进一张纸帖。雍非伸手抄住，身躯已经跟着纵出去。可是竹楼的顶子上连连作响，突然有一人喝叱："狂徒，你敢在这里施为，下去！"跟着竹楼的左侧，小房的屋顶上，飞坠下一条黑影，往房上落，脚底下很重，震得屋面"咚"的一声。可是这条黑影跟踪蹿起，跃上边墙，竟自喝喊了声："这样敬客，苦水屯定然答谢！"雍非跟踪追赶，这条黑影已然逃出墙去，雍非定要追赶他，铁剑先生和叶青鸾也全跟了出来。

竹楼顶子上这时竟自有人招呼道："雍非，不必追赶。苦水屯自能相会，何必这么小家气！"这发话的声音令人惊异，在这话声中，从竹楼顶子上翻下一人，如海燕掠波，飞投楼下地面，数丈高落地无声。才一沾地，已然腾身而起，蹿上楼栏杆，口中却说着："天南老友，可接待我这不速客么？"

第十章

苦水屯群雄龙虎会

铁剑先生和雍非全已听出，正是南海渔人詹四先生。这位意想不到的人，竟自一脚站在楼栏杆上。须发如银，蓝绸子道袍，白袜云履，肩头背剑，竟把身形定住，这种丰姿真像陆地神仙。铁剑先生和罗刹女叶青鸾全躬身敬礼，向南海渔人说道："岂止是不速客，真是我们的苦旱甘霖！老侠客竟能在这时候大驾光临，我们真是意外的欣幸，里请！"铁鹞子雍非早已纵进栏杆，跪倒行礼。南海渔人向雍非一摆手，身躯落在栏杆内。

铁剑先生和叶青鸾往里相让，一同来到屋中。叶青鸾见南海渔人虽然是须发如银，可是精神矍铄，丰貌不减当年。叶青鸾以过去的遭逢，现在的急难，这种决不能来的人，竟肯不避风霜之苦，千里关怀，不由感激涕零，潸然泪下，重向詹四先生拜见。南海渔人也慨然道："叶女侠，人生遇合有数，不是人力可以想像的。天南一别，已经决无再见之时。此次若不是彭天寿的事，我决不肯再离开天南了，黎母岭早已打算好作我埋骨之地。可是这次彭天寿竟自用极大的阴谋，想把你们一网打尽。在先我所知道他邀约出来的，以叶女侠和小徒雍非，以及铁剑先生，足可应付。那知这匹夫他故布疑阵，暗中把天南一带绿林能手全约请出来，并且行藏极秘，轻易得不着信息。他们赶奔三湘，全是潜踪隐迹，单独下来的。直到同道中发现了两个已经洗手江湖的最厉害人物，是那铁掌金丸崔萍、峨嵋圣手鲁夷民，忽然重入江湖，并且知道他们赶奔潇湘。不问可知，这也是被彭天寿所约，赶来助拳。这一般劲敌叫你们应付

185

起来，稍一失当，就是一败涂地。天南道上旧时道义之交，不过剩我们这寥寥几人，我们难道就袖手旁观，任凭他们消灭么？我这才一怒离天南，跟踪赶了来，果然是这回事。"说到这，向雍非伸手。雍非把门口接的那张纸帖献了南海渔人。

詹四先生看看这纸柬帖，只见上面写着："恭请绿云村侠驾光临苦水屯赐教。"下面写着："江湖末流崔萍、鲁夷民、彭天寿载拜。"詹四先生随手递与罗刹女叶青鸾，扭头向铁剑先生道："这一回倒很好，他是对于我们有一位算一位，全请到了，悉数包含，很好！我们倒要在这里和这一般江湖能手一决高低，这也是我们数十年行道江湖一桩快事。"铁剑先生道："师兄，我们应该什么时候赶奔苦水屯？"南海渔人詹四先生道："此事再不能迟缓了。我从前夜赶到，人手搜寻。想不到他们行踪这么诡秘，竟找了这么个隐蔽所在。我们若是稍一放手，怕他另有阴谋。"

这时楼窗外又有些轻微响动，可是声音太小了。詹四先生此时说话声音更大，就是别人想辨察外面的声息，也全被他扰乱了。詹四先生忽然说道："我这忘了一点事，带来一点东西给你们看看。"说话间，手向囊中一探，猛然往外一抖手，口中喝喊："朋友接着！"两粒铁莲子穿窗打去。外面楼栏杆咯吱一响，一人轻笑了声："拜领候赐，这也算待客之礼么？"南海渔人发这两粒铁莲子，任凭谁也没想到，可是外面竟答了声。众人全惊慌起立，认为是那送字的匪人没走。詹四先生已然一斜身纵到门口，喝问："那位朋友？"现在有南海渔人在头里，谁也不敢往这位老侠客头里闯了。外面又答话，大家把心放下，只听他说道："二十年道义之交，翻脸就不认得人了？詹大侠，你是没把我们旁门别派放在眼中。"詹四先生一听这个说话声音，嗓音和铁鹞子雍非不差上下，自己一时想不起他是何人，赶忙跨出楼门。

只见楼栏杆上站定一人，身量和十几岁的孩子一样，穿着件蓝布长衫，头顶半秃，唇上七长八短几根胡子，手中却还提着个小包裹。这个包裹是扁圆形，扎裹得也各别，里面定是一种奇形的东西。詹四先生愕然说道:"我老迈昏花,竟听不出老朋友语声了,你可是石五弟么?"来人哈哈一笑,跳落在栏杆内,往前走来,一边走着一边口中说道:"你们这次可有些太看不起人了!你们轻易不到江南道上来的人,居然大驾光临,好歹的也应该赏我石老五一个信。侠剑会三湘,这是多么难得的事!我这人有个毛病,我看着有热闹可凑,你们不请,我自来毛遂自荐。若叫那位铁剑先生知道了,他定要笑我没出息。"

南海渔人听他这么说着,也不答理他,只是直笑,已经走进楼门。这人哟了一声道:"这可不对!四先生,你是年高有德的人,展大侠在这,怎么你也不告诉我一声,幸亏我没敢说什么。倘若我走了嘴,得罪了朋友,叫我有什么脸见人?"屋中的铁剑先生迎了过来,拱手说道:"石五哥不要取笑了,我们实不知道五哥你住在那里。你侠踪远隐,差不多已有二十年。我只记得,我到金陵,助那福王堂叔朱德畴归隐佛门,和五哥你见着一面。那时你形踪不定,我重返天南,再没有听人提起屠龙手石灵飞六字。你隐迹在那里?"

罗刹女叶青鸾见来人其貌不扬,身量特矮小,唇上胡须少还不算,黄焦焦的非常难看。两眼和自己相似,眼眶子高,眼珠子小,可是神光十足锐利。穿得尤其像个乡下人,蓝布褂子,黄铜的纽扣,下面白布裤子。一双云字履不知他穿了多少年,有的地方都磨平了。这种土头土脑的情形,在旁的地方遇上他,若是不仔细地看他,绝不会想到他是个草野奇人,风尘侠隐,名震天南的侠盗屠龙手石灵飞。自己认识人不少,并且铁剑先生跟詹四先生全认识他,自己深知此人是一个江湖中的出类拔萃人物。

詹四先生看出罗刹女惊异,遂向来人说道:"石五弟,你既是捧我们来,你怎么也不向主人问候,这不叫人嫌你疏狂么?"这人向詹四先生答道:"我真是该打!我见了一般天南旧友,喜极欲狂,竟这么失礼,真是罪过!"向罗刹女道,"叶女侠,我虽然没和女侠会过,当年我已久仰大名。只是机缘总遇不到一处,如今相隔这多年,竟在此会上。这么看起来,我还算没白多活这几年哩。"叶青鸾道:"石老师太好取笑了！我婆媳母子在天南不能立足，来到这里隐迹潜踪，只想着再不会和天南一班侠义道相见，想不到全这么看得起我们。石老师，你以往的威名，我不敢当面说那景仰的话。不过我叶青鸾对于老师父的武功造诣，早已拜服。尤其你的行侠作义的行为，尤非一班武林同道中所常见。今夜驾临，我忝颜的还要借重石老师的一身绝技，来为我们这一家人作臂助呢，里边坐。"

石灵飞落坐，大家四周陪着。罗刹女招呼婆子献了茶，更把柳玉蟾也唤过来，叫她拜见了这两位前辈。柳玉蟾也是暗中欣幸，自己周旋了一刻，仍去照顾那商和。南海渔人更把那纸帖给石灵飞看了。石灵飞看了，冷笑道："好大胆的彭天寿！他是有一个算一个，凡是到这里的人全在数。此事我略有所闻，知之不详而已。彭天寿这样下手，这种措置，分明是没把我天南一班同道放在眼内。我认为是我天南武林同道奇耻大辱。"说到这里，那屠龙手石灵飞却看着罗刹女叶青鸾，微点了点头。以罗刹女叶青鸾这样的年岁，是老江湖道上人，竟自有些面红起来，把头低下。詹四先生忙的把话声提高些，故意向屠龙手招呼道："石五弟，你想他用手段，我们不设法报复，脸面何存！现在他更大胆地来绿云村投束相邀，我们不以全份力量对付他，岂不辜负了他们盛情？我看不必耽搁，我们天一亮时立时起身，赶奔苦水屯。他以卑鄙手段对付我们，我们以大仁大义去和他当面评理。我倒要问问他，究竟作何打算。石五弟，你想是不是？"这位屠龙手石灵飞冷笑说道："这么办颇合你南海渔人这种身份，不过咱们话说在头里。咱们是各行其道，谁也别干涉谁。好在我石灵飞不是你们请来的，我是自投罗网，与你们无关。我行我法，谁也别牵扯谁。"铁剑先生展翼霄道："石老师究竟有什么办法？何妨说出来，大家商议。"

石灵飞微笑着说道："实不相瞒，像你们全是成名人物，走在那里也不能失了义侠身份，我石灵飞又当别论了。五虎断门刀彭天寿，他找的是商氏母子，他要是绿林中英雄好汉行为，也像四先生那种办法，倒可以赏他个面子。只是他竟用这种阴毒手段，并且一下手使用毒药苗刀。在江湖道中，他姓彭的就叫交待不下去。以叶女侠而论，她的五云捧日摄魂钉固然是一种独门暗器，在武林中使用这种暗器的，全认为过于阴毒。可是叶女侠一生使用过几次？足见她始终保持着武林中道义。逼得到了实不可解时，生死呼吸，危机一发，不用它来解救，就要立时断灭。所以暗器虽毒，使用的人绝不落阴毒二字。彭天寿此次寻访旧仇，这是江湖中常有的事。他应该以个人十余年所锻炼的本领，来登门报复。如今竟使这种卑鄙手段，我石灵飞就不能放过他。我这对日月轮好久没用了，再拿他试试它，是否还有旧时的锋利。"

叶青鸾对于这班武林同道全这么热肠相助，感激万分，遂向石灵飞说道："远路而来，我这做主人的应该为老师们洗尘。不过这可应了那句话：'盘飧市远无兼味，樽酒家贫只旧醅'。我略备一杯清酒，稍表寸心，不要笑话我老婆子吝啬，不肯待客呢！"石灵飞道："很好，晚饭倒是吃过。只是赶了几十里路，又听了你家中这些恼人的事，把我很好的一顿酒饭，全闹得无影无踪了。现在任凭是什么，我石灵飞先叨扰你三杯。可是事情若完全弄清楚了，叶女侠你要好好请客，给我们一顿好酒喝。"詹四先生和展翼霄对于石灵飞这种放浪行为，全笑个不住。立时令那白衣庵道婆收拾好桌椅，叶青鸾更帮着她把酒筵摆好。虽然没有什么珍肴美味，可是整治得十分适口。他们竟好似庆功宴一样，把眼前生死成败的事，全忘到九霄云外。屠龙手石灵飞酒量颇豪，狂饮起来。南海渔人和铁剑先生全是略略沾唇，应酒而已。他们这一席酒，直吃到四更左右，才算离席而起。内中只有铁鹞子雍非算是委屈了他，他是嗜酒如命，可是这次因为当着师父南海渔人面前，他那敢放肆？叶青鸾请詹四先生略事休息，也好起身。这一般人都睡在这竹楼中，屏息养神。

黎明之后，梳洗完了，罗刹女叶青鸾向詹四先生道："咱们可以分开走，在徐家甸饭店上聚齐不好么？"铁剑先生道："那么咱们在义合店聚齐了。"屠龙手石灵飞是说定了自己走，连义合店也不肯去，把他自己包裹提起来，向詹四先生、铁剑先生说道："晚间苦水屯那边见了。我还有点别的事，先行一步了。"詹四先生含笑点头道："石五弟，你真是不嫌累赘，包裹中可是当年所用的日月轮么？"石灵飞道："不错，还是那对家伙，我已经多年没再动它。这次我把它带出来，正想找个机会，再试试是否和当年一样称手。天从人愿，竟遇叶女侠这件事，我正好再和江湖道上会会这对日月轮，看看我手底下可曾软弱了么？"一边说着一边往外走。

罗刹女叶青鸾跟着往外送，才出了竹楼门口，石灵飞说了声："我不陪你们了，回头见。"随着话声，他已经向竹楼下飞纵了出去。叶青鸾再想和他客气，他起落之间，已经翻上厢房，不走前门，竟自越墙而出。叶青鸾怔怔看着他，铁剑先生一旁说道："屠龙手当年在东南各省，行道江湖，到处做些惊天动地事业。那种豪放情形，实不是一般人所能比较的。想不到如今归隐多年，这种风芒依然是丝毫不减。此次苦水屯有他一人，就是彭天寿一个硬对头也！"詹四先生从鼻孔中哼了一声道："话也难说，天南的成名绿林全都赶到，祸福难测。屠龙手保全了多少年的美名，已然完整收场，也许这次再把他毁掉。就连我们，何尝不是一样呢。"说着话，一同转身退回里面，跟着赶紧自己收拾，相继起身。

南海渔人是一口飞虹剑，铁剑先生是一柄古铁剑，铁鹞子雍非是九合金丝棒，罗刹女叶青鸾一根铁拐杖，各把兵刃暗器预备齐整。詹四先生和展翼霄、雍非一同起身。罗刹女叶青鸾把家中安置了一番，嘱咐柳玉蟾，今夜对于宅中要严加防守，不准疏忽，免得误事。自己也随着起身，赶奔徐家甸。赶到日没时，罗刹女叶青鸾到了义合店中，聚合一处。晚饭后，从这里起身，直奔苦水屯。这一路行程无庸细叙。

铁剑先生展翼霄跟南海渔人至店中，已然计议好：彭天寿他是以礼而来，我们照样地还他。备好了一纸名帖，上面列名的主人是罗刹女叶青鸾，铁剑先生和南海渔人也全列名。本应该把屠龙手石灵飞也列上名帖，只是他非要暗中和五虎断门刀彭天寿、峨嵋圣手鲁夷民等一般天南绿林名手较量一下。他既然安着这种心肠，你若是强给他在名帖上写出他的名字，这一般天南巨盗，一个个全有鬼狐的伎俩，他们一个早有提防，那一来岂不要误了他的大事？想到这里，所以就没敢把他的名字写上。

名帖写好，铁剑先生向雍非说道："雍老二，这可得瞧你的了，丢人现眼，好在有你师父在这儿。人家能够绿云村下帖请我们，难道我们就不能投帖拜客么？论起来，我们本不该和他们弄这些小过节儿，只是我们既然来到，要不先给他们点颜色看，也叫这群匹夫们过于看轻了我们。"铁鹞子雍非微微一笑道："这种好事，我还怕讨不到呢。展大侠你肯照顾我，我雍老二感谢不尽。这纸名帖要是投不进去，我也就没脸活着了。"南海渔人瞪了他一眼，从鼻孔哼了一声道："雍非，话说出口，可收不回来。你不要看不起苦水屯中一般匪党，真要是吃了亏，就让你没脸活着，不是亏也吃了么？谨慎小心，骄敌者必败。"罗刹女叶青鸾也说道："我不是小看雍二侠，你还是多加谨慎。这一般天南巨盗，全是很厉害的劲敌呢！"雍非此时颇有些愤愤不平，当着这位老恩师，不敢说什么，只有答应着，向罗刹女叶青鸾点头道："我雍老二先行一步了。"他头一个先赶奔苦水屯投帖。

南海渔人跟铁剑先生，罗刹女叶青鸾也随即起身往外走。店家看着有些怀疑，忙问道："客人难道不住了么？"南海渔人向他说道："我们去看望朋友，天太晚了，你也就不必等门伺候，我们也许不回来了。好在柜上存着我们的钱，你还怕些什么？"店家说道："客人不要误会，我们因为徐家甸附近十分荒僻，怕客人这时出门不方便呢。"铁剑先生道："多谢你的好意，不用为我们担心了。"遂一同离开店房，出了这个小市镇。地里有斜月疏星的微光，辨着道路，按着方向直奔苦水屯。

他们来的时候很早，虽然离着徐家甸不过三五里地，可是附近再没有什么村庄。距离苦水屯还有半里，罗刹女叶青鸾用手指着前面一片黑沉沉的地方问道："前面可是彭天寿寄身之地么？"铁剑先生点点头，这三人脚底下全加着十分的小心。渐走渐近，远远地望见这苦水屯中，不时有那昏黄的灯光一闪一闪的，时隐时现。铁剑先生问南海渔人道："莫非里面已然动上手了么？那灯光分明是孔明灯。探查敌人和把守要路，非用它不成，咱们似乎应该赶紧接应一下才好。"南海渔人也答道："据我看，还未必正式接触。雍非那种狂傲的性情，我为他担心，只怕他入苦水屯不易弄好了，那一来他真个难出苦水屯了。"

正说到这儿，陡见庄前原本是黑沉沉的，忽然从庄中拥出一拨人，手中各持着灯笼火把，雁翅形分列在庄口两旁。更见当中闪出一人，正是那五虎断门刀彭天寿，他已率众迎接过来。罗刹女叶青鸾见彭天寿已然现身相见，不禁暗中咬牙切齿，脚步下已经抢行了几步，赶上前去。南海渔人和铁剑先生恐怕仇人见面，分外眼红，立时动起手来，十分不便，忙的也紧行了几步。两下里相隔还有六七尺远，那彭天寿和他所率的一般党羽，全已经把脚步停住。那彭天寿赤手空拳，拱手相迎。罗刹女叶青鸾一手提着铁拐杖，也微一万福答礼。彭天寿更向南海渔人和铁剑先生施礼道："老前辈侠驾光临，我彭天寿迎接来迟，恕我慢客之罪。"这时罗刹女叶青鸾却不容南海渔人答话，向彭向生天寿抢着说道："天南一别，倏已十年。如今竟蒙你彭五爷不远千里，来到绿云村，这么赏脸照顾到我们母子，我这里只有拜谢你的盛情了。"彭天寿哈哈一笑道："叶女侠，你这么讲，我彭天寿不好答了。既已来到苦水屯，我们两家的事，何妨到里面讲个明白。"罗刹女叶青鸾愤然说道："既然我们奉召而来，任凭你苦水屯中设下天罗地网，我们也要瞻仰瞻仰！"

这时，从彭天寿身旁转出四人，全向这三人施礼道："天南掌武林侠义道的领袖，詹四先生和铁剑先生全赏脸来到这小地方，我们弟兄借着彭五爷的光，得会这种成名人物，叫我们万分欣幸！彭五爷给我们引见引见吧。"彭天寿给罗刹女叶青鸾和南海渔人、铁剑先生一一引见，正是峨嵋圣手鲁夷民，铁掌金丸崔萍，穿云燕子贾和，偷天换日乔元茂这四个绿林魁首。全互相引见过，只不见那

鬼影儿方化龙。南海渔人等也略事应酬了两句。彭天寿一侧身，往
里相让。罗刹女叶青鸾此时是毫不客气，也不向这同来的两位大侠
谦让，提着铁拐杖往里走来。彭天寿却向南海渔人和铁剑先生一拱
手，他才紧陪着叶青鸾走进苦水屯的村口。那两旁迎接的一般匪
党，把灯笼火把照耀上，随着往里走来。

往前看去，这地方完全是荒村野镇，里面就没有一片整齐可观
的房屋。村中的道路也全是土道，并且坎坷不平。一处处不是竹篱
门，就是白色的木门，全都双扉紧闭，死沉沉一个荒村。真不明白
这五虎断门刀彭天寿，他偏偏来到这里隐身。究竟他是何居心，就
难想像了。往里走着，叶青鸾已经留神四周。因为这三位全是江湖
道中经验多、见识广的人物，已然查出：别看它村庄小，住的人可
是厉害，处处的房上全暗伏着匪党，所有黑暗处的墙角屋隅，也有
人在暗中把守。叶青鸾和南海渔人、铁剑先生只有暗中戒备，明面
上丝毫不作理会。走进这苦水屯半条土街道，竟自绕越着好几条横
竖的小巷。经过这一带时，不时听到四外的胡哨声连响个不住。那
彭天寿和他手下这四个同党，一边走着，故意地搭讪，耳中好像听
不见他这苦水屯有了举动。

又绕出一条小巷时，眼前现出一片较大的宅子。不过也是竹篱
土屋，可是形势上已经显示出，这正是他临时安窖的所在。门前
和门内依然是没有灯火，可是这里已经有六七名背着兵刃的壮汉，
在黑影中来回走着。护送进来的灯笼火把，闯到门前，分立左右，
把这门外照耀得如同白昼。单有两名弟兄掌着两只纸灯笼，走进门
去，前头引路。彭天寿向罗刹女叶青鸾等拱手相让，随着灯笼引导
向里面走来。这宅子内却分成好几道院落，头前的灯笼直奔当中。
穿过一道极大的院子，转到后面，现出五间北房，六间厢房，院内
十分宽敞。头里两名匪徒紧走到正房门口，把一扇门拉开，彭天寿
往旁一撤身，请罗刹女叶青鸾等一同走进屋中。那四个成名的匪
党，也全跟进来。

南海渔人一看这屋中陈设间陋，完全是一个乡下地主家中的格

局。叙礼落坐之后，铁剑先生却站起来，向彭天寿道："彭五爷，承你不弃，绿云村赐柬相邀。我们是应命而至，现在请爽爽快快的，把你们究竟的心意当面说出来，我展翼霄洗耳恭听了。"铁剑先生这种问话倒也爽快，单刀直入，为什么来的，要彭天寿当面说穿，不作无味的客气。

彭天寿微微含笑道："我们是江湖道上人，讲江湖道中话。我彭天寿虽然是从二十岁流落绿林，失身为匪，我可讲究恩怨分明。我一生没成过名，没露过脸，我怎讲恩怨分明？我一个绿林中人，不必说那种道德的话。我是有恩必报，有仇必报。当年叶女侠把我姓彭的挤得一败涂地，使我在江湖道上无法立足。天南道上，更没有我立足之地。我自问当初并没做过分伤天害理的事，叶女侠丝毫不为我彭天寿稍留余地，赶尽杀绝，非把姓彭的除了不可，这才有那二次的惨祸。虽然叶女侠也没讨了好去，可是我彭天寿蒙她赏了我五云捧日摄魂钉，我当时侥幸不死，已经是一发之隔。我彭天寿远走边荒，早已打定主意，不指望着再有我这个人了。我后来的遇合，这正是上天怜念我被人逼迫的蒙屈含冤，叫我重遇名师，苗疆中更学了一身本领。事隔多年，对于叶女侠的厚赐，我丝毫没有忘记。直到现在，我找了她来，便为是和她清算旧债。是她欠我的，是我欠她的，我们两下里早早作了断，免得冤仇结到来生，成了宿世之仇。绿云村投柬相邀，也就完全是这个意思。我没有别的，只有请叶女侠还我个公道。我愿意再领教她'五云捧日'的手法。在三湘一带，把我姓彭的一生归结完了，我倒也死心塌地，把过去的一切全算作个交待。展大侠，承你相问，只有把我的肺腑事竭诚相告。展大侠既是武林前辈，有什么意见，自管赐教，我彭天寿决不敢违命。"铁剑先生微笑着点点头道："彭五爷，你的话倒是真痛快，这么讲是很好了。"

方说到这儿，南海渔人接着说："彭五爷，你这话说的是入情入理，不过你说了正面，事情你再反过来看看。当年你们结仇的情形，我们虽非目睹，事后也有些耳闻。彼此负一时的意气，各不相下。这武林中各有一个门规，各有一个师承。他们得师门的传授，教授出武功，就叫他们在江湖行道。所办的事，济困扶危，任侠尚义，和绿林中就算是冰炭不同炉。朋友，你当年在澜沧江一带耀武扬威，作着没本钱的生涯。但是你们相遇时，你所办的那件事，过嫌狠辣。罗刹女叶青鸾，她是女流，但是她所行所为，谁不敬仰？疾恶如仇，这是她的天性。彭五爷也得扪心自问，你所抢的那水买卖，人家有暗镖跟随，不能瞑目受死，任凭你宰割。他们拔刀抗拒，是理所当然，互有伤亡也在所难免。但是你彭五爷总算得手，买卖被你做下来，你也总可以放手了。可是你竟因为手下弟兄带伤的竟有四名，内中已有一名不救。你立时发动了狠毒心肠，集合绿林朋友，把这被劫的全家杀戮。最后保暗镖的镖师，救了个事主的小儿，你还不肯容情，竟自要斩草除根，一个不留，才肯罢手。

"罗刹女叶青鸾出头干涉，你那时丢开一走，也算不得你栽跟头，总算是称心如愿了。你们两下说翻，这才有你一场惨败。所劫掠的价值钜万的贼物，被叶女侠索回，交还事主。保护事主的遗孤，逃出你手去。你不肯甘心，竟自散绿林帖，传绿林箭，集合天南一带成名绿林，报复此仇。叶女侠一家人并没有外援，那敌得过你二十余名绿林成名的人物？他们事败逃走，叶女侠和他儿子儿媳完全算栽在你手内，很可以罢手了。你竟自丝毫不肯放手，直逼迫得叶女侠赏了你一支五云捧日摄魂钉，这才保全了他母子婆媳不死于当时。可是他们那种狼狈情形，也就无法在天南一带立足了。他那义仆苗成，也几乎死在你手中，身受十一处刀伤、箭伤、镖伤。叶女侠救了他义仆之后，这才逃奔内地。

"在武林中以及江湖道上，这种情形，你彭五爷应该立时罢手。他们远奔三湘，销声匿迹。她用那武林轻易不肯用的暗器，是给你彭五爷逼迫的，才肯下这毒手。你受伤逃奔边荒，流落苗疆。以天理人情来论，你不该再有十年后的报复。这次你竟以全力邀集了绿林一般能手，赶到绿云村。你竟自不顾江湖道的规矩，随意地施展毒药苗刀的暗器，天龙剑商和病危濒死。彭五爷，你这毒药苗刀，用得可实有些令人难以钦敬。最后，你竟敢把叶女侠的孙女下手掳劫，以我们堂堂男子汉，竟出此丑陋的手段，未免叫人太觉齿冷！

"大错已经铸成，事情已经做错，自己也该仔细回头去想一想。我们这次以武林同道之情，并非助拳而来。还盼你两家捐弃前嫌，再互相修好，而化敌为友，从此各自罢手。她那小孙女金莺，你要好好地交出。如有什么事，我姓詹的以过去四十年的成名，担承一切。咱们普请天南同道，你两家的事听凭大家的判断，免得弄个玉石俱焚，同归于尽。世上没有不能解的仇，没有不能了断的事。彭五爷，你要一意孤行，不肯纳半点忠言，我也不好过分地勉强。好在你两家全在此，任凭你们自己去如何了局，与我等无干。言尽于此，彭五爷，请你仔细思量。"

彭天寿万想不到，这位南海渔人竟自丝毫没有顾忌，当面把自己短处找出。当着所请来的一班同道，他明是理亏，也不肯就那么认领，冷笑一声说道："詹大侠，你这番教训，我彭天寿有生以来，闻所未闻。罗刹女叶青鸾当年在天南一带，那种气焰叫人实难忍耐。我彭天寿含羞忍辱这些年来，忝颜活下来，只盼着我和她还有最后的一面。朋友们好意的周全，我彭天寿领天大的人情。不过我和她的事，今日今时再难两立。至于当初的事，再讲起来也就没什么用了。姓彭的来到三湘，可说句放肆话，有叶侠客一家人存在，我彭天寿决不想再返苗疆，或是回天南重理旧业。江湖中也就把姓彭的永远除名了！他孙女金莺被何人掳劫，非我亲手所为，我还不敢承认。我彭天寿这些年来，没积存下别的，只交了一地朋友，或者是他们替我办了这件错事，算在我的头上，我焉敢不承认！现在想叫我把叶女侠这女孩子交出，我彭天寿无法应命，这只有请侠客们多多担待。"

这句话才一落声，后窗外发出一声狂笑，放开嗓子大笑一声，惊得彭天寿及一般党羽全站了起来。突然听得外面大声说道："姓彭的，你到现在真不够朋友了。叶家的女孩子，现在由你这里找出，你还想赖账？我还没看见过江湖道上，有这么死不要脸的英雄，你出来见识见识吧！"话声发在后窗。彭天寿羞愤难当之下，他竟历声喝叱："什么人！"猛然一撩长衫，稍一斜身，竟往左肋下甩出一口苗刀，穿后窗孔打了出去。铁掌金丸崔萍，穿云燕子贾和，一个是两粒金丸，一个是一支钢镖，随着彭五爷的毒药苗刀穿窗打出去。可是一般暗器虽然发出去，但听得后窗外叮当一阵暗器坠地之声。又是一声狂笑道："破铜烂铁，想在石四太爷面前卖弄，还差得远呢！詹老头儿，留着你那些好话和好朋友说，干脆动手吧。"

彭天寿在屋中向叶青鸾历声喝道："叶女侠，外面何人，如此无礼？"罗刹女叶青鸾道："外面讲话，自会有人见你。"彭天寿答了个"好"字。偷天换日乔茂，穿云燕子贾和，铁掌金丸崔萍，峨嵋圣手鲁夷民，全是不再打招呼，飞身纵出屋去。五虎断门刀彭天寿，他虽在十分愤怒之下，还不肯过分失礼。他见峨嵋圣手鲁夷民等弟兄四人已经出去，足可以搜索外面发话的人。他便回身向罗刹女叶青鸾、南海渔人詹四先生、铁剑先生一抱拳道："恕我彭天寿无礼，请老师父们讲话吧。"罗刹女叶青鸾把铁拐杖提起，说声"正合我意"，三人立刻一齐往外走来。来到外面，先出来的鲁夷民等一般匪党，已早在房上四下搜寻，但是发话的人已经踪迹不见。这四个江湖成名积盗，认为今夜这种情形，分明是栽要在这苦水屯。就凭这里布置得这么严密，围着苦水屯四周，步步均有人把守，依然任着人家出入，大家今夜非要落个一败涂地不可。这一来倒加重了匪党们仇视之心，各怀了毒恶之念。

彭天寿这时把长衫甩掉，一身紧身利落的衣服，左肋下跨着毒药苗刀的刀囊。罗刹女叶青鸾向彭天寿问道："彭五爷，今夜的事，你我总可作一个简捷的了断，我要领教你这毒药苗刀的厉害。你在江湖上也是成名的人物，我请教你最后一句话：我那孙女金莺，在你苦水屯不在？"彭天寿愤然说道："叶女侠，现在这件事，你还不该这么问我。我们愿意在你五云捧日摄魂钉施展之后，自然叫你称心如愿，安居乐业，母子祖孙绿云村去享清福，姓彭的总对得起你了。"罗刹女叶青鸾怒喝道："彭天寿，你这么狡展，不够江湖朋友的身份了！"

刚说到这，忽然见西南上一片火光，跟着胡哨连鸣。就在这刹那间，正东这边一阵呐喊之声，火焰也蹿起来。这房后相隔不远，也同时火起。彭天寿却怒喝一声："叶女侠，你敢用这种稳军计的手段！今夜再叫你生出苦水屯，姓彭的枉在天南隐忍这么些年了。叶女侠，这就是你落叶归根之地！"罗刹女叶青鸾喝了声："不必逞口舌之利，姓彭的你亮刀吧！"就在这时，忽然西面的屋上，厉声喝问道："彭天寿，你好不够人情！你自以为诡计多端，不过你做出的事，还是鼠窥狗偷之流。叶家的女孩子，你把她囚禁在菜窖中，你算得那道朋友？雍老二先教训教训你。"

说话间，从房上如飞蹿下一人，手中合着一条软兵刃，正是铁鹞子雍非。彭天寿厉声说道："无名小辈，你也在彭五爷面前猖狂！"彭天寿此话没落声，那铁掌金丸崔萍已经纵身到雍非的面前，掌中一口青萍剑，直奔雍非的胸前点来。铁鹞子左脚往后一撤，手中的九合金丝棒一个翻身甩打出来，奔崔萍的右肩头砸去。崔萍往左一伏身，九合金丝棒从头上过去。他往下一低头的工夫，再往起一长身，双臂一分，右手的剑横展出去。这里，五虎断门刀彭天寿已经把掌中刀往外一推，左手压刀背，向罗刹女叶青鸾说了声："我们正可一决雌雄，一分生死，请你进招。"

这时，由正南房上一声高喊："姓彭的，你还有脸动手？叫你见识见识，这是你狼心胸肺的手段，叫好友们也看看。"人随声落，已经飞坠到院中，正是屠龙手石灵飞。他背后却背着一个女孩子，也正是被五虎断门刀彭天寿掳劫的金莺小姑娘。这一来，任凭五虎断门刀彭天寿如何老辣，也觉太以丢人。他往起一纵身，喝问："什么人竟敢破坏彭五爷的事，我叫你尝尝五虎断门刀的厉害！"他人到刀到，向屠龙手石灵飞斜肩带臂就劈。他并不是就想着对付来人，他要趁势把金莺姑娘了结了。就是今夜事不得手，也叫罗刹女叶青鸾终抱遗恨。

可是他飞扑过来，已经触怒了罗刹女叶青鸾。她跟踪而进，铁拐杖挟着一缕劲风，向彭天寿背后就砸。势急力猛，任凭彭天寿怎样嚣张，他也不敢不翻身接架。已然递出的刀，凭腕子的力量，往右一带，身随刀转，一扁腕子，这柄厚背刀横着往罗刹女叶青鸾的铁拐杖上砸来。那穿云燕子贾和见已然动了手，他往前一纵身，窜到罗刹女叶青鸾的左侧，递刀便扎。叶青鸾铁拐杖往下一沉，已经把彭五爷的刀闪开，猛然向后一翻，这只铁拐杖竟往穿云燕子贾和的劈水刀上撩来。那偷天换日乔元茂，却也扑奔了雍非，他和崔萍要双战雍非。

铁剑先生怒喝道："你们这群不要脸的东西！单人独斗，自知不能取胜，竟敢以多为胜。我倒要看看你们有什么惊人的本领，手底下有多高明的功夫！"铁剑先生也是安心想剪除这般匪党，不叫他们再为害江湖。往前一纵身，身随剑走，扑奔了穿云燕子贾和。只有峨嵋圣手鲁夷民，他始终站在那里没动，此时见铁剑先生亮剑动手，他一晃身飞扑过来，说道："江湖末流鲁夷民愿给展老师接招。"他在话声中身形展动，已把铁剑先生的去路阻住。铁剑先生脚下微停，双掌往胸前斜着一分，封住门户。脚下丁字步，步眼暗中立好了门户，不慌不忙地向峨嵋圣手鲁夷民说道："鲁老师，我已经久仰大名。你的罗汉拳、轻功小巧之技和内家重手的掌法，以及一条金丝紫藤鞭，为江湖上成名的四绝技。我展翼霄以衰朽之身，试一试鲁老师这一身绝技。你肯赐教，我是求之不得。"说到这儿，立刻向后退了两步。峨嵋圣手鲁夷民说道："展大侠你过奖了，我鲁夷民不过几手俗浅的功夫，愿求展大侠多多指教。"

他口中说着软话，手底下可狠毒异常，指教二字才一出口，猛然往下一矮身，双掌向外一翻。一照面，他就给铁剑先生用了重手。这双掌运足了内力，"双推手"往外一登，掌心向铁剑先生劈胸打来。铁剑先生喝了个"好"字，右脚往后一滑，左脚往后一撤，双足一分，成子午桩式。身形也随着他发掌之势，往下一矮，跟着往外一翻。双掌是排山掌式，硬接他一掌力。双方的掌力全没实在打上，竟自互相身形一晃，彼此可全知道了对方的功夫深浅。两下里同时各往左一撤身，把身形全自走开。峨嵋圣手鲁夷民施展的是最得意的罗汉拳，铁剑先生却用数十年锻炼的一趟"嵩阳大九套"，也就是武林中所称道的"罗公八一式"。这趟拳施展出来，气不同，身形灵，手法重。这鲁夷民也是成名的功夫，他先前不肯动手，正是要找值得动手之人。两下里这一搭上手，真是与众不同，各有一番变化，幻妙惊人。进退闪避，发招换式，两下里扣得是严丝合缝。

他们这两下较量拳功夫。罗刹女叶青鸾一只铁拐杖交战五虎断门刀彭天寿、穿云燕子贾和这两口刀，也是绿林中少见的功夫。不过今夜罗刹女叶青鸾已具必死之心，没有求生之念，立誓要剪除这个恶魔彭天寿。所以把一身本领施展出来，这只铁拐杖招数撒开，真如生龙活虎，丝毫不肯再留情，一招一式全是往致命处下手。他们虽然是双战罗刹女，依然是一点得不了上风。两下里酣战之时，那铁鹞子雍非对付崔萍、乔元茂，可有些吃力。

屠龙手石灵飞竟自飞纵到南海渔人詹四先生的面前，说了声："詹老头，叫你来不是看热闹。你到这里督师观阵，是何居心？我给你找件事做，金莺小姑娘由你看管，若有毫丝之伤，我看你怎么见人！"说到这，他已把金莺放到南海渔人面前，把他胯下的日月轮摘下来。詹四先生还只疑心他要去帮助罗刹女除掉五虎断门刀彭天寿，那知他竟飞身纵上房去。詹四先生竟不明白他是什么意思，他把千斤重担放在了自己的肩头，南海渔人只好静以观变，待时而动。

这里动手的情形，强弱未分之下，那峨嵋圣手鲁夷民把罗汉拳的招数也施展尽了，一些取不了胜。他竟往外一纵身，把金丝紫藤鞭撒到手中，说了声："展大侠，请你把铁剑神功绝技赏给我鲁夷民变招。"铁剑先生知道今夜的事，决没有善罢甘休的希望，正好放手给他们些教训。答了个"好"字，伸手把背后的宝剑撒出鞘来。鲁夷民虽是绿林成名的人物，虽也知道他是具十分身手，剑术拳功全有独到处，还未想到他这口剑竟是一口宝刃。剑出鞘带着一缕寒光，蓝汪汪如同一湖秋水，就知自己是作法自毙。它果然是口宝刃，自己的金丝紫藤鞭虽是能挡得住平常兵刃，可是对于这种宝刃非要吃亏不可。话已出口，那顾得许多，把金丝紫藤鞭双手一抢，往前一纵身，左手一松，右手一用力，把这条鞭已经抢起。一照面就是连环三式，连递了三招。铁剑先生左手捏着剑诀，右手这口宝剑也亮开门户，竟施展的是三才剑。对付他这条软兵刃，铁剑先生尚还不觉费手，两下里一照面，就连拆了六七招。峨嵋圣手鲁夷民这条紫藤鞭上功夫纯，手底下变化的也快，他把身形施展开，上下左右，如同一条金龙飞舞，颇具威力。铁剑先生这口宝刃先占了上风，只要往他的兵刃上搭，鲁夷民立刻就得撤招，恐怕紫藤鞭削断，就算输在他手内。

这里动手到二十余招，铁鹞子雍非那边已经有些应付吃力。但是在这种场合中，不到不得已时，谁肯认败服输？他在愤怒之余，这条九合金丝棒才施展开最后的绝招，用"十二赶打"完全是取敌人的下盘。他这十二招连环棒变化的特殊，这是南海渔人亲自传给他护身救命的绝技。这连环十二式，完全是把身形矮下去，运用这条九合金丝棒，身形是反复回旋。这条棒只塌着地面连环进招，不容敌人还手。这两个敌手，全有一身小巧的功夫。但是在这种招数之下，竟自不能还招，只有纵越闪避。那偷天换日乔元茂纵跃之间，稍慢了一些，竟被铁鹞子雍非这条九合金丝棒扫在了左脚上。还仗着他身手轻灵，受伤之下，居然一纵身闪避开，可是已摔在庙房前。那铁掌金丸崔萍，他在雍非伤着了乔元茂的一刹那，已经腾身纵起，飞蹿东面的屋顶，脚点沿口，陡然一斜身，他右手的剑依然倒提着，左手连续发出三粒金丸，向雍非上中下三盘打到。雍非正在抖九合金丝棒，想把那偷天换日乔元茂了结了。金丝棒才翻起，崔萍的三粒金丸已到。铁鹞子雍非往左闪身，把三粒金丸却只避开两粒，右腿上竟被他打伤了一处。仗着闪身的快，这粒金丸算是没打在迎面骨上。

铁鹞子雍非怒吼一声，已经腾身而起，飞纵上东房，九合金丝棒向铁掌金丸崔萍猛砸了去。这种场合下，彭天寿的一干党羽，不到死伤绝不肯罢手。铁掌金丸崔萍他飞纵上东房，并非逃走，正是想用暗器来取胜。此时铁鹞子雍非二次追赶到，他只有亮剑接招，那肯就败走。铁鹞子雍非此时是恨他入骨，焉肯再容他走开！这条九合金丝棒连用了三手金丝棒上撒手的招数。迎面上一棒"丹凤朝阳"，那崔萍用剑往外一拔，本待借势往里递剑，可是铁鹞子雍非的招数并没把力用满了，猛然往回一撤，施展饿鹰扑兔式，这条九合金丝棒的棒头猝然翻起，向崔萍的顶上便砸。崔萍往左一撤身，因为在房上没有多大的地势，不能纵身闪避，不过棒头业已让开。可是雍非左肩头往后猛一闪，一反腕子，往回一坐力；这条金丝棒如同急风骤雨，竟自从他自己的身左侧二次翻起来，仍然是原招原势，向崔萍砸去。崔萍身躯本已斜向左侧，雍非的金丝棒变招太快。他往下一俯身，往右一甩，斜着往右方纵出去。但是雍非连进三招完全是虚势，现在他身形纵起，猛然腕子上用了十二分的力量，向右一抖这条九合金丝棒。胳臂上不见晃动，只凭手掌和腕子上的力量，随着崔萍往外纵身之势，他的掌中棒尾暗运手上的功夫，只凭手腕子上微一摆，那金丝棒上棒头，如一条懒龙，左右一摆，正打在铁掌金丸崔萍的右胯上。崔萍身躯落处，已经在房檐口，只剩了半尺的地形。铁鹞子雍非九合金丝棒这一扫，他那还会不被打下房去？身躯翻下去。但是他也是绿林中成名能手，依然在这种情势下提着了气。身躯一着地，虽然是倒翻着，他猛力用掌中剑往地面上一扫，居然没被摔伤。往前蹿出两步去，可是栽在地上。铁鹞子雍非跟踪而下，金丝棒一抖，喝声："你还逃么？"向他双脚上砸去。

就在这时，那五虎断门刀彭天寿跟穿云燕子贾和，双战罗刹女叶青鸾之下，一眼瞥见好友崔萍受伤摔下房来。铁鹞子雍非赶尽杀绝，竟下毒手。彭天寿猛然往旁一纵身，闪开叶青鸾的铁拐杖，他竟连甩出两口毒药苗刀。雍非的势子也疾，毫未提防。彭天寿的手法十分厉害，头一口毒药苗刀奔雍非的面门，雍非的九合金丝棒已经落下去，面门这一口飞刀已到。在这时，这座宅院中又涌起了两起火光，彭天寿所发的毒药苗刀，在这种火光下光华闪烁。铁鹞子雍非一偏头，但是他第二口苗刀已向雍非的小腹上打到。雍非任凭身形怎样快，也再难躲闪，这口刀若是正面打进去，雍非立时毙命。可是一旁保护金莺的南海渔人，已经发出一枝金钱镖，向他的苗刀上打去。不过南海渔人所站的地方，方向不对，不能横截他的苗刀；又是轻暗器，斜着打在毒药苗刀的刀身上，只把这口毒药苗刀打偏了。就这样，已经穿着雍非的小腹旁滑过去，刀锋锐利，雍非业已带伤，可是他的九合金丝棒也把崔萍的左腿腕砸折。

就在同时，西房上猛喝了声："彭天寿，你敢对老子们下毒手，老儿你也看看，这苦水屯还有你立足之地么，火神爷已经答应了给你化为灰烬了！"这人口中嚷着，已从房上扑下来，手中一对日月轮向彭天寿的背上砸去。这正是屠龙手石灵飞。彭天寿毒药苗刀发出两口，还能再赏给这里边的劲敌铁剑先生和南海渔人。背后的屠龙手已到，日月轮带着风声，从背后砸来。他赶忙往前一纵身，把左手的金背刀换过来，回身接架。

南海渔人看见徒弟铁鹞子雍非受伤虽轻，但是彭天寿的毒药苗刀厉害，遂把金莺抱起，腾身赶过来，回身接架。南海渔人看见崔萍已被他们手下弟兄救出院去，便纵身到雍非面前。雍非这时已知道自己恐怕性命不保，当时虽是动作如常，但是一个时辰内发作起来，就要断送了性命。因为受伤处跟天龙剑商和不同，自己的伤正是致命的所在，毒气很容易侵入脏腑。他追到墙角，正待用南海渔人所传的手法，把穴道蔽着了，暂保一时，这时师父已赶到面前。南海渔人用沉着的声音说道："雍非，不用慌张，不妨事，伤有多重？"雍非道："穿着小腹旁皮肉下滑过去的。"南海渔人把金莺放在地上，向雍非说道："留神着匪徒。"很快地从囊中取出两个很小的药瓶，借着火光，看了看上面标着的字迹，把一个瓶口的塞子拔开后，从里面倒出五粒丹砂，向雍非道："赶快把它咽下去。"把另一个小瓷瓶递与雍非，匆忙地嘱咐道："这药瓶里的十珍化毒散，你把它带在身上，我送你出苦水屯。把心肠放宽，我们爷们自问还毁不到他毒药苗刀之下。我把你送出屯去，你连这金莺带走，赶奔徐家甸。回义合店，把这瓶十珍化毒散完全散在伤口上。你不要管它，等待事完之后，请铁剑先生再给你用雷火针把毒提净，保你动作如常。我正得翻回来收拾这里。"铁鹞子雍非连连答应着。

南海渔人把金莺抱起，伸手把背后的飞虹剑撤出剑鞘。铁鹞子雍非听到师父的话，知道自己性命能够保全着了，谅无妨碍，精神一振，立刻提着九合金丝棒往外闯来，离开这道院落。师徒二人返到外面，见所有被火燃烧的，完全是他这宅院的房屋。在墙外发现了那鬼影儿方化龙，已经身受重伤，断去一条左臂，倒在墙根底下，在那儿惨嚎着。南海渔人在后面厉声嘱咐着雍非："从此以后，再不准你作那狠心辣手的事了！"雍非那还敢答言。在这苦水屯的沿途中，竟看到四五处下暗卡子的匪党，也有受伤的，也有已死的。这完全是屠龙手石灵飞一人照顾了他们，肃清四周的党羽，放火焚烧他的庄院。又在从菜窖中救了金莺之后，由他一人照顾了彭天寿。所以此时铁鹞子雍非和师父南海渔人闯出苦水屯，已经毫无阻挡。直送到村口外树林前，南海渔人把金莺交与了雍非，叫他赶奔徐家甸。

南海渔人仍然返回里面，认定了这彭天寿不除，终是江湖的大害。可是赶到里边时，只这短短的时间，已经局势大变。动手的这道院中，正房已被火燃烧起，动手的人已经分散开。那五虎断门刀彭天寿跟屠龙手石灵飞，两下里是棋逢对手。彭天寿把一身的本领全施展出来，他这五虎断门刀实有精纯的功夫，力大刀沉，尤其是他这趟五虎断门刀法，是得有名师的真传。他成名江湖，完全仗着这口刀。今夜见这种情势，知道这次复仇恐怕要终归泡影。他手底下决不肯再稍留半分力量，这口刀上下翻飞，崩、扎、窝、挑、扇、砍、劈、剁，一招一势全有精纯的火候。可是屠龙手石灵飞手中这对日月轮，在南北各派中，会使用这种兵器的寥寥无几。这时日月轮施展开，崩、拿、砸、挎、剪、锁、耘，寒光闪闪，上下翻飞。彭天寿虽是重兵刃，但是屠龙手这对日月轮，反处处克制它。这种兵刃专能剪对手的兵器，两下里已经连拆了二十余招。

这时罗刹女叶青鸾用铁拐杖对付飞云燕子贾和，已把贾和劈水刀磕飞。贾和拼命地逃了出去。罗刹女叶青鸾此时用不着什么叫顾全侠义的身份，一心剪除彭天寿这个恶魔，遂飞身赶过来，跟石灵飞双战五虎断门刀彭天寿。罗刹女叶青鸾这只铁拐杖跟屠龙手石灵飞的日月轮，合到一处，夹攻彭天寿。任凭他这趟五虎断门刀法怎样的厉害，也敌不过这两位武林成名的人物。并且屠龙手石灵飞口齿上十分刻薄，他一边动着手，还不住地招呼道："彭天寿，今夜你应该自己认命，留得你这条活命，还许有再见之时。你若不识相，只怕你再想离开苦水屯，不大容易了，趁早歇手吧。石四爷不愿意赶尽杀绝，你只要肯把手中刀往外一掷，姓石的保全你一切。"那彭天寿越听他这种话，越愤怒十分，他把全身力量施展出来，抱定了宁为玉碎不为瓦全之心。

南海渔人也已经翻了进来。铁剑先生本是和峨嵋圣手鲁夷民动手，两下里旗鼓相当，功力悉敌。就在南海渔人送雍非走后，再回来时，已不见他两人去向。南海渔人见五虎断门刀彭天寿威力虽灭，可是已看出他抱定了宁为玉碎不为瓦全之心。这位老侠客倒不敢轻视他了，提着白虹剑落在院当中，一声喝叱道："彭天寿，你枉为绿林成名的英雄。眼前的情势，难道还叫你逃出手去么？和叶女侠的事何妨早作了结，我姓詹的从来没作过赶尽杀绝、不为朋友留余地的事。冤家宜解不宜结，听我良言相劝，我愿作鲁仲连。不听良言相劝，你敢尽性施为，我老头子倒要见识见识你了。"

这时彭天寿手中的金背刀，一个夜战八方式，往外一挡石灵飞、叶青鸾的兵刃。他一耸身，"鹞子钻天"，腾身而起，竟自落在那烟火腾腾的正房上。他停身处，只有数尺的前檐尚未燃烧尽，好大的胆量！这座正房眼看着就要倒塌，他往上一落，石灵飞、叶青鸾可没敢跟着紧追，因为要提防着他毒药苗刀的厉害。这彭天寿竟自一转身，在这烟火中，他那份面貌更显得十分狞恶，向下冷笑着招呼道："你们这般沽名钓誉的恶人！我姓彭的只要三寸气不断，苦水屯到场的有一位算一位，我不能报答你们这番大仁大义，姓彭的就枉生在江湖路上了。朋友们接着五太爷的吧。"他说罢一拧身，竟从烟火上窜过去，猛扑后面逃走。

南海渔人一声怒叱道："这怙恶不悛之徒，留他终是后患，不能叫他再走了！"屠龙后石灵飞，罗刹女叶青鸾，一左一右，紧追下来。他们是绕着正房两侧追过来。南海渔人提白虹剑，飞身蹿上正房，随着他的后踪，也从腾腾的烟火上施展燕子穿云的绝技，从房檐头上飞纵起，往正房后一段快要倾倒的墙头上轻轻一落，又复腾身即起，已经到了这正房的后院。叶青鸾、石灵飞已经从两侧抄到南海渔人的头里。五虎断门刀彭天寿并没逃出多远去，见他直奔这所宅子的后面。这后面尚有两三层全是茅草的土房子。叶青鸾和石灵飞见彭天寿的踪迹未隐，各自把暗器全扣在掌中，越发的不肯让他逃出手去。相隔只有三四丈远，叶青鸾，石灵飞两人是左右相隔一丈多远，蓦然间，彭天寿正逃到一道院落的后房坡上。他的脚下似乎蹬滑了一个后檐头的泥土，被他脚尖带起一片来，他身形往前一栽。石灵飞喊了声："你这是天报！"脚下一用力，腾身而起。叶青鸾也认为这正是时机，两人全是紧扑过来。

那知彭天寿身躯往起一挺，一斜身竟甩出两口毒药苗刀，分向石灵飞、叶青鸾打到。这两下里势子过急，追得过紧。还仗着早已提防他这一手，石灵飞往下一矮身，这口苗刀冷飕飕从头顶过去，把头发竟给刀锋削断了一缕。叶青鸾往左一斜身，毒药苗刀擦着右肩头过去，肩头的衣服已被划破了，幸未受伤。这一来越发激怒了石灵飞、叶青鸾。屠龙手尤其是恨他入骨，掌中虽扣着梭子镖，可不肯随便打出，往起一纵身，飞扑过去。那彭天寿已从他落脚的地方腾身而起，飞纵到前面的东厢房。石灵飞往那屋顶上一落，预备和他相离少近，用梭子镖连环的打法，无论如何也把他这条命废了。可是事情出人意料，脚下往房坡上一落，这房顶子一软，他一只左脚已经陷下去，右脚往前一换步，也照样陷入房顶中。叶青

鸾也是斜扑过来，和石灵飞不差先后，不过落脚的地方是靠西房山角。虽是看见了石灵飞已经身躯栽下去，自己可收不住势，左脚也陷入屋顶中，右脚可没敢往前再换步，手中的铁拐杖横着往前一按，算是把身体支持着。

可是这五虎断门刀彭天寿一声怪笑，这种笑声形如枭鸣，他仅剩三口毒药苗刀，完全打出来。他是安心想把这两个劲敌同时除去。自己虽是逃不出南海渔人之手，也算甘心。两口刀是奔了叶青鸾，一口刀奔了石灵飞。在石灵飞和叶青鸾同时陷在房顶上，就知是中计了。这种时候是刻不容缓，他的毒药苗刀已到。石灵飞在身躯一倒时，日月轮完全在左手里合着，已按到房顶上，可是也陷入房顶内。右手的梭子镖用力甩出去，可是他右臂上已被毒药苗刀所伤。叶青鸾在左脚一陷下去，毒药苗刀一口奔面门，一口奔胸口，全到了。好个叶青鸾！把左手一扬，五云捧日射魂钉也同时发出。可是自己也是顾命要紧，顾不得这条左腿受伤，猛力的往后一仰身，倒在房坡上。可是论情势只能躲开脸上这一口苗刀，奔胸口的非打上不可。不过动作同时，南海渔人和他们相隔不过两三丈，已然在他们互发暗器的同时，一声怒吼，飞扑过来。手中是五枚金钱镖，用足了腕力，向苗刀上打去，竟把叶青弈的这条命救了。

那彭天寿任凭他的手段多么厉害，也被叶青鸾的五云捧日摄魂钉打中，他右背左乳中了两钉，受伤逃走。南海渔人业已追到，白虹剑夜叉探海式，往他背后戳去。这一剑只想把他结果了，那知身后竟有喝打之声，一支钢镖已然到了脑后。白虹剑翻回，镖被磕飞，彭天寿竟自逃去。这一来终归留了后患，可是发镖救应彭天寿的也没有露面。

南海渔人只好先救应石灵飞和叶青鸾。南海渔人已知道他这房坡上布置成了陷阱。不过见屠龙手石灵飞，罗刹女叶青鸾，虽则陷身在上面，这屋顶上是不能着脚，可是始终身躯没堕下去。遂轻身提气，飞纵到上面，落脚处正是彭天寿方才故作倾跌的地方。果然靠檐口一带，尚没有埋伏下什么。仔细看时，已了然他这种诡计了，他竟自用茅草湿土浮铺了一层。南海渔人随手用掌中剑向这屋顶上一路翻挑，把上面的茅草泥土拨开一大片。看出他把这屋顶上必须落脚之处，完全用碗口粗的树枝子横竖支架，并且高矮不平。这屋面上完全是八寸的方孔，上面铺得虽平，那有什么力量？任凭你多好的功夫，这种地方那会不中他的诡计！

南海渔人来到石灵飞面前，伸手把他挽住，把这近前泥土也拨落下去。石灵飞双腿全伤。叶青鸾侥幸地躲开苗刀，虽则自己一条左腿也被树枝子扎伤，并且仰身避毒药苗刀时，更把脚上也扎伤了一处。此时可挣扎着，把这假屋面上面铺的东西，用铁拐杖拨落下去，自己勉强地站起。南海渔人已把石灵飞带下房去。全庄院的火势很厉害，渐渐地往一处聚积。

南海渔人刚要接应罗刹女下来，从西北角飞纵过一人，正是铁剑先生。他这一赶到，正在下面看到眼前的情形，已知自己人遭了暗算。他挽住了罗刹女一只左臂，把叶女侠接了下来，向南海渔人道："怎么样，石老师敢是受伤了？"南海渔人恨声说道："好刁狡的彭天寿！我们居然全险些毁在他的手中，石四弟已中了他的毒药苗刀。不把老匹夫歼除了，恐怕终成后患！"铁剑先生鼻孔中哼了一声："不要紧，谅他终不会逃出我们的手去，也不过任他苟活一时。这里不便停留，苦水屯这一带完全是无知的农民，被彭天寿物色到这里。这苦水屯被他杀害了好几名农夫，威胁住了。小小的农村任凭他霸据，现在他的党羽死伤逃亡，这里没有什么后患了。石四弟怎么样，伤得可是要害的地方？"石灵飞抬头苦笑了一声，向铁剑先生道："我知道我石老四不会得善终的，无故的自找难堪，出头多事。这可没有别的，我倒要认栽，请你这位精擅医伤妙法的老先生把我伤痕治好。我要重回天南，我这条老命不断送在江湖上，不能算甘心了。"铁剑先生道："石老师的事，我不敢掺一言，咱们先赶回徐家甸义合店治伤要紧。"

这时，后面的火也侵过来。铁剑先生和南海渔人遂把石灵飞架起来。他居然负伤之下，依然是竭力挣扎，出了这座烈火腾腾的盗窟。

这苦水屯的农民虽也看见了火光,好在这所房子是谁也连不上,没有一个敢出头救它的。罗刹女拄着铁拐杖,也是勉强着走。

一路上,南海渔人问起铁剑先生和那峨嵋圣手鲁夷民动手的情形如何。铁剑先生道:"此人倒不愧是绿林中一名侠盗,颇讲道义,我们缠战到苦水屯边,互相较量了两手小巧的功夫。我爱惜他这一身绝技,江湖上实在难得,并且以往这人恶迹不彰,我剑下留情,他竟俯首就绑,认罪服输。我才保全他过去的威名,让他赶紧离开是非地,此人将来倒好结纳呢。"

他们赶到徐家甸,已经天快亮了。到了义合店中。铁鹞子雍非在屋中遵着南海渔人的嘱咐,静卧在那里,金莺守在他一旁。铁剑先生查看他们的伤痕,好在二人的毒药苗刀,毒还没散开,容易医治。就在这义合店耽隔了两日的工夫,把伤痕治好,一同回转绿云村。南海渔人再不叫罗刹女叶青鸾这一家人住在这里,带他们一同赶奔天南,一同到黎母峰。一来是提防着彭天寿的二次寻仇,二来这般人集合一起,也要以全力搜寻他,除此恶獠,永绝后患。

本篇写到这里,暂告结束,笔者略事歇息。他们天南群雄会斗,黎母峰二次寻仇,屠龙手三下苗疆,在续集中一一叙出。〔按:《龙虎斗三湘》的续集《南荒剑侠》的实际情节,同作者在此处的预告不尽一致。〕

南荒剑侠

第一回

索敌踪侠剑走南荒

南海渔人詹四先生，在绿云村仗义应援，解脱罗刹女叶青鸾一场大劫之前，这位老侠已经是退隐黎母峰，封剑闭门的人。只为二十年道义之交，他眷怀旧友，这才赶到潇湘。虽则没把五虎断门刀彭天寿以及他所邀来的一般天南巨盗尽数铲除，可是也叫彭天寿等死伤了不少手下的党羽。这次彭天寿到三湘之后，总算是铩羽而归。

不过，老侠客认为他们是未了之局，和罗刹女叶青鸾那种道义之交，更是放心不下，所以竭力劝她一家人重返天南，再访寻彭天寿的下落。无论如何，这个恶魔不能再留他。可是罗刹女叶青鸾对于这次的事十分痛心。十几年旧日冤家找到门上来，自己本是早就想到，终有这场寻仇报复的事，隐迹绿云村，一时也没敢把功夫撂下。那知这次若不是这一般好友仗义支援，只怕全家要落在彭天寿的手内。个人没有能力去除掉这种势不两立的仇家，到现在灰头土脸，再返天南，实非本愿，所以一再推辞。但禁不得南海渔人竭诚相劝，更因为铁剑先生也晓以利害，认为现在罗刹女叶青鸾这种固执，实在是不能通权达变，所以把将来的情形，仔细地向叶青鸾加以警告，认为这五虎断门刀彭天寿，在我们走后，万一卷土重来，

211

终恐怕要遭他毒手。他二次的失败，越发把对头人看成誓不两立，他什么手段全会施展出来。罗刹女这才答应了，随南海渔人一同赶奔黎母峰。

那屠龙手石灵飞伤痕治好之后，他更与彭天寿已经是势不两立了，他定要报这一枚毒药苗刀之仇。所以这位武林怪杰再不用别人邀约他，他要重入江湖，再访彭天寿，自告奋勇地定要赶到黎母峰。他不能一道走，他得先回他们的燕山通天岭，把他个人的事安置完了。他和南海渔人约定了，跟他们前后至多不差十天，准可以赶到。

铁剑先生已经和南海渔人商量好，他要单走。因为知道五虎断门刀彭天寿已然是带伤走了，并且他手下还有许多党羽。彭天寿是否立即回转天南，或是暂留这一带，不能那么放心不管了。自己既想着把这匹夫除掉，就得一步不能放松，要跟踪他的足迹。他不仅是个足智多谋之人，还有一班人相助。就是让他重返苗疆，也要知道他的下落。所以自己决意单独走下去，寻着彭天寿的踪迹。这样，我们动手复仇，也不至像大海捞针，没地方再去寻他。南海渔人连连说好。

罗刹女叶青鸾自己也愿和彭天寿把这十载深仇弄个干干净净。何况自己也是风烛残年，虽则有一身本领，也不能保定禄命长存。遂也不再迟疑，收拾了一切。商和，苗成全已经恢复了体力。在屠龙手石灵飞和铁剑先生起身的第三日，他们也一同起程。罗刹女叶青鸾租了两只船，自己和儿媳柳玉蟾、孙女金莺坐一只船，连箱笼衣物全装在这船上。南海渔人和铁鹞子雍非，以及儿子商和、苗成同坐一只船。溯江而上，虽然船行得慢，赶上风势顺时，顺风逆水，倒也没有多少耽搁。一路上安然无事。

到了黎母峰，已经是夏末秋初。可是这一带气候温和，这黎母峰地近海面，正是南海口一个大港湾内。层峦叠翠，高峰插云，山花吐蕊，古树参天。这种地方景物清幽，住在这里真有如入了仙家之境。

　　南海渔人所住的地方，就是这里最高的黎母峰前。这座高峰延长到一二里，乱峰簇拥着这黎母峰，形如万峰领袖。南海渔人在这峰下建筑了竹篱茅屋、菜圃花哇。上面一道清泉，直绕着他这所房屋前，顺着山沟流下去。林木苍翠中，只他这一处人家。因为这里形势太高，虽然有这么好的景物，轻易没有游人到这里来。一来为山道难走，二来面临大海。滨海之区，虽则气候温和，可是每遇到天气变化时，海风非常强劲，平常人在这上面全有些待不惯，所以南海渔人卜居在这里，倒十分相宜。他是已经锻炼到武功够了火候，虽然不能说炉火纯青，可是也能够抵御寒暑。南海渔人把他黎母峰这所房子，题名叫"抱璞山庄"，后面所住的三间精屋名叫"览翠堂"。

　　这位老侠客住在这里，就没人知道他是当代武术名家，一位风尘侠士。在这黎母峰住下来，轻易不到下面去，在海边上有他这抱璞山庄自备的一只小船。天气晴好，波浪平静时，有时叫铁鹬子雍非摇桨，南海渔人自己撒网，在海边上捕些鲜鱼，师徒当下酒菜；有时自己摇船，性之所至，这只小船竟自漂到海面上。附近的居民和渔户们认定他是一个隐士高人，只称他是南海渔人，连他的姓氏多半全不知道。

　　这次把商氏全家带上黎母峰来，最高兴的是铁鹬子雍非。他认定了苗成虽是叶青鸾家中一个佣仆，但是他那种血心扶主，真有杀身成仁，粉身取义的气节，所以满心要交他这个朋友。只是在绿云村为事情所逼迫，苗成又身受重伤，调治多日才能起床，雍非那得尽情和他盘桓？如今在黎母峰聚合起来，自己认为是一生的快事。叶青鸾和儿媳柳玉蟾、孙女金莺，住在一进竹篱迎面的三间草房内，商和跟雍非住在东面两间厢房里。

　　这抱璞山庄，原有两个人待候着南海渔人师徒的一切。一个是老侠客在江湖上行道时，所收留的一个镖行的趟子手。他身受重伤之下，被南海渔人救了回来，虽把他的命保住，但是一条左腿已成残废。他走起路来一颠一拐，这样那还能再到江湖道上去跑？哀求着南海渔人把他收留在身旁，他愿意侍候老侠客一辈子下去。这人名叫韩义，他也算江湖道中的一个苦人，无家无业，无妻无子。南海渔人虽把他留在身旁，他倒能勤恳操作，很得师徒的欢心。

另一个却是铁鹞子雍非收的弟子，也是一个可怜的孤儿。在澜沧江畔，家中富有田产，只为宗族的欺凌，把偌大的家业完全被他一般恶族人霸占了去。只逼得母子投江觅死，幸被雍非所救。雍非抱不平，出头给他驱逐了一般恶族人，索回田产。可是这孩子骨格气质颇好，雍非遂和他母亲说："你虽有家财，门庭冷落，只这一子执掌门庭，将来还是免不掉被人算计欺凌。倘能叫他学就一身本领，还有谁来敢算计你这份家财！"这位虞氏听到雍非这番话，深以为然。并且母子二人投江自尽，若不是这位雍二侠相救，早已葬身鱼腹，那还能活到将来？何况人家是为自己母子打算，立刻欣然答应，把卢箫儿拜在了雍非名下为弟子。不过雍非和她说明，别看自己年岁虽老，前面还有老师呢。必须把卢箫儿带到黎母峰，传授他武功本领。

临行时，雍非道："你们母子二人，全是形单影只，我不能做不近人情的事，每年必叫他回来两次。好在你家富有，不用指着他学成本领去闯事业。叫他练个三年五载的，稍有成就，立刻打发他回家奉母，侍候你的天年，保守你的家产，接续你的香火，这总可行了吧？"这位虞氏听雍非有这么体谅，万分感激。

这时卢箫儿不过是十二岁，论起实在情形来，雍非想传授他本门武功剑术，没有十年的锻炼，那能够放手叫他离开师门？雍非敢这么从容，实在是另有他的打算。武林中投名师难，收好弟子尤非易事。雍非认定了这个卢箫儿天资聪明，骨格、像貌处处全都过人，这是很难得的。传授他本门功夫，定比较旁人是事半功倍。这种资质真要是一手教出来，自己也不枉在师门得来的一身本领，总算有了传人。所以竭力地俯就着，把这卢箫儿带回黎母峰。师门中规戒至严，不过南海渔人因为他年岁已大，在自己门户下颇立了些功劳，已经答应叫他开门收弟子，这已是早许下他的事。雍非把卢箫儿带着，一见南海渔人，南海渔人也是十分高兴，认为雍非得着这么个好徒弟，将来光大门户，定要在此子身上，所以连南海渔人也十分重视。

卢箫儿这孩子也天生聪明，更能处处体会师父、师祖用心。所以他的武功仅仅五六年的工夫，已经有了非常的造就。这黎母峰有这么一个传门户的第三代弟子，所以师徒二人欣慰十分。这卢箫儿到现在不过十七岁。他自从师门受艺，得师父师祖的真传，倒舍不得离开这里了。不过近年他的武功已经有了成就，雍非也不过分地约束他。他常常回到家中，看望着老母，住个十天八天，自己就要赶紧回来。南海渔人师徒二人先后离开黎母峰时，这里倒全仗着他和韩义照管着抱璞山庄。如今南海渔人师徒这一回来，添了这么许多人，卢箫儿十分高兴，更听师父铁鹡子雍非把叶青鸾一家的遭遇全告诉了自己。卢箫儿十分痛愤，很想着遇到了机会，倒要会一会五虎断门刀彭天寿，究竟是怎样一个了不得的人物。卢箫儿存了这种心念，可是口风上决不露一字。

叶青鸾婆媳母子全安置好了。南海渔人从回来后即嘱咐卢箫儿、韩义：对黎母峰应该十分谨慎，戒备一切。彭天寿虽是受伤逃走，他的党羽众多，随时可能派遣他的手下，来我黎母峰探察动静。我们在这黎母峰，自从起建抱璞山庄，能够登临到这里的，全是我同道中人。这种极恶的江湖绿林，我们若是也任凭他涉足，南海渔人就把以往的威名断送了。任凭彭天寿和他的一般党羽本领怎样出众，他只要敢妄窥我黎母峰，我们好歹得给他些颜色看。韩义和卢箫儿听到南海渔人的分派，十分注了意。

自从叶青鸾全家到了这里，安安静静的，已经过了半月光景。他这一家人在黎母峰住着，最高兴的是义仆苗成。他不只于跟铁鹡子雍非得着欢聚，雍非也是趁着南海渔人不到前面来时，他带着苗成，拿着大瓶的美酒，找一处峰峦重叠处，两人是尽兴地畅饮，谈谈讲讲。两人实有相见恨晚之慨。那苗成更是跟那卢箫儿十分投洽。

只苦那叶青鸾婆媳母子。罗刹女叶青鸾虽是风烛残年，但雄心未死，更对这次绿云村五虎断门刀寻仇报复，全仗着天南一般道义之交，千里支援，才解脱了全家劫难。虽是侥幸逃出彭天寿毒药苗刀之下，终算是一场惨败。潇湘不能立足，被南海渔人强邀到这里，固然是二十年道义之交，关怀甚切。自己一家人再留在绿云村又是未了之局，放心不下，他们又不能留在潇湘，只好来到黎母峰小住。但是自己当年在天南一带也是成名的女侠，如今反倒寄人篱下，更有势不两立的仇家，未来的事，吉凶祸福未敢预料，所以终日是抑郁寡欢，唯有把自己无聊的心情寄托在孙女金莺身上。叶青鸾却是一步不肯放松的，在这虎口余生的孙女身上用了工夫。

儿媳柳玉蟾是个聪明的人，也感到绿云村这场事后患无穷。婆母那种情形，自己何尝看不出来？更兼丈夫天龙剑商和，是在绿云村差点死于彭天寿毒药苗刀之下。虽仗着铁剑先生医术通神，雷火针保全了性命，可是个人过去在天南，随着母亲也曾在江湖道上扬威立"万"。如今落到这场惨败，羞见武林同道。所以从绿云村起身，以及来到黎母峰，从此商和变得沉默寡言。他心中暗打主意，个人认为这样忝颜偷生，虽生却不如死。他一心想着一雪此耻，不过隐忍未发，待机而动。

只有金莺终是年岁小，虽是经过匪党掳劫，被救回来，可是自从随着一家人到黎母峰，她十分爱这里景物清幽。黎母峰高拔海面，在抱璞山庄前，能看到海边的往来帆影如海鸥掠波。尤其是那渔船大队出帆时，更爱它们衔风破浪，张网捕鱼身手矫健。所以金莺除了跟祖母练功夫之外，常常坐在崖头，不肯离去。直到她母亲柳玉蟾来招呼她，才肯进抱璞山庄。

这天，在傍晚的时候，金莺又来到山庄前，在那崖头篱边摘了几枝野花，找一块干净的石头坐下，把那花瓣全弄散了，看着海面上帆船的形状。她用那花瓣，在那石头上摆成了海面的船形，自己看着形状有不对的地方，挪移着花瓣，改正那船的形体。自己很高

兴地玩着，忽然一阵海风吹上崖头，把石头上的花瓣给它吹得到处纷飞。金莺自己费了很大的工夫，不禁十分生气，撅着嘴坐在那儿看着飞散各处的花片儿。

这时，背后忽然有人扑哧一笑道："全飞了，我看你作什么？"金莺吓了一跳，扭头看时，竟是师兄卢箫儿。金莺说道："你什么时候来的？也不告诉我一声。你看多可气！费了半晌的工夫，摆得好好的，被一阵讨厌的风，给吹得没有了。"卢箫儿道："你真是傻闹，风不给你吹走，你也把它拿不进山庄去。我知道你是看着海面上的船，也想去游玩一番。没人带你去是不是？"金莺点点头。卢箫儿说道："你不要着急，你没看见咱们自己有船吗？明天天气好，我和师父说一声，他若是答应，我带你到海边上游玩半日。你看看那渔船上的情形，倒也十分有趣。"

金莺很高兴地跳了起来道："师哥，你说了可得算数，不要骗我。来到这里，我很爱这个地方，比我们在绿云村住着强得多呢！那里离江也近，只是我娘从来不叫我出去。师哥，这两天的天气全好，明天早晨我跟祖母练完了功夫，你可一定跟我去。"卢箫儿道："不过你得和你祖母说好了，她若是不叫你去，我可没有那个胆子，敢带你下黎母峰。你祖母比我师爷还难讲话，我还真怕见她。"金莺道："我不怕祖母，祖母最疼爱我，比我娘还好呢！"说着话，天色已经晚了。柳玉蟾已经在庄门口招呼金莺回去，卢箫儿遂和师妹一同回到抱璞山庄内。

这小姑娘金莺，她把这件事放在心中，第二天跟祖母练完功夫，她缠着罗刹女叶青鸾，要和卢箫儿到海边上游玩一会。叶青鸾道："金莺，难道绿云村的事，你还不怕吗？我真不敢叫你再离开身边。"金莺笑道："祖母，你太胆小了！我詹师爷住在黎母峰，有谁敢来惹他？并且站在山庄前，海边上的情形全能看到，你老还怕什么？你不叫我去，我往后可不好好地练功夫了。"叶青鸾含笑轻叱道："小蹄子！大一岁，口气上也学会了这么厉害了。你在祖母面前这么胡缠，叫你娘听见，定要责备你了。我今日破例地答应你一回,可不准你竟日贪玩,不好好地跟我练功夫。"

金莺见祖母露了口风,立刻欢天喜地地跑向前面。见卢师兄正随在铁鹞子雍非的身旁,脸上很有些不高兴的情形。金莺却招呼道:"卢师兄,今日天气多好,咱们快走吧,我祖母叫我去了。"卢箫儿尚没答话,雍非道:"小姑娘,往海边去是谁的主意?"金莺即拉住雍非的手道:"雍师伯,是我的主意,我请卢师兄带着我往海面上游玩一会。"雍非道:"这黎母峰是尽多游玩之地,何必非到下面去不可?我看还是不去吧。"金莺把嘴一撇,向雍二侠道:"雍师伯,你怎么也这样难讲话呢!海边上又没有多远路,游玩一会就回来,又有什么阻碍?好师伯,叫我师哥领我去吧!你若不叫我到海边上玩一会儿,我可告诉我祖母,苗成天天被师伯引得喝起酒来没完没了,祖母定要不准他再喝酒了,我看师伯还那里再找这个好伙伴!"雍非不由笑道:"小姑娘,你也居然会借势要挟了!好吧,既是你祖母准许你,你们可要快快回来。"更向徒弟卢箫儿说道,"你带着这个小师妹下黎母峰,你可要当心看顾她。倘若有丝毫闪失,绝不会宽恕了你!"卢箫儿忙答道:"师父只管放心,我到海边上带她游玩一会,午饭前一定回来。"

雍非点点头,向他两人一挥手。卢箫儿带着金莺走出抱璞山庄,顺着往下去的道路,赶向黎母峰山崖下。再回头看时,这抱璞山庄如同悬在云中,铁鹞子雍非正站在崖头上看着他两人。卢箫儿来到海边,把自己那只船的缆绳解开,叫金莺上了船。他们这只船并没有舱房,船身也不甚大,使用起来十分灵便。卢箫儿自己用桨,这只船离开了岸边。

今日天气倒是十分好,没有风波,浪不大。这卢箫儿行船的手法十分娴熟。海面上已经有这黎母峰山崖下所住的渔户放出了十几只渔船,冲波逐浪在水面上,很得意地正在张网捕鱼。有的时候网着了较大的鱼,手脚稍慢,竟被这鱼跃出网去,在波心里逃了它的性命。金莺看着拍手大笑,回头向卢箫儿说道:"师兄,你看这渔家出帆捕鱼,真是个有意思的事。我长大了,绝不愿再离开这里,我也要学学水性，师兄你看好不好？"卢箫儿道："师妹，你不要尽看着他们网着了鲜鱼，十分可爱，这海面上是最凶险的地方，有时候遇到了大鱼，小一点的船儿全要被撞翻了呢！"

说着话，卢箫儿把这只小船已经划离开岸边很远了。和那捕鱼船相离已近，见那渔船上的渔夫一个个展开身手，他们的船只冲波逐浪，在波涛中绝没有一点阻碍。他们任意在这波涛起伏中抖起鱼叉，那数尺大的鲜鱼立时漂浮到水面。有的时候，那船只已经看着要翻入水中，但是他们木桨翻动之下，依然能从危险中闯过去。金莺看到骇目惊心，那卢箫儿却是兴高采烈。这卢箫儿操船的手法，实不逊于海面上的渔人，他追逐着渔夫们的船只。好在他们这般海滨的渔人，全认识卢箫儿是黎母峰抱璞山庄的人，不时地向他打着招呼。

卢箫儿向金莺招呼道："师妹，你看，这海面上身临其境，比远远地看好得多呢。我看你拼着命的非要来不可，真叫你来了，你又害怕了，还是趁早回去吧！"金莺被虞师哥说得面上有些不好意思，却把两道细眉一蹙，扭着头向船后面说道："师哥，你这么瞧不起人，我才不怕呢。海面上这些渔船，人家拼着命地捕鱼，还像没事一样。我们这一只空船有什么要紧？何况风又不大，我可不回去。"卢箫儿道："很好！我师爷轻易也不叫我出来，咱们今日索性在海面上多游玩一会。你可坐稳了，咱们追上前面那四只大渔船。"

这卢箫儿故意的要看金莺的胆量究竟如何，他这只小船冲着波浪往外划来。离得较远，水的力量可就大了，每一个波浪涌起来，小船被托得船头要高起二尺来，再随波浪往下一沉，那情形简直船头要扎入水中。金莺虽口中说着不怕，这时她可实有些惊慌了，暗中用手牢牢地抓着船板。卢箫儿在后面摇着桨，不禁暗笑。他虽说是要赶上那四只大渔船，事实上他也做不到。这种小船固然是轻快，可是波浪太大的地方，要是顺流而下还可以行，在这时想扑奔一定的方向，它可就没有那么大力量了。离着那四只大渔船已远，卢箫儿也觉得力量不足了，他竟自把船头拨转，想退回近岸一带。

就在这时，远远的，由东向西顺着海边过来一只快船。风帆满引，冲波逐浪，船走得极快。海边一带，散着的这些只渔船，内中有一半全撒下网去，已撒网的渔船，就得慢慢地移动。可是那来的这只海船，竟自从这渔船群中穿行着，情形很是危险。它所走的路线，有七八只渔船全得躲避它。渔夫们就高喊着，招呼他们看篷守舵的，把风帆赶紧地落下去。这种水面上不用硬撞上，只要两船稍微地带一下子，立刻就得弄个底朝上。可是任凭渔夫们怎样高喊，这只渔船的人好似没听见，它依然往西疾驶着。渔夫们一阵哗噪，见这来船无理地往前闯，它敢不守海面上行船的规矩，就有那好惹事的渔夫，高声地骂着。这只海船已经越过这边十几只渔船来。可是它使用风帆的手法，也真有本领，竟自在已经堪堪两船相撞时，他那船上把风帆引绳稍一牵动，在船舵上又使用的尺寸合法，那两下里也就是差着有数寸的地方，竟自闪开。

卢箫儿这条小船，它是由北往南，奔海岸上。这只海船相隔着十余丈，卢箫儿看着情形不好，赶紧地打倒桨，把小船停一停，让它过去。可是这时的海水波涛却由不得卢箫儿了，浪头一个跟一个往海岸边打去。他这一个不敢紧自往前闯，反倒更糟了。船后每一个浪头催过来，打在船尾上，就把船身打出数尺来了。连着两次，这只小船被波浪打得横了过来。来船越近，相隔不远的渔船看见卢箫儿这只小船要翻，惊呼着，努力来摇着船救应。但是那里还来得及？贴近海边处也有两只小渔船拼命地冲过来，预备着抱璞山庄这只小船被撞翻时好搭救。不过他们虽是想救，恐怕也全来不及了。这渔夫们十分愤怒。卢箫儿也看出情形不好，自己把两只木桨一撒手，他打算把金莺师妹背起，凭自己的功夫，索性飞纵上这只海船，和它拼一下，看看究竟是那里来的这种视人命如儿戏的船夫水手。

就在他才往前近身时，忽然海岸边一声长啸，飞纵起一人，往近岸的小渔船上一落，竟自腾身又飞纵起来，已经落在卢箫儿这只小船上。卢箫儿双桨已经撒手，船身一震动，险些翻入水中。可是此人手扬处暗器打出，竟自正中在海船拴船帆的滑车轮子上，帆应手而断，唰啦的船帆猛落下来。他自己的船可吃不住劲了，船身连连晃动，竟自横在水面上，船舱的中部已经进了水。船头上猛现一人，穿着一身短衣服，两支裤脚高高地挽起，脚下一只草鞋。脸色黑紫，面目狰狞，左手插在腰间，右手向这边指着，高声叫道："什么人这么无礼，把我船帆打落，难道我这船碍着你事吗？"这时，卢箫儿才看出飞纵到船上来动手解救，暗器断蓬索的，正是师父铁鹤子雍非。自己赶紧把双桨又抄住，连连地拨动着水，叫船身稍定着。

铁鹤子雍非站在船头上，一阵狂笑道："朋友，你问我为什么断你船篷，我定要问你安的是什么心肠，竟敢这样横冲直撞？你是安心想毁我们的船只。朋友，你把招子放清了，来到雍老二的家门口，你想卖弄这个，还差得多呢。朋友，你若是为我们而来，何必弄这种手脚？抱璞山庄在黎母峰上，何妨到岸上一会呢！"那人却十分愤怒地说道："大江大海，各走各的路。你们自不小心，随便的把船挡在水道上，反敢逞强动手，卖弄你的本领。你说那些话，我倒不明白你是何居心了！"他说话间，从后艄已经出来四名水手，各把木桨拿好。铁鹤子雍非却冷笑一声，说道："朋友，你既不肯认账，咱们是光棍一点就识，用不着多说，彼此心照不宣了。"雍非跳到后舱，向卢箫儿一挥手，叫他闪开，自己把双桨抄起，连着拨动。这只小船直驶向岸边。那只海船也竟同时移动，向西走下去。

雍非船到岸边，金莺已经吓得胆战心惊。雍非叫卢箫儿把船拴好，让金莺也下了船。这位雍二侠绝没有一句话，带着两人走上黎母峰。这时，罗刹女叶青鸾也因为金莺和卢箫儿出去的时候很久，中午的饭早已好了，不见他们回来。叶女侠不放心，站在门前来看他们。见铁鹤子雍非带领他们走到峰头，罗刹女叶青鸾这才放心，直等到他们来到门前，才向前招呼道："雍二侠，你真不辞辛苦，到下边去接他们。他们两人太过贪玩了，中午已过，你们怎么不早早回来，还叫韩义伺候着你们的午饭，太不懂得体谅人了！"雍非微笑道："算不得什么事，总算是安然回来，还你个好好的孙女，还责备些什么？我好徒弟是不许别人随便责备的。"

罗刹女叶青鸾是何等机警的人，听铁鹞子雍非的话，虽含着些玩笑的口气，可是分明他话中含着别的用意，遂惨然问道："雍二侠，难道他们遇见什么事了？"铁鹞子雍非微摇头道："这黎母峰抱璞山庄，全是神仙中人，还会再生意外，那俗子凡夫就不用活了。"罗刹女叶青鸾越听越不像话，还要问时，铁鹞子雍非向弟子卢箫儿说道："快领你师妹去吃午饭吧，韩义今日给我们烹的凤尾鲜鱼，十分可口。你师兄妹两人辛苦了一早晨，快去尝尝这新鲜的菜肴。刚才海上的事，谁也用不着放在心上。我雍老二从来不会责备人的，快快去吧！"

这卢箫儿一路上提心吊胆，因为今日险些把这小师妹金莺葬送在海面上，预备着要受师父一顿责备。此时听他这么说着，今日师父的性情豁达，更与常人不同，拿得起，放得下。有时候犯了极大的错误，他亲眼看见，就连问也不问。有时本是一件很小的事情，他要是一时看着不肯宽容，不论当着什么人，是丝毫不肯容情。卢箫儿这时倒放了心，知道今日师父又犯了古怪的脾气，立刻领着师妹金莺，赶紧向后面走去。

罗刹女叶青鸾容得卢箫儿和金莺走向后面，才问雍非道："雍二侠，你不要对我老婆子再存戏弄之心。你要知道，我近来的遭遇再也容不得事了。你快把他两人遇到什么事说与我，不要这样迷离闪烁的叫我不安了！"铁鹞子雍非点点头道："正有事要和叶女侠商量，我们到书房中一谈。"遂一同走进二道门中。西厢房内，天龙剑商和正在屋中翻阅着架上书籍，见母亲和雍二侠进来，把书籍放在架子上，垂手往旁一站道："娘怎么想到这屋来？"叶青鸾略一顿，说道："我有一些小事，想和雍二侠商量。"罗刹女叶青鸾落坐，可是并不开口问，很想着等商和出去再讲。因为商和从来到黎母峰抱璞山庄，这一家人中，就属他心情特别颓丧，所以罗刹女叶青鸾知道雍非所见的事，又是与自己本身有极大的牵连，不想叫儿子听见，故意说些闲话。

这一来，天龙剑商和更起了疑心，人在心情不快之时，更容易引起烦恼多疑，遂向罗刹女叶青鸾道："娘有什么事和雍二侠商量，难道儿子还不能听吗？"铁鹞子雍非一笑道："师弟，你怎么这样多疑，有什么不能叫你听的话？我们这黎母峰看着是安乐之地，早化作是非之地，强敌惠顾早在意料之中。卢箫儿带着金莺到海边游玩，看着海滨渔船捕鱼的情形。事逢凑巧，竟遇见水面上绿林人物。想不到于他两人事出离奇，来得太以突兀，他俩险遭毒手。他们师兄妹在我黎母峰下海边上驾船游玩，这不算什么出规矩的事，竟会遇这般巧事。商师弟，你想怪是不怪！至于有那种不怕死的狂徒，他真敢找上黎母峰，到我抱璞山庄来搅扰，那倒是意念之中的事了。"

商和点点头："这种事，小弟我何尝不时时在意想之中？我知道我一家人孽债未消，仇家尚不肯罢手。我们来到这里，实属避祸，终非了局。果然真个能早早前来，也倒是件痛快事。二侠所遇到的，可是绿云村所见的一般盗党吗？"雍非微摇头道："我所遇的人，面目颇生，并没有见过，所以我疑团没释，不晓得他们怎会就认出卢箫儿和金莺。当时虽是不能截留他，任他走去，我想这件事和叶女侠说过之后，还是告诉我恩师，我们也要提防一二。至于小徒和金莺，小孩子们一时兴致所至，他们又那知道隐患未除，谋我者已在目前呢！"罗刹女叶青鸾点点头。商和道："我只觉得五虎断门刀彭天寿手段虽毒，党羽虽多，我倒不把他们放在心上。只是我们这一家人，在绿云村已经带累了一般武功旧友，为此受到风霜之苦，和天南一般巨盗结下不解之仇，叫我商和日夜难安，问心有愧。我盼他们能够早日和我这一家人作个最后的了断。只是铁剑先生到今天没有回来，屠龙手石灵飞老师父原定是不出十日就要赶到天南，也是到今天没见音信，这倒叫人放心不下了。"铁鹞子雍非道："商师弟，事已至此，你虽然愧疚，于事无补。更何况恩师和叶女侠是道义之交，应共患难，请你不用把这件事放在心头。铁剑先生和屠龙手到今日不到，更无须为他们担心。他们铲除这般恶魔或许力有未达，但是他们保全自身，尚还足以和匪党周旋。我们少时和恩师说明今日之事，只稍微地注意些，也就是了。等得铁剑先生和屠龙手一到，我们倒要搜寻盗党的踪迹，还会等他找上门来吗？"商和叹息一声道："也只好如此吧！"他头个走出屋去，回转上房。

铁鹞子雍非见商和走出去，遂向罗刹女叶青鸾道："叶女侠，我看商和这些日子来，体力已经恢复如常。只是他终日里抑郁寡欢，倒叫人看着十分担心。虽说是遭逢不幸，把过去的辛苦尽消，但是也不宜这样。那么壮气全消，在武林中还怎能争一席之地？"罗刹女叶青鸾长叹一声道："我何尝看不出来，只是我一家遭逢的事，也难得叫他不时时痛心了。如今落到这么一败涂地，来到黎母峰，不过是寄人篱下，苟安一时。雍二侠，你是知道，这决非我叶青鸾的本意吧。商和他那能过这种忍辱偷生的岁月？所以我很是着急，我正愿意早早的和这一般匪党作个彻底的解决，不要再牵延下去。所以，如今听得海边上发现了这件事，我倒很是高兴，盼他们早早前来。我们一决最后的生死，倒落个心头干净。"但铁鹞子雍非道："叶女侠，你还要忍耐一时。我们师徒对你的事决不肯放下不管，只为等待铁剑先生到来，我们就立时决定。五虎断门刀彭天寿，他只要仍回天南，这一带没有他立足之地。他只有重返苗疆，我们倒要跟踪追迹下去。再动手时，也就不能再留牵缠不了之局。叶女侠何必尽日不安呢？我们这些日来，虽则近于守株待兔，可是居然被我们等上了，兔竟肯前来。我们张网等待，来一个先捉一个，反比大海捞针强多了。"

叶青鸾道："雍二侠，你将来定能比你师父还能寿享高年，你这心肠是太宽了！不过这些日来，你把我们苗成可弄坏了，终日里总在沉醉中。好在住在你们黎母峰抱璞山庄，惹出事来，有你师徒担待，不与我老婆子相干了。"铁鹞子雍非笑道："你不叫他饮酒消磨日月，难道还想他再去给你们卖命吗？我们已成了知己的朋友，将来我雍非遭了难时，还许仗这个血性的汉子来援手呢。"说着话，他已经站起，向外走着道，"我去见过师父，把这件事禀明了他老人家。防守抱璞山庄，倒还用不着他老人家动手。不过不禀明了，万一有那不怕死的猴崽子来搅扰，我师父又该责备我目无长上了。"铁鹞子雍非已经走出书房，他径奔后面览翠堂，去向南海渔人詹四先生禀告一切。

罗刹女叶青鸾自己心中纳闷，出得书房，并没回上房屋中，竟转到门外。来到崖头，向远处眺望。金莺却从身后跑来，招呼了声祖母，把叶青鸾手拉住。叶青鸾看了看孙女，这半日间脸上有些苍白，遂正颜厉色地向她说道："今日海边上的事，我也不再责备你，往后再不许这样胡闹了。倘若不是雍二侠相救，你和你师哥未必逃得出恶人之手。倘生意外，也就辜负了一班老前辈们苦水屯救你一场了。你虽然年岁小，你是个很聪明的孩子，要把祖母的话牢牢记住。"金莺被祖母说得把头低下。

这时已是午后，海面上除了几只商船来往，所有海边的渔船，全把船刷得干干净净。渔夫们多半离船，海边上颇为清静。罗刹女叶青鸾回过身来，把这抱璞山庄周围全端详了一番，把所有出入的道路全都默记在心中，领着孙女金莺回转宅内。儿媳妇柳玉蟾原来是不敢多言多语，虽则知道了金莺海面上又遇着事，但是因为婆母不肯说，她自己也不敢再来责问。那天龙剑商和却是一句话没有，不时地背着手，在窗前走来走去。这一家人无形中又起了一片愁云。

到了晚间，铁鹞子雍非过来说，是奉师父命，请叶女侠这一家人到后面览翠堂。罗刹女叶青鸾等遂跟着雍非，一同到后面詹四先生的静室。到了这屋中，南海渔人让大家落坐，卢箫儿在这里伺候着，挨次地全献过茶。詹四先生向叶青鸾道："雍非已向我说过早晨海边上的事，这倒在我们意料之中。不过所来的人，又不是我们正式的对手。五虎断门刀彭天寿，他一定已回转苗疆。但是我计算着，他总有良药良医，伤痕未复之下，他不会这时就敢来黎母峰。海边所遇，若是为我们而来，定又是那彭天寿老儿所请出来的朋友。任凭他是怎样扎手的人物，我们也不难对付。据我想，铁剑先生和屠龙手若不是自己改变了主张，他们也就该到了。我虽则终日在这览翠堂中，不常到前面去。但是叶女侠、商和贤侄近日的情形，我暗中看得清清楚楚。怎的竟自在我黎母峰有不能安居之意？我实在是不大明白。你们既全是口口声声没有名利之心了，只有眼前这个仇家是一桩大事，我跟你们不是泛泛之交，请你们来到黎母峰，也并非是真个地畏惧彭天寿加害你们。我为的既在绿云村和彭天寿已经翻了脸，我老头子办事要管到底，做到底。不把这恶魔除掉，我决不甘心，就连铁剑先生和屠龙手也全不肯再轻易放过他。只为他们未能即时回来，这才略有耽搁。我的本意，是想把这恶徒们铲除之后，这黎母峰也就是你们一家人归隐之地，这里不是一个很好的所在吗？我们全在江湖上闯荡多年，应该是提得起，放得下。我盼你们不必灰心，铲除强敌，我们自信还有这种力量呢。现在匪党既已露面，我们犯不上为他闹得寝食不安，夜间只令雍非师徒略加警戒已足。只候铁剑先生、屠龙手到来，我们同下苗疆，再没有别的打算了。"

商和站起来，向南海渔人道："老前辈对待我们这么细心厚爱，救我们于危难之中，更为我们谋未来。这种豪杰本色，我这末学后进，只有刻骨铭心，也不便再说感谢的话。只是我们这仇家竟自这么赶尽杀绝，步步紧逼。我们一家人来到黎母峰抱璞山庄，虽蒙老前辈的福，可是叫五虎断门刀彭天寿一班匪党们，把我们看作了畏刀避剑、怕死贪生，这在武林中实在是令人贻笑无穷，也正是弟子最痛心的事。现在讲不起，只有请老前辈帮忙到底，我商和也不愿在老前辈前再说什么了。"说到这句，忽然紧皱眉头，向罗刹女叶青鸾道，"母亲，我有些头痛，我先告退了。"他站起来，匆匆走出去。

罗刹女叶青鸾看着他的背影，不住地点头叹息：知道儿子是一个胸怀大志，有气节的武林后裔。如今遇到这种强敌，力量不能抵敌，连番失败之下，他已经痛心到极度。这彭天寿不能铲除，我母子在人世上生存一天，心头就没有舒展之日了。

南海渔人见商和出去，也向叶青鸾道："叶女侠，你我二十年道义之交，决不是浮泛的武林朋友可比。你要好好地开导那商和，他近来的情形，把这种复仇的事时时不能释怀。这样一个有能有为的武林后裔，就连这点事也看不开吗？强敌虽然扎手，绿云村那里，敌暗我明，又在猝不及防之下，所以被他得手。我们连番失利，商和差点儿死于他毒药苗刀之下。可是在武林中，不能拿这点成败，就把个人的命运完全断送了。你要好好地开导他。好在复仇的事，已在我们全盘计划之下。那五虎断门刀彭天寿，手段任他如何恶毒，党羽如何厉害，我们自信还能应付他。我和你这种交情，看到的不能不说。我们本身再生变化，那就要牵动全局了。"

罗刹女叶青鸾道："老前辈所见不差，我何尝看不出来商和这些日的情形，我老婆子也有些不知如何了！"南海渔人叹息着说道："这么办吧，我们暂以十日为限。铁剑先生和屠龙手如若不来，我们也不再等他们。他们的行踪历来不愿教别人限制，或许他们自作了主张，也未可知。我们先下苗疆，访寻这班匪党，和他决一个最后的存亡。我这抱璞山庄倒还不惧他们来搅扰，慢说还不容易就被他们得手，纵然留守的人不能应付，不过把我这抱璞山庄付之一炬。我老头子这条命，终不会被他们要了去。"罗刹女叶青鸾点点头道："我也得盼这么早作了断，只好拖累老侠客了。"就到这儿，站起告辞。

柳玉蟾始终是一语不发，尤其是对于商和说着头痛，走出览翠堂，她因为随在婆母身旁，不敢跟了出去，自己就很是担心。所以明是有一番话向南海渔人表示个人的心意，可是不愿意多说话，再耽搁时候。这时随着婆母罗刹女叶青鸾走出了览翠堂，她实在不能忍耐，向婆母说了声道："我看商和的神情不对，他不是头痛，别再想了别的方法。娘，我先走一步，看看他。"

柳玉蟾说罢这话，一纵身已经从览翠堂前蹿出去了。从竹竿墙八角门外，赶奔前面上房。来到屋门口，还不敢过分慌张，恐怕商和斥责。轻轻把门开了，走进屋中。眼中所看到的，也正是她心中惦念的，果然所料不差。见那西墙下的案旁，他所坐的那个地方空着无人，墙上那把天龙剑已经不见了。柳玉蟾赶到屋中，见女儿金鸾好好地睡在床上，自己的箱子已然打开。柳玉蟾不由落下泪来，知道商和已走。

这时，罗刹女叶青鸾见儿媳神色慌张，往前紧赶。这位老婆婆也跟着紧追出来，进得门来。柳玉蟾已经眼含着泪，从里间走出来，一看婆母进来，惨然说道："果不出我所料，他已经走了。只身下苗疆，他实不是彭天寿和这一班党羽的敌手，此行危险实多了！"罗刹女叶青鸾神色间，略微地一凝神，却苦笑一声，向柳玉蟾道："很好，我商氏应有的劫难，大约无法避免。他去了很好，连我这老婆子也觉得在这里寄人篱下，终非结局。何况我们在川江[1]一带，也曾以侠义道自居。如今这么忍辱偷生，生不如死。你不要担心，可是只许他走，不许你再跟下去。你得给我好好地看护金鸾这一条命脉，为我商氏门中少存血脉。我要跟踪赶下去，成全商和这种好男儿有血性的行为。你也不必事情看得就那么悲观，认为我们完全得断送在恶魔之手。铁剑先生和屠龙手石灵飞，一柄铁剑，一对日月轮，足为恶魔们之敌。詹四先生的飞虹剑，也不会容他们就那么容易把我们母子消灭了。我认定了我母子一下黎母峰，南海渔人和我老婆子二十余年道义之交，决不会不跟踪赶下去。那么你要好好地为老前辈护着抱璞山庄和他心爱的览翠堂，那

---

[1] 川江：长江干流自四川宜宾，经重庆至湖北宜昌段的习称。

就是你报恩了。我们不必声张，这种有肝胆有血性的交情，只要立时被他们知道了，他们决不会就那么放心得下，定要不顾再安排这黎母峰的事，想要把商和追回。他此时一走，决不能再回来。你要明白老婆婆的话，我不便耽搁，就这样办吧。"

　　罗刹女叶青鸾立时收拾了一个小包裹，背在身上。这次连她的铁拐拄都不带了，只把五云捧日摄魂钉藏在身边，立时也悄悄离开黎母峰。

第二章

黎母峰深宵追爱子

柳玉蟾对于丈夫这一下黎母峰，虽然知道是凶多吉少，婆母叶青鸾这么谆谆嘱咐，不叫自己跟踪追赶，也是无可如何。一则婆母之命难违，二来寄居抱璞山庄中，南海渔人师徒中全没有眷属，那金鸾又交与何人？在这种无可如何之地，只有吞声饮泣，暗自伤心。更想到南海渔人师徒相助之情，也不肯早早地张扬起来，直到天亮之后，夜间倒是没有丝毫别的动静。铁鹞子雍非却奉师父之命，来请叶青鸾。柳玉蟾到此时无法隐瞒，只得把他母子夜间已走，说与了铁鹞子雍非。雍非听了大惊失色，赶紧禀报了南海渔人。

这位老侠客一听，长叹一声道："他母子竟短短的时间也不能忍耐，我也无可如何！既是他们急于寻访五虎断门刀彭天寿，又是从我黎母峰走的，我岂能放心得下！"遂亲自来到前面，向柳玉蟾问起他母子临走的情形。柳玉蟾丝毫不再隐瞒，遂完全说与了这位老侠客。南海渔人慨然说道："商和这种情形，他虽然不能体谅我的苦心，可是情有可原；叶女侠竟自也不打个招呼，难道也怪罪我有故意拖延时日之意吗？"柳玉蟾忙说道："老前辈不要多疑，我婆母实因为老前辈师徒对我等如家人父子，只要知道他们离开黎母峰，定不肯容他们走开。我婆母认为商和无论怎样，不该就这么一走。他既已离开黎母峰，若是把他追回，恐怕他也不能好好地在这里再等候了，所以只有成全他，这才亲自追赶了下去。老前辈多多原谅！"

　　南海渔人道："如今他们远下苗疆，我再不能坐视不管。他母子均非一般恶魔之敌，我也只好跟踪赶去。这黎母峰只有托付商夫人替我多多照管，雍非师徒协助着保护这里。若有彭天寿的党羽前来，明白告诉他们，彭商两家的事，只有到滇南狱山作个最后的了断。倘若在我黎母峰任意猖狂，那是他要故意节外生枝，罗刹女叶青鸾和他们算清了这笔旧账，詹四先生跟他们就有不能清算之仇了！"

　　柳玉蟾忙说道："老前辈还是暂在黎母峰等候一时，商和跟我婆母虽是赶奔苗疆，道路遥远，他们也不是三五日能到得了。最近彭天寿的党羽倘若真的前来，我们应付不到，不能为老前辈保护这抱璞山庄，岂不有辱老前辈的威名。"南海渔人微微冷笑道："我倒不把抱璞山庄放在心上，连我这四十年江湖上得来的一点威名，也许断送在狱山，身外之物又何足道呢！"更把铁鹞子雍非和卢箫儿唤在面前，谆谆地嘱咐了一番。叫他们师徒"好好看守黎母峰，铁剑先生和屠龙手倘若到来，叫他们赶到滇南狱山上，收我这把老骨头，也算他们尽了朋友之情"。铁鹞子雍非道："师父何必说这种丧气话！难道那彭天寿及一班党羽，就真长了三头六臂不成？弟子也想跟着老师同下黎母峰，多少也可以尽一点力。"南海渔人摇头道："这倒不必了，你倘然是我好徒弟，你只听从师父的嘱咐。倘若我能够生返黎母峰，你能够把这抱璞山庄、览翠堂还好好地交付我，那就不枉我一身所学倾囊而赠了。"雍非道："恩师放心，弟子决不辱命。"

　　南海渔人遂转回后面览翠堂，收拾了盘缠包裹，带着飞虹剑走出览翠堂。走到前面，那苗成却迎着老侠客道："老前辈，我主人和老太太又远奔滇南，有累老前辈你再下黎母峰。这次只求老前辈把那恶魔彭天寿斩草除根，我主人这一家尚可保全，不致就毁灭了。但是如若彭天寿不容易收拾时，求老前辈普请天南同道，用江湖道的规矩和他解这场是非，总要叫我主人商和能够重返黎母峰。因为商氏门中三代单传，到现在我主人只有一个小女儿。老前辈以长者的身份，阻止商和，不叫他任意而行，落个同归于尽，我苗成生生世世不忘大恩！"南海渔人点点头道："苗成，你不要为这些事担心，我自有办法。"夫人柳玉蟾，铁鹞子雍非，卢箫儿一齐把这位老侠客送到了抱璞山庄前，看着这位老侠客在这朝阳甫上，宿露未消中，走下黎母峰。

且说那罗刹女叶青鸾离开黎母峰，不过是三更过后。这位老婆婆只有暗自落泪，安定了心肠：无论如何，这次找到彭天寿，不能把他铲除，消去未来隐患，决不再生返黎母峰了。她沿着荒江野岸，往东南走下来。自己还存着万一的希望，想追上商和。只是走到天亮，那里有商和的踪影！罗刹女叶青鸾她直奔滇边，沿途上留心着各处驿站，只是不见商和的踪迹。叶女侠也就无可如何，一路上也没肯搭乘船只。虽说罗刹女叶青鸾是一个女中豪杰，游侠江湖时那种激昂豁达，什么事丢得开放得下，可是近来，虽然她的武功本领越加老练，只是人到暮年，对于天伦之爱越发加甚。此时追寻不着商和，十分痛心。

走了十余日的光景，此时已入滇边，经过了一处姚家山场。这是入滇边第一处大镇店，又是水路的码头，商贾船只全在这里聚集着。所以这姚家山场的街道上十分火爆热闹，罗刹女叶青鸾遂在这里落店歇息。

这座店临近着江口，字号是"老义和"。店房很大，客人也多，因为叶女侠这种孤身有年岁的客人，店家倒是十分客气，把她安置在东偏院一个小单间内，屋子十分干净。这小院里共有六间客房，三间北屋，东屋是一排三间，两间相连，断开一间。叶女侠到这里天色尚早，因为打听明日往下一站走，竹叶驿得出去七十多里，还尽是山道。所以，宁可早早地在这里落了店，第二日一早再起身。

罗刹女歇息了会子，在屋中闷闷无聊，闲步到店门前，看看街上来往的行商客旅，肩挑负贩，好大一个镇店。从江口起，这条长街足有里许长，雨旁的店铺林立，饮食使用的应有尽有。这时正有一拨航船到来，好几家店房中的伙计们全在码头上兜揽客人。叶青鸾站了一刻，转身回来，才走进店门，后面已跟进来一拨客人。他们一共是三个人，并没有什么行李，只店家给提着三个包裹。罗刹女因为背后有人，往旁边闪了闪，让他们过去。见伙计所提的包裹，露出兵刃来。不过在那时出门的人，携带兵刃不足介意。这三个人一个年约五旬左右，唇上有些短须，那两个全在中年。虽然全是商人打扮，叶女侠一望而知，全是久走江湖客，决不是什么安善的客商。事不关己，也不十分留意他们。伙计领着这些人竟也走近了东跨院，他们竟住到了罗刹女叶青鸾旁边那两间屋中。叶青鸾也回到屋中，这时天可就晚了，跟着已掌上灯火。

在晚饭之后，叶青鸾这种烦闷的心情，寄身行旅中，非常伤感。自己年逾古稀，依然遭到这种祸事，一时不易摆脱。商和私自离开黎母峰，尚不知他已经到了那里。自己跟踪赶下来，尚不知能否追赶上他，前途的结果真不敢想了。遂把桌上的灯油拨得留一点微光，躺在床上歇息着。隔房中那三个客人，却是酒饭欢笑，直闹了好一阵，才略微清静下来。

可是这三人的说话，偶然声音高些，全谈的一路上经过地方所遇到旅途上不常见的风土人情，更夹杂着关于这川滇一带江湖上结纳的情形。先前罗刹女叶青鸾还不甚理会，后来竟听到内中一人说道："我们弟兄连一个熟习这条路的全没有，这次彭五爷请我们出来，倒叫我得开开眼呢。"罗刹女叶青鸾心里一惊，立时蹙身坐起，仔细听他们所说是否就是五虎断门刀彭天寿。可是他们话锋又转到别处。

听了好久，内中一人道："天色可不早了，钱四弟，你可真没看错么？"另一人答道："我不曾看走了眼，别的全不认得，只他那柄长剑在包袱中插着，绝不会错的。何况年岁和那种像貌，更和江湖上所传开的一样。彭五爷请我们出来，信上已经分明说他这对头人中，所扎手的就是那黎母峰的詹老头儿和这个家伙。他把那正式的对头冤家倒还没放在眼内。这次潇湘事败，完全毁在这两个老儿之手。尤其是他这回重返苗疆，越发的不能轻视对手了。以那铁剑先生最为可虑，此人不除，慢说不能应付强敌，彭五爷苗疆上全不能立足，因为铁剑先生在南荒一带颇具威名。此次散绿林帖，请一般同道，正为得应付这两个老儿。我们已经发现他踪迹，就落在这姚家山场。我们何不趁这时下手，不要把这个好机会放过。以我们'金川四义'弟兄之力，若能先把这个强敌除了，我们赶到苗疆时，也显着脸上有光。咱们别耽搁了，这就走吧。"跟着一阵收拾拿兵刃的声音。

门微响，叶青鸾略沉了沉，向外察看，这三个匪徒已翻上房去，扑奔店外。叶青鸾也赶紧轻轻出了客房，暗中跟缀下来。直过了半趟街，见匪党翻到一家店房。叶青鸾不敢过于贴近了，离得远远的，从这店房的后面绕过来，先在民房上隐住身躯。见这两个匪党十分小心谨慎，全是矮着身躯，在屋面上围着店房转了一周，这才相继飘身下去。

叶青鸾也跟踪翻到店房上，在南面上房的房阶后掩蔽住，从屋脊的瓦垄往前察看。只见匪徒们似乎不知道他们所找寻的对头人究竟住在那个屋中。这两人凡是单间或是两间相连的，必要偷窥一下。有的那屋中留着一些灯光，容易察看。可是那灯光熄灭的，他们竟故意向那客房中打进一点东西，把客人惊醒，容得里面把灯光点起，他们隔窗察看，不是他们所找的人，立刻动身走开。这样耽搁了好大的时刻，最后在紧靠东南角一间客房纸窗上，隐隐地现着一点灯光。他们略一张望，两个人立刻飞纵到院当中，附耳低声打了招呼，飞身蹿上房去。到店门的过道上面，和那巡风把守的聚在一处。

罗刹女叶青鸾认定了，这自称"金川四义"的匪徒，必然已经发现了铁剑先生在那间客房内。此时自己顾不得什么叫冒险了，遂轻轻从后房坡翻到正面的东山墙旁，飘身落到一个夹道中。从山墙转出来，也就是东面客房靠南头第一间。仗着屋檐下黑暗，罗刹女叶青鸾往店门那里看了一眼。店门离着这里隔着五六丈远，夜色黑暗中，尚还不致被他们看见。矮着身躯，到了窗前，略一长身，向匪党窥视的破窗口往里看时，不禁暗暗吃惊。灯光暗淡之下，自己虽则不敢仔细查看，一瞥之间，因为是熟人，所以见那床上所挂着一半的蚊帐下，睡在床上的正是铁剑先生。可是在桌案上放着酒壶酒杯，还有些残肴剩菜，完全没有收拾。

罗刹女叶青鸾不敢停留，那匪党们已经有一个纵身到院中。叶青鸾已经从墙角转到山墙后，一纵身，仍旧蹿上正面。随手在后房坡把有屋顶的瓦片揭起几块来，心想：铁剑先生是一个精明干练，久走江湖的侠义道，在这五方杂处的地方，他真会竟这么放肆起来？我赤手空拳之下，若是不能把他惊醒，也只好和匪党们一拼了。想到这里，向院中看时，他们仍然是一个在屋面上巡风，两个落到下面动手。所幸是那巡风的匪党在屋面上盘旋，到正房这里时，他只从前坡翻过去，并没停留。这时见下面两个匪徒，已经贴到了房檐下，一个到窗口前，一个到风门前，各自探手从囊中掏出暗器来。那情形是从纸孔中仔细看准了，互相打招呼，已经要抬手发暗器，隔窗往里打。罗刹女叶青鸾见情势危险，那能再迟疑误事？一长身，抬手连飞出两片瓦来，向这两个匪徒的脑后打去。

两个匪徒才待发暗器，已觉出后面这股子暗器的风声劲疾，各自往下一矮身，缩项藏头。叭叭的两声暴响，这两片瓦完全打在门窗上。这两个匪徒顺势一长身，竟把他们掌中的暗器向房上打来。一个是袖箭，一个是铁蒺藜，可是罗刹女叶青鸾又把身形伏下去。

这所来的三个匪党，正是"金川四义"。动手行刺的是双头蛇谢守义、水蝎子钱保义，在房上巡风的是老龙神周子义，还有他们大爷镇金川卢尚义，他未曾跟来。这两下暗器发出，可是屋中灯光已灭，里面人竟哈哈一笑道："朋友们，我等候多时，想在展某面前弄这种手段，还差的多呢！"这时房上巡风的老龙神周子义，

已经扑到上房屋脊后。他已发觉罗刹女叶青鸾隐身这里，掌中一口劈水刀猛砍过来。叶青鸾是赤手空拳，依然不把他放在眼内，以三十六路擒拿法，竟自空手斗白刃，在屋面上动上手。

那两个匪徒，双头蛇谢守义，水蝎子钱保义，听到屋中人的话风，分明人家已有提防，各往院中一撤身。铁剑先生展翼霄已经仗剑纵出来。那双头蛇谢守义和水蝎子钱保义全是手底下贼滑异常，一个使用的是峨嵋刺[1]，一个是二郎夺[2]，两人左右夹攻，一齐扑到。铁剑先生冷笑道："你们胆敢在展某面前想逞凶作恶，我要叫你看看手段。"身形往后一撤，掌中剑已把门户展开，施展的是青萍剑术。这铁剑先生是数十年成名的剑客，这柄宝剑施展开矫若游龙，猛如狮虎，静如山岳，动若江河。身随剑走，变化神奇，虚实难测，人和剑忽前忽后，倏左倏右。

双头蛇谢守义，水蝎子钱保义虽说是成名绿林，在大金川一带水面上独霸一方，弟兄四人各都是很好一身武功，打得一手好暗器。只是今夜遇到这个硬对头，立时有些相形见绌。两人把全身本领施展出来，依然讨不了一点好去。这一动手，客人和店中伙计们早已听见，可是谁敢再出来多管这种事。缠战多时，那老龙神周子义竟被叶女侠用了"环错骨掌"，把他打下房来。这周子义往地上一落时，虽在势败之下，仍不肯认败服输。他竟自一翻身，连打出两只透风镖去。老龙神周子义一打呼哨，自己已经又翻上了东厢房，招呼他两个拜把兄弟赶紧撤退。

这时，铁剑先生掌中剑一个乘龙引凤式，一领双头蛇谢守义的峨眉刺，"腕底翻云"，剑身一转，把他峨嵋刺削伤。这柄剑一经

---

[1] 峨嵋刺：又名峨嵋针，古代格斗短兵器。两头锐利如枪尖，成对使用，双手各执一支。

[2] 二郎夺：又名二人夺，刀的一种。鞘似手仗，刀贮其中。遇人抢夺，鞘脱刀出，可以防身。

带过来，水蝎子钱保义也正想逃走，已经纵身出去。铁剑先生身随剑走，"玉女控梭"，竟自点在了水蝎子钱保义左肩头。还仗着他身手轻灵，往前一塌腰，一斜身，剑尖从肩头划过去，伤痕还算不重。若不是躲闪得急，他立时就得伤在了铁剑先生的剑下，被俘遭擒。

这两人先后飞身纵上房去。那水蝎子钱保义却一翻身，向下招呼道："展翼霄，'金川四义'在川边一带是怎么个人物，你总有个耳闻。今夜钱四爷领了你这一剑，我绝不敢忘！现在彼此明白，苗疆上四爷要答你盛情。"铁剑先生道："很好，这里是人烟稠密之区，展某不便处置你，苗疆上还我一剑之日，也就是展某最后成全你之时，我决不失信。"水蝎子钱保义说声："姓展的，你那才够朋友，咱们苗疆上见了。"转身纵出去。这金川四义的弟兄三人回转店中，取了包裹，不等天亮，已经赶紧逃出姚家山场。

这时，罗刹女叶青鸾也落在院中。铁剑先生却向柜房那边招呼道："伙计，你赶紧出来。"店中的伙计早已扒在窗户那边往外看着，立时开门出来，可还是迟疑惧怕，不敢就到面前。铁剑先生道："你不用担心，我们这是江湖上寻仇报复，没有你的牵连。这三个匪徒跟到这里，想下手杀害我。这位老婆婆也是我一道来的朋友，赶来接应，才把他们打发走。如今事情已经算完，没有一点事了。你不要再胡乱猜疑，我绝不会给你多惹是非，天一亮就走，赶紧给我烧些水来。"伙计听铁剑先生交派的完全不牵连店房，这种事还是真不能多管多问，连连答应着，立时到厨房去烧水。

铁剑先生把罗刹女叶青鸾让进屋来，叶青鸾道："我真想不到竟会和展老师在这里相遇，你真个把我要急死了。匪党人数多，我更没有趁手的兵刃。那只铁拐杖，我并没把它带出来，一来揣带着它不方便，二来也太扎眼。我只疑心你真个酒醉在床头，那知你竟是故布疑阵。"说着话，彼此已经落坐。铁剑先生道："叶女侠，你为何不在黎母峰安心等候，怎的竟来到滇边，难道连南海渔人也下来了么？"罗刹女叶青鸾叹息一声道："我们何尝不愿意等候一时，只是事情又有变化。商和已经私下黎母峰，他已经头里走下来了，我怎好不来呢！"

铁剑先生听了十分动容，向罗刹女叶青鸾道："这可真糟！他怎的竟这么负起气来？我明白了，定是为我一人所误。我本来已经和你们定规好，暗中侦查五虎断门刀彭天寿，他究竟是作如何的打算，往那里隐匿。一般匪党竟自在湘南聚合起来，内中只少了那峨眉圣手鲁夷民。他们聚合在湘边，雄心不死。一面那彭天寿治疗伤痕，一面他已经四下里散开人，邀请川滇一带绿林巨盗，往苗疆集合。他分明是要以全部的力量，再谋一逞，要和我们决最后的存亡。我看到恶贼这种情形，那敢再放手？所以紧随着他们的踪迹，探查他们一群的举动。其中颇有扎手的人物，我只得和他所派出的人远走川边。这也就是各凭各人的力量，我要暗中给他减少些实力。虽是接到他的请帖的，我也要阻止他一下，所以我不敢再回黎母峰耽搁，以免误事，暗中跟缀着他们。因为彭天寿过分狡猾，此贼不除，终为大害，他又掀起偌大的风波，更不是剪除他一人所能了结。所以我也很盼望他们全聚到一处，我们也好下手。那知道商和不能忍耐一时，他一人下去，不啻羊投虎口，这倒是一件最叫人难办的事了。"

罗刹女叶青鸾愁眉说道："到现在，我也只好听天由命，拼着看了。在黎母峰时，卢萧儿带着金莺，海面游玩，险遭不测。商和自恨我们不能抵制强敌，反带累一般道义之交，全落个不能安枕。所以他才负气下黎母峰，要以死和彭天寿一拼。我虽是只有此子接续商氏门中后代，他虽是有些不度德不量力，可是我这做母亲的也得原谅他的苦心。我母子之死生，只好付诸天命了。来到姚家山场，老义和店内，巧遇'金川四义'的三个匪徒暗中计议，被我探得一切情形。我这才跟缀在这里，得与展老师相会，也算不幸中之幸呢！"铁剑先生道："不错，定是这种图谋。他想从容布置，正怕他的人不到齐，我们先不下手很好。既有商和这件事，我想南海渔人他也必要跟踪而来。"

罗刹女叶青鸾道："屠龙手石灵飞老英雄，他本已定规好，不出十日要赶到黎母峰，他怎么没到？连我也不能安心了，因为他不像展老师做事慎重。苦水屯受伤，他是不肯甘心，必去报复，我还怕他私自单人独骑赶到苗疆呢。"铁剑先生道："这倒还不至于，我们在中途已然遇上。他跟踪上彭天寿的羽党，大约我们赶到苗疆，他也走不了后头了。我们不必耽搁，赶紧起身走吧。"伙计这时送进水来，外面的鸡声报晓，天也就快亮了。叶青鸾道："我翻回店中，取一个包裹，这就回来。"说着话，立刻仍然从房上翻回来。

这时店中全还没起来，遂不再招呼他们，把自己包裹提起，店钱放在桌上，往隔壁探查。那'金川四义'的三个匪党早已逃走。叶女侠翻回来，和铁剑先生一同从这店内起身，离开了姚家山场。二人沿路上打听探查，只是不见商和一点信息。罗刹女叶青鸾十分焦急，可是明面上不肯露出这种神情。

又走了五天的工夫，这天走入大雪山山道中。这条道路十分难行，他们已经打听好了，穿行这个山道，有三十余里。可是上下盘旋，尽是绕道，算起来足有四五十里的路途。山里倒是不断的有人家，有村庄，并且这山里地力土脉也十分肥沃。在那山上面，不断的看到种的山田、果木树。有那大一点村庄，二三百户人家聚集着。罗刹女叶青鸾和铁剑先生走到太阳快落下去，算计起来不过走出一半路来，只好在这山里向里面的居民投宿了。所经过的地方，正是一段山岭，树木非常多，间杂着一排排的果木树。

铁剑先生站住了，打量附近一带，想找那人家多的地方，捡那屋室多的人家，也好借宿。只是眼里看到的，全是零零落落，不够个村集的情形。已经走过来的，那好再退回去找寻？铁剑先生向叶青鸾道："我们索性趁着天还没黑，再往前赶一程。"叶青鸾口中答应着，无意中偏着身子，向左边一带高岭下查看时，恍惚间觉得身后数丈外，树丛间有两人探头往这边看。及至叶女侠仔细看时，那两个人已经隐入树后。叶青鸾未免怀疑，可是她不能断定就不是好人。铁剑先生也看见叶女侠的神色有异。跟着已经往岭下走来，往前又走了三四里路，这时天可就黑了。

正往前走着，从迎面山环转出两人，全是农家打扮，一身短衣，高挽着裤脚，脚上捆着草鞋，背上各背着一个竹笠。两人的情形带着很闲散的神色，倒背着手，在道旁走来走去。铁剑先生和叶青鸾来到近前，内中一个忽然说道："老先生怎么这时还往前走？再出去半里地，可就有危险了。那里有一处叫桃花岩，地方可太险，贴着山岩之下，只有一尺多宽的地方，还不是一直的道路，随着山形转。白天走在那里，全叫人担心，脚跟一个登滑了掉下去，这辈子就别想再上来了。百丈深溪，那还会有好么！"

铁剑先生忙拱手说道："多谢老哥的指教，我和这位老太太结伴同行，把较大的地方全错过来，正想找投宿之地。只是人地生疏，一时还找不到呢。"另一个农人道："出门在外的人，那算得什么。你们要是早早向附近打听一下，早已找到安身之处了。"这时，先前说话的那个道："老先生你贵姓？"铁剑先生道："岂敢，我姓展。"因为这种成名的侠客，走到什么地方，也不愿改变姓氏。那农人说道："展老先生，你随我来。你只在这山道附近看，这一带那会找到可以投宿的地方？离此不远，有一处地名大竹谷，那里有几个养山田果木树的，宅院也大，房屋也多，莫说你们只住个一天半天的，赶上天气不能走时，十天八天人家也不会介意。"铁剑先生道："多谢二位关照，若不然，我们真得露宿终宵。没领教二位贵姓？"两个农夫道："我们这种在地里作活的，没有名字。他叫陈阿三，我叫黄阿七，快些跟我们走吧，天可黑了。"

铁剑先生和罗刹女叶青鸾随着两个农人，横穿着树林子，顺着一条横山道走下来。所经过的地方，零零落落有十几户人家。沿着山道上有许多果木树和所种的山田，借着那涧水的力量，灌溉得倒也十分丰腴。走出没有半里路来，天色越发黑暗，可是这一带的山道并不难走，是由人工开的一条条的小径。随着山势高低起伏，分向各处。看这情形，越是往山的腹地里走，反倒不甚荒凉了。又过了一段路，耳中听得一片竹林发出来的喧声，树叶互撞，颇具声势。虽则没到近前，已经知道前面必有一片广大的竹林。果然又转过一个山坳，在这暮色苍茫中，一片浓密的竹林直到眼前，看不清楚的地方依然不断。那老竹全有碗口粗，竹林以外，道路整治得干干净净。

眼前这段道路，只要工夫一大，就看不出所经过的地方是高是矮。一层磴道忽起忽落，走了一段上坡，跟着又往下翻去。铁剑先生向着两个农人陈阿三、黄阿七问道："天色可黑了，怎么这大竹谷还不到？"黄阿七用手一指道："客人你看，那边就是。"铁剑先生跟罗刹女叶青鸾顺他手指处看去，只见前面是一条直往下走的山坡；每隔着数丈远，便有一段平坦的石坡；接着一段磴道，下去足有四五丈，竟是一片山谷。在这暮烟缭绕中，往这大竹谷中看去，下面一片片的竹林，一处处的水田。从那左侧一个岭头，有一处清泉，形似匹练地往谷中流去。下面郁郁苍苍，尽是竹林古树，地方还是很大，看到各处散布起的炊烟，笼罩起整个的大竹谷。这种地方，铁剑先生看着倒是十分放心。名山胜境，虽不必隐着高人，可也多半是乐天知命的农家，度着他极安闲的岁月。不是名利客，不是是非场，虽则地处深山，谅无所惧。二人随着两个农人陈阿三、黄阿七，走下山坡。

到了下面，见那远远已经现出一处处的灯光，全是从纸窗上透出来的，外面可没有灯火。穿着树林、竹林，走过数箭地来，经过了十几处人家。虽则天已黑，可是还不断有人出入，看着铁剑先生和罗刹女惊疑错愕，不过看了看，依然转身走他的路。在那谷上看着下面地方很大，可是人家的房屋和树林，好像聚集在一处。赶到了近前，下面的房屋谁也不靠谁，散漫在各处。经过了许多处有人家的地方，两个农夫是毫不停留，直到从黑影中把这所有住在这里的山民人家全走过来，才见远远的一段石墙挡住去路。身临切近，见这石墙垒造得十分粗糙，可是十分坚固。墙并不高，只有丈余，两扇大门，上面有大铁环子。这种形势颇适合住在深山里，既能防山水暴发，更能防野兽侵袭。

这两个农夫站住，向铁剑先生和罗刹女叶青鸾道："这就是我给客人找的安身之处，这大竹谷只有这个地方房屋较多，这里留几个客人也十分方便。"铁剑先生道："主人姓什么？"陈阿三道："这里主人姓黄，附近一带，不只是大竹谷的，山中果品、竹木完全是他的。只这沿山一带，他已经拥有四十里的山地。在这山里面，也算是头等人家呢！"铁剑先生道："主人叫什么名字？"陈阿三道："不知道，我们全是给他雇工的，谁管他叫什么，全叫他黄六爷。"说着话，那黄阿七却向那大铁环上，用石块连敲了三下，这铁环子竟发生极响的声音。

少沉了片刻，里面有人问道："阿三、阿七回来了？六爷正问你们呢。"立时里面一阵门栓响动，这两扇坚固的木门拉开，灯光现出来。门内出来三个人，一个年约五十上下，那两个全是年轻力壮，短衣赤足，和陈阿三、黄阿七是一样打扮，每人手里提着一个纸灯笼。陈阿三道："李管家，客人来了，往那里让？"那管家道："怎么你越来越糊涂了？那时来了客人，不是往豹圈那边小客堂安置么？"说着话，这个开门人往旁一闪。铁剑先生、罗刹女叶青鸾听到这开门管家说的话，神色是丝毫不动，立刻走进门中，跟着陈阿三、黄阿七把两扇木门关闭。

那两个持灯的庄汉，他们是一语不发，在头前引路，铁剑先生和叶青鸾随着他往里走。二人暗中打量这庄院中的形势，只见这石墙里好大的地方，沿着庄门里左右全是两片竹林；当中一条宽大的道路，完全是碎石铺的，十分平整；大约在二三十丈外，另有一段短墙，四扇板门关闭着。这持灯引路人却不去叩门，转向左边，顺着里面这段墙往西走来。走出有三四丈远，这面墙已然走尽，穿着一条竹林夹峙的小道，分明是奔了这座庄院的西石墙。可是往前走出没多远来，眼前的地势也没竹子，也没有树木了。坐西向东完全是两三丈高，碗口粗的巨竹制造的一段栅墙。

地方并不大，有五丈宽，七八丈长，小小的一座竹城。门敞着，也是竹子制的，里面一排三间西房。纸窗上灯光很亮，紧靠着北栅墙，却也有一排房子，可是黑暗暗的。

这持灯引路的人，走到门口，向左右一撒身。后面的陈阿三、黄阿七说道："客人，你看这个所在多么清静，山里居民那里盖造得起这么大的庄院！"铁剑先生跟罗刹女叶青鸾口中答应着，暗中可留神观察，从进门就知道情形不对了。此时被引领到这地方，按此情形，只凭这竹栅墙，有十年八年武功的，困在里面就恐怕不易闯出去了，可是口中依然答道："很好，真是难得！我们投宿到这么个好地方，这全是二位老兄的照应。"说话间，已走到西房的房门口。

这黄阿七伸手把门拉开，铁剑先生头一个走进屋来，罗刹女叶青鸾跟踪而入。进得这屋中，真叫你万分疑心，测不透这里人是善良还是邪恶。屋中陈设简单，竹制的几件桌椅十分雅洁。三间屋却隔断开，两明一暗，虽则没有什么陈设，只有几件简单的用具，看着决没有俗气。陈阿三道："客人，你们随便歇息着。我们泡一壶茶来，少时再给你们预备饭食。"铁剑先生道："一个山行走路的人能有这种地方安身，就很好了，不用照应。请你向主人说一声，我也得拜见拜见主人，方好至此叨扰。"陈阿三说道："客人，你只安心在这里歇息着，我们主人现在不定有工夫没工夫，只要我们向他回禀就行了。今晚就是见不着，临到你们走时，再向他答谢不是一样么？"铁剑先生点头答应。陈阿三、黄阿七走了出去。

罗刹女叶青鸾抬头方要向铁剑先生说话，铁剑先生微摇了摇头，阻止着罗刹女叶青鸾，不叫她开口。这时铁剑先生却轻轻站起，脚下不带一点声息，避着灯光，向门前紧走了两步，侧耳倾听。果然有轻微的脚步声，才从那竹栅门走了出去。铁剑先生把身形往回一撒，大声说道："叶老婆婆，你看这大竹谷真是个好地方。遇上兵荒马乱之时，这不就是世外桃源么！据我看，这真是我们的幸运，山行远路，遇到了这么两个好人，把咱们引领到这里。你我虽全是江湖道中人，但是这条道路真要是找不着投宿的地方，危险实多。我们明日临行时，倒要向主人好好地答谢呢！"罗刹女叶青鸾看到铁剑先生的动作神情，知道他已经觉出一切，故意说这种无味的话，遂也随口答应着道："诚然，我很想找这么一个地方长住下去，种几亩山田，布衣蔬食，不争名不夺利，岂不比在江湖道上奔波好得多么！"

正在说着，黄阿七已然从外面进来，端着一把紫砂壶，放到桌上，向铁剑先生道："客人们别拘束，喝些茶解渴。稍沉一沉，他们也就送进饭来。二位可得将就一些，请这位老婆婆住里间，在外间给展客人你放一张竹床，将就歇息。虽则还有别的房间，已经被主人留了别的客人占用了。"铁剑先生含笑答道："这就很好了，我们这么打搅，已经十分不安。我们虽然是结伴而行，全是这般年岁的人，没有什么不方便。"

黄阿七却把里间的软帘挂起，他进去收拾了一切，把里间的灯也点好了。他那神情上带着非常诚恳、非常热心。到了明间，伸手把展大侠的包裹，连着铁剑提起，就往屋中送。铁剑先生恐怕不怀好意，自己这口利器焉能落在他手中？并且进来时，分明已经看得明明白白，这座竹栅墙比什么全厉害，坚固异常。这柄剑倘若真个有失闪，这里再是我们的敌人，那可就危险了，非被困在这里不可。他立刻站起来，口中说着："老哥，我们可不敢这么劳驾，我自己拿吧。"这黄阿七一脚迈进屋中，口中却答着："客人你太客气了。"背着身子，他分明是手握宝剑柄，已去按那哑巴簧。铁剑先生这一跟得紧，他把手撤下来，把包裹、剑全放在里面那个木床上。铁剑先生却是满面陪笑，只看住他。

黄阿七却如无其事，满面含笑走出来。外面那个陈阿三却在招呼："阿七，把门给我推开。"黄阿七赶紧把风门推开，陈阿三端着一个大木盘走进来，里面却是两菜一汤，两碗米饭。还全热气腾腾，整治得十分干净，全搬到桌上。罗刹女叶青鸾看到这种情形，真有些测不透了。很像一个慷慨好客的富农，这种待客的饮食，也颇为得体。虽不丰富，也不吝啬，也没有给预备酒，这倒是叫人减去疑心的地方。

黄阿七、陈阿三两人把饭菜摆好，把木盘放在门旁，两人齐说道："我们也还没吃晚饭，不照应客人了，因为我们这宅中的厨师最不讲理，只要天一晚了，他自管收拾。把门一锁，他不只于不伺候，还不许你再进厨房。你跟他打闹，他反有理，说你一定是用不着吃饭，肚子里真饿，不会不早早回来。无奈主人十分信任他，我们恨他也没有法子。"罗刹女道："直爽人大约全是这样，老哥们请便吧。"陈阿三、黄阿七撤身出去。

叶女侠此时也十分留意着外面的情形，听了听，两人果然走出竹栅门。叶女侠从那头上拔下一个银针来，用衣襟擦了擦，探入汤菜中。稍沉了沉，把银针拿出来，在灯下仔细看了看。更向米饭中照样地试验了，银针丝毫不变色，向铁剑先生道："我们走了一天路，现在承主人之情，给预备这种清淡可口的菜肴，请你赶紧用些吧。"铁剑先生知道，这饭食中不致有怎么暗算，遂也放心大胆地和罗刹女叶青鸾一同进了饮食。

一顿饭的时候，陈阿三、黄阿七始终没进来。他两人这种情形，又显得这里不致有什么举动。饭后，沉了老大工夫，陈阿三一人走来，把碗盏收拾了去，跟着带着庄汉，搭进一架竹床来，安放在门旁靠山墙这边，却向展大侠道："客人，你用什么只管喊一声。这里虽不是我们住的地方，栅墙南边有两个同伴在那里住着，他们听得见。我们也早早的得歇息，因为天刚一亮，就得跟着他们一同到地里去操作。"铁剑先生道："叫你老兄辛苦了。"陈阿三带着庄汉退了出去，跟着却听得呼的一声，把竹栅门关了。铁剑先生看着罗刹女叶青鸾，微微一笑，低声说道："笼中之鸟，网内之鱼，我们不要想再出这个院子了。"罗刹女叶青鸾冷笑一声道："不见得吧，真个就算作铜墙铁壁？何况我们还没看出，这里人是怎么个路道。"铁剑先生道："决不会差了，我已看出八九分，这里定是住着个非常人物。"

说着话，铁剑先生却向外走去。把风门推开，先咳嗽了一声，这才来到院中。隐隐听得似有两人在低声说着话，测度形势、方向，正是陈阿三、黄阿七所领进来时所经过的那条路上。铁剑先生略微的一张望，已看到这院中大致的情形。这宅中定然住着有力的人物，这种设备，被他关在这里面，就是猛狮烈虎，也是被关到陷阱之中。不过铁剑先生认为，他们还未必就能把自己和罗刹女叶青鸾加害了，但是查不出他的真情实况，多少也有些担心。这种情形下，断定他暗中定有伏守之人，遂故意的向屋中招呼道："叶女侠，你看这院子盖造得多么出奇。这里要是防贼防盗，是最好的所在了。这种竹栅墙比那石墙还坚固得多，真是一个好所在！"叶女侠遂在铁剑先生说话声中，也走出来。

铁剑先生暗中示意，叫她往北边看。叶女侠见五六丈外一排较矮的房子，只是黑沉沉，任什么看不出来，不像是住人的所在。门窗装设也全不一样，并且一阵阵从那屋中发出来咆哮之声，分明是里面圈着什么野兽。叶女侠道："我住到这个地方，倒很安心，我们也不是不会功夫的人。这种竹栅墙，你我全不易出入。江湖道中人，说是明目张胆的在栅门锁闭之下设法翻进来，还倒可以。可是若想暗中出入，只怕不易了。"说着话，暗中侦查竹栅墙外，果然在树影中不住地有人晃动。

铁剑先生却招呼着叶青鸾退回屋中。罗刹女叶青鸾道："我们身入樊笼，正如网中之鱼。想不到在这云岭一带，就遇见厉害的敌手。不过现在还不知道谋我者究属何人，难道我们等候他发动么？"铁剑先生道："不妨事，你看他栅墙这么高，碗口粗的竹子十分坚固，平常人休想出入。就是轻功好，还不知上面竹梢挂着什么障碍没有。有网铃、倒须钩，任你轻功多好，也得发出响声来。可是我与这条线儿上的绿林人从来没有接触，他们虽然认出我们两人，但是知我不深。我掌中这口铁剑，就是克制这坚固栅墙之物。我要看看这里面埋藏着什么厉害的东西。"

罗刹女叶青鸾道："我们还是要设法探查，他这里面究竟是何等人盘踞在大竹谷内？"铁剑先生摇摇头道："不用去找他，我想动手之后，他定会前来。只是叶女侠你手无寸铁，身藏的利器五云捧日摄魂钉又轻易不能用。我想你还是找一件称手的兵刃，比较得力。"罗刹女叶青鸾道："你倒不必为我担心，我自信还能和他们赤手周旋。"

说着话，耳中忽然听得竹栅墙外，隐隐有一片脚步声。铁剑先生把话锋止住，侧耳听了听，向叶女侠道："匪徒已在发动，大约这竹栅墙外一带已经布置了埋伏。脱不过是强弓硬弩，阻止我们冲出竹栅。"跟着声音寂静，一些脚步声也听不到了。叶青鸾走到里间，把身上收拾紧趁利落，五云捧日摄魂钉上好了。从里间出来，却把铁剑先生那口利刃也捎出来，向铁剑先生一递道："今夜要仗它发个利市[1]，斩关脱锁全要仗着它了。"

铁剑先生把灯火熄灭，拢了拢目光，向罗刹女叶青鸾招呼了声，一同翻出屋来。分向门左右，先把身形隐住。因为尚不知外面究竟有什么力量，在脚下摸了两块石块，一抖手向竹栅的上边打去。吧嗒两声，上面跟着哗楞楞铜铃一阵响，跟着外面嘭嘭的硬弩往上面打去。更随着弩箭是三四块飞蝗石，全打在竹栅上，上面的铜铃越发的连连响着。铁剑先生和罗刹女叶青鸾这才知道，这里预备的果然十分厉害。就在这刹那间，北边的那排屋子发了响声。铁剑先生一纵身，从房檐下面蹿了过去。叶青鸾也跟踪而进，连着两个纵身，已到了北边小房子近前。留神左右以及房上，绝没有匪党的踪迹。来到近前，这才看清，这排矮房子装置得果然与平常不同，下半截完全是石块垒起，非常坚固；上半截完全是整棵的小树根，留着空隙，形如半截窗户。当中一个门，也是很粗的木柱做成，这分明是圈禁野兽的地方。

这时，听得里面一阵阵吼叫腾跃，跟着那扇木门竟从里面一阵

---

[1] 利市：运气好，吉利。

响动。猛然间，这扇门竟自向外开来。铁剑先生向罗刹女叶青鸾
一挥手，低喝了声："赶紧退！"叶青鸾仍然目注着那徐徐往外开的
木门，却向这西房山墙角把人形贴在墙上。门虽敞开，并没见人出
来。可是在一眨眼间，已然看出这屋子后面并不是墙，也跟前面是
一样的装设。可是同时见那后面的木栅栏外，似有人在用一件很长
的器械探进里面，耳中更听得形如铁栓开启的声音。铁剑先生此时
已经把身形退下来，这时不止于得提防着里面，更得留神竹栅墙，
防备着外面暗器的袭击。

　　跟着见那门中有几点金星闪动，随着这种吼声又起，里面哗啦
的一声暴响，跟着一阵竹竿搅动的声音，陡然地从门中窜出来三
只野豹，身形全有四五尺长，血口白牙，参差如锯。这三只野豹一
窜出来，它们似已鼻中嗅得人的气味，更兼饿了一整天，正是它求
食不得的时候。叶青鸾因为紧贴到山墙那里，相离稍远，尚没被发
觉。铁剑先生距离过近，这三只野豹一齐怒吼着扑了过来。铁剑先
生此时也没亮剑，往起一纵身，腾身跃起，蹿向西房下。这三头巨
豹扑空，那形如铁钩的利爪，落在这石沙子地上。往下一蹬，势子
很急，二次扑来。

　　罗刹女叶青鸾也腾身而起，飞纵过来，往北面一落，正是这野
豹子的背后。往下一伏身，竟自照定了一头豹子的后腿抓来。那知
这种野豹子灵敏巧快，似已觉察背后有人，一甩头，把后尾竟自撤
回来，反向叶青鸾身上扑来。叶青鸾见这豹子果然厉害，不能轻视
了。野豹子双爪已到，叶青鸾身形一矮，往左一斜，往后一扬头，
这头野豹双爪扑空。罗刹女叶青鸾右掌用足了力，往这豹子的肩上
奋力击去。这一掌打个正着，这头野豹子一声长叫，往旁倒去，在
地上连往左翻了两下。好厉害的东西！竟自又挺身跃起，两眼全红
了，二次用力一纵，横窜过来。这次它来势更凶，索性四只利爪全
往叶青鸾身上扑来。叶青鸾身躯往左一纵，已然闪开。竟用"玉蟒
翻身"的式子，脚才沾地，一拧身，二次扑到这豹群的当中。伸手
抓住了一只豹腿，奋全力猛然把它抢起，砰的一声摔在沙石地上，

立刻骨断筋折，死在了地上。

这时，那铁剑先生正被两只饿豹子围上。这位老侠客却施展开轻灵的身法，纵跃闪避。豹子虽则那么势猛，审纵得迅疾，但是丝毫叫它沾不了身。连着两次扑击，竟自被那一只野豹已经扑到了左肩头。好个铁剑先生，身躯微往起一纵，却把它两只前腿抓住。这种情形，可是危险十分，这头豹只要猛力地一挣扎，就可以咬伤了铁剑先生的头面、胸膛。这时，这位老侠客猛然双臂往起一震，轻叱了声"去吧！"这头豹往起审得力猛，可是铁剑先生就凭着一身的绝技，身形往起一拔，已然腾跃而起。把这头豹竟自甩出去，翻到半空，从两丈多高硬摔下来，撞在地上，已经脑浆崩裂。叶青鸾就在这时，却已把那仅剩的一头缠住，施展开蹿纵跳跃之法、闪展腾挪之技，巧快异常。这头豹子连着被击了好几掌，已经怒到十分，如疯如狂，每一纵身而起，地上的砂石完全震动，飞扬起来。好凶恶的野兽！

铁剑先生见叶青鸾虽则不致被它所伤，可是急切间竟不易捞着它了。连着两次，叶青鸾从豹子的身上蹿过去，想捞它的后腿，可是终于是不能得手。铁剑先生怒叱一声："好厉害的畜生，你竟敢这么挣扎！"自己奋身一纵，这头豹子正是扑空，叶青鸾往旁一个转身，竟自被铁剑先生巧踩七星步，反圈到这头豹子的左侧。它吼了一声，一甩头竟向铁剑先生扑来。铁剑先生身形不动，容得它已到了左肩头，身躯猛然往下一矮，左肩往下一沉，左掌往这头野豹的前胸一戳。右掌已经猛然翻起，一掌往这豹腹上打去。只听得一声惨叫，把它的五脏全震动了，仰面朝天死在了地上。

铁剑先生才一长身，突然从竹栅外面叽叽一阵响，连着四五只弩箭，齐向铁剑先生和叶青鸾身上射来。这一来，二人齐往后一纵身，贴到房檐下闪避开。铁剑先生却故意高声招呼道："你们这里有人么？可赶紧出来。我们一个借宿的人，怎么把我们放到这种地方？养着这么厉害的野兽，不把它圈住了，随意地放出来，险些把我们的命送了。我们与你何冤何仇，这么害我们！"可是铁剑先生空自向外呼叫，弩箭也不再往里射，也没有人答声。铁剑先生道："咱们赶紧先回屋中，把门拴好，反正天亮了得有人来，再算这本账不迟。"

说话间，全各自紧纵身，退到屋门口，轻轻进到屋中。罗刹女叶青鸾道："老侠客这是何意，我们难道就被他困在这里么？"铁剑先生低声道："叶女侠，不要忙。他们分明是已密布了网屋，不叫我们再逃出这里。这倒很好，还给我们个机会。我现在已经拿定了主意，倒要查明他这里究竟窝藏着的是何等人，敢这么下手暗算我们。"叶青鸾道："这四面全有把守之人，不便往外闯，只怕不容易出去吧。"

铁剑先生道："那还不见得，略沉片刻，我倒要看看他究竟有什么厉害手段。可是我们下手须疾，不要容他听见什么声息。我们要退出这竹栅墙，我从这屋中翻出去。他是四面有人，我认定了紧靠那东北角外面，隐身之处较远，正是我下手的所在。叶女侠，你看我身形赶到竹栅下，要声东击西，冒险一行，反往东南施展你一身轻功本领，手脚可要快。你要往那竹栅上面两丈高的地方，用力蹿去，声音越大越好，不要被他认为是虚张声势。把他竹栅完全晃动，可得翻下来，要提防他那一排利箭。只要身躯翻下来，赶紧用'燕子抄水'的轻功，到我停身之处，我们就可以闯出竹栅。并且只要身形起落的迅疾，在这身手不见掌的地方，外面防守的全在两丈外。我们要用石子往竹栅上打它两下，自然能逃开他们监视之下，那就好走了。"

叶青鸾知道，铁剑先生敢这么冒险闯出来，这全凭他掌中一口利剑，有斩钢截铁之功，遂答了声"好"。此时，这位老侠客却也十分谨慎，把自己的衣服也收拾利落了，把屋里放的包裹也各背在身上，向罗刹女叶青鸾打了声招呼，自己退后半尺，身形已经站到窗下。罗刹女叶青鸾却跟他不差先后，风门一掩上，同时的动作。

铁剑先生往东北角一纵身。叶青鸾却把全身本领施展出来，身形纵起，却只轻轻一沾地，已经如飞鸟腾空，竟扑向竹栅上。这时的声音非常大，上面铜铃响还不算，"嘎吱吱"一片暴音，数丈长的一片栅墙整个晃动。叶青鸾已然一扑上去，却用双足猛往竹栅的竹竿上一踹，倒翻下来。赶到往地上一落，立刻矮着身躯，贴着窗下往东南疾如箭驶地纵过来。东南角的竹栅上叭叭的一排弩箭，有打在竹竿上的，有穿着空隙打进来的。只在这暴响声中，铁剑先生已经把东北角下碗口粗的竹子，运腕力削断了两根，已经穿着竹栅到了外面。因为剑身上光华太亮，反倒赶紧地把剑纳入剑鞘。随手拾起两块石块，从竹栅的空隙中仍然打向东南面。

叶女侠身躯没穿出竹栅墙外，也是连发了两块石子，打到了栅墙上。三次弩箭声起，铁剑先生和叶青鸾已经离开竹栅六七丈远，隐身在一片暗影中。伏身在地上仔细查看，只见那一般盗党只注意到那竹栅豹圈中，他们决不注意到这里。铁剑先生更看出这座庄院中，在明面上看，不过是山居人家，因为地势，大院里面到处布置些花草竹木。可是按这一带的距离位置，完全是可以设暗桩，隐匿着庄丁把守，夜间防备有人从外边侵入。铁剑先生知道，要想十分严密了形藏，不露一点形迹，除非有轻功绝技的，不然绝难办到。遂向罗刹女叶青鸾一打招呼，各自腾身而起，施展开轻灵身手，用欲进反退之法，反往庄门一带退下来，在庄门附近两现身形。

果然暗中伏身的人立时发动。铁剑先生运用"一鹤冲天"的轻功，连越过两排树木，沿着墙根内一排矮房下前行，不从房上走，把伏守的匪党完全避开，已经扑到庄门左侧。仗着身形轻快，罗刹女叶青鸾也把一身夜行的本领尽量施展出来，纵跃如飞，已经连翻过四处有人住宿的所在。前面和西面同一的样式，见有一排竹栅墙，铁剑先生心中一动，向罗刹女叶青鸾一打招呼，各自把身形隐住，伏身查看四外情形。最可怪的，是这边和方才所闯出来的豹圈外，没有一处不一样。连四周的一片竹子，一排树木，也和那边相同。他知道这也是作恶的一种布置，说不定里面隐藏什么毒蛇猛兽了。

罗刹女叶青鸾已经伏身捡了几个小石头，握在掌中，往有树的地方轻轻打去。跟着里面有人走出来，在树林转了一周，依然退回去。又向一排竹林前投进一块小石子去，竹林这边立刻有人闪出来。

第三章

大竹谷惊心逢异叟

只是他们那种情形，防备得不十分严厉。叶青鸾看了看，这西面和南面两段栅墙，只有两人在这里伏守瞭望。遂向铁剑先生低声招呼："想入竹栅墙，还是把这两个收拾了比较稳当。"铁剑先生和罗刹女正是一样的心意。罗刹女叶青鸾遂用两块石子，抖手同时打出去，一块向竹林，一块向西面的树林。石头打到，手劲比方才大，叭叭的两声响，随着这两声石子落后，见竹林那边一支钢镖的亮影，向石子落处打去。

树林那边却叭的一声，一支袖箭已经钉在树身上，同时里面伏守的两人，也全窜了出来。可是铁剑先生和罗刹女叶青鸾发动的也快，全是往下一俯身，猛往起一纵。两人一样施展"燕子飞云纵"的轻功，起落的一刹那，已经到了那两个匪党身旁。两个匪徒并不是什么平常庄丁，手底下非常利落。觉出背后有人，立刻各自一掉身，他们不对付来人，反倒向相反的方向纵身闪避。这也正是他们狡黠之处，他们正为得既要知来人是如何身手，更要呼应附近伏守的人接应。

可是铁剑先生和罗刹女焉能再容他两人走开，叶青鸾一个"云飞探爪"，一脚点地，全身探出去。右臂往外这一伸，右手的食中二指正追上他，立刻点在他背后的软麻穴上。这匪徒哼了一声，已然摔在地上。铁剑先生也是往下一停身，"金鹏现爪"，脚下微一用力，身躯塌着地面，随着匪徒起落，已把他抓在掌中。左掌往外一翻，在匪徒的气俞穴上轻点了一下，立时晕厥过去。

255

铁剑先生把他扔到竹林边，可是临撒手时，这匪徒的肩头有一点东西微微一晃，碰了铁剑先生的手背一下。铁剑先生一心想知道，这大竹谷究竟隐匿着是那条线上的匪党，单独据在这一带为非作恶。已经把他扔在地上的，俯身二次查看，从他的大襟头抓起一物。不用看，手一摸，已然辨明是这一带江湖上所用的竹哨，立时从大襟头上给他掳下来。罗刹女叶青鸾已然纵身过来，低声问："展大侠，你得着什么？"铁剑先生低声道："竹哨，那个匪徒大襟上也定然挂着。叶女侠，你把它取下来，我有用它之处。"叶青鸾赶紧翻身纵回来，果然伸手已到掌中。他们是每人配带一个，这定是他们报警呼援之用。

这时四下里并没有一点别的声息，只有西边一带隐隐听得有些零乱的声音，或许他们已然搜寻过了竹栅墙，发觉了人已逃走。铁剑先生向罗刹女道："事不宜迟，我们倒要先看看这里边的举动。"立刻伸手把背后的宝剑撤出来，用一块石子打入了竹栅内。没有回声，没有动静。铁剑先生是照法炮制，又把竹栅墙下竹竿削断了两棵，开了出入的道路。自己提着剑，闯进栅墙，叶青鸾是跟踪而入。这里面的房屋情形，也和西边一样，在北面也是那两间形式各别的屋子。

铁剑先生道："叶女侠，你看这种奇怪的地方，叫我看着倒觉十分有趣。这定也圈着什么野兽，留作害人之用，我们索性看看。"他们蹑足轻步，径奔这两间有门无窗的屋子。还没到近前，听得里面一阵阵轻微虎啸之声。铁剑先生心中一惊，把宝剑隐藏在身后，因为剑上的青光闪烁，恐怕撞在上面。一挂铁链把门锁住，可是里面有灯光。叶青鸾和铁剑先生隔着木栅门往里看时，只见这里面有三四丈长，三四丈宽，这么一座敞篷式，前后是一样。两座木栅门在靠东墙下单装起一排坚固的栅门，里面也不过只有一丈多深的地方。在这屋中悬着一个铁灯，里面点着油捻子，正有两只猛虎在地上来回转着，不时地到了东边的那个囚笼的栅墙前，往里怒吼着。有一只较小的虎，把那铜钩似的虎爪，往那木栅里探去，想要捞着什么食物似的。那只较大的猛虎，匆急之下，竟自往那木栅上猛撞了一下，嘎吱吱的一阵暴响。只是那木栅制造得坚固，丝毫也撞不坏。这两头虎又后转了回来，那情形好似已经饥饿，只是在这屋中找不着食物。可是这两只猛虎虽然到了两边作出入道路的栅门前，决不想往外逃，也不想撞毁这栅门。

铁剑先生和罗刹女赶紧撤身闪开，铁剑先生道："叶女侠，你看出里面的情形了么？这里面分明在囚禁着什么人，只是里面黑暗，不易看出。我们何不招呼问问，要是武林同道，倒不妨把他救出来吧？"罗刹女叶青鸾道："我们可要提防着，外面有匪党经过，循声而至。"铁剑先生道："我们谨慎些，谅不妨事。"罗刹女叶青鸾在栅门外看到那两只猛虎已到西墙下，遂凑到栅门前，向里招呼道："囚在虎圈里的是什么人？你要赶紧答话，不要自误。"叶青鸾的话才落声，猛听得里面招呼了声："外面敢是母亲么？我是商和，已被匪党囚禁三日，无法脱身，母亲可谨慎些！"

里面这一答话，叶青鸾跟铁剑先生全是大惊失色，万想不到商和会落到这里。这时那两头猛虎，听得门口有人声，立时扑了过来，发威作势。罗刹女叶青鸾赶紧撤身避开，和铁剑先生在一处道："事出意外，万想不到商和竟会落在了匪党手中，更被囚禁在虎圈中。展大侠，我们先要把他救出来，再寻匪党。"铁剑先生恨声说道："想不到所走的这段清静山林，那知是一片腥风恶雨！已斩杀几头野豹，这两只猛虎更得灭除。我这掌中剑三年来没有血腥，今夜要叫这口铁剑饱饮血浆了。"又向罗刹女叶青鸾道，"虎圈中两只猛虎正在饥饿之中，只要我们一把它放出来，不能再稍微缓手，一动手就要把它除了。叶女侠，咱们是如治重事，这猛虎发出怒吼之声，那可保不定把他这里防守之人惊动了来。所以我们必须双管齐下，不能叫他这里的匪党冲进一人。斩开脱锁之后，猛虎只要一闯出来，我们立时动手。你闯入虎圈中，把商和救出囚笼之内，先从栅墙拆断的那两根粗竹下退出栅墙。我了结了这两只猛虎，也就退出去。"

罗刹女叶青鸾道："展大侠，你难道一点慈悲之心也没有么？一手斩杀，终有些杀生害命，我想还是不要那么办吧！"铁剑先生道："叶女侠，你难道见了儿子被困，没死在匪党之手，立刻就要吃斋行善么？多积阴德么？请你把妇人之见先行收起，这种慈悲心现在用不着。"这时，那两头猛虎，对于囚笼中所囚禁的商和可望而不可即，虎已饿得饥火中烧，只是里面囚笼的木栅坚固，它无法撞进去，已经急得眼红。此时又嗅到栅门外有了生人，那会不饥涎欲滴，不住地在栅门那里向外发威。罗刹女叶青鸾冷笑一声道："展大侠，我是想用以毒攻毒之法，我们既不伤虎命，就用他所养的虎，把他这里搅个地覆天翻，不比我们动手省事么？"铁剑先生这才含笑点头道："好个慈悲的老婆婆，亏你想得出这种好主意！很好，就这样办。"

铁剑先生立刻扑奔到栅墙的西北角，用掌中剑又把这竹栅墙削断了五根，开出一个四尺多高，三尺多宽大洞。这一来，人走着方便，虎也能从这里撞出去。复反身来向罗刹女叶青鸾招呼了声："谁先得手，谁先退出栅墙，咱们可各不相顾。我把这两只野兽给它引到后面，叫它先来个自相残杀。"叶女侠答了声"好！"立刻把精神一振，往后退出数尺来，一拧身蹿上了东房。

铁剑先生到了栅门前，这里是用一挂大铁链，一只铁锁，锁着坚固的木栅门。铁剑先生掌中剑一举，呛的一声，把这挂铁链削断。在火星四溅下，那两只猛虎也正往外扑。那只较大的猛虎往外一撞，铁链已断，木栅门撞开，猛虎出笼。它的浑身的毛全炸起来，四只金灯似的眼，两张血盆大口，向铁剑先生怒吼了声，扑了过来。铁剑先生用剑往那较大的猛虎头上一晃，一纵身，反从它头上蹿过来。随手往后一甩腕子，掌中剑便把这头猛虎的后胯扫伤了一些，越发把它激怒，立刻间猛扑回来。这次的力量非常足，式子也非常猛。罗刹女叶青鸾趁势从东房屋头上一纵身，飞纵到栅门口，猛闯进来。铁剑先生已经二次又激动了猛虎发威，那头较小的，也在向铁剑先生身上扑噬。

铁剑先生见叶青鸾已入虎圈，纵身到了竹栅前，一纵身蹿到外面。可是故意地略一停身，两头猛虎已然追了过来，只是到了竹栅破口处，虽是连连怒吼，却不敢出来。铁剑先生明白这是被管虎圈的打怕了，遂趁它略一迟疑之间，从这竹栅破口之处，往里一探剑。那头猛虎才待闪避，铁剑先生腕子一翻，剑尖子竟在虎身上略削了一下，连皮带肉削下四寸长一片来。这头虎二次受伤，怒吼一声，从那破孔的竹栅内窜了出来，那头较小的也是跟踪而出。这一出竹栅，这两只猛虎倒如同野鸟出笼。平日拘束，不敢进前的地方，现在又完全被它闯出来，立刻把野性完全发作出来，狂吼之下，附近的草屋全震动起来。更为口中的食物得不着，反倒被伤，这两只猛虎立刻一窜就是丈余远，非要把铁剑先生恶咬一阵，吞下去。这种式子，非常厉害。

铁剑先生却扑奔西北，两头猛虎也跟着紧追。可是这时的声音，在这种深夜之中，能听出很远去。守虎圈附近两个卡子的匪徒，虽则已被铁剑先生和罗刹女收拾了，可是附近一带尚有人把守虎圈。这里虎吼的声音各别，管虎圈的把式也住在附近小房子内，首先是他听得声音有异，遂提着他那条制虎的蟒鞭，提着一个灯笼赶过来。但是来晚了，已被铁剑先生引着这两头猛虎扑奔西北，一路飞纵，把那小树花栅，地上的石子，全撞得倾倒翻飞。立时四面哗嘈起来，胡哨连鸣。更有人大喊着："可了不得，老虎已经撞出竹栅，快着抄家伙圈它！"喊成一片。

这一来正好，若是没有人这么四外呐喊，这两只猛虎还许只追铁剑先生，不肯离开。这里的匪党呐喊的声音，一传出去，人是越聚越多，这两只猛虎形似疯狂，可就不管是什么人了。碰上就是算数，这么凶猛的猛虎，那那么容易制服捕捉，刹那间已经连伤了两个匪党。铁剑先生一见匪党们越聚越多，正合了自己的心意，赶紧轻身飞纵，隐入暗影中。这片庄院中，至此时如临大敌，四下里喊杀，往一同聚拢，灯笼火把也亮出来。他们养这两只虎，原本就为是用它作恶，拘禁仇人。在白天一清早喂一遍，午后喂个丰饱，到夜间也是这猛虎最饿的时候。今夜它没得着可口的食物，反倒被伤了两处。此时连着扑倒了两人，才要吞食，也被那四下围过来的花枪虎叉、刀棍弓箭动手之下，又从它口中把人夺了去。越是这样，两头虎越发激怒，纵跃扑食，已经到了他后面宅院前。他这里所有的人也全集合一处。还因这虎是难得的猛兽，没得着主人的命令，不敢任意杀害。匪党们可吃了大亏，就在后面一道大宅院前，把这两只虎圈在当中。

铁剑先生在他们狂呼怒吼中，已然把身形撤回去，扑奔虎圈竹栅墙。这时，罗刹女叶青鸾已经把里面囚笼铁锁拧断。商和虽被囚禁，也没捆绑，也没受伤，只是在里边不能出来。叶女侠把儿子救出囚笼，见他安危无恙，略略放心。赶紧带他从虎圈中出来。问他那口剑时，也落在匪徒手中。此时无暇细说他被擒经过，只知道这大竹谷的匪徒姓黄，不知他出身来历。他这里情形非常怪异，立着虎圈、豹圈，里面也有许多江湖道在这里面盘踞。可三日来，所听到的情形，他分明是一个大地主，山上的地产和农田很多。每天派出去多少人，全是照料着山上的出产和督饬种地的长工、壮汉，就没有听出他有一些犯法的事来。罗刹女叶青鸾也十分怀疑。这时铁剑先生也翻回来，集在一处，见商和身体上动作如常，倒也十分安慰。

罗刹女的意思：趁这时两只猛虎未制服，所有的人全被这两只猛兽牵制住，顾不到别的。我们正好这时从暗中越进去，倒要看看里面的形势，如这姓黄的匪党究竟是怎么个路道。铁剑先生也深以为然，立刻从这庄院中边墙一带黑暗之处绕奔了后面。果然这时正是机会，两只猛虎撞出虎圈，他们还并没疑心是被人所毁，破坏虎圈放了出来的，所以集合力量在那宅院前，一心一意想捕捉这两只猛虎。

铁剑先生和叶青鸾、商和从东转过来，也正是他这宅院的后面。这里面也有一道两丈高的墙垣，黑沉沉，静悄悄，这里是一点声息毫无，只有前面一阵阵喊杀之声送了过来。铁剑先生头一点，一纵身，单臂跨墙往里探身。略一张望，墙内的地势也不小，共计有三层院落。这后面一带，全是群房、厨灶、仓房之地，没有一些灯火。铁剑先生投了一块小石子下去，向地上问了问，听声音全是平坦的地面，没有埋伏，没有陷阱。这才长身翻上墙头。叶青鸾跟商和也全跟踪而上，一同落到墙内，顺着东房往前，翻了一道院落过来。

偏东的一道跨院，黑沉沉的，分明是没有人住的地方。因为猛虎出圈，宅中任凭什么人，此时也再不能安睡，全惊动起来。又往西转进一道大院落，见正房、厢房全有很亮的灯光，铁剑先生向罗刹女叶青鸾用手一指。叶青鸾会意，知道展大侠是保持自己的身份，看出这处地方多半是匪党的家眷，自己不愿窥视人家。叶青鸾向铁剑先生、商和一摆手，二人闪身退开，叶青鸾已经飞纵到正房的东窗下。只见虽然在深山野谷，房子的建筑十分整洁，听得里面尚有人在说着话。把窗纸点破时，张望了一眼，立刻翻身退了回来。向铁剑先生一探手，扑奔前面，却向铁剑先生低声道："这个匪党十分奇特，他这家属中老幼妇女，全不像为非作恶之人，真是怪事。咱们到前面，总可以找寻些踪迹出来。"

三人翻到这座院落来，前面一道大三合院子，三间正房，六间厢房；一道六七丈长的竹栅墙，上面满布着藤萝。这院中大略人也走尽，不闻人声，不见人影。铁剑先生跟罗刹女全飘身落到院中，可是赶紧把身形隐藏在东西厢房之下。因为已经看出这迎面五间是一座厅房，隔着竹帘，灯光已经透出外面，恐怕里面尚有人。铁剑先生已经一纵身到了房檐下，侧身往里看了看，所站的是西面东半边，分明没有人。铁剑先生用手指往隔扇门上轻弹了一下，试试里面是否人已走尽。手指弹过之后，里面依然没有动静，这才向叶青鸾母子一点手。

这母子已经来到近前，铁剑先生令商和隐身在暗处，在外面迎风瞭望。自己跟叶青鸾一掀竹帘，同进客厅。屋中所看到眼中的，叫铁剑先生跟叶青鸾惊诧十分。这大院分明是一个盗窟匪巢，设有虎圈、豹圈之类害人的地方，可是这屋中所入目的，完全相反，布置得雅洁整齐，字画古玩，琴棋书剑，样样俱全。那么精致，一几一案，全放得那么适宜相称。不用看到屋中人，只看得房中的布置，实够一个隐居山林的高人雅士，这真是怪事了！铁剑先生背着手，皱着眉，仔细的在屋中转了一周。只见靠里面一排隔扇内，门帘挑着，里面放着一架很精巧的香妃竹床，一座百古的书架；窗前一架书案，在书架旁的墙上挂着口剑，看那剑的外形十分古雅。铁剑先生用手向墙上一指，向叶青鸾道："叶女侠，你没带兵刃出来，颇多阻碍，何不借它一用？"罗刹女叶青鸾微摇了摇头道："我还不愿意作这宵小行为，取这种不义之物。我虽没有兵刃，谅还敢到苗疆走走。"铁剑先生道："这是天与良机，把作恶人的利器得来，正是我们自身的公德事，为什么自失良机？我这口剑怎么得来的，你难道不知道么？"

铁剑先生说话间，伸手把墙上这口剑摘下来，用拇指一轧哑巴簧，呛的一声，这口宝剑出鞘。这宝剑身上蓝汪汪如一泓秋水，铁剑先生右手握着剑柄，左手用拇指、食指捏住了剑身，双手往怀中一合，剑身一弯，猛然的左手二指一松。这剑身一绷直了，发出一种清啸之声。铁剑先生颇有些眉飞色舞。这就叫宝剑须赠与烈士，红粉要送与佳人，物必须得其主。像铁剑先生这一流，他是精通剑术，以他的侠肝义胆，行道江湖，仗着他掌中一口古铁剑，做了多少惊天动地事，所以他爱剑如爱命。如今见了这口宝剑，立刻爱不释手。

他随手把书案上一盏冷茶端起来，把剑身放平，稍微的倒在剑身上一些。剑柄往上一提，这点茶水顺着剑身往下流去，往剑尖上流到地上。再往灯光下细看，剑身上一点湿润之迹没有，这才称得起杀人不见血。在查看剑身水渍时，在灯光下一晃动，见上面似有字迹。铁剑先生看看，在上面镂着"伏魔"二字。铁剑先生赶紧把这柄剑鞘递到了罗刹女叶青鸾手中，说道："不必迟疑，速速把这剑背起，你用它正好下苗疆，扫尽群魔。你若不肯取时，正是你济人作恶。"罗刹女叶青鸾何尝不爱这口剑，遂答道："饶作了偷儿，还有这些理。"自己说着话，把剑鞘接过来。铁剑先生也把这口伏魔剑交予叶青鸾，叶青鸾赶紧背在身上。铁剑先生道："我倒要会会这个盗窟主人，他究竟是怎样一个了不得人物。我们多见识见识一个不同凡俗的江湖豪客，不也是件很快意的事么？"叶青鸾也因为所经所见过分离奇，全出乎预想之外，也想要会会此人，遂道："他对我们完全存了恶意，我们也要知道知道，究竟跟他有何仇何恨。"

二人一同从里间出来，叶青鸾忽然一眼看到靠屋角一架茶几上，摆着一个古铜炉，在铜炉前尚横着一口剑。这口剑一入眼，看着跟熟，赶紧一纵身蹿了过去。伸手把这口剑抓起，略查看，并没拔出鞘来，扭头向铁剑先生道："你看这正是我家之物，商和的防身利器落在他手中。他又那料到，此时竟会物归原主！"铁剑先生点点头道："好，把它带出去，我们或者还许要和他们动一番手呢。"

刚说到这儿，只听屋面上已经有一人一声狂笑道："我早料到就有这一招！不过朋友们手段少差，煮鹤焚琴，大煞风景。"二人闻言，跟踪到了院中。商和在上面迎风把守，他已经向来人扑去，虽则是赤手空拳，可是依然并不示弱。那人和商和插拳换掌，在屋面上连过了三招。可是此人手底下十分厉害，商和险些被他打下房坡。铁剑先生脚下一点地，腾身而起，蹿上了对面的屋顶上，接应商和。好在商和并没受伤，不过是脚下的步眼紊乱些，已经倒翻下房来，落在院中。

铁剑先生往上这一扑过来，已看见这来人大约年岁很大，只是屋面上黑暗，看不真切。立刻往前一欠身，口中招呼道："宅主，你隐匿在这里，究竟是何人，我们还没领教。看你这情形，也是江湖道上成名的人物，不要作小家气。我们既敢自投罗网，绝不会再拼命图逃。咱们把话讲明白了，分个输赢生死，又有何妨！"说着话，铁剑先生已然一翻身纵下房坡，落在了院中。

房上这人也跟踪而下，屋中的灯光亮，院落中已能辨出面目来。见这匪人年纪已有六旬左右，瘦削的一张脸，细眉长目，掩口的紫须。从他的两眼神光中看出，此人不仅是武林能手，并且是个精擅内家武功，极有造诣的人物。穿着一身蓝布绸的衫裤，左手中带着一个很大的指环，非金非玉，看不出是什么打造的。赤手空拳，形神态度上十分宁静。铁剑先生和叶青鸾看到这人的面貌形色，就知道是个有来历的人物。

此时，这人一抱拳道："难得难得！今夜竟叫我会着这么两位成名人物，真是我毕生幸事。这位老侠客，你是威震南荒的铁剑先生么？这位老婆婆不问可知，也就是十五年前威震绿林，两川行道的罗刹女了。我这种绿林草寇，竟把这种成名人物引到大竹谷。我的抛砖引玉倒是用着了。"铁剑先生忙问道："朋友，你先不用这么恭维，你究属何人？恕我眼拙，你要明白赐教，回头咱们再讲眼前的事。"这人微微一笑道："我记得和展大侠客还有一面之缘，你是贵人多忘事。我这种无名小卒，说出名来，老侠客或者已经忘了。在十年前谷厂江上，曾有一个不得时的江湖道，在野谷中和你有过杯酒之欢。那时你还不深知我来历和我的行为，不过我的姓名出身，当时倒也详细地说与老侠客了。"

铁剑先生略一思索，忙答道："朋友，你敢就是那成名天南一带，独行盗侠铁指环黄六奇么？"此人却含笑点头答道："老侠客的记忆力终是不差。十几年的事，倒还没把他忘掉。"铁剑先生道："我跟朋友你无恩无怨，你今夜对付我这种行为，定是有人暗中主使。据我想，尊驾你一定是和那五虎断门刀彭天寿颇有渊源。"这铁指环黄六奇点点头道："我焉能不承认这件事？不过我处身绿林三十年来，既不利用同道，也不被同道所利用。少时我把此事讲明，老侠客也就知道我黄六奇究竟是何居心了。如不见疑，何妨到屋中一叙？"铁剑先生和罗刹女叶青鸾、天龙剑商和均看出此人不是平常的江湖绿林道，他既说出这种话来，定有个交待。铁剑先生遂含着笑道："那有何妨，正要向尊驾面前领教了。"

这时，罗刹女叶青鸾有些不得劲了，身为侠义道，竟把人家宝剑盗在身上。此时宅主这么客客气气，以礼周旋，反显得自己的行为稍差了。铁剑先生却向这铁指环黄六奇说道："先前不知尊驾隐居在这里，我们认为是势难两立的强敌。此次因为去苗疆访寻五虎断门刀彭天寿，缺少一口剑，故此不告而取，暂借一用。我这种慷他人之慨，主人定然要把我展翼霄看成贪鄙之夫。"那铁指环黄六奇早已看见自己的伏魔剑落在人家手内，他却含笑说道："展大侠不必介怀，我自从来到大竹谷，决不想再离开此地。这口剑物得其主，在我黄六奇掌中，我虽然没做多少济困扶危的事，倒还没杀过一名良义，没辜负剑上的伏魔二字。假如赠与叶女侠，用它做些侠情义举的事，岂不比较放在我这里好么？"叶青鸾此时倒只好是道谢了一声，因为这种情形，既已取到手中，就不能再还给人家了，那一来更觉难堪。

一同进了屋中，前面已经有人进来。因为虎圈中两只猛虎，打死了一只，仍然收回去一只。更已经发觉虎圈、豹圈全被破坏，所拘囚的人也已逃走。各处都严厉地把守着，依然没有一点迹象可寻。此时，听得后面已然进来人，立刻全赶了进来，到这里听候庄主命令。

铁指环黄六奇招呼外面送茶进来，遂向铁剑先生道："老侠客，我现在先向你面前谢罪。我黄六奇江湖道上也曾纵横了三十年。从五年头里我一心洗手，从此闭门思过，不再参与江湖道中的事。我现在说出的话来，老侠客若不知我的为人，定然不信。我是忠实的言语，我在这大竹谷带，称得起是安善良民。我手下所用的人，今夜遇上事居然也能够动手，这分明是一个匪窟无疑。可是我自从入大竹谷以来，就与江湖上断绝来往。我这里拥有许多山田林产，不时地带着人出去行围打猎，把绿林中的事业，敢说是洗刷得干干净净。这般手下人，全是我亲手教练他们，用以自保。沿山百余里，凡是我大竹谷出去的人，敢说是没有一点作恶欺人的举动。那虎圈、豹圈，不知道的，正以为是我们作恶的凭据，既是安善良民，要这种凶险的东西何用？可是我立这虎圈、豹圈时曾立下了誓愿，只要是过去的江湖道中人，他和我黄六奇有了认识的，不提旧事，不促我再入混水，我全把待若上宾，好好地款待。若是敢对我洗手江湖的誓言加以轻视，还想把我黄六奇再入混水中，叫我重入是非场，我只有把他放入虎豹圈中，任凭他自生自灭，休想再出大竹谷。我对叶女侠跟五虎断门刀彭天寿结怨的事，当年虽也有个耳闻，可是知之不详。尤其是这几年来，我是不出大竹谷，焉能再和武林中成名的一般侠义道结怨为仇？我黄六奇虽然愚蠢，也不致这样吧！不过事情是由不得人，竟有我过去性命之交，一个绿林同道，他来访我。现在我已然知道，此人大约已然和老侠客和叶女侠会过了。他名叫铁掌金丸崔萍，此人可知道么？"

罗刹女叶青鸾道："我们在潇湘苦水屯，已然见过一阵，他正是五虎断门刀彭天寿所请出来的能手。"黄六奇嗐的叹息一声道："我和他过去十年有过性命的交情。我在大竹谷里闭门思过之后，他深知我的性情，决不肯再登门找我，这正是好朋友体谅人的地方。不想三天前他竟自来到大竹谷，不管我的信誓，要约我去到苗疆上帮他的忙，找回潇湘惨败的脸面。我跟他既是生死之交，论以往的交情，我应该不顾一切，慨然答应。不过姓彭的人，我在绿林中，不过是见过面。我们的道路不同，行为相左，既谈不到交情，更毫无沾染。我为他这么个没有什么认识的绿林同道变节卖命，太以不值。只是铁掌金丸崔萍他以旧情劝我，我实难推却之下，只能告诉他，只要是不叫我出大竹谷，任凭叫我帮你什么忙，我定要尽全力地相助，就落个瓦解冰消，我也不怨恨姓崔的无故陷害。那知道我话已出口，无法收回。他是明知道我不能随他下苗疆，他的来意，也正是要我这样办，这才把他真心实意说出。五虎断门刀彭天寿绿云村寻仇，一场惨败，他更要以全份的力量，和叶女侠及绿云村助义的侠义道一拼生死存亡。所以他这次普散绿林帖，凡是散布在天南边荒一带成名人物，全在他招揽之中。可是他这么大举地请人，必须些时日。侦知叶女侠已经到了黎母峰，他认为也存着早早了结这场事之心。可是他所约请的人，没到之先，深恐叶女侠先行下手。所以他要尽力地设法阻拦，黎母峰已然派去一般能手，到那里故意地扰乱，牵制得你们不能动身。更因为我这大竹谷是下苗疆必经之路，只要黎母峰所下来的人经过这里，我能够设计邀劫，叫他们不易轻过此处，也算帮了他的大忙，尽了生死之交朋友的义气。这一来，我已经答应了他，焉能反悔？好在崔萍他还要去给彭天寿约请同道，并没在这里耽搁，跟着走去。果然黎母峰的人已然发动。我在万般无奈之下，商老弟入我大竹谷时，我才把他动手劫留下。我准知道南海渔人，领袖天南的老侠客，决不肯善罢甘休。我也正好请大家前来表明我的心迹，我黄六奇既不是怕死怕事，也不是反复无常，甘心作恶，现在只有任凭展老侠客的处置。"

铁剑先生点头道："尊驾有这番不得已之情，我们焉能再行对于尊驾有怀疑之念？彭天寿这种倒行逆施，他是自取灭亡，噬脐之悔就在身前。苗疆一会，也就是他覆灭之时。"

铁指环黄六奇微摇了摇头："展大侠，我们这次遇合，不算平常，本是一场狠斗，现在竟能化敌为友，实在难得！承蒙叶女侠跟展大侠拿我黄六奇当个朋友，不再相疑。我说出几句话来，深盼展大侠、叶女侠对于我所说的慎重一番，也算我尽了朋友之义。这五虎断门刀彭天寿，他虽是不见得就能够独霸天南的绿林道，威胁武林。可是他这些年来，所结识的全是这东南一带成名的绿林道、隐匿边荒一带的江湖异人。这次他和叶女侠清算旧债，黎母峰南海渔人也牵连在内，以至弄成现在这种僵局，各不相让。这次苗疆一会，也就是两家决最后存亡之时。黎母峰詹四先生是天南武林中领袖人物，彭天寿他是深知此人的厉害，何况展大侠、叶女侠全是他的劲敌，他那会不尽全力对付？所以这次他普散绿林帖，内中可请出了几个扎手的人物。这班人有的多年江湖道上无声无息，隐迹消声，其实他们全是雄心不死，遇到了这种机会，也想趁此重在江湖道上扬起'万儿'来。展大侠，我盼望你跟南海渔人要仔细地慎重一番，因为我黄六奇虽是寄身草野，但是我对于你们这一般行侠作义的老师父们，只有敬仰之心，绝无嫉视之意。在江湖道上，数十年保守下这点威名，实非易事，一旦若是毁在这场事上，未免太冤。"

罗刹女叶青鸾连忙说道："多谢尊驾这番关照！尊驾既有这番善意的提醒，何妨把所知说出来，最厉害人物明白指示，也叫我们有个打算。"

那铁指环黄六奇便略一沉吟，向罗刹女叶青鸾说道："论江湖道规矩，我跟铁掌金丸崔萍已是生死之交。我从来是抱定了宁叫人负我，决不我负人。这次他不为朋友设想，逼迫我作这种不仁不义的事，我才不得已，只有略全信义，总算是把展大侠们留了一阵。现在我只有袖手不管，不能再泄他们的底。可是，此番我黄六奇已经是趟到浑水中，任凭我怎样摆脱，也未必得朋友的相谅。我请展大侠、叶女侠不必过于追问。只有一人极须留意。那彭天寿现在已经布置下很大的力量，在他所请的人没到之先，只凭你们，不容易侵入苗疆。"

铁剑先生微微一笑道："那还不见得吧！我展翼霄也曾在苗疆寄迹了二十年。我这是才离开不久，难道就不容我再回去么？"黄六奇道："展大侠误会了我的意思，彭天寿他没有那么大力量，能够把苗疆整个地封锁。但展大侠和他所到的地方不同，他单独的已经住过几个部落，留些苗民甘作他的爪牙，为他所用。展大侠，你知道他确实落在什么地方？"

这一来，把铁剑先生倒问了个张口结舌。本来苗山一带地势很大，尽是些崇山峻岭，往往有不同的部落散处在苗山一带，各不相谋，各自生活。每一个地方，自成一部落。自己在红花岩一带，四十几个苗墟，整整地住了二十年，已经深得这般苗民的信仰，更施以教化。五虎断门刀彭天寿，他虽也落在苗疆，可是他所盘踞的地方相距很远。从当初就听说他率领着手下几个亲信同党，隐匿在连云岭大狱山。那里本是一班野苗居处，汉人没有轻易敢深入那种地方。他竟威胁利诱，使一班野苗人听凭他的驱使。他更仗着他那一身武功和他那狡诈的机谋，助着一班野苗人收复各部落，雄踞一方。只是这种地方，根本就没到过，所以这次倒被黄六奇问住了，答不出话来。

黄六奇忙说道："他敢这么猖狂，正为是有这么个极厉害的根据地。他重返苗疆，计划恶毒，野心太大，那里是绝不想久住下去。这次，他能够把这边荒一带所有江湖绿林道，最厉害的人物请出来，也正是想着把天南一带的敌手一网打尽。他要重回川滇一带，二次在绿林中把金字牌挂起，要作绿林中的霸主。他怀着这种野心，所以手段更辣。在他的布置未周全，所请出来的能人未到齐时，他要利用狱山的地利，野苗的人力，步步埋伏，要想闯进狱山，势比登天。到了时候，就是你们不去，他也要下帖延请。到那时，恐怕还不止于对付你们这几个潇湘结怨的人，就连这一带的武林中的成名人物，也要下帖相请。他是想着趁这个机会，把所有武林中稍有'万儿'的人一网打尽，废除后患，好遂他横行天南之愿。"

铁剑先生点点头道："这倒多蒙尊驾的指教了！不错，连云岭狱山一带是苗疆上有名奇险之地。看起来，我们此时或者也就是结束江湖一生行道的时候，无论如何，我们也要闯他一闯了。"黄六奇跟着说道："以展大侠久在苗疆，只要不存轻敌之心，狱山地势虽险，到时候也自能应付我所说的。据我所知，他所请的这一班江湖道中，有一个极不出名、极厉害的人物。此人天性古怪，他虽然在绿林中横行了多年，但是从来单人匹马，是一个独行的大盗。他十几年前，很作了些个惊人的巨案。但是他作案的方法、手段不同。他能够远离开天南，出去数千里，在大河南北作下一次买卖来。一年半载，任凭谁也见不着他的踪迹。并且他作案后，任凭多精明干练的捕快，也找不出他一些痕迹。所以凡是经他的手所做下的盗案，始终落为悬案，再也访查不出真相来。此人得不义之财，费尽了辛苦，可是有的时候，他竟把所得来的作些侠情义举、济困扶危的事业。在川滇一带，老百姓间得着他实惠的实在很多了，可是谁也没见着他本来的面目。行踪隐匿，居处无常。所以这多年来，武林中就没有谁注意到他这么个厉害人物。此人擅一身绝技，曾得过异人传授，有卸骨法，有登萍渡水的轻功，一身小巧的功夫，巧打神拿，在武功中单取一个门径，使一条亮银骷髅鞭，十二颗'子午问心钉'连环打法。复姓司徒，单名一个空字，江湖道中称他叫鬼见愁。"

铁剑先生听到这儿，说道："这位鬼见愁司徒空，我虽未会过，耳中已有这么个人物。此人已被五虎断门刀彭天寿网罗去了么？"铁指环黄六奇道："此人现在虽还没入狱山，已在他网罗之中。我因为敬重展大侠的为人，不愿意你们此番多这么一个强敌，所以不避嫌疑，据实相告。你们若是多费番手脚，最好是能把此人阻拦下。不必求他相助，只要他不肯入狱山，就可以灭去了敌人的极大力量。"

铁剑先生道："那么鬼见愁司徒空他住在那里？"铁指环黄六奇道："他所住的地方，是最近这几年移居到这么个隐居地方。就在大雪山内，从大竹谷这里往东南走，有一百多余里地，名铁沙谷。铁沙谷那里有一道鹰愁涧，他就住在鹰愁涧后。不过那里是一个很难去的地方，山势险峻，道路难行。尤其到了铁沙谷附近，真有些寸步难行。可是那个地方不难找。这鹰愁涧长有百余丈，里面正是那一带水泉会集的地方，隔着半里地内，全可以听到鹰愁涧水流之声。展大侠和叶女侠若能到他那里，以武林中慕名的朋友登门求见，连南海渔人老侠客的面子，把他说住了，不为那五虎断门刀彭天寿所利用。此人不轻应诺，他只要答应了，任凭彭天寿或者所去的人，有万金的重礼摆在那儿，他也绝不肯管。只是所担心的，就是所去的人，比较展大侠早到了。鬼见愁司徒空只要一答应他们，那也就无可如何了。"

罗刹女叶青鸾道："老师父可知道彭天寿跟鬼见寿司徒空的交

情如何？"黄六奇道，"正和我一样，没有深交，不过所去的人倒能够把他爽快地请出来。"罗刹女叶青鸾道："彭天寿他打发何人到鹰愁涧，老师父可知道么？"铁指环黄六奇道："去的人在江湖道上颇有威名，就是那峨眉圣手鲁夷民。"叶青鸾向铁剑先生看了看，微微笑道："原来是他。"遂向铁指环黄六奇道，"此人我们在潇湘绿云村已然会过了，尤其是在苦水屯，此人也曾大显身手。他居然还能为彭天寿效力帮忙，这倒很够江湖道上的朋友！"铁指环黄六奇道："此人虽然寄身绿林，但很重江湖的义气，做事是有始有终。所以在彭天寿潇湘一败，重返天南后，这鲁夷民依然不肯抛开他一走。不过据我所知，峨眉圣手鲁夷民，他中途间已有耽搁，到现在还没有到大竹谷。因为他颇知道我出身来历，倘若从此经过，就是不肯来见我，也定要向我手下人打个招呼。展大侠和叶女侠若是能紧赶一程，或者能走到他头里，定能把此人说动，拦阻他赴彭天寿之会。"

铁剑先生点点头道："好！多谢朋友你这番照顾，咱们全是江湖道中人，我也不必作口头感谢之辞。今夜的事，彼此心照吧！我立时告辞，要和那峨眉圣手鲁夷民再比较比较，谁走先招！"铁指环黄六奇道："何必忙在在这片刻的耽搁？我既已答应帮助你们，把这场事取最后的胜利，我这里得略备水酒，为大侠们壮行色。天亮后，我指点展大侠们一条道路，到铁沙谷鹰愁涧可以近着二三十里，谅可不致误事了。"铁剑先生和叶青鸾不好过于推辞，只得答应。

黄六奇已经吩咐庄丁，就在这里把桌椅摆开。工夫不大，酒肴齐备，大家以主客之礼落座。铁指环黄六奇却亲身满了一杯酒，送到天龙剑商和面前道："我黄六奇一切无礼冒犯之处，我深盼从今日今时解冤释怨。我们往后能够结成道义之交，商老师父可肯赏我这个脸么？"

商和因为有铁剑先生和母亲在头里，自己是并无异言。此时，黄六奇这么恭敬的谢罪，倒也真不好再记恨他囚禁之仇。遂也站起，把酒杯接过来，说道："老师父，你也太客气了！我商和在江湖道中，虽是碌碌无名之辈，可是追随家母行道多年，倒也知道江湖道义的重大。老师父能够这么深明大义，慷慨相助，我商和再有记恨之心，真是小人之辈了。"铁指环黄六奇哈哈一笑，答道："商师父，你真给我黄六奇一个全脸，我得痛饮三杯！"跟着向铁剑先生、叶女侠敬过酒。展大侠和叶青鸾全不过举杯略一沾唇，不敢多饮。因为前途上阻拦尚多，强敌全不是容易对付的人，所以处处谨慎，不敢放肆。黄六奇他却是豪饮起来，谈笑风生，所议论的全是当年江湖道中快心事。

大竹谷中鸡声报晓，纸窗上现了曙光。铁剑先生和叶女侠、商和全离席而起，向黄六奇告辞起身。黄六奇也不再挽留，亲身送了出来。在这晓色曚昽中，看到大竹谷这种清幽之地，实在是别有洞天。铁剑先生和叶女侠全十分叹息：空到了这般年岁，为恩仇二字牵缠，竟由不得你放手。还不如黄六奇，能够隐居到这大竹谷，过安闲的岁月，享人世清福。这足见人生遇合不同，福命互异了。

众人一同走出大竹谷，铁指环黄六奇直送到山道上，指点着去路，叫铁剑先生和叶女侠以及商和全要记清了："从大竹谷沿着山道走出四十余里，过一道高岭。从那道岭过去，沿着盘山蹬道上下盘旋。只要辨着日光，不差了方向，那一段道路直奔正南。过了那段盘山蹬道之后，有一段很好走的山道，长有二十余里，那里也有人家，也有庙宇。只打听着铁佛寺，从铁佛寺起，把方向就要变一下，完全得奔东南走。奔铁沙谷有几个易于辨认处，把方向找准了，那一带只要见着老松林寒冰崖，再渡过乱草坡，走一段浮沙岗，再往东南去，也就是二十多里，就可到了铁沙谷鹰愁涧了。这几处道路千万不要记错，你们若能紧赶一程，或者就许走在峨眉圣手鲁夷民头里。不过入铁沙谷，渡鹰愁涧，千万不要跟那鬼见愁司徒空起了误会。他那里是从来不准人涉足的，只要大侠们礼貌不差，他是很重江湖道义，绝不至无故翻脸。"

　　铁剑先生跟罗刹女叶青鸾，全对于黄六奇这种关照感谢万分。两下里作别之后，铁剑先生、叶青鸾、商和这才走下这段山坡。

第四章

鹰愁涧初会鬼见愁

一路行来，这一带所见到的全是安善的农民。三人遵着黄六奇所嘱的道路，丝毫不敢耽搁。罗刹女叶青鸾向商和道："我们母子的遭遇，真是出乎意外。但是冥冥中总有意想不到的救应，转祸为福，化险为夷。这样看起来，应当越发地勉励自己，虽然江湖上险恶万分，可是总有一段因果报应在。我们遇到事，良心不泯，方寸不乱，以正义来应付它，没有打不破的难关。你此番私下黎母峰固然是有你的苦衷，只是你这个残足的老母，已经意冷心灰，不敢指望我们母子再有见面之时。事实上也实在是那样，五虎断门刀彭天寿是多厉害的敌手，你一人焉能是他的对手？不过我决不责备你是意气用事，冒昧而行。我很是体谅你，以一个堂堂的武林正宗，在恶魔暗算之下，寄人篱下，苟且偷生，你感到这是一生的奇耻大辱，才有这次的错误，大竹谷落在了铁指环黄六奇手中。此人若果是那种绿林中嚣张乖戾的恶人，你也就休想活到此时，或者我们把这大竹谷弄个血腥满地。如今局势一变，化敌为友，叫我们能够得到意外的帮助，这正是天地间正义犹存，人心未泯。我们此番到铁沙谷鹰愁涧，若能够把这位江湖异人鬼见愁司徒空挡住了，或者还许把我们一身事好好地解决了。不过此后尚有许多阻难，我们要谨慎从事，不要有丝毫鲁莽，免得贻误大事，后悔无及。"

商和对于母亲的教训只有连连地答应，决不辩解。铁剑先生对于商和也是从旁勖勉，叫他不要对于绿云村的事放在心头，五虎断门刀彭天寿虽然作恶万分，尚不至于任他猖狂作恶下去。

他们一路行来，走了两天的工夫，这一带的道路，渐渐的有些荒凉，轻易也见不着里边所住的农人猎户。铁剑先生向罗刹女叶青鸾道："这里离铁沙谷已近，我们形藏谨慎一些，大约到鹰愁涧已经没有多远了。"罗刹女叶青鸾默算着，铁指环黄六奇所说的路，只要方向没走差，应该离着鹰愁涧不过一二十里。越过两个山头，越发的荒凉难走，峻岭重叠，山势险峻。那一排排的老树，全是千百年来没人砍伐，最大的高有六七丈，两三人合围。野草丛生，荆棘满地。他们走到这种山路上，全是十分戒备起来。因为这里轻易见不着人，可是毒蛇野兽到处皆有，尤其这一带猿猴满山上乱窜，那高大的马猴更是凶暴异常，有时候它竟从暗中向人袭击，利爪巨口，凶悍异常。

走了半日的工夫，竟自遇到了一拨猎人。他们出猎而归，得了不少野兽，翻山越涧，正和铁剑先生等走了个碰头。这般猎户们十分惊诧：这条道路不是平常人所能到的，就是好游山玩景的人也没有这么胆大，敢往这种人迹不到，步步危险的地方来。慢说野兽不好防备，路走迷了，没地方找人去，困在里面就出不来。猎户们可就站住了，向铁剑先生等问："这三位客人，你们这要走向那里？大约你们是走迷了道路，再往正南走，只怕你们只能去，便无法回来了。这种乱山起伏的地方，任凭多能走山道的，也要叫你走迷了道路。岂不是要自寻苦吃么！"铁剑先生点点头道："多谢老哥们的指引！我们是听人传说，这里有一座鹰愁涧，是这山中数百里内最名胜的地方。那里生着几种奇花异草，沿着鹰愁涧，如同一座锦城。并且鹰愁涧上还隐居着一个世外高人，已经是陆地神仙，能够飞行绝技，时时在鹰愁涧绝顶出现仙踪。实不相瞒，我们全是练武的人。听到这样好的所在，更有这异人，那肯轻轻放过？所以我们结伴而来，要见识见识这种仙家圣境。万一有缘，也许能够和这位异人遇上，所以才来。正愁着这一带道路不知走得对不对，幸遇老兄们，烦劳指引吧！"

猎户们听了，一齐大笑起来，向铁剑先生："这位老客人，你年岁已经很大了，怎么还这么没有经验，枉听他们的传言！白白地受些辛苦还是小事，万一遇到什么危险，岂不冤枉死？从来什么地方有什么奇异妙境，听人讲着大半是添枝添叶，绘影绘声，其实你真到了那个地方，身临其境，看到眼中，也不过是平常而已！你说的这个地名倒有，再往南翻过一道岭头，就是一片极大的山谷，名叫铁沙谷。从铁沙谷再往南去就是鹰愁涧。你们只要一去了，准保你伤心后悔。看到眼中的，全是荒林野树，山道是险峻难行，在那荆棘蓬蒿中，常常有极大的怪蟒出现，遇上了就是生死的关头。尤其是真到鹰愁涧那里，遍地荆棘藤萝，容你到处能找到奇花异草。我们在这山里打猎多年，这种地方我们统共去过三两次。你看我们铁笼中，我们冒险费这么大的力气，就为的是得这点野兽。"叶青鸾等早已看到他们提了不少个头极大的火狐和极小的猴子。那猎户跟着说道，"那种地方就没见有人迹到过，你们去了岂不受骗？客人这么大年岁了，别自己找病，赶紧回去吧！"铁剑先生忙的连连道谢。这般猎户，他们也得紧着赶路，把这种好意向客人说出，至于人家走不走，那也无须再管。

铁剑先生容他走远，向罗刹女叶青鸾母子说道："巧得很！这里的道路正在无法辨别，幸遇这般猎户们指示了我们的道路。我们紧赶一程，要在天黑前赶到鹰愁涧。"罗刹女叶青鸾，天龙剑商和全答了声"好"，按着猎户们所说的方向，翻山越岭。果然这一带更难走了。一处处悬崖峭壁，就是有较平坦的地方，也是一人多高蓬蒿，真是步步危险。若不是一身武功，这种地方寸步难行。走到太阳已经落下去，眼前是一段高岭。越过这道岭去，铁剑先生一张望，向罗刹女叶青鸾道："我看这一带许就是铁沙谷了，你看山石的颜色，也与别处不同，全是深黑色。这下面正是一道极大的深谷，谷中一堆堆隆起的分明不是突起的岩石，全像土堆一样。可是这里在高处，绝闻不到一点尘沙之气。你看天色可不早了，无论如何，我们也得翻到下面。"

从这一座倾斜的山头，仗着攀藤附葛，费了很大的时间，才到了这深谷中。果然铁剑先生说的一点不差，下面一堆堆的全是细石沙子，有那高的隆起了有一两丈，那较矮的地方，一脚踩下去，也能陷入半尺。这种地方真是天生的绝地。这谷底下没有一些草木，若是赶上雨季里，山水多的时候，慢说是人，就是野兽也无法逗留。往东面望了望，竟看不出这道铁沙谷有多远。只是这鹰愁涧绝不会在这谷中，这里既没有泉眼，又没有水道。一打量形势，只有往这铁沙谷的对过翻，去找寻着鹰愁涧。尤其是这深谷中，天黑的更快了，因为这种高山大岭，晴明的白天尚有许多的日光照不到地方，何况这种低矮之处。赶到往对面一带悬崖峭壁间找寻上去的着脚之地，越发费了事。谷中是寸草不生，但这崖壁间却是满布着荆棘、蓬蒿、藤萝、蔓草。赶到揉升到山半腰，眼前已经黑暗了。

　　铁剑先生抬头望了望，到上面的山头，大约总还有三四十丈。这种情势，地形危险之下，实在不宜往上再走了。在山半腰找着一段悬崖上可以停身之处，向罗刹女叶青鸾招呼道："叶女侠，我们不如在这里缓缓气吧。上面还有那么高的地方，天已经黑暗得看不出多远去。好在今日天气晴和，又在月望的时候，我们等候月光上来，辨别着落脚之处，再上这段山头吧！"叶女侠深以为然，天龙剑商和更是累得筋疲力尽，遂在这段悬崖上歇息下来。好在身旁全带着干粮和水果，不至于受饥渴之苦。

　　可是天色这一黑沉下来，他们又停身在山半腰，形势这份险恶，虽则是久走江湖的人，也觉得触目惊心。一入夜，这片铁沙谷对面的高山当中，那么宽大的深谷，东南风一起，尤其是风到这深谷中，更显得力量大，吹得两边山壁蓬蒿、蔓草、荆棘、藤萝发出一种怪声，狼嚎猿啼，深草中更不时的有蛇蟒一类的乱窜。这种声音和在一处，叫你听着刺耳惊心。铁剑先生向叶青鸾道："叶女侠，我从入江湖在江南行道，辗转入了苗疆，所到的地方不为不多，什么奇险之地全曾经过，真没看过铁沙谷这种奇险之地。好凶恶的地方！看到这种地方，就知道这里所住的人，是如何的人物了。"罗刹女叶青鸾道："不错！我这些年来，武功本领虽没有多大成就，可是我镇定的功夫，倒觉着颇有所得。可是今夜来到这种地方，我老婆子也有些惊心动魄。看起来，这个江湖怪人，他的绰号很有些名符其实了。这里形如鬼域，司徒空他叫鬼见愁，他住到这里，岂不是正合适么！"叶青鸾说着话，向商和看了看，他倚在背后的石头上，正在歇息着，不由叹息一声。这时东方已经涌起了月色，渐渐地辨别出铁沙谷一切的形势。山风还是一阵阵吹进谷中，下面那所有的一堆堆石沙隆起的小丘，有时被风卷得竟自扬了出去。铁剑先生向罗刹女叶青鸾招呼道："我们可以动身了吧？眼前可以辨别出丈余去，只要小心些，谅无危险。"

商和这时也把精神缓足了，才站了起来，铁剑先生忽然十分惊异地低声招呼："快把身形掩蔽住！我的老眼已不花，那东谷口一带，定然是一个夜行人的足迹，难道就是那鬼见愁司徒空么？"罗刹女叶青鸾跟天龙剑商和赶紧全把身形矮下去，往后退了退，紧贴到山壁上。好在这里有很多的藤萝蔓草，足可以掩蔽身形。叶青鸾跟商和全顺着铁剑先生手指处仔细查看，果然有一条黑影，忽起忽落，竟自往自己停身处闯了过来。铁剑先生附耳低声说道："我们不要动，不到我们面前，不必惊慌，我们要看清了来人才好。"可是这个夜行人，相隔铁剑先生停身的这段悬崖还有十几丈，把身形略慢，一转身，竟也往上面攀登、揉升上来。原想是查看他的面貌，那知道一些没有看出来。这人的身形很是轻快，手上脚下灵活稳准，纵跃攀爬，丝毫没有一些慌张疏忽之处。眼中看得准，手脚上找得准，工夫不大，已经和铁剑先生等停身处相平了。他丝毫不停留，往上揉升。铁剑先生低低招呼了声："我们往上翻。"

罗刹女叶青鸾，天龙剑商和见铁剑先生发话声中，已经腾身而起，母子遂也是各抖起全副精神跟踪而上，攀藤附葛，加着十二分小心。幸而那人相隔稍远，并且山风很大，吹得藤萝蔓草全摇动着，发出响声，无形中给他们掩蔽了形迹。这时既已发现了这个强勇的夜行人，虽然没对面动手，可是在这种情势下，谁肯赶后一步？只有一盏茶时，已由这段悬崖扑了上来。这三人全把身形隐藏住，再查看那人的踪迹，已不知去向。

铁剑先生在十分惊异中，向悬崖上面一路搜寻，始终不见此人的踪影。跟罗刹女叶青鸾母子聚合一处，细看前面的形势。只见往前出去有一二十丈远，是往下去一个乱石起伏的山坡。来到山坡前，铁剑先生道："叶女侠你看，这就是鹰愁涧了。"顺着山坡，往下有十几丈深的地方，竟是一道山涧。下面黑沉沉，一片吼声。大约在极深的地方有很急的水流，因为两边是石壁，下面的水发出这种回声，显得声势越发的大了。站在这山涧边上往对面看，这道山涧宽有四丈左右，东西一望，不知通到多远。山涧对面仍然是黑鸦鸦一片，崇山峻岗，也看不见一些灯光。

铁剑先生在这鹰愁涧前，沉心静气地查看一番，向东走出数丈远去，忽然停住脚步，向叶青鸾招呼道："叶女侠，这里来，你看这里大约就是那司徒空出入之处。这里有一株多年的古松，倾斜着往涧中探出去，有丈余才往上升起。若经这株古松上往对面纵去，不过是三丈左右，只要落脚处找得稳，决无危险。不过这种地方，实不是随便可以出入的地方。在平地上只要轻功稍有根基，飞纵出三丈多远，不是费事的事。只是这下面是百丈深涧，对面又不是平坦山头，倘若这种意念稍一摇动，起了惊惧之心，畏怯之意，能把平时的本领减去三分。叶女侠，你们母子看这里可以出入么？"叶青鸾说道："身经百难，视死如归。商和这次私下黎母峰，具着不再苟且偷生之念，他还有什么可怕？我倒很信他能够飞渡鹰愁涧，决不会就葬身在这里。"铁剑先生道："很好！贤母子全有这样坚忍之心、不拔之志，眼下这些阻难更无所惧了。那么我愿当头阵，任它怎样危险，我们既然费了千辛万苦，闯到这个地方，不入虎穴，焉得虎子？叶女侠，你看对面突起那块岩山，也就是落脚之地。好在这棵古松上着脚之处，枝叶全已折去，没有什么阻碍，我要先行一步。"

铁剑先生往后退了两步，他一提长衫，立刻腾身而起。到了这棵树干上面，脚下一点，竟如一缕轻烟，飞纵过鹰愁涧对面。铁剑

先生一回身，向这边点首招呼道："你们跟着过来，落脚之处十分平稳，不必担心。"

叶女侠跟铁剑先生所说的话，正是激励商和，不愿意叫他有退缩之意。这种奇险之地，实不是他那身功夫所敢尝试。只是事到临头，若有退缩之意，易起人轻视之心，所以才故意地说那种激励言辞，好鼓起商和的勇气。她这时听到铁剑先生的话，也明白侠客的用意，正也为的是鼓励着商和，免得自误。叶女侠已经答应了声，跟踪而起，飞纵过涧对面。商和也是轻身提气，照着母亲的步法，脚下用足了轻力，蹿过鹰愁涧。铁剑先生已然站到山涧的紧边上等待着，商和往下一落，果然身躯往后一退。自己一换步，倒是挺住了身躯，可是这情势是危险十分。

铁剑先生一把抓住商和的左腕，低喝声："身形快些隐蔽！"已带着他腾身而起。纵上一段山坡，把身躯隐住。叶女侠也跟踪而上。可是停身后向附近仔细观察，附近一带别无动静。铁剑先生道："在山涧那边所见的人，到现在踪迹不见，我是始终不能释怀。此人是敌是友，到现在尚未判明，我们不得不十二分的小心。我想铁指环黄六奇所说的话一定不差，鬼见愁司徒空决不会离这里多远，我们隐蔽着形藏，搜寻他一番。"罗刹女叶青鸾点点头道："我也这么想。"

天龙剑商和也随着翻过一乱山头。眼前现出一段极狭的道路，不过仅能走过一人。顺着这条小道往上走了没多远，突然见前面陡现一条夹壁似的山沟，并且里面非常黑暗。仔细观察之下，地上的乱草似乎时时被人践踏着，这分明是有人不断在此经过。往上看这段夹壁，虽不甚高，也有十余丈。铁剑先生向罗刹女叶青鸾道："看眼前的情形，离着鬼见愁司徒空寄身之处不甚远了。这里虽然十分奇险，我们不得不冒险一行。"叶女侠道："现在已到了这里，任凭他是虎穴龙潭，我们也必须闯他一闯，我愿在前边引路。"铁剑先生微笑着说道："叶女侠，遇到这种地方，无须存着主客之分，还是我在头里引路吧。这种地方，不能不加以谨慎，只能把剑亮出来，提防意外，以免措手不及。"罗刹女叶青鸾答了个"好"字，一抬手，各把宝剑撤出鞘来。仍然是铁剑先生在头里走，罗刹女叶青鸾，天龙剑商和彼此全隔开四五尺，冲入了夹壁中。

里边虽然黑暗，可是铁剑先生这口古铁剑，罗刹女叶青鸾这口伏魔剑，剑身上全各有一缕寒光，在这夹壁中倒可以微辨着眼前的道路。往里走出十几丈来，觉得脚下渐走渐高。又走过十几丈来，渐渐的道路开展，已经出了这段夹壁，眼前是一段小山头。这种地方尤其特别，四周全是一二十丈的山峰围绕，形如一座高墙。这段小山头方圆有三四十丈，树木很多，可是大致全见出行列来，仿佛是经过人工的采伐。可是地上所长的山花野草，又看不出道路来，不像有人常常到这里走动，更找不出那鬼见愁司徒空居住的所在，也不见方才悬崖峭壁上那个夜行人。铁剑先生向罗刹女叶青鸾、天龙剑商和一打招呼，各自尽力地把身形掩藏着，往前搜查过来。

没有十几丈，突然间左边一排丛林中，陡发异声，也辨别不出是什么声音。跟着那片树帽子上一片乱响，卡喳卡喳，树枝折断，忽然数尺长的树枝子连番飞起，向铁剑先生等头上落来，情形怪异。虽然夜风阵阵，可是没有那么大力量，能把树枝吹折在空中飞舞起来。铁剑先生低声向罗刹女招呼道："我们要尽力搜查一下，这分明是暗中有对付我们之人了。"铁剑先生立刻腾身飞纵起来，直扑向那片丛林。罗刹女叶青鸾、天龙剑商和母子二人也往左右一分，各自闪开地势。全是脚下用力，腾身而起，随着铁剑先生的踪迹，搜寻过来。

这时，那树枝子还不断地往这边飞过来，他们只得用剑拨打，只听铁剑先生怒叱了声："敢对老夫戏弄，我倒要看看你是何如人！"一个"燕子飞云纵"的轻身术，腾身而起，已到了那丛树的树顶上，轻登巧纵，掌中剑不住摆动着。在铁剑先生扑上去时，竟从一片树顶上拔起一条黑影，看不出是人是兽，向五六丈外一片深草中落去。

铁剑先生一个燕子穿云式，二次腾身而起，紧追了去。罗刹女叶青鸾、天龙剑商和也扑了过来。可是铁剑先生往下一落，竟从那一人多高的荒草中飞起许多石块，迎面打来。天龙剑商和已看出这是夜行人故意的安心戏弄，卖弄本领。他往旁边一纵身，闪开迎面的石块，随手发出去钢梭，一抖手，一点寒星向石块发出来的地方打去。钢梭落处，那夜行人好像一头夜鹰，又从乱草中拔起。铁剑先生丝毫不惧他的暗算，也把一身轻功本领尽量地施展出来，尽力向那黑影处扑去。因为这条黑影，他始终借着荒草隐藏身躯，铁剑先生扑过去时，只得用掌中剑搜寻他隐身之处，剑光颤动，那乱草荆棘随之断去。

罗刹女叶青鸾向商和一打招呼，这母子二人竟自分散开，看出那条黑影落下去的地方，分三面往上包围。叶青鸾身手矫捷，和铁剑先生的轻功造诣相比，不过略逊一筹。此时也因为这里所见的人，既不肯露面，又有这种敌对之意，暗中袭击。现在自己已立于能进不能退之地，只有拼命的和这敌人一决雌雄，所以也尽量地把轻身本领施展出来，三下里紧自扑击。

那条黑影竟往天边一段岭头退去，铁剑先生那肯舍去他，竟自大声招呼道："前面的朋友听着！我们此来，是专诚拜望江湖同道司徒老英雄。朋友你若这么故意地和我们为难，那可就各凭本领，决最后的胜负了。"可是铁剑先生这么发话招呼，前面那条黑影仍然是纵跃如飞，竟自翻上岭头。铁剑先生和罗刹女叶青鸾、天龙剑商和，此时虽还没看出此人的面貌，可是他起落纵跃，这种身法太快了，彼此未免心惊，这真是强有力的敌人。铁剑先生此时把心也横了，自己倒要以一身所学和他一较最后胜负。不看看此人是谁来，这鹰愁涧也就别想再退出去了。

前面那人已经翻上岭头，铁剑先生和罗刹女全离开他五六丈远，跟踪而上。这里比较前面那悬崖峭壁，容易着脚。铁剑先生和罗刹女翻上来时，商和可落后了许多，他不过才上到岭半腰。铁剑先生见前面这人顺着岭头往前逃下去。以他这般轻灵紧快的身法，江湖中少见的人物，他竟自不肯现身对敌，引诱自己到岭头上来，他定怀恶意。

　　一到这上面，铁剑先生见这岭头上乱石起伏，夹杂着些树木荆棘，并且上面道路没有多宽，最宽的地方不过四五尺。这上面没法子对敌动手，只要一失脚掉下去，虽不能粉身碎骨，可是也得身受重伤。铁剑先生暗打主意，想找到他落脚之处，稍近自己，要施展最后的绝技，扑近了他，不容他再走开。在这上面留神着脚下的危险，见那黑影已然转到这岭头的东南角上，相隔只有六七丈远。铁剑先生暗中气纳丹田，竟施展开"蜻蜓三抄水"、"燕子飞云纵"，身形腾起，随着脚下略一站，两次腾身，已出来七八丈。前面那条黑影，也正在把身形拔起，铁剑先生出其不意，猛往一株斜探在岭头的古松上一落脚，二次腾空拔起。这次竟翻出去五丈左右，和那黑影是同时往岭头的南面落，相隔只有五六尺远。

　　铁剑先生那肯再容他走开，脚尖才往下一沾，一提丹田之气，右手的剑往前一抖，身形随着剑起，连人带剑向那人背后扑到。这次铁剑先生招数进得神速异常，任凭他身形怎样快，也不易再躲开。那知眼看着剑尖已经沾到了衣裳，这人脚下竟自一顿，身躯拔起。也是"燕子钻云"的轻功，可是带着"细胸巧翻云"的绝技，在半空中一个翻身，反向铁剑先生的背后落来。这种出奇制胜的闪避，也不由铁剑先生不惊心动魄。

　　可是这时罗刹女叶青鸾已经扑到，竟自双掌一错，往前一递招，右掌向这人的左肩头卸去。此人身形还没转过来，他的脚尖也就是才着地，竟自一个"黄龙转身"，肩头往后一拧，左掌用掌缘一找罗刹女的脉门，右掌骈食中二指，"龙拿珠"，向叶青鸾面上点来。叶青鸾右掌往右一沉，左掌从下往上翻出，向此人的曲池穴上劈去。

　　铁剑先生也翻身把掌中剑一举，喝声："朋友，请你赶紧亮'万儿'，休要自误！"剑举起，可不往下落，这正是铁剑先生保持着自己的身份，不肯以多为胜。这时叶青鸾的掌到，和铁剑先生的话全是同时。此人身躯往下一矮，他这双臂往外一分，罗刹女的一掌劈空。此人双掌往当中一合，身躯往起一长，"莲台拜佛"，猛往外一撒，双掌是排山运掌式，向罗刹女叶青鸾华盖穴上打来。叶青鸾用"如封似闭"之式，身躯稍往左一斜，双掌也从左往中外一翻，横劈他的双臂。此人竟自一个旱地拔葱，身形纵起，不往前窜、不往后窜，却斜着往岭半腰落去，那藤萝蔓草被他踏得一阵作响。再看他时，已经轻登巧纵出去六七丈，重翻到岭头。铁剑先生因为他不肯答话，颇有些愤怒此人的无礼，翻身压剑喝声："朋友，你想逃到那里！"话声中，已经一纵身追了过来。天龙剑商和也跟踪赶到，叶青鸾也随着铁剑先生的身后，一齐追过来。那人就纵跃如飞，往前出去十余丈，他却往南，穿进一片丛杂的小树林中。

　　铁剑先生和罗刹女叶青鸾、商和追到这小树林前，防他暗算，不得不察看一番。略一停顿之间，树林中有人发话道："远客降临，分明是建议这里的主人，竟自先把这里作了猎场。客人们终归失望，我这鹰愁涧不会有所得的。"这人一边说着话，已从小树林中走了出来。铁剑先生和罗刹女以及商和，分明看出就是动手之人，只是匆忙间并没看出他的像貌。此时他不以敌对行为相见，怎好就把他当做那动手之人？铁剑先生往前近了两步，拱手说道："尊驾何人？我们是来拜望这鹰愁涧的主人司徒空老师，怎奈没有接引之人，只得冒犯擅闯进来。"那人一边向前迎着，一边发着笑声道："尊驾可就是名震南荒的铁剑先生展大侠么？在下复姓司徒，名空，是江湖上无名的小卒，那敢担当拜望二字！"罗刹女叶青鸾母子也向前施礼道："原来就是司徒老师父，适才岭头冒犯，想必就是尊驾了。"

　　这人暗暗笑道："我司徒空要是那么无礼，岂不叫老师父笑话我太以不懂得江湖道义。小徒无知，手底下略会几手功夫，他竟自敢在老前辈们面前班门弄斧。幸蒙老侠客们手下留情，他才知难而退。我这个做师父的听得信，那敢不紧赶了来，向老侠客们当面谢罪。"叶青鸾和铁剑先生全十分惊异，敢情方才还不是他本人，他的徒弟已有那般好的身手，此人的武功本领更是名不虚传了。铁剑先生忙答道："久仰司徒老师武功绝技，名满天南。只是先前不知道老师父隐迹的地方，无法登门拜访。如今好容易知道这个鹰愁涧的所在，冒昧前来，又赶上道路生疏，竟在一个深夜中拜访一个慕名的武林名家。我们还生怕引出老师父误会来，老师父可能原谅我们么？"

这鬼见愁司徒空哈哈一笑道："展大侠，你也太客气了！我们师徒不能尽礼地迎接远客，我们已觉抱愧十分。你再这么谦虚，越发叫我司徒空置身无地了。山居简陋，老侠客们不嫌这里肮脏，请到里面小坐如何？"铁剑先生和叶青鸾、商和全拱手致礼道："在下正要到里面叨扰。"鬼见愁司徒空一转身道："老侠客们，随我来。"他头前引路。穿入这片小树林中。

眼前突然现出一条整洁的小路，在十几丈外一段山岩之下，隐隐的有灯光。渐走渐近，看出靠一个山根底下，建筑着一段竹篱茅屋，灯火也就从那里边射出来。来到竹篱门首，鬼见愁司徒空向里面招呼道："蓝玉，你还是赶紧出来，惹了祸躲在屋中，当得了什么，还不赶紧向人家请罪么？"鬼见愁司徒空这一招呼，竹篱内那草房，相隔着七八丈远，那草房的门开处，一个人答着话道："师父，我不至于那么现眼。我这里烧茶待客，真要是饶不了我，我自己承当，还会连累了老人家么？"此人已经在话声中腾身而起，往起一蹿，就是三四丈高，往下竟落在道旁的一棵树梢子上；轻轻一登，又复腾身而起，两个纵身，已经到了鬼见愁司徒空的身后。铁剑先生等相离已近，这才辨别出那师徒二人的像貌。这师徒二人，身量是一样高，只是从面貌上能分别出来。这司徒空年纪已经有六旬有余，黄焦焦的脸面，头发已经花白，修长眉毛，眉梢往下垂，一双精光四射的眸子，只是两颧骨高些，唇上留着短须，已有花白之色。他那徒弟面皮却是黑得特别，一双短眉毛，两双精圆的眸子。塌鼻巨口，丑怪十分，看年岁也不过在二十左右。

　　这鬼见愁司徒空向铁剑先生以及罗刹女叶青鸾、天龙剑商和道："这就是小徒蓝玉，同道中送了他个匪号叫铁面神猱。这个孩子生来的身轻体快，在这鹰愁涧附近，他更锻炼成了一身小巧的功夫。不过在下已经是洗手江湖，不再和朋友们争名夺利了，所以他也没有到江湖上历练，形如野兽般一些礼节不懂，叫老侠客们多多笑话了。"更喝叱着蓝玉道："你还不赶紧见过名震天南的铁剑先生展大侠，这位是十年前在西川行道，名震武林的女侠罗刹女，这位是叶女侠的令郎商老师。适才你一切冒犯之处，趁此陪罪，就算饶了你。"那铁面神蓝玉一张丑脸带着笑容，向铁剑先生等躬身说道："弟子多有冒犯之处，大人不见小人怪，不要再对付我才好。"铁剑先生笑道："过于言重了，看师敬徒，这是礼所当然。何况小朋友你这一身绝技，叫展某十分佩服。我已经蒙你手下留情，保全了脸面，叫我在鹰愁涧没栽了大跟头，我应当向你道谢呢！"这铁面神猱蓝玉却带着十分惭愧的神情，看了看铁剑先生，又瞧了瞧他师父。鬼见愁司徒空却向蓝玉一摆手道："头前引路。"更向铁剑先生等拱手相让，一同往里走来。

　　到了这三间草房前，司徒空请大家一同来到屋中。铁剑先生和罗刹女一看这里面的情形，倒是一个山居的模样，简单的几件粗制的桌凳，里面收拾的却是十分干净。这罗刹女看到鬼见愁司徒空在江湖道上横行时，做过多少惊天动地事，他也应该积存些金银财宝，隐匿在这里。凭他的本领，一样找十足的享受。可是眼中看到这屋中的情形，师徒二人分明是过着极清苦的生活，这倒真有些令他们莫明其妙了。

　　鬼见愁司徒空让大家落坐之后，却招呼徒儿道："蓝玉，前去烹一壶茶，给老侠客们略解烦渴。回头好好地预备一些下酒之物，把那已存了数年的美酒取来，我也要稍尽主人之礼，在这荒山绝顶里款待嘉宾。"铁剑先生听他这样吩咐，遂说道："司徒老师父，我们是慕名拜访，你这里清静惯了，我们不愿意过分的叨扰，搅得你师徒不安。我们只愿意就一杯茶略谈片刻，畅谈一番，也就告辞了。看这情形，我们三人奔铁沙谷，进鹰愁涧，司徒老师似已先知，这倒叫我们佩服不尽。"那司徒空并不答话，只是微微一笑。

这时，铁面神猱蓝玉从外面用一个白木盘送进一把紫砂壶、四个茶杯。铁剑先生看这种茶具，更是惊异，和他这屋中的情形太不相称了。那把紫砂壶是百余年前之物，擦得全成了透明，在灯底下发出崭亮的紫光。四个茶杯却是四个清玉碗，也不是平常所见之物。铁面神猱蓝玉把壶碗全放在桌上，把茶杯里全斟上茶，挨次地献到。这碗茶还没喝到口中，已经闻到一股子清洌的香气，这分明是洞庭湖的最上品，云露鲜芽所烹出来的气味。

铁剑先生是一个遍游名山大川的人，各处的名胜物产，差不多知道得很详细。鬼见愁司徒空住在这种地方，远隔数千里的名产香茶，他全收藏着，这倒是怪事了。此时看到这种情形，知道方才的想法是完全错误。他师徒住在这奇险之地，没有人迹的鹰愁涧，他们决没受着清寒之苦。此人的情形越发可疑了，难道他江湖上一切事完全没有放手，不过在这里避人耳目而已？连罗刹女叶青鸾、天龙剑商和也是惊异不置。

彼此饮茶谈话间，铁剑先生是个豪爽成性的人，自己就要痛痛快快地说明来意。可是才要开口，鬼见愁司徒空却把话拦截着，不是提到武功，就是问到过去武林中成名人物如何的下落，始终不容铁剑先生述说来意。跟着听到旁边的屋中，一阵刀勺碗盏连响着。工夫不大，铁面神猱蓝玉从外面进来，见他脸上都带了汗迹。鬼见愁司徒空微笑着道："蓝玉，这就算是罚你向老侠客们陪罪。"蓝玉也向师父一笑道："我的手艺如何，全凭客人的一句话了。弄不好，我落个白受累，还把师父不肯用的东西满叫我糟践了。"他一边说着，已把桌上的茶具收去，把桌凳摆开，把那托茶具的木盘提着出去。倒真是忙了他一人，连着出入几次，把桌上全摆好。所有下酒的菜肴，全是这川滇一带的名产。所用的器具，更是精细异常，全是平常人家不易见到的。

罗刹女叶青鸾和天龙剑商和母子，二人相视着会意：这种成名的江湖巨盗，果然有出人头地的本领。他名义上虽隐匿鹰愁涧，洗手江湖，在这种地方，他竟会弄出这样精致的饮食，足见他仍然作着侠盗的生涯。我们今夜倒也尝到这不义之食，真也是一生难得的机遇。不过安慰的是，鬼见愁司徒空语言、行动豪放异常。江湖上传闻他是个诡计多端、极难招惹的绿林巨盗，我们今夜闯到这里，他竟丝毫没有猜忌之心、怀疑之意，一片英雄本色。我们倒也要放心大胆，别露出一些畏惧之心、怀疑之念，叫他师徒轻视了我们。

这时，司徒空已经让铁剑先生等入座，他自己在下首相陪。铁面神猱蓝玉亲自执壶，给铁剑先生和罗刹女叶青鸾、天龙剑商和敬了一巡酒，更给师父满上。鬼见愁司徒空向铁剑先生道："我这个顽劣的徒弟，随在我身旁，虽然我没放他入江湖，可是我住在这种荒凉无人的鹰愁涧，就不断地打发他出去购办些师徒应用之物。他那一次出去，虽不至于闯什么大祸，也要找些是非。还是始终不肯认错，全是因为人家欺负了他，他才动手。老侠客们看，像他这种样子的，可会吃亏么？唯独今夜，他虽则在老侠客们面前无礼，我倒是真没想过分地责备他。因为不知者不罪，老侠客们突然降临铁沙谷鹰愁涧，他舍命堵挡，不容来人侵入。这正是他忠心保护自己的家门，怕遭到意外的侵袭。那想到他现在反倒亲自向展大侠、叶女侠面前谢罪，连我这个师父也没见过他肯这样服软。足见大侠们先声夺人，怕你们还要报复，不饶他呢。"罗刹女叶青鸾道："司徒老师，我们可不敢当。冒昧登门，我们已嫌失礼，那能再怨少师父的阻挡！"

这时蓝玉送酒送菜，忙个不住。所备的菜肴虽则不多，可是样样很精致，并且有远隔数百里外的几样难得、珍贵的特殊菜肴，这尤其叫铁剑先生等惊异十分。

在饮酒中间，铁剑先生想到，还是和他早早地说明来意。因为在那悬崖峭壁，分明有人也已入铁沙谷，尽力追赶，竟失踪迹。虽没辩明此人的面貌，不敢断定是否就是他师徒。可是大竹谷铁指环黄六奇已然明告诉我们，峨眉圣手鲁夷民，他必赶到铁沙谷鹰愁涧，请鬼见愁司徒空入苗疆。我们既已然走了先步，万一他这时进来，事情就不好讲了。

想到这儿，铁剑先生遂向鬼见愁司徒空道："司徒老师，你在这鹰愁涧隐匿多少年了？"司徒空道："在这里不过是四五年的工夫，我们爱这里天生的奇险异常。我生来最好练轻功提纵术，借着这悬崖峭壁，师徒二人操练些功夫，倒是难得的机会。"铁剑先生道："大竹谷隐踪着一位江湖老英雄，司徒老师和他可常见么？"司徒空摇了摇头道："我们已经好多年不来往了。只为黄六奇自命不凡，在那大竹谷，居然以退隐的高人奇士自居，把那大竹谷布置成叫人不爱看的样子。我当初虽和他有些交情，自从他在大竹谷卜居之后，我们反倒不来往了。"铁剑先生知道他有些言不由衷，连那铁指环黄六奇也给司徒空隐瞒了一半。他们分明是全没抛开江湖事业，依然干着江湖侠盗生涯。不过在朋友们面前，不肯承认罢了。

罗刹女叶青鸾道："我们路经大竹谷，也曾慕名拜访。黄老英雄听说司徒老师最近有出山之意，要为朋友办一件扎手的事情，这倒是很难得的事。以司徒老师这一身武功绝技和过去的威望，任凭他天大的事情，定能迎刃而解。只是我们此来，有事相求，不过有些冒昧。司徒老师念在武林道义，还要担待我老婆子。"

说到这句，鬼见愁司徒空目注着他眼前的酒杯，神色不动。他突然向罗刹女叶青鸾一摆手道："怪事！我就不信，有人敢这么无礼侵入我鬼见愁的身旁！"他猛然一斜身，把面前的一双筷子捻起，向门上横窗打去。这一双筷子形如脱弦之箭，穿窗而出，竟自落到院中。铁剑先生等任什么没听到，看他这种情形，分明外面有人，也全相继站起。

那蓝玉正用木盘托着一盘菜，从门外进来。鬼见愁司徒空向铁剑先生说道："外面有人擅自侵入我这小院内，他分明是要来见识见识我鬼见愁是何如人。大侠们可不准多管我的闲事，只许你们看个热闹。"

　　铁面神猱蓝玉菜肴已放在桌上，说声："师父，敢是外面有人要暗算我们？你不用管，交给我吧。"他把木盘猛地扔在地上，翻身向门外就闯。鬼见愁司徒空一纵身已到门口，把蓝玉的肩头抓住，喝声："你敢多管我的闲事，闪开！"随手一甩，竟把蓝玉甩出四五步去才挺身站住。鬼见愁司徒空已经纵身出去。

第五章

菩提庵铁剑遇侠尼

铁剑先生、叶青鸾、商和，虽则认为司徒空决不会有恶意，可是进入铁沙谷鹰愁涧，很费一番手脚。这种地方是能进不能退，若是一旦发生什么变故，遇上扎手的对头，再想撤身逃开，就比进来时难了。所以决不敢稍有疏忽大意。虽是鬼见愁司徒空不准多管，也不能在屋中等候，倒也要看看侵入鹰愁涧的究竟是怎么个来头，跟随着全闪出屋来。

再看院中，已不见鬼见愁司徒空的踪迹。那铁面神猱蓝玉却跟随出来，向铁剑先生道："展大侠客，我师父的脾气古怪，你还是少管他的闲事为是。"铁剑先生道："我们知道你师徒这身本领，那还会用我们帮忙，我们要看个热闹。"

这时，草房后，忽然发生一片兵刃互碰的声音和山石碎裂的暴响。铁剑先生向叶青鸾招呼了声："后面已然动上手，我们到房上看看。"跟着腾身而起，三人先后翻到了草房的顶子上。只见这房后是一段倾斜的山坡，越往上走越发险峻。那片叱咤之声，就在那山腰上，两条黑影正在狠命地搏斗。这两人的兵刃也是太以的凑巧，各使用一条软兵刃。这时那星月之光正照在那山崖一带，虽则辨不清动手的人面貌，他们的手中兵刃已经看出。铁剑先生不由一惊，低声向罗刹女叶青鸾道："叶女侠，你可看见么？跟鬼见愁司徒空动手的人，使用一条金丝紫藤鞭。那种身法轻快的情形，颇似峨眉圣手鲁夷民，他们两人怎么不相识了？"

那知铁剑先生话未落声，两人已经一声大笑，一同飞纵了过来，竟自落在了房后。铁剑先生见来人这一到了房上，看出果然正是那峨眉圣手鲁夷民。鬼见愁司徒空却首先说道："这真是笑话！我们真成了大水冲了龙王庙，一家人不认得一家人。"铁剑先生忙的拱手说道："原来鲁老师也赶到鹰愁涧，这真是难得的事，咱们下面一谈。"

铁剑先生此时觉得这件事愤愤难平：自己费尽了辛苦，来到铁沙谷鹰愁涧。原指望着总算比鲁夷民走了前步，会着了鬼见愁司徒空，以江湖道义来说动他，阻止他，不叫他再赴苗疆，助那五虎断门刀彭天寿。想不到始终没容把话讲出来，鲁夷民竟也这时赶到。事情居然有这么巧合，难道他们还是早已会面，故意地弄出这种局面？我展翼霄顾不得许多，倘若是此来不能如愿以偿，我也就不想再出鹰愁涧。连这峨嵋圣手鲁夷民和我落个同归于尽，也就值得了。

几人相继飘身到下面，鲁夷民和司徒空把兵刃围在腰间，一同走进屋中。鬼见愁司徒空却向鲁夷民道："鲁老师，你可有不当之处，既然肯赏脸到我鹰愁涧，有看望我之心，为何还在外面窥查我的动静？我若不是手底下稍慢，倘若我暗器在手中，得罪了鲁老师，那时就该和我司徒空翻脸不认朋友了。"峨嵋圣手鲁夷民道："骷髅鞭我连带了你三次，这已经算你惩罚我，你还这么不为朋友留余地，太叫我面上难堪！我来到鹰愁涧，并没有敢尽自窥查你。司徒老师一条亮银骷髅鞭，十二颗'子午问心钉'，我没有那么大胆量敢来问你。何况你那位高徒铁面神猱蓝玉，更是我领教过的人。我焉敢在你这师徒面前用那独门手法？一双竹箸穿窗而出，访不着朋友，再把我两眼打瞎，我岂不成了一世的废人！你怎么还这么无情无理地当面责备，岂不叫人笑话！"

谈到这，峨嵋圣手鲁夷民却不等鬼见愁司徒空回答，向铁剑先生和罗刹女叶青鸾、天龙剑商和拱手道："人生何处不相逢，潇湘苦水屯一别，谁又想到在鹰愁涧又能重会！老侠客们怎会这样清闲？不要笑话我们，我和司徒空当年在江湖道上是过命的交情，老侠客们也全是豪放不羁的侠义道中人，一定能不笑话我们这种疏狂无礼吧！司徒老师，你们美酒佳肴，款待上宾，我这个不速客可也能叨扰一杯么？"

司徒空微微一笑道："这倒好讲了，原来你和展大侠、叶女侠、商老师也全是旧友，这更显得我司徒空孤陋寡闻了。好！我们酒兴方浓，被你打扰，咱们还是坐下谈。"说到这儿，招呼蓝玉，"快来给你鲁师伯再添一个座位。"蓝玉从外面进来，向鲁夷民招呼了声，又给摆上一份杯箸，彼此重行落坐。

铁剑先生却向鲁夷民道："鲁老师，你我过去的情形，要论到江湖道中的规矩，今夜来到司徒老师这里，就不该讲。不过我展翼霄说句极放肆的话，我早年寄身侠义道，并没有超群绝俗的本领，只仗着一口破铁剑，居然叫我保全了这点微名。我只仗着磊落光明，任凭什么事问心无愧。鲁老师，你我全不是江湖上无名小卒，也无须做那种无味的欺骗。我们赶到铁沙谷鹰愁涧的来意，鲁老师你不会不了然吧？可是鲁老师你也同时来到，我展翼霄更看得清清楚楚。鲁老师是不是来到鹰愁涧，为五虎断门刀彭天寿约请司徒空老师父苗疆助拳，对付我等？可是对不起，我们竟走向一条道路了。这是我们不揣冒昧，不量力的地方。我们和司徒老师只能说是慕名拜访，可以说没有深交。鲁老师今夜在这鹰愁涧，我们把话说穿。咱们苦水屯的事已成过去，二次重逢，是朋友是冤家，任凭鲁老师自择。你们现已说明，和司徒老师是多年旧友，疏不间亲，我们来意就此算是做个了断。这鹰愁涧，我们以武林中朋友而来，我们还是以朋友而去，与司徒老师无恶无怨。不过离开鹰愁涧，你们二人赶到苗疆，为五虎断门刀卖命，那里咱们可再说再讲，各凭武功本领，一赌生死存亡。我展翼霄和叶女侠也是二十余年道义之交，我们只恨苦水屯不给他弄个干干净净，到现在反再得势，成野火燎原。这件事我不得不承认，是我展翼霄一生办的最大错事！"说到这，铁剑先生立刻站起，向叶青鸾、商和道，"蒙司徒老师过分的款待，我们别尽自叨扰了，就此告辞。"鬼见愁司徒空只两眼望着铁剑先生，听着他说这篇话，一语不发。

峨嵋圣手鲁夷民抬起头来，看着铁剑先生，微微一笑道："展大侠，你先别走。你的来意已经说明，但你也不能就武断地说定，我鲁夷民就是为彭天寿约请司徒空而来。不要紧，你我既在此相遇，何妨多谈一谈。就是叶女侠对我鲁夷民有什么不满之处，我也可以当面领罪。我们全是鹰愁涧的主人司徒空的朋友，即使在这里讲不清的，离开鹰愁涧也一样的解决。展大侠，我请你稍安勿躁。"铁剑先生微微含笑，落坐之后，向鲁夷民道："鲁老师，你不要怪我展翼霄这么无情无理。只为我们两下站在敌对的地步，不得不这样做了。"

峨嵋圣手鲁夷民道："我和那五虎断门刀彭天寿，交情的厚薄咱们姑且不论。无论侠义道中人，或是绿林道中的朋友，彼此间全以信义为先。此次彭天寿寻仇报复，固有不当，可是我们既和他有交情，就不能不出头为他帮忙了。自从我们赶到三湘，事实的真相不算明了。苦水屯一会，更见着南海渔人和展大侠出头，为他两家了结这场事。只是在各走极端之下，也不能深怪那彭天寿。他不这样做，江湖道中也没有他立足之地了。他重返天南，这次在苗疆普请绿林中成名的人物。因为他已经知道，对付叶女侠手段再弱了，预备的力量稍差，和叶女侠重会之日，也就是他覆灭之时。这就叫羞刃难入鞘。可是，我鲁夷民在江湖道中，这些年来，虽则是走入歧途，可是还不敢做那灭绝天理，不顾道义的事。苦水屯分明是展大侠你剑底游魂，就是你不肯下绝情，施毒手，也得把我一世的英名断送了。可是展大侠你念江湖朋友成名的不易，竟自格外地成全我，没露出一点痕迹来，保全我鲁夷民，不至于栽在三湘。何况我并不是展大侠、叶女侠的冤家对头人，焉能不感念展大侠这番大仁大义？我二次又这么为彭天寿卖命，自己的力量不足，还到铁沙谷鹰愁涧约请司徒空随我下苗疆，我真要是那么没有一点信义，那我鲁夷民也就枉在江湖上闯这几十年了。我来到铁沙谷，完全是另有一番心意，此心只有天知。好在展大侠、叶女侠在这种局面下，仍然不失侠义的身份。倘若是我们在这里一会面，动起手来，我鲁夷民这些年的江湖就白闯了。实不相瞒，现在这场事我所惧的，不是怕展大侠等这一班天南侠义道的武功威力，我所最注意的一人，就是苦水屯栽了跟头的屠龙手石灵飞。你们两家的事，恐怕全要毁在他一人之手。"

铁剑先生和罗刹女叶青鸾全把面色一沉，现出怒意，认为鲁夷民有离间自己这班人之意。罗刹女叶青鸾却说道："鲁老师，你是江湖上成名的人物，可不许信口伤人！屠龙手石灵飞是武林中最重气节的人物，我们和他全是道义之交。"鲁夷民忙说道："叶女侠，不要误会，我并非使那种下流的手段。听我把话讲明，自然明白我鲁夷民的心意了。石灵飞他在江湖道中威名远震，在蓝山过天岭隐迹之后，过去的威名，江湖中未曾忘掉。这次出人意料的，他竟会下三湘，出头管这场事。这一来，叶女侠和彭天寿的事就办不了。他这一生恩怨分明，恩仇两个字分得界限极清。五虎断门刀彭天寿这一把刀，虽是给他自己种下杀身之祸，可也给天南一班侠义道留下了无边的祸患。此人他必要报复这一刀之仇，他们若是重入苗疆，正要把彭天寿以及所请的一班绿林道置于死地。他个人宁可在这场事中落到骨化形销，也不肯罢手。所以有他这一人在，苗疆这场事，两家的劫难无法挽回，不知要断送多少成名的人物。至于五虎断门刀彭天寿，他本也想到约请司徒空到苗疆助拳。这是绿林中一种规矩，他只要下帖相请，接帖的人不到，那就算是跟他作了不解的仇人。我为得这件事，反复思量，这才在彭天寿面前讨了这个差事，要亲自到鹰愁涧。无论如何，要把这鬼见愁请出去，叫他跟着趟一次混水。请司徒老师出头，也就为的是对付屠龙手石灵飞。我认为只有他能有这种力量，能有这种手段，把石灵飞制服了。那时你两家的事，才可以有合理的解决。我只盼把这场腥风血雨，变作白日青天，也不枉展大侠成全我一场。一方面，对于彭天寿，我决不是卖友求荣，这是我一番苦心，老侠客信不信只好由你了。"

这时铁剑先生和罗刹女叶青鸾、天龙剑商和全站起来，向峨峨嵋圣手鲁夷民拱手道："鲁老师，你内心这样慷慨任侠，我们只有心感盛德。不是鲁老师说明，险些生了误会。我们赶到铁沙谷鹰愁涧，也是被好朋友指示而来。"鲁夷民一笑道："这是那黄六奇的主意了，司徒老师这个隐秘的住所，只有他知道的最清，我猜得不错么？"铁剑先生点点头。鲁夷民忙说道，"老侠客不必气，请坐。"

铁剑先生落坐之后，向鬼见愁司徒空道："司徒老师，我们的来意……"底下的话铁剑先生还未说出，鬼见愁司徒空噗哧笑道："来意早知，就是叫我司徒空不要多管闲事。"铁剑先生点头道："我们凭着江湖道义，作这种无礼的请求，可是未容开口，鲁老师已经赶到。我深知二位的交情甚厚，我们只好把来意闷在心中，任凭他事情的演变了。"司空徒含笑说道："我们师徒躲在这种地方，你们两家找上门来，非叫我趟这场深水不可。我司徒空有什么惊人本领，值得你们这么照顾我？我看简直是安心要我这条老命。"峨嵋圣手鲁夷民道："你可错怪了好人，成人之美，何乐不为？这次你只要肯出头帮忙，为好朋友卖卖气力，据我看，就是把老命送掉，倒也值得。"鬼见愁司徒空笑道："你倒比我慷慨，不过命只是一条，我好好地活在鹰愁涧，我师徒二人一些没有活腻的情形。不是出于我们本心愿意做的事，未免叫人不能甘心吧！"

鲁夷民道："我们不要说笑话，要知我此来已经斟酌再三，只有你司徒老师肯成全这件事，保全了双方多少条性命。那屠龙手石灵飞，他这次更要请出一位惊天动地的人物，非要你出头化解一下，还许能保得他们两家的事，不至于落个玉石俱焚，同归于尽。所以这次请你出头，并不是那一面的人情厚和谁的交情重。这次你只要肯尽力帮忙，将来苗疆上这场事一办完了，这天南一带鬼见愁司徒空六字，就算是名重千秋。"司徒空哈哈一笑道："鲁老师，你怎么跟我动起生意口来？我没见过绿林道能够立碑刻石，流芳千古，你把我这绿林道骂苦了。"峨嵋圣手鲁夷民却正颜厉色地道：

"我不是和你说玩笑话，将来的事实上，定然还你个凭据出来。"司徒空道："任凭你怎样说，我也不和你辩别，反正我算认了命，你叫我那时走呢？"

鲁夷民道："现在还用你不着，我请你到苗疆，你可不能早露面。这件事全在你个人看当时的形势而行。万一能够不像我说的，到了那种不可解之时，你就可以不趟这次深水。挽回当时的一场劫难，全凭你的智慧本领了。"司徒空道："你这种难题目，完全照顾我一人，既不许我不管，更不叫我早早地露面。你叫我暗入苗疆，看事做事，事情好坏，吉凶祸福，完全放在我司徒空身上，是不是？"鲁夷民点头道："正是，要看看你这个老江湖的手段如何。"司徒空冷笑一声道："还是咱们弟兄有交情，反正我算被你成全到底，咱们就这么办吧！"

铁剑先生和叶青鸾商和，到此时才知道峨嵋圣手鲁夷民竟肯这么任劳任怨，成全这场事。在江湖道中，一个没有深交的朋友，也就很难得了。叶青鸾跟商和站起，向鲁夷民致谢。叶青鸾慨然说道："我母子一身的冤孽牵缠，跟五虎断门刀彭天寿弄成了这种不了的局面，竟蒙一般江湖同道对我母子这样关心。尊驾委曲求全，为的也是成全我母子，此恩此德，没世难忘。此次我们离开黎母峰，也就认为是我商氏一家到了消灭之时，所以决不打算和彭天寿再有两立之心。我们一家人不到死亡尽绝，决不肯放手了。如今竟蒙鲁老师和司徒老师这么不顾一身的荣辱生死，想对我两家的事尽力周全，我们稍有人心，也要为这班好朋友着想。苗疆一会，这次我们和彭天寿一决输赢之下，无论荣辱胜败，决不再作牵缠。不论生死，我们和彭天寿的事就算做个了断。无论是鲁老师、司徒老师怎样解决我两家这段冤仇，我叶青鸾定然惟命是从，决不会辜负了老师父们这番成全之意。我虽是女流，总也算是在江湖中闯荡了半生，定要言而有信。老师父们为我两家的事，多出力吧！"

叶青鸾这番话出口，司徒空和鲁夷民全是十分叹服，因为这个老婆子当年在川滇一带，那种锋芒比谁全厉害，有一种百折不回的性情。就是五虎断门刀彭天寿下三湘绿云村寻仇，苦水屯一战，叶青鸾决没有丝毫求和之意、退步之心。那种宁为玉碎不为瓦全的烈性，实在叫人胆寒，担心着他两家不知要牵缠到几时。今夜在鹰愁涧，竟说出这种甘心退让的话来，足见她把一切情面全放在朋友的身上，在她本身是很难得的事。

彼此间又谈论些当年江湖路上一切豪侠的事情，已经东方发晓。铁剑先生和叶青鸾、商和，向鬼见愁司徒空、峨嵋圣手鲁夷民告辞。鲁夷民也因为自己有要紧的事缠身，司徒空个人也另有打算，不再挽留，立刻送铁剑先生等离开鹰愁涧、铁沙谷。作别之后，这三人仍循着原路翻回来，总算不虚此行。这次苗疆赴会，能得这么两个有力人物相助，前途的事总可化解许多凶险。

三人一路紧自赶来，到第三日，已经来到狱山以东地面。这天，天气突然变了，竟自阴雨连绵，一连两天没有放晴。铁剑先生和叶青鸾母子遂在天马坪镇甸上耽搁了两日，不能起身。他们是住在这小镇甸上一座小客栈中，字号是福来栈。这个栈房只有十几间客房，并且轻易住不满客人。

这天，在中午之后，天稍微放晴了，可是云气还没散尽。铁剑先生站在店门口，见街道上积水很深，外面很是清静，没有多少人来往。对着店门一箭多地外，正是九道岭下一片山坡奇翠的树林子，有许多竹篱茅舍建筑在山坡一带。那布满青苔的山壁，在这雨后更显得十分清雅。在那山居的人家全在做着晚饭的时候，炊烟袅袅，散布在林木间，更增了几分野趣。

铁剑先生因为在店中住了两日，虽则道路还不好走，可是因为近山一带的这种颜色，看着使人留恋，遂绕着一段积水，奔山坡走来。近山坡一带道路好走了，地上完全是砂石，被雨水冲过，清洁异常。他走到这一带，看着竹篱茅舍的人家正在操作着。这种安闲的生活，叫人看着十分可爱，胸襟非常舒畅，遂沿着山坡往上走来。一条很窄的山道，因为有这些人家不断地修整着，接连不断的有那平整的蹬道，走着非常得力。这时已经离开了岭下的人家，渐走渐高，上面的气候更是凉爽。红日西沉，天上一片片的白云尚没敛净，夕阳反射到天空，照得那白云全变成红色。

铁剑先生赏玩着夕阳返照的奇景，这时已经走上九道岭的半腰，耳中忽然听得一阵木鱼之声。停住脚步查看时，在这岭头转角后露出一段红墙。铁剑先生十分高兴，心想这种凄凉幽雅的岭上，古寺山僧点缀着，显得这九道岭越发高雅了。好在这里并不荒凉，道路也好走，天色已晚，定然还得住在福来栈。趁这时还可以到庙中看看，万一遇着可以谈话的高僧，和他叙谈叙谈，倒也解旅途的寂寞。铁剑先生遂沿着一段盘旋蹬道，往上走来。林木阻隔，其实并没多远，走上一箭远来，已到庙前。

赶到往庙门头上一查看，不由把高兴打去了一半，只见门头上刻着"菩提庵"三字，原来这里是女尼修炼之所。这座菩提庵从外貌上看整洁异常，围着四周的是苍苍林木，这片木鱼的声音依然不断，更隐隐听得念佛之声。铁剑先生略一迟疑，自己想虽是个尼庵，个人这般年岁，难道还不可以到庵中随喜随喜么？遂到门前叩打山门。

等了半晌，里面才有一阵轻微脚步之声，跟着山门开处，走出一个年轻的小尼姑来。看年岁也不过十五六岁的光景，面貌生得端正清秀。穿着件灰布僧袍，腰缠丝带，白袜僧鞋，向铁剑先生合十一拜道："施主可是要到庵中佛前拜佛么？"铁剑先生道："我是游山遇雨，整躲了这半日的工夫，走得路过多了，无意中路过宝庵。一来要瞻仰瞻仰这名山宝刹，二来向师父们讨杯水喝。少师父可肯方便？庵主可在庵中，容我拜见么？"这个小尼姑往后退了一步，侧身站在山门旁，向铁剑先生道："老施主太客气了！荒山野庙，既没有什么香客，大施主们也轻易不肯到小庵来。施主自管里边请，一杯清茶，一顿素斋，小庵还管得起，施主自管里边请吧。"铁剑先生见这小尼姑说话口齿伶俐，语言得体，遂拱拱手，走进山门。

这小尼姑跟随进来，仍把山门关闭，用手向东边一指道："施主奔这里来，先请到客堂稍坐。我师父正在诵经，容我去给施主通报一声。"铁剑先生遂跟着这个小尼姑，往迎面佛殿旁走进来。转过佛殿的东山墙角，后面也是一座大殿。小尼姑领着走进东面一道院落，这小院中只有两间北房，正是庵中接待香客之所。铁剑先生来到屋中，见里面几案整洁，古朴中却带着一片高贵之气，自己十分高兴。看见这客堂情形，如见其人，这庵中主人一定不会俗气了。

小尼姑让坐之后，铁剑先生随口问道："还没领教少师父法名怎么称呼？"小尼姑答道："弟子名叫修缘。"答话间，她转身出去。工夫不大，从外面端进一个茶盘，里面放着一只盖碗。这小尼姑把茶献到铁剑先生面前，说道："还没领教施主贵姓大名？"铁剑先生道："在下姓展，单名一个翼字。"铁剑先生因为自己在天南一带名震江湖，到处随意地说出姓名，反招出许多无味的牵缠，所以只把名字说出一半。

这个小尼姑转身出去，铁剑先生品着茶。这杯茶竟是极好的龙井，清冽异常。这时，那木鱼声已住。又等了很大的工夫，把一盏茶用完。铁剑先生来回在这客堂中开步走着，听得这庵中静悄悄的，没有什么杂乱的声音，更不见有其他的尼姑出现，可见这菩提庵中没有多少人住着。

门开处，修缘从外面进来，向铁剑先生道："展施主，家师在禅房相候，请里边坐吧。"铁剑先生随着走出客房，出了这段小院落，往北绕过第二层大殿，转进当中的一座月洞门。这座院中地势颇为宽大，院中花木布置得幽雅宜人。在北面三间精致的禅房，在廊子下站定了两个少年的尼姑，年纪虽有十六七岁，全是一色的装束，整洁异常，肃然站在那里。铁剑先生来到近前，这两个小尼姑也全都施礼相迎，铁剑先生抱拳答礼。

走上游廊，小尼姑把门拉开，修缘抢到头里，招呼道："师父，展施主来了。"铁剑先生也随着走进禅房，只见迎门站着一位老尼。这份像貌看在眼中，未免心中一动。这老尼年纪也就在六旬

上下，面色红润，两道眉毛却是灰色，两眼裸陷，目蕴异光。头顶已受过戒，疤痕清晰。顶心却较常人凸起，穿着灰布僧袍，灰护领，白袜僧鞋，项间挂着百单八粒的佛珠。手执拂尘，向铁剑先生合十道："施主光临敝寺，贫尼正在做功课，未能早早探迎，施主多多担待。"铁剑先生答道："庵主不要客气，冒昧登门，扰乱令师徒清修，更蒙庵主赐见，展某愿求师太指示迷途。"老尼往里相让道："不敢当，请坐。"遂一同转向里面。

只见这迎面是一张神案，供着一尊玉石雕刻的南海大士像。案上面罗列着香炉烛台，前面更放着一个木鱼、两部经卷。在靠后山墙摆着一个月亮桌，上面放着手抄的经卷一本、一个文房四宝的紫檀方盘。里面的文具十分精致，更看出这老尼不是平凡的僧人了。

这老尼请铁剑先生落坐，小尼姑献上茶来。铁剑先生遂向老尼问道："没领教庵主的法号？"这老尼含笑答道："贫僧法名静空，在佛门中妄借修行之名，师徒们寄身菩提庵中，不过为消灭前生的魔障。所以小庵中一不募化，二不指望大施主的布施。我师徒在庵后有几亩山田，有一片果园，自耕自食，倒落得清静。所以这菩提庵香火十分清淡，展施主光临敝庵，这倒是我们这里数月来仅有的贵客了。"

铁剑先生听到老尼的法名，心中未免一动。自己隐约记得，武林中有这么一位世外高人，天南的剑客。这位老尼难道就是江湖中所称的那伏魔大师么？自己在敷衍答话之间，更仔细查看她师徒的举动。仔细注意这位庵主静空师太的神情、像貌，已了然一切。估量着自己所料不差，遂问道："庵主，在下有一点冒昧的请示，庵主不要怪罪。我记得十几年前在天南一带，那位伏魔大师，她也是佛门中有修为的一位高僧。法名竟与庵主相同，庵主可就是那位静空师太么？"

这老尼微微一笑，向铁剑先生点了点头道："施主，你这个姓氏，我也记起一人。武林中有一位成名的侠客，铁剑先生展大侠，一定是尊驾了。"铁剑先生忙站起来，拱手说道："在庵主面前不敢相瞒，我正是展翼霄。"这老尼也打着问讯，答礼道："失敬得很！老侠客仗一口铁剑，在南七省做了多少功德事，隐迹天南，为边荒上造了多少福。我这佛门弟子，自愧不如了。"铁剑先生忙答道："庵主不要过奖！寄身到侠义道门中，在江湖中济困扶危，除强抑恶，是我们的天职。但是空辜负义侠之名，有什么惊人事业值得庵主赞扬！"

静空师太道："展施主，当年你在金陵助那大明后裔朱德畴脱身网罗，皈依少林门下，成全了他佛门中一段因缘，这已经是人所难能的极大功德事。少林门中得着这位异人，使他少林寺昌大起来。虽然屡遭劫难，但是他根基深厚，终算是为少林寺树立下百年大计，把他少林宗法整理得在佛门中放出异彩来，那还不是展大侠一手所赐么？"

铁剑先生逊谢不遑，忙说道："庵主不要提那过去的事了，我一生的愿望，未能叫我如愿以偿。只办了这几件小事，我很辜负了一生，到现在依然是漂泊江湖，毫无成就。更不如像庵主遁迹山林，皈依佛门，古佛清灯，梵鱼贝叶，倒显得无牵无挂。既无名利念，不入是非场，岂不清静无为，无恩无怨！"

静空师太微微一笑道："展大侠，你把贫僧看得过高了。我只为当年种下恶因，在江湖有多少牵缠！到如今我虽想摆脱一切，但是尽有许多事找到我面前，叫我无法摆脱。不知我这今生的冤孽，到几时才算消磨尽净！"

铁剑先生一听静空师太这话，原来她依然没脱却江湖上一切。自己虽没会过此人，只是早已知道她本领高强，武功卓绝。掌中一百二十八手沙门慧剑，为江湖中极厉害的手法。更有一掌五芒珠，在暗器中是佛门中独有的一种打法。所以这位伏魔大师，当年在江湖道上威震一时。这天南一带，有许多成名的绿林道，全毁在她的五芒珠和沙门慧剑之下。无意中今日在此会着她，这也是一生的幸事。遂和这位静空师太谈论起武功剑术，以及过去这一班武林中成名人物。这一僧一俗，谈得十分投契，全有些相见恨晚。

只顾谈话，天色已经黑下来，铁剑先生起身告辞。这位静空师太，认为铁剑先生是个仵立野鹤的性情，海阔天空，任意遨游，是无意中来到天马坪，所以并没追问他有什么图谋。这一告辞，静空师太才问铁剑先生到那里去。铁剑先生道："在下就住在这岭下边，天马坪福来栈内。庵主如不弃嫌，明日再来拜访，我们可以畅谈终日。"

静空师太道："展施主，既是住的地方相离很近，我已和展施主说过，我这菩提庵轻易是不接待香客的，我也不愿意那些大施主们向小庵中作大布施。展施主你惠临小庵，贫僧十分高兴。你如不弃嫌，我愿以素斋款待展施主，你我再作半夜清淡，候那月上东山。你也看看我这九道岭，夜景颇为幽雅奇绝，另有一番不同的景色。展施主，可肯在这里稍留么？"铁剑先生忙答道："庵主肯这么不以俗人看待我，我倒要在这里叨扰了。"

静空师太十分高兴，立刻把自己四个小徒全招呼进来，叫她们拜见铁剑先生。那个给铁剑先生开门的，正是这位静空师太的三弟子。还有两个，一个叫修真，一个叫修慧。这三弟子名叫修缘，还有一个最小的名叫修性。这四个女徒全向铁剑先生行过礼。静空师太向四个弟子说道："你们虽然也在本门中练了几年武功，剑术不过是稍窥门径。这位展大侠无意地来到菩提庵，叙谈起来，这才知道他是名震天南的铁剑先生。他的武功剑术已到了炉火纯青，你们往后要向老侠客多多请教。名家的身手，自有他的绝传，不是一般武林中所易见的。"这四个女弟子，全恭敬地向铁剑先生行过礼，退出去。

姊妹四人遵着庵主的嘱咐，俱到厨房中去整治这席素斋，要款待这个难得的佳客。这几个女弟子个个心灵性巧，她们这一席素斋献上来，铁剑先生赞不绝口，在饭后更泡了两盏好茶。这一僧一俗，谈论起武功锻炼之法，以及近年来江湖道上所出的一班杰出的人才。铁剑先生故意用话试探静空师太，对于江湖道中事，是否还未能罢手。这位静空师太赶紧用别的话岔开。

两下里谈谈讲讲，已经有二更左右。月光已经涌上天空，照得禅房的窗上树影子不住地摆动着。铁剑先生站起说道："今日过承款待，天已不早，我该回店中了。"静空师太点点头道："展大侠，既然要回店中歇息，我不再多留，你在我小庵前看一看岭头月色，另有一番佳趣。"

说着话，一同起身往外走。那女弟子修缘、修性，在这里伺候着，见师父和展大侠向门首这里走来，那修性待要推门，这位静空师太哦地惊呼了一声："我这菩提庵深夜中，还有什么高人肯到这里赐教？"这位静空师太一纵身，用手把门已经推开，毫不迟疑，竟自蹿出禅房。

铁剑先生也自一惊，一纵身跟踪而出。见静空师太在院中已经转过身来，面向禅房屋顶上招呼道："不知是那个武林名家，来到我菩提庵赐教。老尼接迎来迟，难道你就挥袖而去，太以无情了！"说到这儿，向铁剑先生招呼了声，"展大侠，有人相访，忽然又隐身而去，我怎能不赶紧地把这位远客请回？你在这里稍待，我去去就来。"

这位静空师太往起一纵身，蹿上禅房，只往上面轻轻一落，二次腾身，已经飞纵出菩提庵。铁剑先生以事出离奇，这位庵主静空师太举动有异，也跟踪腾身而起。纵上了屋顶，见这位静空师太身形是倏起倏落，已出去十余丈，竟奔了前面那段高岭，可是并看不见另外有什么人的踪迹。铁剑先生那肯在这里等候，也把长衫一提，施展轻功提纵术，如飞地追赶过去。铁剑先生的脚下并不慢，虽则静空师太先出去十余丈，可是在铁剑先生这一尽力的追赶下，相隔已近。

这时，静空师太已经翻上一座岭头。这里也正是九道岭的最高处，乱石起伏，没有什么正式的道路，一处处尽是怪石耸立着。铁剑先生发话招呼道："庵主，既没有来人踪迹，何必尽自这么在这崎岖难行的山道上空自奔驰？算了吧！"可是任凭铁剑先生这么招呼，静空师太头也不回。看那情形，脚底下似乎加紧。铁剑先生心想：这真是怪事，难道我的目力就这么不济么？

见庵主奔了西北一片高高耸起的峰峦，铁剑先生心中一动，自己立刻舍开庵主所走的道路，却向正西微偏了偏。向一座较高的小峰头，施展"燕子穿云"的轻功，腾身飞纵上去。往上面一落，见静空师太竟向一段险崖峭壁转过去。隐约地看见离开庵主一两丈外，正有一个夜行人，也向那边转去。看情形两下相隔并不甚远，以静空师太那种身手，稍一施为，就可以追上那夜行人，可是始终竟自没听得静空向那夜行人喝问。

铁剑先生飘身而下，也扑奔了那条险崖峭壁的山道上，追赶下来。赶到自己转过这段山崖，已失静空师太的踪迹。顺着这一带一路找寻，竟不知这位庵主赶到那里去了。铁剑先生又是怀疑，又是惊异。自己站在一座较矮的山峰上，四下查看，虽则月色皎洁，这种乱峰起伏的地方，也看不多远去。正在想着转回菩提庵等候，忽然头顶上很高的地方，有人招呼道："展大侠，我们今夜真是笑话，被一个武林中怪人把我们引到九道岭，终被他逃出手去，这太丢人了！"铁剑先生抬头看时，见静空师太在六七丈高的一座峰顶上站着。在月光下，那一件肥大的灰布僧衣，被风飘摆着，真像一个得道的仙人，月光下宛似法像。铁剑先生哈哈一笑道："我看或许是庵主的老友故意相戏，不必再追赶，或者反倒肯现身相见了。"

这时，静空师太已从那峰头轻登巧纵，翻下峰头。对于有人暗中相戏这件事，此时既不动怒，也不惊异，好像是无足轻重。铁剑先生也不肯过问，仍然各施展开轻功，转下这段乱峰头，已到了菩提庵后，绕着庙墙转到庙门前。铁剑先生知道这位静空师太追赶来人，定有另外的缘由。自己和她没有深交，不便追问，也不能再留恋，遂在庵前告别。

自己顺着山坡踏月而归，转下那山居的住处，罗刹女叶青鸾、天龙剑商和已经从山下如飞地翻上来。铁剑先生早已看出是他们母子，赶忙迎了上来。罗刹女叶青鸾跟商和停身站住，叶青鸾问道："展大侠晚上到这时不回店中，叫我母子好生担心了。"铁剑先生含笑点头道："对不起贤母子了。我闲游岭上，无意中在这里遇上了一位方外异人，所以耽搁到这时。咱们一同回店吧。"

罗刹女叶青鸾同商和跟着铁剑先生往回走着。铁剑先生把静空师太隐居在菩提庵，说与了他母子。叶青鸾也惊异地说道："这位静空师太可就是当年武林中所推重的那位伏魔大师么？"铁剑先生点头道："正是她。"罗刹女道："我久仰这位庵主，掌中一口剑，剑术神奇，一掌五芒珠更是威震江湖。只是性情很怪，不容易和任何人接近。展大侠竟能够和她这么一见如故，真是难得。现在天色已晚，我明天也要冒昧地拜访她一番，展大侠看可使得么？"铁剑先生道："那有何妨。"说话间，已经走进天马坪镇甸，来到福来栈店门前，商和向前叫开店门。

回到客房中，罗刹女叶青鸾细问这位伏魔大师静空师太的一切。铁剑先生道："这位佛门弟子，现在虽然是清修于九道岭菩提庵中，可是她依然没撂下那行侠作义的事业。"罗刹女叶青鸾道："关于这位伏魔大师，当初我在川滇一带江湖上行走时，已久闻她的威名。不过那时这位老庵主，她轻易不露本来的像貌，每逢办一件事，真如神龙见首不见尾，所以全把她看成了剑仙剑侠之流。想不到，如今她依然健在，并且二十年来威名如旧，这才不愧义侠二字。我明日也是要拜访她，见识见识这位武林中的异人，空门中的侠隐。"

说话间，天色可就不早了，已经三更交过。铁剑先生和天龙剑商和住在西厢房第三间，罗刹女叶青鸾住在第四间。叶青鸾站起说道："展大侠，歇息吧。看天色已然放晴，我们明日拜访过伏魔大师之后，也好就此起身，不用在此耽搁了。"铁剑先生点点头。罗刹女站起，走出这房间内。

这时院中寂静异常，各屋的客人早已入睡，店家也全收拾歇息了。叶青鸾走进自己的屋中，案上的一盏油灯只留着一点灯光，屋中十分暗淡。走到桌案前，想把灯焰拔亮，忽然见油灯下压着一张字柬。

第六章

金都寨无心得盗迹

叶青鸾伸手从灯下撤出字柬来。把灯焰拨亮，仔细看时，不禁点点头，遂赶紧到隔壁三号房间。铁剑先生道："叶女侠为何去而复转？"叶青鸾道："石老师竟也来到这条路上，只是他并不肯现身相见，又是何意？我不明白，所以向展大侠请教。"说着话，把字柬递与了铁剑先生。铁剑先生接过这张字柬来，就着灯下一看，只见上面的字写得潦潦草草，语言十分含糊。上写着：

> 潇湘别后，一场惨败下，无地自容。此次赶奔天南，并非为友助义，实为自身洗耻雪辱。绿云村之事，不再过问。苗疆相遇，各行其事，彼此并无牵缠，各不相扰。恐生误会，路经九道岭之便，谨布微意，恕不面陈。
>
> 石灵飞顿首

铁剑先生看罢这字柬，几乎笑出声来。语气和所说的事情不伦不类，无情无理，遂向罗刹女叶青鸾道："此人就是这种怪异的性情，这字柬写得叫人可笑。不过鹰愁涧鬼见愁司徒空那里所得的情形，倒十分吻合了。峨嵋圣手鲁夷民把他的事知道得清清楚楚，现在更知道他把叶女侠和彭天寿的事推个干净，他是不闻不问，决不再多管。他单独去访寻彭天寿，事先声明完全为他自己个人复杂的事。虽然这么荒谬，可也正看出他磊落光明，不作欺人的举动。不沽名，不钓誉，也正是他坦白之处。这么看起来，和彭天寿苗疆之会，叶女侠的事倒许没有多大的波澜，反是他和彭天寿这笔账不易算了。"

当时罗刹女叶青鸾十分叹息。自己总想到，因为个人与彭天寿结怨，绿云村风波一起，把许多武林同道全牵连上。屠龙手石灵飞保全了二三十年的威名，最后却因为这场事要断送了，叶青鸾是十分抱愧。铁剑先生向叶女侠道："这种事只好到了临时，静看他自然变化，现在我们是无可如何。他明知道我们住在这里，不肯相见，我们也不宜再找寻他，只好听其自便了。"

天亮之后，天已放晴。叶青鸾遂约着铁剑先生奔九道岭菩提庵，来访那伏魔大师。来到菩提庵前，铁剑先生叩打山门，连招呼了数次，直等了半晌的工夫，里面才有人答应。赶到开庙门看时，并不是静空师太的弟子们，却是这庵中管洒扫烧火的一位道婆。她却告诉铁剑先生，静空师太今日黎明时，带领着四个女弟子下山去了。临行时曾留下话，说是"展大侠若来访，叫告诉展大侠不必等候，他们师徒这次应至友之约，远去苗疆，十天半月不会回来，请展大侠他日有暇，再来赐教"。铁剑先生和叶青鸾相顾愕然，只好从原路回来。

铁剑先生向叶女侠道："这种情形我倒明白了，事情往一处凑合，倒很显然。昨夜我在她庵中，忽然有武林中能手到这里故弄身手。等到我随她追赶时，这位静空师太把身形隐去，好久的时候，她忽然在峰头现身，所追赶的那人始终不见。我已看出庵主对于暗中来访她的人，定有另外的牵缠，不欲被外人知晓。我们店中又得到屠龙手石灵飞的字柬，这分明是石灵飞把这位静空师太邀请走了，和他同下苗疆，为他自己复仇。鲁夷民所估料的一点不差，这静空师太若真个随着石灵飞去会那彭天寿，这场事非真有些不容易好好地了结了。"

叶青鸾叹息道："这苗疆一会是福是祸，只好听天由命了。我们不便无事耽搁，还是赶紧赶奔苗疆才好。屠龙手石灵飞此番既已决意和彭天寿一决雌雄，此人他怀着这种心念，就要无所顾忌。我们若是过于耽搁了，恐怕要误了大事。"铁剑先生道："五虎断门刀彭天寿，此次他已经安心和我们以最后的手段一决存亡。他苗疆中已有极厉害的布置，不会容外人那么容易就趟进去。彭天寿这次更约请了许多南荒一带的能人相助，此番相会正不知结果如何。我们这就起身。我看，若是那彭天寿人没请齐，布置未周之下，他决不肯早早地就叫我们这般人进去。"说话间，已回转店中，叫店家算清店账，立刻起身。

从九道岭往西南走多半是山道，他们这一路上丝毫没有耽搁，并且也没有什么阻碍。又走了两天的工夫，已到了狱山北，地名榆林寨，这里是入苗山的一个咽喉要路。在榆林寨落店之后，见这里的店房非常讲究。这种汉苗交界的地方，在这榆林寨往南不足二十里，便是苗人的村落了。这榆林寨就是汉苗交易的大集镇，入苗疆的全要在这里停留一两天，整备一切应用的东西。往苗疆回来的客人，只要赶到这里，也全要在这里歇息两日，所以这榆林寨商业十分繁盛。

铁剑先生所住的这个仁和老店，是这榆林寨最大的买卖，凡是大商贾，差不多全要投奔到它这里。真是实至名归，店里设备完善，伙计们伺候得周到，有许多空房间。铁剑先生和叶青鸾、商和在东院占了三间客房。铁剑先生跟叶青鸾说道："从这里再起身，出去不足二十里，就算正式入了苗疆。可是这附近一带还是汉苗杂处的地方。汉人到这一带的很多，多半是经营商业，贩卖货物，以及内地的客人到苗山采办苗疆中一切出产。所以苗疆苗寨中全有住宿的地方，并且还没有什么隔膜。这一带的苗族，多半和汉人有交往，语言并不隔膜。只是那五虎断门刀彭天寿，他却没在这一带，他远在狱山南最荒僻的地方。这苗疆中原有生苗熟苗之分，他所霸据的一个部落，那里完全是生番野苗，没归化的苗民，一切风俗习惯全和这一带不同。莫说汉人轻易不敢入他那个部落，就是这一带所住的这几寨苗民，也不时的和他们发生冲突，常常有互相斗争的情形。所以在这里起身之后，这百余里内用不着预备什么。只要一入苗山南的地界，那就要好好地打点主意。一来彭天寿老儿他要暗中布置，阻挡我们暗中侵入；二来那般野苗也不好对付，就是有那不为彭天寿所用的野苗，也不肯收容我们这般汉人。我们也不敢那么放心他们，就向他苗疆投宿。所以只要进了狱山，就要好好地预备干粮、水袋。此番入狱山与彭天寿相会，也就是我们拼生死存亡之时。所以我们打算在这里略微地耽搁两日，也可以从这一带苗民口中，探听探听野苗部落里的情形。彭天寿既然以那里作了他根据之地，他定有一番布置。我在这一带苗疆中已经待了多年，凡是一般熟苗的部落，大约还不至于对我们有什么阻碍。只是这生番野苗之地，那般野人生来的那么凶暴、好杀、贪狠、无理，任凭你有多大本领，也无法教化他们。虽则你用一种威力能够制服他，可也不能永久归心，还要时生反复。所以我历来不肯接近他们，对于他们所盘踞的部落，一切情形全十分生疏，所以我们必须慎重行事才好。"罗刹女叶青鸾点点头道："老侠客久走苗疆，虽然有没到的地方，但是还比较着我们清楚多了，我母子但凭老侠客的指示吧！"彼此商量好，在第三日从这里再身入苗疆。

这店中客人出入十分火炽。在晚饭后，铁剑先生吩咐店家，把屋中收拾完了之后，泡上茶来。在灯下和叶青鸾又详细计划了一番，直到了将近二更，店中已略微的安静些了，客人也多半全回店安歇。铁剑先生向叶青鸾道："叶女侠，请你只管歇息，我要出去一趟，到苗寨中略微地探查一下。"

铁剑先生收拾完了，把剑背在身上，推门看了看。这道院落中，别的客房全都熄灭灯火，已然歇息了。铁剑先生翻上房来，四下打量了一番，直扑奔店门前。看了看街道上也黑沉沉的，这时月光尚没涌起，商家铺户全入了睡乡。铁剑先生从屋面上直奔这榆林寨北寨口。出了榆林寨往东看，正是江湾。许多船只全停泊那里，船上的灯火散布在江口一带，烁若繁星。这时只有江涛澎湃之声，船只上的人也全早早地歇息了。铁剑先生直奔东南一条大路走来，

旷野无人，施开夜行术的功夫，疾走如飞。走到三更左右，已到了苗寨聚集的所在。

这时月色已经涌到半天，远远望去，尽是荒林野木，一处处的苗寨也全笼罩在黑沉沉的林木间。铁剑先生掩蔽着身形，渐渐地贴近了苗民所住的小村落。他们这一带，全是一二十户人家聚在一起。此时因为夜已深了，苗民也全入了睡乡。铁剑先生绕进了苗墟，自己认为这种时候恐怕是白受了一番辛苦，不容易探出什么消息来。遂沿着一处处苗民的小村落，往东南走出半里地来。突然见前面是一片遮天蔽日的榆林，铁剑先生蓦然心里一动，自己忽然忆起，七八年前好似见过这么个地方。遂仔细查看、思索，越看越觉着是从前见过的形势了。渐渐地把这榆林寨转了半周，这才想起果然这里曾来过。

在七年前，自己在苗疆中受各部各首长的推戴，教化苗民，诱导他们做那安分守己的事业，游猎，耕田，疏导水利，打造捕捉野兽的器械，给他们配制治疗伤痕和毒蛇恶兽所伤的良药。渐渐地把这一带的熟苗全指导得各安生业。他们对于自己敬若神明，苗疆上只要有什么事，经过铁剑先生给他们主张解决，苗民们无不俯首听命。所以这班苗民渐渐地全富庶起来，他们轻易没有仇杀夺掠的举动，无形中多保全了若干苗民的性命。

不过这狱山以北，虽也是熟苗居住，可是铁剑先生所存身的地方，离这里尚有三百余里。那里是一个苗酋统辖两千多户的大苗寨，名叫南华寨，是这苗疆中最善良之地。那里虽则还是未曾归化，可是自经铁剑先生在那里久驻侠踪之后，竟自把那里整理得和已经归化的苗民一样。这附近三四百里内，凡是熟苗全凭南华寨酋长的调动。只要有疑难事，就要到南华寨向铁剑先生求教。

那一年，因为这狱山北，榆林寨南，两个小部落的苗民起了争执，互相演成仇杀。这般驯善的苗民，看了这种情形，全认为是一件极不吉祥的事，和数十年前那种凶蛮野性迥然不同。他们在一番争战之下，竟自有许多年岁老的，不愿意再叫两寨的苗民全伤亡在

　　这种争执之下，遂各选出几个首领人物，带着厚礼到南华寨，向那里的酋长请求，把他们两寨的纷争求教于铁剑先生，免得他们演成了流血的大惨剧。铁剑先生遂亲自来到这狱山北。

　　这两寨一个叫金都，一个叫黄风。这黄风寨占据着榆林寨前一段三里地的高岭。可是那金都寨沿着岭下有三百余户苗民。他们不靠着游猎，完全在这山下耕种农田，可是水源完全得由黄风寨过来。他们这两寨的苗民所住的地方，全不是平原，完全种的是山地。这黄风寨所占据的地方，在这榆林后岭腰上。金都寨的水源也是接着山上的泉眼来灌溉。这年大旱，山水不畅，黄风寨竟把水源截断，金都寨数百户苗民所耕种的田亩完全干枯。这一来，那能不起争执，所以两寨酿成了仇杀。

　　铁剑先生到这里以后，一看他两寨的形势，全是很得地利。因为他们知识浅薄，无论什么事全是墨守成规，不知改革，一遇天灾人祸，就弄得无可如何，束手待毙。自己费了两日的工夫，细查山上的水源，竟自把两寨中挑了二百名壮丁，从上面另给开出来一道泉眼，不用从黄风寨经过。这样一来，这两寨是各不相扰，把这场争执不费什么事给两下化解了。两寨苗民欢声雷动，对于铁剑先生，认为他是他们救命的恩人一样。不只于化解当时的一场大祸，更为他们子子孙孙造了无穷之福。这里是往狱山去一段要紧的道路，铁剑先生更指示他们：这种接近汉族的地方，全是大有发展，只要一富庶起来，难免就有人安心图谋。教他们沿着榆树林一带筑起坚固的寨墙，不与汉人来往，自耕自食。更指示他们在耕种之余，学习各种的技艺。没有外人掺入苗寨中，本寨的人各安生业，不会有什么是非。

　　这金都寨、黄风寨两寨的首领，全得感铁剑先生的教化，凡是铁剑先生所指示的，一一的去照样做下去。两寨的人在铁剑先生走后，更共同在山岭上建筑起一座石屋，作为铁剑先生的生祠。他们每年秋收之后，随着献神之礼，必要到这生祠中叩拜一番，以表他们感恩之意。铁剑先生因为这一带和内地太远，所以七八年没有再来过一次。这次无意中来到这里，忽然想起旧事，遂想趁着夜间便到金都寨、黄风寨看看，跟当年的景象如何。

铁剑先生遂穿过了榆树林，走出半里地来，已到了金都寨的寨墙。那寨墙完全用土石堆垒围着，岭下这十几个苗墟，如同一座城池。这苗民所住的地方，完全围在这寨墙内。铁剑先生遂从一个黑暗的地方翻进了寨墙。提防着他这里有巡查守夜的苗民，自己不愿意再惊动他们。连翻过两个小村落，远远地竟望见这金都寨苗民的首领所住的那片石屋灯火通明。他那房子正建筑在山岭下一段平坦的高岗上，在他那石屋附近，火把光中看到有几个苗民，全是背弓跨箭，提苗刀，在那里把守着。深夜之间，这种情形分明是有什么事了。这一来倒引起了铁剑先生好奇之心，倒要暗查他个究竟：为什么事，夜中有这种举动？铁剑先生施展开轻身小巧之技，尽捡那黑暗之处，连翻过数十户苗民所居之地，反绕到这苗首所住的石屋后面。这一到了山岭下面树丛之所，找了一个略高的地方隐住身躯，往下面查看。只见这金都寨首领裘隆所住的一片石屋，出入不断，分明是在办着一件什么应酬的事。铁剑先生看着好生怀疑。可是，全寨中只有他这一处灯火明亮，看别处全是黑沉沉，没有人走动。

铁剑先生见正当中的这排石屋中，从后面石墙上开着两个透风石洞，洞内也透露出来灯光。便轻身飞纵，扑向他石屋后面。先腾身跃登到石屋顶子上，矮下身躯，往他石屋前查看时，只见下面站着四名苗人，是全身武装，在那里静悄悄站着。跟着从外面连番进来两个苗人，走向石屋中。听他们用苗语报告，说是黄风寨那些守山道的弟兄，尚没见着来人的踪迹。铁剑先生赶紧翻下屋顶，落在石墙后。赶忙地一腾身，贴着墙根纵起，两手攀住了石墙的圆洞口。上面只是几根碗口粗的木柱遮蔽着，为的是阻挡野狼侵入，也没有糊纸或是钉兽皮。

铁剑先生把身形悬住，从这圆洞口往里看时，只见这金都寨首领裘隆正在迎面石案旁，他眼前正站着两个苗人，向他说着话。只是这两个人很带着着急的神色。那首领裴隆说道："他们来信时，说是今夜起更后就可以赶到这里，怎么现在已经快到三更，会见不着一点信息？我们现在不能不紧自提防，要知道人心难测。他若只是令我们两寨帮他这点小忙，我们为得两寨的弟兄们安全度日，不惹这种意外的是非，倒可以答应他照办。可是若是安心算计我们，见我们金都、黄风两寨土脉肥沃，粮食收得比别处多，乘机来霸占我们两寨。我们这些年来费尽了心血，把这两寨整理得各安生业，不受天灾，不遭人祸。我们那能就平白无故地把这两寨让别人占据？已派出进山哨探的弟兄，怎么到这时也不见回来，这真叫人莫明其妙了！"

才说到这儿，忽然远远听得响箭一声一声地掠空而起。响箭越来越近，跟着寨前有一名弟兄飞跑进来，口中招呼着："报告裴隆首领，黄风寨传下来响箭，来人已经快到了，实没有恶意，在山道里只发现两人，后面并没有野苗的大队跟上来。"这个苗人更把这响箭献与裴隆。他忙地站起，向面前那两个苗人说声："你们还是赶紧出后寨去，等候迎接。"更向这名报信来的弟兄说了声，"你去传谕本寨弟兄们，仍然照旧各处伏守，等待首领会过来人之后，听候命令，再行撤下去。"这三个苗人先后出了石屋，裴隆跟着也走出门口。

铁剑先生在后墙石洞也轻轻的一飘身，落到下面，立刻翻到屋顶上，伏身查看。听到他们里面说话的情形，这里是迎接两个厉害人物，这金都、黄风两寨，对于来人分明是有不放心之意，暗中四处里布置了本寨的弟兄，提防意外。铁剑先生可也加了小心，知道明面上看着全寨苗民已入睡乡，其实他们正在暗中戒备，提防着一切。自己形迹上稍一疏忽，就要被他暗中伏守的人发觉。他竭力隐蔽着身形，查看那首领裴隆。见他向那石屋前所站的弟兄一挥手，说声："随我到后寨门等候迎接。"四个苗人各执一支火把，在前引领着。顺着斜山坡，向南穿过一排排的石屋，便是奔黄风寨的那条山道，把他这里苗民所住的石屋全走尽了，正是后寨口。寨门那里依然紧闭着，有八九名苗兵把守。裘隆到了近前，喝令他们把寨门打开，带领着守寨门的弟兄，一同出后寨门，在山坡的道上等候，迎接来人。

铁剑先生在树木后面，顺着那条斜坡的山道往上望去。相隔一箭地，正是黄风寨，寨门也大开着。那里也站着许多苗人，全是执着火把，佩着弓箭，只不见他们的首领古芦沙在内。工夫不大，远远听得一阵号令之声。又沉了一刻后，黄风寨那边寨门口跑出一队苗兵，分列在两旁。跟着里面是四支火把引导着两个汉人，后面就是黄风寨的首领古芦沙。

这两个汉人一个身高六尺左右，黑紫的一张脸面，扫帚眉，豹子眼，塌鼻巨口，看年岁也有五旬左右；那一个身形高矮不差上下，只是比那个瘦得多，黄焦焦一张脸面，两道细眉，一双三角眼，尖鼻子，薄片嘴，两颧骨特别高，一脸的奸猾之气。两人全是一身短装，一个背一口厚背鬼头刀，一个背一对双拐。斜跨皮囊，各佩着暗器，一望而知是绿林中人物。来到金都寨前，那黄风寨的苗兵，只有四名紧随在他们首领后面跟随过来，其余的人全是遥遥站立。金都寨首领裘隆往前紧走了几步，向来人以苗礼致敬。这两人拱手答礼，那裘隆往旁一撤身，往里让来人，一同走进后寨门。本寨的苗兵，仍把后面栅门关闭。这一班苗兵，引领着直奔那首领的石屋走来。

铁剑先生暗中查看着，这金都、黄风两寨的首领对来人这么恭敬，这倒真是怪事！今夜无意中遇到这意外的情形，这倒真是难得的事了。遂暗中跟随他们，扑奔那裘隆首领所住的石屋而来。铁剑先生仍然隐身在石墙后，绷在石墙上面洞口处，往里查看他们究竟是怎样一件事。这时那两寨的首领，陪着那两个江湖人走进屋中。这两个汉人在迎面石案两旁落坐，裘隆、古芦沙两首领分坐两旁。所随来的苗人全在石屋外伺候着。

这时，听得金都寨首领裘隆向来人问道："二位老师尊姓大名，我们还没请教？"那个年岁略大的答道："我姓韩名玉川。"那个年岁略轻的说道："我姓秦名通。"铁剑先生一听这两人报名，已经知道他们是澜沧江两名巨盗，江湖中称为"澜沧双杰"。他们弟兄两人率领一大批船帮，在澜沧一带也横行了十几年。自己隐迹苗疆，轻易不和内地的人来往，也再没听见他们的消息，想不到二人竟在此地出现！

这时金都寨的首领裴隆说道："韩老师，秦老师，我们的话要当面讲明。我们这苗疆上原分两个大部落，就是以狱山划界。我们狱山以北，大部分的苗寨苗墟，全是指着耕牧为生，和狱山南的苗族各不相扰。他们是多半以游猎为生，从来两下里各自相安，谁也不越过谁的地界去。如今狱山南神狱寨金狼墟的酋长派人传信，叫我念其是同属苗族之义，要帮他办一件事情。论起来全属苗疆上的弟兄，很可以尽这一点力。不过我们这两寨的弟兄，已经多年不再做那争夺杀戮的事，若是我们力量能做的，我们还可以答应；倘若是那里酋长强人所难，叫我们这两寨以兵力对付别人，我们誓死不能从命。这是得跟老师们事先声明的。"

那韩玉川却哈哈笑道："裴隆首领，你也是过分多虑了！听我把这件事的情形说与你们，你们就能放心。因为从金都寨、黄风寨这条道路，是奔狱山南神狱寨必经之路，从别处走没有道路可通。现在我们金狼墟正要和一班势不两立的仇人一拼生死。这般人可不是苗族，全是汉人。他们完全是内地下来，势必从你们这里经过，他们越不过狱山以北这几个苗墟苗寨。我们金狼酋长，他在苗山的威力，你们不会不知。只为他念及这些年来，你很守本分，没有侵犯他之处，所以这才和你们商量。凡是有内地里下来的人，不论从你们那个苗寨经过，要你们连环递报，把信息立时传到神狱寨，他更不再扰乱你们。只不过这一点小事，你们自忖不能尽力时，金狼酋长只有统率他的苗兵，沿着狱山以北亲自布置下来。那可就破坏了以往的两部落成规，并且你对于他的手下苗兵，稍有待遇不周，就要引起杀身大祸。那一来，只怕你们这金都、黄风两寨各苗墟中，难免要遭到一番杀戮之苦。近年来，金狼酋长得着彭大侠之助，威震苗山，谁敢犯他的锋芒？他若是怀着恶意，也就伸手把你们这几个苗寨占据了。所以这次是由彭大侠主张着这样办，也正是为保全你们，难道你还有什么疑心么？"

那黄风寨首领古芦沙道："韩老师父，这么说金狼酋长对我们并无恶意。不过按苗疆上的规矩说起来，他和我们部落不同，就没有调动我们的权力。此次无故的叫我们办这件事，我们不是怕死贪生，屈服在他威力下。既是他并不真个派他的苗兵，入我们狱山北的界限，我们倒可以替他帮这点忙。只是除此以外的事，我们可不敢遵命。所进来的人，我们只能传递信息，不能替他动手收拾来人。二位老师可要把这种意思，转达于金狼酋长。有人从这里出入，我们还和平时一样。我们绝不留难阻挡，任凭他来，任凭他走。二位老师看这样办可行么？"

那秦通说道："首领们自管安心。只是你们可得明白，叫你们传递信息，人只要进了苗疆，任凭他过境，只要到了神狱寨的地界，自有我们去办理。可是我们这种办法，你们这两寨事先若是泄露，叫来人发觉，有了提防，那时可对不起。只凭我们弟兄，就先要取你们的性命，那一寨泄了消息，定把他鸡犬不留。"那古芦沙和裴隆虽是愤愤不平，可只有点头答应。

这两人把这话交待完，立刻向裴隆、古芦沙说道："首领们既已答应了领受金狼酋长的命令，你们苗族中叫人相信的是什么？"这时，那裴隆、古芦沙面面相觑，只好站起，却转身向这后面石墙，把两手往上一举，再俯下身去，双手垂到膝下，低着头祝告道："上天大神，我们今夜领受金狼酋长的命令。替他所办的事，若是泄露于人，我们定遭毒蛇吮血之苦。"这两位首领立过誓，澜沧双杰韩玉川、秦通相继站起，说道："多谢两位首领的帮忙。神狱寨事情完了之后，金狼酋长和彭大侠定有重谢。我们还得赶回狱山，布置我们路上的卡子，咱们就算一言为定了。"这两人立时告辞。两个首领裴隆、古芦沙跟着出了这金都寨。裴隆却只到后寨门外停住身，由那古芦沙陪着韩玉川、秦通奔他黄风寨而去。首领裴隆从寨门转回来，吩咐手下弟兄小心把守各处，把苗墟内暗中防守的人全撤退下去。

铁剑先生暗中看到所有的情形，好生惊心。这五虎断门刀彭天寿，此番的布置竟自如此严密。这时下苗疆群雄聚会，结果如何，不敢想像了。此时见裘隆这种布置的情形，他们对于神狱寨所发出来这种命令，明显着是勉强服从他的指挥，实非出于本愿。可是五虎断门刀彭天寿和他一般余党，竟把这般凶苗制服得伏首听命，为他所利用，这正是为虎添翼。入苗疆会彭天寿，有这般凶悍的苗人帮助他一切，这于自己的事十分掣肘。

铁剑先生想到这里，遂翻到了金都寨首领裘隆所住的石屋上，飘身而下。落在门前，正有一名苗人守在门旁，惊呼之下，拔苗刀就要向铁剑先生动手。铁剑先生立刻喝叱道："还不赶紧叫你们首领裘隆出来答话！"铁剑先生这一嚷，守门的苗人惊异错愕之间，这金都寨首领裘隆从里面蹿出来，喝问："什么人？"可是一眼望到铁剑先生，赶忙一伏身，两手往下一垂，口中说道："恩主，你已经有好几年没来了，想不到如今竟会降临金都寨，这真是我们金都寨苗民之福了！"铁剑先生忙答着礼道："裘隆首领不要这么客气，你还没有忘掉我展翼霄！咱们到屋中去讲话。"裘隆往旁一闪身，守门的苗人听到首领口中所招呼的，他们也全想起，这正是金都寨、黄风寨所崇敬的恩人铁剑先生到了，赶忙把苗刀扔在地上，跪倒迎接。铁剑先生向他也招呼了声："不必多礼。"立刻随着裘隆首领走进屋中。

落坐之后，裘隆问铁剑先生："这是从那里来，有什么事赐教？"铁剑先生含笑说道："我不过无意中路经此处，可是忽然遇到你这两寨中，竟自迎接着两个汉人，投降于狱山神狱寨。我认为这真是怪事了！你们两寨苗民自食其力，对于狱山以北大小苗墟，全没有丝毫冲突，彼此相安。神狱寨一般野苗更和你们素无来往，为什么竟自屈服在他人势力之下，听从他这种命令，真是怪事！我展翼霄既和你这两寨中有那种渊源，我不愿意看着你们慢慢地任人宰割。早晚这金都寨、黄风寨要被异族割据，所以特意来向首领你来领教，其中有什么情形，你要从实说来。"

裴隆被铁剑先生这一问，颇有些局促不安，带着很惭愧的神情说道："恩主！我们自经恩主为我两寨开辟了水源，自耕自食，两寨的苗民没有不感激恩人的德泽。我们从来不惹是非，不和别处来往。何况神狱寨更和我们隔着一道狱山，从来没有牵缠来往。此次忽然要我两寨为他效力，我们本不应当接受。只为他所托付的事，对于我两寨的苗民并无妨碍。这神狱寨近数年来日趋强盛，金狼酋长接连吞并了狱山以南多少个部落，完全受他的管辖节制。他率领的苗民数千人，全是凶暴异常，勇猛善战。这次他以小事情求我们，若是拒绝了他，他定存报复之心。那时定要血流金都寨，叫我部下的苗民遭到死亡流离之惨。我这作首领的于心何安？所以我和黄风寨的古芦沙计议之下，只好勉强答应下来。至于他神狱寨跟何人结怨，我们是丝毫不知。老恩主到来正好，指教我们一切。"

铁剑先生含笑说道："你可知道，他苗山中也有一个极厉害的汉人，助着那金狼酋长逞凶作恶？这次事也正是为他苗山中那汉人所发动。"裴隆道："不错，我们也曾听人说过，有一个五虎断门刀彭天寿，竟自把金狼酋长收服。他霸据苗山十分厉害，稍有违犯他的，定遭他的杀戮。可是金狼酋长吞并各苗墟，也完全出于他的计划调度，所以金狼酋长对于这姓彭的汉人言听计从。那苗山所有的大权完全在汉人手内，这种情形真是千古奇闻。"

铁剑先生叹息说道："这样说起来，你们还是情有可原，完全是受他威胁。不过你可知，他们所对付的又是何人？"裴隆摇摇头道："我们又那里知道。"铁剑先生道："那神狱寨这么举全力对付的，就是我展翼霄。"裴隆大惊失色，站起说道："老恩主，你这话可是真么？"铁剑先生道："我一生不作戏言，神狱寨完全被那彭天寿利用。他仗着苗山的凶险和他部落中所有手底下厉害的苗民，才敢和我这么尽量施为。为得叫我们一入苗疆，就算入了罗网。现在我已经入了你这金都寨，你不必顾虑着我展翼霄从前的恩义，你赶紧照着他所吩咐的命令，飞报与他，免得你们一场杀身之祸。"

裘隆急得面目变色地说道："老恩主！我们虽是化外苗人，也重的是恩义。老恩主曾救过我两寨苗民的性命，我们能安生地活了这么些年来，全是老恩主之赐。如今遇到这种事，我们焉能忘恩负义，出卖恩主？我们情愿把两寨的苗民性命送掉，也不愿意再为他所用。老恩主，你只管放心，我不做那没有天良的事。我这就召集全寨苗民，向他们说明一切，预备和神狱寨一拼生死！"

铁剑先生慨然说道："裘隆，你不要这样。你只要对我展翼霄没有负心之意，也就很好了。我从来不做那不近人情，只顾自身的事。神狱寨、彭天寿等，以武力胁迫，叫你们两寨相助，非你本愿，如今我又当面和你说明，他所对付的人正是你曾受恩惠的人。这种情形，我知道你是在两难之下，更愿意表明你的心迹，情愿不计杀身之祸，报我展翼霄以往之情。可是果然真这样办下去，不过白白地给金都、黄风两寨留下无穷后患，于我展翼霄身上毫无益处。那就只是意气用事了。你果然对我展翼霄有报恩之意，我很有两全之法。今夜我无意中查出这件事，于我们入苗疆会彭天寿，已得到极大的帮助。现在很好的办法，就是你自管听从他的命令。我们只要一入金都寨、黄风寨的境内，我们必然通知你们。不过给他们传递信息，有早晚之分，只要容我们已经离开这金都寨时，你这信息传过去，他有提防，我们也有预备。这彭天寿是江湖道上一个恶魔，手下更有一班绿林巨盗相助。我们想到神狱寨，决不是容易事，他必要一路埋伏，尽力阻挡。可是这里边事情是颇有出入了。我们处处严防，暗中反能侦查他的一切举动，比较着可以减少许多暗算，你们两寨更可免去一切嫌疑。只是他与你们约定时，并没指出和他们为仇作对的全是什么人、怎样的像貌、如何的打扮，这就是他失着之处。那彭天寿他也正在四处邀请绿林进入苗疆，助拳帮忙。在我们汉人，江湖道上有一种侠义帖、绿林箭，是我们急难时约请能人之法。那彭天寿他已散出绿林帖，所有他请的人也一样的非得从你们苗墟一带经过。他们和你们并不认识，只要你们看见汉人冲入苗疆，又不知是敌是友，一样的也得用信号传递进去，叫他们提防防备。这一来，我展翼霄要得了他极大的益处。我把我们现在入苗疆的人，形容像貌和他配的兵刃，完全告诉你们。要详细地说与了你这苗墟各处把守的人，叫他们遇到这班人时，不要暗中袭击，好好地放行，任凭他们穿过各苗墟。可是那神狱寨所请的人，只要经过你这条路上、各处要路的地方，你们一面传递信息，一面阻挡一下。这一来足可以假乱真，扰乱他的耳目，叫他防不胜防，和自己人先要麻烦一番。我们可以乘虚而入，沿途上少受许多阻难。"

金都寨首领裴隆点点头道："恩主所想的办法很好，我也正愿意稍为恩主尽力，也算我们略尽报恩之心。"铁剑先生遂把自己这次能入苗疆的人，大致的全和他们说了一番。裴隆牢牢谨记，他更把由此去神狱寨金狼墟，平常所走的路，经过的地方，山林树木，深涧高峰，路途上容易辨认的地方说了一遍。他更找来一张纸，他们这里没有笔墨，用烧黑的炭枝，大致地画出图来。可是更指示出那一个地方，可以改换方向，从别处绕过去；什么地方有极险要的密径，可以避开他防守的野苗。

这一来，铁剑先生十分感谢他。裴隆把这图画好，铁剑先生收起，向裴隆说道："此番神狱寨既然叫你们暗中相助，你对于黄风寨首领古芦沙，要严厉地嘱咐他，暗中谨慎提防。那彭天寿狡诈多疑，恐怕他还要暗中派人来查看你们的动静。倘若你们有那不尽力的情形，落在他眼中，你和古芦沙眼前就有性命之忧，你们不要视同儿戏才好。我不便在此尽自耽搁，我们在明日夜间，就要入金都寨，一切事你要多多谨慎。"

裴隆带着愧色送铁剑先生出来。才出屋门，铁剑先生拦住他道："不要往外送了，免得走漏消息，于你我十分不利。"裴隆道："我一切自当谨慎，听从恩主吩咐。恩主此次入神狱寨，不得已时，有用我两寨之处，我们愿率两寨苗民精锐，为老恩主效死命。"铁剑先生点点头道："很好！你有这种心意，我就很感谢了。

这次神猊寨之会，不是你们所能办的事，咱们再会了。"铁剑先生已经腾身纵起，飞登上屋顶，疾如飞鸟般翻出金都寨。

这时东方已经发晓，一路上往回走着。到了榆林寨，天光已亮了。镇甸外全是一片绿野，宿露未消，清风送爽。铁剑先生认为这一夜算是没白辛苦，总算是得着极大的益处。才走进镇口，见罗刹女叶青鸾跟天龙剑商和母子二人正向寨外走来。铁剑先生含笑迎上前来，说道："叶女侠，敢是不放心了么？"叶青鸾一看铁剑先生面上的神色，把心放下，知道他虽然一夜未归，定有所获。点点头道："我母子坐候终宵，这一个镇甸上已完全搜寻遍，不见老师父的踪迹，好叫我们担心！"铁剑先生含笑说道："咱们回店中再细谈一切。"遂一同回转仁和老店。到了店中，这时客人们也不过将将地起来。铁剑先生虽然一夜未归，这么多的客人，也倒没人理会了。

回到屋中，铁剑先生略事梳洗之后，这才把夜间所经所见，详细说与了叶青鸾母子。罗刹女叶青鸾道："展老师，这一夜间倒是不虚此行。巧遇彭天寿派人这样安排，可以给我们免去了多少麻烦，更无形中得到了金都寨首领裴隆指示了苗疆的道路。不过，我们已经到了这般地步，虽然说我们力量单薄，也顾不得许多，只有前进，没有后退。依我看，我们赶紧动身入神猊寨，与彭天寿一会，倒觉得安心。现在已经认定了，死生由命，胜败荣辱也只在此举了。"

铁剑先生道："此次叶女侠私下黎母峰，我想南海渔人师徒，他们定要跟踪赶下来。我想在这里稍候一两日，候他们赶到，同入苗疆，也好把我们力量加厚一些。"天龙剑商和道："老前辈，我认为不必等候詹大侠了。我此次已经决心，要和五虎断门刀彭天寿决最后的生死，所以我毫不顾虑地悄悄离开黎母峰。家母跟踪赶下来，也非我商和所愿。我愿意把这件事由我一人承当，若是在这里等候南海渔人，小侄我实觉脸面上难堪。"铁剑先生点点头道："我们先走，倒也没有什么妨碍。现在事情已经到了这般地步，他神狱寨就是铁壁铜墙、龙潭虎穴，我倒也得闯他一闯了。入苗疆的要路，金都、黄风两寨的首领虽则已经暗中相助，可是那彭天寿诡计多端，他难免对于两寨的苗民有怀疑之处，要提防他暗遣心腹，暗中监视、侦查我们。若是明着从这两寨过去，他这两寨苗民决不敢阻拦。可是这种情形，若被那彭天寿和金狼酋长侦知了，定要给他两寨惹出是非来。若想早走，我想就在今夜起身。叶女侠以为如何？"叶青鸾道："正合我意。"

这一天的工夫，三人在店中歇息了一日。直到黄昏之后，向店家说是到邻近的镇甸上访寻朋友，在那里须耽搁数日才能回来，房间不必给留着了。把店饭钱付清，一同离开店房。天色并不甚晚，月光还没上来，黑沉沉的旷野，再也看不到行人。铁剑先生遂带着这母子赶奔金都寨。

来到寨墙附近，见里面苗民所住的地方，全是黑沉沉，没有一点灯火，只靠寨门里面有几名苗兵在那里把守着。铁剑先生沿着寨墙下，往东绕出一箭多地来，自己头一个翻上寨墙。里面静悄悄毫无动静，叶青鸾、商和全跟踪而进，各自施展开轻身小巧的功夫，纵跃如飞，扑奔了后栅墙。见那里全张着火把灯笼，一队苗兵散布在栅门一带，全是配着弓箭苗刀，来回在栅门一带逡巡盘查。铁剑先生向叶青鸾低声招呼道："你们贴着后栅墙往后绕过一箭地，听得这面有声息扰乱，赶紧翻出金都寨，在黄风寨寨门附近等我。我们要为两寨的首领留些余地，免得他们多添了无谓的麻烦。"叶青鸾跟商和全轻轻地贴着寨墙下，往东飞纵出来。

铁剑先生容他母子走开，自己停身之处离着栅门有四五丈远，他猛然用一拳大的石块向后栅门打去，口中并喝道："金都寨的弟兄们，我在这里借路而行。不多管我的闲事，不阻挡我的去路的，我决不加害你们。敢违我的命令，立时叫你们全寨寨民化成劫灰。"这一发话，那寨门附近的苗兵，一阵哗噪，全散布开。铁剑先生停身是在一片林木中，那苗兵手脚颇有十分利落的，已经往后一撤身，各找隐蔽身形之地。弓弦响处，嗖嗖的四五条利箭过来。

铁剑先生容他们箭离弦，已然一个飞鸟穿林，腾身纵起，竟猛扑过来。可是那苗民却也十分厉害，竟自一连四口苗刀飞掷过来，齐向铁剑先生身上打来。铁剑先生身形往下一落，已然避开两口苗刀，更把双臂一振，把后面稍慢一些的两口刀打落地上。此时，身躯已经二次腾起，蹿上了后栅墙，翻到栅墙外。赶到那苗兵再用弓箭攒射时，铁剑先生已然连着两次纵身隐入黑影中，向黄风寨寨门扑过去。这里应该是立时把响箭传出来，向黄风寨打招呼，警告他有人暗闯进来，叫他们堵截。可是他竟不敢立时传递响箭，这正是首领裘隆暗中潜伏，他已看出来人正是恩主的人，跟随恩主同入苗疆。直到铁剑先生和叶青鸾集合一处，冲进了黄风寨的栅门时，那金都寨的响箭才发出来。这一来，把这入苗疆的咽喉要路，竟自不费吹灰之力闯了过来。

离开黄风寨不过是二更将过，再往前走，虽然是路上不断的有苗墟，但全遵着神狱寨金狼酋长的命令，暗中伏守着。苗兵严厉地把守着要紧的道路。可是各苗墟虽是防守严紧，那挡得住铁剑先生一般人！在这一夜间，已出来四十余里，闯过了七个苗墟。天亮之后，白天是不能走了，找了一个隐秘的地方歇息了一天。到夜晚时，仍然起身赶路。再往前走，这条路很荒凉，因为这一带已经接近了狱山，也渐渐地有野苗的部落。虽则是生苗熟苗以狱山划界，但是因为这一带大地荒凉，人烟稀少，这种野苗们聚集个一二十户，占据着山南一带，也没有人肯来管他了。铁剑先生等到了这种地方，也倒要加了十二分小心，谨慎提防。从黄昏后起身，走到二更之后，已入了狱山。狱山以北一道高峰，按着金都寨裘隆首领的指示，这条山道大约有十几里的道路。越过中峰去，蜿蜒十几里的道路，那里可完全是野苗的部落了。

铁剑先生和罗刹女、商和入了北岭山道之后，沿路查看着形势，提防到这丛林壑岩间，隐伏着野苗袭击。走了有六七里，并没遇到什么阻碍。眼前是一个往下走的斜山坡，山道并不难走，也不险峻。只是倾斜的山道，越走越矮，远远的见斜山坡下隐现出火光。铁剑先生向罗刹女商和一打招呼，遂退向山坡的道旁，为的是隐蔽身形，好慢慢往前趔下去。

才出来有半箭地，罗刹女叶青鸾突然听得，身旁贴近一段山壁一人多高的荒草中，声息有些异样，可是也没敢向前面走的铁剑先生打招呼。商和离自己身后也有数丈。罗刹女赶紧把身形停住，仔细往左边山壁下查看时，附近一带已经看不出什么迹象来。只往前六七丈外有一条黑影，横穿山道，往右边过去。可是这条黑影极快，竟看不出是人是兽来。罗刹女叶青鸾脚下轻轻一点，飞纵了过去，要查看究竟是人是兽。身形纵起，这一扑过去，商和也跟踪而起，蹿了过来。这母子扑到近前，罗刹女叶青鸾已把剑撒出鞘来，一剑向那草中劈去。那枯枝乱草随着剑落处纷纷折断，可是里面并没有什么隐伏潜藏。

铁剑先生虽则走在头里，可是走在这种地方，也是眼观四路，提防着意外的事情，此时已经看到罗刹女叶青鸾母子的举动似有所见，也跟着翻回来，低声问："怎么样？可是暗中已发现有人伏守吗？"罗刹女摇头道："不敢断定，不过在疑似之间，我们小心就是了。"仍然顺着山道，各自隐蔽身形，扑奔山坡下。三人远远已经望见，在山道旁，沿着高低错落的斜坡上，有几十户苗民散布在这里。铁剑先生头一个翻下山道。此时全都谨慎异常，全把身形掩蔽着，各自施展开轻身小巧之技。离着这个苗墟还有十几丈远，可是全避着他这野苗所住的石屋附近。铁剑先生头一个从右边山壁下一排野树林前，纵身而起。

正在他身形纵起时，苗墟那边弓弦连响，两条利箭全向铁剑先生射来。箭射的手劲非常的大，还射得极准，以铁剑先生这种轻灵身法，险些为这两支箭所伤。铁剑先生已然疑心自己这么躲避着，他们苗墟中虽有暗中把守的野苗，竟有这般厉害的人物，这真是怪事！铁剑先生这里几乎被利箭所伤，罗刹女叶青鸾跟商和也全跟踪扑过来。叶青鸾可就没敢把那口伏魔剑还入剑鞘，商和也把天龙剑早撒到手中。这母子二人听见苗墟那还有人发箭暗袭，身形纵起，已在戒备。往这边一纵身时，各自扑到一株大树旁。可是身形一到，这边嗖嗖的又是两支箭射到了。罗刹女叶青鸾掌中一翻，把奔自己头上的这支箭削落地上。天龙剑商和虽也把箭闪开，可是被箭尾的羽毛扫了肩头上。这支箭射过去，正射在身旁的一株榆树上。那么坚硬的树干，箭落处，箭头已经全没入树中。

铁剑先生低声喝叱："赶紧隐蔽！我们看看动手的人。"各自把身形借着树木隐蔽起来，往苗墟那边查看时，在山坡下面插着两支火把，火苗子蹿起多高，有两个苗民背弓跨箭，全提着苗刀来回在那里走着，决没有动手的情形。并且他们的弓依然在身上背着，苗墟那边黑沉沉，也看不见人影。铁剑先生等全惊疑不置，认为事出离奇，十分怪异。遂低声向叶青鸾母子打招呼，绕出这片树林，从苗墟对面那一处荒草茂密的地方穿行过去。只要躲避开苗墟前把守的人，就可以把那段山道闯过去了。

罗刹女叶青鸾认为苗墟中另有暗中把守的人，这三支利箭分明是从他们那里射过来。只是没查看出放冷箭的人，不能无故地向前动手。遂往这树木后隐蔽着身形，蹑足轻步绕了过来。已经越出这段复杂的树木，贴着山壁下矮身疾驰。可是忽然弓弦连声地振响，唰唰的一连四五支利箭，向铁剑先生所经过的地方射来。苗民弓箭使用得虽然纯熟，但是始终自己这边人身影被发现出来。他们怎会竟有这般厉害的手段，能够看出隐伏的人在这里？原来，经过这次，铁剑先生却一面躲避着他暗箭的袭击，一面查看箭手的来路。果然，这一注意到苗墟那面弓弦响处，这才发觉在离开那苗民石屋前一片蓬蒿之中，竟埋伏着厉害的箭手。铁剑先生可是认为，这种情形还不至于是这苗墟中的一般野苗就有这种手段，知道恐怕还有主动之人暗中调度。这时，他已经和叶青鸾、商和，沿着山壁闯过十几丈来。铁剑先生把身形停住，向身后一打招呼，叶青鸾凑到近前。铁剑先生厉声说道："一般野苗就敢这么暗算我们，这神狱寨我们还想到得了吗？随我来，我要看看是什么厉害的人物暗算我们！"

　　铁剑先生跟着身形纵起，竟向这苗墟前扑去，口中却喝问："什么人拦路伤人！"身形快，起落之间，已到苗墟前。那两名把守苗墟的野苗，人已落到近前，他们才发觉，各持苗刀，一声怪叫，往前一扑。可是两个苗人，刀还没递到铁剑先生的身上，突然在那苗墟左侧，传来像是两木相击的声音，叭叭连响两下，嗖嗖的利箭带着风声射了过来。铁剑先生把掌中剑施展了一手"春雨黎花"，一个盘旋盖顶，把四五支箭全削落地上。两个野苗的苗刀也到，也被铁剑先生荡开。可是这时已经看出，在苗墟旁一个草堆的后面，有人挥刀低声喝叱着。那箭嗖嗖地左右、正面射过来，果然暗中伏守着苗人，潜伏在苗墟屋顶、树木、草堆的后面。铁剑先生知道草堆后隐藏着指挥袭击的人，脚下一点，已腾身而起，竟自扑向草堆后面。往下一落，已离开草堆后六、七尺远，见有一个汉人装束，手提厚背鬼头刀的人，正在指挥他身旁两个野苗，向左右退去。

　　铁剑先生身形快，已到了他们近前，厉声喝叱道："大胆狂徒，你敢暗算老头！"这提鬼头刀的竟自一声不响，一拧身，人随刀进。掌中的鬼头刀抡起来，带着风，向铁剑先生斜肩劈下来。铁剑先生掌中剑如封似闭，剑身斜着往右向一展，呛的一声，一溜火星，剑已扫在他刀背上。随着掌中剑往前一探，"太公钓鱼"，剑尖儿奔这个匪徒的胸前刺来。匪徒的刀被展出去，忙往右一闪身，一振腕子，把刀带回来，竟向铁剑先生猛剁下来。铁剑先生见匪徒身手非常灵活，左手剑诀往后一领，掌中剑从自己胸前往后一带，一个"玉蟒翻身"，身形往左一转，一抖腕子，"织女投梭"，这种剑招快似电光石火，往这匪徒左肋下扎去。正在这时，这一招堪堪已经伤着了这个匪徒，突然身后猛喝了一个"打"字，一股子暗器风声已到了脑后。铁剑先生只好把剑往下一沉，左脚往后一滑，身躯已然转过来，掌中剑"横摔千钧"，镖已经顺着左肩头上打过去。铁剑先生把身形转过来，已经看到离开丈余远，正有一个身形矮小的匪徒。他在发镖之后，把他左手的双拐一分，已然扑了过来。

这时，铁剑先生已然辨出这两个匪徒，正是金都寨所见的那两个彭天寿的党羽。铁剑先生怒叱一声："小辈人也敢在老夫面前用这种手段，我看你那里走！"脚下一点地，腾身纵起。人到剑到，掌中剑奔那匪徒的咽喉上便点。这匪徒往右一斜身，双拐翻起，从右往左猛往剑身上便砸。罗刹女叶青鸾，天龙剑商和一见铁剑先生动了手，也扑了过来。可是这一来，四下伏守的野苗各自鸣起号角，苗墟中也全响应，杀声起处，百余名凶悍的野苗全飞扑出来，四下聚拢。更有些提着亮子火把，火光闪闪下烟气腾腾，照着这些野苗形如鬼魅一般，呐喊着杀声聚拢过来。

这时，罗刹女叶青鸾已扑到，那使鬼头刀的匪徒迎上前，把掌中刀挥动，和她动上了手。那天龙剑商和却跟十几名野苗战在一处。立刻这苗墟前化作战场。可是这两个匪徒，他并不是铁剑先生和叶青鸾的对手，动手之间，那使鬼头刀的，已被罗刹女叶青鸾掌中的伏魔剑把刀削断。这时使双拐的匪徒，武功本领倒是不弱，他使用的是一对镔铁双拐，施展开上下翻飞，带得嗖嗖的风声。铁剑先生用轻灵轻快的身形和变化神奇的招数，已把这匪徒连伤了两处。

忽然，在那苗墟后面起了一片呼号之声，火光大作，连那后面林木野草立时燃烧起来。这两名匪徒，他们竟自飞身一纵，蹿出去，逃奔苗墟。可是四下里这围攻的苗人，更是穷凶极恶，没有一个怕死的。他们的箭如雨点一般向铁剑先生们这边射来。这时靠东边山壁下，竟有人高声招呼道："展老师，何必跟这些人这样无谓牵缠，还不随我来！"铁剑先生听得这种呼声，分明是南海渔人，遂向罗刹女叶青鸾、天龙剑商和一打招呼，各自纵越如飞，扑向东边山壁下。

来到近前，在一株树后闪出一人，正是南海渔人。铁剑先生招呼了声："四先生你也到了！"那南海渔人答了声："这里我们不要管他，自有人来收拾，随我来。"这位老侠客一转身，退入树后。可那苗墟前的一般野苗们，已经分出二三千名来，追了过来。铁剑先生和罗刹女、商和全随着南海渔人身后，转入树林中，沿着山壁下往南蹿出来。耳中听得追赶过来的苗人，不住的一声声惨嚎着，似已有多人受伤。跟着他们所蹿过来那片山壁下，也烧起来。这时南海渔人引领着，已经离开这条山道的斜坡，出来有半里之遥。用林木隐蔽着身躯，回头向苗墟一带查看时，只见那半山腰一带，火是越看越旺，把山道前所有的草木全引着了，势成燎原。

罗刹女叶青鸾和商和忙向南海渔人道："老前辈，你终于赶了来！现在我母子也不说什么了。已入苗疆，老前辈不能放手不管，只是怎么知道我们已到这条路上，暗中策应，那苗墟一带难道还有我们的人吗？"南海渔人点头道："铁鹞子雍非和卢箫儿已经全跟来了。"罗刹女叶青鸾点头道："令师徒全这么不辞风尘之苦，我们母子不辞而别，反倒连累得老前辈师徒远下苗疆，这实在叫我更觉惭愧了！"

南海渔人答道："叶女侠，离开黎母峰之后，雍非跟着知道了信息，他对于你母子关心尤切，立刻催促着我追赶下来。可是黎母峰我觉得难免有盗党前来扰乱，所以嘱咐他师徒两人，给我照顾门户。那知道他们竟敢不听我的命令，悄悄地跟踪赶下来。直到天马坪，我们才聚合一起。在那榆林寨，已然追上你们。是我带领他们要另寻捷径，先赶到狱山苗寨，把彭天寿这老儿所有布置和他的力量，完全查看一番。不想来到这狱山，暗中一看，所有这狱山南一带的道路，这贼子完全安排下他的党羽。我知道这次彭天寿这老儿，也要用他全份的力量来对付我们。只是我一路上竭力探寻屠龙手石灵飞，他竟爽约不到黎母峰，叫人实在放心不下。我们此番入狱山，重会彭天寿，若能把他集合一处，也好增加了我们几分力量。"

铁剑先生道："四先生，你倒不必多虑了。屠龙手石灵飞他这次已经十分负气，定要和彭天寿一决生死存亡。这次狱山聚会，叶女侠和彭天寿的事情，反倒容易了断，只是这个屠龙手要和彭天寿弄成不了之局。"遂告以大竹山遇见黄六奇，罗刹女叶青鸾得剑等事，并说道，"那峨嵋圣手鲁夷民竟自不忘苦水屯时，我对他保全威名之意，明是为彭天寿帮忙，暗中对我们相助，竟请出一个江湖中最厉害的人物。我们曾到铁沙谷鹰愁涧，探访鬼见愁司徒空。在那里和峨嵋圣手相会，曾蒙他指示了一切。更请这位绿林中怪客司徒空，到苗疆中为屠龙手石灵飞保全一切，防备到他们在不可开交时，为两家助一臂之力，免得弄个同归于尽。所以这件事倒是十分重要了。"

南海渔人点点头道："我也听得一些信息，有几个已经多年不露面的江湖朋友，全要赶奔苗疆。虽则没查明他们究竟是为谁去的，可是既往这路上来，一定是要参与我们这场事了。倘若是真的一般江湖上旧友，全甘心为彭天寿所用，那天要逼迫我们各走极端。到那时，不弄他个同归于尽，我焉肯甘心！"铁剑先生道："现在事情还不能断定，这一班江湖能手，准是为谁来的。我们在天南行道以来，虽则也结了不少仇家，可是我们自问做的事满合天理，顺人情。一般江湖道中的朋友们，真能够全和我们翻脸成仇，大约还不见得吧？或者有我们同道中人，不忍看着我们两家这场事，全弄到血染苗山，有那顾念江湖道义的，就许来为两家和解，也未可知。"南海渔人点点头道："但愿如此。"

正说到这儿，来路上林木间唰唰地一阵响动，跟着两条黑影疾如飞箭，已经扑了过来。南海渔人道："他师徒已经来了。"果然，铁鹞子雍非和卢箫儿爷儿两个在那丛林间蹿出来，眨眼间已到近前。铁鹞子雍非带着徒弟卢箫儿，向铁剑先生见过礼。南海渔人问道："苗墟中怎么样了？"铁鹞子雍非用手一指道："师父你看，这次我们爷儿两个，已给他烧了个干净。弄得他这一带再找掩蔽身形之处，要等到来年。那两个党羽又被我们爷儿两个收拾一番，叫他已尝到我们这般人的厉害。我们还是赶紧往下一站赶吧，这里虽则给我烧光了，从这里到神狱寨金狼墟，还得经过十几个苗墟，他们会更加厉害地防守起来。最厉害的还是这般野人，箭法实在不可轻视。倘若他们在暗中隐伏，我们若是一个防范稍疏，难免要吃了他的苦头。"

罗刹女叶青鸾遂向铁鹞子雍非道："叫你们师徒过分地辛苦了！一班同道们急难相助，虽是侠义道中常有的事，只是我请一班人到这种地方来，担着极大的危险，还找不到食宿之地，这也太对不起一般朋友了。"铁鹞子雍非道："叶女侠无须客气，就是五虎断门刀彭天寿不把苗人收为他所有，走在这种道路上，我们也不敢求食借宿。这种凶险如野兽一般的野苗，他们天生凶残暴戾，那厉害的真比野兽还难制服。就是他肯款待我们，我们也不敢亲近他们。好在干粮带得十足，到这一带来更是难得的机会。叫我们看看世外野人生活的状况，不也算开开眼吗？"

说到这儿，铁剑先生道："看那天上的星斗，大约已到四更左右。我们还是紧赶一程，在天亮之后，这一带的道路更不好走了。我们白天还是歇息下去，免得没到金狼墟，和这般野兽一般苗人多结仇怨。"说话间一同起身，这六人散开来，各自捡那隐蔽身形的地方，登山越岭，绕着有苗墟的地方，走到天色将晓，这才全到了狱山南。这一带的情形，尤其是得谨慎防备，虽则各处苗人也是聚族而居，你就看不到一个成村落的地方，屋少，全是山洞住得多。这一班侠义道，也得找那没有苗墟的地方，在山洞深谷隐蔽着形迹。

避过了狱山，走了一天的路程。铁剑先生把金都寨裴隆所书的那个地图取出来，和南海渔人仔细查看。这神狱寨金狼墟，按着裴隆所记载的，并没多远的道路了。这神狱寨就在狱山的东南，不过七十里。那么，这一天所走出来的已经是五十多里，再有半日的工夫就可以到达。彼此一议定，到了神狱寨附近，还找一个适宜之地，暂时隐蔽起来。我们要把那金狼墟检查一番，再行递帖拜访。大家认为必须这样，总得暗中把这里的情形看出个大致，才好动手。冒然地前去拜访，实在危险太多。此次一入苗山，到了狱山以南，不啻鱼投网中。若是再有疏忽冒昧，定遭失败不可了。大家在一个山岩下歇息了这一天的工夫。到了夜间，辨查着方向，往东南趋下来。

好在这班人全是各具一身本领。不断的有盘查伏守的野苗，这班人中有铁鹞子雍非师徒，变着法子戏弄他们，终没露出形踪来。赶到后半夜，这一带形势越发紧了，凡是有道路的地方，全有野苗把守。铁剑先生等知道神狱寨已近，大家散开来，全彼此相隔开一两丈远。可是一旦不论那个人遇到伏兵，全可以互相呼应。这一带全是极难走的山路，约莫到了四更左右，铁鹞子雍非和他这个徒弟卢箫儿，全走在众人的头里。他们师徒仗着身形轻灵巧快，机警异常，每趟出一段路来，必要检查前面是否有伏守的苗人。赶到翻下一段山坡，赶紧招呼大家，把身形隐起。

从这山坡下一箭地外，已经到了神狱寨。一片平原的旷野，大约有三四里地的面积。远远的也是被一片乱山环抱起来，架着坚固的栅墙，顺着高矮不平的道路，往东西排下去，那条栅墙看不到尽头处。在迎面有一座高大的栅门，已然紧闭着，点着几支火炬。在那栅门内，尽是些凶悍健壮的野苗，背弓跨箭，握着雪亮的苗刀，在栅门内来回巡视着。铁剑先生等彼此一打招呼，各自找那较高的地方隐住身躯，仔细往那边查看时，隐约地看出这道栅墙内，它是围起来许多苗墟，形如一个大城市。这定是他们那金狼酋长所盘踞的苗疆重要之地。

彼此聚拢一处，南海渔人和铁剑先生及罗刹女叶青鸾商量道："我们已到神狱寨，这金狼墟尚没在近处。这是苗酋驻扎之地，也是他手下所统率的有力部落聚集之所。我们现在应该先找寻一个能够存身集合之处，这时不便再到神狱寨里。已离着天亮没有多大的工夫，恐怕不容我们放手去做。我们在白天养足了锐气，到明日再从天黑之后，我们一齐入神狱寨搜寻金狼墟，暗查彭天寿的举动。纵有困难也易于应付。叶女侠，你以为怎么样？"罗刹女点点头道："现在大致看来，这神狱寨幅圆极广，这里面大致有不少的苗墟。我们虽有金都寨裴隆的指示，但是这金狼墟他也没到过，我们人手搜查，颇费手脚。还是从明晚用一夜的工夫，也好容易下手。"商量定了，就在这附近搜寻存身之所。

众人被那卢箫儿带到一个断崖后，找着一个极大的山洞。大家在这里潜伏隐蔽，是一个极好的地方，因为往南去是一段山脉阻隔，神狱寨那边完全被遮断。这山洞门更被那几段高高耸起的岩石遮盖，就是附近两三丈内有人经过，也不易被他们看到。铁鹞子雍非跟徒弟卢箫儿，各把火折子亮开，在这石洞里搜寻一遍。只是地上潮湿，有些腐乱的荒草。连天龙剑商和也跟着一齐动手，把石洞外的荒草砍了许多，铺在了石洞内。

大家在里面歇息之后，在黎明左右，听得神狱寨一带号角连鸣。铁剑先生等全飞登高处，往他神狱寨一带看去。只见寨门大开，从里面冲出一队苗兵，各执着火把，直奔这边山道，如飞地扑上来。那寨里面一队队的苗兵，全两边排开，直从这里山道口排到寨门那里。跟着后面出来一个身体高大，面如锅铁，耳挂金环的苗酋，身旁随着十几名矫健的苗兵。这么仔细地一看，并没有一个汉人在内。

这时，山道内也连连地起着号角之声。工夫不大，从山道里出来一队野苗，尾随着四个苗酋，身体是高矮不一。在那火把光下，看着他们一个个全是矫健异常。神狱寨所出来的这个苗酋，那情形上是对于来人很客气的。可是山道中所走出的这四个苗酋，见了他全是行着苗人的大礼，向他参拜，跟着互相退回寨门内。那列队寨兵，随着全撤进去。刹那间，那寨门一带仍然是只剩那几个守寨的苗兵。

这边铁剑先生所站在地方，是最高之处。远远地望着神狱寨内这一行的人影子，全辨不清了。可是随着的那些个火把的光焰，直出去有一里多远，尚看见隐隐的那光亮还在移动着。铁剑先生看到这种情形，断定这金狼墟定然就在附近一带了。这时，天色已经渐渐地亮了，大家全退下了高处，聚在石洞前，互相猜测方才的情形。认为那寨中出来的定是那金狼酋长，他所迎接的也是他所管辖各部落强有力的苗酋们。这样看起来，五虎断门刀彭天寿，他不只于约请一班天南绿林同道，更在这苗疆中拨动是非，定是叫那苗酋金狼酋长，发动他苗疆全力，把我们看作了来掠夺他苗寨的仇人。这彭天寿手段也过分恶毒了。大家越是看到这种情形，越觉得对于神狱寨需要仔细侦查一番。这里尚可以安身，只要形迹谨慎一些，虽然他神狱寨对这里是出入必经之路，但是这一段形势是乱石起伏，倒还容易掩蔽形踪。

大家也有在石洞中，也有在山岩下，各自歇息起来。惟有那卢箫儿却不肯老老实实地在这里隐藏，他这一天的工夫，差不多把这一带全搜寻了。在傍晚的时候，听得那狱山来路一带，一呼一应往远处传来号角，跟着又有响箭掠空而过。卢箫儿和铁鹞子雍非全借树木荒草隐蔽着身躯，到了山道附近一段山峰后隐身查看。在这响箭过去很大的工夫，山道那边竟过来一队人，是半汉半苗。这里倒看出来有几个江湖人物，不过铁鹞子雍非对着他们面目生疏，认不出是那一带的绿林人物。这般人被那野苗引领着，全进入神狱寨。从这拨人过去后，隔不多时候，就有响箭、号角响起。大家知道这全是他约请来的人，已经相继赶到苗疆。

天色黑暗之后，南海渔人向大家说道："我们收拾一切，在今夜要尽一夜的工夫，把金狼墟里面情形查它个明白才好。我们在这里这么隐蔽着形踪，只能暂时，不能久待。一来我们所带的干粮有限，并没有三五日的富裕；二来既然已入苗疆，倘若我们行踪被他们发觉了，倒反显得我们这样对付他们，有失我们的身份，叫那彭天寿和金狼酋长反倒有了借口。好在他金狼墟大致也不会多远了，我们入了神狱寨之后，在没搜寻着金狼墟之前，务必要一切谨慎。我们虽则是对付彭天寿而来，并非是把金狼酋长作对手，可是这班野苗也不可轻视。他们全自幼练就了翻山越岭、追飞逐走的本领。虽则不是我们武林中的功夫，可是他们这种本领，一半是天赋，一半是自幼操练，实在并不软弱。我们把里面的情形探查明白之后，现身到神狱寨，递帖拜访彭天寿。我们还是不能承认和那金狼酋长有仇视的情形。"大家点头答应，各自收拾好。

南海渔人道："我们这么多人，若是完全集合一处，入神狱寨最为不利。据我看，我们还是分为三路走，人全散开，比较着形踪可以随时隐匿起来。"遂吩咐商和跟随自己身旁，罗刹女叶青鸾和铁鹗子雍非作一路，铁剑先生带着卢箫儿作一路，分为左右中三路，往里搜寻。找到金狼墟，再行集合。

商量好了之后，一同离开这石洞。一查看这种形势，神狱寨眼前这种防备，尚阻挡不住大家。铁剑先生带着卢箫儿从山道口横穿过去，奔神狱寨以东，如飞一般下去。南海渔人带着天龙剑商和，扑夺奔栅门以西。罗刹女叶青鸾和铁鹗子雍非，却扑奔这栅墙的西南一带，全躲避着防守的野苗，扑奔栅墙。

第七章

群雄会苗酋生恶念

单说铁剑先生和卢箫儿施展开轻身小巧之技，从山道口绕过来，出来有两箭多地，这才扑奔栅墙。

来到栅墙附近，铁剑先生向卢箫儿招呼："苗人的弓箭十分厉害，你师爷叫你跟随我来，你可不准擅自胡闹。倘若叫你受到毫发之伤，叫我怎见他们师徒！"卢箫儿微微一笑道："展师爷，你不用替我担心，我没把这群丑鬼放在心上，我决不会给他们暗算。我若不是因为怕是耽误了大事，我早就寻他们开心了。"铁剑先生十分后悔，不该叫他随在自己身旁。这个孩子跟他师父铁鹞子雍非，全是差不多的性情，到处不肯服人，可是在这种地方，就十分危险了。这时已然跟了来，无可如何。

还没容自己吩咐，那卢箫儿已然一抖手，向栅墙内打进石块去。石块落处，里面并没有动静，卢箫儿已经腾身而起，蹿上了栅墙。到了栅墙的顶端，他却轻轻地贴在上面，略一查看之下，已然翻进栅墙内。身手轻灵，起落迅速，铁剑先生也十分赞叹：这孩子小小年纪，他已练出这一身本领，将来再练些年，定是武林中一个出类拔萃的人物！自己也跟着腾身而起，有他前面开路，不用再提防什么，也已经翻上栅墙，落在栅墙内。那卢箫儿已经鹿伏鹤行，直往南街出去。铁剑先生也跟踪赶下来，直扑奔偏东南一片略有灯火的地方。

来到附近，那卢箫儿已然伏身在一片荒草中。铁剑先生到了他身旁，他却低声招呼道："展师爷，你看这里不像苗人所住的苗

341

墟，他们房屋没有这么整齐。"果然，顺着他手指处一看，在前面建筑了木板屋，一排有十几间长，一共是四排。围着这片木板屋，也围起了一道短栅栏。在短栅栏南边，有一排高大的榆树，可是这树木是孤零零只有十几株，跟别处的树林也不相连，看着有些不合这一带的形势。这时卢箫儿却说了声："我们到这里面看看住的全是什么。"

铁剑先生才要拦阻他，可是他已经腾身纵起，竟自蹿进了短栅栏。他身形才往里一落，突然在那榆树林中，呜的一声，竟从极高的地方发出一声号角。木板屋这边，一阵弓箭声，唰唰的竟自射出一排箭来，完全向卢箫儿身处射去。那卢箫儿已然疾如飞鸟般从短栅栏内飞纵出来，落在荒草内。可是那边的箭依然向这面攒射过来，分明是他们已然看见卢箫儿的踪迹。铁剑先生这时辨查出，在那榆树林中，他们早已建筑起一个瞭望楼子，能够望到寨门一带。外面所进来的人不容易辨查，极容易被他们袭击。铁剑先生知道不能在此尽自隐藏，遂腾身而起，要绕着他这苗墟东南一带，先把身形撤开，再往里趱。

可是这苗墟里面忽然一阵大乱。他们的弓箭手突然转了方向，直向西边他这苗墟所建筑的那长形的木屋射去。就在这时，突然见到从那屋顶上，凌空拔起两条黑影。以铁剑先生那么好的眼力，竟没看出这两条黑影往那个方向落下去。一班伏守的野苗全扑过去，也有蹿到那木板屋上的，也有绕着在地上搜寻的，这群苗人的身手十分矫捷。

卢箫儿低声说："这分明是有人诱他们向那边扑去。我们把身形撤开，决不致再被这群苗人追击了。"铁剑先生答了声"好"，遂绕奔这片树林以东转过去，到处尽向林木荒草隐蔽着身形。向那片短栅墙内再看时，足有百余名野苗，全从里面闯出来，更燃起十几支火把。他们全如飞地扑向大栅门一带搜寻下去，大致看出，这里正是防守神狱寨入口之处驻屯的苗兵。这一来，更给铁剑先生加了警戒，每遇到可疑的地方，全十分谨慎，提防着被他暗中伏守的苗

兵发觉了行踪，那样一来，今夜探查越发地费手脚了。

他和卢箫儿各自施展开轻身术，一路闪避着，散漫开各处聚集的苗墟。往北直出来有三里来多地，这一带所住的苗人更多了，相隔开一两箭地必有一个小部落，并且在四下里全有巡视把守的苗兵。看他这里的情形，这定是离着那金狼墟不远。果然又趟进半里多地，只见这一带排着四处聚集的苗屋。他们所住的地方，建筑得比较整齐，每一个部落里，看那情形全有二三百人，有坚固的栅墙。在栅墙外隔开十几丈，在地上就有一堆枯草燃烧着，夹着油松木材，火光熊熊，冒起数尺高的火苗子。每一堆火前，全有几名苗兵在那里来回走着，身上是弓箭、苗刀、套索全带得齐整异常。

铁剑先生和卢箫儿隐身暗处，查看一番。铁剑先生向卢箫儿道："此处的情形已经无疑的是到了金狼墟了，这前面四寨是他金狼墟最有力的守卫。我们必须十分谨慎着，在没把事情探查明白之前，决不宜露了形迹。你必须要小心谨慎，免得误了大事。只要这里把他们弄惊了，那可叫自己找麻烦，我们虽然不是惧他，可是此来不想和他们正式对敌。因为我们是自己先行失着礼，暗探金狼墟，在江湖道上说，不是光明正大的行为。谅你也明白这种道理，随我来。"

铁剑先生精神振奋着，在他偏东边两座苗寨之间，看定了一班巡守的苗人。先打过去两块问路石，完全落在他那寨前所烧的火焰中。铁剑先生这种腕力，又是加了十成力打出，把那火焰堆打得火星飞溅起数尺来。把守的苗人全惊的怪叫了一声，围绕着火堆前查看。这一来，铁剑先生带着卢箫儿，已经从黑影中穿过这两座苗寨。再往前走，前面一片数十亩大的广场。在半里地外一座崇岗峻岭，下面祭起一道石城。不过这道石城并不算高，只不过两丈左右，可是上面每隔几步，必有一个苗兵在那里巡视把守。看这种形势，这正是金狼墟了。铁剑先生见上面防守得虽严，可是安安静静，知道南海渔人等趟进去，并没有把形迹败露，遂和卢箫儿顺着这石墙，往东北转过来。

走了约有半里之遥，已到了这寨后靠岭下一带，见里面防守得略微松懈，遂和卢箫儿各自施展"燕子穿云"的身法，蹿上了石城，幸喜没被上面伏守的苗兵发觉。靠这石墙里面，每隔十几丈全有一道土石筑起的马道。铁剑先生和卢箫儿因为辨不清下面是否有埋伏，遂从这马道翻下来。这寨内东西方向的地方大，建有一排排的木石房子，可是全是东西相对，没有南北方向的。从近身处往西看去，见有数十座整排的石屋，只是看不出那一座像那苗酋所住的地方，处处还得躲避着里面伏守的苗兵。更因为已到了这金狼墟内，彭天寿等一班江湖道中人，也全盘踞在屋里面，往里搜寻更得提防着他们这一般党羽。

又绕过一片林木来，见往北去不过一两箭地外，一片火光不时地闪烁着。铁剑先生遂穿着一片极多的林木，往北趟过去，捡了一棵高大的松树，攀升到树上。再往正北一带看时，见里面单有一处木栅墙，东西长有五六十丈；往后看去，看不出占着多大的地方。这道栅墙满用整棵树干建筑起来，比较土石堆垒的石墙还要坚固。一道两三丈宽的大栅门，此时依然洞开着。在门前的地上也烧着一堆松枝，火焰蹿起很高来，劈啪地不住起着爆音。栅门左右，一边是八名苗兵把守着，那雪亮的刀被那火焰照着，时时闪出一缕缕青光。栅门内附近是一片空地，两边种着许多树木，当中一条宽阔的道路，再往后面就是一排排的石屋了。那山道上全现着火光，这里非常的严肃，守栅门的苗兵们没有一个敢随意说话的。

铁剑先生遂从树上纵身下来。卢箫儿也在树干后探身查看了前面的形势，知道这里是苗酋所住的地方了。避开了栅门附近一带，翻到这栅墙上，卢箫儿先往里面地上用石块问了路。下面没有埋伏，遂轻轻落在里面。沿着这当中夹道的树木后面，处处掩蔽着身形，往后趟过来。只是铁剑先生到了这种地方，丝毫不敢大意，和卢箫儿彼此相隔开数丈远，为的是猝遭袭击，可以易于闪避。幸而是虽在黑暗中穿行，依然是谨慎着。

果然，这树林中竟有潜伏把守的苗兵。铁剑先生因为身形轻快，起落无声，才往前一纵身时，突然在一株大树后，正有一名苗兵一长身。他似乎对于这边发觉了一点形迹，提着苗刀正要作势扑过来。铁剑先生已然把身形向树后一闪，可是卢箫儿也跟纵过来，他却也遵着铁剑先生之嘱，时时在谨慎着形迹，身形往下一落，赶紧找障身之处，不过他总不如铁剑先生脚下轻。那名苗兵一纵身扑了过来，这时铁剑先生认为行迹既已败露，在这种地方，可不能不下手先把他制服了，免得声张起来，把这次夜探金狼墟的事全在自己手中破坏了。当时，铁剑先生已经作势要从他身后扑去，卢箫儿也要动手。

只在这刹那之间，猛然那苗人的头顶上唰啦一声，一段树枝落下来，正打在他身上。他一声惊叫，转身抬头向他头顶上查看。这苗人发觉那树帽子不住地晃动着，他竟往起一纵身，向树上扑去。苗刀抡起，猛砍了去，把那树帽子砍下一大片枝叶来。他身形再落下来，却退出很远去，向树上查看。铁剑先生见他这种情形，反把身形缩住，暗中看他这种动作，分明是认为树上已经有什么形迹。只是他才往那砍断枝条的树上查看时，在他身后的树顶上，又是一声暴响，一大段横枝又折断下来，竟自向他身上砸去。这次他已经有些防备到了，一纵身闪开，把那段树枝用苗刀砍向一旁，他二次又扑向身后这株大树顶子上。竟自猛升上去，把那苗刀不住地挥动，连着一路乱砍，枝叶纷飞，可是任什么搜寻不到。

铁剑先生已然看出，这里似乎又有人在捉弄他。当时向卢箫儿一打招呼，绕到这树后，离开这里。只是心中怀疑，这分明是有人在暗中相助。只是这人武功本领实在自己之上，就这么连番对付那苗人，一些形迹也没有查出来。认定了决不是南海渔人和铁鹞子雍非师徒。只是现在得赶奔金狼墟酋长所住之处，探查五虎断门刀彭天寿一般党羽们，遂带着卢箫儿往后趟过来。

把这段苍松夹道的道路走尽了，前面是一排排高大的石屋，每两三间就隔断开。沿着这最后面栅墙一带，足有二十余座房子，可是每处不过三四间的地方。在偏着西边一处较高的山岗下面，迎面建筑着有七八丈长一座高大的房子。在东西各有一排十几丈长，全是木石堆架起的房子，形如内地仓房。当中是一片十几丈宽，二十丈长的院落。在这院当中，有一座石台。在这石台前，摆着一个极大的石槽。这种设置，全是苗人集会之用，错非是苗酋住所，决不会有这种设备。

铁剑先生和卢箫儿把身形隐蔽住，向石台后面望去。离开十几丈外，有一排高大的石屋。那石屋前站着四名面目狰狞、身躯高大的苗兵，在那里提着苗刀来回走着。有几支火炬插在地上，在这忽明忽暗的火光中，看着真如进入鬼境。铁剑先生带着卢箫儿从西边绕过来，扑奔那迎面石屋的西南角。往这高大石屋后面看，后面已到了一座高峰下，栅墙也至此为止，这正是金狼墟的最后面了。看到这石屋的后面，在那石墙上一丈五六高的地方，开着三个洞口。宽有三尺，低有二尺五六，全用木柱子阻挡着。因为里面潮湿异常，可以借着墙上的洞口通风透气。这种石墙尤其易于攀登，上下全是用巨石堆垒，那石块参差不齐，就是不擅轻功提纵术的，也容易攀登上下。

铁剑先生和卢箫儿转到石墙后，往墙下一落脚，突然见这石墙的东南角上，倏起一条黑影，轻快异常，已经飞登这石屋屋顶上。卢箫儿恐怕形迹被敌人发觉，一矮身腾身而起，向石屋上面纵去。铁剑先生怕卢箫儿有失闪，也跟踪而起。这一老一少相继地落在石屋顶上，可是再查看这条黑影，踪迹已失。卢箫儿更已跟到屋顶的东南角上，往远处查看，也丝毫不见一些踪迹。此时，因为入金狼墟的是分三路进来，不能十分断定谁是敌人。铁剑先生向卢箫儿一打招呼，仍然一同飘身落在石屋后。

铁剑先生向卢箫儿用手一指，叫他查看偏东边那个石洞口。自己却往起一纵身，贴到石墙上。偏着身子，从当中这个石洞口往里看时，里面地势极大，却也点的是那烟火腾腾的油钵，里面一派阴森之气。注意查看时，这屋中已经坐着十几个人，可全是沉静异常。里面一半是汉人，一半是苗人。仔细辨认，见那彭天寿正和这金狼墟酋长坐在了迎面一座大木案两旁，沿着东西排下去座位。

铁剑先生轻轻地把身躯掩在石洞口的偏东边，看着座上所来的绿林人，不禁暗暗点头，果然这般人全到这里。姚家山场所会的"金川四义"也全到了，绿云村苦水屯只有那铁掌金丸崔萍在座上。还有五六个，铁剑先生仔细辨认时，不禁暗暗心惊：这五虎断门刀彭天寿交友竟会这么广，他所认识的朋友，竟不只于绿林中人物了！因为靠西墙下一排座位上，有三个江湖道，正是那滇边武林中名手"叶氏三雄"。虽然不算得惊天动地的人物，可是在南荒一带，也就很够扎手的了。还有三四个认识不清，从他们外貌上看来，也定是江湖上有份量的人物。

那彭天寿满脸怒容，金狼酋长也正扭着头向东看着，似乎也带着愤愤不平之色。这时听得彭天寿说道："我真想不到这苗疆上方圆二百里内，全是金狼酋长武力所及的地方，连一个苗民全敢不遵酋长的命令。从狱山以南，一路上设伏把守，直到这班人已经侵入神狱寨。到现在居然所布置的卡子上，一处没有发觉所进来的人落在那里，这真是奇事！"那金狼酋长听到五虎断门刀彭天寿的话，扭过头来，恨声说道："这倒怨彭老师你对于我的部下的苗民立法不严，他们竟认为无足轻重，才敢这么疏忽。若依我的主张，从那一条路上，那一个苗墟被人侵入，立时把他们首领斩首。多杀他几个，自然不敢这么疏忽大意了。"

靠西南角落上，一个江湖道，看年岁有五旬左右，生得黑紫的一张脸，浓眉重目，掩口黑发，一开口带着广西的土音，向五虎断门刀彭天寿道："彭老师，现在也不必再埋怨这些事了。你得知道对手的人，究竟是如何的人物。我们就张网以待，难道还怕他前来吗？虽然是他们侵入苗疆，我们力量不足，未能把他们阻挡住，我认为这全是小事。既已知道他们到了，我想他们不会尽自在附近潜伏，既全是江湖道成名的英雄，他们也不肯尽自做那种鬼祟的行为。我想也就在这一两天内，必有信息，或者也就许投帖拜望。我看还是大家分散开，把这金狼墟无论如何把守住了，不能再任他们随意出入。他们深入苗疆，还许不致叫他们任意猖狂。我想最好分几路排搜一下，只要是我们搜寻着他们的踪迹，以请人之礼，迎接他们入金狼墟，多少也先给他们些面上难堪。"

五虎断门刀彭天寿微摇了摇头道："辛老师，我现在最着急的是还有一位老友，到这时不见到来，真叫我十分失望。难道我彭天寿在江湖路上，对于同道中有什么失礼之处？临危求助，遇难呼援，是我们江湖的规矩。我想一般的朋友们，不能不赏我彭天寿这个面子。真要是置江湖道的义气而不顾，姓彭的从此感激他一辈子了！"

这时，那铁掌金丸崔萍却说道："彭老师，你说的可是那鹰愁涧司徒空那老儿吗？我看他未必肯来，你就不该请他。那司徒空狂妄无人，他虽是一样和我们寄身绿林，这些年来目空一切。在天南一带，他又看得起谁？所以我也曾一力主张，不指望着不近人情的老儿能够给你出头出力。难道司徒老儿不来，我们这般人就接不下来么？"

五虎断门刀彭天寿被崔萍这番话说得脸一红，恨声说道："这次南荒聚会，也就是我们和这一带的侠义道标榜的武林同道们，分一分强弱的时候。至于和那叶青鸾老婆子的事，倒不足介意。苦水屯一战，竟有那南海渔人一帮，以全力对付我姓彭的。我实在不服，所以这次我决意和他们分一分最后存亡。这也是我同道中保全天南一带的脸面，并非是姓彭的一身仇怨。所以我大胆地传绿林箭，请天南江湖同道苗疆一会，一决雌雄。我认为只要念到我们绿林中的义气，只要在这一带立足的，就不能置身事外。鬼见愁司徒空，他也算天南道上有数的人物。他若是真个不顾同道的义气，那是他自己承认，他不算天南道上的朋友了。我五虎断门刀彭天寿，只要不死在这次群雄会上，我们倒有本账好算了。"铁掌金丸崔萍却说道："彭五爷，你就是这种脾气！这种话还是以不出口为是。倘若他另有缘由，被别的事牵缠住，不能赶到这里，你岂不要错怪了好朋友？事情是放在心里，不必说出口来……"

他底下的话还没说完，突然从外面闯进一名苗兵，向金狼酋长报告说："前寨接到响箭，狱山上总卡子已然接进客人来，已经快到金狼墟了。"彭天寿忙地站起，向金狼酋长道："我险些错怪了好人！"铁剑先生潜伏在后面，见五虎断门刀彭天寿这种神色，知道他是已然料定了来人是何许人了。值得他这么注意的，定是他十分倚重的江湖道。果然，这时彭天寿却向座上的一般同道拱手道："众位稍坐，我到寨门迎接一下，或许是司徒空已经到来。"他立刻慌张地走出屋去。

铁剑先生往下一伏身，落在墙下。复往起轻轻一纵，已到了石屋上。向前看去，只见有一队苗兵持着火把，分两行护卫着彭天寿向外面走去。铁剑先生不禁叹息：一个江湖道在苗疆中造成这般势力，也很难得。若是好好地干下去，在这苗疆中居于极尊贵的地位上，苗疆内耀武扬威，也足以自豪。又何必这么多行不义，处处结仇树敌？已经在苗疆中能够立足，依然贪心过重，想要趁着叶青鸾这场事，把天南一般武林中人一网打尽，妄想作天南的绿林盟主，这正是他自取灭亡了。

远远地望着他们已经向金狼墟的寨门而去，铁剑先生趁这时，更把附近一带全勘查一番，出入的道路，以及金狼墟后高峰下的形势，全默记在心中。这时那卢箫儿却也从房上翻到上面，才要向铁剑先生说话时，那彭天寿和所迎接的人已经翻回来，仍然是苗兵的火把引导，渐渐地走近。铁剑先生伏下身去，仔细查看时，原来彭天寿所迎接进来的，只是峨嵋圣手鲁夷民。那彭天寿一边走着，一边和鲁夷民说着话，可是他颇有些怒意，那鲁夷民面色上也带着不满意的情形。铁剑先生此时放了心，知道鬼见愁司徒空果然是言而有信，竟自照着鹰愁涧所定的办法，他要等到那不得已时，再行露面。

铁剑先生忽想到，和卢箫儿暗中入金狼墟的时候已经不短，可是南海渔人和叶青鸾等他们这两路，怎会全没赶到这里，难道已经遇到了阻碍了么？他转过身来，要向卢箫儿打招呼，向金狼墟附近查看他们那两路人的踪迹。但铁剑先生回头时，卢箫儿竟已踪迹不见。铁剑先生惊异十分，赶紧往石屋四周查看，仍不见他的踪迹。铁剑先生好生怪异：这孩子已经谆谆嘱咐过他，不准他任意行动，这时他竟私自走开。倘若在这里他遇到劲敌，叫我展翼霄实在是丢人现眼了！遂往后面搜查下来。忽然看到后面那高峰一带，似有一条黑影在半腰上晃动了一下。铁剑先生看了看附近没有苗兵，贴近了栅墙，再仔细查看时，那条黑影已经不见了。铁剑先生是又怒又恨，翻过了这道栅墙，扑奔这座高峰下搜寻下来。

原来卢箫儿也在铁剑先生身旁查看前面来人的情形，自己忽觉得背后被一件轻微的东西打上。一回头，见有一条黑影在身后房檐上一晃，已经不见。因为前面五虎断门刀彭天寿和来人快走到了石屋前，他没敢向铁剑先生打招呼，自己悄悄地翻身蹿过来。往房下看，没有什么可疑的形迹，不过自己身上确实是被打了一下。卢箫儿遂飘身落在下面。他才往地上一落，在三四丈外有人纵身而起，却向后栅墙那边逃去。卢箫儿竟自紧紧追赶过来，前面那人身形好快，已飞纵上栅墙，翻到外面。在那栅墙高处，他这动作之间，卢箫儿已然看出，他分明是一个面貌奇丑的幼童。虽然恍惚之间，看不十分真切。自己越发起了疑心，遂跟踪追赶，也翻出了栅墙前面。这人竟一直扑奔了山峰下，卢箫儿更是胆大包身，紧紧追赶下来。

前面那人不发话，卢箫儿也不敢声张，恐怕惊动了伏桩暗卡，惹出别的是非来，师父师爷定不肯轻饶。自己仗着有一身本领，遂不舍他。已经赶到山峰下，这里并没有什么通行的道路，尽是些悬崖峭壁。卢箫儿看眼前的情形，道路生疏，不宜再竟自追赶，何况这又是苗疆上重要之地。可是他这种初生的牛犊不怕死，他可不顾什么利害，依然纵跃如飞，追了上来。赶到翻上六七丈来，卢箫儿也觉这种地方危险过甚，最容易招人暗算。可是身形略一停，因为这里离开金狼墟寨墙已远，遂向上喝问："前面是什么人？既是故意招引我随你到这里来，你为什么不敢跟你小侠动手！"那知前面那人竟自一转身，贴身在山壁旁，向下招手道："侠义道的门下，不要满口卖狂。有胆量的随我来，怕死贪生，赶紧地回去。"卢箫儿却厉声说道："南海渔人门下，那有怕死贪生之辈！任凭是龙潭虎穴，小侠也敢跟你去见识见识。"答话间，卢箫儿脚下暗中用力，猛然腾身扑了上去。

可是那人竟自比他快，肩头一晃，已经又蹿上去三丈多高，卢箫儿是跟踪追赶。卢箫儿在黎母峰跟师父铁鹞子雍非及师祖南海渔人，学就了一身功夫，尤其是轻功提纵术，造就得尤其是有独到的功夫。对于翻山越岭，实比平常一般武林道中人有独到之处。今夜来到金狼墟，遇到这种情形，他要尽量施展一下，和此人一较高低。他把轻身术尽量地施展开，轻登巧纵，真是疾如脱弦之箭。可是前面这个少年，脚底下功夫尤其是意外的惊人，卢箫儿把一身本领尽量全施展出来，相隔着四五丈，只是追不上他。

这一来，卢箫儿又是惭愧，又是愤怒。何况又是深夜之间，随着铁剑先生进了这虎穴龙潭之地，追上这么远来，自己也有些心惊了，前面这人分明是诱敌。卢箫儿大声招呼道："前面这人，你究竟是何居心，要把小爷诱到那里？"在他发话声中，自己更觉得背后一阵劲风扑到。卢箫儿猝然心惊，往旁一撤身，要防备后面所来人也是这苗疆上的敌党。身躯一纵，已贴至一处悬崖峭壁。可是后面一条黑影竟自施展着"燕子三抄水"的绝技，倏起倏落，已然从他身旁一缕黑烟似的猛扑上去，竟自追赶前面那人。前面那人猛然身躯腾起，飞纵上一段悬崖，落在上面，却招呼道："展老前辈，铁沙谷早已领教过了，请老前辈掌下留情。"只是他停身处虽是地势略高，可是依然黑沉沉的。追过去的这人也一停身，更听到那人的喊声，卢箫儿知道是铁剑先生赶到。卢箫儿脚下用力一点悬崖，身躯猛扑过来。

这时，铁剑先生已然抬头发话道："上面何人？还不赶紧下来答话。"上面那个倒真是听话，已经飘身而下。卢箫儿已经看出这人年岁和自己不差上下，长得奇丑异常。这时铁剑先生竟带着惊异的口吻道："呀，你们师徒这么早全到了！"卢箫儿忙向铁剑先生问道："他是何人，竟敢对我们这么相戏？"铁剑先生向卢箫儿道："这就是鹰愁涧鬼见愁司徒空老师父的令高徒，铁面神猱蓝玉。"卢箫儿早已听已说过此人，莫怪他有这么好身手，果然名不虚传。他已经有这种本领，那鬼见愁不定手底下多么厉害呢。铁面神猱蓝玉向铁剑先生道："老师父也到得不晚，我今夜入金狼墟，查看这里的情形，无意中竟和这位师兄相遇。我虽没有和他见过，我猜得着或许是南海渔人的门下。我们年纪不差上下，所以故意引到这清静地方来，以便亲近亲近。"卢箫儿听他此时口中虽则这么说着，但是方才引逗自己的情形，分明有意相戏。遂心中暗暗的打算着，遇到了机会，定要和他较量一番。

铁剑先生微笑道："司徒老师现在那里？"那铁面神猱蓝玉摇摇头道："他老人家现已到那里，我分毫不知。"铁剑先生道："这话怎么讲，你不是随他一同入苗疆么？"蓝玉道："我师父简直是不要我了，他从一入金都寨，就不叫我再追随他。并且还告诉我，只要在苗疆中给他惹了祸，栽了跟头，从此就算把我除名。展老前辈，你看我师父不是故意作弄我吗？所以我反倒形踪谨慎。说起来更是笑话，从金都寨到这里，已经过了三天两夜，我们一些干粮食物没带来，却叫我等到这里事完之后，才可以和他老人家在一处。可是我既没有住处，又没有饮食，只好找寻那苗人的晦气。我入苗疆之后，饮食一切，完全照顾了他们。展老前辈，师父全到了吗？"

　　铁剑先生道："我们从昨日赶到神狱寨，就在这寨北山坳里面隐蔽着，暂时安身在石洞内，把这里的形势和他所约请来的究竟有什么出奇制胜的人物，探查明白，方可正式到金狼墟和彭天寿一会。虽则司徒老师不肯就现身相见，这倒无关。只要他能到了苗疆，我们也就放心了。这次的事，还要仗令师徒多多尽力吧。"

　　铁面神猱蓝玉随口说道："老前辈已然把金狼墟查看过了，彭天寿这次倒是请了不少的江湖同道，老前辈可全认识他吗？"铁剑先生道："有好几个十分面生，我还看不出他们是那道的绿林人物。"蓝玉道："老前辈正式赴会时，可要谨慎提防，他们手底下全十分厉害。一个叫双刀安震宇，一个叫双头蛇傅康，方才我也在他石屋前查看过。这两人就在那屋中靠西面，第五六座所坐的那两个。那双刀安震宇长得身体极高，形如一座黑塔。那个双头蛇傅康，却是身体极矮，面貌是奇丑异常。"卢箫儿一旁听出这个话，险些笑出来：他倒知道人家长得丑陋，却忘了自己！

　　这时铁剑先生却是郑重地听着蓝玉讲，也随着问道："这'雪山二丑'，我倒听说过绿林中有这么两个厉害人物，只是从来没见过他们有什么惊人本领，你可知道吗？"蓝玉道："那双刀安震宇，他擅长双刀，可是与平常武林中所使用的兵刃不同，他是一对镏金厚背截头刀。这种刀比那平常所用的鬼头刀、砍山刀，全重着一倍有余。这种重兵刃，他竟运用到双刀的刀法上。天生来的神力，只要招数撒开，能把刀光裹住全身，能攻能守，平常的兵刃简直没法和他接招。所以在大雪山一带盘踞二十余年，就没有人能够胜过他一招。那双头蛇傅康却是一身小巧的功夫，使一双判官笔，也是武功惊人，更擅打几种暗器，手法阴毒异常。这两个扎手的人物，真要是翻脸动手时，要紧自提防，万不可轻视。那'封字帮'掌舵的金刚掌辛子羽，练就了一种掌力，能够开碑断石，武功上尤其得有真传。其余的人我也有认识不清的，反正这次五虎断门刀彭天寿所请到苗疆的，都是绿林中出类拔萃的人物，实不能轻视他们。彭天寿这次实是没怀好意，他这绿林箭大约走遍了天南。据我看，还是早早的动手，时日耽搁多了，他力量越大，就不容易收拾他们了。"铁剑先生点点头道："我们已经决定不再耽搁。"

铁剑先生正要问后话时，耳中听得金狼墟那边号角连鸣。连那铁面神猱蓝玉也是一惊，侧耳细听，向铁剑先生说道："入金狼墟还有什么人？"铁剑先生道："我们是分三路进来，詹四先生和叶女侠也全到了。"铁面神猱蓝玉道："金狼墟这种号角连鸣，恐怕是他们那两路已和他们接触上了，这分明是聚众报警的号令。我本是要和这位卢师兄一块儿谈谈，现在我们赶奔苗墟中查看吧。"铁剑先生道："你不要这么称呼，他是铁鹞子雍非的爱徒，论起辈分来，你应该是他师叔呢。"铁面神猱蓝玉忙说道："我这么点年岁，怎敢那么狂妄！老前辈不要管我们的事，这场事完之后，我们还要多亲近呢。"铁剑先生道："你在那里存身？"蓝玉答道："我就住在这峰头，为的是离他金狼墟很近。白天我隐藏在上面，倒可以查看他金狼墟的一切。"铁剑先生说道："很好，若有事时，我也好就近向你打招呼。"

卢箫儿向蓝玉道："现在金狼墟内号角连鸣，我们不便在此久留。蓝师叔，你若真不嫌弃，金狼墟事完之后，我要禀明师父师爷，到铁沙谷和你一处住些日子，也可在你面前讨教几手武功绝技。"铁面神猱蓝玉道："讨教二字我可不敢承认，我可是久仰南海渔人和你师父铁鹞子雍非，武功剑术实在是武林少有的人物。你曾受他两代的亲传，咱们能在一处盘桓些日子，可以互相把所学所能展示出来，彼此多得许多益处。只看机缘如何，既然你师父、师爷不叫你到我们那荒山野谷去，我还许要到黎母峰访你呢。"卢箫儿道："那是我求之不得的事。"

说话间，已经往回赶来。翻山越岭，渐渐到了北面峰头。这里已经可以看到金狼墟寨墙四周，多添了几十支火把。那金狼墟内一处处黑影中，时时有夜行人往返追逐。铁剑先生向卢箫儿道："我们赶紧到金狼墟内接应他们，看情形他们许是动上手了，现在还不

355

宜正式和彭天寿挑开帘儿地招呼。"那铁面神猱蓝玉道:"老前辈,我可不能跟你们一道走了。我那位师父,他说出什么不许我错一步,我实在是不敢惹他,咱们再会了。"蓝玉说罢,脚点岩口,腾身而起。身法这种轻快,起落之间,已出去六七丈远,他竟扑奔了西南。

铁剑先生不禁叹息:鬼见愁司徒空和他这个徒弟,全有这么一身好功夫,若能够归心侠义门中,定能作一番惊天动地的事业。只是他们师徒这种性情,如同野马一般,再不肯受什么拘束。师徒隐身在铁沙谷鹰愁涧,明着是洗手江湖,暗地里依然作着他那侠盗生涯。卢箫儿对于蓝玉纵跃的功夫这么快,尤其是羡慕,认定了他这身本领,是半有天赋,半有人为。就是师父怎样地教授得法,徒弟怎样用心地操练,也不容易造就出这么纯的功夫。以铁鹞子雍非那种巧快的身形,若是和这蓝玉较量起来,也未必能胜过他。

卢箫儿和铁剑先生才待往起耸身纵跃时,那寨墙上忽然翻下一条黑影,轻飘飘往地上一落。卢箫儿对于这种身形起落之式,已然看惯了,虽则在暗影中还没辨出面貌来,已知是师父铁鹞子雍非到了。他开口招呼,果然雍非已经飞纵过来,向铁剑先生和卢箫儿一摆手,低声说道:"不要高声,我们从寨后绕着走吧。"铁剑先生却低声问:"四先生和叶女侠以及商和,难道还没退出来吗?"铁鹞子雍非道:"大约这时已经扑奔神狱寨的大墙。今夜的事好生离奇,我们险些形踪败露,到现在还没判明,暗中助我们的究竟是何人。"

说了这话,铁鹞子雍非已经腾身纵起,往西南这边转过来。到了西栅墙的转角,方要转过去,突然从墙角那边,一件暗器迎头打到。雍非他在头里,往旁一纵身,铁剑先生和卢箫儿也全往暗影中一闪,竟是一个石块落在地上。这时,栅墙上面有两条黑影往上一落,把栅墙碰得微微作响,跟着听一人说道:"这人好快的身形,我没容他落稳,就扑上来,依然被他走脱,连他面貌全没看出。我招呼你随我堵截时，他的身形尚没离开我眼底下，就这么跟踪追赶，依然被他逃得无影无踪。虽然分明是那罗刹女叶青鸾所约请的人，可是此人身上竟有这么好的功夫，他也太快了！我们怎么样，再搜寻一下吧？"在上面停身的另一人答道："二哥，我看还是不必多这种事好。现在来人似乎有意躲避我们，那叶婆子既已入了苗疆，虽是暂时把形迹隐秘着，不肯现身相见，难道她还能有多少日的耽搁吗？我们回去吧。"上面这两人竟自翻了回去。

铁鹞子雍非和铁剑先生、卢箫儿聚在一处，转过栅墙，顺着西边这片荒旷之地，扑奔大寨门以西。出来有半里多地，只见沿着栅墙一带，火把之光到处接连着，全有人把守，除非是硬往外闯，不然倒决不容易出去。他们眼看着已到前面寨墙，忽然这西南角寨墙外，传来一阵阵喝叱之声，更夹杂着受伤倒地呼嚎之声，全是这里苗人的声调。在这片声音中，火把之光一连熄灭了十几支，栅墙外七八丈内一片黑暗。可是这一乱的当儿，那靠栅墙南边一带的苗兵，竟自吹起号角。铁剑先生向雍非招呼道："时机已至，我们还不趁此往外闯，等待什么！"

这时铁鹞子雍非连话也不答，飞身纵起，扑上栅墙。可是从南方闯过来的苗兵，似已发现雍非等的形迹，竟有两名提着锋利的苗刀，大叫着如飞地扑过来。有一名已然蹿上栅墙，举苗刀向铁鹞子雍非身上劈来。这要是还在金狼墟内，铁鹞子雍非只有逃避，不敢动手，此时可不再管他那些，这名苗人又十分凶狠。就在这栅墙上，雍非脚下一用力，搪住墙头，身躯往后一坐，上半身竟全撤进栅墙，脚底下可是纹丝没动。那名苗人锋利的苗刀，是用足了十分力砍下来的，这一砍空了，他们就仗着身形矫捷，可是没有武功的真传，刀一劈空，身躯往前一栽。铁鹞子雍非已经左手抓住了他的左肩头，用力往后一带，借着他的力量，自己的身躯可纵下墙去。这苗人被雍非甩向墙里，身躯是脸朝下被摔下来。那卢箫儿也赶到，才将脚一落地，可是这个苗人整个儿的身躯向卢箫儿头上砸来。卢箫儿身躯微往下一矮，双掌往上一翻，指尖沾着了这苗人的身躯，借势猛往后一送，加上卢箫儿的力量，把这个苗人又扔出去丈余，摔了个脑浆崩裂。卢箫儿已经腾身纵起，蹿上栅墙，翻出墙去。任凭其余的苗人追赶，可是一老一少身形纵跃如飞，眨眼间已出来两箭多地。

卢箫儿和铁剑先生聚在一处，铁剑先生低声道："今夜已尝试到苗人的厉害，他们这班身手，得自天赋。苗疆赴会时，你不要轻视了他们。"卢箫儿点头答应，向铁剑先生道："两次暗中接应我们另有别人，多半是那司徒空。此人行踪无定，他是任意而行。此次他慨然入苗疆，他那个性情是决不肯躲在隐僻的地方，等待着事情的变化，我看今夜多半他也入了金狼墟。"

刚说到这，从西北如飞的蹿过两条黑影。铁剑先生和卢箫儿全往两旁一撤身，查看来人。就听有人低声发话道："那边敢是展大侠吗？"铁剑先生一听，是罗刹女叶青鸾的声音。这时第二条黑影已飞坠到面前，正是铁鹞子雍非。彼此聚合一处，铁剑先生遂问他们入苗墟，是否已和里面的苗酋匪党接触。叶青鸾道："彭天寿时时在怀疑提防，我们才趟到里面时，险些被他发现了踪迹。这里边实多能手，此次若不亏得雍老师，我的踪迹非被他们发觉了不可。可是内中竟有一个江湖异人，不知他是何居心，有时是故意相戏，有时又暗中相助。所以我们始终未能贴近苗酋会集之所，也未能和你们这两路聚合。我们颇疑心是那鬼见愁司徒空，他已赶到苗疆，可是雍老师在尽力试探之下，连发两次暗器，引逗他动手，居然竟被他把暗器接去，逃得无影无踪。为得追赶这人，没容仔细探查，反倒奔出了金狼墟的道路。更因为听得西南一带已起了哗噪的声音，里面的江湖能手们也纷纷出动。无论如何，我不能和他们相见，所以只好赶紧地退了出来。"铁鹞子雍非随着一同走，听到罗刹女说出他的暗器被人家接去，不禁惭愧地说道："雍老二今夜算栽了个跟斗了！"这两位风尘异人脚下并没敢停留，是一边走着一边说着。

　　铁鹞子雍非话没落下，突然听得两三丈外，有人发着话声说了句："叫你也尝尝厉害，省得到处卖狂！"铁鹞子雍非十分愤怒之下，喝了声："你是什么人？"身躯往下一矮，双掌一穿，腾身而起，向那发声之处扑去。铁鹞子雍非这种身形施展得巧快异常。可是他身躯扑过来，瞥见一条黑影腾空拔起，往高处竟蹿到三丈左右，燕子掠波式，斜往西北落下去。这种身形的快法实在惊人，可是铁鹞子雍非也跟踪纵起，定要追上他，看看究竟是何许人物。铁剑先生、罗刹女叶青鸾、卢箫儿也全跟踪追赶下来。可是前面那条黑影倏起倏落，轻灵巧快，如飞鸟一般。后面这四人全是尽力要追赶上他，只是相隔着四五丈远。以铁剑先生的轻功绝技，在武林中已经是很难得的人物，何况铁鹞子雍非轻功也不软弱。在尽力追赶之下，只是相隔数丈远，就是扑不到此人的身后。

　　前面眼看着已经到了山口附近，这条黑影身形反倒加快了，他竟施展开"蜻蜓三抄水"，起落之间，已经出去六七丈远。山口旁尽是些荒草树木，铁鹞子雍非和铁剑先生认为他一入山口，再不能追赶了。隐藏身影之地尽多，这种地方最不宜动手。铁鹞子雍非在愤怒十分之下，把丹田之气一提，脚下一点地，竟施展开平生轻功上独得的功夫，"登洋渡水"的身法，嗖嗖地一连两个纵身，堪堪扑到了一座丛杂的荒林边。从斜刺里猛蹿出一条黑影，铁鹞子雍非在极怒之下，一个猛虎出洞式，身躯用足了力量，袭击上去。耳中忽听得哦了一声，这条黑影斜着竟纵出丈余，竟喝叱道："雍非，你要疯么！"

　　铁鹞子雍非不禁急得热汗全流下来，自己所扑击的竟是恩师南海渔人！自己追随着南海渔人在天南一带，也行道这些年。今夜为了追赶一个敌人，竟自险些和师父动起手来，这要叫同道们知道了，可算笑话死了！

　　铁剑先生、罗刹女叶青鸾、卢箫儿相继赶到，南海渔人已经纵身过来。此时铁鹞子雍非反倒不敢在师父面前认错了，虽则铁剑先生等全是自己人，个人也觉面上难堪，遂含糊说道："我们聚合一处，追赶这一个江湖能手，到这里竟自失踪，反倒和恩师遇到一处，师父可见着什么人吗？"这时，商和也从山口外一片丛林中转过来，他似已用过十分力量，已经微微作喘。铁剑先生等也全向前和南海渔人打招呼。南海渔人一见他们四人会合一处，竟会追赶不上这人，已然明白一切，和自己所遇正属相同。遂向铁剑先生、罗刹女招呼着，一同顺着山口上来，奔隐身之处那座石洞。

一边走着，南海渔人道："这苗疆中倒是不白来这一趟了。不止一般盗党中颇有劲敌，我认为这苗疆中还隐匿着不能判明的人物。是敌是友，还未可知，可是颇具好身手。我们的武功本领，未必就对付得了这暗中隐匿的人。我从金狼墟中路趟进去，虽然到处有伏守的苗兵，倒还没被他们阻拦住。我把苗酋所住的附近，倒细细查看一遍，知道这次彭天寿果然请出来江湖一般能手。可是我还能把他这里集合的所有绿林道中成名的人物，一一辨认出来。但有人暗中和我故意的为难，阻止我的动作。我跟商和尽力对付之下，可始终没看出敌人的踪迹和面貌，隐现无常，竟和我们故意地引逗起来。我想把他诱出金狼墟，所以也不再查看彭天寿等的一切，尽自追赶这人，依然被他隐身而去。可是我们只要在那里稍一停留，不是那里突然火起，就是苗兵无故暴躁起来，举灯笼火把到处紧自搜寻。我因为我们暗入金狼墟，是有悖江湖的规矩，所以明是吃着亏，也不便尽自和暗中这人纠缠，只好退出金狼墟。不料在寨墙附近，又发现了此人的踪迹。这次我尽量地要追赶上他，直追到山口附近，在许多林木荒草间，更失了他的踪迹。我看此人是故意叫我们早早退出金狼墟。"

铁剑先生听了，点点头道："我看这暗中人决无恶意。这样看起来，决不是鬼见愁司徒空一人了。按眼前这种情形，我们不宜过于耽搁，因为我们入苗疆，一路上显然已露了踪迹。那五虎断门刀彭天寿更是已知道，我们这班人入了狱山地界。他已经在布置提防，若是尽自耽搁下去，倘然他搜寻着我们的踪迹，反倒显得我们故意不守江湖道的规矩。咱们还是趁早地到金狼墟投帖拜见。"南海渔人想到眼前的情势，也只好如此。

翻过两个山峰，已到了石洞前。南海渔人又把铁剑先生入金狼墟的情形，细问了一些。卢箫儿也把那鬼见愁司徒空师徒，诱自己到金狼墟高峰后面，连铁剑先生全和他相见的情形报告了一番。南海渔人听得鬼见愁司徒空师徒已到，这倒是一件很难得的事。夜间所遇的情形，是有此人在内。自己虽知道江湖上有这么个怪杰，可是决没会过他。至于那第二个人，就猜测不出了。彼此谈论那屠龙手石灵飞，到现在依然没到，虽然他是一个极得力的助手，这次大家倒不盼他前来了。很愿意在他没到之前，把这场事解决下来。因为此人那种天性十分怪道，所认定了要做的事，百折不回。只要他一赶到苗疆，定要翻起一片波澜，收拾这场事恐非容易了。大家已经商定，在第二日天明后就赶到金狼墟。

大家歇息了一会，天色大亮。这天风日晴和，碧蓝的天空万里无云，一轮红日才升起来。山头上、峰岭间宿露未消，野鸟全在那天空上盘旋飞鸣着。南海渔人詹四先生和铁剑先生展翼霄、罗刹女叶青鸾、铁鹞子雍非、商和、卢箫儿一同走下山口，直奔那金狼墟大寨墙，扑奔正门。

离着还有数箭地远，那金狼墟已经鸣起了号角。苗兵列起了队伍，从寨内冲出，分两行竟自往这边迎接过来。南海渔人很是诧异：怎么我们突然出现，这神狱寨竟会预先知道，派人迎接，这倒真是奇事！这两队苗兵全副武装，整齐异常，分站在两边路旁。由寨门里冲出四名苗寨的首领，脚下很快，来到南海渔人等面前。内中一人竟用汉语答话，向这边说道："金狼酋长听得大侠们驾到，所以赶紧派我们迎接，酋长也将出金狼墟迎接了。"南海渔人等此时也不便多问他们，只有拱手答礼，由他们引导着，直奔神狱寨大寨门。

才到寨门口，里面的号角是一声连一声，接连不断。只见里面远远的有一大队苗兵，脚下全是疾驰着，奔到寨门口，分两行左右对立，当中闪出一条道路。这种苗兵有着魁伟的身躯、矫健的体格、狰狞的面貌。雪亮的刀光在那晴和的日光下，苗刀、镖枪和他们身上的金环，全闪烁着发光。这种声势虽没有内地里千军万马那么军容伟壮，可是仅仅这数百人列队，叫你看到眼中，竟显出杀气腾腾。

后面却是那金狼酋长和五虎断门刀彭天寿、峨嵋圣手鲁夷民迎了出来。两下里来到切近，铁剑先生跟罗刹女叶青鸾随在南海渔人的身旁，一同向对面答着礼，商和、雍非、卢箫儿全随在身后。彭天寿却满面笑容地说道："边荒之地，竟蒙这般大侠光临，这真是江湖上难得的盛会！我给老师父引见引见，这就是掌管狱山苗墟的金狼酋长。他虽是世外苗族，颇知道敬重我们武林中朋友们。"南海渔人齐向金狼酋长见礼。这金狼酋长虽是能说汉语，不过他略作异常的客气，却颇带着傲慢之色。南海渔人不去理他，遂在和鲁夷民一番恭敬讲让中，往里走来，一同进了后边这座金狼墟。

只听得迎面的石屋中已经有人在互相谈着话，南海渔人听着十分耳熟，向铁剑先生看了一眼。罗刹女叶青鸾也听出，里面说话的分明是那屠龙手石灵飞，想不到他竟早早赶到。这样相让谦逊着，走进里面。一进石屋中，里面的人全站起来。只紧靠在墙下一人，发着笑说道："老朋友们，我来得不晚吧？我居然还走在你们头里，免得你们投帖递柬的麻烦，我觉得十分省事。不过，你们没想到我会来得这么快吧？"说话的正是屠龙手石灵飞。南海渔人拱手说道："你真是神龙见首不见尾！"铁剑先生目光一瞬之间，竟自看到那座位上有菩提庵静空师太，以及他四个女弟子全赶到了。铁剑先生暗暗地点头：这屠龙手石灵飞真个厉害，这空门侠隐，极难请的人，竟肯随他下苗疆！这位静空师太随着他一来，这次的风波越发大了。

五虎断门刀彭天寿请南海渔人等一同落坐。这里在座的绿林道，也全是他所请来的人。可是从昨夜铁剑先生探查之后，并没多添了什么面生的人物。由五虎断门刀彭天寿指引着，彼此见礼。这里有南海渔人等所不认识的，是那广西省"叶氏三雄"叶兆雄、叶文雄、叶天雄，以及"雪山二丑"双刀安震宇、双头蛇傅康，其余的人多半是天南一带江湖道上会过面的人。见礼已毕，分东西落坐。

那神狱寨金狼酋长手下苗人献过茶，他却首先向南海渔人道："我虽然生长世外，统领苗疆，可是我早听人说过，南海黎母峰大侠詹四先生，是中原一位最出名的人物。还有这位铁剑先生，他也在苗墟中居住多年，以行侠作义威震边疆，这是我很愿意相见的人。今日出现在我这里，金狼墟我这做主人的，要好好地款待一番了！"

铁剑先生却代答道："酋长，我先向你告个罪。我们无故不敢到苗疆来侵犯你的神威，只为我们这位朋友彭天寿，他屡次相召，约我们前来瞻仰神狱寨的威严和酋长的武力。可是我展翼霄寄身世外，也是十几年的工夫，我对于苗疆上的习俗倒还明白一二。我们此番来到神狱寨，得事先声明的是，我们和酋长你毫无牵缠，更没有恩怨。按苗疆上的习俗，我们尤其是和酋长你没有一点牵连的事。一不曾侵犯苗界，二不曾劫夺牲畜，并且过去没有恩怨仇杀。我们此来是以客人的地位来拜望酋长，这是我们得首先说明的。至于这位彭老师，他本身跟我们江湖上有一点恩怨，我们自会了断。只要是酋长你不存仇视之意，我们决不能动你苗疆上一指。我们千里迢迢赶到神狱寨，深入苗疆腹地，所来的人就没有怕死贪生之辈。我们是全和这位彭老师清算旧债。不过在你的境内过分打扰，我们定然不会忘了酋长这份厚情。彭老师，我这话可是应该这么交待？"

铁剑先生原本是跟金狼酋长说着话，反倒问起彭天寿来。这正是已经怀疑到他在苗疆上搬弄是非。可是彭天寿尚未答话，金狼酋长却哈哈大笑道："这位展老师，你的话恐怕不尽然吧！若说是入苗疆只为寻访彭老师而来，就该一入我狱山境内，就令我部下苗民早早地飞报进来。可是你老师父以忠厚成名的侠客，那把我们这般世外的野人放在眼内？一入苗疆，就和部下苗民为仇作对，这也未免轻视了我苗族。不过众位过来是客，我还不能那么无礼相待，只有到时候，我们要多瞻仰瞻仰老师父们的武林绝技，叫我这世外苗人也可长了见识。"

铁剑先生听到金狼酋长的这种话风，就知道这苗酋已被五虎断门刀彭天寿煽惑动了。事已至此，无可如何，既然已经深入苗疆腹地，决不会有什么好结果。这次下苗疆，算听天由命了。罗刹女叶青鸾却十分愤怒，这次下苗疆，完全是为彭天寿一人，带累得一般武林道义之交，跟着担这种危险。想不到这苗酋他又生恶念，彭天寿也过于万恶了！遂向五虎断门刀彭天寿道："彭老师，咱们这场事冤孽牵缠，可以在今日作了断了。好汉做事好汉当。这苗疆倘若煽动起是非，我老婆子可要向你一人讲！"

五虎断门刀彭天寿冷笑一声道："叶女侠，你这种话也太以无情无理了！你们入苗疆，肯来和我彭天寿一会，我佩服到十分。不过总要走正大光明之路，凭你们这一般威名的侠义道，为什么暗入苗疆？沿途更杀伤金狼酋长部下的苗民，难道也是我彭天寿主使么？"南海渔人呵呵一笑，一手捻着银发，向彭天寿点点头道："彭老师，我老头子从来做事是正大光明，敢作敢当。你既是投柬相邀，叫我们苗疆一会，只为你够得上江湖上的朋友，我们才肯前来。不过你既然没在汉苗交界的地方，预备你手下弟兄接引我们，这狱山一带，汉人轻易不能到的地方，我们总然一身是胆，焉敢那么放心。不错，我们与彭五爷是朋友，你决不肯做那宵小行为，可是我们得入这种奇险之地，人地既生疏，更不知有如何的手段来对付我们。倘若我们还未到神狱寨，就被暗地邀杀，中途丧命，你彭老师推诿不知，我们难道还能硬派在你身上吗？光棍怕掉个儿，在这种情形下，我们只可谨慎一番。要依我看，很可以不必节外生枝，只说我们现在的事。难道彭老师你就那么小家气，认为我们来到这种势力之下，我们就不能辨别一言？彭老师你要那么想，可就

364

全看错了。"

南海渔人这么兜着根子一问他，彭天寿不由脸一红，立刻说道："詹大侠，你责备得很是，这倒怨我未能早早地远接高迎！无奈天南一带，你们已经挤得姓彭的没有立足之地。我彭天寿寄身在这里，也和你们所差不多，不过作客而已。现在我们撂下这些小节，还是谈咱们这件事吧。"

罗刹女叶青鸾道："彭天寿，你对我母子不肯甘心，我们这次来到苗疆，就等于登门请罪。我要请示你彭五爷，要把我母子怎样处置，才肯甘心？"彭天寿微微笑道："叶女侠，请你不要这样讲。彭天寿恩怨分明，不愿做赶尽杀绝的事。不过当年我两家的事，不把它弄个皂白出来，我彭天寿实不甘心，现在要想解冤释怨，也倒容易。我在苗疆上忍辱蒙羞了十几年，不敢到内地去，现在我要在天南一带，再贺一贺寿。我彭天寿虽然年岁已老，但是我还要在江湖上再干几年。只问叶女侠以及天南一般老师父们，能否容我姓彭的立足？我认为决没有过分的要求，只要肯答应我这点小事，给姓彭的一点颜面。我们回到川边，捧我姓彭的开山立寨，咱们以住任凭有多大的冤仇，从此就算一笔勾销。我彭天寿绝无过分的刁难，这总讲得下去吧！"

铁鹞子雍非一旁从鼻孔中哼了一声，自言自语道："这才叫大仁大义。"天龙剑商和实在忍不下去，向彭天寿道："姓彭的，你这种人情面子，请你完全收起，我们母子决不领情。现在我们既已赶到苗疆，你有什么手段，请你尽量施展。你要想在天南一带耀武扬威，那并不是难事，以你姓彭的这身本领和那一囊毒药苗刀，还会打不出江湖来么？休要想借着我们母子这场事，作要挟着天南一带的侠义道全属在你手内，此后任你横行，不得过问。彭天寿，你想得倒好，只可惜商和没死在你苗刀之下，二次和你相会，什么事恐怕不容易叫你称心如愿了！"

五虎断门刀彭天寿哼了一声道："我倒也那么想过，不过我从绿云村相访之后，我深为后悔，恐怕我的苗刀要招出杀身之祸来。

叶女侠的五云捧日摄魂钉焉肯善罢甘休，所以我才想这么把两家的事和平解决，我并没有十分地故意与贤母子刁难。可是商师父你既然这么讲，我彭天寿一切事也只好勉从尊命。不过商师父你要知道，我彭天寿要真个想下绝情，施毒手，商师父你也就不会重到苗疆了。"商和道："彭天寿，咱们用不着逞口舌之利。现在的事，我们已经势难两立，只要你把我母子这条命留在这儿，你也就永绝后患。若不能把我母子除掉，你彭天寿不止于重入江湖，你那算妄想，在这神狱寨也不能叫你再这么张狂。"彭天寿道："商和，你已是败军之将，还敢在彭老师面前这么张狂，难道你就看我彭天寿不能打发你吗？"

这时，彭天寿所请到的'雪山二丑'，双刀安震宇，双头蛇傅康，彼此悄悄低声地在商量着什么。忽然那安震宇站起来，说道："君子绝交不出恶声，全是江湖道上成名人物，何必从口舌间伤两家的和气？商师父，你们既然来到苗疆，这也足见不失英雄本色。彭五爷绿云村、苦水屯一场失败，并没有等待养足了锐气，能够立刻请一般天南侠义道到此一会，也很够朋友。你们两家的事，据我们做朋友的看来，很容易解决。彭五爷想入江湖，这也不是什么对不起朋友的事。我们寄身江湖的人，好名胜于爱命，我们很可以借这个机会，彼此以一身所学互较高低。彭五爷倘然能够胜了老师父们，那只有在川边许他开山立寨，凡是这次来苗疆的朋友，此后不能再和他为难。倘若是姓彭的二次栽在苗疆，不止于对叶女侠过去的冤仇一笔勾销，天南一带再不许他涉足，只有叫他老死苗疆，自生自灭。我们这次既然参与这次盛会，凡是在场的人，也要随着他两家共荣共辱。只要彭五爷一败涂地，我们这一般赴会的人也情愿永远不再到天南一带。这样一来是最公平不过，两家何必作那种无味的争执！"

这时，铁剑先生却答道："这位安老师的办法甚善，我也很愿意和一般朋友们分一分存亡荣辱，彼此免得在天南一带不能安心。"那金狼酋长却说道："一般侠义道来到我这边荒之地，既然不叫我参与你两家的事，我乐得多开开眼界，长长见识。可是我也得稍尽主人之礼，我要为双方老师父们敬酒三杯，聊尽主人之礼。"罗刹女叶青鸾忙站起说道："请酋长不必费心，我们还是即早解决我两家的事，免得作无味的耽搁。"那金狼酋长却一阵狂笑道："你们再把我这野人看成一点礼节不懂吗？那真是笑话了！"随即向门外喊了一声，立刻进来四个身高力大的人，把桌椅摆开，设了两桌。

那位静空师太始终是一语不发，好像是没有她的牵缠一样。叶青鸾却向铁剑先生看了一眼，铁剑先生只微微一笑，对于苗酋这种举动，决不放在心上。那屠龙手石灵飞，他从落坐之后，把两眼一闭，比那静空师太还严肃规矩，也好像是来到这里，给人作陪客来了。

刹时间，把桌案摆好，坐凳也按着人位全安排下，两下里是东西对坐。跟着那般苗人用蠢笨的木盘，从外面送进来杯箸。他们所预备的，在众人眼中看十分扎眼，所用的食箸完全是铁条锻成，酒杯也全是铁制。一份份摆好，一个苗人从外面又托进两把酒壶来。虽是这荒蛮的部落，可看出他所用的这些器具，完全是在内地汉人手中打造的。这两把酒壶有一尺余，式样还是十分古雅，完全是白铜打造。

这时，金狼酋长请大家入座。菩提庵的静空师太和四个女弟子全是吃素的，虽明知道这苗疆中决不懂这些规矩，可是静空师太却毫不作理会，随着大家一同落坐。这两边所设的座位，一东一西相隔着一丈五六尺远。这时几名伺候的苗人，却从外面一盘盘送进菜肴来。这些菜品脱不过是飞禽走兽，烹制的那能入汉人之口。这般人也明知道他这种设席款待，不过出于彭天寿授意的一种虚伪礼节，并且里面还说不准含着什么恶意。

菜肴摆好，那金狼酋长却站起来，招呼他手下的苗人，用那大木盘把酒壶送来。他一手挽着酒壶的壶柄，一手托着壶底，向罗刹女叶青鸾说道："此次叶女侠来到苗疆，为的是和彭老师一场旧怨，两家不能罢手。我盼望你们来到神狱寨中，从此能够言归于好，冰释前嫌。我这世外野人，款待上宾殊嫌失礼，敬酒一杯，愿祝你们双方的事，好好地把它谋下，也算稍尽我神狱寨主人之礼。"

他说着话，在这桌前探身把酒壶递过来。铁剑先生和叶青鸾坐的是正对面，他此时望着叶女侠，把双眉一皱，以目示意。罗刹女叶青鸾知道紧自提防，这苗酋定怀恶念。果然金狼酋长是明为献酒，暗施毒手。

第八章

破奸谋鬼谷释前仇

罗刹女叶青鸾在紧自提防之下，也跟着站了起来。把面前的铁杯举起，更带出十分恭敬之意，眼望着金狼酋长说道："酋长，我们这般冒昧而来，以种族不同的人，竟蒙你这么过分款待，我是感激十分。我们很愿意借酋长的吉言，能够和平解决下来，并向酋长祝福吧。"说着话，把酒杯往外一递。那金狼酋长把酒壶的壶嘴儿送了过来，铁壶、铁杯搭在一处。罗刹女叶青鸾既已得着铁剑先生的示意，自己也在时时提防他们，所以双臂早运足了力。就这样，神狱寨的金狼酋长把铁壶往里一送时，力量是非常大。这种地方无论如何，不能带出形式来，全是暗中作用。叶女侠用酒杯一接他酒壶时，险些个把杯出手，自己的双臂竟被震得往回一退，赶紧一用力，仍把铁杯的杯口搭在他壶嘴上。那金狼酋长把酒壶向前一领，杯中酒已满，可是他仍然往外一送。罗刹女叶青鸾脸一红，说了声："我老婆子太失礼了。"自己十分惊异，一个世外的苗人，竟有这么足的内力，看起来无论到了什么地方，不能对人加以轻视。

这时，铁剑先生不等他让到面前，即已站起，手持铁杯，向金狼酋长道："我们来到神狱寨十分打扰，酋长你还这么客气，我们只好拜领盛情，我就叨扰你一杯。"那金狼酋长仍是双手持着壶，往这右边一回身，口中说道："我理应聊表敬意。"他往这右边一拧身，双手执壶，横送过来，往铁剑先生的酒杯一搭，立刻两下里把力量用上。这位金狼酋长把酒壶一倾，才从壶口倒出一点酒来。铁剑先生猛然把酒杯往起一扬，口中说道："我是不能饮酒的，只有心领酋长的盛情吧。"他这酒杯往起一扬，那金狼酋长虽则用尽力量，不要被他酒杯给压下去，只是无论如何，这酒杯休想再矮下去一分。并且那酒杯是生铁铸成，酒壶是紫铜所制，全是坚硬异常，禁得起重力的东西。这时两下这一较力，那杯口已伤，酒壶的壶嘴也向上弯去。金狼酋长这才猛把酒壶往回一撤道："这位展老侠客，你竟不赏脸，我只有再向这位领袖天南侠义道的詹老侠再敬一杯了。"

南海渔人看到金狼酋长这种手底下的力量，实足惊人。他分明是仗着天生的神力，更得着那五虎断门刀彭天寿传授了他一切武功的练法，造就成他这么个铁打金刚。这要不略示警戒，恐怕再用这种力量对付到商和和雍非，定要当面出丑。自己这一站起来，却用单手擎杯，向金狼酋长道："我也曾走过苗疆，真还没见过能像酋长这么慷慨大方的首领。既承你这么看得起我们，我倒要叨扰三杯。"金狼酋长是在这桌案的外面，南海渔人坐在正座上，和那位伏魔大师并肩而坐，所以金狼酋长得探着身子向里面敬酒。南海渔人这只铁杯往外一递，金狼酋长的酒壶往里一送时，两下里才碰到一处。可是南海渔人却不用酒杯的力量，手揽着杯口，在两下里往一处一搭时，却用食指、中指、无名指和他的酒壶壶嘴一碰，暗把真力用上，微往起一撩，这酒壶的壶嘴完全弯转，并且金狼酋长的双臂也被震得往回一退。南海渔人含笑说道："酋长，这是我没有这种口福吧？酒壶已毁，不能再用，我们对酋长这份心意只好心领吧。"那金狼酋长已有些怒意，不过神色上不肯过分带出来。一扭头，向他手下苗人喝声："换酒来！"站在屋门口的苗人又拿起一把酒壶送了过来。

金狼酋长却向南海渔人道："这杯酒不叫我敬了，这在我们苗疆的习俗上，是对人一种极不恭敬的表现。我身为神狱寨的领袖，那能那么失礼！"说话间，金狼酋长仍然双手握着酒壶，这次他却已提防南海渔人的手法，暗中蓄足了力向里送。南海渔人依然用酒杯往外一接，可是这金狼酋长在酒壶送到，手底下往外一转时，竟自避开南海渔人的手指，壶嘴已经和杯口搭上。只听得微微作响，这只铁杯在南海渔人手中，已经变了形状。被他手指所捏之处，往一处合揽起来，跟壶嘴搭在一处的地方，也竟自往里卷过来，已经不成杯形。南海渔人却是左手捻着银发，微微一笑道："我过分失礼了，这酒杯竟毁成这样。酋长，咱们还是算了吧。"金狼酋长脸一红，竟成了黑紫色。他竟自脸上现出一种狞笑，向南海渔人道："我这杯酒不敬到老侠客面前，我这神狳寨的领袖，岂不叫外人笑话！"南海渔人从鼻孔中哼了一声道："很好，酋长的美意那好不领，我得借用一下酒杯了。"这位老侠客暗中，把鹰爪力的功夫全运到这条右臂上。先从伏魔大师面前起，把那铁杯拿起一个，才要往外一递，那杯口即行合拢。他却也不向金狼酋长再发话，随手把每人面前的酒杯，完全是一拿一放，全给他摆在桌的中央，每个铁杯全是照样的给毁坏。这一来，金狼酋长是目瞪口呆，哈哈一笑道："我这野人的地方，果然连所预备的酒具全不中用，我只好失礼了。"他满面羞怯地往回退。对面那桌上一般匪党，也全是带着惊慌失色。

五虎断门刀彭天寿却站起来，他把自己面前一个酒杯拿起，斟了一杯酒，匆匆地来到了这边席前，向金狼酋长道："酋长，你不必把些小事介意。我们这苗墟中本没有款待上宾的预备，我替你敬一杯酒吧！"他说着话，丁字步一站，左脚已骑到桌子下，右脚斜横在左脚后，双手捧杯向南海渔人道："老侠客，请饮这杯，这要看老侠客你赏我彭天寿的脸不赏了。引用我们汉人的俗语：'将酒劝人无恶意'，詹老侠，请饮这杯。"南海渔人哈哈一笑道："彭老师，你太客气了！"伸手往他酒杯当中杯口两边，手指一揽，两下里这种力量就算全用上了。南海渔人心想：在他这种外面上殷勤献酒，暗地里是故意地给我个难堪。我和金狼酋长暗中较力时，连毁了他那些酒杯。此时彭天寿以整杯的酒送出来，这决不能再用那种硬力，这杯酒只要洒在席上，那就算自己当面给他的侮辱。想罢，遂手揽杯口，用这种柔力往外夺。

可是，彭天寿却是双臂之力全贯足了，向外用足了内力要撤出来。这一来，他和南海渔人两下的力量就算接平了，一边手底下是十分得力，一边只凭右手三指揽住杯口。两下里把这酒杯在桌案的当中微微来回晃动之间，那伏魔大师静空师太口中却念了声："阿弥陀佛，我是不茹荤酒。二位老侠客这么不迎人情，只有这酒在桌上面来回地这么晃动，倘若泼翻，岂不罪过？有许多正事待谈，二位请坐吧。"她竟自把手掌伸出，却自用两个手指，挥向酒杯的杯口，从杯底上猛往起一抬。南海渔人和彭天寿全被这种内力一震，手招不撤开，那个手指用力，准得受伤。这只酒杯已被静空师太夺出手来，轻轻地放在桌上。五虎断门刀彭天寿瞧了这静空师太一眼，口中却还说着："庵主真是到处给人排难解纷，可惜我们不是有恶意，这是尽友谊，我只得失礼了。"说着话，他退了下来。

这时，那"封州帮"掌舵金刚掌辛子羽却说道："在座的老师父们全是各挟一身绝技，今日还是早早各自施展一番。我看无须在乎那别的举动，全是江湖道中人，不要忘了磊落光明四字，众位以为如何？"罗刹女叶青鸾站起说道："这位辛老师父说得极是，我们现在已经叨扰过酋长的款待，正好在众位老师父面前请教一番。我和彭老师的事，也要早早做个了断吧。"此时大家相继起立，现在已经预备动手。彭天寿他不作什么客气，站到屋门口，抱拳拱手，往外相让。

南海渔人詹四先生头一个引导着罗刹女叶青鸾、铁剑先生展翼霄、天龙剑商和、铁鹞子雍非、卢箫儿、屠龙手石灵飞、静空师太和他手下四个女弟子，修真、修慈、修缘、修性，一同来到外面。五虎断门刀彭天寿率领着一般盗党和金狼酋长，也全走出来。这时，外面不仅是金狼墟本寨的精锐苗兵，把这苗墟四周完全布置得如临大敌；这金狼酋长，他所率领的四十多个苗墟中，凡是那勇猛善战的苗酋，全召集到神狱寨。所以五虎断门刀这次他一切的行为，已经是成了杀身之祸。无论如何，你不能把这般凶悍嗜杀的苗酋全挑拨起来，和天南一般侠义道为仇作对。只要把他们牵连上，不仅是这一班人为仇作对，就许从此为汉苗造成了流血的惨剧。这班苗人又全是世外的野苗，从来是在有人严厉督促之下，尚不时地引起凶残杀戮的事情。何况五虎断门刀彭天寿，以他那狡诈的手段从中拨动，他竟把天南这般侠义道要断送在苗疆。这种居心毒恶，天理难容。任凭这般苗疆赴会的侠义道处境多么险恶，终未能叫他称心如愿，这就是天地间终还有正义在。

且说这一般侠义道完全来到外面。只见这金狼酋长满面杀气，率领他一般亲近苗酋，向南海渔人这一般人招呼道："此处不是较量武功之地，我这金狼墟有一段极好的所在，正宜于武林老师父们施展本领。众位如不介意，可随我来。"此时南海渔人等既然已经深入虎狼群中，龙潭虎穴也要见识见识了，忙答道："很好，就请酋长引路，我们正愿意多瞻仰瞻仰贵寨中的一切。"这金狼酋长向手下苗酋们把手一挥，前面有四名苗兵引路，顺着石屋旁边，往后面转去。南海渔人等随着他们一同往后走来，绕过这片石屋之后。其实这狼墟内，地势本来到处有空旷之地，若是在这里较量武功，很可以找到适宜之地。可是他们并不停留，前面引导的人一直扑奔西南角的寨墙。那里有一队苗兵把守着，早把两扇坚固的栅门打开，引导的苗兵直向寨门外走去。南海渔人等见到这种情形，认为这苗酋和彭天寿定有用意，一边随他走，大家已经暗中戒备着。

出了这寨门，竟往金狼墟后面一段草径上走过来，铁剑先生和卢箫儿见这里正是昨夜追赶铁面神猱蓝玉所经过的地方。再往前去，就是那段高峰绝壁。前面引导的人不奔正面山峰下，他却引领着一直向悬崖峭壁走去。这种情形，铁剑先生等更不便多问一字。数十人走在这种荒旷的高峰下面，只有一片脚步的声音，全是一语不发。引导的人一直扑奔山峰底下一排林木间。远远望着，这一带本也是无路可通之地，可是从一片柏林穿出来，在山峰下紧贴着西南角一个山环，现出一个小小的山口，只有四五尺宽，地上荒草全已除去。

到了这山口前，金狼酋长和五虎断门刀一般人全停身站住，往里相让。南海渔人却含笑道："酋长，我们来到贵寨中，人地生疏，还得仗着酋长你处处指引。我看还是请彭老师你先行一步，你也算得这神狱寨半个主人了。"五虎断门刀彭天寿微微一笑道："不错，我应该头前引路，以免得叫朋友们有什么多疑之处。"说着话，他趱到头里，同他所率领的党羽们闯进山口。南海渔人、铁剑先生、罗刹女叶青鸾、屠龙手石灵飞、伏魔大师等全不再向那金狼酋长客气，也不再向他多谦让一声，脚下加快，紧随在这一般江湖道的身后。这就是暗中存了些顾忌，万一这山口内埋伏了什么，也好不叫他们这般人走开，立时动手。

赶到一进这座山口，屠龙手石灵飞从鼻孔中哼了一声，可是他绝没有说什么话，只向南海渔人看了一眼，带着冷笑。南海渔人也看着这里的形势，原来这是一个死山口，里面并没有多大的地方，方圆不足半里，四面全是笔直矗立的高峰。一入这山口，如同到了井底一样，除了山口，别无出路。这种地方若是把山口堵塞，人困在里面，总然武功本领处处全有超群绝俗的功夫，能够飞登这种悬崖绝壁，可是倘若里面埋伏下十几个好箭手，只怕就是你肋生双翅，也飞不到上边去。在神狱寨中，有那么些适宜动武之地，竟全不用，定要来到这里，分明是另有阴谋。已经到了这里，只好是见机而作，时时要注意着这一般敌人的举动神色。

这时，连那苗酋等也全跟随进来，那五虎断门刀彭天寿，引领着直奔里面靠正南的一段山峰下。那里却早已经人布置过一片旷地，把地上的荒草荆棘尽除，可也没有桌椅歇息之具。只沿着山峰下，用那巨大的石块，排列得整整齐齐，权当坐具。这种情形，看看倒是十分有意思，世外蛮荒之地，这种待客之法实在是少有的。五虎断门刀和他手下一般党羽们全往偏西山峰下一站，南海渔人等也全随到近前。金狼酋长也跟过来，向南海渔人道："詹老侠客，你看这种地方很不易找寻吧？这是我神狱寨金狼墟操练之地，今日把他用为接待天南侠义道之所。这里施展一切武功，定能随心所欲，老侠们看这个地方可好吗？"南海渔人此时对于五虎断门刀彭天寿以及苗酋金狼酋长，再没有丝毫容忍之意，因为他们这种举动，正足以表明他们的心计。以这种荒凉的死谷来对付苗疆赴会的江湖朋友，他居心如何，已经洞悉肺腑。这种存心作恶完全是一种仇视之心，那里还能为他两家和平解决！只有各凭本领，尽力而为。有能力还许能逃出苗疆，重返天南，一个应付不利，定遭毒手。这种情形下，只有尽全力应付这群恶魔。不过对付这一般江湖能手，倒还没有什么可惧之处。唯独被他引领到这种阴险的死谷中，倒叫人十分担心。这时所有来到苗疆赴会的人彼此间不用打招呼，已经全心里了然。这场事不和苗酋金狼酋长以及五虎断门刀彭天寿拼个最后存亡，绝难好好离开金狼墟了，事情已逼迫到这儿。

那金狼酋长向南海渔人道："詹大侠，你看这一个野谷，我们平日间拿它当做操练苗兵之地。绝想不到今日在这种地方，竟自会接待领袖天南的侠义道。我们生长边荒，从来不知道什么叫武功。自从彭天寿老师来到神狱寨之后，我们才知道这种武功的奥妙，所以我也曾跟着他学过一些俗浅的功夫。在我们苗疆中施展起来，已是惊人，因为是他们平生没见过的。可是要在你们这般武林中成名的侠义道眼中看来，那真是笑话了。可是今日既然老侠客们驾临神狱寨，我要在老侠客面前献献丑，看看我这边荒苗人，是否对武功也肯下功夫。"这金狼酋长这种轻描淡写的话，他可不管五虎断门刀彭天寿跟叶青鸾的这场事，他竟首先要求和赴会的人较量功夫，这倒是出人意料之事。

南海渔人微微一笑道："酋长，这是我求之不得的事。我们虽然对于苗疆上多年来不曾来过，可是我们已经久仰苗族中天赋的一种绝技，为武林中所难见的功夫。那毒药苗刀以及登山越岭，追飞逐走的功夫，实比较我们练武功的人，胜强百倍。酋长你既然肯叫我们瞻仰瞻仰，我们是求这不得。你尽管赐教，在下情愿奉陪。"

这时，叶女侠实在有些看不过去。自己忍辱含羞，避祸黎母峰，也就为的是绿云村事情将将完了，之后彭天寿的踪迹未得，只好是忍耐一时。可是黎母峰敌踪又现，孙女金鸾二次险遭毒手。商

民国武侠小说经典

和私下黎母峰，这才跟随下来，二次寻访彭天寿。一般武林道义之交，为这场事饱受风尘之苦，深入苗疆险地，为的是彭天寿这个恶魔一人兴风作浪，引起天南侠盗之争。现在两家既然见面，反倒把正题抛开，这苗酋金狼酋长，他竟自替那彭天寿横挡在头里，把我们两家的事置之不顾，反倒先要使天南一般侠义道跟他野苗为仇作对。这也未免过于藐视我叶青鸾本身的事不值一提！

叶女侠立刻愤然站起，向金狼酋长道："酋长，我们来到神狱寨，对于酋长你本身往日无冤，近日无仇。我们只有拿江湖道的身份来拜访，瞻仰瞻仰苗疆，和汉族不同风俗人情，这绝没有一分仇视之意。我和彭天寿老师，我们天南原有旧仇，我一家住在潇湘江畔绿云村中，彭老师竟找到那里，和一家人清算旧债。这种寻仇报复，我们只有各凭本领，一决雌雄。彭老师从绿云村事败逃走，不肯甘心，他在苗疆中布置了一切，约我们前来，把我两家的事作最后的了断。所以我们这才来到神狱寨，是为得彭老师所召，我们只有先把我两家的事作个解决。至于酋长你要以武术功夫和我们这般人互相印证一下，那倒很可以用'以武会友'四字，不得有丝毫含着仇视之心，可也得在我们两家的事作个解决之后。现在，酋长你就要和我们这班人较量功夫，我们实在不敢从命。"

那金狼酋长哈哈一笑道："叶女侠，这你可是实在多疑了。彭老师的事，我们若是安心替他出头，论起我们的友谊来，我也应该替他担承一切。不过你们过去的事，我们并没参与过。此时若是那么无情无理揽到我们身上，这真欺得我们化外苗人，不懂得世态人情了。既然是叶女侠不肯叫我在这里见识见识一班老侠客们的武功本领，我倒不好勉强。不过既然已经到了苗疆内，若是不叫我们在老侠客们面前讨教一些功夫，我们决不肯那么轻易地就叫这班难得见的天南侠义道离开我神狱寨。你们两家的事，只管讲。"

罗刹女叶青鸾此时真有些说不出的苦，彭天寿他竟结纳了这种凶悍无理的苗人作他的护符，此时若真和这苗酋翻脸，果然是叫那恶魔彭天寿称心如意，只得暂忍耐下，遂向彭天寿说道："彭老师，你我今日苗疆一会，我们两家的事足可以不再牵缠，作个干干净净的了断。我要当面领教，彭老师你究竟想要叫我叶青鸾怎样领罪，你才肯放手。这里当着一班武林中朋友面前，你要拿出江湖道好朋友身份来，说你的真情实话。至于你那些阴谋狡计，很可以收起。我叶女侠此次带着我儿子商和来到苗疆，就是落个粉身碎骨，也要和你姓彭的作个最后了断。我们两家的事，彼此全不要欠来世债，彭老师，请你把你的真情实话讲讲吧。"

彭天寿愤然作色地说道："叶青鸾，你不要出口伤人，我彭天寿决不会使用什么阴谋狡计。我们两家的事，在绿云村拜访时，我已经当众交待过，说当年你下手过毒，不为我彭天寿留丝毫的余地。我忍辱地活了这些年，我是等待着最后的日子。只要彭天寿命不绝，我要出胸中这口恶气。现在我决没有过分的要求，当年在川滇一带，是你叶青鸾把我逼迫走的，现在依然叫你把我成全回去。我彭天寿要重返天南，叫我在天南一带江湖道中也要占一席之地。这件事只有你叶女侠能够叫我姓彭的如愿以偿。我有什么不可解的事？我把你请到苗疆，依然是请求你高抬贵手，叫我姓彭的带着这口气离开苗疆，在天南有立足之地而已。这件事你不能成全我，你想我们还能两立么？"罗刹女叶青鸾冷笑一声道："姓彭的，你真是大仁大义！这番话你可惜讲得晚些了。在绿云村你未曾赐教之先，要是请出一班江湖同道来，在天南彼此一会。两家里无论有多大的冤仇，也可以彼此罢手，现在实在是晚了。姓彭的，你也想想在绿云村、苦水屯，你所使用的手段。我们现在没有别的途径可走了。彭天寿，要想高桌子矮板凳，把你彭五爷请回天南，那倒是容易的事。你也看看所到的人，你得怎样才能叫天南一班侠义道肯那么去做！。"说到这儿，叶女侠冷笑了笑，向彭天寿厉声喝叱道，"你不把叶青鸾毁在你五虎断门刀下，你那种妄想也只好来世再谈吧！"

这时，"雪山二丑"双刀安震宇站起来，向叶青鸾道："叶女侠，我安震宇和你素昧平生，不过我耳中有你这么个人，知道姓商的一家在川滇一带很抖过威风。可是自从你们销声匿迹之后，我们空留下这个女侠的影子，在十几年间，这天南一带没有你这么一位威震江湖的人物出现。如今你居然还健在，更重回天南。不过你和姓彭的冤有头债有主，自有你两家去了断，用不着旁人来多管这笔闲账。只是叶女侠你也过的口不择言，彭天寿要重返天南，再入江湖道，就得等到来世再见了？我安震宇就不信这个！难道你们天南一班侠义道，就把江湖路完全地置诸掌握中？我们绿林道的人物，生死存亡全要操纵在你们一班人之手，你们也太的目中无人了！叶青鸾，我久仰你当年称雄在川滇一带，不过仗着你那五云捧日摄魂钉震住一班江湖道，可是我安震宇还没把你那独门的暗器放在眼中。姓彭的定要在你叶女侠目睹之下，重返天南，扬威立万儿。叶女侠，你有本领尽管施展，咱们在天南道上，倒要一争存亡，强存弱死，各凭本领去做。叶女侠，今日在神狱寨金狼墟，我安震宇要亲自和你讨教几招。实不相瞒，我倒要尝尝你那五云捧日摄魂钉有多么厉害。"

安震宇这番话说得十分轻狂无礼，罗刹女叶青鸾却冷笑一声道："安震宇，你认为我叶青鸾所说的话几近轻狂，藐视了一班江湖道，你要替姓彭的打这个抱不平，我叶青鸾也倒愿意和你安震宇较量几招功夫。不过现在我不能奉陪，你要稍等片刻。叶青鸾是为彭天寿而来，我只能和姓彭的作对手。我们生死存亡分下来之后，那时自然向你安震宇领教。"说到这儿，却一扭头，向五虎断门刀彭天寿道："彭天寿，你我的事，今日只有你我亲自解决。我叶青鸾是一个女流，我还不愿意假手他人，报我的新仇旧恨。彭天寿，我叶青鸾今日还要领教你毒药苗刀的厉害，你就请动手吧！"

那双刀安震宇见叶青鸾这么当众地折辱了他，他在雪山一带是绿林道中极难惹的人物，和他盟弟双头蛇傅康全是各有一身本领。他们自入江湖道以来，仗着武功得有真传，行为上更知谨慎，十几年的工夫，就没有遇到过阻难，也没有人敢轻视他们。今日叶女侠这么对付他，他焉能容忍下去，厉声说道："叶青鸾，你不肯和我安震宇较量一下，今日的事，我看你就不必讲了。我安震宇既然当面和你要求，我要见识见识你武功本领，你不肯和我下手，有我安震宇在，任凭你有多大的事，也得改日再谈！"双刀安震宇这种话一出口，分明是明白告诉叶女侠，只要不先和他动手，对于彭天寿的事，就休想在今日作什么了断。有他一人挡在头里，只有翻脸动手，再没第二条道了。

这时，铁鹞子雍非，他却一声不响纵身蹿出去，用手向双刀安震宇一指道："姓安的，你好狂的话！你有什么本领，就敢挡在头里，不容叶、彭两家解决他们的事？我雍非是南海渔人门下弟子，论身份地位，用不着你这种小卒出头。不过我雍非对于你这种无礼的情形，看着实有些不惯。来，来！你有什么本领，先和我雍非施展施展，我看你还未必准成。你别把你自己看得那么重了，就凭你姓安的一人要挡这场事，只怕你未必兜揽得起来吧！"双刀安震宇见铁鹞子雍非竟自对自己这么当面凌辱，立刻一纵身也蹿了出来，向铁鹞子雍非道："你敢藐视你安老师父，我看你是活腻味了！你本不值和姓安的作对手，不过我只为你这番轻狂无礼，我要教训你一番。"说话间，把外面长衣一甩，他那拜弟双头蛇傅康竟自把双刀递了过来。

这安震宇操住刀柄，把双刀往外一撤。这种兵刃，本不是什么出奇的器械，在武林中是极平常的。安震宇这两口刀一出鞘，刀形竟自与平常所用的不同。刀身长着半尺，由刀头到刀尾足够三尺五长。可刀身极狭，形如剑身一样，只有到刀尖子那里向外翘起，刀尖子反卷过来，微带着钩形。并且从刀鞘一撤出来，刀身上蓝汪汪一缕寒光。铁鹞子雍非在南海渔人门下也是成名人物了，经的多，见的广，各种奇形的兵刃见过很多。可是他这两口刀究竟是何名称，竟自叫不出来了。从刀形上看来，就知道此人得有绝传。这两口刀上定有不同手法，不得不对此特别的留意。在兵刃上，凡是带钩带刺，软形兵器，除了平常招数之外，全含着种克制敌人兵刃的力量。自己使用的九合金丝鞭对付他双刀无足介意，只是他这种奇形的刀，就要借它头上这种钩形发挥作用了。〔按：雍非使用的是

九合金丝棒，自此变成九合金丝鞭，应为作者笔误。而根据上一
章中蓝玉交待，安震宇使的是镏金厚背截头刀，与他此时用的卷头
刀，似非同一兵刃。]

铁鹞子雍非见双刀安震宇这样狂妄无礼，丝毫不作客气，竟自
亮出兵刃，只好也不再向他作那无味的牵缠。身躯往后一退，伸
手从腰间把围着的九合金丝鞭抖了出来。那双刀安震宇，他更一句
话没有，也往外连退了数步。双刀抱在左臂上，右手伸着掌式，往
左手的刀背上一搭，向五虎断门刀彭天寿等一班绿林道略一施礼，
立刻身躯回转来，向铁鹞子雍非说了声："朋友，你亮招吧！"铁鹞
子雍非答了个"好"，把掌中九合金丝鞭双手一摆，斜在面前，双
臂半张。脚下却用力一点地，腾身而起，向双刀安震宇面前纵来。
铁鹞子雍非身形灵巧，左脚才往地上沾，左手一发鞭头，右手往外
一甩时，这条九合金丝鞭已然翻起，抡圆向双刀安震宇顶上便砸。
安震宇斜身错步，往右一晃身，双刀已然分开。可是刀身借着往右
晃身之势，竟自猛地从右往左翻回，这两口奇形刀竟向九合金丝鞭
挥去。雍非鞭已砸空，猛然往后一坐腕子，金丝鞭往起一撤，一个
鹞子翻身式，这条金丝鞭随着转身之势，从左二次翻回，反向双刀
安震宇右肩后砸去，这种鞭法十分灵滑。安震宇双刀剁空，金丝鞭
又到，他身躯往左一横，半转身子，双刀一分，右手的刀向九合金
丝鞭上顺着鞭身往外一挂，左手刀已向铁鹞子雍非的下盘斩去。他
的右手刀往鞭上一搭时，铁鹞子雍非蓦然一惊：敢情他这奇形的刀
头，反卷过去的钩形，至这种地方可就显出厉害来。他扁着刀身，
只要是贴准了金丝鞭，手腕子上一用力，往回下腕子上微微一坐，
立刻能用这刀头上的倒卷钩把金丝鞭掳住。何况他又是双刀，自己
的兵器只要被刀头勾住了，休想再逃开他左手这一刀。

铁鹞子雍非也是久经大敌的武林名手，在安震宇右手刀才一施
展之下，他竟自反用了险招。身躯猛然往后一拧，脚底下却也用了
十二分的力量。左脚并不提起，踏着地往后一转右手，一抡鞭尾，
却把腕子的力量用足了。在一转身之下，反用自己的后背往九合金

丝鞭上猛然一抗，和自己的兵器较上了力量。可是左掌随着也翻出去，反向双刀安震宇的左腕子上切去。果然这一式算把自己的危险脱过。双刀安震宇的刀头搭着九合金丝鞭，他那么双掌一分，身躯往前一挺，这种力量也是全贯到两只胳膊上。被铁鹞子这种险招用上了，他的右手刀险些个被铁鹞子雍非的金丝鞭给牵出手来，自己更得把左手的势往下一撤，闪避他反身斩腕的掌法。

两下里各自往外一纵身，安震宇已然知道这黎母峰的南海渔人的门下，武功本领果然惊人！他遂把双刀的招术尽力施展出来。他这种刀身，又狭又长，赶到招数连环施展之下，刀身上带有嗖嗖的风声，那刀身上寒光闪烁。他的身形起落进退，飘忽若风。果然这双刀安震宇是另有绝传，所施展出来的双刀的招数，也更和平常刀法不同。铁鹞子雍非更把这条九合金丝鞭的招数尽力撤开，鞭身金光闪烁，倏起倏落，盘旋飞舞，如同一条金龙飞舞一般。两下里一搭上手，就是十几招。铁鹞子雍非也仗着历来以小巧的功夫见长，今日在金狼墟这个鬼谷内，更把一身所学尽量地施展出来。两下里倒显着势均力敌。可是铁鹞子雍非心里可明白：自己恐怕不容易取胜。此人在这种刀法上实有惊人的本领，尤其他起落进退，身形巧快，实比个人胜着一筹。这条九合金丝鞭虽列入重兵器之属，只是无形中被他这种奇形的双刀克制住，有许多招数不能施展出来。刹那间，两人又连过了四五招。

铁鹞子雍非见安震宇这双刀的招数越发变换得神奇莫测，已经把自己九合金丝鞭让过去，双刀的刀头尽自向鞭身剁来。铁鹞子雍非想到：自己这次见得头一阵，无论如何也得拼出死命，和他一争输赢胜负。遂把掌中九合金丝鞭一抖，竟变作棍法使用，使出了"庄稼十六棍"的招式。这条九合金丝鞭一变成了棍法，铁鹞子雍非更把全身的力量完全贯到这条右臂上，连走了三四式。这双刀安震宇，他的刀法上也是招数越施展越快。铁鹞子雍非的金丝鞭猛然用了一手"横扫千钧"，鞭身抖直了，单手握鞭尾，往安震宇右肋上横扫过来。铁鹞子雍非这一招往外一撤出来，这就要使用"连环八手"。这种鞭法的招数，是用一口气的工夫，要变化出八式。安震宇在他这条九合金丝鞭横打过来时，他并不往起纵身闪避，身躯猛然往下一矮，左脚已然斜向迈出，双刀向前挥着，往外一抖腕子。铁鹞子雍非的九合金丝鞭带着风声，从他头顶上砸过去。容到金丝鞭才从头顶上翻过来，他这斜俯着的身躯往起微一长，掌中的双刀已经趁势进招。双刀往右一带，右脚原本在后探着，全身的重力此时全交到左脚上。他用脚尖蹬着地，身躯随着双刀往右一带，这身躯的高矮不差分毫，竟自身随刀转，双刀向铁鹞子雍非双足上斩来。

这种式子变化得虽是灵活巧快，可是任何人看着安震宇使用这种招数，是自己吃着大亏。他这双刀递出，铁鹞子雍非金丝鞭横着卷空了，双刀向下盘斩到，雍非竟自不往高处纵身闪避，反倒左脚往左斜着一滑，往前一提，往左上了一步；由左往后猛一翻身，掌中的九合金丝鞭倒翻着，从上向下向安震宇头顶上猛砸。下面奔他双腿的双刀，仅仅差着半寸没伤着他下盘。他这第二鞭翻出来，已经向安震宇的头顶上落去。双刀安震宇刀一推出去，铁鹞子雍非九合金丝鞭到，安震宇他的双刀，已全到了自己的身左侧。这时，忽然他左肩头往下一沉，右肩头往上一翻，卧看巧云式，双刀竟自在这时倏然变招。双刀往上一翻，刀头往金丝鞭上一架。可他忽然左手的刀猛撤出来，往下一沉，竟向铁鹞子雍非的小腹上戳去。他右手的这种卷头刀，竟自用那钩形的刀头，把金丝鞭勒住。

这一来，铁鹞子雍非任凭他手底下如何的巧快，自己的兵器被人家扣住了，下面这一刀又到，金丝鞭不撤手，小腹上就得受伤。在这种情势危急之下，他竟自把全身力量贯到右臂上，一抖九合金丝鞭，把安震宇右手这把刀一震，已从他刀头上退下来，脚底下也用上力，猛然往后一纵身。可是双刀安震宇同时发动双刀的招数，铁鹞子雍非虽然闪避这么疾，已然被他把小腹上点上。幸而是身形退得快，刀头又是钩形，算是把小腹上划伤了一道血槽，只有二三分深浅，可是血已经渗透了衣衫。天龙剑商和赶忙一纵身蹿过来，卢箫儿也赶过来向前救护。铁鹞子雍非把九合金丝鞭换到左手，右手按着伤痕，向商和、卢箫儿说了句："伤痕很轻，不用管我。"跟着扭头向双刀安震宇道："朋友，你刀法高明，咱们离开苗疆，或还有相见之时。"一翻身退了下来。

天龙剑商和见雍非这种动作非常，知道伤痕不致碍着性命。可是雍非总算是仗义帮忙，没自己的事，竟自栽在这里，于心太不安。趁着雍非退下来时，商和竟自闯了过去，向双刀安震宇道："朋友，你刀法与众不同，是有独到的功夫，商和愿在朋友你刀下领教几招。"自己回手把背上的天龙剑撤出鞘来。双刀安震宇见天龙剑商和过来动手，这是正合他心意的事，遂冷笑一声道："商老师，你母子以一只铁拐杖，一把天龙剑，也曾在川滇一带耀武扬威，我们弟兄耳中早有大名。只是这些年来，你们母子已经离开天南，我们弟兄空怀着敬仰之心，只是你母子的侠踪难得再见。今日在苗疆，居然叫我们一会成名的人物，这真是我们一生的幸事！商老师，请你亮剑赐招。"安震宇说着话，身形往后退出数步去，脚下一停，口中又说了个"请"字。他掌中的双刀，刀尖向上，往左一举，已经把门户亮开。天龙剑商和也跟着一立门户，两下里各自把招数施展开。

商和这次私下黎母峰，就为得要和五虎断门刀彭天寿一决生死。此时自己这一和安震宇动上手，安心默想不再生出苗疆，所以一动手，商和把一身所学尽量施展出来。商和是家传的武功，他掌中这口剑并非弱者，论功夫也有二十余年的火候。所以跟安震宇一过上招，两下里居然战个平手。论功夫本领，商和可实不是安震宇的敌手，只为他现在生死置之度外。安震宇的双刀虽然得自异人的传授，可是商和处处递的险招，这种动手的法子，反倒把安震宇牵制得双刀上不能尽量施展。两下过手二十余招，安震宇看出商和是存心拼命，自己不赶紧施展绝招，非要败在他的天龙剑下不可了。他立刻把双刀上的招数一紧，竟自施展开下盘的功夫，身形往下一矮，这两口刀盘旋飞舞，刀身上带起了嗖嗖的风声。这种招数可十分厉害，他施展的是"连环九式"。这两口刀随着他的身形旋转，人和刀裹在一处。他连运用了三招，天龙剑商和这口剑，已被他逼迫得只能封挡，不能还招。

这时，安震宇双刀正是由左往右，横斩商和的中盘。商和对于这种招数，不能硬接硬架。因为宝剑是一种轻兵刃，他这双刀用力砍出来，他只要用宝剑硬接，定然被他双刀崩出了手，所以必须以巧来胜他。这时双刀到，天龙剑商和左手的剑快，往左一领，身躯随着往左一个盘旋，用抽身绕步之式，避开他的刀头。自己的身形随着脚下步眼的移动，已反纵到安震宇的左肩头后，掌中剑可随着递招，一抖腕子，向他的左肩后猛刺过来。安震宇双刀横斩，刀一走空，他猛然一个"黄龙翻身"，身躯可是矮下去，掌中刀"五龙卷尾"，反向商和的下盘戳来。商和掌中的剑刺空，往起一耸身，向外蹿出去五尺多远来。脚下才沾地，一斜身，本是往回下一换步，反身现剑，好提防他背后袭击；可是双刀安震宇已经在这五龙卷尾式，刀一走空之下，他把这双刀甩过去，借着刀身的力量，他的身躯竟自又随着一个盘旋。这二次转身已经翻过三尺，双刀是狂风扫落叶，仍然向天龙剑商和的两腿上戳来。这种身形刀法使用得迅捷异常，任凭天龙剑商和怎样的闪避，也没有他这种招数过得快了。天龙剑商和拨草寻蛇式，把掌中剑斜着向下挥，只把安震宇右手的刀崩开。可是左手的刀已经扫过来，天龙剑商和向后斜探着的左腿，竟没撤回来，被安震宇卷头刀扫在腿肚子上。可是他竟自二次下毒手，身躯又是一个玉蟒翻身，全身纵起，这两口卷头刀，双刀齐下，向商和斜肩带背劈下来。

商和腿上受伤，虽然是猛力抽身，也有些来不及了。在这眼看着断送在他双刀之下的一刹那，猛然身后一声长啸，一股子劲风吹到安震宇身左侧，一口利剑竟自猛往双刀上一崩。安震宇他双刀的力量已然用足，来人竟自用剑身这么猛架，安震宇用尽力往回一带双臂，刀才撤出一半来，呛的一声，刀剑互相一震。安震宇觉得两臂发麻，虎口也震得疼痛异常。他右脚往后一滑，预备从右往后一翻身，双刀斜劈暗中袭击的来人。不过他这么施展，来人已经不能由他逃出手去，这口剑向外一展，已经削在他的左胯上。他的身躯才翻过来，双刀再砍出来，背后这人已然退出数尺去。

双刀安震宇这一回过身来，才看出暗中袭击，伤他的正是铁剑先生展翼霄。安震宇怒声喝叱道："你敢暗算我安震宇，展翼霄你枉称天南侠义道！"铁剑先生冷笑一声，方要答话时，那安震宇拜弟双头蛇傅康飞纵出来。这时五虎断门刀彭天寿更打发手下一班党羽，把双刀安震宇接迎下去。双头蛇傅康向铁剑先生道："展翼霄，你在天南道上也是成名的人物，竟自这么暗算我盟兄安震宇，岂不失了你侠义道的身份？"铁剑先生恨声说道："你们绿林道所以一向被江湖道中轻视，也就是因你们心地不良。天龙剑商和已经败在安震宇之手，他竟敢下绝情使毒手，这是江湖道上好朋友所该做的事吗？我展翼霄这柄铁剑下就是容不得这么横行。天南道要容你们这班绿林人横行，我展翼霄即枉在侠义道中称名道姓了！"双头蛇傅康厉声说道："展翼霄，你有什么本领敢说这等狂言？我傅康倒要见识见识你这等沽名钓誉的侠义道。"他说着话，伸手从背后撤下一双判官笔来。

铁剑先生也无暇再和他多费言词，立刻左掌一起剑诀，已把门户亮开。傅康把双笔一分，斜身撤步，往左紧走了三步，身躯向右半转，已经柔身而进，往铁剑先生面前一落，掌中的判官笔往外一递，向铁剑先生两眼便点。铁剑先生微一晃头，双笔点空，掌中铁剑往外一递，樵夫问路式，向傅康胸前一剑刺来。双头蛇傅康往左一带判官笔，身形也往左一闪，双笔翻回，向铁剑上便砸。铁剑先生掌中剑往下一沉，左手剑诀一领，身形倏往左一盘旋，掌中铁剑也随着围过来，向双头蛇傅康拦腰便斩。傅康的双笔往左一带，笔尖向地，猛往剑上一撩。铁剑先生急忙一坐腕子，把掌中剑往回一带，一反腕子，这口剑由下往上向傅康的下盘递来，这一撩险剑手法用的非常迅疾。双头蛇傅康右脚往后一滑，身躯向后一转，往后一抖左臂，左手的判官笔向剑身上一封，他的左脚往前一提。铁剑先生才一撤剑，傅康右手的判官笔已经从他的身右侧猛翻过来，向铁剑先生右肩头猛砸下去。铁剑先生左手剑诀往左一展身形，随着往左一带，一提右腿，右脚反往左腿前一探步，掌中剑也随着身形带过来，猛往外一递，玉女投梭式，这口铁剑竟向傅康的右肋刺去，这一剑变化得轻灵巧快。傅康撤双笔往外猛砸，可是他手底下却慢了一些，剑尖已经扎在他的右肋下衣服上，虽则没伤着他，衣服已被铁剑穿透。傅康猛往左一拧身，飞纵出去。

铁剑先生哈哈一笑道："雪山二……"这底下的字还没出口，双头蛇傅康竟在身躯往下一落时，微一斜身，口中却喊了一个"打"字。他的右臂一扬，两颗铁蒺藜竟向铁剑先生面门和胸口上打到。铁剑先生急忙往左一斜身，只是他的铁蒺藜出其不意，铁剑先生虽然闪避得快，奔胸口这一颗已经险些打在右肋上，铁蒺藜尖子已经扫在衣服上，衣服也被刮破。铁剑先生一声断喝："小辈！你敢暗算老夫！"一纵身，已经飞耸起来，奔向傅康的身后。双头蛇傅康暗器发出，他已经又腾身纵起。铁剑先生到他身后时，他已经又蹿出一丈五六。铁剑先生脚下才一沾地，双头蛇傅康却二次翻身，手扬出，又是一枚铁蒺藜打到。铁剑先生已有提防，一震腕子，用掌中剑把铁蒺藜击落地上。

此时，铁剑先生已经安心要为江湖道除此恶人，脚尖一点地，二次把身形纵起。那双头蛇傅康早蓄恶念，他竟自在铁剑先生身躯纵起时——他本是做势，也要腾身逃避——微往左一偏身，在掌中早扣好的两支丧门钉，抖手从左臂下发出，向铁剑先生咽喉、小腹打来。这种手法十分恶毒，铁剑先生身躯悬空，决不能闪避。身躯往下一沉，就算奔咽喉这支丧门钉躲过，奔小腹这支丧门钉准打在胸口上。

那知从斜刺里竟有人喝叱了声"无耻匹夫！"随着这喊声，一点寒星竟自和他打出的丧门钉撞在一处，正落在铁剑先生面前。双头蛇傅康本想，这一手暗器准可以把成名天南的铁剑先生伤在自己的手下，从此"雪山二丑"威震绿林。那知竟被别人一支亮银镖把自己的事破坏了。他回头查看来人，更提防着铁剑先生追赶到。就随着暗器往地下一落时，已经有一人飞纵出来，往他和铁剑先生当中一落。他这才看出正是那罗刹女叶青鸾。

傅康把双笔一分，却反向叶青鸾喝叱道："武林较技，你们竟自这么不守江湖的规矩，暗地下手，以多为胜，难道姓傅的就真个对付不了你们两个吗？"铁剑先生连番被他这么暗算，已经怒不可遏，向罗刹女叶青鸾说道："叶女侠，你不必多事，我展翼霄今天不斩此獠，誓不返天南。"可是罗刹女早已身躯往下一矮，已经腾身而起，展翼霄只得退了下来。叶青鸾即纵向傅康身前，脚一沾地，身躯往下一沉，掌中剑"仙人指路"，向傅康胸前刺来。叶青鸾这一剑本是虚式，傅康判官笔往上一抖，向剑身就崩。罗刹女叶青鸾右臂往后一带，身形旋转翻身，用剑向傅康右胯斩来。傅康双笔封空，往左一转身，把双笔拧着，也是旋转身躯往后退步，双笔向伏魔剑上就砸。罗刹女身躯往下一矮，剑身一翻，反向傅康的双足削来。傅康腾身一纵，已经蹿起丈余高，往下一落时，罗刹女已然跟踪赶到，递剑向他背后便点。傅康身躯往下一矮，跨虎登山式，左手笔往外一伸，右手掌从他自己的左臂往后一拨，向罗刹女的剑上猛迎上来。

罗刹女叶青鸾此时对于这一般匪党，完全认为他们是自己的仇敌。人无害虎心，虎有伤人意，你对于他们任凭存什么善意，他们也不肯再向和平解决的路上走了。只有各凭手段，以决生死。这时，傅康的判官笔已经和剑身碰到一处。罗刹女叶青鸾把内力完全贯到右臂上，猛然一震腕子，剑身一抖，和他的判官笔一撞之下，呛的一声，剑身上发出龙吟之声。可是招数业已变化，竟自用了手"倒转阴阳"，贴着他判官笔下，剑身略一斜，往上一翻，搅他的判官笔。腕子往外一抖，伏魔剑已经点在傅康的右肋上，哧的一声，伏魔剑从傅康的右肋上穿过去。罗刹女往外一撤剑，回身一纵，退出丈余远来。那傅康仰面朝天摔在地上，血已窜出。那五虎断门刀彭天寿一声怒吼，已经纵身过来。那边金狼酋长手下的苗兵也飞纵出四名来，扑向双头蛇傅康的身旁，把他搭起来，飞奔鬼谷外而去。

这里，五虎断门刀彭天寿向叶青鸾厉声说道："叶青鸾，你和姓彭的事情尚还未了，你竟敢伤我的好友！咱们的事从这时起，生死不分出来，休想算完了。"叶青鸾冷笑一声道："彭天寿，现在很可以不必多费言词，我也正愿意在金狼墟和你姓彭的分个生死存亡呢。"彭天寿伸手从背后把兵器撤下来，两下里各自要亮招动手。

忽然，有一人招呼道："你们先等一等，我和姓彭的还有点未了之事。"叶青鸾和彭天寿一扭头，见正是屠龙手石灵飞已经飞纵到面前，向罗刹女叶青鸾道："叶女侠，现在请你先让一场，我和彭天寿不能欠来世债。我们苦水屯的事，现在总得要本利清还。"罗刹女叶青鸾答道："石老师，我看您很可以不必动手，我和彭天寿的事，今生今世不能善解。我不愿意再牵连好朋友，还是容我和他动手后，石老师有什么事再讲吧。"屠龙手石灵飞冷笑道："叶女侠，倘若你把姓彭的了结在剑下，我和他的事还去向谁讲？现在由不得你，无论如何，要在这时阻挡，我姓石的翻脸不认得人，我可把你看做仇人了。"五虎断门刀彭天寿愤怒十分，向石灵山道："姓石的，你口齿间这么猖狂，也过于轻视了我彭天寿，难道你没尝过毒药苗刀的厉害么？"石灵飞冷笑一声道："正为得你的苗刀厉害，我才要赶到苗疆，再仔细领教领教你的手法。彭天寿，今日这鬼谷就算你葬身之地了。"这屠龙手石灵飞说话间，把日月轮合到掌中。叶青鸾无法阻止他。彭天寿也往后退了一步，五虎断门刀往面前一横，向石灵飞喝了声："只管进招，彭五爷早早地打发你上路。"叶青鸾只得退了下来。

石灵飞把日月轮一分，往前一赶步，已到了彭天寿的面前。双轮一举，向彭天寿身上猛砸。彭天寿往旁一撤身，向石灵飞拦腰便砍。石灵飞右手日月轮往刀上一撩，左手日月轮已然翻转过来，向彭天寿胸膛上便砸。彭天寿左脚往后一滑，侧身一转，刀刃平着猛斩过来，砍石灵飞的肩背。石灵飞往下一矮身，刀从头顶上过去，双轮用足了力往右一翻，往彭天寿的右肋上猛砸。彭天寿一斜身，蹿出三四步去，身形才一停，他竟自从左往后一个盘旋绕步，这口刀带着一片风声反欺过来，向石灵飞砍下来，力大刀沉，凶猛非常。石灵飞岂容他这一刀砍到自己！一个"玉蟒倒翻身"，从右边往后一转身，双轮带着风声，向彭天寿的刀上砸去，彭天寿便撤身就走。屠龙手石灵飞此次下苗疆，他是安心要和五虎断门刀彭天寿一拼生死。此时明知道他的苗刀厉害，可是在那苦水屯是猝不及防，以致被他所伤，现在可要故意试试他苗刀如何的厉害。双轮一面追赶他，口中还不住喝骂道："彭天寿，你认为你那毒药苗刀，就能够真个保得住你的性命？那化外的苗人，不过仗着他制服那披毛带掌的野兽。姓彭的，你学得了这点本领，就认为是不传之秘，你给练武的把脸都丢尽了。"

彭天寿此时已经一连两个纵身，向那山壁下草木多的地方逃下去，他还是真个安心，要用那毒药苗刀制服赴会的群雄。要论五虎断门刀彭天寿所使用的毒药苗刀，决不像石灵飞讥诮他那么能够被人轻视，实是不可轻视的暗器。石灵飞口中一边喝骂着，已然扑了过来。那彭天寿早已把刀囊向右一推，在石灵飞三次纵身，相离他还有两三丈远时，猛一翻身，停身在一片高大的榆树下，身形隐在树隙间——这种地势使他左右全有遮拦隐蔽的地方——他这猛一翻身时，石灵飞知他准要立时发作。果然彭天寿怒喊一声，撒手一扬，唰唰连打了两口苗刀。一口奔石灵飞的胸口，一口奔他的小腹，上下这两口刀同时到。屠龙手那放在心中，自己掌中压着双轮，身形并没闪躲，用双轮上下一翻，把这两口苗刀全打落。

可是彭天寿他这般制敌护命的暗器，焉能这么容易叫你糟蹋了？他这两口苗刀正是用作诱敌之法。石灵飞双轮这一往外展，彭天寿竟二次斜身，从左肋下一连两次甩出三口苗刀。这三口苗刀是奔上中下三盘，同时发出，同时打到，刀身带着一种轻啸的声音，也正显出他这种暗器的威力。石灵飞双轮推出去，彭天寿二次的苗刀到，这种动作神速异常，如同电光石火，不过刹那间。石灵飞双轮往回一翻，不过他只能够再磕飞两口，必当闪避开一口。这时日月轮猛然往自己胸前一合，他身躯却往右一探，为的是把面门这口苗刀避开，用双轮把当中和下面的苗刀震飞。

可是那彭天寿果然狡诈阴毒，虽已经打出五口苗刀，并不指望在这五口苗刀上取胜。就在石灵飞往右一探身，他第六口刀用着十二分的力量甩出来。正当石灵飞往右闪身的式子，任凭他身形怎样灵活，双轮已向两口苗刀封出去，上半身才往右探出来，硬往回再带，那可就没有苗刀快了。石灵飞暗叫不好，当当的两声响，日月轮已把先打过来的两口苗刀磕飞。自己索性借着往右晃身之力，猛往右一栽，身躯的形势是向右倒去。彭天寿这第六口苗刀竟穿着石灵飞的左臂上面打过去，只把石灵飞的衣服穿破了一些。石灵飞脚下也暗中用了力量，斜纵出数尺来。此时，这屠龙手那肯再容他还手发力，双轮一压，竟不顾一切地猛往起一纵身，饿虎扑食，猛扑过来，竟向彭天寿的身上双轮一块儿落，这种式子力量非常大。那彭天寿这次六口苗刀完全打空，石灵飞又扑到，他竟自一甩肩头，腾身而起。原本停身就在树隙间，这时他往外一窜，已经从这树身后出去丈余远。

石灵飞那肯再舍他，双轮砸空，才要往起纵身再追他时，突然声如虎啸，从头前这树顶子上有人下来，暴喊了声"站住！"石灵飞也自一惊，往后一撤退时，见正是那神狱寨金狼酋长，怒气满面地横在石灵飞的面前，厉声说道："这位老师父已和彭老师较量得胜负不分，很可以就此罢手。你随我来，我有一点事向你请教，你若不肯听从，可恕不得我这野人无礼了。"石灵飞这时见他气势汹汹，满脸杀气，暗中紧自提防他，又往后退一步，眼角中已经望到那边南海渔人等全站起来，各自手按兵刃，预备动手。石灵飞哈哈一笑道："酋长，你有什么赐教，自管讲来，何必用这种面目对待我们！这神狱寨全是你金狼酋长之地，到那里也是你势力所及。走，咱就到那边去！"石灵飞再查看那彭天寿时，已然顺着那悬崖峭壁，纵跃如飞，翻了回去。石灵飞随着金狼酋长回转到动手之处，南海渔人和罗刹女叶青鸾等全迎接过来。这时，只有那位伏魔大师静空师太，稳坐在青石上，丝毫不作理会。

那金狼酋长停身站住，面向着南海渔人等说道："一般老师们，我们这苗族生长化外，长在这种蛮荒之地，自然没像汉族的人能多得教化。可是我们一样长着五官四肢，不能把我们就看作了禽兽一般。这位石老师父，他竟把苗疆上所擅长的飞刀，看作只能够拿它对付披毛带角的野兽，这分明是把我们苗族不当作人看待了。我这金狼酋长还不大服气这种说法，我这次要只用苗刀来和这位石老师较量一下，看看我苗疆上这点功夫，是能够制人，还是能制兽！"金狼酋长此时更不容别人答话，他回身向他本队那边一点手。随他在鬼谷的，除了一般仆役苗兵，还随来四位苗疆上最厉害的苗酋，就是那玉龙墟青芦酋长，虎牙墟风奴酋长，月魂墟四山酋长，大石墟古沙酋长。这四个是在这狭山四十余个苗墟中最厉害的人物，全是随着金狼酋长开辟苗疆的最得力人物。此时全来到金狼酋长面前，一个个全是怒目相视，看着屠龙手石灵飞。石灵飞却冷笑着向金狼酋长道："酋长，你认为我姓石的出言不逊，辱没了你苗人，其实我也无须乎辩别了。我们自有我们的旧债牵缠，已经一再地声明和你苗疆没有丝毫牵连之处。我石灵飞很明白，酋长你早想施展你苗族的绝技，遇到了这个机会，正是你如愿之时。我石灵飞既然轻视了你，任凭怎样较量，石灵飞决不会皱一皱眉头。"

南海渔人詹四先生在石灵飞答话之间，见五虎断门刀彭天寿仍然翻了回来，和他手下党羽正在交头接耳。那所有在这里伺候的苗兵，也全各自退出鬼谷的出口处。卢箫儿更在这时推了南海渔人一把。这种情形，分明是贼党们另有奸谋。罗刹女叶青鸾站在南海渔人身后，无意中看到峨嵋圣手鲁夷民满脸愁容，不住地看着。罗刹女叶青鸾虽则知道他是对自己这般人有关照之意，但是无法猜测，究竟现在彭天寿还有什么阴谋诡计。

这时，南海渔人已经向金狼酋长问道："酋长，这苗疆一会，虽说是叶女侠和彭天寿有旧仇，可是别的人全带嫌怨。酋长你要试试苗刀的威力也很好，但不知怎样赐教？"金狼酋长道："我们这野人所会的这点功夫，在武术中算不得什么了。没有传授，没有操练的方法，只有凭着从小在这高峰大岭间，练出来这点手法和登山越岭的能力。现在要和老师父约定，我们弟兄五人要分守在这鬼谷的上面，其余的人我全叫他们退出去。就连彭老师，他也得听从我的办法，不得再伸手多管我的闲事。老师傅们以武功本领，任凭往上面闯，我们弟兄全凭囊中的苗刀，要看看这野人的手底下是否有些功夫。只要老师父们能闯上四周的绝壁，我愿率我管辖的苗民，听凭老师父们的教化指导。倘若老师父们不能闯过我弟兄的苗刀下，没有别的，只有请这位石老师向我们这苗疆上的首领们以及彭老师谢罪，你们两家事更得从此一笔勾销。詹老师傅，这么办以为如何？"南海渔人知道现在决不应再阻挡他。不和他这么较量一下，从他身上，就把苗疆赴会这场事完全破坏了。彭天寿这个恶魔依然存留在苗疆，终是后患。遂含笑说道："既然酋长这么主张，我们那好再却酋长的美意？好，尽请施为，我们在酋长手下领教一番。"这时，那峨嵋圣手鲁夷民却趁着一群匪党站起时，又向铁剑先生摇了摇头，不过在这种仓促之间，简直是没用了。

那金狼酋长却转身去向五虎断门刀彭天寿等招呼道："现在请众位老师父们暂时退出鬼谷，在我们五个弟兄和赴会的老师动手之前，不论是那一位要是对赴会的人稍有不利，那可休怪我这金狼酋长不懂得交情面子，我要他立时离开我苗疆。"彭天寿等也不答言，立时率领着一般人向鬼谷口退去。那静空师太在这时才站起来，却望着彭天寿的背影，自言自语道："恶魔，任你尽量地施展那毒谋诡计，老尼我看你逃不过最后关头！"那彭天寿虽然听见静空这种话，他们却连头也不回，脚下全是加紧地走出谷口。这时，里面只剩下这五个酋长和这般赴会的人，那金狼酋长向那四人招呼了声："我们先到上面等候老师父们，动手吧！"那四个酋长答应了声，立时散开，各自攀向那悬崖峭壁。

在他们往上面揉升时，已然看出，敢情那直上直下的山壁，在那荆棘蔓草中隐藏着三处可以着脚的小道。在他们每一分拨荆棘蔓草时，就看出有尺许宽放脚之处，是由人工修治的。顺着这凹凸不平的山壁，左右盘旋着，全可以落足停身。就是有间断开的地方，也不过相隔丈许，就又找着了可以着脚之处。不过这种暗中隐藏的道路，不是他们自己人，也不易在匆促间查看出来。赶到这五个酋长已经离着上面山顶还有数丈，猛然听得谷口这边砰砰地连响了几声，声音很大，谷里面全被震得起了回声。

罗刹女叶青鸾向南海渔人道："我们难道就这么甘心入他们的网罗，上他们的钓钩吗？"此时，南海渔人脸上的神色可是过分严肃了，带着冷笑说道："叶女侠，我们虽则明知道那金狼酋长这种办法，是彭天寿的授意，我们若不应从，反倒不容易和这般恶魔作彻底的了断。据我看，他这鬼谷定要封锁起来，叫我们断绝出路。这上面恐怕还不止那五个苗酋。他安心要用他苗兵之力，把我们完全困在谷中。不过他也过分地忽视了詹四先生，就没法闯出他这天罗地网么？"静空师太却在这时笑出声来。罗刹女叶青鸾，因为静空师太在这时笑得可疑，遂问道："庵主，难道大家猜测的全不对么？"静空师太把笑容一敛，正色说道："据老尼看，恶魔彭天寿不止于此，这般凶恶苗人的苗刀弓箭围住我们，只怕他谷口封锁之下，要用火攻。"

静空师太话没落声，忽然间鬼谷四面的山头号角齐鸣，并且有人呐喊着，南海渔人所率领的一般同道听见："赶紧的把兵刃暗器献出来，束手投降！答应两件事，放你们逃生。不然的话，让你们立时化为灰烬。头一样是献出兵刃暗器之后，齐向苗疆各酋长谢罪，对天盟誓，永不侵犯苗疆；第二件是推举五虎断门刀彭天寿，为天南江湖道中的盟主。生死就在眼前，不要自误。兵刃不献出来，可就要动手了。"这叫喊声一发出来，南海渔人、铁剑先生、罗刹女叶青鸾等这一般人，全是怒眦欲裂。罗刹女叶青鸾厉声向上答道："恶魔彭天寿和那万恶的苗酋，你们是错打了念头！凭这一般侠义道，一生行事磊落光明，今日来到苗疆，被你们这般恶魔困在鬼谷，任凭你们尽量施为，就是骨化成灰，怎能屈服在你们这般毒谋诡计之下！"叶青鸾这么一发话，上面二次号角齐鸣，立刻从山头上四围齐动手，全是那整个的荆棘蔓草，满带着硝黄、松脂和易于引火的油质，向下面抛来，从那巉岩峭壁上滚了下来。凡是这火把掠过之处，那山壁上的藤萝蔓草也立时引着了。上面如同巨流洪涛一般，带着火的草捆，接连不断地往下抛来。只这刹那之间，这座鬼谷四周已经如同一座火焰山。

静空师太却向南海渔人等厉声说道："我们不趁此时分开往上闯，工夫一大，非要葬身这里不可了。"南海渔人等虽然全是久经大敌的武林名手，但是现在被围在鬼谷中，也觉触目惊心。都知道再想闯出去，九死一生，遂也答应了声："好！我们就看看他这种手段的厉害。"静空师太道："我们可不要聚在一处，要分散开，各攻一面。只要那边先得手时，闯上山头，不得顾什么叫多造杀业，千万要注意到两个恶魔，五虎断门刀彭天寿和金狼酋长。我们师徒往东山头闯，请南海渔人和铁鹞子雍非、天龙剑商和往西山头闯，请铁剑先生带着卢萧儿往南山头闯，请罗刹女叶青鸾、屠龙手石灵飞往北山头闯。不论那方遇到了彭天寿和金狼酋长，千万要向其余的三方面呼应，我们那时要尽力往一处攻。"

这时，大家已经身陷绝地，四面山壁上工夫一大，全被燃烧起来，可就再不容易脱身逃出去了。谷口那决不去看它，知道他们既已封锁，那里已经早布置下的，那会容你再闯出去半步？还不如往这悬崖绝壁上，倒可以死中求活。在这位静空师太指挥之下，各自分开，全是各亮兵刃，向烈火腾腾的悬崖峭壁上扑来。

这位伏魔大师静空老尼，平时你看到她是那种慈眉善目的情形，令人可钦可敬；此时这一把剑亮出来，把僧袍的前襟也提起，往丝绦上一披，立刻露出一片杀机，神威凛凛，不可侵犯。带着四个女弟子，修缘、修真、修慧、修性，身形如飞，已经飞扑向东山壁烟火腾腾之中。南海渔人带着雍非、商和也扑向西面的悬崖峭壁。铁剑先生和卢萧儿也各自把兵刃亮出，向南山头扑过去。罗刹

女叶青鸾仗伏魔剑，石灵飞压日月双轮，纵跃如飞，冒着烟火，往北山头蹿上来。上面已经有人全在严密监视着下面，见这般侠义道居然在身处绝地下，竟自不肯屈服，已然硬闯上来。遂在彭天寿、金狼酋长指挥之下，竟自下了毒手。那苗刀苗剑，标枪石块，向这般人打来，并且手法极准。又在这种火焰威逼之下，这般侠义道扑上有二十几丈，已然又被迫退下来。最厉害的是这种悬崖峭壁，平时就没有容易着足之地，何况现在被他这烈火燃烧，只能在那火势较少之处飞纵上去。但是那种地方奇险异常，有时竟自失脚，翻坠下来。似铁鹞子雍飞和罗刹女叶青鸾全是轻功有造诣的人，此时头面上已经被火焰烧伤了数处，那铁剑先生衣服也被飞溅的火焰烧着了几处。静空师太伏着掌中剑，仗着身上功夫，带着这四个女弟子，这五口剑已经闯到半腰。

南海渔人从这西面山壁上飞扑上去，用掌中剑撑住了身体，仗着武功精湛，身上还没烧伤。可是离着山头还有六七丈，突然间上面一声呐喊："詹老头，你这是活够了，给我下去吧！"跟着飕飕的两口苗刀飞到，向南海渔人胸口和小腹上打来。南海渔人用掌中飞虹剑往外一展，把两口苗刀全给拨飞。可是上面又跟着一个极大的火球，向头上砸来。南海渔人飞虹剑往起一翻，向外拨这个火球，身躯可是往左一纵。此时这种火球，只要一碰到什么，立时火焰四溅。南海渔人虽则身形纵开，可是身上已经被火烧着了两处。在这种地方，任凭你有多好功夫，也不能随心所欲地施展了。脚下一滑，身躯一晃，顺着山壁的一块探出的岩石滑下来。南海渔人在这时，自己可知道是生死关头，方寸不能乱，只要脚下一个收不住，立时得葬身在鬼谷中。在这身躯往下斜翻的一刹那，狠心把掌中的飞虹剑向山壁上猛戳下去。这口剑是能削铜断铁，"呛"的一声，剑身已扎入岩石中，飞虹剑陷入石中半尺。南海渔人的身躯，权仗着这口剑定住了，没有倒翻下去。铁鹞子雍非也在这时，从南海渔人脚下丈余外蹿上来。可是这时，山头上面更有人哈哈几声狂笑道："詹老头，送你归天！"这个天字出口，上面竟有三口苗刀同时打下来。在这种情形下，任凭南海渔人有天大的本领，也不易再施展，只有送命在苗刀之下。铁鹞子雍非只得抖手发出两支梭子镖，但是也只能是把他苗刀打落两口。可是他的镖发出，竟自有比他手底下快的。那三口苗刀叮咚的一片响，已然纷纷落在南海渔人头顶上不及五尺处。这一来，南海渔人跟雍非全缓开了势，那山头上面更是一阵大乱，听得一片叱咤扑击之声。南海渔人被雍非从身后纵起来，推了一把，身形也拿稳了，飞虹剑从山壁中抽出来。此时已经豁出命去，这师徒二人猛往上闯来。

可也真是作怪，往上面纵身时，竟有好几个苗人，从后山头上连续地翻下山去，烧在火焰中，一片惨号之声。南海渔人跟雍非竟在这时闯上山头。这时上面还有许多苗兵往下抛掷干柴火把，这师徒二人那还肯再存什么恻隐之心？南海渔人一口飞虹剑，雍非一条鞭，竟自把那苗兵打得七零八落，血肉横飞。雍非虽然是身上尚有伤痕，可是对付这般苗兵，尚觉余勇可贾。这一动手之间，这南面山头上的苗兵死伤逃窜，立刻把这山头算是攻下来。天龙剑商和竟在这时也闯上来，可是衣服全被烧得七孔八洞，面无人色，形似疯狂。那铁鹞子雍非连着向下面发出喊声，招呼没攻上来的人赶紧从西山头往上闯。可是这时，见西北角一带一片杀声。南海渔人向雍非、商和招呼了声："大约那一面也全冲上来了，我们快去接应。"

南海渔人头一个飞闯过来，还没到近前，已经看见连续着窜起两个汉人打扮的，向山头的后面想要翻山逃走，后面已然有人呐喊了声："你还想往那里逃！"正是罗刹女叶青鸾跟踪纵起。可是前面飞纵起那两人，他们已经落到一座小山岗之上，再若是一纵身，立刻可以把身形窜入乱石峰后。只是那两人才往小山岗上一落，口中齐发着喊声，一翻身竟有三四件暗器，向他们身上打去。这一被暗器阻挡，罗刹女叶青鸾已然飞扑上去。一扬手之间，"蹭"的一声，暗器发出，正是那五云捧日摄魂钉，向彭天寿打去。那彭天寿往斜处一纵身时，那里闪避得开，身躯一栽，已经向乱石堆上倒去。那屠龙手石灵飞竟自如飞鸟般，已经纵了过去，日月轮往下一落，只听彭天寿一声惨嚎。南海渔人这里一跺脚，咳了一声。可是这时天龙剑商和也扑了过去，举剑更向彭天寿胸前劈去。

就在这时，石岗后飞纵起一人，落在那彭天寿的身旁，竟把商和的腕子搁住。那商和还待动手时，屠龙手石灵飞已经把日月轮一抛，把商和拉住。这时罗刹女也赶了过来。随着彭天寿一同逃下去的一个匪党，正是那"金川四义"的震金川卢尚义，竟也在往石岗后一纵身时，被人暗算得负伤倒地。罗刹女叶青鸾赶到近前，忙向南海渔人招呼道："老前辈不认识此人么？这就是司徒空老师父。"南海渔人忙把剑交到左手，向这位鬼见愁司徒空拱手道："老英雄这么仗义帮忙，救我们于危难之中，真是侠肝义胆！"鬼见愁司徒空答着礼道："老侠客，彭天寿虽则万分毒恶，我深盼大家要手下留情，留他一条活命，就算是为我司徒空保全一点江湖道义。他现在已受重伤，大致已成残废，纵然他能活下去，也无能为力了。叶女侠跟商老师可能赏给我这点薄面么？"叶青鸾忙答道："司徒老师，只要你吩咐，我老婆子无不遵命。"

这时，从山头的东南角已经如飞地赶过一人来，好快的身形，辨不出面貌，只看出一条灰影。直到近前，才看出是静空师太，这位空门侠隐，身形挺住，向南海渔人道："金狼酋长和他手下两个苗酋，已被我所擒，由小徒们看守着。"这静空师太忽然看见了鬼见愁司徒空，惊异地说道："怎么你也来了么，真是难得的事！"司徒空道："你一个出家人，还肯管这些闲事，难道我就肯置身事外，袖手旁观么？"说话间，从西南面又转过数人，正是铁剑先生和卢萧儿，也全来到近前，说道："现在山头上已经肃清，那苗酋全数被擒。"静空师太向南海渔人说道："我们得赶紧把这眼前事解决了，苗酋虽然被擒，可是这苗疆上全是没归化的野人。我们现在虽然侥幸把这一般恶魔制服了，可是他们是反复无常之辈。我们此时不宜在这里停留，彭天寿总然不死，也无足多虑，他已成残废人了。所擒的五寨苗酋却杀不得，我们得让叶青鸾五个人安然脱险苗疆。"南海渔人点点头，认为在鬼谷这一阵，虽然算是拼到最后的胜利，可是这般人多已受伤，苗疆又是危险之地，一时不得休养，只有早早离开。

彼此说话间，听得远处一片杀声，跟着烟雾弥漫的山头飞过一人，往近前一落，正是那鬼见愁司徒空的徒弟蓝玉，他却高声招呼道："老前辈们！还是赶紧退出这险地，各处的苗兵全往这金狼墟集合，他们竟要拼死命地往回解救他们酋长呢。"静空师太向南海渔人等道："果然他们不肯甘心，我们还是赶紧动手。"静空师太引领着南海渔人跟商和等接应着，从东面山头把金狼酋长和青芦酋长、风奴酋长押解过来。铁剑先生等也把那四山酋长，古沙酋长全解到一处，由鬼见愁司徒空指引着，从这乱山头翻出鬼谷。这时，这一般人多半是身上被火烧伤，全忍着痛回到金狼墟中。果然四下里号角齐鸣，杀声一片。

这般人在金狼墟略微地进了些饮食，裹伤敷药。外面已然由鬼见愁司徒空早已把里面的寨门紧闭，容得全收拾好了，把五个苗酋押解出来。南海渔人和罗刹女叶青鸾各用掌中剑放到金狼酋长的项上，倒捆着他双臂，两边抓住了他，稍一挣扎，立时就能把他斩首剑下。铁剑先生跟天龙剑商和押解着青芦酋长，屠龙手石灵飞跟铁鹞子雍非押解着风奴酋长，卢萧儿和蓝玉押解着四山酋长。静空师太在最后，命令自己的四个女弟子押解着古沙酋长，把寨门打开。那外面苗兵已经把金狼墟围得如同铁桶相似，栅门才一开，四面号角齐鸣之下，竟自乱箭齐发向这般人射来。

这时鬼见愁司徒空竟施展开"燕子飞云纵"，飞纵上栅墙的顶端，向那四外的苗兵高声喝喊道："无知的苗民听着，现在你们五个酋长完全被擒，已落在我们手中。他们的生死全操在我们的掌握中，还不赶紧把包围金狼墟的苗兵撤去！我们决不伤害你们的苗酋，只令他们送我们出了苗疆，我们定然把你苗酋释放。要知道，我们与你们苗人无仇无怨，这次事是被恶人彭天寿蛊惑所致。你们若是不肯听从，我们一动手之间，就能要了你们五个酋长的性命。不赶紧把苗兵撤开，我们可要动手了！"这时南海渔人和罗刹女也喝斥着苗酋，叫他赶紧招呼他所统率的苗兵撤退，只要下苗疆的人能够安然地到达汉苗交界金都寨，定然早早把他们放了，决不加害。因为他们鬼谷那里所有的恶谋，知道全是被那恶魔彭天寿所愚弄，只要不再生恶念，决没有加害之心。

酋长们何尝不怕死惜命，竟自也高声招呼他们部下的苗兵，不得再仇视这苗疆赴会的人。立时所有的苗兵全向后面退让出道路来。鬼见愁司徒空遂飞纵下栅墙头，一个人前面开路，离开这金狼墟神狱寨。这一路上，那苗兵们还没肯完全退去，竟由他们推举出几个头目来，率领着百余苗兵两旁监视着。一路上，这一班侠义道虽是仗着这五个苗酋作为护身符，可是实在担心着这些苗兵要袭击和劫夺。夜间虽则也停留了半夜，可是比走着还危险，直到第二日午后才到了金都寨。这里已经是接近汉族的地方，并且也远离野苗管辖之地，这才把五个苗酋放开。

南海渔人等立刻离开苗疆，到榆林寨仁和老店住下，来治疗伤痕。之后那鬼见愁司徒空带着徒弟回转鹰愁涧，静空师太也回到九道岭菩提庵。南海渔人遂带着罗刹女叶青鸾、铁鹞子雍非、天龙剑商和、卢箫儿回转黎母峰。铁剑先生却跟着屠龙手石灵飞，直奔雪山大竹谷，去访那黄六奇。从此这两位风尘异人竟全被黄六奇留住。罗刹女叶青鸾回到黎母峰之后，本要重返潇湘，可是南海渔人却不叫他一家人再走了，就在黎母峰隐居下去。

这一班人经过这次劫难，更对于江湖道上灰心了，从此不再下黎母峰。直到后来这卢箫儿和金鸾长大之后，这两个孩子得到两派的绝传，各造就成一身绝技。在天南一带又接续着行侠作义，济困扶危，成为海上双侠，使天南一带竟得保持着两派的威名，镇服那绿林宵小不敢横行。[1]

---

[1] 本次再版《龙虎斗三湘》及其续集《南荒剑侠》，系分别根据两书正气书局1947年初版进行录入、重排和校正。